# LOS MEJORES RELATOS

LOS MEJORES RELATOS

# Rubem
# Fonseca

Traducción y edición de Romeo Tello Garrido

MINISTÉRIO
DA CULTURA

ALFAGUARA

LOS MEJORES RELATOS
© 1998, Rubem Fonseca

ALFAGUARA M.R.

De esta edición:
© D. R. 1998, Aguilar, Altea, Taurus, Alfaguara, S.A. de C.V.
Av. Universidad 767, Col. del Valle
México, 03100, D.F. Teléfono 688 8966

- Distribuidora y Editora Aguilar, Altea,Taurus, Alfaguara, S.A.
  Calle 80 No. 10-23. Santafé de Bogotá, Colombia
  Tel: 6 35 12 00
- Santillana S.A.
  Torrelaguna, 60-28043. Madrid
- Santillana S.A., Avda. San Felipe 731. Lima.
- Editorial Santillana S.A.
  Av. Rómulo Gallegos, Edif. Zulia 1er. piso
  Boleita Nte. Caracas 1071. Venezuela.
- Editorial Santillana Inc.
  P.O. Box 5462 Hato Rey, Puerto Rico, 00919.
- Santillana Publishing Company Inc.
  2043 N. W. 86 th Avenue Miami, Fl., 33172 USA.
- Ediciones Santillana S.A.(ROU)
  Javier de Viana 2350, Montevideo 11200, Uruguay.
- Aguilar, Altea, Taurus, Alfaguara, S.A.
  Beazley 3860, 1437. Buenos Aires.
- Aguilar Chilena de Ediciones Ltda.
  Dr. Aníbal Ariztía 1444. Providencia, Santiago de Chile.
  Tel. (600) 731 1003
- Santillana de Costa Rica, S.A.
  Apdo. Postal 878-1150, San José 1671-2050 Costa Rica.

Primera edición en Alfaguara: octubre de 1998

ISBN: 968-19-0499-0

© Foto de cubierta: Josefina Rodríguez Marxuach
© Diseño de cubierta: Patricia Pérez Ramírez


ESTE LIBRO SE REALIZÓ CON EL APOYO DEL MINISTERIO DE CULTURA DE BRASIL.

Impreso en México

# Índice

# Prólogo

# La violencia como estética de la misantropía en la obra de Rubem Fonseca

En mayo de 1993 Rubem Fonseca estuvo en México. Tuve entonces oportunidad de conocerlo, luego de leer sus libros durante cerca de diez años, a lo largo de los cuales se creó en mí la sensación de que me enfrentaba a un fantasma del que casi nadie sabía nada, salvo los escasos datos que aparecían en las solapas de sus libros. Cuando por fin fuimos presentados en el Palacio de Bellas Artes, luego de un homenaje a Juan Rulfo, puede entender por qué me había sido tan difícil conocer alguna otra cosa más que esos datos acerca de él, bastó con verlo correr huyendo de los periodistas que intentaban entrevistarlo, actitud que horas después él mismo explicaría al comentar cuánto recelaba de los escritores que se asumían como hombres de opinión, como seres públicos que gustan de ocupar los escenarios iluminados en los que los lectores terminan por saber más de los autores que de las obras, o más precisamente, en los que el público conocedor de literatura no lee prácticamente nunca, pero sabe gran cantidad de anécdotas en torno a la vida de los autores, lo que también a muchos les parece más útil que la lectura misma. Sin embargo, la aversión de Fonseca a la fama poco tiene que ver con la misantropía que caracteriza a la mayor parte de sus personajes. Al parecer Rubem Fonseca prefiere pensar que un escritor puede decir todo lo que a él le parezca importante, independientemente de lo que los lectores puedan opinar al respecto, pero siempre a través de sus obras y no como personaje público que dicta sentencias en cuanto tiene un micrófono enfrente. Él mismo me comentó después que John Updike le había dicho alguna vez que la fama es como una máscara que los hombres suelen ponerse, y que resulta peligrosa porque devora el rostro original, le impone gestos, niega la identidad de quien se la ha echado encima.

La carrera de Rubem Fonseca como escritor se inició cuando contaba ya con 38 años de edad. Antes había sido abogado (estudió Derecho y se especializó en Derecho Penal), después trabajó en Estados Unidos (había estudiado también Administración en Boston y Nueva York), más tarde intentó conseguir un nombramiento de juez en Brasil, litigando mientras tanto en favor de los desgraciados que caían en manos de la justicia, generalmente negros, sin dinero y sin dientes. En este trabajo pudo conocer los mecanismos turbios de la política, de los organismos judiciales, la corrupción generalizada y el ejercicio de la violencia, tanto la de los ciudadanos particulares, como la feroz que ejerce el Estado contra éstos. Había sido también un lector insaciable que leía cien páginas en una hora, según me contó más tarde.

Rubem Fonseca es autor de ocho libros de cuentos y de siete novelas, así como de algunos guiones cinematográficos. Su primer libro de relatos, *Los prisioneros*, fue publicado en 1963. Según el propio Rubem Fonseca, para su fortuna no tuvo que recorrer el penoso camino que significa andar tocando las puertas de las editoriales con el manuscrito bajo el brazo esperando que alguna se interese en un escritor desconocido, sino que un amigo suyo leyó los cuentos, le gustaron, le pidió permiso para llevarlos a una editorial y de pronto se encontró con que su libro ya estaba publicado. A este libro siguieron otros dos, también de cuentos: *El collar del perro* (1965) y *Lúcia McCartney* (1967). En estos relatos aparecen ya muchos de los aspectos característicos de las obras de Fonseca: en la mayoría de los casos se trata de historias sórdidas, algunas apenas esbozadas, otras desarrolladas de manera minuciosa, pero todas planteadas con un realismo desnudo y estrujante; también desde estos primeros cuentos podemos advertir la creación de personajes marginales, comunes aunque llenos de complejidad, pues la mayoría de las veces están conscientes de su marginalidad, conciencia que se traduce en la elaboración de un discurso crítico de las diversas manifestaciones de la existencia en sociedades que anulan cualquier forma de expresión de la individualidad. Pero llama la atención el hecho de que esta actitud crítica las más de las veces se expresa de manera implícita, sin necesidad de acudir a enfrentamientos maniqueos, por lo que en la mayoría de sus obras siempre resulta difícil identificar dónde se encuentran los valores éticos, ya que Fonseca nunca los presenta como conceptos absolutos, sino como ingredientes ambiguos de la existencia. Por ello es que más difícil aún resulta identificar cuáles son los valores que el autor pudiera considerar como mejores, ya que la voz del autor en las obras de Fonseca termina neutralizándose de manera completa, pues todo lo que se dice en las obras es expresado exclusivamente por boca de los personajes.

En 1973 publicó su primera novela, *El caso Morel*, obra excepcional en muchos sentidos. En ella utiliza algunos recursos de la literatura policial, como lo había hecho ya en algunos cuentos ("El collar del perro", "El caso de F.A.", etc.) y lo seguiría haciendo en muchas de sus obras, pero sin ceñirse estrictamente a los códigos tradicionales de este tipo de literatura; sólo echa mano de algunos elementos estructurales del género (el crimen, la intriga, la investigación judicial), todos ellos manejados con maestría. Sin embargo, Fonseca no aspira a hacer una novela de detectives tradicional. En *El caso Morel*, así como en sus otras obras que se ciñen a la estructura del relato policial, el fin de la narración no es devolver el orden moral y jurídico a la sociedad mediante la persecución y captura del criminal, no; cuando Fonseca acude a los recursos de la literatura policial, siempre le da más importancia a lo específicamente literario que a la intriga policial. Ésta es sólo un pretexto, el mejor molde narrativo para presentar la compleja y ambigua contienda entre el bien y el mal, porque "criminales somos todos", como afirma uno de sus personajes. En *El caso Morel* nos encontramos con una novela en la que los tradicionales conceptos de "forma" y "contenido" se encuentran complejamente entretejidos, al grado de que la estructura de la historia es tan importante como la anécdota misma para la resolución de "el caso Morel." Más que una novela sobre criminales (que sí los hay) e investigadores (que también aparecen), El caso Morel es una investigación sobre la literatura misma, sobre el trabajo del escritor, sus dudas, sus pasiones, su condena a vivir atrapado en la cárcel que significa el texto. No es extraño que el protagonista, un escritor, haya sido anteriormente policía y abogado, tres trabajos que lo han obligado a vivir "siempre con las manos sucias." Es una novela dentro de la que se escribe otra, que nunca se terminará; en esta última, el autor-protagonista, Paul Morel, es el criminal que investiga su propio crimen, utilizando como método de análisis la escritura; Morel necesita escribir los acontecimientos en los que se ha visto envuelto —mismos que lo han llevado a la cárcel, desde donde escribe—, para indagar la realidad de lo que le ha ocurrido, con lo que se sugiere que la escritura tiene un índice de verdad más confiable que la realidad misma, pues esta última no puede nunca quedar a salvo de ser interpretada de múltiples maneras e invariablemente de forma parcial, lo que le otorga un ser siempre relativo, a fuerza de la subjetividad que se ejerce sobre ella. La historia se ve interrumpida constantemente por anotaciones al margen, fragmentos de lecturas que Morel realiza, reflexiones aisladas, entre las que sobresale una que se repite seis veces a lo largo de la historia: "nada debemos temer, excepto las palabras." En esta novela se presenta por primera vez a un personaje que hará de la investigación policial y del trabajo literario un ejercicio de hermenéutica (cosa que más tarde expresará otro personaje de Fonseca, el abogado Paulo Méndes, alias Mandrake, en la novela *El gran arte*). Así, las obras de Rubem Fonseca plantean siempre la idea de que el discurso literario es una indagación acerca de la realidad, indagación cuya finalidad no es resolver ningún tipo de problemas sociales; en todo caso, recordarnos que la vida social es en sí misma un asunto problemático, rico precisamente por su gran ambigüedad, con lo que sus obras se separan de cualquier discurso que pretenda resolver la complejidad de la existencia de manera simplista, esquemática, y progresista.

En octubre de 1975 apareció publicado *Feliz año nuevo*. Ya para entonces Fonseca era reconocido como uno de los más importantes renovadores de la moderna literatura brasileña; sin embargo la publicación de este libro de cuentos acarreó algunos problemas graves al autor, pues en diciembre del siguiente año fue recogido de la circulación por el Departamento de Policía Federal, por orden del ministro de justicia Armando Falcão, quien prohibió además su publicación y circulación en todo el territorio del Brasil. En abril de 1977, Rubem Fonseca inició un proceso para rescatar su libro de la censura impuesta, proceso que duró doce años. La voz de los censores normalmente expresó juicios amparados en una moralidad trasnochada, carentes de todo sentido crítico. Por ejemplo, el senador Dinarte Martiz dijo: "Suspender *Feliz año nuevo* fue poco. Quien escribió aquello debería estar en la cárcel y quien le dio acogida también. No conseguí leer ni una página. Bastaron media docena de palabras. Es una cosa tan baja que el público ni siquiera debía conocerlo", y el ministro Armando Falcão comentó: "Leí muy poco, tal vez unas seis palabras, y eso bastó." La causa de semejante respuesta por parte de la censura oficial es fácil de identificar: en *Feliz año nuevo*, Rubem Fonseca vuelve a expresar su preocupación por los temas ya para entonces centrales de su obra: la violencia, el crimen y la pornografía. Se trata de un libro de cuentos medular en la obra del escritor brasileño, pues es el primero en el que de manera inequívoca nos muestra que la opción por tratar estos temas no es el resultado de las obsesiones de una mente enferma —como se le quiso presentar—, sino que intenta desmitificar los conceptos que en la actualidad se manejan como únicos cuando se habla de crimen, violencia y pornografía, concepción difundida y amparada por lo que Foucault llamó "el discurso del poder." Hay en este libro algunos cuentos admirables, en los que predominan la parodia y la ambigüedad, dos formas del discurso en las que la narrativa ha alcanzado siempre su tono mayor. En este sentido sobresalen los relatos "Corazones solitarios", "Amarguras de un joven escritor", "Nau Catrineta" y "El campeonato". Pero el lugar principal lo ocupan los cuentos "Feliz año nuevo", "Paseo nocturno" e "Intestino grueso". En los dos primeros el personaje principal es la violencia urbana, actitud sin dueño, ubicua, que lo mismo puede ser ejecutada por un grupo de hombres marginales que salen a robar en una casa rica, pues no tienen con qué celebrar la llegada del año nuevo (en "Feliz año nuevo"), como por un industrial, dueño de una inmejorable posición económica que, ante una vida familiar emocionalmente vacía, decide salir todas las noches a matar personas con su automóvil, pues ha descubierto que la agresión es la única manera como puede relacionarse intensamente con los otros (en "Paseo nocturno"). El cuento "Intestino grueso" está estructurado como la entrevista que un periodista hace a un escritor; es, pues, un cuento sin acciones, sin desarrollo dramático de los personajes, en el que todo el interés está puesto en las opiniones del escritor respecto de la violencia, la pornografía y la censura. Por ejemplo:

> Hay personas que aceptan la pornografía en cualquier parte, hasta, o principalmente, en su vida privada, menos en el arte, creyendo, como Horacio, que el arte debe ser *dulce et utile*. Al atribuir al arte una función moralizante, o por lo menos entretenedora, esa gente acaba justificando el poder coactivo de la censura, ejercido bajo alegatos de seguridad o bienestar público.

Otro ejemplo:

> Los filósofos dicen que lo que perturba y alarma al hombre no son las cosas en sí, sino sus opiniones y fantasías respecto de ellas, pues el hombre vive en un universo simbólico, y lenguaje, mito, arte, religión, son partes de ese universo, son las variadas líneas que tejen la red trenzada de la experiencia humana.

Me he detenido en estas dos citas, pues en ellas se puede observar de manera evidente que si algo de subversivo tiene la actitud de Fonseca, esto reside en la claridad con que expone la imposibilidad de postular discursos absolutos, totalizadores; en su negación a aceptar (o emitir) ideas o interpretaciones sobre la vida social y el arte que puedan considerarse como exclusivas y mejores. Probablemente la alarma creada por el libro entre los organismos oficiales, en 1976, se debió precisamente a la claridad con que se descalifica en él cualquier forma de coacción, por que se pone en entredicho precisamente la supuesta necesidad de la censura; no porque atentara contra las buenas costumbres y los ideales de paz social.

La respuesta más eficaz de Rubem Fonseca a la actitud de la censura no fue el pleito legal que inició, sino la publicación, en 1979, de un nuevo libro de cuentos, *El Cobrador* (quizá el más conocido en nuestra lengua). Varios de los cuentos que aparecen en este volumen son verdaderas obras maestras del género, pero además, ahora sí se hace evidente la actitud expresa de violentar el orden establecido y la tranquilidad de los lectores, pues en ninguno de estos textos Fonseca se permite la posibilidad de hacer concesiones al buen gusto o al sentido común, sino que nos presenta historias sólidamente armadas, que confirman el ejercicio de la violencia como vía privilegiada para sublimar el espíritu en el mundo contemporáneo.

De los cuentos que componen este volumen, el relato "Pierrot de la caverna" es uno de los mejores entre todos los escritos por Fonseca. El narrador es un escritor que en todo el relato no escribe una sola línea, únicamente habla solo: "Llevo colgando del cuello el micrófono de una grabadora. Sólo quiero hablar, y lo que diga jamás pasará al papel. De esta forma no tengo necesidad de pulir el estilo con esos refinamientos que los críticos tanto elogian y que es sólo el paciente trabajo de un orfebre." Habla sobre las novelas que piensa escribir, sobre las mujeres con quienes mantiene relaciones sexuales, sobre la pedofilia, sobre su relación amorosa con una niña de doce años. En un principio mezcla todos los temas de manera en apariencia arbitraria, aunque en pocas páginas el lector puede darse cuenta de que el relato está sólidamente armado y el trabajo estilístico está cuidado hasta en los detalles mínimos. El personaje es un misántropo consumado, al grado de que ha preferido ajustar cuentas hablando con una grabadora, negando la posibilidad de dialogar con los otros, pues conforme el relato avanza advertimos que está completamente decepcionado de todos y de todo: no tiene amigos, la idea de llegar a tener hijos lo deprime, ha pasado más de un año sin comunicarse con sus editores, las mujeres con las que se acuesta muy pronto le producen una sensación de vacío y aburrimiento. Solamente en Sofía, la niña de doce años, encuentra la personificación intensa de la pureza. Si bien el protagonista no es un modelo de conducta —lo cual nunca es la intención de Fonseca—, sí es, por otra parte, un hombre cuya soledad y aislamiento no son sino el resultado de una opción consciente. En ello reside uno de los aspectos más importantes del cuento, pues si la anécdota es de suyo interesante, lo son más las apreciaciones del protagonista respecto de las relaciones sociales, ese mundo de lealtades corrompidas, superficiales, en el que la pasión ha sido asesinada en favor del buen gusto, y en el que, por último, la soledad se entiende como una traición al exhibicionismo frívolo de los demás.

El personaje que lleva la misantropía a un grado extremo es el Cobrador, quien ha llegado a la conclusión de que siempre ha estado del lado de los que pagan y decide que ahora le toca cobrar: "¡Todos me deben algo! Me deben comida, coños, cobertores, zapatos, casa, coche, reloj, muelas; todo me lo deben." El Cobrador ha aprendido que es inútil esperar el momento en que papá gobierno o mamá revolución se decidan por fin a procurar un bienestar social equitativo, por ello es que decide cobrarse por sus propios medios. Sus principales armas son el odio y la sensibilidad para decodificar los discursos vacíos y tramposos de sus adversarios (los que sí tienen): "Me quedo ante la televisión para aumentar mi odio. Cuando mi cólera va disminuyendo y pierdo las ganas de cobrar lo que me deben, me siento frente a la televisión y al poco tiempo me vuelve el odio." Las imágenes de la televisión le advierten que vive en un mundo donde sólo sobresalen, supuestamente, los que se pliegan a los modelos de conducta y apariencia ahí emitidos. Él no coincide con esos modelos, es más, los encuentra despreciables, de tal manera que, como ocurre con tantos otros, su identidad se ve negada por las imágenes del éxito y el orden que difunde la TV, ese mundo en el que parece que todos deberían ser como

> el tipo ese que hace el anuncio del güisqui. Tan atildado, tan bonito, tan sanforizado, abrazado a una rubia reluciente, y echa unos cubitos de hielo en el vaso y sonríe con todos sus dientes, sus dientes, firmes y verdaderos.

El Cobrador no está dispuesto a aceptar que se le niegue, y descubre que la única manera efectiva de adquirir una identidad propia es negando a los otros, destruyéndolos, no aspirando a ser como ellos. Cuando el Cobrador ataca, no lo hace para apoderarse de las pertenencias de sus víctimas, si así lo hiciera se volvería cómplice del "discurso del poder", el cual ha difundido la idea de que el mal se expresa sobre todo como atentados contra la propiedad privada. Al Cobrador esto no le interesa, por eso es que en los diarios se habla de él como "el loco de la Magnum", pues el poder quiere convencer a los ciudadanos de que "el malo" existe sólo porque su mediocridad ha hecho de él un resentido, alguien que envidia a los que sí han triunfado. Si tal esquema no se cumple, al transgresor sólo se le puede colocar en la casilla de la locura, pues sus actos resultan ilógicos, incontrolables e impredecibles. Llamarlo loco es el resultado del intento por hacer controlable y manso lo que escapa de las respuestas maniqueas del orden.

En todos los cuentos que componen este volumen podemos encontrar, en su forma más acabada, los principales rasgos estilísticos que Fonseca había venido ensayando desde la publicación de *Los prisioneros*: el gusto por los diálogos breves y contundentes, la narración en primera persona (de los diez cuentos, sólo uno, "El juego del muerto", está narrado en tercera persona), el manejo de un ritmo intenso y ágil, las descripciones sintéticas y precisas de situaciones o personajes (por ejemplo, en el cuento "Pierrot de la caverna", el protagonista describe así al amante de la mujer de quien está divorciado: "Iba vestido a la última moda, camisa de voilé francesa abierta en el pecho, un collarito de oro, grueso, con un medallón, alrededor del cuello,

y perfumado. Se llamaba Fernando. Uñas y maneras pulidas";
más tarde describe a una mujer, diciendo: "Me encontré con la
madre de Sofía en el ascensor. Una mujer flaca, de esas que cenan
un yogur y se pesan dos veces al día en una balanza de baño").
Con *El Cobrador* se cierra un ciclo en la obra de Rubem
Fonseca, ciclo en el que predominaron los libros de cuentos.
Posteriormente, entre 1983 y 1990, publicó cuatro novelas. Todas
ellas discurren sobre la intrincada vía de la estructura de la novela
policial; pero, como había ocurrido ya en otros relatos, toma del
género policial los aspectos necesarios para construir historias
interesantes, que atrapen a los lectores; lo utiliza como recurso
y no como fin en sí mismo. En esto reside uno de los aspectos más
complejos e interesantes de la obra de Rubem Fonseca. En sus
historias, la necesidad de transgredir el orden no se cumple sólo
como característica de sus personajes, sino que tiene su expresión más intensa en la actitud paródica del escritor, quien hace
uso de los principales ingredientes de los géneros de consumo
masivo (la llamada literatura de supermercados) para cuestionar
al mismo sistema cultural que difunde estas obras como formas
de entretenimiento sano (pues en ellas la única ausencia grave es
la posibilidad de adoptar una actitud crítica), carentes de profundidad. Así, las novelas de Fonseca tienen como blanco de sus
ataques las diversas manifestaciones de la sociedad de consumo,
sus rituales, a quienes la apoyan y difunden; sólo que para
atacarla el autor utiliza sus mismas formas de expresión, se
apropia de sus códigos y vierte en ellos el virus de la duda y la
ambigüedad. En este escenario usurpado, los grandes actores
son la corrupción, la impartición obscena de la justicia, la política
como administración de la violencia —ejecutada por el estado
contra los individuos particulares—, la moral sexófoba; todos ellos
son aspectos ante los cuales no se puede hacer nada, si acaso, basta
con presentarlos desnudos y sin maquillaje. En las obras de Fonseca
no encontrará el lector respuestas, sino incertidumbre. En el cuento
"Novela negra" (perteneciente al libro titulado precisamente *Novela
negra*, de 1992) el protagonista dice: "El objetivo honrado de un
escritor es henchir los corazones de miedo, es decir lo que no debe
ser dicho, es decir lo que nadie quiere decir, es decir lo que nadie
quiere oír. Esta es la verdadera poiesis", palabras que revelan
cabalmente la actitud que caracteriza a Fonseca en todas sus obras.
Las cuatro novelas que mencioné son *El gran arte* (1983),
*Bufo & Spallanzani* (1985, publicada en español con el título de

*Pasado negro*), *Vastas emociones y pensamientos imperfectos* (1988) y *Agosto* (1990). En todas ellas el lector puede observar a un autor comprometido de manera profunda con los problemas que rodean la existencia en las sociedades contemporáneas, un autor que presenta la existencia como un fenómeno problemático y no como una síntesis dogmática; se trata de novelas en las que los protagonistas no están al servicio de una ideología institucionalizada, sino todo lo contrario, se ven sometidos por las instituciones sociales y, en consecuencia, todas sus acciones están encaminadas a reaccionar en contra de las múltiples manifestaciones del poder. Además de lo anterior, en *Bufo & Spallanzani* y *Vastas emociones y pensamientos imperfectos* Rubem Fonseca vuelve a uno de los temas sobre los que con más frecuencia reflexionan sus personajes, tanto en los cuentos como en las novelas: la literatura. En un gran número de sus obras los protagonistas son, al mismo tiempo, narradores y escritores (en los cuentos "Corazones solitarios", "Amarguras de un joven escritor", "Intestino grueso", "Pierrot de la caverna", "El arte de caminar por las calles de Rio de Janeiro", "Llamaradas en la oscuridad", "Mirada", "Novela negra", etc., así como en la novela *El caso Morel* y en las dos mencionadas arriba), y lo que caracteriza a estos personajes es que nunca son presentados solamente escribiendo, al contrario, más que escribir reflexionan sobre la literatura desde muy distintos puntos de vista y con actitudes también diferentes, que van de la parodia a la reflexión más profunda y crítica. Por ejemplo, en algún momento de su largo monólogo, el protagonista de "Pierrot de la caverna" dice:

> Nunca sería capaz de escribir sobre acontecimientos reales de mi vida, no sólo porque ésta, como por otra parte la de casi todos los escritores, nada tiene de extraordinario o interesante, sino también porque me siento mal sólo de pensar que alguien pueda conocer mi intimidad. Claro que podría ocultar los hechos bajo una apariencia de ficción, pasando de primera a tercera persona, añadiendo un poco de drama o comedia inventada, etc. Eso es lo que muchos escritores hacen, y tal vez por eso resulta tan fastidiosa su literatura.

Otro personaje que adopta una actitud crítica ante la literatura es Gustavo Flavio, protagonista de la novela *Bufo & Spallanzani*, quien dice haber cambiado su nombre en honor a Gustave

Flaubert, y que mantiene con la literatura una relación incómoda y las más de las veces francamente problemática, como se observa en el siguiente ejemplo:

> El escritor debe ser esencialmente un subversivo, y su lenguaje no puede ser ni el lenguaje mistificatorio del político (y del educador), ni el represivo del gobernante. Nuestro lenguaje debe ser el del no-conformismo, el de la no-falsedad, el de la no-opresión. No queremos poner orden en el caos, como suponen algunos teóricos, ni siquiera hacer el caos comprensible. Dudamos de todo siempre, incluso de la lógica. El escritor tiene que ser escéptico. Tiene que estar contra la moral y las buenas costumbres. Propercio puede haber tenido el pudor de contar ciertas cosas que sus ojos vieron, pero sabía que la poesía busca su mejor materia en las "malas costumbres" (Véase Veyne). La poesía, el arte en fin, trasciende los criterios de utilidad y nocividad, incluso los de comprensibilidad. Todo lenguaje muy inteligente es mentiroso.

Hasta aquí el comentario de Gustavo Flavio resulta atractivo, independientemente de cuál sea la actitud que los lectores mantengamos al respecto; pero lo más interesante es que tal reflexión, crítica y comprometida incluso con una particular actitud ética del escritor, en las siguientes líneas se vuelve relativa, pues el mismo protagonista tiene el sano juicio de ponerla en entredicho, como si no quisiera reconocerse a sí mismo en la condición de quien está dictando sentencias sob la función del escritor y su trabajo: "Estoy diciendo esto hoy, r no aseguro que dentro de un mes crea aún en ésta o en cualq otra afirmación, pues tengo la buena cualidad de la incohe cia." El último ejemplo que quiero mencionar es el del pro nista anónimo de la novela *Vastas emociones y pensam imperfectos*, un cineasta que se pasó toda su juventud le cuentos y que durante la historia que se cuenta es cor para llevar al cine los cuentos de *Caballería roja* de Isaí obra de la que termina por apasionarse, pues nos dice c muy joven tuvo una manía casi perversa por la lectura ( ("La literatura que consumía a los diez años tenía tí' estos: *Los mejores cuentos rusos, Los mejores cuent nos, Los mejores cuentos franceses, Los mejores cuen* etc. A los catorce años creía que había leído todos lo se habían escrito en el mundo."); es así como reconoce en Babel algunos rasgos estilísticos que le parecen admirables: "Pasé la noche leyendo a Babel. Cada cuento era una obra maestra. No sé qué me impresionaba más: la tensión, el equilibrio entre ironía y lirismo, la elegancia de la frase, la precisión, la concisión." Como se podrá advertir en las siguientes páginas, todos estos rasgos son también característicos del estilo de Rubem Fonseca.

Después de las cuatro novelas mencionadas arriba, Rubem Fonseca ha publicado otros cinco libros: *Novela negra* (algunos de cuyos cuentos se publican por primera vez en esta antología, pues el libro aún no ha sido publicado en español), en 1992; en 1994 la novela *El salvaje de la ópera,* una obra de carácter histórico-biográfico que gira en torno a la vida de Antônio Carlos Gomes, autor de obras operísticas que alcanzó cierto renombre fugaz en Europa durante las últimas décadas del siglo pasado; en esta novela la maestría narrativa de Fonseca se advierte página tras página, a pesar de que se trata de un tema extraño en su obra, al grado de que él mismo me comentó en una carta lo siguiente: "Aquí va mi nuevo libro. No es una 'novela negra', pero espero que a ti y a Julieta les guste, aunque el tema se centre en un artista brasileño probablemente desconocido en México, pues incluso en Brasil ha sido olvidado." Un año después apareció el libro de cuentos *El agujero en la pared* (1995), el cual, con excepción del cuento que da título al libro, se reproduce completo en este volumen. Por último, en 1997 la Companhia das Letras publicó los dos últimos libros de Rubem Fonseca que hasta ahora han aparecido, la novela *Y de en medio del mundo prostituto sólo guardé amores para mi puro* y el libro de cuentos *Historias de amor.* Ambos salieron a la venta en Brasil en una hermosa caja que agrega a la calidad de las obras el lujo discreto del diseño editorial. De este último libro de cuentos, Fonseca eligió cuatro para cerrar esta antología.

En la actualidad la gran mayoría de los libros de Rubem Fonseca han sido traducidos al español (con excepción, como ije arriba, del libro de cuentos, *Romance Negro,* y los dos ltimos que mencioné), lo que nos permite reconocerlo, no sólo ɔmo uno de los narradores más importantes de su país, sino tre los más importantes escritores contemporáneos de manera ɩeral. Sus novelas y cuentos pertenecen a una de las tradicio- más ricas de la literatura, aquélla que cuestiona con actitud a la problemática existencial del hombre en las sociedades rnas. Cuestionamiento, humor irónico y actitud crítica son algunas de las características de la prosa de Fonseca; características que en sus libros dan lugar a una de las propuestas expresivas más admirables de la narrativa de todos los tiempos: la ambigüedad. Por ello, si sus obras no son indiferentes a los problemas de los individuos, tampoco adoptan una actitud didáctica al exponerlos. Son textos que ante todo están dispuestos a parodiar los discursos reduccionistas y maniqueos que tratan de explicar los fenómenos humanos y sociales de manera progresista. Todo lo que en sus obras se menciona es susceptible de ser revisado, pues si algo caracteriza a sus personajes es la actitud de ponerlo todo en duda, no creer en verdades difundidas como absolutas; para ellos la verdad es sólo una dimensión relativa del conocimiento. La mayoría de los personajes de Fonseca proponen, de distintas maneras, una revalorización de lo individual, un rescate de la intimidad y un ataque a las instituciones que aspiran a convertir al ser humano en una pieza amorfa de la gran maquinaria social.

Sus héroes se caracterizan por poseer una visión crítica de la vida social, lo que da como resultado la reivindicación de la soledad o, inclusive, de la misantropía. Suelen ser, además, personajes que poseen una sensibilidad aguda, independientemente del rol social que desempeñen (escritores, abogados, halterofilistas, prostitutas, ladrones, amas de casa, industriales, cineastas, etc.), que optan por la marginalidad, o se asumen en ella, y al hacerlo cuestionan el orden social. De esta manera, si su opción es la soledad, tienen que soportar el ataque de las instituciones que pretenden controlarlos, sancionarlos o condenarlos al silencio y la inactividad. De ello resulta un enfrentamiento siempre violento, pues los personajes de Fonseca no se resignan a perder su identidad, no admiten que se destierre de ellos la posibilidad de encontrar placeres intensos que los mantengan en el mundo de lo elementalmente humano. Así, frente al matrimonio y su moral sexófoba, prefieren el erotismo; frente a la lealtad a las instituciones, optan por la soledad; frente a la moral del orden y el progreso, reivindican la subversión; frente a la solemnidad, articulan el discurso de la parodia.

Estos signos caracterizan a los personajes de Fonseca, todos ellos acaban por descubrir, tarde o temprano, que su actitud es interpretada como violentadora del orden, y antes que pretender enderezar el rumbo, antes que intentar volver al seno de la vida ordenada, hacen de la agresividad un discurso intenso y coherente que les permite afirmarse a sí mismos, aunque para ello tengan que negar a los otros. La violencia les abre la puerta al mundo de los placeres que el evangelio del trabajo que profesan las sociedades modernas había intentado cancelar, negar y desterrar del panorama de la existencia humana. De esta manera, los héroes de Fonseca hacen de la violencia una estética de la misantropía.

*Romeo Tello Garrido*

# Los prisioneros
# (1963)

# Febrero o marzo

La condesa Bernstroff usaba una boina de la que colgaba una medalla del káiser. Era vieja, pero podía decir que era una mujer joven y lo decía. Decía: pon la mano aquí, en mi pecho, y ve cómo está duro. Y el pecho era duro, más duro que el de las muchachas que yo conocía. Ve mi pierna, decía, cómo está dura. Era una pierna redonda y fuerte, con dos músculos salientes y sólidos. Un verdadero misterio. Explíqueme ese misterio, le preguntaba, borracho y agresivo. Esgrima, explicaba la condesa, formé parte del equipo olímpico austríaco de esgrima —pero yo sabía que ella mentía.

Un miserable como yo no podía conocer a una condesa, ni aunque fuese falsa; pero ésta era verdadera; y el conde era verdadero, tan verdadero como el Bach que oía mientras tramaba, por amor a los esquemas y al dinero, su crimen.

Era de mañana, el primer día del carnaval. He oído decir que ciertas personas viven de acuerdo a un plan, saben todo lo que les va a ocurrir durante los días, los meses, los años. Parece que los banqueros, los amanuenses de carrera y otros hombres organizados hacen eso. Yo —yo vagué por las calles, mirando a las mujeres. Por la mañana no hay mucho que ver. Me detuve en una esquina, compré una pera, la comí y empecé a ponerme inquieto. Fui a la academia.

De eso me acuerdo muy bien: comencé con un supino de noventa kilos, tres veces ocho. Se te van a salir los ojos, dijo Fausto, dejando de mirarse en el espejo grande de la pared y espiándome mientras sumaba los pesos de la barra. Voy a hacer cuatro series por pecho, de caballo, y cinco para el brazo, dije, serie de masa, hijo, para hombre, voy a hinchar.

Y comencé a castigar el cuerpo, con dos minutos de intervalo entre una serie y la otra para que el corazón dejara de latir tan fuerte y para poder mirarme en el espejo y ver el progreso. Hinché: cuarenta y dos de brazo, medidos con la cinta métrica.

Entonces Fausto explicó: iré vestido de marica y también Sílvio, y Toão, y Roberto, y Gomalina. Tú no quedas bien de mujer, tu cara es fea, tú vas en el grupo de choque, tú, el Ruso, Bebeto, Paredón, Futrica y João. La gente nos rodeará pensando que somos putas, nosotros cuchichearemos con voz fina, cuando ellos quieran manosear, nosotros, y ustedes si fuera necesario, pondremos la maldad para golpear y hacemos un carnaval de palazos hacia todos lados. Vamos a acabar con todo lo que sea grupos de criollos, hasta en el pito les daremos, para hacernos valer. ¿Qué dices, te esperamos?

Sílvio ya se vestía de marica, se pintaba los labios con bilé. El año pasado, decía, una mujer de las pampas puso un papelito en mi mano, con un teléfono; casi todas putas, pero había una que era mujer de un chulo, anduve con ella más de seis meses, me dio un reloj de oro.

Ella pasaba, dijo el Ruso, y volvía la cabeza hacia todo lo que fuera mujer. No había mujer que no mirara a Sílvio en la calle. Debería ser artista de cine.

¿Entonces? ¿Nos encuentras?, insistió Fausto.

A esas alturas el conde Bernstroff y su mayordomo ya debían haber hecho planes para aquella noche. Ni yo, ni la condesa sabíamos nada; ni yo mismo sabía si habría de salir partiéndole la cara a personas que no conocía. El lado ruin del sujeto es no ser banquero ni amanuense del Ministerio de Hacienda.

Por la tarde, sábado, la ciudad aún no estaba animada. Los cinco maricas se contoneaban sin entusiasmo y sin gracia. Los grupos en la ciudad se forman así: una batería con algunos sordos, varias cajas y tamborcitos y a veces una cuíca, salen golpeando por la calle, los sucios van llegando, juntándose, cantando, abultándose y el grupo crece.

Salió un grupo frente a nosotros. Seis individuos descalzos, caminando lentamente, mientras golpeaban a coro. Moreno, mi moreno sabroso, préstame tu tambor, dijo Sílvio. Los hombres se detuvieron y pensaron, y cambiaron de pensamiento, la mano de Sílvio agarró por el pescuezo a uno de ellos, dame ese tambor, hijo de puta. Como un rayo los maricas cayeron encima del grupo. ¡Sólo en el pecho!, ¡sólo en el pecho!, gritaba Sílvio, que están flacos. Aun así uno quedó en el suelo, caído de espaldas, un pequeño tambor en la mano cerrada. Un golpe de Sílvio podía reventar la puerta del departamento, de la sala y de los cuartos juntos.

Teníamos varios tambores, que golpeábamos sin ritmo. La cuíca, como nadie sabía tocarla, Ruso la reventó de una patada. Una sola patada, en el mero centro, la hizo pedazos. Después Ruso anduvo diciendo que su mano se había hinchado de golpear la cara de un vago tiñoso en la plaza Once. Yo no lo sé, pues no fui a la plaza Once, luego de aquello que ocurrió en el terraplén me separé del grupo y acabé encontrando a la condesa, pero creo que su mano se hinchó al reventar la cuíca, pues la cara de un vagabundo no le hincha la mano a nadie.

Una mujer había llegado y dijo, llévenme con ustedes, nunca he visto tantos hombres hermosos juntos; y se agarraba de nosotros, nos enterraba las uñas. Fuimos al terraplén y ella decía, jódeme, pero no me maltrates, con cariño, como si estuviera hablando al novio; y eso se lo dijo al tercero, y al cuarto sujeto que entró, que anduvo con ella; pero a mí, estirando la mano de uñas sucias y pintadas de rojo, me dijo, hombre guapo, mi bien —y rió, una risa limpia; no pude hacer nada, y vestí a la mujer, tiré el atomizador de perfume que olía, y dije para que todos me oyeran, basta, y vi los ojos azules pintados de Sílvio y le dije, bajo, la voz saliendo del fondo, ruin— basta. El Ruso agarró a Sílvio con fuerza, los tríceps saltando como si fueran yunques. Se va a llevar a la mujer, dijo Silvio, empujando el pecho; pero todo quedó en eso; me llevé a la mujer.

Fui caminando con ella por la orilla del mar. Al principio ella cantaba, luego se calló. Entonces le dije, ahora vete a tu casa, ¿me oyes?, si te encuentro vagando por ahí te rompo los cuernos, ¿entendiste?, te voy a seguir, si no haces lo que te estoy ordenando te vas a arrepentir —y agarré su brazo con toda mi fuerza, de manera que le quedase doliendo los tres días del carnaval y una semana más marcado. Gimió y dijo que sí, y se fue caminando, yo siguiéndola, en dirección al tranvía, atravesó la calle, tomó el tranvía que venía vacío de regreso de la ciudad, me miró, yo hacía muecas feas, el tranvía se fue, ella tirada en un banco, un bulto.

Volví a la playa, con ganas de ir a casa, pero no a mi casa, pues mi casa era un cuarto y en mi cuarto no había nadie, sólo yo mismo. Me fui caminando, caminando, atravesé la calle, comenzó a caer una llovizna y por donde yo estaba no había carnaval, sólo edificios elegantes y silenciosos.

Fue entonces que conocí a la condesa. Apareció en la ventana gritando y yo no sabía que ella era condesa ni nada. Gritaba palabras de auxilio, pero sonaba extraño. Corrí al edificio, la portería estaba vacía: volví a la calle pero ya no había nadie en la ventana; calculé el piso y subí por el elevador.

Era un edificio de lujo, lleno de espejos. El elevador se detuvo, toqué el timbre. Un hombre vestido con rigor abrió la puerta. ¿Sí, qué desea?, mirándome con aire de superioridad. Hay una mujer en la ventana pidiendo socorro, dije. Me miró como si hubiera dicho una grosería —¿socorro?, ¿aquí? Insistí, sí, aquí, en su casa. Soy el mayordomo, dijo. Aquello sacó a flote mi autoridad, nunca en mi vida había visto un mayordomo. Está usted equivocado, dijo y ya me disponía a irme cuando apareció la condesa, con un vestido que en aquella ocasión pensé que era un vestido de baile, aunque después supe que era ropa de dormir. Yo fui, sí, pedí socorro, entre, por favor, entre.

Me llevó de la mano mientras me decía, usted me hará un gran favor, revisar la casa, hay una persona escondida aquí dentro que quiere hacerme mal, no tenga miedo, no, es tan fuerte, tan joven, voy a hablarte de tú. Soy la condesa Bernstroff.

Empecé a revisar la casa. Tenía salones enormes, llenos de luces, pianos, cuadros en las paredes, candiles, mesitas y jarras y jarrones y estatuas y sofás y sillas enormes en las que cabían dos personas. No vi a nadie, hasta que, en una sala más chica donde un tocadiscos tocaba música muy alto, un hombre en bata de terciopelo se levantó cuando abrí la puerta y dijo despacio, colocándose un monóculo en el ojo, buenas noches.

Buenas noches, dije. Conde Bernstroff, dijo él, extendiendo la mano. Después de mirarme un poco sonrió, pero no para mí, para sí mismo. Con permiso, dijo, Bach me transforma en un egoísta, y me dio la espalda y se sentó en una butaca, la cabeza apoyada en la mano.

Si he de ser franco, quedé confundido, aún ahora estoy confundido, pues ya olvidé muchas cosas, la cara del mayordomo, la medalla del káiser, el nombre de la amiga de la condesa, con quien me acosté en la cama, junto con la condesa, en el departamento del Copacabana Palace. Además, antes de que saliéramos, ella me dio una botella llena de Canadian Club que me bebí casi por completo dentro del carro cuando íbamos al Copacabana, sintiéndome como un lord: pero bajé derechito del carro y subimos al departamento y tengo la impresión de que los tres nos divertimos bastante en el cuarto de la amiga de la condesa, pero de esa parte me olvidé completamente.

Desperté con dolor de cabeza y dos mujeres en la cama. La condesa quería ir a su casa para enseñarme un animal que la quería morder y que había invadido su casa y que ella tenía encerrado dentro del piano de cola. Volvimos en taxi, no sé ni qué horas eran pues no tenía hambre y lo mismo podían ser las diez como las tres de la tarde. Fue directamente al piano de cola y no encontró nada. Debí enseñártelo ayer, decía, ahora ellos lo han sacado de aquí, son muy inteligentes, son diabólicos. ¿Qué animal era ése?, pregunté, el terrible dolor de cabeza no me dejaba pensar bien, apenas podía abrir los ojos. Es una especie de cucaracha grande, dijo la condesa, con un aguijón de escorpión, dos ojos saltones y patas de escarabajo. No lograba imaginar un animal así, y se lo dije. La condesa se sentó en una de las cincuenta mesitas que había en la casa y dibujó el animal, una cosa muy extraña, en un papel de seda azul, que doblé y guardé en el bolsillo y lo perdí. He perdido muchas cosas en mi vida, pero la cosa que más lamento haber perdido es el dibujo del animal que la condesa hizo y me pongo triste sólo de pensar en eso.

La condesa me afeitaba cuando apareció el conde, con el monóculo y diciendo buenos días. La condesa afeitaba mejor que cualquier barbero; una navaja afilada que rozaba la cara como si fuera una esponja, y luego me hizo masaje en la cara con un líquido perfumado; el masaje en mi trapecio y en mis deltoides mejor que el de Pedro Vaselina, el de la academia. El conde miraba todo esto con cierto desinterés, diciendo, debes simpatizarle mucho como para que te haga la barba, hace años que no me la hace a mí. A eso la condesa respondió irritada: tú sabes muy bien por qué; el conde se encogió de hombros como si no supiera nada y se alejó, desde la puerta me dijo, me gustaría hablar contigo después.

Cuando el conde salió la condesa me dijo: quiere comprarte, compra a todo el mundo, su dinero se está acabando, pero aún tiene algo, muy poco, y eso lo desespera aun más, pues el tiempo pasa y yo no me muero, y si no me muero él se queda sin nada, pues no le doy más dinero; ya está viejo, ¿cuántos años crees que tiene?, podría ser mi padre, dentro de poco no podrá beber, se quedará sordo y no podrá oír música; el tiempo, después de mí, es su mayor enemigo; ¿viste cómo me mira? Un ojo frío de pez cazador, esperando un momento para liquidar sin misericordia a su presa; tú entiendes, un día me arrojan por la ventana, o me inyectan mientras esté dormida y luego ni quien se acuerde de mí y él coge todo mi dinero y vuelve a su tierra a ver la primavera y las flores del campo que tanto me pidió, con lágrimas en los ojos, que quería volver a ver; lágrimas fingidas, lo sé, su labio ni temblaba; y yo podría irme, abandonarlo, sin nada, sin oportunidad para sus planes siniestros, un pobre diablo; hasta creo que está empezando a quedarse sordo, la música que oye la sabe de memoria y quizá por eso ni se ha dado cuenta que se está quedando sordo —y la condesa se alejó diciendo que algo ocurriría uno de esos días y que estaba muy horrorizada y que nunca se había sentido tan excitada en toda su vida, ni siquiera cuando fue amante del príncipe Paravicini, en Roma.

Fui a buscar al conde mientras la condesa tomaba un baño. Me preguntó con delicadeza, pero de manera directa, como quien quiere tener una conversación corta, dónde ganaba yo mi dinero. Le expliqué, también brevemente, que para vivir no es necesario mucho dinero; que ganaba mi dinero aquí y allá. Se ponía y quitaba el monóculo, mirando por la ventana. Continué: En la academia hago ejercicio gratis y ayudo a João, el dueño, que además me da un dinerito; vendo sangre al banco de sangre, no mucha para no perturbar el ejercicio, pero la sangre es bien pagada y el día que deje de hacer ejercicio voy a vender más y quizás viva de eso, o principalmente de eso. En ese momento el conde estaba muy interesado y quiso saber cuántos gramos vendía, si no me quedaba tonto, cuál era mi tipo de sangre y otras cosas. Después el conde me dijo que tenía una propuesta muy interesante que hacerme y que si la aceptaba nunca más tendría que vender sangre, a no ser que ya estuviera enviciado con eso, lo que él entendía, pues respetaba todos los vicios.

No quise oír la propuesta del conde, no dejé que la hiciera; a fin de cuentas yo había dormido con la condesa, estaría mal que me pasara al otro bando. Le dije, nada de lo que usted pueda darme me interesa. Tengo la impresión de que se molestó con lo que le dije, pues se alejó de mí y se quedó viendo por la ventana, un largo silencio que me puso inquieto. Por eso, continué, no le ayudaré a hacer ningún mal a la condesa, no cuente conmigo para eso. ¿Pero cómo?, exclamó, tomando el monóculo con delicadeza en la punta de los dedos como si fuera una hostia, pero si yo sólo quiero su bien, quiero ayudarla, ella me necesita, y también a usted, déjeme explicarle todo, parece que hay una gran confusión, déjeme explicarle, por favor.

No lo dejé. Me fui. No quise explicaciones. A fin de cuentas, de nada servían.

# El enemigo
## *Primer tiempo*

## 1

Estoy pensando mucho, lo que me ocurre siempre antes de acostarme, a la hora en que cierro las puertas de la casa. Esto me pone muy irritado pues, cuando vuelvo a la cama, a pesar de los procesos mnemónicos que usé para tener la certeza de que cerré puertas y ventanas, la duda me asalta y tengo que levantarme nuevamente. Hay noches en que me levanto cinco, seis, siete veces, hasta que finalmente, ya disipada toda incertidumbre, me adormezco tranquilo. Hoy, por ejemplo, ya me he levantado dos veces para ver si las puertas están bien cerradas, pero terminé por no ver bien. Los procesos mnemónicos que había usado parecían ser buenos. En la ventana del balcón escupí entre las venecianas y verifiqué, mientras echaba la cerradura, una gota de saliva que se balanceaba y reflejaba la luz de la lámpara en la calle. En la puerta de enfrente, mientras echaba la cerradura, dije en voz alta "alea jacta est", dos veces. En la puerta del fondo, luego de cerrarla, levanté la pierna y toqué con la planta del pie la moldura. Estaba fría. Luego me acosté, esperando volver tranqui-lo a Ulpiniano-el-Bueno, Mangonga, Najuba, Félix, Roberto y Yo mismo. En este instante en la cama, la palabra volver me hizo reconocer, con aflicción, que, al hacer mi ronda de seguridad, no estaba concentrado en las tareas esenciales (los ladrones habían entrado dos veces en mi casa y habían robado una parte substan-cial de mis bienes), sino pensando distraído, lo que no podía dar la certeza de haberlas efectuado con precisión. De hecho, ahora puedo recapitular, al cerrar la puerta y exclamar en voz alta "alea jacta est", estaba pensando en el mico que hablaba con Vespaciano, padre de Ulpiniano-el-Bueno y Justino, su hermano y mago de profesión, de quien yo era auxiliar. A pesar de que algunas personas dijeran que era ayudante del mago por diletantismo, en realidad lo que me interesaba era el dinero que ganaba en cada presentación, lo que me ayudaba a pagar mis estudios, pues la función en sí no me agradaba mucho, sobre todo por el hecho de que Justino me exigía que trabajara con corbata de moño.

Realizábamos nuestro espectáculo en circos y clubes. Los circos funcionaban casi siempre en los suburbios y los sábados y los domingos había, además de la presentación nocturna (21 horas), una matiné (16 horas). Por esto me pasaba prácticamente el sábado y el domingo en los suburbios, pues no daba tiempo de volver a casa. No me incomodaba porque estaba enamorado (aunque ella no lo sabía) de Aspásia, la muchacha peruana o ecuatoriana, quizá boliviana, de la cuerda floja. Subía al alambre, con una falda corta de satín rojo y una sombrilla de colores, y como era bonita, el rostro tenso, cuerpo hecho de equilibrio y poder, deslizándose ligera y ágil sobre el alambre de acero. Pero ella no quería nada conmigo pues yo tenía sólo quince años y no era nadie.

Es necesario ordenar los acontecimientos. Estamos en la secundaria y soy estudiante y auxiliar de mago. Es lunes; estoy triste porque el domingo cuando encontré a Aspásia le recité, en español, "La casada infiel"; después de oír sonriente lo que debería (creía yo) conmoverla hasta las lágrimas, ella dio por terminado el asunto diciendo que mi español era odioso. No en esos términos, pero el sentido era ése. Tenía que ir al colegio pero lo que quería era estar en la Isla de Cayo Icacos que descubrí en el atlas y en la que debía haber cocoteros, mar azul y viento fresco, al lado de Aspásia.

La primera clase era la de Cambaxirra, así llamado porque era flaco y sus brazos parecían las alas de un pajarito feo. Sentíamos desprecio por él, y tal vez odio: los jóvenes no perdonan a los débiles. En la última fila Mangonga leía un libro porno de la colección verde, *Las hetairas de lujo*. Ulpiniano-el-Bueno parecía prestar atención a la clase, pero yo sabía que eso era imposible: Félix tomaba notas; Najuba tomaba notas; Roberto fabulaba, el ojo torcido. Ya había pasado la fase en que nos gustaba (a los líderes) ridiculizar a Cambaxirra, quien por ser sordo permitía que lo hiciéramos sin gran riesgo. Ese día, después de la clase, Roberto me llamó y dijo —"Mira, voy a contarte algo que no tengo valor para contar a nadie más, ni a mi madre, ni a mi padre, ni a mis hermanos"— lo que no era ninguna ventaja pues Roberto era un individuo que vivía aislado en su casa, leyendo a solas tratados de parapsicología, sin posibilidad de comunicación con sus padres, que lo habían tenido ya en una edad avanzada. La diferencia de edad entre él y sus hermanos era de, por lo menos, veinte años. Su rostro era así: pálido, con ojeras (se pasaba las noches leyendo, escondido de su madre) y tenía una nariz muy larga, incluso para un hombre hecho. No era, pues, ninguna ventaja que me contara aquello que ni-siquiera-había-contado-a-su-madre-etc. Me empujó a un lado y sólo habló cuando, a pesar de estar aislados en una orilla del corredor, tuvo certeza de que nadie nos oía.

"Hoy volé", dijo. Sus ojos brillaban.

"¿De veras?", dije. No sabía si creerle o no. No a él, al vuelo. Él no mentía nunca.

"Volé. Te lo juro. ¿Me crees, verdad?", dijo mirándome ansioso. "Me elevé veinte centímetros del suelo."

Fuimos a la cafetería de la calle Vieira Fazenda. Pedimos café con leche en vaso y un sandwich de mortadela, un lujo. Ahí me contó en detalle cómo había ocurrido, más o menos así: fue inmediatamente después de que terminó de leer el libro de sir W. Crooks, *Researches in the phenomena of spiritualism*. Cuando Crooks escribió el libro, en 1920, nadie creía en esas cosas a no ser los creyentes. (Incluso Santa Teresa y San Juan De la Cruz, quienes fueron vistos suspendidos en el aire, son conocidos por otros talentos y no por ése. San José de Cupertino, a pesar de haber volado más de cien veces, no logró, por ser un santo medio burro, que no sabía hacer otra cosa, mayor prestigio dentro de la historia religiosa.) Fuera del campo religioso, los fenómenos de parapsicología, como la telepatía, clarividencia y otras formas de percepción extra-sensorial, no eran muy creíbles. Roberto había comenzado con experiencias referentes a PES (percepción extra-sensorial) leyendo a Murchison, Rhine, Sval, Goldney, Bateman y Zorab. Y después a Richet, Osty, Saltmarsh, Johnson y Pratt. Y también Schmeidler, McConnell, Myers y Podmore. Y finalmente Schrenk-Notzing, Playne y L. S. Bendit. No había nadie que hubiera leído más cosas sobre parapsicología que él. Mantenía correspondencia con la Psychical Society of England. Escribía para la S. P. Bogvouvala, en la India, y juntos hacían cosas miserables (se leían el pensamiento a distancia). Pero ser médium, hipnotizador y telépata eran cosas menores para él. Su interés era la levitación. "Todo es cuestión de control de las energías del cuerpo", decía. No era un místico, condición que quizá facilitaba las cosas (Ver H. H. C. Thruston, *The physical phenomena of mysticism.*), pero tenía una gran fuerza de voluntad. Un día, aquel día, comenzó a concentrarse desde la mañana; su familia estaba fuera, era fin de semana, se había quedado en casa a estudiar para los exámenes. No almorzó, no comió nada en todo el día, tampoco cenó. Sentía una fuerza enorme dentro de él, agrupándose, ganando poder. Vino la noche. Cuando el día comenzó a rayar verificó que su cuerpo empezaba a desprenderse del suelo; permaneció en el aire durante algún tiempo, hasta que sintió que las fuerzas le faltaban y descendió nuevamente.

**2**

¿Roberto volará también hoy? Ésta es una cosa que necesito esclarecer, pero no solamente esto. ¿Y la resurrección de Ulpiniano-el-Bueno? ¿Y el mono que hablaba?

Evidentemente yo no creía, entonces, en el mono que hablaba. Vespaciano, padre de Ulpiniano-el-Bueno y de Justino, cuya profesión era la magia, decía que platicaba inteligentemente con el mono. En verdad los dos se quedaban platicando todo el tiempo, en las horas en que Vespaciano no estaba en la calle entrando gratis a los cines. Vespaciano no se perdía ningún estreno, pero siempre colado; para él era una cuestión de honor, y de etiqueta, entrar al cine sin pagar. Eso le era relativamente fácil. Se trataba de un hombre enorme que vestía con una dignidad ostensiva e irresistible: polainas, ropa oscura, chaleco, flor en la solapa, bastón y sombrero de copa. A pesar de parecer extraña, tal vestimenta servía a su propósito, que era entrar al cine gratis. Su técnica era simple. Entraba, solemne, sin detenerse en la puerta, deba los buenos días con voz grave al portero y continuaba derecho a la sala de proyección. En el 90% de los casos el portero no tenía valor para impedirle la entrada. Era imposible resistir la presencia arrasadora de Vespaciano. En ocasiones un portero distraído (un loco) le pedía el boleto. Vespaciano lo fulminaba con la frase "¿Qué es esto? ¿No me conoces?", en ese momento, incluso el más duro de los porteros cedía dócilmente.

Sin embargo, su pasatiempo favorito era platicar con el mono. Era común ver a Vespaciano dialogando con el mono. Un día fui a visitar a Ulpiniano-el-Bueno y ni él ni Vespaciano estaban en casa. Justino practicaba legère-de-main haciendo rodar una moneda por el dorso de la mano: dedo-comisura-dedo, yendo y viniendo, luego tomaba una pelota de ping-pong, después una baraja. Así descansaba, ejercitando los dedos, haciendo que la mano fuera más rápida que el ojo. Fui directo a la habitación en que estaba el mono. Estabamos frente a frente, solos. Le di una bofetada que lo hizo caer de la mesa donde estaba. Lo dejé tirado en el suelo y me fui a admirar a Justino y sus trucos con las manos, mientras esperaba la llegada de Vespaciano para que acláraramos toda aquella historia del mono hablador.

Vespaciano llegó portentoso, llenando la casa de energía. Inmediatamente el mono, hasta entonces silencioso, empezó a chillar. Vespaciano corrió hacia él:

"¿Sí, sí?."

"Quim-quim, quim-quim-qui."

"¿En verdad?"

"Quim-qui-quiqui."

"¡Desgraciado! ¡Infame! ¡Torpe!"

Vespaciano tenía la manía de hablar con adjetivos. Había leído a Rui Barbosa y nunca se había recuperado.

"¡Ah!"

Ese ah sonó como rugido de león, él se volvió, caminó hacia mí. Lo esperé, paralizado por el miedo, por la revelación: ¡realmente hablaba con el mono! Me preguntó, controlándose:

"¿Por qué cometiste esa barbaridad con él? ¿A él que nunca le ha hecho mal a nadie, el más noble y valeroso de los animales, entre los animales y las bestias, que he conocido? Una bofetada, insensato, injusto, cruel, mezquino e impertinente. Explícate."

Pedí disculpas al mono.

Fue más o menos en esa época cuando Ulpiniano-el-Bueno fue expulsado del colegio. Ya había sido suspendido cuando, en una prueba de higiene, en vez de responder a las preguntas formuladas, escribió en la prueba algunos slogans como "beba más leche", "duerma con las ventanas abiertas" (agregando "firma: el ladrón"), junto con el ensayo "La menopausia de los gallináceos." Al ser interrogado por el director, Ulpiniano-el-Bueno replicó que su ensayo, a pesar de parecer impertinente, era una contribución científica a la avicultura y pidió al director que escuchara la opinión del Dr. Karl Bisch, el más importante especialista en la materia, quien ciertamente habría de certificar la importancia de su trabajo.

No pidieron la opinión del Dr. Karl Bisch y Ulpiniano-el-Bueno fue suspendido. De cualquier manera sería muy difícil oír la opinión del Dr. Karl Bisch por el simple motivo de que no existía. Se trataba de uno de los personajes que Ulpiniano-el-Bueno, Roberto, Mangonga y Yo inventábamos para burlar a nuestros maestros. Siempre que era posible, citábamos en las pruebas autores que no existían, confiados de la ignorancia tradicional de los profesores. Es claro que a veces nos arriesgábamos, como el día en que, en la prueba de literatura, cité a Sparafucile como "el conocido crítico italiano de la literatura Veda", o cuando Mangonga citó a su propio padre, que se llamaba Epifânio Catolé, como un "eminente historiador bahiano." El caso de Mengonga era un poco diferente del nuestro, pues él se creía las mentiras que decía y así, después de la prueba, comenzó a repetir que su padre por ser enemigo de la publicidad no tenía el reconocimiento que se merecía.

Mangonga decía que vivía en Copacabana. En aquel tiempo Copacabana todavía no era la favela de mayor densidad demográfica del mundo; era un lugar donde vivían las personas elegantes y ricas. Todos los días Mengonga y Najuba, después del colegio, iban juntos a Copacabana, y Najuba, que vivía en la Miguel Lemos, bajaba antes que Mengonga, que vivía en la Av. Atlántica, en el número 6. Mengonga hizo eso durante cuatro años, hasta el día que murió su padre y fuimos al velorio. La casa de Mengonga estaba en la calle Cancela, en São Cristóvão, en un piso viejo, con una escalera coja y carcomida, con el pasamanos roto, sin playa y sin mar, sin las muchachas en primavera. Era una tarde de sol abrazador, y hacía un calor tan fuerte y opresivo que hasta el cadáver del padre de Mengonga sudaba.

Es claro que después de eso Mengonga ya no volvió a casa con Najuba. La muerte de su padre provocó que se interesara más por la demonología. Roberto decía de Mengonga que era "el único mitómano que tenía pacto con el diablo." Pero su preocupación principal era con las lamias y los súcubos, demonios femeninos que se aprovechan del sueño de las personas para cometer toda suerte de maleficios.

Volviendo a la expulsión de Ulpiniano-el-Bueno. Un día, al llegar al colegio, vi a un grupo de estudiantes aglomerados frente al cuadro de avisos. Debía ser una noticia muy importante, pensé. Y lo era. En un cartón grande, pintado en letras rojas y azules estaba escrito:

PADRE JULIO MARÍA & CÍA.
COMUNICAN A LA DISTINGUIDA CLIENTELA
**SU NUEVA TABLA DE PRECIOS**

*1.— Comuniones*

| | |
|---|---|
| Hostia simple | 1.00 |
| Hostia de masa de palmera | 3.00 |
| Hostia rellena de camarón | 8.00 |
| Hostia con baño de oro c/ la figura del papa | |
| (no es para ser engullida) | 500.00 |

*2.— Bautizos*

| | |
|---|---|
| C/ agua simple | 10.00 |
| C/ agua Caxambu salada | 30.00 |
| C/ agua de Vichy genuina | |
| y cloruro de sodio importado | 80.00 |

*3.— Casamientos*

| | |
|---|---|
| Simples | 30.00 |
| C/ flores de temporada y algunas velas | 100.00 |
| C/ un poco más de flores, luces, | |
| órgano y cantante aficionada | 400.00 |
| C/ rosas, órgano, tapete, padre con ropa nueva | |
| y cantante profesional | 1000.00 |
| C/ tulipanes holandeses, profusión de luces, | |
| tapete rojo, obispo con ropa nueva, | |
| fotógrafo columnista, órgano y | |
| coro celestial profesional (con música grabada) | 40,000.00 |

*4.— Extremaunciones*

| | |
|---|---|
| Almas sin pecado, encomendadas de día | 10.00 |
| Almas sin pecado, encomendadas de noche, | |
| hasta las 22 hrs. | 20.00 |
| Almas ídem, encomendadas | 80. 00 |
| después de las 22 hrs. | |
| Almas con pecados veniales (día o noche) | 100.00 |
| Almas con pecados mortales (día o noche) | 1,000.00 |

## 5.— Bendiciones

| | |
|---|---:|
| Bendición de santito de madera o aluminio | 6.00 |
| Bendición de santo de plata,<br>oro o piedra preciosa | 40.00 |
| Bendición de residencia, hasta dos cuartos,<br>sala, baño, cocina y cuarto de servicio | 95.00 |
| Bendición de residencia con piscina<br>o salón de snooker | 600.00 |

Nuestros precios son los mejores del lugar. SIN COMPETENCIA. Proporcionamos padres para dar un toque piadoso a sus fiestas. Santos, bulas papales, imágenes, oratorios, libros religiosos, astillas originales de la Cruz, TODO, TODO al menor precio. Compare.

JULIO MARÍA & CÍA

Eso era lo que estaba escrito. El director creyó que estaba loco y Ulpiniano-el-Bueno fue expulsado del colegio, volvió a su casa y murió para resucitar, como dijo él, al final del séptimo día, "igual que Jesucristo." Siempre le había gustado Jesucristo. Decía, citando a Pessoa, "era mejor Jesucristo, que no entendía de finanzas ni consta que tuviera biblioteca."

Yo estaba en su casa cuando murió. Se puso duro y fue expirando. Najuba y yo no le creíamos, y como pensamos que era una broma, empezamos a bromear. Primero escribimos en su cabeza "Jesucristo" y colocamos, mejor dicho, Najuba colocó, pues era él quien leía a Pitigrilli, un cartón en el pecho de Ulpiniano-el-Bueno, con letras garrafales YNRJ, y entre paréntesis con letras menores: "yo no regulo jamás." Después, usando varios sellos que encontramos en su casa, sellamos en sus brazos: "Aprobado", "Archivado", "Personal", "Confidencial", "Intransferible."

Después de que Ulpiniano-el-Bueno desapareció el colegio empezó a ponerse aburrido. Roberto no volvió a volar. Todos nuestros planes fallaron. El día en que Mengonga programó nuestra ida a la zona fue un completo fracaso. Najuba, ya en el Mangue, desistió. "Entras antes en la cafetería y tiras el peso", dijo Mengonga. "No es por eso, no traigo hoy el peso, es que tengo una cosa importante que hacer", respondió Najuba. Dije: "El motivo puede que no sea el peso, pero de que traes el peso, lo traes, tú sin el peso eres igual que Félix sin el prendedor —cosa que no le gustó a Félix, pues se fue diciendo que él tampoco iba pues tenía una cosa importante que hacer. "Está bien, traigo el peso", dijo Najuba. "Entonces tíralo, ve al mingitorio del café y tíralo." "Pero no es eso", dijo Najuba, "no quiero ir." Mengonga dijo: "Tienes miedo, cagón. ¿De qué te sirvió todos estos años que te colgaras un cordel con un peso de plomo en el pito, eh? No creció, ¿verdad? ¿No te dije que no crecería?." "Sí creció", dijo Najuba. Mengonga: "¿Cuánto? ¿Cuánto? ¿Medio centímetro? ¿Un centímetro? ¡Creció pura madre!."

Sólo quedamos yo y Mengonga. Al poco tiempo también empezamos a dudar. "¿Y si pescamos una enfermedad?", pregunté. Pensaba en Aspásia, yo quería hacerlo con Aspásia. "¿Enfermedad?, ¿qué enfermedad?", preguntó Mangonga. "Gonorrea, qué sé yo." Temblábamos sólo de pensar en las historias de los individuos sifilíticos. Terminamos en el cine Primor, tomando busi y viendo películas en serie. A la salida compré en la ferretería un enorme prendedor de ropa para regalárselo a Félix. Félix dormía todas las noches con un prendedor de ropa en la nariz, para afilársela. Me agradeció con lágrimas en los ojos, al ver el muelle fuerte y el largo de la madera del prendedor. "Trataron a Najuba muy mal", dijo. Era el único que entendía a Najuba. "¿No crees que mi nariz está más fina?", me preguntó.

**Segundo tiempo**

**3**

Aún estoy en la cama y todo esto no fue sino la memoria funcionando. ¿O no? Hoy soy un hombre lleno de dudas. No sé siquiera si cerré las puertas y por ello no logro dormir, incluso llego a sentir un peso en mi corazón. Necesito dormir. Veamos: en la puerta del balcón, al checar la cerradura hice ploc-ploc con la lengua contra los labios. En la puerta de la calle, miré el número nueve en la lengüeta de la cerradura y apoyé la punta de la nariz en la perilla. Estaba fría. En la puerta del fondo, al llegar, dije Hattie, Henry and the honorable Harold hold hands together in Hampstead Heath, practicando, mientras aplicaba el ardid mnemónico, la H aspirada de mi inglés. Aun así tengo dudas. Todo esto porque en ningún instante dejé de pensar si esas cosas eran verdaderas. Cosas tan idiotas, pero no sé si eran verdaderas. ¿Serían sueños? Pero quien sueña duerme. El hombre sueña para poder dormir. No hay sueño sin dormir. Quién podría ayudarme a dormir. Estaré quedándome —no, no. Lo que siempre quise saber es si las personas, y los hechos, son verdaderos. Fue por eso que muchos años después quise saber la Verdad. Verifico satisfecho que, a pesar de la aflicción, no pierdo la lucidez ni por un momento; la búsqueda que efectué fue cansada y, tal vez, inútil, pero aun así no me entrego a la desesperación y logro incluso ser un tanto cuanto gracioso.

La búsqueda. Antes, sin embargo, ¿estarán cerradas las puertas? No tengo miedo de que el ladrón me encuentre despierto: yo tendría todas las ventajas. ¿Pero dormido? Ah —tonterías, las dudas no me dejan dormir, un hombre con dudas nunca duerme.

¿Cuánto tiempo después comencé mi búsqueda? Creo que fue veinte años después, déjame contar, sí, veinte años después, como en la novela de Dumas. ¿Cómo?, ya empiezo a confundirme, no exactamente confusión, es aquello que me ocurre. Mierda, ya no sé nada, me gustaría en este instante estar en el mar, en un barco con una enorme vela blanca, bien lejos.

Pasé veinte años sin ver a aquellos tipos. La idea de que necesitaba volver a verlos no me abandonaba. ¿Por qué? Desconozco la razón. Era una especie de obsesión que no me dejaba de día y de noche y, sin embargo, tardé muchos años en empezar todo con un simple telefonema a Roberto, luego de revisar el directorio telefónico.

"¿Quién?", dijo al otro lado de la línea.

Repetí mi nombre. "De la secundaria, ¿no te acuerdas?" Una vez más dije mi nombre.

"¡Ah!, sí. Cuánto tiempo… ¿Cómo estás?"

"Bien. Me gustaría verte."

"Claro, un día de éstos."

"¿Mañana? ¿Qué te parece si almorzamos?"

"Mañana no puedo. Creo que no puedo. Tal vez tenga que ir a São Paulo. Unos dos o tres días."

"¿Qué tal el viernes?"

"¿Viernes? No sé. Aquí en casa es difícil responder. ¿Podrías hablar a mi oficina y fijar una cita con mi secretaria? Es ella quien sabe de mi tiempo disponible. ¿Te parece bien así?"

Nos encontramos quince días después. Se había vuelto un hombre muy ocupado. "Le conseguí media hora", me había dicho la secretaria, como si me estuviera haciendo un gran favor.

Roberto ya no tenía ojeras. Su nariz aún era muy larga; había engordado; tenía muchas canas. Su rostro estaba marcado por arrugas y su aspecto general era el de un hombre sometido a un proceso de continua fatiga.

ROBERTO: ¿Hay alguna cosa que pueda hacer por ti?

YO: ¿Cómo? No. Vine a recordar los viejos tiempos.

ROBERTO: (Mirando el reloj) ¡Hum! Sí. Entiendo.

YO: ¿Aún te acuerdas de los viejos tiempos?

ROBERTO: Soy un hombre consumido por el presente. Soy un ejecutivo, tengo que tomar decisiones. No puedo pensar en el pasado, apenas y me sobra tiempo para pensar en el futuro.

(Entra la secretaria)

SECRETARIA: Dr. Roberto, tiene una llamada de São Paulo.

ROBERTO: Con permiso. (Coge el teléfono) ¿Sí? Sí. Sí. No. Sí. Sí. No. No, en absoluto. Sí. Sí. No, de ninguna manera. (Cuelga) Imbéciles.

YO: ¿Te acuerdas de Ulpiniano-el-Bueno?

ROBERTO: ¿Ulpiniano?

YO: Sí, aquél que jugaba futbol con nosotros, de saco y corbata. ¿Te acuerdas?

ROBERTO: Yo no jugaba futbol.

YO: ¿No jugabas futbol? ¿Cómo que no? ¿Entonces no jugabas con nosotros?

ROBERTO: No. Nunca practiqué deportes. Me debes estar confundiendo con otra persona.

YO: Es cierto. Ahora me acuerdo. A ti no te gustaba el deporte. Te gustaba leer, no hacías otra cosa que leer.

(Entra la secretaria)

SECRETARIA: La lista de personas que vendrán a la reunión de las 11:45. (Pone un papel encima del escritorio de Roberto)

YO: Claro, a ti no te gustaba el futbol.

ROBERTO: (Leyendo el papel) Exacto.

YO: Así es. A Ulpiniano-el-Bueno tampoco le gustaba, él sólo jugaba para que se completara el número necesario de jugadores. No le gustaba contradecir el placer de nadie. "Tratar a todos con ternura y comprensión", ése era su lema, por eso había escogido el sobrenombre de Bueno. Él era bueno. ¿Te acuerdas de él?

ROBERTO: (Consultando el reloj) Recuerdo que iba poco al peluquero.

YO: ¿Te acuerdas del día en que murió?

ROBERTO: ¿Murió?

YO: Después de aquella historia del padre Julio María & Cía.

ROBERTO: ¿Padre Julio María & Cía?

YO: ¿Y tu vuelo?

ROBERTO: ¿Mi vuelo?

Yo: Sí, tu vuelo. Tú volaste. A veinte centímetros del suelo.

(Entra la secretaria)

SECRETARIA: Ya están todos en la sala de juntas.

Roberto no responde. La secretaria se da cuenta que no oyó y repite inquieta: "Ya están todos en la sala de juntas", Roberto se levanta. Se despide sin decir una palabra y sale.

# 4

¿Por qué será que nunca me he casado? Casarse es un acto de la normalidad, todo el mundo se casa, con excepción, claro, de los homosexuales, de las mujeres que no encuentran marido, de los egoístas, de los rebeldes. Sin embargo yo no soy ninguna de esas cosas y no me he casado. Tal vez porque nunca encontré una mujer que me gustara, o mejor, una mujer que me gustara y a quien yo gustara. Lo que se dice gustar, a mí sólo me gustó Aspásia, me empezó a gustar a los quince años, en la época en que ayudaba a Justino, el Mago. Después que dejé de trabajar en el circo sólo vi a Aspásia una vez más, cinco años después. Esos cinco años los pasé sin entregar mi fuerza, como dijo o habría dicho Alain, a ninguna mujer. Dejé de trabajar como auxiliar de mago y decidí cambiar de vida luego de que Aspásia rechazó la primera proposición que le hice, Dijo: Crece y vuelves; me humilló, se rió de mí —tenía un diente de oro, hasta aquel día lo descubrí. Nunca vi un cuerpo igual al suyo, ni en el circo, ni en la playa, ni en el Baile Municipal, ni en el cine, ni en las revistas de fotografías. Todo él era del mismo color. Bajo el brazo, en el cuello, en la barriga, en las rodillas, todo del mismo color, de teja vieja. La carne estaba agarrada a los huesos, hecha de músculos que no se veían; las nalgas y la parte de los muslos abajo de las nalgas eran firmes; es ahí donde debe verse el cuerpo de una mujer, ningún otro lugar puede indicar mejor la resistencia y el futuro de la carne, cómo es o será, su forma y su tejido, en la mujer adulta.

## 5

Félix me recibió con un vaso en la mano, con los brazos abiertos, sonriente, paternal. Sobre todo sonriente. "¿Aceptas un whisky?", preguntó, "¿del legítimo? ¿Qué te parece aquel Gobelin?" Era un hombre feliz, de ésos que están satisfechos consigo mismos y que no se detienen en demostrar agresivamente su felicidad, incluso hacia los más afligidos.

Fue a llamar a su mujer. Mientras tanto vi la sala: estantes en las paredes, libros encuadernados, colecciones de colores simétricamente dispuestos, obras completas.

La mujer era de un rubio pálido y tenía una espinilla en la frente, disimulada con cosméticos. Los hijos también eran rubios, pero de un rubio más oscuro, sospecho.

Se presentaron y desaparecieron.

"Aquel espejo tiene más de doscientos años."

"Parece un Jean Baptiste Poquelin original. ¿Sí es?"

"No sé. Creo que sí. Ahora recuerdo que mi suegro me dijo que sí era."

Pero eso no me provocó ninguna alegría. Una cosa como aquella era para contarse a Ulpiniano-el-Bueno, y si cayera en la broma o no, me divertiría del mismo modo. Tampoco me dio pena.

Félix tenía una vida plena: los profesores fulano y sutano le daban clases particulares de economía, sociología, historia del arte y filosofía.

"Un hombre de mi posición tiene que refinarse continuamente, aguzar la inteligencia, ir al ritmo de los tiempos."

El cretino. Una enorme sonrisa en la cara. Estaba gordo y sudaba.

"¿Y a ti, cómo te va?", preguntó mirándome de arriba abajo. Después: "Voy a darte un consejo: el cuello de tu camisa está muy abierto, eso ya no se usa. El cuello queda directamente en el campo de observación de tu interlocutor; después de tus dientes es la primera cosa que ve. Tiene que ser una pieza perfecta."

"¿Y la nariz?"

"¿La nariz?"

"La nariz. ¿El interlocutor ve la nariz del otro tanto como los dientes y el cuello de la camisa?"

Pensó un poco.

"Menos."

"Hablando de la nariz: ¿aún usas la pinza para la ropa?"

"¿La pinza para ropa?"

"La pinza para ropa que te colocabas en la nariz todas las noches cuando ibas a dormir. Nunca te lo pregunté, pero creo que la usabas para afinarte la nariz. ¿Era para afinarte la nariz o era alguna superstición?"

"No sé de qué me estás hablando."

"Cómo, Félix, yo mismo te di una vez una pinza tan larga y fuerte que lloraste emocionado. Fue un día que habíamos ido a la zona con el Mengonga y el Nejuba."

"Estás loco. ¿Para qué habría de usar una pinza de ropa en la nariz?" Ensayó una carcajada.

"Para afinarla."

Ahí se detuvo la conversación. Él estaba molesto. No quería pelearme con él. Había muchas cosas que yo quería saber.

"¿Estás molesto, Felix?" Aquello era una apertura para que yo pidiera disculpas. Pero no entendió.

"No hay nada que me irrite tanto como las groserías de las personas."

"Es cierto."

"Con algunas personas no se puede ni se debe tener mayor intimidad."

"¿Cómo es eso?"

"Los hombres educados deben tener amigos educados."

"Es cierto."

Pero su rabia no pasaba.

"Mi padre siempre decía: no debes invitar a cualquiera a que entre a tu casa."

El cretino. Sus labios estaban más gruesos, todo él era más mulato, el cabello rizadito, las narices como dos avellanas flácidas, las encías rosadas.

Comencé: —"¿Te acuerdas de aquel día?"

"No me acuerdo de nada. Creo que es mejor que te vayas."

"¿Cómo? ¿Me estás corriendo?"

Se levantó.

"Mira, imbécil", dije, "sólo porque tuviste un golpe de suerte exitoso, te casaste con una rubia, heredaste un Gobelín del suegro, tomas clases de historia de la filosofía, impartidas por un profesor de mierda, sólo por eso, cretino, estás pensando que eres alguien. Estúpido. No sé por qué no te parto la cara."

"Estás en mi casa", tartamudeó, fingiendo firmeza.

Salí. Me di cuenta que en el hall un muchacho nos miraba asustado. No le di importancia y azoté la puerta con fuerza. Pero en casa me puse a pensar en aquel niño, testigo de la humillación sufrida por su padre.

# 6

Dije que sólo me gustó Aspásia, pero no es cierto; cuando pienso en Aspásia pienso que sólo me gustó ella, pero cuando pienso en la otra sé que eso no es cierto. Hubo otra muchacha: me enamoré de ella antes incluso de ver el blanco de sus ojos. Me quedaba viéndola desde lejos, mientras ella, desde su ventana, veía algo que debía ser el mar. Desde donde estaba veía el balcón, el comedor y el dormitorio. Dos veces por semana él venía a verla. En esos días ella se pintaba un poco, se sentaba en la sala y esperaba; después, cuando menos esperaba, aparecía, a veces al caer la noche, otras veces mucho más tarde, cuando yo estaba ya cansado de esperar; metía la llave en la puerta, entraba en la sala, no la besaba ni la saludaba, se quitaba el saco, lo colocaba en el respaldo de la silla y se iba al cuarto.

Al día siguiente ella tardaba mucho en aparecer en el balcón; cuando aparecía yo me concentraba y decía muy bajo, mira hacia acá, mi amor, mira hacia acá, mirándola sin parpadear, hasta que los ojos me ardían. Ella nunca me veía, ni siquiera miraba hacia donde yo estaba. Compré un papagayo, lo llevaba hasta el balcón, para ver si ella me miraba; pero el papagayo no decía ni una palabra y ella seguía mirando el mar. Compré una corneta; cuando ella apareció soplé la corneta con todas mis fuerzas; no salió ni el menor sonido; soplé, hasta que me quedé tonto. No tenía fuerza, hacía dos días que no comía: me tomé dos yemas de huevo, me comí una rebanada de pan con mantequilla, una lata de salchichas, seis plátanos y volví al balcón y soplé; soplé sin conseguir sonido alguno, hasta que quedé mareado y vomité todo. Acostado en la cama, todavía con el gusto ácido del vómito en la boca, pensé: debe ser ciega, por eso no me ve; lo único que tengo que hacer es ir a hablar con ella. Salí corriendo de la casa y subí, sin la menor indecisión, en su edificio. Toqué el timbre. Ella abrió la puerta. De inmediato le dije, jadeante, pues había subido por las escaleras, "sé que eres ciega, siempre te veo desde el edificio de la Buarque de Macedo, quería decirte que soy tu amigo." Fue entonces cuando ella me interrumpió: "no soy ciega, ¿de dónde sacaste esa idea tan idiota?, ¿estás loco? No te conozco, nunca te he visto." Pensé que me moría; me agarré de la pared para no caerme, y cerré los ojos. "¿Cómo te llamas?", me preguntó. Le dije. "Veamos", continuó, "cuéntame bien esa historia." Allí, de pie en el corredor, le conté todo: "siempre te veo en el balcón y me enamoré de ti." "No necesitas ponerte rojo", dijo sonriendo, "¿qué hiciste con la corneta?" "Está en mi casa." "Ven", dijo, "enséñame tu casa." Entró, la seguí, hasta el balcón, desde donde le mostré mi departamento. Permanecimos en el balcón, yo callado, ella riendo bajito.

Seguimos enamorados de lejos, hasta que un día me llamó. "Mira", dijo, "vamos a huir, hoy, o mejor aun, ahora, vámonos; sé que no tienes dinero, pero yo sí tengo, iremos a un lugar lejos de Rio, una ciudad grande a donde nadie nos halle, nunca más, pero vámonos ahora, no podemos perder ni un minuto."

En la obscuridad, en el autobús interestatal, pensaba en todo lo que me había dicho el Tercerodelmundo, el idiota. Después de no sé cuántos días, había salido de casa y había ido a la academia. El Tercerodelmundo estaba ahí. Ya no hacía gimnasia, sólo contaba la basura de los tiempos en que disputaba el campeonato, y cuando me vio me dijo: estás muy flaco, amarillo, pequeño, necesitas castigar el cuerpo, machacar, ma-chacar; me estoy haciendo viejo, dicen que estoy acabado, pero sé algunas cosas, estás sufriendo, estás perdido por una mujer, ten cuidado que eso te puede destruir como destruyó a mi hermano, que era florista y un día, cuando tenía tu edad, se dio un tiro en el pecho en el portón de la casa de la señora que era casada y vivía en Petrópolis. Cierra la boca, no lo niegues, lo leo en tu cara, igual que mi hermano, ¿crees que llegué a campeón sin más ni menos? Estudié yoga, soy espiritualista y también socialista (pero eso en cuestiones de política). ¡Leo en el rostro de los otros! Estás perdido, pero guarda mis palabras, ninguna vagabunda vale un insomnio, o una humillación, o un tiro en el pecho; en la vida el hombre sólo necesita una cosa, ¡proteínas, proteínas! Todo eso me dijo, el Tercerodelmundo, mientras abría mucho los ojos, apretaba los dientes, se daba golpes en las manos y palmadas en la enorme barriga. Cómo se llama, preguntó. Yo: Francisca. Él: f, uno, r, dos, a, tres, n, cuatro, c, cinco, i, seis, s, siete, c, ocho, a, nueve —¡nueve letras! Huye de esa mujer, es desgracia segura.

Encima de la ventana salía un fino rayo de luz que iluminaba las manos de Francisca, la alianza, su rostro, mientras el autobús corría por la carretera oscura. Era la mujer más bonita que había visto en toda mi vida. Llegamos al hotel. En el cuarto, se sentó en la cama y dijo, "¿no eres feliz?"; le dije que me gustaría quedarme toda la vida encerrado en aquel cuarto con ella; "nos quedaremos aquí todo el tiempo que quieras", respondió; fuimos a la cama, muy compenetrados.

Durante una semana permanecimos en el cuarto y las únicas personas que veíamos eran el muchacho que traía la comida y la camarera; nos bañábamos juntos, yo le decía nombres bonitos, nombres nuevos que yo inventaba, y nombres feos, palabrotas; rodábamos en la cama y nos mordíamos. Rodábamos en el piso. Un día ella arregló la maleta y se fue sin que uno de los dos dijera una palabra.

# 7

Soy un hombre hecho de fracasos.

Mi búsqueda continuó con Mangonga. Él sí se puso alegre al volver a verme. "Querido", dijo, "ahora tengo una cita, pero tenemos mucho que platicar. Pasa hoy por la noche a mi casa. A las nueve, no lo olvides", y me dio su dirección.

A las nueve yo estaba ahí. Mangonga, en calzoncillos, me abrió la puerta. Era una fiesta. "Nadie aguanta este calor", dijo. Los otros, seis mujeres y cinco hombres, parecían sufrir también los efectos del calor, pues todos estaban en paños menores. Una mujer bailaba un ritmo de macumba al son del tocadiscos. Mi llegada fue saludada con alegría general y luego una señora me agarró del brazo y dijo: "Me llamo Izete, soy tu pareja. Soy hija de japonés y amazonense y tengo alma de geisha."

"Mangonga", dije, "necesito hablar contigo."

Puso un vaso en mi mano. "Vamos a hablar mucho, jovenazo; pero no ahora ¿no ves que estoy ocupado?" y empezó a besar a una fulana de bragas y sostén negros y unos aretes tan largos que le rozaban los hombros.

La geisha empezó a quitarme la ropa. "¡Mangonga!", grité, pero había desaparecido. Con excepción de la geisha nadie me ponía atención. Todos se reían; el tocadiscos tocaba altísimo.

Poco después ya me había bebido tres vasos de la porquería que la geisha me daba y estaba sin camisa y sin zapatos.

"¿Qué pasa contigo?", preguntó la geisha.

"Necesito hablar con Mangonga."

"Ya tendrás tiempo de hablar con él. Ahora ve si te animas. ¿O hay algún problema? No tienes pinta de marica, ¿de casualidad no eres joto?"

Le expliqué que no, que necesitaba hablar con Mangonga, que yo, además, no estaba acostumbrado a hacer aquello en conjunto.

"¿Vas a decirme que nunca has estado en una orgía?"

"No. Nunca. Tanta gente junta, esto me da un cierto…"

"Podemos quedarnos solos en uno de estos cuartos. Esto está lleno de cuartos."

"Pero necesito hablar con Mangonga."

"Después hablas con él. ¡Serás el Bendito!"

"Discúlpame."

"No es una disculpa lo que quiero. Mira, hablas después con Mangonga. A propósito, ¿quién es Mangonga?"

Antes de que le respondiera, un sujeto se aproximó y preguntó: "¿Qué tal, se están divirtiendo?" Bailaba al son del tocadiscos, con un vaso en la mano. "Más o menos", respondí. Se balanceó: "Hoy bailo hasta el himno nacional. ¿Quieres cambiar de mujer?" Jaló a una rubia que estaba cerca: "Una rubia por una morena. Cambiar, cambiar siempre, ésa es mi filosofía de la vida." Me volví hacia la geisha: "Este tipo quiere que te cambie por la rubia." "¿Ya?, aún no hemos hecho nada." "Ni lo vamos a hacer." "Caballero", dijo la geisha al tipo que bailaba con el vaso en la mano, "el cambio está hecho."

"Necesito hablar con Mangonga", dije a la rubia en cuanto nos quedamos solos.

"¿Quién es Mangonga? Nunca más volveré a una orgía. Es algo horrible."

"Ya lo creo."

"¿Entonces por qué has venido?."

"Necesito hablar con Mangonga. ¿Y tú por qué has venido?"

"¿Quién es el Mangonga?"

Mangonga había huido.

"Oiga", dije a un sujeto de anteojos sin aro.

"Oiga", respondió, "mi resaca empezó antes de tiempo."

"¿Dónde está Mangonga?", pregunté.

"¿Cuál Mangonga?", respondió.

"Mangonga, el dueño de la casa", expliqué.

"El dueño de la casa no se llama Mangonga."

"¿Cómo que no se llama Mangonga? Él me invitó, me abrió la puerta; un tipo barrigón."

"¿Barrigón? Casi todo el mundo aquí es barrigón; hasta las mujeres."

"Mangonga, el dueño de la casa", insistí.

"El dueño de la casa es aquél que está ahí. Tiene la manía del himno nacional; se excita oyendo el himno nacional, no puede ir a la cama con alguna mujer sin oír el himno nacional. Un tipo peculiar."

"¿Él es el dueño de la casa?"

"Sí."

"¿Y el Mangonga, el barrigón?"

"Yo estoy barrigón."

"Él está más."

"Lo dudo", dijo él, levantándose; su barriga era enorme, caía sobre las piernas.

"Tienes razón. Tú ganas. ¿Dónde está él?"

"¿Quién?"

"El Mangonga."

"No lo conozco."

Busqué en todos los cuartos. No había ni señal del Mangonga.

Fui hacia el sujeto que tocaba el himno nacional. Lo sacudí. "Hey, hey." Abrió los ojos: "¿Qué hay, amigo?"

"¿Conoces a Mangonga?", pregunté.

"¿Cuál Mangonga?"

"Un tipo que estaba aquí en la fiesta. Él me invitó."

"No sé quién es", dijo moviendo la nariz.

"Quizá lo conozcas por su nombre. ¿Eres el dueño de la casa?"

"Sí."

"Fue el que me abrió la puerta."

"No lo vi."

"¿A quiénes invitaste? Ve diciéndome y yo te digo quién es el Mangonga."

"Yo no invité a nadie. Fueron esas putas las que invitaron. Es mejor que les preguntes a ellas."

Hablé con cinco mujeres que estaban en la sala. Ninguna conocía al Mangonga. Era como si no existiera.

Estaba medio borracho. Es bueno emborracharse. Dan ganas de cerrar los ojos y respirar hondo. Era una pena que el desorden fuera tan grande. El dueño de la casa cantaba el himno nacional al tiempo que bailaba completamente desnudo. Qué calor hacía. El hijo de puta del Mangonga se había ido. Fui con el tipo que estaba con la geisha y le dije: "Devuélve a la geisha, si no acabo con la fiesta." "Debería estar feliz", dije a la geisha, pues ya había bebido bastante. Pero no lo estaba. El hombre es un animal solitario, un animal infeliz, sólo la muerte puede ponernos de acuerdo. La muerte será mi sosiego. Mangonga, ¿a dónde se fue nuestro tiempo de jóvenes?, era bueno, era mágico, volábamos, resucitábamos como Jesucristo y tampoco teníamos ni biblioteca, ni enciclopedia británica, la vida sin enredos, sin religión, ay, qué ganas de llorar, mi niña de ojos rasgados, déjame llorar en tus hombros, por el amor de Dios, así, por el amor de Dios, no te burles ni me rechaces mientras lloro en tu pecho, gracias, qué alivio, deja que solloce como un niño, qué paz, amiga mía, qué olvido, eres buena, te amo, qué ganas de morir ahora, ahora que estoy feliz, morir ahora que encontré… pero no he encontrado, no he encontrado, de qué sirve fingir, odio a la gente, el dolor está hecho de pequeños alivios, el hombre es podredumbre, Pascal, cloaca del universo, una quimera, no sirve fingir, el mañana siempre es igual, caminamos erguidos por la calle, la amargura nos devora, ¿de qué sirven los pequeños alivios? Desgraciados instintos, preparamos cuidadosamente nuestra propia pudrición, las vísceras están escondidas y Dios no existe. Qué misión (horrible), qué condición.

# 8

La geisha medía un metro cincuenta y cinco. Sonreía como si fuera una princesa de Bali; sus cejas eran dos líneas rectas que subían en dirección a las sienes; los cabellos eran muy finos, como los de los hombres que pronto se quedarán calvos. Se llamaba Izete; la canción que más le gustaba se titulaba *La vie en rose*. Su cuerpo era beige, de dos tonos, más claro en la barriga, en las nalgas y en los pechos. Vestía de verde, de preferencia. Era extremadamente simpática. Siempre preguntaba: "¿Te estoy aburriendo?", y yo tenía la certeza de que si le decía que sí desaparecería inmediatamente. Por eso siempre le decía: "no"; algo que controlas no puede aburrirte. Pecas en la nariz, ojos rasgados; hacía todo, bastaba que lo pidieras, pero no era un robot, era caliente, piel blanda, una carcajada modulada, hábil. Nunca se resfriaba, no tenía enfermedades venéreas, tampoco le gustaba la política. Su lema era servir. Envejecería tranquilamente, amando a los hombres y al mundo; rica, sin tener una moneda; linda, siendo fea; pura, siendo una puta. Nunca se gritaría con nadie, ni le pegaría a un niño, aunque fuera su hijo. El dinero era para comprar discos. "¿Y si no tuvieras dinero para comprar discos?" "Compré mi primer disco a los veinte años, si no tengo oiré el radio." Quieta como un gato. A veces quería hablar, pero no necesitaba siquiera eso: "Cierra la boca que quiero pensar." Era bueno pensar con ella ahí al lado, feliz.

## 9

Estoy recordando todo exactamente como ocurrió. Roberto inaccesible. Mangonga desaparecido (¿cómo encontrarlo nuevamente por casualidad?, ¿en la calle?). Félix mi enemigo. Sólo faltaban Najuba y Ulpiniano-el-Bueno. Empecé a tener miedo de encontrarlos. Yo contaba con el azar, el azar existe, la mala suerte también. A veces es una cosa que tienes dentro de tu casa, como el jarrón que había en la casa de mi médico. "Lo que te voy a contar", me dijo un día, "si se lo cuentas a alguien lo niego, juraré que es mentira, que estás loco. Fue así." Todo ocurría de manera ruin con él. Puso fuego a su casa, la mujer lo abandonó, él cogió un reumatismo que lo obligó a caminar con bastón, se peleó con su colega de consultorio, no había clientes nuevos. Un día fue a atender un llamado. Era la mujer que pesaba 35 kilos, sufría de una enfermedad misteriosa, le habían ocurrido las peores desgracias; hijo muerto en un accidente, marido dipsomaníaco, el diablo. Dentro de su casa se tenía la sensación de que alguna cosa maléfica ocurriría en cualquier momento. Siniestra. En la sala, encima de una mesa de madera fina había un jarrón, con un pájaro en altorrelieve, mirando al suelo. Cuando él vio el animal sintió un escalofrío, tembló. Era igual a uno que él tenía. Cuando llegó a su casa cogió el jarrón y lo tiró al mar. "Al día siguiente hubo resaca y murieron ahogados varios paseantes; era domingo de verano." Después de eso su vida cambió: "basta con que veas mi casa y mi carro ahí afuera, para que lo compruebes."

Empecé a buscar dentro de mi casa mi objeto azaroso. ¿Sería un libro, un cuadro, un bibelot? Finalmente encontré un puñal florentino, antiguo, hecho para matar, ¿desde cuántos años atrás había estado impedido para ejercer su función? Después que me librara de él podría buscar a Ulpiniano-el-Bueno y a Najuba. Lo arrojé al mar, también. No hubo resaca, pero varios paseantes murieron ahogados. Lo leí en el periódico. Era verano y domingo. Después de eso creí que ya podría buscar a Ulpiniano-el-Bueno y a Najuba. Pero no tuve la suerte que esperaba. Logré localizar la casa de Ulpiniano-el-Bueno con cierta facilidad, pero él había muerto.

Frente a mí estaba su mujer. Una fisonomía sin ninguna característica distintiva; ya no recuerdo, por más que lo piense, cómo era su cara. "¿Cuándo murió?", le pregunté. "Hace un mes." Tan poco, podía haberlo alcanzado, por un mes. "¿En verdad está muerto?, ¿ya fue enterrado?", no lo podía creer. "Sí. Ningún amigo lo acompañó. Me di cuenta." "¿Y Vespasiano?" "También muerto." Cómo muere gente. "¿Y Justino?" El mago. "No logré localizarlo, llegó después del entierro." Y ahora, ¿qué pasaría? "Nunca le habló de mí?" "Nunca." No era posible. "No es posible." "No me habló, que yo me acuerde." No era posible. "¿Le contó del día en que murió y resucitó?" "¿Murió y resucitó?, ¿él, Ulpiniano?" El Bueno. "Sí, él." "Nunca, ¿pero murió y resucitó? ¿Cómo?" Dios mío. "No murió, no, fue catalepsia, ¿sabe lo que es eso?" "No." "¿Nunca le habló de mí?" "No." "¿Ni de Roberto, Najuba, Mangonga?" "No." Dios mío, él no decía nada. "¿No hablaba nada?" "Hablaba, hablaba, decía el comunismo me salvó. Se quedaba acostado en casa, leía libros que lo ponían inquieto, con odio a las personas, al vecino; cuando el vecino compró un carro nuevo él dijo que ese desgraciado debía estar explotando a alguien, nadie se enriquece sin robar a los otros, cuando alguien gana dinero, otros infelices lo están perdiendo; cuando le dije que el vecino trabajaba igual que un gallego, salía a las seis de la mañana y volvía a las ocho de la noche y por eso ganaba dinero, me insultó y nos peleamos, le grité que era un vagabundo, no trabajaba, vivía de lo que yo ganaba, todo el día con rabia por las personas, y me llamó fascista, alienada, me pegó, me gritó que el comunismo lo había salvado, gritó desde la ventana, para que el vecino lo oyera, que el comunismo lo había salvado. Cada día que pasaba estaba diferente, dejó de pintar, de hacer poesía, de escribir, se afeitaba una vez a la semana, no quería saber nada de mí como mujer. Usted no sabe lo que pasé. Pero él me gustaba, tenía los cabellos ondulados, luego se pusieron blancos, pero eran ondulados y suaves." "No puede haber muerto, mi señora, por favor no llore, yo lo necesitaba, usted no sabe cuánto, ahora sólo me queda Najuba. No es posible que nunca le haya contado nada de los tiempos de la secundaria, ¡vamos, responda!"

## 10

No podía haber tenido una sorpresa mayor. Fue por eso que había sido tan difícil encontrar a Najuba. Había cambiado de nombre y vivía recluido. Se había rapado la cabeza.

Subí una ladera para llegar a donde estaba. Llegué a la cima cansado: ya no era lo que había sido, me faltaba el aire, sentía latir el corazón. Me recibió sin sorpresa. Parecía el mismo muchacho de años atrás. (Tal vez estuviera más flaco.)

No hablaba gesticulando, como antiguamente; mantenía las manos juntas y su voz era profunda; daba la impresión de ser un artista talentoso que había ensayado muy bien.

"Siento que necesitas de mí", dijo. Le respondí que sí, que lo necesitaba. "He meditado que la juventud es una ilusión, ¿te das cuenta qué cosa más sin pies ni cabeza?"

Fray Eusebio (así se llamaba Najuba ahora) respondió: "La única realidad es nuestra imaginación."

"Berkeley. Era obispo."

"Anglicano."

"¿Dios existe o es producto de nuestra imaginación?"

"Los hombres sin imaginación no alcanzan a Dios. Dios existe."

"No lo sé. Ahora, aquí en este silencio, en este viejo monasterio, no lo sé. Pero en ocasiones sé que no existe."

Nos sentamos en un patio, debajo de un árbol. El viento movía las hojas.

"Necesitaba saber si las cosas de nuestra juventud habían existido de hecho o si son producto de mi imaginación. Ni Roberto, ni Mangonga, ni Félix o Ulpiniano-el-Bueno me pueden ayudar. Sólo quedas tú, Najuba, perdón, Eusebio. Fray Eusebio. Necesito saberlo, esto me está volviendo loco."

Entonces le pregunté a Najuba, fray Eusebio, si se acordaba de la muerte de Ulpiniano-el-Bueno, del vuelo de Roberto, de las relaciones de Mangonga con cosas diabólicas. Se acordaba de todo.

"Me acuerdo, me acuerdo", iba diciendo dulcemente.

"¿Sabes que hablé con Roberto y pareció que no recordaba nada?"

"A nadie le gusta recordar los pecados de la infancia."

"¿Pecados?"

"Él se robó el teco-teco, ¿te acuerdas?"

"¿Cuál teco-teco?"

"El avión que se robo del aeroclub para probar que era capaz de dirigir un avión sin haber aprendido antes."

"Pero no me refería a eso. Yo ni sabía que había robado un teco-teco. Quiero decir el día que él voló, su cuerpo se despegó del suelo, veinte o más centímetros. ¿No recuerdas eso? Levitación, estaba haciendo experimentos de levitación y suspendió su propio cuerpo en el espacio."

Najuba, fray Eusebio, me miró contrariado. No, él no se acordaba de eso. ¿Y de la muerte de Ulpiniano-el-Bueno? Sí se acordaba, pero todo había sido una broma, ¿o no?, nadie podía resucitar. Pero fue un caso de catalepsia, como en cualquier otro milagro, respondí. Najuba guardó silencio. No se acordaba de nada, ésa era la verdad, no se acordaba de nada, no quería, o no podía, acordarse de nada, había roto con el pasado, el plomo en el pene, las crueldades de la juventud, quería dejar atrás todo eso, construir su vida nueva de santo. ¿De qué servía que le preguntara si se acordaba de una cosa que él quería olvidar? Quien quería recordar era yo, que no quería construir nada nuevo.

## 11

El pensamiento humano es la cosa más rápida que existe. Tengo la impresión de que no tengo ya ninguna misión que cumplir, de que mi vida carece de proyectos por realizar. Siento, ahora, una enorme pereza y me abandono oyendo los sonidos de la noche. Algunos vienen de la calle, pero a ésos no les doy importancia. Los sonidos realmente graves vienen de dentro de la casa. La mayoría no son identificables. ¿Fantasmas? Acabo de oír un rechinido, pero no me pone nervioso; me entrego a las cucarachas. ¿Ladrones? Estoy tan cansado que ya no quiero saber nada. Que se roben todo. Que me maten; ya no me asustan. Una puerta se abrió. Me mantengo con oídos de tuberculoso: oigo el tic-tac del reloj de pulso en la mesita de noche. ¿Cerré las puertas? No quiero pensar más en eso. Me pasé la vida pensando en cerrar puertas. De cualquier manera, a pesar de la duda enorme, sé que las cerré. Y también las ventanas, los batientes, todo. Todo cerrado. Pero oigo un barullo diferente. Tal vez pies ligerísimos que se llevan un cuerpo delgado, y otro corazón latiendo, y otro pulmón respirando. No pensaré más en el pasado. Lo sé.

# El collar del perro
(1965)

# La fuerza humana

Quería seguir de frente pero no podía. Me quedaba parado en medio de aquel montón de negros: unos balanceando el pie o la cabeza, otros moviendo los brazos; pero algunos, como yo, duros como un palo, fingiendo que no estábamos allí, fingiendo que miraban un disco en la vitrina, avergonzados. Es gracioso, que un sujeto como yo sienta vergüenza de quedarse oyendo la música en la puerta de la tienda de discos. Si suena alto es para que las personas lo escuchen; y si no les gustara que la gente se quedara allí oyendo, bastaba con desconectar y listo: todo el mundo se alejaría en seguida. Además sólo ponen música buena, de la que tienes que ponerte a oír y que hace que las mujeres buenas caminen diferente, como caballo del ejército enfrente de la banda.

El caso es que pasé por ahí todos los días. A veces estaba en la ventana de la academia de João, en el intervalo de un ejercicio, y desde ahí arriba veía a la multitud en la puerta de la tienda y no me aguantaba: me vestía corriendo, mientras João preguntaba, "¿a dónde vas, muchacho? Todavía no terminas las flexiones", y me iba derecho para allá. João se ponía como loco con esto, pues se le había metido en la cabeza que me iba a preparar para el concurso del mejor físico del año y quería que entrenara cuatro horas diarias, y yo me detenía a la mitad y me iba a la calle a oír música. "Estás loco", decía, "así no se puede, me estoy hartando de ti, ¿crees que soy un payaso?"

Él tenía razón, me fui pensando ese día, comparte conmigo la comida que le mandan de casa, me da vitaminas que su mujer que es enfermera consigue, aumentó mi sueldo de instructor auxiliar de alumnos sólo para que dejara de vender sangre y me pudiera dedicar a los ejercicios, ¡puta!, cuántas cosas, y yo no lo reconocía y además le mentía; podría decirle que no me diera más dinero, decirle la verdad, que Leninha me daba todo lo que yo quería, que podría hasta comer en restaurantes, si lo quisiera, bastaba con que le dijera: quiero más.

Desde lejos me di cuenta que había más gente que de costumbre en la puerta de la tienda. Personas diferentes de las que iban allí; algunas mujeres. Sonaba una samba de un balanceo infernal —tum schtictum tum: las dos bocinas grandes en la puerta a punto de estallar, llenaban la plaza de música. Entonces vi, en el asfalto, sin dar la menor importancia a los carros que pasaban cerca, a ese negro bailando. Pensé: otro loco, pues la ciudad cada vez está más llena de locos, de locos y de maricas. Pero nadie reía. El negro tenía zapatos marrón todos chuecos, un pantalón mal remendado, roto en el trasero, camisa blanca sucia de mangas largas y estaba empapado en sudor. Pero nadie reía. Él hacía piruetas, mezclaba pasos de ballet con samba gafieira, pero nadie reía. Nadie reía porque el tipo bailaba con finura y parecía que bailaba en un escenario, o en una película, un ritmo endemoniado, nunca había visto algo como aquello. Ni yo ni nadie, pues los demás también lo miraban boquiabiertos. Pensé: eso es cosa de un loco, pero un loco no baila de ese modo, para bailar de ese modo el sujeto debe tener buenas piernas y buen ritmo, pero también es necesario tener buena cabeza. Bailó tres piezas del long-play que estaban tocando, y cuando paró todos empezaron a hablar unos con otros, cosa que nunca había ocurrido a la entrada de la tienda, pues las personas se quedan ahí calladas oyendo la música. Entonces el negro tomó una jícara que estaba en el suelo cerca de un árbol y la gente fue poniendo billetes en la jícara que muy pronto se llenó. Ah, esto lo explica, pensé. Rio se estaba poniendo diferente. Antiguamente veías uno que otro ciego tocando cualquier cosa, a veces acordeón, otras violín, incluso había uno que tocaba el pandero acompañándose con un radio de pilas; pero era la primera vez que veía a un bailarín. He visto también una orquesta de tres nordestinos golpeando cocos y a un niño tocando el "Tico-tico no fubá" con botellas llenas de agua. Todo eso lo he visto. ¡Pero un bailarín! Eché doscientos pesos en la jícara. Él puso la jícara llena de dinero cerca del árbol, en el suelo, tranquilo y seguro de que nadie le metería mano, y volvió a bailar.

Era alto; en mitad del baile, sin dejar de bailar, se arremangó la camisa, un gesto hasta bonito, parecía un gesto ensayado, aunque creo que tenía calor, y aparecieron dos brazos muy musculosos que la camisa de mangas largas escondía. Este tipo es definición pura, pensé. Y no fue una corazonada, pues basta con mirar a cualquier sujeto vestido que llega a la academia por vez primera para poder decir qué tipo de pectorales tiene, o cómo es su abdomen, si su musculatura es buena para hinchar o para definir. Nunca me equivoco.

Empezó a sonar una música aburrida, de esas de cantante de voz fina y el negro dejó de bailar, volvió a la acera, sacó un pañuelo inmundo del bolsillo y se limpió el sudor de la cara. La multitud se dispersó, sólo se quedaron allí los que siempre están oyendo música, con o sin show. Me acerqué al negro y le dije que había bailado muy bien. Se rió. Plática va plática viene me dijo que nunca antes había hecho aquello. "Quiero decir, sólo lo había hecho una vez. Un día pasé por aquí y algo me pasó, cuando me di cuenta estaba bailando en el asfalto. Bailé sólo una melodía, pero un tipo enrolló un billete y lo arrojó a mis pies. Era un cabral. Hoy vine con la jícara. Ya sabes, estoy duro como, como…" "Poste", dije. Me miró, de esa manera que tiene de mirar a la gente sin que se pueda saber lo que está pensando. ¿Pensaría que me estaba burlando de él? ¿Hay postes blancos también, o no? , pensé. Lo dejé pasar. Le pregunté, "¿haces gimnasia?" "¿Qué gimnasia, mi amigo?" "Tienes el físico de quien hace gimnasia." Se rió enseñando unos dientes blanquísimos y fuertes y su cara que era hermosa se puso feroz como la de un gorila grande. Sujeto extraño. "¿Tú haces?", preguntó. "¿Qué?" "Gimnasia", y me miró de arriba abajo, sin decir ninguna palabra, pero tampoco estaba interesado en lo que él estuviera pensando; lo que los demás piensan de nosotros no importa, sólo interesa lo que nosotros pensamos de nosotros; por ejemplo, si pienso que soy una mierda, lo soy, pero si alguien piensa eso de mí, ¿qué importa?, no necesito de nadie, deja que el tipo lo piense, a la hora de la hora ya veremos. "Hago pesas", dije. "¿Pesas?" "Halterofilismo." "¡Ja, ja!", se rió de nuevo, un gorila perfecto. Me acordé de Humberto, de quien decían que tenía la fuerza de dos gorilas y casi la misma inteligencia. ¿Cuanta fuerza tendría el negro? "¿Cómo te llamas?", pregunté, diciendo antes mi nombre. "Vaterlu, se escribe con doble u y dos os." "Mira, Waterloo, ¿quieres ir a la academia donde hago gimnasia?" Miró un poco el suelo, luego cogió la jícara y dijo "vamos". No preguntó nada más, echamos a andar, mientras ponía el dinero en su bolsillo, todo enrollado, sin mirar los billetes.

Cuando llegamos a la academia, João estaba debajo de la barra con Corcundinha. "João, éste es Waterloo", dije. João me miró de soslayo, me dijo " quiero hablar contigo", y caminó hacia los vestidores. Fui tras él. "Así no se puede, así no se puede", dijo

João. Por su cara vi que estaba encabronado conmigo. "Parece que no entiendes", continuó João, " todo lo que estoy haciendo es por tu bien, si hicieras lo que te digo ganas el campeonato ese con una pierna en la espalda y listo. ¿Cómo crees que llegué hasta el sitio donde estoy? Siendo el mejor físico del año. Pero tuve que esforzarme, no fue dejando las series a la mitad, no, fue machacando de la mañana a la tarde, dándole duro; hoy tengo la academia, tengo automóvil, tengo doscientos alumnos, me he hecho un nombre, estoy comprando un departamento. Y ahora que te quiero ayudar tú no ayudas. Es para que se amargue cualquiera. ¿Qué gano yo con esto? ¿Que un alumno de mi academia gane el campeonato? Tengo a Humberto, ¿o no?, a Gomalina, ¿o no? A Fausto, a Donzela... pero te escojo a ti entre todos ellos y ésta es la manera como me pagas." "Tienes razón", dije mientras me quitaba la ropa y me colocaba la malla. Continuó: "¡Si tuvieras la fuerza de voluntad de Corcundinha! ¡Cincuenta y tres años de edad! Cuando llegó aquí, hace seis meses, tú lo sabes, tenía una dolencia horrible que le comía los músculos de la espalda y le dejaba la espina sin apoyo, el cuerpo se caía cada vez más a los lados, llegaba a dar miedo. Me dijo que cada vez se estaba encogiendo más y estaba quedando más torcido, que los médicos no sabían ni un carajo, ni inyecciones ni masajes tenían resultado en él; hubo quien se quedó con la boca abierta mirando su pecho puntiagudo como sombrero de almirante, la joroba saliente, todo torcido hacia enfrente, hacia el costado, haciendo muecas, hasta daban ganas de vomitar sólo de estar viéndolo. Dije a Corcundinha, te voy a aliviar, pero tienes que hacer todo lo que te mande, todo, todo, no voy a hacer de ti un Steve Reeves, pero dentro de seis meses serás otro hombre. Míralo ahora. ¿Hice un milagro? Él hizo el milagro, castigándose, sufriendo, penando, sudando: ¡no hay límites para la fuerza humana!".

Dejé que João me gritara toda la historia para ver si su enojo conmigo pasaba. Dije, para ponerlo de buen humor, "Tu pectoral está bárbaro." João abrió los brazos e hizo que los pectorales saltaran, dos masas enormes, cada pecho debía pesar diez kilos; pero ya no era el mismo de las fotografías esparcidas por la pared. Aún con los brazos abiertos, João caminó hacia el espejo grande de la pared y se quedó mirando lateralmente su cuerpo. "Éste es el supino que quiero que hagas; en tres fases: sentado, acostado con la cabeza hacia abajo en la plancha y acostado en el banco; en el banco lo hago de tres maneras, ven a ver." Se acostó en el banco con la cara bajo la pesa apoyada en el caballete. "Así, cerrado, las manos casi juntas; después, una abertura media; y, por último, las manos bien abiertas en los extremos de la barra. ¿Viste cómo? Ya está puesto en tu ficha nueva. Ya verás tu pectoral dentro de un mes", y diciendo esto me dio un golpe fuerte en el pecho.

"¿Quién es ese negro?", preguntó João mirando a Waterloo, quien sentado en un banco tarareaba con calma. "Es Waterloo", respondí, "lo traje para que hiciera unos ejercicios, pero no puede pagar." "¿Y crees que daré clases gratis a cualquier vagabundo que se aparezca por aquí?" "Tiene madera, João, el modelado de su cuerpo debe ser cualquier cosa." João hizo una mueca de desprecio: "¿Qué qué?, ¡ese tipo!, ¡ay!, échalo de aquí, échalo de aquí, estás loco." "Pero todavía no lo has visto, João, su ropa no le ayuda." "¿Ya lo viste?" "Sí", mentí, "voy a conseguirle una malla."

Le di la malla al negro, le dije: "Ponte esto ahí dentro."

Aún no había visto al negro sin ropa, pero tenía fe: su aceptación sólo sería posible con una musculatura firme. Empecé a preocuparme; ¿y si fuera puro esqueleto? El esqueleto es importante, es la base de todo, pero empezar de un esqueleto es duro como el demonio, exige tiempo, comida, proteínas y João no iba a querer trabajar sobre unos huesos.

Waterloo salió del vestidor con la malla. Vino caminando normalmente; aún no conocía los trucos de los veteranos, no sabía que incluso en una posición de aparente reposo es posible tensar todos los músculos, pero eso es algo difícil de hacer, como por ejemplo definir el omóplato y los tríceps al mismo tiempo y además simultáneamente los sartorios y los recto-abdominales, y los bíceps y el trapecio, y todo armoniosamente, sin que parezca que el tipo está sufriendo un ataque epiléptico. Él no sabía hacer eso, ni podía, es cosa de maestros, sin embargo, tengo que decirlo, aquel negro tenía el desarrollo muscular natural más perfecto que había visto en mi vida. Hasta Corcundinha detuvo su ejercicio y vino a verlo. Bajo la piel fina de un negro profundo y brillante, diferente del negro opaco de ciertos negros, sus músculos se distribuían y se ligaban, de los pies a la cabeza, en un bordado perfecto.

"Cuélgate de la barra", dijo João. "¿Aquí?", preguntó Waterloo, ya bajo la barra. "Sí. Cuando tu cabeza llegue a la altura de la barra te detienes." Waterloo empezó a suspender su cuerpo, pero a medio camino rió y cayó al suelo. "No quiero payasadas aquí, esto es cosa seria", dijo João, "vamos nuevamente." Waterloo subió y se detuvo como João le había mandado. João se quedó mirándolo. "Ahora, lentamente, pasa la barba por encima de la barra. Lentamente. Ahora baja, lentamente. Ahora vuelve a la posición inicial y detente." João examinó el cuerpo de Waterloo. "Ahora, sin mover el tronco, levanta las dos piernas, rectas y juntas." El negro empezó a levantar las piernas, despacio, y con facilidad, y la musculatura de su cuerpo parecía una orquesta afinada, los músculos funcionando en conjunto, una cosa bella y poderosa. João debía estar impresionado, pues empezó también a contraer los propios músculos y entonces noté que yo y Corcundinha hacíamos lo mismo, como si cantáramos a coro una música irresistible; y João dijo, con una voz amiga que no usaba para ningún alumno, "puedes bajar", y el negro bajó y João continuó. "¿Ya has hecho gimnasia?", y Waterloo respondió negativamente y João concluyó "claro que no has hecho, yo sé que no has hecho; miren, voy a contarles, esto ocurre una vez en cien millones; qué cien millones, ¡en un billón! ¿Qué edad tienes?" "Veinte años", dijo Waterloo. "Puedo hacerte famoso, ¿quieres hacerte famoso?", preguntó João. "¿Para qué?", preguntó Waterloo, realmente interesado en saber para qué. "¿Para qué? ¿Para qué? Qué gracioso, qué pregunta más idiota", dijo João. Para qué, me quedé pensando, es cierto, ¿para qué? ¿Para que los otros nos vean en la calle y digan ahí va el fulano famoso? "¿Para qué, João?", pregunté. João me miró como si me hubiera cogido a su madre. "Tú también. ¡Qué cosa! ¿Qué tienen ustedes en la cabeza, eh?" João de vez en cuando perdía la paciencia. Creo que tenía unas ganas locas de ver a un alumno ganar el campeonato. "No me explicó usted para qué", dijo Waterloo con respeto. "Entonces te lo explico. En primer lugar, para no andar andrajoso como un mendigo, y poder bañarte cuando quieras, y comer… pavo, fresas, ¿ya has comido fresas?…, y tener un lugar confortable para vivir, y tener mujer, no una negra apestosa, una rubia, muchas mujeres tras de ti, peleándose por ti, ¿entiendes? Ustedes ni siquiera saben lo que es eso, son ustedes unos culo-sucio." Waterloo miró a João, más sorprendido que cualquier otra cosa, pero a mí me dio rabia; me dieron ganas de ponerle la mano encima allí mismo, no por causa de lo que había dicho de mí, por mí que se joda, sino porque se estaba burlando del negro; hasta llegué a imaginar cómo sería el pleito: él es más fuerte, pero yo soy más ágil, tendría que pelear de pie, a base de cuchilladas.

Miré su pescuezo grueso: tenía que ser allí en el gañote, un palo seguro en el gañote, pero para darle un garrotazo bien dado por dentro tendría que colocarme medio de lado y mi base no quedaría tan firme si él respondiera con una zancadilla; y por dentro el bloqueo sería fácil, João tenía reflejos, me acordé de él entrenando al Mauro para aquella lucha libre con Juárez en la que el Mauro fue destrozado; reflejos tenía, estaba gordo pero era un tigre; golpear a los lados no servía de nada, allí tenía dos planchas de acero; podría tirarme al suelo para intentar un final limpio, una llave con el brazo: dudoso. "Vamos a quitarnos la ropa, vámonos de aquí", dije a Waterloo. "¿Por qué?", preguntó João aprensivo, "¿estás enojado conmigo?" Bufé y dije: "Sí, estoy hasta los cojones de todo esto, estuve a punto de saltarte encima ahora mismo, es bueno que lo sepas." João se puso tan nervioso que casi perdió la pose, su barriga se arrugó como si fuera una funda de almohada, pero no era miedo de la pelea, no, de eso no tenía miedo, lo que tenía era miedo de perder el campeonato. "¿Ibas a hacer eso conmigo?", cantó, "eres como un hermano para mí, ¿ibas a pelear conmigo?" Entonces fingió una mueca muy compungida, el actor, y se sentó abatido en un banco con el aire miserable de quien acaba de recibir la noticia de que la mujer le anda poniendo los cuernos. "Acaba con eso, João, no sirve de nada. Si fueras hombre, pedías una disculpa." Tragó en seco y dijo "está bien, discúlpame, ¡carajo!, discúlpame también tú (al negro), discúlpame; ¿está bien así?". Había dado lo máximo, si lo provocaba explotaría, olvidaría el campeonato, apelaría a la ignorancia, pero yo no haría eso, no sólo porque mi rabia ya había pasado después de que peleé con él en el pensamiento, sino también porque João se había disculpado y cuando un hombre pide disculpas lo disculpamos. Apreté su mano, solemnemente; él apretó la mano de Waterloo. También yo apreté la mano del negro. Permanecimos serios, como tres doctores.

"Voy a hacer una serie para ti, ¿está bien?", dijo João, y Waterloo respondió "sí señor." Yo tomé mi ficha y dije a João: "Voy a hacer la rosca derecha con sesenta kilos y la inversa con cuarenta, ¿te parece bien?." João sonrió satisfecho, "óptimo, óptimo."

Terminé mi serie y me quedé viendo a João que enseñaba a Waterloo. Al principio aquello era muy aburrido, pero el negro hacía los movimientos con placer, y eso es raro: normalmente la gente tarda en encontrarle gusto al ejercicio. No había misterio para Waterloo, hacía todo exactamente como João quería. No sabía respirar bien, es verdad, la médula de la caja aún tenía que abrírsele, pero carajo, ¡estaba empezando!

Mientras Waterloo se daba un baño, João me dijo: "Tengo ganas de prepararlo también a él para el campeonato, ¿qué te parece?." Le dije que me parecía una buena idea. João continuó: "Con ustedes dos en forma, es difícil que la academia no gane. El negro sólo necesita hinchar un poco, definición ya tiene." Dije: "No creo que vaya a ser así de fácil, João; Waterloo es bueno, pero va a necesitar machacar mucho, sólo debe tener unos cuarenta de brazo." "Tiene cuarenta y dos o cuarenta y tres", dijo João. "No sé, será mejor medir." João dijo que mediría el brazo, el antebrazo, el pecho, el muslo, la pantorrilla, el pescuezo. "¿Y tú cuánto tienes de brazo", me preguntó con astucia; lo sabía, pero le dije, "cuarenta y seis." "Hum… es poco, ¿verdad?, para el campeonato es poco… faltan seis meses… y tú, y tú…" "¿Qué es lo que temes?" "Estás aflojando…" La plática estaba atorada y decidí prometerle, para terminar con aquello: "Descuida, João, ya verás, en estos meses me voy para arriba." João me dio un abrazo, "eres un tipo inteligente… ¡Puta!, ¡con la pinta que tienes, y siendo campeón! ¿te imaginas? Fotos en el periódico… Vas a acabar en el cine, en Norteamérica, en Italia, haciendo películas en color, ¿te imaginas?." João colocó varias anillas de diez kilos en el pulley. "¿De cuánto es tu pulley?", preguntó. "Ochenta." "Y la muchacha que tienes, ¿qué va a pasar con ella?" Hablé seco: "¿Cómo que qué va a pasar con ella?". Él: "Soy tu amigo, acuérdate de eso". Yo: "Está bien, eres mi amigo, ¿y?" "Soy como un hermano para ti." "Eres como un hermano para mí, ¿y?" João agarró la barra del pulley, se arrodilló y alzó la barra hasta el pecho mientras los ochenta kilos de anillas subían lentamente, ocho veces. Después: "¿Cuánto pesas?", "Noventa." "Entonces haz el pulley con noventa. Pero mira, volviendo al asunto, sé que las pesas despiertan unas ganas grandes, ganas, hambre, sueño… pero eso no quiere decir que tengamos que hacer todo esto sin medida; a veces quedamos en la punta de los cascos, pero hay que controlarse, se necesita disciplina; mira a Nelson, la comida acabó con él, hacía una serie de caballo para compensar, creó masa, eso creó, pero comía como un puerco y terminó con un cuerpo de puerco… miserable…" João hizo una cara de pena. No me gusta comer, y João lo sabe. Noté que el Corcundinha, acostado de espaldas, haciendo un crucifijo quebrado, prestaba atención a nuestra plática. "Creo que estás jodiendo demasiado", dijo João, "no es bueno. Llegas aquí todas las mañanas marcado con chupetones, arañado en el pescuezo, en el pecho, en las espaldas, en las piernas. No se ve bien, tenemos un montón de muchachos en la academia, es un mal ejemplo. Por eso es que te voy a dar un consejo —y João me miró con cara de la amistad y los negocios por separado, con cara de contar dinero; ¿se estaba apoyando ya en el negro?—, esa muchacha no sirve, consigue una que quiera sólo una vez a la semana, o dos, y aun así moderándote." En ese instante Waterloo salió del vestidor y João le dijo, "Vamos a salir, te voy a comprar ropa; pero es un préstamo, trabajarás en la academia y después me pagas." A mí: "Necesitas un ayudante. Pon las manos ahí, que ya vuelvo."

Me senté, pensando. Dentro de poco empiezan a llegar los alumnos. Leninha, Leninha. Antes de que tuviera una luz, el Corcundinha habló: "¿Quieres ver si estoy jalando bien en la barra?" Fui a ver. No me gusta mirar al Corcundinha. Tiene más de seis tics diferentes. "Estás mejorando de los tics", dije; pero qué cretino, no mejoraba, ¿por qué dije aquello? "Sí, ¿verdad?", dijo satisfecho, guiñando varias veces con increíble rapidez el ojo izquierdo. "¿Qué ejercicio estás haciendo?" "Por detrás y por delante, y con las manos juntas en la punta de la barra. Tres series para cada ejercicio, con diez repeticiones. Noventa movimientos en total, y no siento nada." "Sin prisa y siempre", le dije. "Oí tu plática con João", dijo el Corcundiña. Moví la cabeza. "Los negocios con la mujer son fuego", continuó, "me peleé con Elza." Rayos, ¿quién era Elza? Por si las dudas dije "¿sí?" Corcundinha: "No era mujer para mí. Pero sucede que ahora estoy con otra chica y la Elza se la pasa llamando a casa diciéndole insultos, haciendo escándalos. El otro día a la salida del cine fue para morirse. Eso me perjudica, soy un hombre responsable." Corcundinha con un salto ágil agarró la barra con las dos manos y balanceó el cuerpo para enfrente y atrás, sonriendo y diciendo: "Esta muchacha que tengo ahora es un tesoro, jovencita, treinta años más nueva que yo, treinta años, pero yo aún estoy en forma, ella no necesita de otro hombre." Con jalones rápidos Corcundinha izó el cuerpo varias veces por atrás, por enfrente, rápidamente: una danza; horrible; pero no aparté el ojo. "¿Treinta años más nueva?", dije maravillado. Corcundinha gritó desde lo alto de la barra: "¡Treinta años! ¡Treinta años!." Y diciendo esto, Corcundinha dio una octava en la barra, una subida de cintura y luego de balancearse como péndulo intentó girar como si fuera una hélice, su cuerpo completamente rojo del esfuerzo, con excepción de la cabeza que se puso más blanca. Agarré sus piernas; cayó pesadamente, de pie, en el piso. "Estoy en forma", jadeó. Le dije: "Corcundinha, necesitas tener cuidado, no eres... no eres un niño." Él: "Yo me cuido, me cuido, no me cambio por ningún muchacho, estoy mejor que cuando tenía veinte años y bastaba que una mujer me rozara para que me pusiera loco; ¡toda la noche, amiguito, toda la noche!." Los músculos de su rostro, párpado, nariz, labio, frente empezaron a contraerse, latir, estremecerse, convulsionarse; sus tics al mismo tiempo. "¿De vez en cuando vuelven los tics?", pregunté. Corcundinha respondió: "Sólo cuando me distraigo." Fui hasta la ventana pensando que la gente vive distraída. Abajo, en la calle, estaba el montón de gente frente a la tienda y me dieron ganas de correr hacia allá, pero no podía dejar la academia sola.

Después llegaron los alumnos. Primero llegó uno que quería ponerse fuerte porque tenía espinillas en la cara y la voz delgada, después llegó otro que quería ponerse fuerte para golpear a los demás, pero ése no le pegaría a nadie, pues un día lo llamaron para una pelea y tuvo miedo; y llegaron los que gustan de mirarse en el espejo todo el tiempo y usan camisa de manga corta apretada en el brazo para parecer más fuertes; y llegaron los muchachos de pantalones Lee, cuyo objetivo es desfilar en la playa; y llegaron los que sólo vienen en verano, cerca del carnaval, y hacen una serie violenta para hinchar rápido y vestir sus disfraces de griego o cualquier otro que sirva para mostrar la musculatura; y llegaron los viejos cuyo objetivo es quemar la grasa de la barriga, lo que es muy difícil y, después de algún tiempo, imposible; y llegaron los luchadores profesionales: Príncipe Valiente, con su barba, Cabeza de Hierro, Capitán Estrella, y la banda de lucha libre: Mauro, Orando, Samuel; éstos no son buenos para el modelado, sólo quieren fuerza para ganarse mejor la vida en el ring: no se aglomeran enfrente de los espejos, no molestan pidiendo instrucciones; me gustan, me gusta entrenar con ellos en la víspera de una lucha, cuando la academia está vacía; y verlos salir de una montada, escapar de un arm-lock o bien golpear cuando consiguen un estrangulamiento perfecto; o bien conversar con ellos sobre las luchas que ganaron o perdieron

João volvió, y con él Waterloo con ropa nueva. João encargó al negro que arreglara las anillas, colocara las barras y pesas en los lugares correctos, "antes necesitas aprender para enseñar."

Ya era de noche cuando Leninha me telefoneó, preguntando a qué horas iría a casa, a su casa, y le dije que no podría ir pues iría a mi casa. Al oír esto Leninha se quedó callada: en los últimos treinta o cuarenta días yo iba todas las noches a su casa, donde ya tenía pantuflas, cepillo de dientes, pijama y una porción de ropas; me preguntó si estaba enfermo y le dije que no; y otra vez se quedó callada, y yo también, hasta parecía que queríamos ver quien caía primero; fue ella: "¿Entonces no me quieres ver hoy?." "No es nada de eso", dije, "hasta mañana, me llamas por teléfono, ¿está bien?"

Fui a mi cuarto, el cuarto que alquilaba a doña María, la vieja portuguesa que tenía cataratas en el ojo y quería tratarme como si fuera su hijo. Subí las escaleras en la punta de los pies, agarrado al pasamanos con suavidad y abrí la puerta sin hacer ruido. Me acosté de inmediato en la cama, luego de quitarme los zapatos. En su cuarto la vieja oía novelas: "¡No, no, Rodolfo, te lo imploro!", oí desde mi cuarto, "¿Jura que me perdonas? ¿Perdonarte?, cómo, si te amo más que a mí mismo… ¿En qué piensas? ¡Oh!, no me preguntes… Anda, respóndeme… a veces no sé si eres mujer o esfinge…." Desperté con los golpes en la puerta de doña María que decía "Ya le dije que no está", y Leninha: "Usted me disculpa, pero me dijo que venía a su casa y tengo que arreglar un asunto urgente." Me quedé quieto: no quería ver a nadie… nunca más. Nunca más. "Pero él no está." Silencio. Debían estar frente a frente. Doña María intentando ver a Leninha en la débil luz amarilla de la sala y la catarata confundiéndola, y Leninha… (es bueno quedarse dentro del cuarto todo oscuro). "…sar más tarde?" "No ha venido, hace más de un mes que no duerme en casa, aunque paga religiosamente, es un buen muchacho."

Leninha se fue y la vieja estaba de nuevo en el cuarto: "Permíteme contradecirte, perdona mi osadía… pero hay un amor que una vez herido sólo encontrará sosiego en el olvido de la muerte… ¡Ana Lucía! Sí, sí, un amor irreductible que se sostiene mucho más allá de todo y de cualquier sentimiento, un amor que para sí resume la delicia del cielo dentro del corazón…" Vieja miserable que vibraba con aquellas estupideces. ¿Miserable? Mi cabeza pesaba en la almohada, una piedra encima de mi pecho... ¿un niño? ¿Comó era ser niño? Ni eso sé, sólo me acuerdo que orinaba con fuerza, hacia arriba: alto. Y también me acuerdo de las primeras películas que vi, de Carolina, pero entonces ya era grande, ¿doce?, ¿trece?, ya era hombre. Un hombre. Hombre...

Por la mañana cuando iba al baño doña María me vio. "¿Dormiste aquí?", me preguntó. "Sí." "Vino a buscarte una chica, estaba muy inquieta, dijo que era urgente." "Sé quién es, hoy hablaré con ella", y entré al baño. Cuando salí, doña María me preguntó, "¿No vas a afeitarte?." Volví y me afeité. "Ahora sí, tienes cara de limpieza", dijo doña María, que no se separaba de mí. Tomé café, huevo tibio, pan con mantequilla, plátano. Doña María cuidaba de mí. Después fui a la academia.

Cuando llegué ya estaba ahí Waterloo. "¿Cómo estás? ¿Está gustándote?", pregunté. "Por lo pronto está bien." "¿Dormiste aquí?" "Sí. Don João me dijo que durmiera aquí." Y no dijimos nada más, hasta que llegó João.

João empezó por darle instrucciones a Waterloo: "Por la mañana, brazos y piernas; en la tarde, pecho, espaldas y abdomen"; y se puso a vigilar el ejercicio del negro. A mí no me hizo caso. Me quedé mirando. "De vez en cuando bebe jugo de frutas", decía João, tomando un vaso, "así", João se llenó la boca de líquido, hizo un buche y tragó despacio, "¿viste cómo?", y le dio el vaso a Waterloo, quien repitió lo que él había hecho.

Toda la mañana João la pasó mimando al negro. Me quedé dirigiendo a los alumnos que llegaban. Acomodé las pesas que regaban por la sala. Waterloo sólo hizo su serie. Cuando llegó el almuerzo —seis marmitas— João me dijo: "Mira, no lo tomes a mal, voy a compartir la comida con Waterloo, él la necesita más que tú, no tiene dónde almorzar, está flaco y la comida sólo alcanza para dos." En seguida se sentaron colocando las marmitas sobre la mesa de los masajes cubierta con periódicos y empezaron a comer. Con las marmitas venían siempre dos platos y cubiertos.

Me vestí y salí a comer, pero no tenía hambre y me comí dos pasteles en un café. Cuando volví, João y Waterloo estaban estirados en las sillas de lona. João contaba la historia de lo duro que le había dado para ser campeón.

Un alumno me preguntó cómo hacía el pulóver recto y fui a enseñarle, otro se quedó hablando conmigo del juego del Vasco y el tiempo fue pasando y llegó la hora de la serie de la tarde —cuatro horas— y Waterloo se paró cerca del leg-press y preguntó cómo funcionaba y João se acostó y le enseñó diciendo que el negro haría flexiones, que era mejor. "Pero ahora vamos al supino", dijo, "en la tarde, pecho, espalda y abdomen, no lo olvides."

A las seis más o menos el negro acabó su serie. Yo no había hecho nada. Hasta aquella hora João no había hablado conmigo. Entonces me dijo: "Voy a preparar a Waterloo, nunca vi un alumno igual, es el mejor que he tenido", y me miró, rápido y disimuladamente; no quise saber a dónde quería llegar; saber, lo sabía, me sé sus trucos, pero no mostré interés. João continuó: "¿Has visto algo igual? ¿No crees que él puede ser el campeón?" Dije: "Quizá; lo tiene casi todo, sólo le falta un poco de fuerza en la masa." El negro, que nos oía, preguntó: "¿Masa?" Dije: "Aumentar un poco el brazo, la pierna, el hombro, el pecho... lo demás está", iba a decir óptimo pero dije, "bien". El negro: "¿Y fuerza?" Yo: "Fuerza es fuerza, un negocio que ya está dentro de uno." Él: "¿Cómo sabes que no tengo?" Iba a decir que era una corazonada, y corazonada es corazonada, pero me miraba de una manera que no me gustó y por eso: "Tú no tienes." "Creo que sí tiene", dijo João, dentro de su esquema. "Pero el muchacho no cree en mí", dijo el negro.

¿Para qué llevar las cosas más allá?, pensé. Pero João preguntó: "¿Tiene más o menos la misma fuerza que tú?"

"Menos", dije. "Eso está por verse", dijo el negro. João era don João, yo era el muchachote: el negro tenía que estar de mi parte, pero no estaba. Así es la vida. "¿Cómo quieres probarlo?", pregunté irritado. "Tengo una propuesta", dijo João, "¿qué tal unas vencidas?" "Lo que sea", dije. "Lo que sea", repitió el negro.

João trazó una línea horizontal en la mesa. Colocamos los antebrazos encima de la línea de modo que mi dedo medio extendido tocara el codo de Waterloo, pues mi brazo era más corto. João dijo: "Yo y el Gomalina seremos los jueces; la mano que no es la del empuje puede quedar con la palma sobre la mesa o agarrada a ella; las muñecas no podrán curvarse en forma de gancho antes de iniciada la competencia." Ajustamos los codos. Al centro de la mesa nuestras manos se agarraron, los dedos cubriendo solamente las falanges de los pulgares del adversario, y envolviendo el dorso de las manos, Waterloo iba más lejos pues sus dedos eran más largos y tocaban la orilla de mi mano. João examinó la posición de nuestros brazos. "Cuando diga ya, pueden empezar." Gomalina se arrodilló a un lado de la mesa, João al otro. "Ya", dijo João.

Se puede empezar unas vencidas de dos maneras: atacando, arremetiendo enseguida, echando toda la fuerza al brazo inmediatamente, o bien resistiendo, aguantando la embestida del otro y esperando el momento oportuno para virar. Escogí la segunda. Waterloo dio un arranque tan fuerte que casi me liquidó; ¡puta mierda!, no me esperaba aquello; mi brazo cedió hasta la mitad del camino, qué estupidez la mía, ahora quien tenía que hacer fuerza, gastarse, era yo. Empujé desde el fondo, lo máximo que me era posible sin hacer muecas, sin apretar los dientes, sin mostrar que lo estaba dando todo, sin crear moral en el adversario. Fui empujando, empujando, mirando el rostro de Waterloo. Él fue cediendo, cediendo, hasta que volvimos al punto de partida, y nuestros brazos se inmovilizaron. Nuestras respiraciones eran profundas, sentía el viento que salía de mi nariz pegar en mi brazo. No puedo olvidar la respiración, pensé, esta jugada será ganada por el que respire mejor. Nuestros brazos no se movían un milímetro. Me acordé de una película que vi, en la que dos camaradas, dos campeones, se quedan un largo tiempo sin tomar ventaja uno del otro, y mientras tanto uno de ellos, el que iba a ganar, el jovencito, tomaba whisky y chupaba su puro. Pero allí no era el cine, no; era una lucha a muerte, vi que mi brazo y mi hombro empezaban a ponerse rojos; un sudor fino hacía que el tórax de Waterloo brillara; su cara empezó a torcerse y sentí que venía con todo y mi brazo cedió un poco, más, ¡rayos!, más aún, y al ver que podía perder me entró desesperación, ¡rabia! ¡Apreté los dientes! El negro respiraba por la boca, sin ritmo, pero llevándome, y entonces cometió el gran error: su cara de gorila se abrió en una sonrisa y peor aun, con la provocación graznó una carcajada ronca de ganador, echó fuera aquella pizca de fuerza que faltaba para ganarme. Un relámpago cruzó por mi cabeza diciendo: ¡ahora!, y el tirón que di nadie lo aguantaría, él lo intentó, pero la potencia era mucha; su rostro se puso gris, el corazón se le salía por la lengua, su brazo se ablandó, su voluntad se acabó —y de maldad, al ver que entregaba el juego, pegué con su puño en la mesa dos veces. Se quedó agarrado a mi mano, como en una larga despedida sin palabras, su brazo vencido sin fuerzas, abandonado, caído como un perro muerto en la carretera.

Liberé mi mano. João, Gomalina querían discutir lo que había ocurrido pero yo no los oía —aquello estaba terminado. João intentó mostrar su esquema, me llamó a un rincón. No fui. Ahora Leninha. Me vestí sin bañarme, me fui sin decir palabra, siguiendo lo que mi cuerpo mandaba, sin adiós: nadie me necesitaba, yo no necesitaba de nadie. Eso es, eso es.

Tenía la llave del departamento de Leninha. Me acosté en el sofá de la sala, no quise quedarme en el cuarto, la colcha rosa, los espejos, el tocador, el peinador lleno de frasquitos, la muñeca sobre la cama estaban haciéndome mal. La muñeca sobre la cama: Leninha la peinaba todos los días, le cambiaba ropa —calzoncito, enagua, sostén— y hablaba con ella, "mi hijita linda, extrañaste a tu mamita?." Me dormí en el sofá.

Leninha me despertó con un beso en la cara. "Llegaste temprano, ¿no fuiste hoy a la academia?" "Sí", dije sin abrir los ojos. "¿Y ayer? Te fuiste temprano a tu casa?" "Sí", ahora con los ojos abiertos: Leninha se mordía los labios. "No juegues conmigo, querido, por favor…" "Fui, no estoy jugando." Ella suspiraba. "Sé que fuiste a mi casa. No sé a qué hora; oí que hablabas con doña María, ella no sabía que estaba en el cuarto." "¡Hacerme una porquería de ésas a mí!", dijo Leninha, aliviada. "No fue ninguna porquería", dije. "No se le hace una cosa así a… a los amigos." "No tengo amigos, podría tener, hasta el príncipe, si quisiera." "¿Quién?", dijo ella dando una carcajada, sorprendida. "No soy ningún vagabundo, conozco al príncipe, al conde, para que lo sepas." Ella rió: "¡¿Príncipe?!, ¡príncipe!, en Brasil no hay príncipe, sólo hay príncipe en Inglaterra, ¿crees que soy tonta?", Dije: "Eres una burra, ignorante; ¿no hay príncipe en Italia? Este príncipe es italiano." "¿Y tú ya fuiste a Italia?" Debía haberle dicho que ya había jodido con una condesa que había andado con un príncipe italiano y, carajo, cuando andas con una dama con quien anduvo también otro tipo, ¿no es una forma de conocerlo? Pero Leninha tampoco creía en la historia de la condesa, que acabó con un final triste como todas las historias verdaderas: pero eso no se lo cuento a nadie. Me quedé callado de repente y sintiendo esa cosa que me da de vez en cuando, en esas ocasiones en que los días se hacen largos, lo que empieza en la mañana cuando me despierto sintiendo una aflicción enorme y pienso que después de bañarme pasará, después de tomar el café pasará, después de hacer gimnasia pasará, después de que pase el día pasará, pero no pasa y llega la noche y estoy en las mismas, sin querer mujer o cine, y al día siguiente tampoco acaba. Ya he pasado una semana así, me dejé crecer la barba y miraba a las personas, no como se mira un automóvil, sino preguntándome, ¿quién es?, ¿quién es?, ¿quién-es-más-allá-del-nombre?, y las personas pasando frente a mí, gente como moscas en el mundo, ¿quién es?

Leninha, al verme así, apagado como si fuera una fotografía vieja, sacudió un paño delante de mí diciendo, "mira la camisa fina que te compré; póntela, póntela para verte." Me puse la camisa y ella dijo: "Estás hermoso, ¿vamos a bailar?" "Quiero divertirme, mi bien, trabajé demasiado todo el día." Ella trabaja de día, sólo anda con hombres casados y la mayoría de los hombres casados sólo hacen eso de día. Llega temprano a la casa de doña Cristina y a las nueve de la mañana ya tiene clientes telefoneándole. El mayor movimiento es a la hora del almuerzo y al final de la tarde; Leninha no almuerza nunca, no tiene tiempo.

Entonces fuimos a bailar. Creo que a ella le gusta mostrarme, pues insistió en que llevara la camisa nueva, escogió el pantalón, los zapatos y hasta quiso peinarme, pero eso era demasiado y no la dejé. Es simpática, no le molesta que las demás mujeres me vean. Pero sólo eso. Si alguna mujer viene a hablar conmigo se pone hecha una fiera.

El lugar era oscuro, lleno de infelices. Apenas habíamos acabado de sentarnos un sujeto pasó cerca de nuestra mesa y dijo: "¿Cómo te va, Tania?." Leninha respondió: "Bien, gracias, ¿cómo está usted?." Él también estaba bien gracias. Me miró, hizo un movimiento con la cabeza como si estuviera saludándome y se fue a su mesa. "¿Tania?", pregunté. "Mi nombre de batalla", respondió Leninha. "¿Pero tu nombre de batalla no es Betty?", pregunté. "Sí, pero él me conoció en la casa de doña Viviane, y allá mi nombre de batalla es Tania."

En ese momento el tipo volvió. Un viejo, medio calvo, bien vestido, enjuto para su edad. Sacó a Leninha a bailar. Le dije: "Ella no va a bailar, amigo." Él quizá se ruborizó, en la oscuridad, dijo: "Yo pensé…." Ya no pelé al idiota, estaba ahí, de pie, pero no existía. Dije a Leninha: "Estos tipos se la viven pensando, el mundo está lleno de pensadores." El sujeto desapareció.

"Qué cosa tan horrible hiciste", dijo Leninha, "él es un cliente antiguo, abogado, un hombre distinguido, y tú le haces eso. Fuiste muy grosero." "Grosero fue él, ¿no vio que estabas acompañada, por un amigo, cliente, enamorado, hermano, quien fuera? Debí haberle dado una patada en el culo. ¿Y qué historia es ésa de Tania, doña Viviane?" "Es una casa antigua que frecuenté." "¿Casa antigua? ¿Qué casa antigua?" "Fue poco después de que me perdí, mi bien… al principio…"

Es para amargarse.

"Vámonos", dije. "¿Ahora?" "Ahora."

Leninha salió molesta, pero sin valor para mostrarlo. "Vamos a tomar un taxi", dijo. "¿Por qué?", pregunté, "no soy rico para andar en taxi." Esperé a que dijera "el dinero es mío", pero no lo dijo; insistí: "Estás muy buena para andar en ómnibus, ¿verdad?"; ella siguió callada; no desistí: "Eres una mujer fina"; — "con clase"; — "de categoría", Entonces habló, calmada, la voz clara, como si nada ocurriera: "Vámonos en ómnibus."

Nos fuimos en ómnibus a su casa.

"¿Qué quieres oír?", preguntó Leninha. "Nada", respondí. Me desnudé, mientras Leninha iba al baño. Con los pies en el borde de la cama y las manos en el piso hice cincuenta lagartijas. Leniña volvió desnuda del baño. Quedamos los dos desnudos, parados dentro del cuarto, como si fuéramos estatuas.

Como principio, ese principio estaba bien: quedamos desnudos y fingíamos, sabiendo que fingíamos, que teníamos ganas. Ella hacía cosas sencillas, arreglaba la cama, se sujetaba los cabellos mostrando en todos sus ángulos el cuerpo firme y saludable —los pies y los senos, el trasero y las rodillas, el vientre y el cuello. Yo hacía unas flexiones, después un poco de tensión de Charles Atlas, como quien no quiere la cosa, pero mostrando el animal perfecto que yo también era, y sintiendo, como debía sentirlo ella, un placer enorme al saber que estaba siendo observado con deseo, hasta que ella miraba abiertamente hacia el lugar preciso y decía con una voz honda y crispada, como si estuviera sintiendo el miedo de quien va a tirarse al abismo, "mi bien", y entonces la representación terminaba y nos íbamos uno hacia el otro como dos niños que aprenden a andar, y nos fundíamos y hacíamos locuras, y no sabíamos de qué garganta salían los gritos, e implorábamos uno al otro que se detuviera, pero no nos deteníamos, y redoblábamos nuestra furia, como si quisiéramos morir en aquel momento de fuerza, y subíamos y explotábamos, girando como ruedas rojas y amarillas de fuego que salían de nuestros ojos y de nuestros vientres y de nuestros músculos y de nuestros líquidos y de nuestros espíritus y de nuestro dolor pulverizado. Después la paz: oíamos alternativamente el latido fuerte de nuestros corazones sin sobresalto; yo apoyaba mi oreja en su seno y enseguida ella, entre los labios exhaustos, soplaba suavemente en mi pecho, aplacándolo; y sobre nosotros descendía un vacío que era como si hubiéramos perdido la memoria.

Pero aquel día nos quedamos parados como si fuéramos dos estatuas. Entonces me envolví en el primer paño que encontré, ella hizo lo mismo y se sentó en la cama y dijo "sabía que iba a ocurrir", y fue eso, y por lo tanto ella, a quien yo consideraba una idiota, quien me hizo entender lo que había ocurrido. Vi entonces que las mujeres tienen dentro de sí algo que les permite entender lo que no se ha dicho. "Mi bien, ¿qué fue lo que hice?", preguntó, y me entró una pena loca por ella; tanta pena que me eché a su lado, le arranqué la ropa que la envolvía, besé sus senos, me excité pensando en el pasado, y empecé a amarla, como un obrero hace su trabajo, inventé gemidos, la apreté con fuerza calculada. Su rostro empezó a quedar húmedo, primero en torno a sus ojos, luego toda la cara. Dijo: "¿Qué va a ser de mí sin ti?", y con la voz salían también sollozos.

Agarré mi ropa, mientras ella permanecía en la cama, con un brazo sobre los ojos. "¿Qué horas son?", preguntó. Dije: "Tres y quince." "Tres y quince… quiero grabarme la última vez que te estoy viendo…", dijo Leninha. De nada servía que dijera algo y por eso salí, cerrando la puerta de la calle con cuidado.

Estuve caminando por las calles vacías y cuando el día rayó estaba en la puerta de la tienda de discos loco porque abrieran. Primero llegó un sujeto que abrió la puerta de acero, luego otro que lavó la acera y otros, que arreglaron la tienda, pusieron afuera las bocinas, hasta que finalmente pusieron el primer disco y con la música ellos empezaron a salir de sus cuevas, y se apostaron allí conmigo, más quietos que en una iglesia. Exacto: como en una iglesia, y me dieron ganas de rezar, y de tener amigos, un padre vivo, y un automóvil. Y recé por dentro, imaginando cosas, si tuviera padre lo besaría en el rostro, y en la mano, tomando su bendición, y sería su amigo y ambos seríamos personas diferentes.

# Lucía McCartney
# (1967)

# La ejecución

Consigo agarrar a Rubão, acorralándolo contra las cuerdas. El hijo de puta tiene fuerza, se agarra a mí, apoya su rostro en mi rostro para impedir que le dé cabezazos en la cara; estamos abrazados, como dos enamorados, casi inmóviles fuerza contra fuerza, el público empieza a burlarse. Rubão me da un pisotón en el dedo del pie, aflojo, se suelta, me da un rodillazo en el estómago, una patada en la rodilla, un golpe en la cara. Oigo los gritos. El público está cambiando a su favor. Otro bofetón: gritos enloquecidos en el público. No puedo darle importancia a eso, no puedo darle importancia a esos hijos de puta mamones. Intento agarrarlo pero no se deja, quiere pelear de pie, es ágil, su puñetazo es como una coz.

Los cinco minutos más largos de la vida se pasan en un ring de lucha libre. Cuando el round acaba, el primero de cinco por uno de descanso, apenas y puedo llegar a mi esquina. El Príncipe me echa aire con la toalla, Pedro Vaselina me da masajes. Esos putos me están cambiando por él, ¿verdad? Olvida eso, dice Pedro Vaselina. Están con él, ¿o no?, insisto. Sí, dice Pedro Vaselina, no sé qué pasa, siempre se inclinan por la buena pinta, pero hoy no está funcionando la regla. Intento ver a las personas en las gradas, hijos de puta, cornudos, perros, prostitutas, cagones, cobardes, mamones, me dan ganas de sacarme el palo y sacudirlo en sus caras. Cuidado con él, cuando ya no aguantes, pasa a su guardia, no intentes como tonto, él tiene fuerzas y está entero, y tú, y tú, eh, ¿anduviste jodiendo ayer? Cada vez que te acierte un golpe en los cuernos no te quedes viendo al público con cara de culo de vaca, ¿que te pasa? ¿Vino a verte tu madre? Ponle atención al sujeto, carajo, no quites la vista de él, olvídate del público, ojo con él, y no te preocupes con las cachetadas, no te va a arrancar un pedazo y no gana nada con eso. Cuando te dio el último golpe y la chusma gozó en el gallinero, hizo tanta faramalla que parecía una puta de la Cinelandia. Es en uno de esos momentos cuando tienes que pegarle. Paciencia,

PACIENCIA, ¿oíste?, guarda energías, que te tienen con un pie afuera, dice Pedro Vaselina.

Suena la campana. Estamos en medio del ring. Rubão balancea el tórax frente a mí, los pies plantados, mueve las manos, izquierda enfrente y derecha atrás. Me quedo parado, mirando sus manos. ¡Vap!, la patada me da en el muslo, me le echo encima, ¡plaft!, una golpe en la cara que casi me tira al piso, miro a las gradas, el sonido que viene de ahí parece un chicotazo, soy una animal, qué mierda, si sigo ¡plaft! dando importancia a esos pendejos voy a acabar jodiéndome ¡plaft! — bloquea, bloquea, oigo a Pedro Vaselina — mi cara debe estar hinchada, siento alguna dificultad para ver con el ojo izquierdo — levanto la izquierda — ¡bloquea! — ¡blam! un zurdazo me da en el lado derecho de los cuernos — ¡bloquea! La voz de Pedro Vaselina es fina como la de una mujer — levanto las dos manos — ¡bum! la patada me da en el culo. Rubão gira y de espaldas me atina, me pone el pie en el pescuezo — de las gradas viene el ruido de una ola de mar que rompe en la playa — con un físico como ése vas a acabar en el cine, mujeres, fresas con crema, automóvil, departamento, película en tecnicolor, dinero en el banco, ¿dónde está todo eso? me echo encima de él con los brazos abiertos, ¡bum! el golpe me tira — Rubão salta sobre mí, ¡va a montarme! — intento huir arrastrándome como lombriz entre las cuerdas — el juez nos separa — me quedo tirado flotando en la burla, inyección de morfina. Gong.

Estoy en mi esquina. Nunca te he visto tan mal, en lo físico y en la técnica, ¿jodiste hoy?, ¿andas tomando? Es la primera vez que un luchador de nuestra academia huye por debajo de las cuerdas, estás mal, ¿qué pasa contigo? ¿Así es como quieres luchar con el Carlson?, ¿con Iván? Estás haciendo el ridículo. Déjalo, dice el Príncipe. Pedro Vaselina: lo van a destrozar, según vayan las cosas en este ring veré si arrojo la toalla. Jalo la cara de Pedro Vaselina hacia la mía, le digo escupiendo en sus cuernos, si arrojas la toalla, puto, te reviento, te meto un fierro en el culo, lo juro por Dios. El Príncipe me arroja un chorro de agua, para ganar tiempo. Gong.

Estamos en medio del ring. Tiempo, ¡segundos!, dice el juez — así mojado no está bien, no vuelvas a hacer eso — el Príncipe me seca fingiendo sorpresa — ¡segundos, fuera!, dice el juez. Nuevamente en medio del ring. Estoy inmóvil. Mi corazón salió de la garganta, volvió al pecho pero aún late fuerte. Rubão se balancea. Miro bien su rostro, tiene la moral alta, respira por la nariz sin apretar los dientes, no hay un solo músculo tenso en su cara, un sujeto espantado pone mirada de caballo, pero él está tranquilo, apenas y se ve lo blanco de sus ojos. Rápido hace una finta, amenaza, un bloqueo, recibo un pisotón en la rodilla, un dolor horrible, menos mal que fue de arriba abajo, si hubiera sido horizontal me rompía la pierna — ¡Zum!, el puñetazo en el oído me deja sordo de un lado, con el otro oído escucho a la chusma delirando en las gradas — ¿qué hice? Siempre me apoyaron, ¿qué les hice a estos escrotos, comemierdas ¡plaft, plaft, plaft! para que se volvieran contra mí? — con ese físico vas a acabar en el cine, Leninha, ¿donde estás?, hija de puta — retrocedo, pego con la espalda en las cuerdas, Rubão me agarra — ¡al suelo! chilla Pedro Vaselina — aún estoy bloqueando y ya es tarde: Rubão me da un rodillazo en el estómago, se aleja; por primera vez se queda inmóvil, a unos dos metros de distancia, mirándome, debe estar pensando en arrancar para terminar con esto — estoy zonzo, pero es cauteloso, quiere estar seguro, sabe que en el piso soy mejor y por eso no quiere arriesgarse, quiere cansarme primero, no meterse en problemas — siento unas ganas locas de bajar los brazos, mis ojos arden por el sudor, no logro tragar la saliva blanca que envuelve mi lengua — levanto el brazo, preparo un golpe, amenazo — no se mueve — doy un paso al frente — no se mueve — doy otro paso al frente — él da un paso al frente — los dos damos un lento paso al frente y nos abrazamos — el sudor de su cuerpo me hace sentir el sudor de mi cuerpo — la dureza de sus músculos me hace sentir la dureza de mis músculos — el soplo de su respiración me hace sentir el soplo de mi respiración — Rubão abraza por debajo de mis brazos — intento una llave en su cuello — coloca su pierna derecha por atrás de mi pierna derecha, intenta derribarme — mis últimas fuerzas — Leninha, desgraciada — me va a derribar — intento agarrarme de las cuerdas como un escroto — el tiempo no pasa — yo quería luchar en el suelo, ahora quiero irme a casa — Leninha — caigo de espaldas, giro antes de que se monte en mí — Rubão me sujeta por la garganta, me inmoviliza — ¡tum, tum, tum! tres rodillazos seguidos en la boca y la nariz — gong — Rubão va a su esquina recibiendo los aplausos.

Pedro Vaselina no dice una palabra, con el rostro triste de segundo del perdedor. Estamos perdidos, mi amigo, dice el Príncipe limpiando mi sudor. No me jodas, respondo, un diente se balancea en mi boca, apenas sujeto a la encía. Meto la mano, arranco el diente con rabia y lo arrojo en dirección a los mamones. Todos se burlan. No hagas eso, dice Pedro Vaselina dándome agua para que haga un buche. Escupo fuera del balde el agua roja de sangre, para ver si le cae encima a algún mamón. Gong. Al centro, dice el juez.

Rubão está enterito, yo estoy jodido. No sé ni en qué round estamos. ¿Es el último? Último o penúltimo, Rubão va a querer liquidarme ahora. Me arrojo encima de él a ver si acierto a darle un cabezazo en la cara — Rubão se desvía, me asegura entre las piernas, me arroja fuera del ring — los mamones deliran — tengo ganas de irme — si fuera valiente me iría, así en calzoncillo — ¡por dónde! — el juez está contando — irme — siempre hay un juez contando — automóvil, departamento, mujeres, dinero, — siempre un juez — pulley de ochenta kilos, rosca de cuarenta, vida dura — Rubão me está esperando, el juez lo detiene con la mano, para que no me ataque en el momento en que vuelva al ring — de veras que estoy jodido — me inclino, entro al ring — al centro, dice el juez — Rubão me agarra, me derriba — rodamos en la lona, queda preso en mi guardia — entre las piernas con la cara en mi palo — quedamos algún tiempo así, descansando — Rubão proyecta el cuerpo hacia enfrente y acierta a darme un cabezazo en la cara — la sangre llena mi boca de un sabor dulce empalagoso — golpeó con las dos manos sus oídos, Rubão encoge un poco el cuerpo — súbitamente rebasa mi pierna izquierda en una montada especial — estoy jodido, si completa la montada estaré jodido y mal pagado, jodido y deshecho, jodido y despedazado, jodido y acabado — se detiene un momento antes de iniciar la montada definitivamente — ¡jodido, jodido! — doy un giro fuerte, rodamos por la lona, paramos, ¡la puta que lo parió!, conmigo-montado-montada-completa encima de él, ¡la puta que lo parió!, mis rodillas en el suelo, su tórax inmóvil entre mis piernas — ¡lo monté!, ¡la puta que lo parió!, ¡lo monté! — alegría, alegría, viento caliente de odio de la chusma que se reía de verme con la cara destrozada — bola de mamones putos escrotos cobardes — golpeo la cara de Rubão en la mera nariz, uno, dos, tres — ahora en la boca — de nuevo en la nariz — palo, garrote, paliza — siento cómo se rompe un hueso — Rubão levanta los brazos intentando impedir los golpes, la sangre brota por toda su cara, de la boca, de la nariz, de los ojos, de los oídos, de la piel — la llave del brazo, ¡la llave del brazo!, grita Pedro Vaselina, metiendo la cabeza por debajo de las cuerdas — es fácil hacer una llave de brazo en una montada, para defenderse, quien está abajo tiene que sacar los brazos por encima, basta con caer a uno de los lados con su brazo entre las piernas, el sujeto se ve obligado a golpear la lona — un silencio de muerte en el estadio — ¡la llave del brazo!, grita el Príncipe — Rubão me ofrece el brazo para acabar con el sufrimiento, para que pueda golpear la lona rindiéndose, rendirse en la llave es digno, rendirse debajo del palo es vergonzoso — los mamones y las putas se callaron, ¡griten! — el rostro de Rubão es una pasta roja, ¡griten! — Rubão cierra los ojos, se cubre el rostro con las manos — el hombre montado no pide el orinal — Rubão debe estar rezando para desmayarse y que todo acabe, ya se dio cuenta que no le voy a aplicar la llave de la misericordia — chusma — me duelen las manos, le pego con los codos — el juez se arrodilla, Rubão se desmayó, el juez me quita de encima de él — en medio del ring el juez me levanta los brazos — las luces están encendidas, de pie, en las gradas, hombres y mujeres aplauden y gritan mi nombre — levanto los brazos bien alto — doy saltos de alegría — los aplausos aumentan — salto — aplausos cada vez más fuertes — miro conmovido las gradas llenas de admiradores y me inclino enviando besos a los cuatro costados del estadio.

# Lúcia McCartney

## I

Abro el ojo: Isa, bandeja, tostada, plátano, café, leche, mantequilla. Me desperezó. Isa quiere que coma. Quiere que me acueste temprano. Piensa que soy una niña.

Después de que el marido de Isa se fue ella empezó a vigilarme aún más. Isa dice que él volverá, pero lo dudo. Primero, no estaba casada con su marido. Segundo, creo que no se gustaban mucho: Isa de vez en cuando hacía su programa de citas, y él desaparecía durante algunos días. Creo que ahora desapareció para siempre. Isa espera que el marido vuelva, en cualquier momento. Las camisas de él están todas bien arregladitas en la cómoda y ella mandó arreglar los binoculares, el tipo estaba loco por los caballos. Ella ya no sale de casa, ni para una cita de barra-libre, pero hasta ahora, nada.

René me telefonea para una cita en la noche. Le digo que está bien. Tomo nota de la dirección.

En la playa está toda la banda. Acuerdan ir al Zum Zum. Les digo que tal vez vaya. Si mi cita acaba temprano iré. Pero no les digo nada de mi cita. Ellos nada tienen que ver con esto. Dos ya se acostaron conmigo, pero sólo dos. Vamos al bar, bailamos, bebemos y después regreso a casa. Es más camaradería que otra cosa. Jugamos, nos divertimos y listo.

## II

El departamento es muy bonito. Somos cuatro muchachas y ellos también son cuatro. No conozco a ninguna de las otras chicas, pero también deben haber sido mandadas por René. Como nadie conoce a nadie, comienza aquella charla aburrida, lo de siempre. Todos los clientes de René son señorones, muy educados pero brutos de tan lentos para decidirse.

DIÁLOGO POSIBLE (*pero inventado*)

UN SEÑORÓN

Querido amigo {
¿desea quedarse con la morenita de cabellos cortos?

aunque reconozco sus innegables encantos, mis predilecciones se inclinan por la joven rubia de ojos verdes.

acepto cualquier arreglo. Quédese con la rubia. Yo me quedo con la morena

OTRO SEÑORON

Por favor, mi querido y distinguido compañero {
ni por un momento pensé en privarlo de su elección. Se la cedo con mucho gusto.

la rubiecita es realmente un encanto.

la morenita tiene un aire meláncólico que me seduce. Y la rubia es un ser espléndido, lleno de una luz que me atrae como si fuera una libélula.

Bebimos y conversamos. Tres son cariocas y uno paulista. El paulista es el que habla menos. No me gustan mucho los paulistas, todos son ignorantes y brutos y creen que todo lo pueden resolver con dinero. Espero que el paulista no me escoja. Me mira y casi me meto el dedo en la nariz para chocarle. Pero no lo meto, hasta me río con él, una risa de muchacha tímida que sé hacer. Los cariocas están divirtiendo al paulista, sin subordinación, todos deben ser del mismo nivel.

DIÁLOGO (*verdadero*)
SEÑORÓN PAULISTA

(¿A ti)

eres carioca?
qué te gusta?
te gustan los poetas?
¿Te gusta Kafka?
Eres la primera miss que dice que leyó a Kafka y que en verdad lo leyó.
has leído a Pessoa, etc.?

(A mí)

sí, soy.
me gusta la música y la poesía.
me gusta Fernando Pessoa, Beethoven, Lennon & McCartney. Alguna vez me he llamado Lúcia McCartney.
también me gusta Kafka. ¡Aquel pobre hombre convertido en insecto! (Cuento la historia llamada *Metamorfosis*.)
no lo soy ni lo leí. Un chico me contó la historia, se llama *Metamorfosis*. Siempre produce un buen efecto, en las conversaciones.
leí a Pessoa, etc.

Cada cual se va a un cuarto. René sabe que no me gusta la promiscuidad. Voy a un cuarto con el paulista. Me siento en un sofá. También se sienta. Después recuesta la cabeza en mi pecho, dice que no tiene ganas de hacer nada, "a esos tipos se les ocurrió que hoy tenía que llevarme una muchacha a la cama, sólo conversaremos, ¿está OK?". Le digo que está OK. Dice que no quiere arruinar las cosas. Le digo que está bien. (Quiero ir al Zum Zum.) Paso la mano por sus cabellos. "No quiero hacer eso", dice, quitándose la ropa. Yo también me quito la ropa y nos acostamos, él diciendo siempre que no lo quiere hacer, pero acariciándome.

Después de que nos lavamos, por separado, se viste, pone dinero en mi bolsa. Se queda callado, con un gesto medio distraído, medio cansado, medio desinteresado como hacen los señorones. Vamos a la sala y ya todos están ahí, pues nosotros perdimos mucho tiempo con su indecisión. Todos están bailando. Me mira y dice "puedes irte." Le pregunto si no quiere mi teléfono y se queda pensando un tiempo, mirándome y mirando hacia la sala donde están los otros, el tipo es indeciso, y después de no sé cuanto tiempo dice: "¿cuál es?"

Estoy en el Zum Zum con los muchachos. De vez en cuando pienso en el tipo aquel. ¿Qué estará haciendo?

## III

Lo que más me gusta en el mundo es dormir. Despertarme al mediodía e ir a la playa. Hoy es 4 de diciembre y hay un sol bárbaro afuera. Me desperezo. Isa llega con la bandeja. "Te preparé unas yemas", pone frente a mí el plato hondo, "ahora siempre llegas después de las seis, perdiendo el tiempo con esos muchachos." Me gusta bailar, a ella no; me gustan los hombres (bonitos, jóvenes, fuertes), a ella le gusta el marido que ni está casado con ella y nadie sabe dónde está; a mí no me gusta estar sola, a mí — "¡Isa, por el amor de Dios!, no me molestes", me levanto, pongo un disco y empiezo a bailar, me gusta pasar el día entero oyendo música, necesito oír música, para mí es como el aire. "Lo digo por tu bien." "Sé que lo dices por mi bien." "Nadie aguanta una vida como la que llevas." "No veo nada de malo en ella." "Piensa en el futuro." "El futuro no me interesa y no sigas molestándome, si no, me iré." "José Roberto telefoneó, el tipo de São Paulo que estuvo contigo anoche."

A Isa le gustaría saber cosas sobre el paulista, pero decido convertirlo en un misterio para molestarla. Tampoco sé nada sobre ese José Roberto. Ni siquiera sé si de veras es paulista. Tampoco sabía que se llamaba José Roberto. José Roberto no es un nombre de Señorón. Llamará de nuevo.

TELEFONEMA

—Aló.
—¿Quién habla?
—¿Con quién quiere hablar?

—Con doña Lúcia, por favor.
—¿Quién quiere hablar con ella?
—José Roberto.
—Lúcia habla.
—¿Cómo te va? ¿Estás bien?
—Sí. ¿Y usted?
—Bien.

(*Él se calla. Yo también me callo. Me pongo nerviosa:*)

—¿Alguna novedad?
—Quiero verte.
—¿Cuando?
—Hoy.
—¿A qué hora?
—A la hora que puedas.
—Puedo a cualquier hora. Después de las cuatro.
—¿Prefieres en la tardecita o en la noche?
—A cualquier hora.
—En la noche, entonces. ¿A las ocho? Podemos cenar juntos.
—Está bien. ¿Usted pasa por aquí, o voy yo? ¿Cómo es mejor?
—Ven tú.
—¿La misma dirección de ayer?
—Es otra. Apunta por favor.


**IV**


Huele bien y me habla con mucha suavidad. Estamos solos. Dice que ayer había demasiada gente, "quería estar solo contigo." Parece que estuviera apenado, como si nunca hubiera salido con una chica de programa de citas. Se sienta lejos de mí. "¿Nunca antes saliste con una chica de programa?" "Sí, he salido con montones, muchas, ya ni sé cuántas." "¿Entonces por qué finges?" "No estoy fingiendo nada."

Prepara las bebidas. Sobre la mesa de la sala hay un montón de revistas y un papel, *José Roberto, estuve aquí y no te encontré, llámame, besos, Suely.* Cojo el recado, lo hago bolita y lo arrojo por la ventana. La noche está muy oscura, no veo el mar aunque siento su olor. De noche el mar tiene un olor diferente, el mar cambia de olor varias veces al día.

"Para ti", José Roberto me da un frasco de perfume. Joy. Adoro los perfumes. Me pongo un poco en el brazo. "¿Quieres oír música?" Me lleva a un cuarto en el que hay un inmenso equipo de sonido, me coloca los audífonos que cubren por entero mis orejas y escucho la música más linda del mundo. "Espectacular, voy a quedarme aquí toda la noche" —ríe—, "¿por qué te ríes?" —responde, pero no lo oigo—, "¿qué?, ¿qué?". Entonces me quita los audífonos de los oídos: "no necesitas gritar tanto." Con aquellos audífonos en los oídos uno piensa que habla, pero grita, como un sordo. Lo mismo debe haber ocurrido con las otras chicas.


ESCENA (*subjetiva*)

—¿Lo mismo ocurrió con las otras chicas?

—¿Qué?

—Ponerles los audífonos y que quedaran gritando como sordas igual que yo.

—No. Le ocurrió a mi madre, pero ella no es precisamente una chica.

—¿Tienes madre?

—¿Crees que soy muy viejo para tener madre?

—¿Y vino aquí?

—Sí.

—Y traes a tu madre al mismo lugar al que traes a tus, a esas...

—Aquí vivo. Cuando estoy en Rio. ¿Ésas qué?

—Creo que estás mintiendo. Esas vagabundas.

—Nunca miento.

—¿Y quién es Suely?

—¿Suely? Nunca he oído hablar de Suely.

—Mentiroso.

—Nunca miento.

—Entonces que te vaya bien. Adiós.

—Espera. No me dejes. ¡Por favor!

Me quito los audífonos de los oídos.

ESCENA (*verdadera*)

—¿Lo mismo ocurrió con las otras chicas?

—¿Qué?

—Ponerles los audífonos y que quedaran gritando como sordas igual que yo.

—Siempre ocurre. Por eso me reí.

—¿Con todas las chicas que vienen aquí?

—Con todas.

—¿Son muchas? ¿Miles?

—Miles no. Muchas.

—¿Y quién es Suely?

—Una amiga mía.

—Soy muy celosa. Tiré el recado de Suely, así no sabrás su teléfono.

—Lo tengo en una libreta. De cualquier manera, gracias por los celos.

—Si supiera cocinar te haría la comida. Me gustaría quedarme aquí.

—Pediré la cena por teléfono. ¿Te gusta la champaña?

—Cualquier cosa.

Llegan dos camareros con fuentes, cubos con hielo, botellas. ¡Qué cena! "Estoy en lo mejor de la borrachera." "Entonces deja de tomar un poco, pues lo que vamos a hacer ahora debe hacerse con absoluta conciencia." José Roberto me lleva al cuarto.

"Me llamaban Astilla." "La astilla más linda del mundo", dice él, besándome. Me acerco a él, me entrego, me doy, él está dentro de mí, rezo para que dure mucho, pido "¡tarda mucho, mucho!, ¡no acabes!", me pone loca, me derrite y mi corazón queda golpeando en el pecho, en la garganta, en la barriga, ¡québien, qué-bien, qué-bien, qué-bien, qué-bien!

DIÁLOGO

—Nunca vi a José Roberto. Telefonea y dice: mándame una chica, ya sabes cómo me gustan.

—¿Cómo le gustan?

—Inteligentes, bonitas, depravadas.

—Yo no soy depravada.

—Si fuera muy inteligente no necesita ser muy depravada, dice él.

—Yo suspiré.

(*René da una carcajada.*)

—¿Qué tipo de persona es él?

—No sé. El otro día le mandé un bomboncito. La chica
estudia. Ya estaban en la cama cuando él descubrió que la
chica estaba matando clases. Se puso como fiera. Le dio una
lección de moral a la niña, hizo que se vistiera y que le
prometiera que no volvería a matar clases. Le pagó el doble, sin
siquiera tocarla. Es un tipo muy extraño.

## V

José Roberto está en São Paulo. Ya han pasado siete días. Isa
decidió mudarse a Ipanema. Consiguió un departamento, compró una fianza (de las que anuncian en el periódico) y quiere
mudarse desde esta semana. Recibí carta de José Roberto.

(No tiene fecha, ni nada)

*Hoy me dieron ganas de escribir a una persona que no
conociera, o que, aun conociéndola, nunca volvería a ver. Fui al
cine y volví al departamento. La película era pésima. En mi libreta
tengo muchas direcciones, pero no telefoneé a nadie. Existe una
muchacha llamada Neyde, es bonita, inteligente. Siento (¿o sentía?) una gran atracción física y mental por ella. Nuestra piel
combina, nuestros gustos coinciden, nuestros órganos sexuales
coinciden. Tomé el teléfono para hablarle, tres o cuatro veces, pero
no llamé. En la mesa del teléfono había una hoja de papel en la
que dibujaba bolas y cuadros. El estéreo estaba encendido,
Eleanor Rigby, llovía, también llovía, bolas y cuadros se habían
convertido en Lúcia, Lúcia, l ú c, úcia, LÚCIA, etc. No llamé a
Neyde—pasado, ¿pasó? La soledad es buena (pero) después de que
me vacié en una o me henchí con una mujer. Estaba solo, y no
quería, como siempre quise, una mujer cerca de mí, para gozarla
física y espiritualmente y luego echarla, ésa es la mejor parte,
echar a la mujer después y quedar solo, pensando y pensando.*

*Pensando en ti, es lo que estoy haciendo ahora. Eres mi Minotauro, siento que entré en mi laberinto. Alguien será devorado. ¿Adiós?*

*José Roberto*

Deliro con la carta de José Roberto. Creo que es lo máximo. "¿Por qué estás llorando?", pregunta Isa. "Extraño a José Roberto." "Ese tipo está loco", dice Isa después de leer la carta, "tú eres otra loca, siempre he vivido rodeada de locos, deja de llorar, idiota." Isa mete la mano en el bolsillo de la bata, se pasa el día en bata (debe haber sido por eso que se piró el marido), y cuando le entra la rabia mete la mano en el bolsillo con fuerza hasta que revienta el tejido, "mierda, ¡se volvió a joder el bolsillo!, ¡soy una idiota!."

"¿Crees que volveré a verlo nuevamente?" "¿Me vas a decir que estás enamorada?" "¡Sí, sí!, ¡lo juro! Estoy enamorada." Isa cree que esto es una estupidez, que apenas estoy entusiasmada, porque José Roberto es diferente de los muchachos de la banda, tiene más experiencia, conoce más. "Y mira, si de casualidad aparece, no te entregues inmediatamente, a los hombres no les gustan las mujeres ofrecidas."

Acuerdo con Isa que si José Roberto me busca fingiré desinterés.

TELEFONEMA

—Aló.
—¡José Roberto! ¡Querido!
—¿Cómo te va?
—Bien. Estoy loca de nostalgia por ti.
—Yo también te extraño.
—Me encantó tu carta. Ya la leí más de cien veces. Hasta mientras me ducho la llevo conmigo al baño.

*(¡Él se queda callado!)*

—¿Dónde estás?
—En el departamento.
—Voy.

—Estoy a punto de salir.

—Quiero verte.

—Hoy no, no es posible.

—Por favor. Necesito verte.

—Lo siento mucho, pero es imposible.

—Estoy triste, José Roberto, soy infeliz, déjame verte.

(*Isa coge el teléfono:* "Caballero, a ver si deja de atormentar a mi hermana, ya no coordina bien y usted viene a perturbarla aun más, sepa que leí su carta, usted también está loco. ¿Cómo? Ella tomó un taxi y va para allá." *Salgo corriendo para vestirme, vuelvo a la sala. Isa irritada me pasa el teléfono.* "Dice que no tomaste ningún taxi y que si no le hablas me colgará el teléfono en las narices, el muy creído.")

—Vine a atender un negocio, estoy saliendo ahora.

—Tienes una mujer ahí contigo.

—Voy a Saõ Paulo y estaré de regreso dentro de cinco días. Dentro de cinco días, aquí en el departamento, a las ocho.

¡Tiene una voz tan bonita! Estoy en Le Bateau, en medio del mayor barullo, pero sólo oigo su voz. (En el interior de mi cabeza.)

La banda dice que estoy en la luna, bailando con los ojos cerrados, riéndome sola. ¡No saben nada! ¡No saben lo que es el amor! Todos son unos tontos.

## VI

Ya pasaron cuatro días. Nos mudamos a Ipanema y estamos sin dinero, pues el departamento es mayor y necesita muebles nuevos, y tuvimos que dar un mes adelantado para el fiador que compró Isa. Isa está haciendo un programa diario, por la tarde, con unos amigos antiguos. Es una gran mujer, no le faltan citas de programa, pero no le gusta salir de noche. Creo que aún espera al marido.

Recibo carta de José Roberto.

*La soledad es muy importante. El teléfono sonaba sin parar. Les di el día libre a las empleadas. La campanita de la puerta sonaba. Oí música con los audífonos, aislado del mundo exterior. Pero a cada momento me quitaba los audífonos y SIEMPRE una campanita sonaba, alguien me buscaba, ¿quién sería? ¿Sufriría?*

*Resolví salir de la casa, ir a un lugar donde seguramente no encontraría a quien me quería encontrar. Sólo una de las pistas del boliche estaba ocupada (por tres jóvenes). Ocupé la pista más distante. A cada tiro el recogedor de pinos aplaudía, con lentitud, con pereza; sólo le veía las piernas, flacas, protegidas por unos pantalones desteñidos cortados a la altura de las rodillas.*

*Una muchacha llegó y se sentó en una mesa cercana. Intenté varias veces, sin éxito, una jugada de efecto.*

*"¿Quieres que apunte por ti?", preguntó la chica sentándose frente a mi cartulina.*

*"Está bien", dije.*

*Seguí jugando, ella anotando. Cuando terminé la décima jugada pregunté: "¿Quieres jugar?." Ella respondió: "No. Ya he jugado mucho. Mira el cuadro, hace más de seis meses que estoy a la cabeza y nadie supera mi marca. Ninguna mujer, claro." En el cuadro estaba escrito ELIETE 275— 11 DE MAYO. "Me aburrí", continuó, "ya me dejé crecer las uñas..."*

*Jugué una partida más, mientras conversábamos trivialidades. Terminada la partida, llamé al camarero, pedí una Coca, me quité la corbata, el saco y la chica desapareció. Quedé frustrado. Un completo desconocido no puede hacerte mal. Además tenía una sonrisa bonita, sabía hablar (voz) y cruzar las piernas. Puse un billete grande en la bola y se lo mandé al recogedor. Él asomó la cara y se rió; tenía pocos dientes. Aplaudí, con el mismo gesto lento que había usado conmigo.*

*Ella estaba en la puerta, esperándome.*

*"Doscientos setenta y cinco no es nada", dije.*

*"Jugaba todo el día", dijo.*

*Fuimos andando.*

*"Eliete", dije.*

*"Y tú, ¿cómo te llamas?"*

*"José Roberto."*

*"Dices Eliete como quien dice el león es el rey de los animales."*

*"¿Quieres tomar algo?", pregunté.*

*"Sí", dijo*

*Eliete usa el cabello corto, como tú, y sus ojos tienen el mismo brillo negro de los tuyos. Es una sensación agradable, quedar frente a frente, sin prisa y sin mentira, disponibles, recíprocos, mientras bebemos y el mundo fluye suavemente.*

*Te extraño mucho. Lúcia. Lúcia. ¿El león es el rey de los animales?*

*José Roberto*

Hace tanto bien recibir una carta como ésta, inteligente. Una vez me peleé con un novio que tuvo el atrevimiento de escribirme una carta que empezaba diciendo: espero que estas líneas mal trazadas, etc. No pude ni siquiera volver a mirarlo a la cara. José Roberto me hace pensar. Cree que puedo pensar, que sé pensar, ¿Se iría a la cama con la chica del boliche? Debe haber ido. Ah, Dios mío, yo podría estar con él, anotando su juego de boliche, en lugar de aquella piraña. ¡Se parece a mí! Me cortaré el cabello como niño, cortito, sólo yo tendré esta cara, ya verá.

## VII

Llego al departamento antes de las ocho. Me recibe con una revista americana en la mano. Me dan ganas de reír cuando lo veo, y río, abrazada a él, feliz. José Roberto sólo sonríe, divertido y sorprendido con mi entusiasmo y mi cara nueva. Pasa la mano por mi cabeza, intenta agarrar mis cabellos, abandono mi cabeza sin dejar de abrazarlo, mi cuerpo guardado por su cuerpo, hirviendo. "¿Cuántos años tienes?" Él tiene treinta y seis, pero eso no me incomoda, puede ser un hombre importante, pero es mejor que todos los demás. "¿Y tú?" "Dieciocho años", lo repite él, lentamente, como si estuviera diciendo una palabra mágica.

"Salí todas estas noches, del Zum Zum a Le Bateau, de Le Bateau a Sachinha, todas las noches, ¿no te molesta?" "Tú sabes lo que debes o no debes hacer." "Quiero que te pongas celoso." Ríe, misteriosamente, me besa la cara, no sé lo que está pensando o sintiendo, pero celos seguramente no existen en su corazón (ni en su cabeza).

No quiero saber qué hace. Dice que quizás sea espía ruso (o americano) o trapecista de circo o poeta o fotógrafo o farmacéutico. Puede ser todo esto, o cualquier otra cosa. Es un hombre extraño, a veces habla por teléfono en inglés, francés, y creo que una vez en alemán. O portugués, frases cortas, enigmáticas. Pero nada de eso me incomoda, puede ser lo que quiera, el secreto me atrae más aún.

Ir a la cama con él es cada vez mejor. Sabe amar, me pone loca, durante horas. Me deja muerta —me duermo profundamente y cuando despierto está leyendo un libro tranquilamente, o fumando pipa y oyendo música con los audífonos, listo para amarme de nuevo.

Mañana se va a São Paulo, o Buenos Aires o Lima, el asunto no quedó bien aclarado. Es medianoche y dice que tiene quehacer, que tiene que salir. Sólo eso, "tengo que salir." Coloca un montón de dinero en mi bolsa: "para que vayas a bailar." Bajamos juntos, él lleva un portafolios. José Roberto me besa en el rostro y me pone en un taxi. En ese instante veo un enorme carro negro que se aproxima, José Roberto entra en él. La luz roja coloca mi taxi junto a su carro. Su chofer está todo de negro, gorra negra, ropa negra y tiene un gesto de dureza. José Roberto me ve, le hago una seña. Él también, ajeno, distante, cerrando los dedos sobre la palma de la mano, como hace la reina de Inglaterra en el cine.

DIÁLOGO (*inventado, después de un sueño*)

CLIENTE (*José Roberto*)

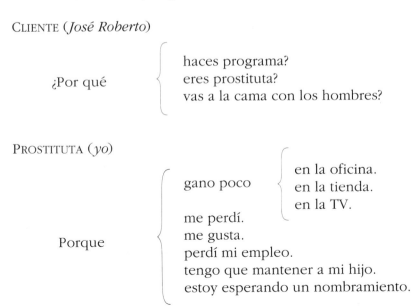

¿Por qué
- haces programa?
- eres prostituta?
- vas a la cama con los hombres?

PROSTITUTA (*yo*)

Porque
- gano poco
  - en la oficina.
  - en la tienda.
  - en la TV.
- me perdí.
- me gusta.
- perdí mi empleo.
- tengo que mantener a mi hijo.
- estoy esperando un nombramiento.

No soy prostituta.
¿No vas a quitarte la ropa, cariño?

CLIENTE (*José Roberto*)

¿El dinero que ganas es
- fácil?
- mucho?
- vil?

¿Sabes lo que es el complejo de Edipo?

¿Has oído de él en
- Freud?
- Sófocles?

En un momento me la quito.

PROSTITUTA (*yo*)

Gano
- regularmente.
- más que una secretaria.
- Gano más que un gerente de banco.
- más que una sirvienta.
- más que un coronel del Ejército.

Conozco a los dos pero prefiero a Sócrates (porque se tomó la cicuta).
¿No vas a quitarte la ropa, cariño?

CLIENTE (*José Roberto*)

En un momento me la quito.
¿La prostituta es una mujer inmoral?

PROSTITUTA (*yo*)

No me avergüenzo de ser prostituta.

Mi trabajo no es peor que
- el de una lavadora de calzoncillos.
- el de una masajista.
- el de una criada que limpia baños.
- el de un dentista.
- el de un ginecólogo.

¿Qué piensas del amor libre?
¿No vas a quitarte la ropa, mi bien?

CLIENTE (*José Roberto*)

El amor libre
- no acabará con la prostitución.
- es una iniquidad.
- es injusto
  - con los feos.
  - con los pobres-diablos.
  - con los pobres de espíritu.
  - con los pobres.
- te trata mal si no eres
  - artista de cine.
  - bello.
  - conquistador.
  - rico.
  - poderoso.
  - famoso.

En un momento me la quito.

PROSTITUTA (*yo*)

¿No vas a quitarte la ropa, cariño?

CLIENTE (*José Roberto*)

En un momento me la quito.

PROSTITUTA (*yo*)

Mi vida
- da para una novela
  - linda.
  - triste.
  - edificante.
  - pornográfica.
  - nueva.
  - hermética.
- da para la samba (de festival).
- es amarga.
- es un puñal de dos filos fatales:
  - amar es sufrir.
  - no amar es sufrir más.

¿No vas a quitarte la ropa, cariño?

CLIENTE (*José Roberto*)

¿Cuáles son los mejores clientes?

En un momento me la quito.

PROSTITUTA (*yo*)

Tú — eres el mejor cliente.

¿No vas a quitarte la ropa, cariño?

(El cliente se quita la ropa y debajo de la camisa tiene otra camisa y debajo del pantalón tiene otro pantalón y debajo del zapato tiene otro zapato. Las ropas ya llegan al techo. José Roberto sigue quitándose ropas del cuerpo con rapidez cada vez mayor y diciendo cosas importantes en alemán.)

CARTA (*reconstrucción mnemotécnica*)

*Ilmo. Sr.*
*Isaac Zaltman*
*Programa HOY ES DÍA DE ROCK*
*Radio Mayrink Veiga*
*Nesta*

*Apreciado Sr. Zaltman:*

*Siempre escucho su programa HOY ES DÍA DE ROCK, el mejor de la radio brasileña. Muchas gracias por transmitir diariamente la música de THE BEATLES. Continúe siempre así.*

*Lúcia McCartney*

CARTA (*ipsis litteris*)

*"Palabras, palabras, palabras", dice Hamlet a Polonio en el segundo acto.*

*Palabras, palabras, palabras, dirás tú, víctima también de la misma duda existencial del personaje shakespeariano, al leer esta carta.*

*Uno de los poemas de John Lennon cuenta la historia de una chica que abandona a su familia en busca de aventuras. "Ella lo tenía todo", dicen los padres perplejos al leer la carta de despedida. Es un viernes, la chica salió subrepticiamente, apretando contra el pecho la maleta y lamentando no haber podido decir en la carta todo lo que pretendía. Tiene una cita con un hombre que representa para ella aventura, alegría, diversión. "Fun is the one thing that money can't buy." La letra entera está en la funda del disco. Ya debes conocerla. La música, de tu hermano (¿o ex-novio?) McCartney, es muy bonita también.*

*Saliste de casa (que era un edificio de ladrillos, convenciones y miseria) para entrar en un círculo cerrado, sin aire y sin luz, como el túnel de un topo. Túnel que no puede ser el camino de la liberación individual que tal vez estuvieras buscando.*

*Enfrenta la realidad con sus dificultades y asperezas.*

*José Roberto*

"Qué sujeto tan presumido y bestia", dice Isa después de leer la carta. "Es más bestia e hipócrita que loco. Fanfarrón. Viejo vividor. Atrevido." "No está viejo." Isa tiene fijación con José Roberto. Ella cree que si yo le gustara él se volvería una especie de protector mío. Horrible, esa palabra. Mi protector. Mi coronel. Si pudiera, yo sería su coronel. Pobre Isa. ¿El túnel es que soy una puta? ¿La liberación individual está en ser bien portado? ¿Tener un empleo decente? Él no me entiende, Dios mío, ¿cómo es posible eso?, ¿si él no me entiende, quién me va a entender? "Llora, manteca derretida", dice Isa, saliendo del cuarto, azotando la puerta.

Isa está cada vez peor, reclamándome que llego tarde (o temprano) todos los días. Estoy muy feliz y quería ver a José Roberto. Me paso los días escribiendo cartas. (Para José Roberto.) Apenas despierto (a mediodía) empiezo a escribir las cartas. (Que no envío.) Hoy estoy muy angustiada. No era necesario que me dijera adiosito como si yo fuera un esclavo (¿una esclava?).

LOMBRIZ ENROSCADA A MI PESCUEZO
LAGARTIJA QUE ANDA EN MI PECHO
CUCARACHA ENROSCADA EN MIS CABELLOS
RATÓN ROYENDO MI BOCA:

DIÁLOGO

—José Roberto estuvo aquí.

—¿A qué horas?

—En la tarde.

—¿En la tarde? Pero él sabía que yo tendría hoy mi primera clase del curso de inglés.

—Se va, Lúcia. Vino a dejarte un cheque. Dice que va a pasar años y años fuera.

—¿Años y años? ¿Dijo eso?

—Dijo que quizá no vuelva. Dijo, no soy dueño de mí, ni de nadie, díselo a ella.

—¿Qué significa esa frase?

—No sé.

—¿Estaba triste?

—No sé. Su cara no decía nada.

—No te creo, no te creo. Él me ama.

—¡Habla despacio! No te entiendo.

"Seis de la mañana, es la hora de llegar a casa", repite Isa. Grito: "Me voy, pasaré un bello fin de semana lejos de todo, donde nadie me moleste, voy a desaparecer, si José Roberto me telefonea (¿de dónde?), le dices que morí. Tengo que irme, Isa, de lo contrario cuando él llegue (¿de dónde?) y me llame saldré arrastrándome, te lo juro, siento dolor en todo el cuerpo de tanta añoranza por ese hombre.

Isa: "Estoy rodeada de locos por todos lados."

## VIII

En São Paulo, en casa de mi tía. Estoy aquí desde hace una semana. El refrigerador tiene un candado. A la parte de la casa donde viven las empleadas mi tía la llama edílica. Su pasatiempo (de mi tía) es hablar mal de las empleadas, de los vecinos, del gobierno, del marido y de los artistas de cine, radio y televisión. Mi tío llega todos los días alrededor de las siete, con el *Estado de S. Paulo* debajo del brazo, y dice siempre la misma frase: "Uf, qué día, no tuve tiempo ni de leer el periódico", siempre con la misma inflexión y la misma falta de significado o destinatario. (Como el periódico, que el fin de semana es vendido por kilo por mi tía.) Mi tío enciende la televisión.

ESCENA (*verdadera, con pequeñas adaptaciones*)

LOCUTOR: ¡El presidente de la República pide la unión de todos los brasileños!

MI TÍO: Este país no tiene remedio.

MI TÍA: ¡Todos son unos ladrones!

MI TÍO: ¡Nosotros somos quienes pagamos!

LOCUTOR: ¡Gloriosos destinos de la nación brasileña!

MI TÍA: ¡El dinero va a dar a las amantes y a los parientes!

(*En la mesa del comedor*)

MI TÍA: La hija estaba embarazada y quieren esconderlo, piensan que los demás somos imbéciles.

MI TÍO: ¡Qué desgracia! ¡La única hija!

MI TÍA: ¡¿Qué desgracia?! Sólo quienes no quisieron no vieron lo que iba a ocurrir. ¡Aquella ramera no podía acabar de otra manera!

(*De vuelta a la sala de televisión*)

CANTORA: Laralí, laralá, etc.

MI TÍA: ¡Laralí, laralá pero fue detenida por la policía tomando drogas!

Mɪ Tío: ¡¿Fulana?!

Mɪ Tía: ¡Fulana, sí señor! ¡¿Es que no sabes nada?! Gastaron una fortuna para tapar el escándalo!

Hoy es el séptimo día de mi destierro. Soy la mujer más infeliz del mundo. No tengo padre ni madre. (Pero incluso me parece bien que se hayan muerto, para que no quedaran igual que mis tíos. Padre y madre no hacen falta. Hermano sí, por eso convertí a Isa en mi hermana, es un poco burra y molesta, pero es mi hermana, no de sangre, de corazón.)

Me paso los días y las noches oyendo música en el radio de pilas, y escribiendo cartas. Querido José Roberto te amo, te amo, te amo, te amo, te amo, te amo, te amo, te amo, te amo. LA RASGO. Querido José Roberto. No puedo vivir sin ti, quiero estar cerca de ti, puede ser como criada o cocinera o quien te limpie los zapatos o lavandera o tapete o pipa o pantufla o perro o cucaracha o ratón, cualquier cosa de tu casa, no necesitas hablar conmigo, ni mirarme. LA RASGO. En su casa no hay cucarachas, perro, ratón. ¿Perro lleva acento? ¿Acento se acentúa? Soy muy ignorante para escribirle. (Olvido que ni siquiera sé dónde está.)

No sé dónde está.

Mi corazón está negro. El aire que respiro atraviesa un camino de carne podrida cancerosa que empieza en la nariz y termina con una punzada en algún lugar de mi espalda. Cuando pienso en José Roberto un rayo de luz corta mi corazón. Lo ilumina y duele. A veces pienso que mi única salida es el suicidio. ¿Fuego a las ropas? ¿Barbitúricos? ¿Me arrojo por la ventana? Hoy por la noche iré a bailar.

# El caso de F. A.

"La ciudad no es lo que se ve desde el Pan de Azúcar. ¿En la casa de Gisele?".

"Sí", respondió F. A.

"Esa francesa es mezquina y ruin. Es también una arribista de mierda. Dicen."

"Pago cualquier cantidad", dijo F. A.

"Hum", respondí.

"Dices que el dinero lo compra todo. Pago lo que sea necesario", dijo F. A.

"Sí. Continúa."

"Quien me recibió fue el... pederasta, Gisele no estaba. Fui corriendo al cuarto, mientras él decía, 'es algo especial, le va a gustar, es nueva en el oficio'. Tenía miedo de que alguien me reconociera, había en la sala algunas personas, dos hombres, una mujer. Cuando entré al cuarto, ella se recargó en la pared con una de las manos en la garganta. Aterrorizada, ¿entiendes?

"Sí. ¿Y después?"

"Dije: 'No tengas miedo, sólo quiero conversar contigo'. Continuó amedrentada, con los ojos muy abiertos, sin decir una palabra. Tomé su mano con suavidad, la senté a mi lado en la cama. Estaba rígida de pavor, respiraba mal."

F. A. se pasó la mano encima de los ojos.

"Tengo prisa", dije.

"Permanecimos dentro del cuarto dos horas. No la toqué. Hablé, hablé, hablé, le dije que también sentía horror por aquello. Aún lo siento, no soporto los encuentros mecánicos con esas infelices, sin amor, sin sorpresa. Al final empezó a llorar. Sólo habló una vez, para decir que desde que había salido de su casa yo era la primera persona que la había tratado como un ser humano. Yo tenía reunión con el Consejo y no podía quedarme más tiempo. Pagué y salí."

"¿A quién le pagaste?"

"A Gisele. Ya había llegado y estaba en la sala."

"¿Gisele dijo alguna cosa?"

"Creo que sí. Preguntó si me había gustado, alguna cosa así. Le dije que tenía prisa. Pagué el doble."

"¿Por qué?"

"No sé. Creo que quise impresionar a Gisele. No, impresionar a la chica."

"La chica no va a saber nada. Debiste darle el dinero a ella."

"Me dio vergüenza."

"Ya le has dado a otras. ¿El maricón estaba en la sala de espera?"

"No. Sólo Gisele."

"¿Alguien te telefoneó, después?"

"No."

"¿Hablaste tú con alguien?"

"Ah... sí. Pedí que me comunicaran con la chica. Gisele me dijo que no me podía atender, que fuera hasta allá."

F. A. me agarró por el brazo: "La chica está en una prisión. Quiero sacarla de ahí antes de que se corrompa. Es preciso que me ayudes."

"¿Has vuelto ahí?"

"No..."

"¿Sólo viste a la chica una vez y quedaste tarado por ella?"

"Bueno... la vi más de una vez..."

"Cuéntame toda la mierda de una vez, carajo."

"Volví ahí cuatro veces..."

F. A. se calló.

"Desembucha pronto, tengo prisa."

La muchacha huyó de casa, luego de hacerse un aborto. El padre le dio una zurra. Una pariente del novio le consiguió la dirección de Gisele. Gisele la obliga a prostituirse, amenazándola con el juez de menores."

"Parece una novela titulada: *La esclava blanca de la avenida Río Ídem*", dije.

"¿Te parece gracioso?", preguntó F. A. ofendido.

"¿Me estoy riendo? Continúa."

"No fui a la cama con ella ni una vez. Ayer le avisé que la sacaría de ahí. Tembló y me dijo que tuviera cuidado."

"¿Cuidado? ¿De un maricón y una puta francesa?"

"Ya sabes que no puedo exponerme, un escándalo como éste me arruinaría. Pero no son sólo dos. Ahora anda por ahí un grandulón de bigotes. Se queda leyendo historietas en la sala; cuando paso me mira con desprecio."

"¿Ese tipo te ha dicho alguna cosa?"

"No. Pero tengo la impresión de que en cualquier momento me va a escupir o me golpeará la cara... Es difícil pasar por aquella sala de espera. No se qué será peor, el gorila o los... clientes..."

"Creo que no necesito saber nada más. Espera noticias mías. Ve a tu casa. Déjame la llave de aquí."

"¿La llave de aquí?"

"Ya no estás usando esto, ¿o sí? ¿Cómo pudiste traer a la muchacha aquí sin la llave?"

"¿Cómo le vas a hacer?"

"No sé."

"¿No sabes?"

"No sé."

"Pero tienes un plan, ¿o no?"

"No tengo ningún jodido plan."

"¿Pero cómo?... dime... de qué manera..."

Yo tenía prisa, no tenía paciencia: "Vete a casa, cerca de tu mujer, de tus hijos, cerca de tus colegas consejeros, a ver si ya no me fastidias, yo me encargo del problema."

F. A. se pasó la mano por los ojos, hizo una cara de aflicción.

"Anda, la llave", dije.

"¿Necesitas el dinero?", preguntó F. A., mientras me daba la llave.

"Por lo pronto no."

"¿Cuándo traerás a la chica?"

"No sé."

"Quiero llevarla conmigo a París, el mes que viene. Voy en misión del Gobierno. Una oportunidad óptima."

"Apuesto que ya lo comentaste con ella."

F. A. se perturbó. El puto había hablado. El huevo en el culo de la gallina.

"Vámonos", le dije.

Bajamos.

"Cuidado con mi chofer. No confió en él. Mi mujer lo contrató", dijo F. A.

"Me dejas en la Gustavo Sampaio", dije.

Viajamos en silencio. Varias veces F. A. me miró ansioso. Cuando salí me apretó la mano con fuerza, "comunícate, quiero noticias", dijo.

Ziza, la criada de Marina, me abrió la puerta.

"¿Está doña Marina?", pregunté.

"No señor."

"Voy a esperarla", dije.

"Sí señor."

Fui a la recámara, encendí el tocadiscos, me quité los zapatos, me acosté en la cama, marqué en el teléfono.

"¿Está Gisele?"

"¿Quién quiere hablar con ella?"

"Paulo Mendes."

"Un momento."

"Aló", un fuerte acento francés.

"Habla Paulo Mendes."

"Perdón, pero no sé de quién se trata."

"Soy amigo de Orlandino."

"Ah, oui, ¿cómo está Orrlandim?"

"Bien. Manda un abrazo para... usted."

"Muchas grracias."

"Necesito de su ayuda."

"Oui..."

"Quiero una chica nueva, sin mucha experiencia...".

"Aquí hay muchas chicas... ¿Viene usted o quierre que se la mande a su deparrtamento?".

"Prefiero ir allá. ¿Tiene usted una muchacha de este tipo?".

"Creo que tengo lo que usted quierre. ¿Tiene usted la dirrección?"

"Sí, Orlandino me la dio. Estaré ahí más o menos dentro de media hora."

Me puse los zapatos. Ziza llegó con un cafecito.

"Dile a doña Marina que vuelvo más tarde, dentro de unas tres horas." Me bebí el café.

Tomé un taxi.

El prostíbulo de Gisele estaba en el séptimo piso. Una puerta de madera labrada. Toqué el timbre. Una criada abrió la puerta.

"¿Doña Gisele?", pregunté.

"Tenga la bondad de entrar", dijo la criada. Una sala de espera alfombrada, cortinas, cuadros. Todo caro y de mal gusto.

Gisele tenía un gesto de gordinflona a la mitad de un régimen alimenticio. Pero no estaba como para echarle los perros.

"¿El señorr Paulo Mendes?"

"Sí."

"¿Quiere acompañarme?"

Pasamos a otra sala. Ni señal del grandulón. Pasamos por una cocina, sin estufa y sin muebles. Salimos del departamento, por el fondo. Estábamos en el patio de servicio.

"Debemos tener cuidado. La policía brrrasileña es muy voluble", dijo Gisele, tocando el timbre de la puerta de los fondos de otro departamento. En medio de la puerta, un ojo mágico.

Se abrió la puerta. Al contrario de lo que esperaba, no entramos a una cocina. Una sala de espera, con las mismas alfombras rojas los mismos cuadros y el grandulón leyendo historietas. Me miró rápidamente, lo suficiente para grabarse mi cara, y volvió a la revista.

Fuimos a otra sala. Cuatro muchachas.

"Neuza", llamó Gisele.

"Buenas noches", dijo Neuza.

De Bahía. No era lo que yo buscaba.

"¿Eres bahiana?", pregunté.

"De Salvador. ¿Cómo lo descubriste?"

"Música."

"Ella es exactamente lo que usted busca", dijo Gisele.

"¿Me permites?", dije a la bahiana.

Llevé a Gisele a una esquina.

"No me gustan mucho las del norte." Tenía que arriesgarme: "¿No tienes ninguna de Minas? Adoro a las mineiras."

"¿Mineirra?", preguntó Gisele con una sonrisa forzada.

"Mineira... goiana... del centro, sí."

"De Minas no tenemos."

"Está bien, qué se le va a hacer. Voy entonces con la bahiana."

"Tengo una de Espírritu Santo."

"¿Cuál?", pregunté.

"Aquélla de anteojos."

Lentes claros, ojos fríos, depravados. Ya que tenía que montar a alguien, que fuera ella.

"Con ella, entonces", dije.

"No es inexperta", dijo Gisele, con la misma sonrisa sospechosa.

"¿Con esa apariencia de colegiala?"

"Magda", llamó Gisele. La bahiana me miraba aún intentando disputar la pareja.

"¿Cómo estás, Magda?"

"Voy a dejarrlos solos. El verrde", dijo Gisele, desapareciendo enseguida.

El cuarto tenía cortina verde, alfombra verde, colcha verde, bata verde, toalla verde.

Estuve en el cuarto media hora, el tiempo suficiente para no despertar sospechas en Gisele. Pero estuvo bien. Olvidé a F. A. durante todo ese tiempo.

"Estoy loco por la minera", le dije a Magda, después.

"Aquí nadie es de Minas."

"Carajo, qué mala suerte. ¿Sólo son ustedes cuatro?", pregunté.

"¿Te gusta variar, verdad?"

"Sí."

"Todos los hombres son iguales."

"Es cierto, eres una chica inteligente."

"Sí. Aunque no entiendo qué hace un hombre guapo como tú viniendo aquí."

"¿Sólo vienen hombres feos?"

"No. Pero cuando un hombre fino como tú viene aquí es por alguna cosa diferente. Y tú no quisiste nada diferente."

"No hicimos precisamente papá-y-mamá", le dije.

"Quiero decir cosas aun peores de las que hicimos..."

"Un día volveré con más tiempo."

"Podemos encontrarnos fuera de aquí. Tengo un departamento en Copacabana..."

"Ah, ¿no vives con Gisele?"

"No."

"Algunas de las muchachas sí viven con ella?"

"Sólo tres."

"¿Aquellas tres que se quedaron en la sala?"

"No, una de ellas, la bahiana."

"Espera, estás confundiéndome. ¿Finalmente, cuántas son?"

"Somos seis. Las otras dos no las viste, porque una salió a hacer las compras y la otra nunca se aparece."

Puta mierda, ¡cuánto tardó el rayo de mujer en dar el servicio!

"¿Por qué no se aparece nunca?"

"No sé. Gisele crea un misterio de locos. Pero estoy aquí desde hace muy poco tiempo. Llegué de Espíritu Santo hace unos veinte días."

"¿Es mineira, la chica que no se aparece?"

"En serio tienes la manía, ¿verdad?"

"Sí. ¿Es mineira?"

"Creo que no. Sólo la he visto una vez, el día que llegué, pero me pareció que hablaba como carioca. No sé."

"¿Cómo es ella?"

"Es muy alta. Fuma mucho. Es bonita. Es nerviosa, vive royéndose las uñas."

"¿Cómo se llama?"

"Miriam. Pero no sé si es su nombre verdadero."

"¿Y el tuyo verdadero?"

"Eloína. ¿Te gusta?"

"Sí."

"A mí no. ¿Dónde vas a pasar el Carnaval?"

"No sé. Yo me divierto todo el año, cuando llega el Carnaval tomo unas vacaciones. Aunque a veces alguna dama deshace mis planes. Tengo que irme. ¿Te pago a ti o a Gisele?"

"Cómo quieras, querido. Me telefoneas, ¿sí?, haremos una cita caliente."

Prometí que le telefonearía.

Gisele en la sala de espera conversaba con el grandulón y el marica. Se callaron cuando aparecí.

Le pagué a Gisele.

"¿Le agrradó la chica?", preguntó Gisele.

"Mucho", respondí.

"Cuando yo no esté, puede hablar con mi socio, Celio."

Celio me tendió la mano. Era una mano suave, como trasero de bebé. Estaba maquillado como las putas de la casa. Tenía una mirada febril. Sus caninos largos parecían de lobo.

"Mucho gusto", dijo Celio lamiéndose los labios.

Salí, tomé un taxi, rumbo a la casa de Marina.

Ziza me abrió la puerta. "Ya llegó doña Marina", dijo Ziza.

Marina estaba acostada, viendo la telenovela en la televisión portátil.

"¿Dijiste a Ziza lo que vas a querer para comer?"

"Primero voy a telefonear", respondí.

Llamé a F. A.

"¿Ella es alta?"

"Mucho."

"¿Fuma mucho?"

"No."

"¿No?"

"No, en todos los grados."

"¿No puedes hablar?"

"Exactamente", respondió F. A. con alivio.

"OK. No fuma, nunca, ¿es así?"

"Exactamente."

"¿Se come las uñas?"

"No, no."

"¡Carajo!", exclamé.

"A veces...", dijo F. A.

"¿A veces qué? ¿A veces se las come?", pregunté.

"Definitivamente no. Las extremidades son largas, enteras, cuidadas. Es un comportamiento parecido, ése que ocurre a veces."

"La mano en la boca, ¿algo así?", pregunté.

"Parecido."

"¿Se chupa el dedo?", pregunté.

"¡Sí, sí!", exclamó F. A.

"Calma."

"¿Tienes alguna... información positiva?, preguntó F. A.

"No. Te hablo mañana, a tu oficina. Te telefoneo."

"Espera... tú —".

Colgué.

"Tengo que salir, cariño", dije a Marina.

"¿Qué?"

"Tengo muchas cosas que hacer."

Marina apagó la televisión y se levantó.

"Pensé que ibas a cenar conmigo, y que luego iríamos al cine y después... Ya hace una semana... No soy de hierro..."

"Vengo mañana, ninfomaníaca", dije, dándole una suave palmada en el trasero.

"¿Ninfomaníaca? ¿Una semana entera? Creo que tienes otra mujer. Además de la tuya."

"Otras", dije y salí. Ziza venía con el café, pero no me detuve a tomarlo. Una discusión con una mujer, si dura, se complica y no termina. Con los hombres también se complica, pero termina pronto.

Tomé un taxi con rumbo a la casa de Mariazinha.

Hipótesis imaginadas dentro del taxi. 1) Eloína había dicho la verdad y Miriam no era mineira, se mordía las uñas, fumaba y, por lo tanto, no era la chica de F. A. 2) Eloína estaba mintiendo y Miriam era de Minas, no se mordía las uñas y no fumaba y, por lo tanto, era la chica de F. A.

¿Eloína había dicho la verdad o había mentido?, pensaba dentro del taxi. No parecía estar mintiendo. Podría ser mala observadora, finalmente sólo había visto a Miriam una vez, veinte días atrás; aunque normalmente el mal observador no ve y sí deja de ver cosas. Eloína había visto a Miriam fumando, mordiéndose las uñas. F. A. había visto a la chica chupándose el dedo. Chupándoselo, ¿cómo? Necesitaba conversar con F. A. para saber de qué manera ella se chupaba el dedo. Podía estar usando uñas postizas y seguía con el hábito de llevarse los dedos a la boca sin morderse las uñas; además podía haber dejado de fumar después de que Eloína la había visto.

El taxi llegó a la casa de Mariazinha.

"No voy a poder quedarme mucho tiempo", dije a Mariazinha, "tengo que ir a casa temprano. Mi mujer empieza a desconfiar."

"¿De veras?", dijo Mariazinha asustada.

"No sé cómo fue que empezó a desconfiar", respondí.

"¿Qué vamos a hacer?"

"No sé, mi bien."

Marqué el teléfono.

"¿Está Raúl?"

"No está. No debe tardar."

Dejé el recado.

"Pensé que cenarías conmigo hoy", dijo Mariazinha.

"Y que después iríamos al cine, ¿no?", continué.

"Es..."

"Querida, con la vida de perro que estoy llevando..."

"Trabajas mucho..."

"Lo que puedo hacer..."

"¿Cuándo voy a verte? Ya viene el Carnaval y..."

"Yo te llamo mañana. Lo juro."

"¿Puedo ir a Le Bateau hoy? Con una amiga y su novio..."

"Puedes, querida, confío en ti."

Tomé un taxi. Hipótesis: Eloína había dicho la verdad, o lo que ella pensaba que era la verdad. Premisa aceptada. Nueva conclusión: a pesar de eso, Miriam era la muchacha de F. A. La muchacha de F. A. no se llamaba Miriam, se llamaba Elizabeth. Pero una puta no usa su nombre verdadero. Miriam-Elizabeth, por lo tanto, era la misma persona que se mordía las uñas y fumaba desaforadamente frente a Eloína, el día 2 de enero, y que, el día 5 de enero, se chupaba el dedo con las uñas largas frente a F. A. Uñas postizas colocadas tal vez por la zwigmigdal Gisele-Celio.

Llegué a casa, Celeste me abrió la puerta y salió corriendo para ponerse la dentadura. Volvió con unos dientes enormes diciendo: "Le hice un pollito". Tomé un baño y fui directo a la mesa. Celeste me había preparado un pollo con farofa, filete con champiñones, ensalada de espárragos frescos. Le pedí que abriera una botella de Grão Vasco, la cual terminé comiendo queso de la Sierra de la Estrella con pan.

"Telefonearon hoy nuevamente preguntando por su esposa", dijo Celeste. Le parecía gracioso que fingiera que soy casado.

"¿Tú contestaste?"

"No señor, no tenía los dientes. Nadie creería que una mujer sin dientes es su esposa."

"¿Por qué no te pusiste los dientes?"

"Todavía no hablo bien con estos dientes", dijo Celeste. Y era verdad.

"Si telefonean de nuevo mañana, dices que eres mi esposa. Si fuera igual que aquella vez que una muchacha llamó diciendo habla la amante de tu marido, cuelgas diciendo que no te gusta la maledicencia."

"¿Puedo decir groserías en lugar de eso?"

"Sí. Cuento contigo."

"Confíe en mí, doctor. Esas mujeres son unas verdaderas plagas tras de usted, Dios me libre."

Sonó el teléfono. Era Raúl.

"Raúl, ¿conoces a una francesa llamada Gisele? Tiene un socio marica que se llama Celio."

"Sí."

"Cuéntame."

"Fue amante de un senador, apenas había llegado de Francia, era una muchachita. Se estableció enfrente del Senado, en el mismo lugar en que está hasta hoy, creo que en otro piso. El Senado se fue a Brasilia, el senador murió —¿quieres saber cómo se llamaba?"

"Por ahora no."

"Poco después de la muerte del senador ella empezó a citar clientes, luego regenteó a sus muchachas como toda francesa que se precia de serlo, hoy hace el juego doble: tiene sus citas y regentea."

"¿Protección?"

"¿Protección?"

"Carajo, Raúl, tú sabes de qué estoy hablando."

"Lo común. El viejo esquema. Una vez fue procesada, hace cuatro años, más o menos."

"¿Quién es su abogado?"

"Antunes, un manco. ¿Lo conoces?"

"Sí. Fue mi colega en la facultad."

"Es un tipo vivo como el carajo."

"Lo sé. Vivo y loco. ¿Y Celio, el marica socio de Gisele?"

"Tiene un salón de belleza. Usa el salón para seducir muchachas. Hace tiempo que queremos agarrar al puto, pero está difícil. Estuvo preso una vez, pero Antunes lo defendió y lo sacó."

"¿Y un grandulón de bigote que tienen allá? ¿Sabes quién es?"

"No tengo la menor idea."

"Creo que está ahí desde hace poco tiempo. Ok, Raúl, cualquier día de estos paso por la delegación para darte un abrazo."

Preparé el despertador para las once, me acosté, el despertador sonó, me levanté. Me quité la pijama, bajé por el ascensor de servicio, cogí el carro.

El Noches de Hawai estaba repleto. Mujer en bata.

"Hola, guapo", dijo una mujer buenísima.

"Hola", respondí.

Dimos una vuelta abrazados por el salón. Su bata estaba completamente abierta por enfrente, no estaba sujeta en la cintura, sino que estaba amarrada en el trasero, genial. El trasero.

"Déjame subir a tus espaldas", me pidió.

Fingí que no la había oído.

"Déjame", insistió.

"Busca a otro", respondí, "no tengo ganas de hacerla de caballo. Si quieres trepar a mis espaldas vámonos a otro lugar."

"¿A dónde? ¿Al Bola?", dijo actuando como bestia.

"A mi casa."

"¿Y tu mujercita?", dijo señalando la alianza en mi dedo.

"Fue a Pindamonhangaba a visitar a su madre."

"Sólo si nos vamos cuando acabe el baile. Ahora quiero saltar."

"Entonces salta. Si al final del baile seguimos con la misma idea nos vamos, OK?"

Una mezcla desgraciada en el baile. Todos revueltos, putas, madres de familia, doncellas, artistas, estudiantes, ratitas de la playa, hijas de mamá, vendedoras, vedetes, señoras elegantes, manicuristas. Pero lo que más había era putas. Y un montón de viejos barrigones y jovencitos musculosos. En las espaldas de uno de ellos pasó una mujer con una nalgas geniales, la cabeza de él entre las piernas de ella. Él saltaba, sudaba y le tomaban fotos, la mujer era infernal.

Uno de los clientes me dio un abrazo.

"Si no fuera por usted no sé cómo iba a pasar el Carnaval. Usted, usted, usted, no, mi hermano. ¿Quiere aspirar un poco de polvo?"

Puso un frasquito en mi mano. Lo dejé hablando solo, fui al baño y aspiré una vez. Después otra, hasta que un frío helado descendió por dentro de mí y golpeó en mis talones. El ruido de la orquesta y de las voces que cantaban aumentó, como si todos, músicos y mujerío, estuvieran ahí dentro conmigo. Cuando volví, el salón parecía más lleno.

En medio del salón empezó el mayor pleito. Estaba cansado de ver peleas. Salí y fui a la piscina. En la piscina la diversión era arrojar mujeres al agua. Arrojé una mujer y volví al salón. Nuevamente me encontré con el cliente. "¿Quiere otro?", preguntó. "Nos vamos a una fiesta de más acción en el Joá. Aquí está muy aburrido. ¿Quiere venir?"

"Depende de las mujeres."

El cliente me llevó a su mesa. Una criolla, negra mulata, linda; había cuatro mujeres más, blancas y también bonitas, pero yo sólo veía a la negra.

"Voy. Pero quiero a la negra", dije.

El cliente conversó con un tipo de la mesa. Eran tres barbones en la mesa. No oía lo que decían, pero era una discusión sesuda. Palabrotas por acá y por allá. La negra se lo merecía. Le sonreí. Ella nada, pero me miró por un tiempo.

"No se puede. Rodolfo dice que nadie se queda con su chica."

"Que se vaya a la puta que lo parió. Ya no puede ni levantarse de la silla, ¿va a desperdiciar el material?", dije.

Agarré a la negra y salí. Nadie me siguió. Rodolfo tardaría algunas horas en salir de aquella mesa.

"¿A dónde me llevas?", preguntó la negra.

"A mi casa. Necesito telefonear."

Hice bastante ruido cuando llegué, hablé alto, para que Celeste no se apareciera.

Fuimos al cuarto. La chica se acostó en la cama y encendió la televisión.

"Mira nuestro baile", dijo.

"Estoy enamorado de ti. Pero primero voy a hablar por teléfono."

"¿Amor a primera vista?"

"Así es. ¿Aló? ¿Está doña Gisele?"

"¿Quién la busca?"

"Paulo Mendes."

"Un momento."

"¿Te llamas Paulo Mendes?"

"Puedes llamarme Paulinho. Aló, ¿Gisele? Paulo Mendes."

"Yo me llamo Sandra."

"Paulo Mendes... ¡Ah!, usted estuvo aquí hoy en la tarrde..."

"Exactamente. Así es."

"¿Qué desea?"

"Quisiera una chica... pero no quiero del tipo de mujeres gastadas que tenía ahí hoy."

"¿Cómo entonces?"

"Algo más... puro... ese tipo de chicas que lloran cuando van a la cama con uno... ya sabe, ¿no?"

"¿Me estás corriendo?", dijo Sandra.

"Orlandim dice que no lo conoce a usted", dijo Gisele.

"¿Cómo?"

"Dice que no sabe quién es usted."

"Orlandino está loco. ¿Qué le ocurrió en la cabeza?"

"Dice que no lo conoce."

"¿Qué quiere usted que yo haga?", pregunté.

"Nada", respondió Gisele.

"Iré a verlo, el muy idiota. Pero Gisele... ¿y la chica de la que le hablé?"

"No crreo que tenga ese tipo de perrsona aquí. Quizá si usted buscarra en otro lugar."

"Qué pena. Paso por ahí mañana."

"Perro no tengo ese tipo de chica."

"Hasta mañana, Gisele. Buenas noches", terminé jovial, aunque la francesa se había quedado fría. ¿Desconfiada?

"Yo no voy a llorar en la cama", dijo Sandra.

"¿Llorar? Vamos a reír, cariño, quítate esa bata."

Y de veras reímos, reímos hasta ya no aguantar, la negra era fuego.

A las cinco de la mañana Sandra dijo:

"Llévame a casa antes de que amanezca. No quiero desfilar en el barrio de Fátima en bata bajo el sol."

Dejé a Sandra en su casa.

Volví. Puse el despertador para las ocho. Antes de dormir me quedé pensando unos diez minutos en la negra. Una cosa bonita, Sandra riendo, acostada en la cama, los ojos grandes, ni una caries.

A las ocho:

"¿Está el doctor?", pregunté.

"Está durmiendo. ¿Quién quiere hablar con él?"

"El general Souto."

"Aún no despierta, general."

"Cuando despierte dígale que se comunique conmigo."

El puto estaba durmiendo. Mi padre era inmigrante. Su padre era ministro. En la época en que yo fregaba pisos y lavaba ventanas y vendía medias, desde las siete de la mañana hasta las siete de la noche, y corría a la escuela, sin comer, en donde estaba hasta las once, el puto ganaba medallitas en el colegio de curas y pasaba las vacaciones en Europa.

Sonó el teléfono.

"¿Usted es el general Souto?"

"Sí."

"De inmediato me di cuenta. El general Souto que yo conocí murió hace cuatro años. ¿Alguna novedad?"

"¿Cuál es el nombre de la chica?" (Yo quería una confirmación.)

"Elizabeth."

"Existe una Miriam. El día dos de enero ella fumaba y se mordía las uñas. El día cinco había dejado de fumar y morderse las uñas, en vez de eso se chupaba el dedo. Miriam es Elizabeth."

"¿Viste a esa Miriam?"

"No."

"¿Estás sobrio?"

"Acabo de joder con la mejor negra."

"Hablo en serio."

"Yo también."

"Si crees que esa Miriam es Elizabeth, por qué no la traes y me la muestras? De inmediato te diré si es o no es."

"Gisele está desconfiando."

"¿De qué?"

"De mí."

"¡Dios mío!…"

"No hagas drama. Dios no existe. Y si existiera no haría un carajo por ti."

"¿Qué vas a hacer?"

"No sé."

"Te gusta martirizarme…"

"¡Te va a joder!…"

"¿Para qué toda esta pornografía?"

"¡Digo, va a tener relaciones sexuales con su señoría!"

"¡Quiero a esa chica!"

"Vas a tener a la chica. Calma."

"Calma, calma, sólo sabes decir calma."

"Calma", dije y colgué.

El teléfono sonó, sonó. Fui al baño, tomé una ducha fría. Llamé a Arístides, soplón profesional.

"Aló", dijo después de que el teléfono sonó unas veinte veces.

"Arístides, soy yo."

"¿Quién?", voz llena de sueño.

"El doctor Mandrake."

"Ah, doctor, ¿cómo le va?"

"Bien. Quiero una información."

"Lo que usted diga."

"Gisele y Celio."

"Ella es francesa. Es una puta loca."

"Lo sé. ¿Y un tipo con bigotes que tiene ahí?"

"Pilón. Su nombre es Pilón. Unos dicen que a causa de un golpe, otros que es por el palo del tipo. La francesa está loca por él. Por lo tanto…"

"Es a causa de su palo. ¿Qué más?"

"Fue tira. Expulsado. Anduvo matando mendigos. ¿Recuerda?"

"Sí." ¿Se estaría burlando de mí Raúl?

"Fue lo único bueno que hizo en la vida. Fuera de eso sólo hizo maldades. Nunca le des la espalda."

"OK. ¿Y una puta de nombre Elizabeth o Miriam que tienen ahí? ¿La conoces?"

"Doctor, existen doscientas mil putas llamadas Elizabeth o Miriam en Rio."

"OK. Gracias. ¿Todo bien contigo?"

"Excelente. Ojo con el maricón, es fuego. ¿Recuerda a Madame Satán?"

"Algo he oído. No soy tan viejo."

"Yo también sólo oí hablar de ella. Los más viejos dicen que Celio es peor que Madame Satán. Le rompió la cara a seis muchachas en el baile de San José, el año pasado. Disfrazado de Ave del Paraíso, lleno de plumas."

"OK… Un maricón insólito. Un abrazo. Chau."

Colgué. Conecté mi tocadiscos estereofónico, encendí un puro, me acosté en el sofá.

Apareció Celeste.

"¿Quiere usted tomar café?"

"Alfamagrifos."

"¿Cómo dice?"

"Di: alfamagrifos."

"Mi dentadura es nueva."

"Hambre de fiambre sin lumbre."

"Eso está aun peor."

"Quiero una naranjada y un pedazo de queso. ¿Tenemos queso?"

"Claro, doctor."

"Entonces, manos a la obra."

Marqué un teléfono.

"¿Gilda?"

"¡Querido! ¿Estás aquí?"

"Sí. De paso."

"¿De paso?"

"Voy hacia el Paraná."

"¿Podré verte?"

"Está difícil…"

"Ay, cariño, ya viene el Carnaval…"

"Ya me dijeronó…"

"No me atormentes. ¡Estoy loca por verte!"

"Yo también."

"¿Lo juras?"

"Sí."

"¿Por lo más sagrado?"

"Por lo más sagrado."

"¿Que se muera tu madre?"

"Que se muera."

"¡Te adoro!"

"Yo también."

"¿Me escribirás?"

"Sí. Adiós."

"¿Adiós? Querido, mira, espera un poco…"

"No puedo, estoy hablando desde el aeropuerto. Ya están llamando para abordar. ¿Escuchas?"

"Se acabó el queso", dijo Celeste.

"¿Escuchas? Mi avión está por partir. Un beso. Adiós."

Colgué. "¿Se acabó el queso?"

"Sí señor."

"Entonces dame sólo la naranjada."

Me quedé pensando. Gisele era malvada. El bigotón mataba mendigos, Celio, el maricón, era más macho que Madame Satán. Cuando yo era pequeño, fui a Lapa. Entré y tomé un vaso de leche. Un viejo camarero me dijo: "La Lapa ya no es lo mismo." No creo en las pláticas de viejos. Me parece que la Lapa siempre fue la misma mierda.

¿Ponerle valor al asunto y sacar de allá a Miriam-Elizabeth, como saqué a Heló, la loca, del Sanatorio de Botafogo?

Me vestí. Bajé. Tomé un taxi.

En la sala de espera del despacho había un cojo y un bizco. Clientes de mi colega L. Waissman.

"El chico está en el WC esperándote", dijo L. Waissman.

"Carajo, ¿ya tan temprano?"

"Empieza a fastidiar temprano", dijo L. Waissman; era el tipo más triste del mundo. Vivía recordando los tiempos en que había tranvías eléctricos y cada cojo que aparecía él comprobaba que el sujeto había caído debajo del tranvía y ganaba una indemnización de la Light. En aquel tiempo él tenía el mayor equipo de testigos de Rio, un informante en cada hospital y a casi todos los funcionarios distritales en el bolsillo.

"¿Qué voy a hacer con ese cojo?", preguntó L. Waissman.

"¿Qué le pasó?"

"Se cortó un callo con una gillete, se le infectó, se gangrenó, le cortaron la pierna. En Goiás. Los médicos del interior no dan el servicio. Lo mandaron conmigo. Pero no puedo hacer nada, Ya no tengo a nadie en los hospitales. Ya no tengo testigos. Si aún estuviera vivo el profesor Barcelos. No había un juez que no le creyera."

"Golpeé la puerta del privado."

"Está ocupado."

"Soy yo."

"Ya voy a salir, doctor."

Saldría pura madre. Cuando estaba aterrorizado se quedaba cagando horas y horas. Después de la primera consulta embarró los pantalones y tuvo que contarme el caso sentado en el privado.

"Abre la puerta, Evaristo."

Entré.

"Disculpe, doctor."

"¿Qué hay?"

"Estuve en el archivo de la décimo quinta, doctor, y el secretario me dijo que el juez va a decretar mi prisión preventiva. Si me encierran mi madre se muere, su corazón cuelga de un hilo."

"¿Le diste dinero?", pregunté.

"Sí."

"¿Cuánto?"

"Cincuenta." ¡Prr-prr-prr! "Perdone…"

"No te preocupes. ¿Qué fue lo que te dijo ese desgraciado?"

Prr-prr-prr.

"El secretario. ¿Qué te dijo?", continué.

"Dijo que iba a abrir el pico…"

"Ese tipo es una rata. Esa historia de la prisión preventiva es mierda suya. No vuelvas a darle dinero. Puedes quedar tranquilo."

"¡Qué alivio, doctor!"

"Hasta luego." Salí. "Cierra la puerta, Evaristo."

En este mundo los débiles no tiene oportunidad, están jodidos. Lo sé.

Eché una ojeada a los papeles que había en mi mesa.

Batista, mi secretario-conserje-sirviente, entró diciendo que un cliente quería verme.

Era F. A.

"¿Alguna vez en su vida amó a alguien?", F. A. preguntó.

"¡Ja, ja!", respondí.

"Es usted… una piedra. Morirá sin amar. Como el Super-Hombre."

"Amo a seis mujeres. Siete, incluyendo a la negra. Siete. Cuenta de mentiroso. Amo a siete mujeres. Una de ellas es negra y otra japonesa."

"No le creo."

"En verdad amo. Amo a cualquier mujer que va a la cama conmigo. Mientras dura el amor, la amo como un loco."

"Usted cambia de mujer cada semana", dijo F. A.

"Nada de eso. A Mariazinha la conocí en el baile municipal, ella bailaba encima de una mesa y le di una mordida en el trasero, ya va a hacer un año que eso ocurrió."

"¿Por qué hizo eso?", preguntó F. A.

"¿Qué?"

"Lo de morder la…, a la muchacha."

"No sé. Había quinientas mujeres trepadas en las mesas, todas las mesas tenían una mujer arriba exhibiéndose, creo que eso me molestó. Y Mariazinha tenía las nalgas casi de fuera."

"¿Y ella? ¿Qué hizo?"

"Dio un grito. Entonces los tipos de su grupo se me echaron encima y no te imaginas lo que fue aquello, por fortuna siempre hay alguien que quiere recoger las sobras entrando también a la pelea, fue una bronca espectacular, duro sólo unos cinco minutos pero creo que hasta al gobernador le gustó. Cuando salí de la enfermería ella estaba en la puerta y dijo 'bien hecho'. Respondí 'te amo', y de veras la amaba, y hasta hoy la amo."

"Yo amo a Elizabeth", dijo F. A. Sus ojos se llenaron de lágrimas.

"Quizá su nombre sea Miriam. O quizá cualquier otro, Zulema, Ester, Nilsa."

"Pero me gusta pensar en ella como Elizabeth."

Con el dorso de la mano F. A. se limpió el rostro mojado.

"Estoy triste", dijo F. A.

Me quedé callado mirando su cara.

"Por favor", dijo F. A.

"Voy a rescatar a la chica. Llama a Gisele y pide una cita para ir a verla. Hoy en la noche. Necesito tener la certeza de que aún está ahí."

"Le estaré agradecido la vida entera. La vida entera." Dijo F. A.

"Toma el teléfono."

"¿Qué le digo a Gisele?"

"Pide la cita."

F. A. marcó.

"Aló", dijo F. A.

Corría a la sala de L. Waissman, donde había una extensión del teléfono.

"¿Cómo está usted?"

"Bien, gracias. Doña Gisele, yo, me gustaría ir hoy."

"Puede venirr cuando usted quierra."

"Hoy en la noche. A las nueve. Veintiún horas."

"Estarré esperrando."

"Yo, me gustaría ver a Elizabeth."

"¿Elizabeth No sé… es difícil…"

"¿Es difícil? ¿Por qué es difícil", la voz de F. A. temblaba. El imbécil ya moría de pánico.

"La niña está muy nueva… Ya no quierre hacer esa cosa…"

"Dígale que soy yo."

"¿Porr qué no escoge usted otrra?"

"Usted sabe muy bien que yo no quiero a otra."

"Pero la niña ya no quierre…"

"Dígale que soy yo. ¡Dígale que soy yo!"

"No quierre verr a nadie…"

"¡Necesito verla, doña Gisele!"

"Usted es una perrsona tan buena que voy a verr si puedo ayudarrlo. Voy a platicarr con la niña. Su madre se va a operrarr y necesita dinerro…"

"Yo pago la operación. ¡Pago lo que sea!"

"Voy a arreglarr todo. Quédese trranquilo. Puede venirr a las nueve."

"Estaré ahí a las nueve en punto."

"Que tenga un buen día."

Volví a mi sala. F. A. estaba aún con el teléfono en la mano, absorto. Colgué el teléfono.

"¿Lo oyó todo?", preguntó F. A.

"Sí."

"Tengo una comida hoy, en la Embajada de la India."

"Quédate trranquilo. Ve a tu comida, yo me harré carrgo de todo."

"¿Tiene algún plan?"

"No —sí tengo uno, pero no te lo voy a contar. Hasta luego."

"¿A dónde irá?"

"No voy a ninguna parte. Tú eres quien se va." Empujé a F. A. hacia fuera de mi oficina.

Marqué en el teléfono.

"¿João?"

"Sí…"

"¿Cuándo me vas a pagar aquellos quinientos?"

"Puta, muchacho, desapareciste, no volviste a dar la cara. Apuesto a que ya no haces nada, debes estar hecho una vaca."

"¿Quieres comprobarlo?"

"¡Ja, ja!, ¡doctor!"

"Tú eres el que debe tener unos ciento veinte de cintura."

"Entreno todo el día. Necesita venir aquí. Lo remodelé todo."

"Uno de estos días. Mira, necesito un tipo fuerte, macizo, y que no sea idiota."

"¿Para qué?"

"Para que esté cerca de mí en un trabajo. Tal vez no necesite hacer nada. Tal vez tenga que hacer mucho. Además de fuerte debe tener experiencia. Y hablar poco, evidentemente."

"Tengo a la persona que buscas. Se llama José. Es medio raro, muy callado. Pero es un caballo de tan fuerte. Te pones de acuerdo con él. ¿Puedo aprovechar para hacer una consulta?"

"Sí."

"Un amigo mío entró a un ciento cincuenta y cinco. ¿Lo puedo mandar a tu despacho?"

"¿Qué fue lo que se robó?"

"Es un comemierda. Se robó unos relojes, una miseria."

"¿Es muy amigo tuyo?"

"Es mi hermano."

"Mándamelo mañana. Y manda también al tal…"

"José…"

"José, ahora mismo. Un abrazo."

El sujeto era grande, un tipo guapo, pero su cara era seria. Caminó hasta mi mesa, me miró de frente y dijo: "João me mandó aquí", con una voz baja y seca.

Le pedí que se sentara.

"Una prostituta francesa y un maricón encerraron a una chica dentro de un puterío y yo quiero sacar a la chica de ahí. Tienen un guardaespaldas, fuerte, ex-tira. Los tres son capaces de cualquier porquería. La francesa se llama Gisele, el marica Celio y al guardaespaldas lo vamos a llamar Grandulón. Su apodo es Pilão, pero yo pienso en él como Grandulón. Fue expulsado de la policía por homicidio, mató algunos mendigos. ¿Los conoces?"

"No."

"El Grandulón debe estar armado. Pero no creo que use el arma de fuego para empezar. Empezará usando una macana o algo por el estilo. Tiene que ser liquidado de inmediato. La francesa y el maricón también son muy peligrosos. Olvídate de que ella es mujer. Olvídate de que él es maricón. No vamos a matar a nadie, pero si es necesario romperemos algunos huesos. ¿OK?"

"¿El Grandulón es zurdo o derecho?"

"No sé."

"¿El maricón también anda armado?"

"No sé."

"¿La chica que está prisionera sabe que iremos?"

"No."

"¿Cómo vamos a entrar ahí?"

"Yo iré por la puerta de enfrente. Pero debo salir a un hall de servicio, para entrar de nuevo a donde está la chica. Tú te quedas escondido en la escalera de servicio. Cuando abran la puerta daré un silbido fuerte. Tendrás tres segundos para aparecer. En esos tres segundos yo garantizo que nadie cerrará la puerta."

"Está bien", dijo José. "Voy a llevar dos cuerdas de nylon."

"Nos encontraremos a las ocho, en la Cinelandia, frente al Odeón."

F. A. me telefoneó dos veces pero no contesté, le mandé decir que todo estaba bien.

Salí. Fui hasta el juzgado para ver los avances de algunos procesos. Quien piense que un abogado trabaja con la cabeza está equivocado, el abogado trabaja con los pies. Todas las peticiones son iguales, cuanto más bajas mejor, para facilitarle la vida al juez.

Volví al despacho, atendí a dos clientes (artículos 155 y 129) y después telefoneé a mis mujeres. Todas querían verme, pero yo no podía ver a ninguna. Y no quería. Si fuera a ver y joder a alguna sería a la negra. Inventé las disculpas de siempre. Todas aceptaron, menos Neide, quien dijo:

"Si sigues desaparecido voy a ponerte los cuernos."

"¿Desaparecido?"

"Tú no me engañas."

"Fui a São Paulo."

"No es cierto."

"Si no quieres creerme, no me creas."

"Pues no te creo", dijo colgando.

Las mujeres no tienen juicio.

A las ocho estaba frente al Odeón. A esa hora el número de putos todavía es pequeño. Aun así uno se paró cerca de mí y empezó a suspirar; fingí que no lo veía. Luego llegó un amiguito suyo y los dos empezaron a desfilar frente a mí, de un lado a otro, cuchicheando y soltando risitas.

Cuando José llegó los mariconcitos se pusieron aún más alborotados. La vida de puto no es fácil.

José y yo fuimos hasta el paseo público. Buscamos un banco vacío.

"¿Tienes alguna duda?", pregunté.

"Me quedo en la escalera, escucho tu silbido y entro corriendo al departamento. A quien me encuentre frente a mí lo tiro al suelo."

"¿Y si yo estuviera frente a ti?"

"Será mejor que no estés."

"OK. ¿Trajiste la cuerda?"

José se abrió el saco; varias vueltas en torno a la cintura.

Quedamos en silencio, mirando las aceras llenas, al otro lado de la calle, las luces de los cines. Pensaba, "puta mierda, esta ciudad me gusta como el carajo."

"¿En qué estás pensando?", pregunté.

"Un montón de cosas", dijo José. No le gustaba platicar.

Al cinco para las nueve dije: "Vamos."

"¿Qué tipo de silbido darás?", José preguntó.

Me metí dos dedos en la boca y silbé.

"Será mejor que no uses los dedos. Te pueden agarrar con las manos ocupadas."

El tipo no era tonto.

Subimos hasta el séptimo piso por el elevador de servicio.

"Ésta es la puerta", indiqué. Eran cuatro puertas. Bajamos por la escalera de servicio. En medio de la escalera, entre el sexto y el séptimo pisos nos detuvimos. "Aquí nadie te verá. La distancia debe ser de unos ocho metros, máximo. Hasta pronto."

No había comunicación entre el hall de servicio y el hall social. Bajé por el elevador de servicio hasta la planta baja, pasé al elevador social, subí, salí en el séptimo piso.

Gisele abrió la puerta.

"¿Usted?"

"¿Cómo está, Gisele?"

"¿Quierre usted alguna cosa?"

"Una pequeña."

"Aquí no tenemos las chicas que usted quierre…"

Gisele se volvió y miró hacia el fondo de la sala. Dudaba si me corría o no. Una sospecha, apenas fundada en la intuición. Entré.

"Hoy sólo está Neuza. A usted no le gustó ella…"

"Neuza está bien."

Gisele miró el reloj de pulso, recelosa.

"Está bien. Tenga la bondad", dijo. Cruzamos la sala y la cocina, salimos al hall de servicio. Gisele tocó el timbre del otro departamento. Miré la escalera, ni sombra de José. Simulé un ataque de tos.

El Grandulón abrió la puerta. Dejé de toser por un momento y silbé fuerte. Continué tosiendo, y di dos pasos mirando la cara del Grandulón. El Grandulón estaba alerta, parecía un perro sorprendido, con las dos orejas paradas. Oí el ruido de los pasos de José aproximándose. Entré, asegurando la puerta por la perilla. El golpe del Grandulón me pegó en el pecho. En ese instante apareció José y el Grandulón le dio en la cara, pero José entró también. El Grandulón tenía una macana en la mano. Un golpe de José lo tiró al suelo. Aquella pelea iba a durar. Corrí a los cuartos. Gisele estaba frente a mí, con un objeto de metal en la mano. Le di una patada en la pierna. Gisele se encogió. La golpeé con fuerza en la barriga. Gisele cayó agarrando aún el objeto. Le pisé la mano.

"¿Dónde está Elizabeth?", pregunté.

Gisele miró hacia atrás de mí. Me volví y Celio me clavó las uñas en los ojos. Sentí que mi rostro ardía, como si hubiera sido cortado por una navaja. Veía mal con el ojo derecho. Le pegué con todas mis fuerzas en la nariz. Se arrojó sobre mí, me mordió el brazo. Le di un golpe en la cabeza. Celio quedó completamente calvo. Sin la peluca se veía horrible. Celio me arañó en el pescuezo. Yo sangraba. Cada vez veía peor con el ojo derecho. Ya verás, hijo de puta, me dejaste ciego. Le di un golpe en la oreja. Celio cayó. Le pateé la cara, en la boca, el puto tendría que gastar mucho en el dentista y en el cirujano plástico.

José apareció. Sudando, el saco rasgado, un enorme hematoma en el rostro, le escurría sangre de la cabeza.

"Ya está amarrado", dijo José jadeante.

"Vigila a estos dos", dije.

Celio estaba desmayado en el suelo y la francesa estaba sentada con los ojos cerrados, apoyada en la pared.

En la sala estaban Eloína, Neuza y una más. Asustadas.

"¿Tú eres Elizabeth?", pregunté.

"No, no, me llamo Georgia."

"¿Dónde está Elizabeth?", pregunté a Eloína.

"Fue al cuarto."

"Muéstramelo." Agarré a Eloína por la muñeca, fui hacia el corredor.

"Aquí", dijo Eloína.

Elizabeth-Miriam estaba en medio del cuarto, con los ojos desencajados.

"No tengas miedo", dije. Le expliqué que F. A. me había mandado. "Vámonos", agregué.

"Yo no… Yo… Me voy a quedar", dijo ella.

Empujé a Miriam-Elizabeth hasta la sala. Ella golpeaba las paredes. Señalé a Celio y Gisele.

"O vienes conmigo o vas a quedar en el suelo como esas dos basuras", dije.

"Ve con él", dijo Gisele, sin abrir los ojos. Apenas se oía su voz.

Bajamos por el elevador de servicio. Subimos a mi carro en el patio interior.

"Gracias", dije a José. "¿Dónde quieres que te deje?"

"En Flamengo. Cerca de la Buarque de Macedo."

"Luego pasas a mi despacho a cobrar. ¿Cuánto va a ser?"

José permaneció callado.

"Puedes pedir mucho. No voy a pagar yo. El tipo es rico."

"No es nada. João me lo pidió, el favor se lo hice a él."

"Entonces te enviaré un regalo. ¿Está bien?"

"Sí."

"¿Qué quieres?"

"¿Puede ser un tocadiscos?"

"Te enviaré uno estereofónico", dije.

José bajó en Flamengo.

"¿A dónde me llevas?", preguntó Miriam-Elizabeth, temblando.

"Al departamento de F. A."

Llegamos al departamento. Cerré las puertas de enfrente y del fondo, guardé las llaves en el bolsillo. Fui al baño a mirar los destrozos que me había hecho Celio. Un corte en el ojo derecho hasta el mentón; otro corte en el cuello. Las heridas ya estaban coaguladas. Mi rostro estaba feo como el carajo. Me quité la camisa. La herida del brazo era la peor de todas, los dientes filosos de aquel perro habían entrado hondo en mi carne. En el armario del baño había un frasco de mertiolate, me lo puse en el brazo y la cara.

"¿Qué operación se va a hacer tu madre?", pregunté a Miriam-Elizabeth.

"¿Operación?"

Empezaba a ver mejor. Cerré el ojo izquierdo y miré a Miriam-Elizabet sólo con el derecho.

Marqué el teléfono de la casa de F. A.

"¿Está el consejero?"

"Salió a comer. Aún no regresa. ¿Quiere dejar usted algún recado?"

"Dígale que habló el senador Ferreira Viana."

Colgué. Continué examinando mi ojo derecho. Ya veía perfectamente.

"¿Por qué no te sientas? Tenemos mucho que hablar", le dije a Miriam-Elizabet.

"Quiero ir al baño."

"Ven, te enseño dónde está."

Permanecí de pie en la puerta del baño.

"¿Me permites?", dijo ella.

"Lo siento mucho pero me voy a quedar aquí. Este baño tiene una cerradura por dentro y no quiero perderte de vista. No voy a mirarte, no te preocupes."

"Estoy estreñida", dijo.

"Mala suerte", respondí.

Miriam-Elizabeth entró. Me quedé afuera, sólo un brazo dentro. Oí el ruido de ella orinando.

Volvimos a la sala.

"¿Qué operación necesita hacerse tu madre?"

"Estómago."

"¿Tiene úlcera?"

"Sí."

"¿En Minas?"

"¿Cómo?" Miriam-Elizabeth unió con fuerza las dos manos como si estuviera rezando.

"¿Mujer con úlcera en el interior de Minas?"

"No entiendo…"

"Es muy raro que una mujer tenga úlceras de estómago, más aún en el interior de Minas."

"¿Usted es médico?"

"¿Tú qué crees?"

"No sé. Usted pregunta cosas que no sé responder."

"¿Cómo te llamas?"

Miriam-Elizabeth me miró a los ojos.

"¡No me mientas, puta!"

"Laura."

El teléfono sonó.

"Te he estado llamando desde las nueve", dijo F. A.

"¿Dónde estás?"

"En la embajada de la India. ¿Está ahí la chica?"

"Sí."

"¡Gracias a Dios! ¿Está bien? ¿Preguntó por mí?"

"Hemos conversado poco. Pero lo suficiente. Es una estafadora, andaba detrás de tu dinero junto con Gisele y el maricón."

"¿Cómo? ¿Cómo?"

"Ella misma va a hablar contigo."

Le pasé el teléfono a Miriam—Elizabeth—Laura.

"Es verdad — perdóname — perdóname — ¿cómo? — así fue — estoy, estoy arrepentida — tú eres muy buen…"

Miriam-Elizabeth-Laura me regresó el teléfono. "Quiere hablar con usted."

Acerqué el teléfono a mi oído. F. A. hablaba bajo, con miedo de ser oído.

"Amo a esa mujer, ¿entiendes?, no me molesta lo que ella sea."

"Te estaba engañando…"

"No tiene la menor importancia."

"El dinero es tuyo."

"¡Así es!"

"¿Quieres que duerma aquí?", pregunté.

"Sí. Mañana por la mañana paso por ahí."

Colgué el teléfono.

Tomé la mano de Miriam-Elizabeth-Laura. "Vamos a la cama, no vendrá sino hasta mañana por la mañana."

Su mano apretó la mía. Miriam-Elizabeth-Laura ya no tenía miedo.

# Ámbar gris

Como todos saben
el animal más inteligente
que existe es el cachalote.
No va a la luna porque
sólo quiere ser feliz
y tampoco (lo confieso) tiene
el dedo pulgar.
Pero le basta oír una sola vez
la Novena de Beethoven,
o las obras completas de Lennon &
McCartney,
o el Ulisses,
o los Elementos de bibliología,
que su mente computapleja
almacena todo y lo reproduce nota por
nota, palabra por
palabra, en cualquier momento,
por el resto de la vida.
"Profesor Lilly,
Ud. que es el mayor neurofisiólogo
especialista en
physeter macroencephalus,
¿quién es más inteligente:
el hombre o el cachalote?"
"El cachalote, evidentemente."
"Profesor Lilly,
Ud. que es además
especialista en
delphinus delphis,
¿quién es más inteligente,
el hombre o el delfín?"
"Empatan. Pero los astutos movimientos,

trucos y habilidades del delfín
me llevan a suponer
que el IQ del delfín
sea un poco superior.
Permítame llamar
—continúa el doctor Lilly—
a mi joven (y linda)
asistente, la doctora
Margaret Howe, quien vivió con
un delfín llamado Peter,
durante dos años y medio."
"Nuestra vida sexual fue un fracaso",
dice la doctora Margaret,
"él quería,
yo quería.
Peter inclusive estaba aprendiendo inglés,
pero pesqué una pulmonía
en el fondo de nuestra piscina oscura,
y sin más
acabamos."
"De cualquier forma",
dice el doctor Lilly,
"la comunicación inter-especies
ya es un hecho."

# Relato de acontecimiento

En la madrugada del día 3 de mayo, una vaca marrón camina por el puente del río Coroado, en el kilómetro 53, en dirección a Rio de Janeiro.

Un autobús de pasajeros de la empresa Única Auto Ómnibus, placas RF 80-07-83 y JR 81-12-27, circula por el puente del río Coroado en dirección a São Paulo.

Cuando ve a la vaca, el conductor Plínio Sergio intenta desviarse. Golpea a la vaca, golpea en el muro del puente, el autobús se precipita al río.

Encima del puente la vaca está muerta.

Debajo del puente están muertos: una mujer vestida con un pantalón largo y blusa amarilla, de veinte años presumiblemente y que nunca será identificada; Ovídia Monteiro, de treinta y cuatro años; Manuel dos Santos Pinhal, portugués, de treinta y cinco años, que usaba una cartera de socio del Sindicato de Empleados de las Fábricas de Bebidas; el niño Reinaldo de un año, hijo de Manuel; Eduardo Varela, casado, cuarenta y tres años.

El desastre fue presenciado por Elías Gentil dos Santos y su mujer Lucília, vecinos del lugar. Elías manda a su mujer por un cuchillo a la casa. ¿Un cuchillo?, pregunta Lucília. Un cuchillo, rápido, idiota, dice Elías. Está preocupado. ¡Ah!, se da cuenta Lucília. Lucília corre.

Aparece Marcílio da Conceição. Elías lo mira con odio. Aparece también Ivonildo de Moura Júnior. ¡Y aquella bestia que no trae el cuchillo!, piensa Elías. Siente rabia contra todo el mundo, sus manos tiemblan. Elías escupe en el suelo varias veces, con fuerza, hasta que su boca se seca.

Buenos días, don Elías, dice Marcílio. Buenos días, dice Elías entre dientes, mirando a los lados. ¡este mulato!, piensa Elías.

Qué cosa, dice Ivonildo, después de asomarse por el muro del puente y ver a los bomberos y a los policías abajo. Sobre el puente, además del conductor de un carro de la Policía de Caminos, están sólo Elías, Marcílio e Ivonildo.

La situación no está bien, dice Elías mirando a la vaca. No logra apartar los ojos de la vaca.

Es cierto, dice Marcílio.

Los tres miran a la vaca.

A lo lejos se ve el bulto de Lucília, corriendo.

Elías volvió a escupir. Si pudiera, yo también sería rico, dice Elías. Marcílio e Ivonildo balancean la cabeza, miran la vaca y a Lucília, que se acerca corriendo. A Lucília tampoco le gusta ver a los dos hombres. Buenos días doña Lucília, dice Marcílio. Lucília responde moviendo la cabeza. ¿Tardé mucho?, pregunta, sin aliento, al marido.

Elías asegura el cuchillo en la mano, como si fuera un puñal; mira con odio a Marcílio e Ivonildo. Escupe en el suelo. Corre hacia la vaca.

En el lomo es donde está el filete, dice Lucília. Elías corta la vaca.

Marcílio se acerca. ¿Me presta usted después su cuchillo, don Elías?, pregunta Marcílio. No, responde Elías.

Marcílio se aleja, caminando de prisa. Ivonildo corre a gran velocidad.

Van por cuchillos, dice Elías con rabia, ese mulato, ese cornudo. Sus manos, su camisa y su pantalón están llenos de sangre. Debiste haber traído una bolsa, un saco, dos sacos, imbécil. Ve a buscar dos sacos, ordena Elías.

Lucília corre.

Elías ya cortó dos pedazos grandes de carne cuando aparecen, corriendo, Marcílio y su mujer, Dalva, Ivonildo y su suegra, Aurelia, y Erandir Medrado con su hermano Valfrido Medrado. Todos traen cuchillos y machetes. Se echan encima de la vaca.

Lucília llega corriendo. Apenas y puede hablar. Está embarazada de ocho meses, sufre de helmintiasis y su casa está en lo alto de una loma. Lucília trajo un segundo cuchillo. Lucília corta en la vaca.

Alguien présteme un cuchillo o los arresto a todos, dice el conductor del carro de la policía. Los hermanos Medrado, que trajeron varios cuchillos, prestan uno al conductor.

Con una sierra, un cuchillo y una hachuela aparece João Leitão, el carnicero, acompañado por dos ayudantes.

Usted no puede, grita Elías.

João Leitão se arrodilla junto a la vaca.

No puede, dice Elías dando un empujón a João. João cae sentado.

No puede, gritan los hermanos Medrado.

No puede, gritan todos, con excepción del policía.

João se aparta; a diez metros de distancia, se detiene; con sus ayudantes, permanece observando.

La vaca está semidescarnada. No fue fácil cortar el rabo. La cabeza y las patas nadie logró cortarlas. Nadie quiso las tripas.

Elías llenó los dos sacos. Los otros hombres usan las camisas como si fueran sacos.

El primero que se retira es Elías con su mujer. Hazme un bistec, le dice sonriendo a Lucília. Voy a pedirle unas papas a doña Dalva, te haré también unas papas fritas, responde Lucília.

Los despojos de la vaca están extendidos en un charco de sangre. João llama con un silbido a sus auxiliares. Uno de ellos trae un carrito de mano. Los restos de la vaca son colocados en el carro. Sobre el puente sólo queda una poca de sangre.

# Feliz año nuevo
## (1975)

# Feliz año nuevo

Vi en la televisión que los comercios buenos estaban vendiendo como locos ropas caras para que las madames vistan en el reveillon. Vi también que las casas de artículos finos para comer y beber habían vendido todas las existencias.

Pereba, voy a tener que esperar que amanezca y levantar aguardiente, gallina muerta y farofa de los macumberos.*

Pereba entró en el baño y dijo, qué hedor.

Vete a mear a otra parte, estoy sin agua.

Pereba salió y fue a mear a la escalera.

¿Dónde afanaste la TV?, preguntó Pereba.

No afané ni madres. La compré. Tiene el recibo encima. ¡Ah, Pereba!, ¿piensas que soy tan bruto como para tener algo robado en mi cuchitril?

Estoy muriéndome de hambre, dijo Pereba.

Por la mañana llenaremos la barriga con los desechos de los babalaos,* dije, sólo por joder.

No cuentes conmigo, dijo Pereba. ¿Te acuerdas de Crispín? Dio un pellizco en una macumba aquí, en la Borges Madeiros, le quedó la pierna negra, se la cortaron en el Miguel Couto y ahí está, jodidísimo, caminando con muletas.

Pereba siempre ha sido supersticioso. Yo no. Hice la secundaria, se leer, escribir y hacer raíz cuadrada. Me cago en la macumba que me da la gana.

Encendimos unos porros y nos quedamos viendo la telenovela. Mierda. Cambiamos de canal, a un bang-bang. Otra mierda.

Las madames están todas con ropa nueva, van a entrar al año nuevo bailando con los brazos en alto, ¿ya viste cómo bailan

* Macumberos: quienes practican macumba, rito religioso de origen africano. Ofrecen a sus espíritus comidas y bebidas que sitúan en las encrucijadas; estas ofrendas se conocen con el nombre de despachos y se ofrecen normalmente a Iemanjá, reina del mar. Farofa es una comida muy popular hecha con harina de mandioca y manteca, fundamentalmente.
* Babalaos: sacerdotes dedicados a Ifá, dios de la adivinación.(N. del T.)

las blancuchas? Levantan los brazos en alto, creo que para enseñar el sobaco, lo que quieren enseñar realmente es el coño pero no tienen cojones y enseñan el sobaco. Todas le ponen los cuernos a los maridos. ¿Sabías que su vida está en dar el coño por ahí?

Lástima que no nos lo dan a nosotros, dijo Pereba. Hablaba despacio, tranquilo, cansado, enfermo.

Pereba, no tienes dientes, eres bizco, negro y pobre, ¿crees que las mujeres te lo van a dar? Ah, Pereba, lo mejor para ti es hacerte una puñeta. Cierra los ojos y dale.

¡Yo quería ser rico, salir de la mierda en que estaba metido! Tanta gente rica y yo jodido.

Zequinha entró en la sala, vio a Pereba masturbándose y dijo, ¿qué es eso, Pereba?

¡Se arrugó, se arrugó, así no se puede!, dijo Pereba.

¿Por qué no fuiste al baño a jalártela?, dijo Zequinha.

En el baño hay un hedor insoportable, dijo Pereba. Estoy sin agua.

¿Las mujeres esas del conjunto ya no están jodiendo?, preguntó Zequinha.

Él estaba cortejando a una rubia excelente, con vestido de baile y llena de joyas.

Ella estaba desnuda, dijo Pereba.

Ya veo que están en la mierda, dijo Zequinha.

Quiere comer los restos de Iemanjá, dijo Pereba.

Era una broma, dije. A fin de cuentas, Zequinha y yo habíamos asaltado un supermercado en Leblon, no había dado mucha pasta, pero pasamos mucho tiempo en São Paulo en medio de la bazofia, bebiendo y jodiendo mujeres. Nos respetábamos.

A decir verdad tampoco ando con buena suerte, dijo Zequinha. La cosa está dura. Los del orden no están bromeando, ¿viste lo que hicieron con el Buen Criollo? Dieciséis tiros en la chola. Cogieron a Vevé y lo estrangularon. El Minhoca, ¡carajo! ¡El Minhoca! Crecimos juntos en Caxias, el tipo era tan miope que no veía de aquí a allí, y también medio tartamudo —lo cogieron y lo arrojaron al Guandú, todo reventado.

Fue peor con el Tripié. Lo quemaron. Lo frieron como tocino. Los del orden no están dando facilidades, dijo Pereba. Y pollo de macumba no me lo como.

Ya verán pasado mañana.

¿Qué vamos a ver?

Sólo estoy esperando que llegue el Lambreta de São Paulo.

¡Carajo!, ¿estás trabajando con el Lambreta?, dijo Zequinha.

Todas sus herramientas están aquí.

¿Aquí?, dijo Zequinha. Estás loco.

Reí.

¿Qué fierros tienes?, preguntó Zequinha.

Una Thompson lata de guayabada, una carabina doce, de cañón cortado y dos Magnum.

¡Puta madre!, dijo Zequinha. ¿Y ustedes jalándosela sentados en ese moco de pavo?

Esperando que amanezca para comer farofa de macumba, dijo Pereba. Tendría éxito en la TV hablando de aquella forma, mataría de risa a la gente.

Fumamos. Vaciamos un pitú.

¿Puedo ver el material?, dijo Zequinha.

Bajamos por la escalera, el ascensor no funcionaba y fuimos al departamento de doña Candinha. Llamamos. La vieja abrió la puerta.

¿Ya llegó el Lambreta?, dijo la vieja negra.

Ya, dije, está allá arriba.

La vieja trajo el paquete, caminando con esfuerzo. Era demasiado peso para ella. Cuidado, hijos míos, dijo.

Subimos por la escalera y volvimos a mi departamento. Abrí el paquete. Armé primero la lata de guayabada y se la pasé a Zequinha para que la sujetase. Me amarro en esta máquina, tarratátátátá, dijo Zequinha.

Es antigua pero no falla, dije.

Zequinha cogió la Magnum. Formidable, dijo. Después aseguró la Doce, colocó la culata en el hombro y dijo: aún doy un tiro con esta hermosura en el pecho de un tira, muy de cerca, ya sabes cómo, para aventar al puto de espaldas a la pared y dejarlo pegado allí.

Pusimos todo sobre la mesa y nos quedamos mirando.

Fumamos un poco más.

¿Cuándo usarán el material?, dijo Zequinha.

El día 2. Vamos a reventar un banco en la Penha. El Lambreta quiere hacer el primer golpe del año.

Es un tipo vanidoso pero vale. Ha trabajado en São Paulo, Curitiba, Florianópolis, Porto Alegre, Vitoria, Niteroi, sin contar Rio. Más de treinta bancos.

Sí, pero dicen que pone el culo, dijo Zequinha.

No sé si lo pone, ni tengo valor para preguntar. Nunca me vino a mí con frescuras.

¿Ya lo has visto con alguna mujer?, dijo Zequinha.

No, nunca. Bueno, puede ser verdad, pero ¿qué importa?

Los hombres no deben poner el culo. Menos aún un tipo importante como el Lambreta, dijo Zequinha.

Un tipo importante hace lo que quiere, dije.

Es verdad, dijo Zequinha.

Nos quedamos callados, fumando.

Los fierros en la mano y nada, dijo Zequinha.

El material es del Lambreta. ¿Y dónde lo usaríamos a estas horas?

Zequinha chupó aire, fingiendo que tenía cosas entre los dientes. Creó que él también tenía hambre.

Estaba pensando que invadiéramos una casa estupenda que esté dando una fiesta. El mujerío está lleno de joyas y tengo un tipo que compra todo lo que le llevo. Y los barbones tienen las carteras llenas de billetes. ¿Sabes que tiene un anillo que vale cinco grandes y un collar de quince, en esa covacha que conozco? Paga en el acto.

Se acabó el tabaco. También el aguardiente. Comenzó a llover.

Se fue al carajo tu farofa, dijo Pereba.

¿Qué casa? ¿Tienes alguna a la vista?

No, pero está lleno de casas de ricos por ahí. Robamos un carro y salimos a buscar.

Coloqué la lata de guayabada en una bolsa de compra, junto con la munición. Di una Magnum al Pereba, otra al Zequinha. Enfundé la carabina en el cinto, el cañón hacia abajo y me puse una gabardina. Cogí tres medias de mujer y una tijera. Vamos, dije.

Robamos un Opala. Seguimos hacia San Conrado. Pasamos varias casas que no nos interesaron, o estaban muy cerca de la calle o tenían demasiada gente. Hasta que encontramos el lugar perfecto. Tenía a la entrada un jardín grande y la casa quedaba al fondo, aislada. Oíamos barullo de música de carnaval, pero pocas voces cantando. Nos pusimos las medias en la cara. Corté con la tijera los agujeros de los ojos. Entramos por la puerta principal.

Estaban bebiendo y bailando en un salón cuando nos vieron.

Es un asalto, grité bien alto, para ahogar el sonido del tocadiscos. Si se están quietos nadie saldrá lastimado. ¡Tú. Apaga ese coñazo de tocadiscos!

Pereba y Zequinha fueron a buscar a los empleados y volvieron con tres camareros y dos cocineras. Todo el mundo tumbado, dije.

Conté. Eran veinticinco personas. Todos tumbados en silencio, quietos como si no estuvieran siendo registrados ni viendo nada.

¿Hay alguien más en la casa?, pregunté.

Mi madre. Está arriba, en el cuarto. Es una señora enferma, dijo una mujer emperifollada, con vestido rojo largo. Debía ser la dueña de la casa.

¿Niños?

Están en Cabo Frío, con los tíos.

Gonçalves, vete arriba con la gordita y trae a su madre.

¿Gonçalves?, dijo Pereba.

Eres tú mismo ¿Ya no sabes cuál es tu nombre, bruto?

Pereba cogió a la mujer y subió la escalera.

Inocencio, amarra a los barbones.

Zequinha ató a los tipos utilizando cintos, cordones de cortinas, cordones de teléfono, todo lo que encontró.

Registramos a los sujetos. Muy poca pasta. Estaban los cabrones llenos de tarjetas de crédito y talonarios de cheques. Los relojes eran buenos, de oro y platino. Arrancamos las joyas a las mujeres. Un pellizco en oro y brillantes. Pusimos todo en la bolsa.

Pereba bajó la escalera solo.

¿Dónde están las mujeres?, dije.

Se encabritaron y tuve que poner orden.

Subí. La gordita estaba en la cama, las ropas rasgadas, la lengua fuera. Muertecita. ¿Para qué se hizo la remolona y no lo dio enseguida? Pereba estaba necesitado. Además de jodida, mal pagada. Limpié las joyas. La vieja estaba en el pasillo, caída en el suelo. También había estirado la pata. Toda peinada, con aquel pelazo armado, teñido de rubio, ropa nueva, rostro arrugado, esperando el nuevo año, pero estaba ya más para allá que para acá. Creo que murió del susto. Arranqué los collares, broches y anillos. Tenía un anillo que no salía. Con asco, mojé con saliva el dedo de la vieja, pero incluso así no salía. Me encabroné y le di una dentellada, arrancándole el dedo. Metí todo dentro de un almohadón. El cuarto de la gordita tenía las paredes forradas de cuero. La bañera era un agujero cuadrado, grande de mármol blanco, encajado en el suelo. La pared toda de espejos. Todo perfumado. Volví al cuarto, empujé a la gordita para el suelo, coloqué la colcha de satén de la cama con cuidado, quedó lisa, brillando. Me bajé el pantalón y cagué sobre la colcha. Fue un alivio, muy justo. Después me limpié el culo con la colcha, me subí los pantalones y bajé.

Vamos a comer, dije, poniendo el almohadón dentro de la bolsa. Los hombres y las mujeres en el suelo estaban todos quietos y cagados, como corderitos. Para asustarlos más dije, al puto que se mueva le reviento los sesos.

Entonces, de repente, uno de ellos dijo, con calma, no se irriten, llévense lo que quieran, no haremos nada.

Me quedé mirándolo. Usaba un pañuelo de seda de colores alrededor del pescuezo.

Pueden también comer y beber a placer, dijo.

Hijo de puta. Las bebidas, las comidas, las joyas, el dinero, todo aquello eran migajas para ellos. Tenían mucho más en el banco. No pasábamos de ser tres moscas en el azucarero.

¿Cuál es su nombre?

Mauricio, dijo.

Señor Mauricio, ¿quiere levantarse, por favor?

Se levantó. Le desaté los brazos.

Muchas gracias, dijo. Se nota que es usted un hombre educado, instruido. Pueden ustedes marcharse, que no daremos parte a la policía. Dijo esto mirando a los otros, que estaban inmóviles, asustados, en el suelo, y haciendo un gesto con las manos abiertas, como quien dice, calma mi gente, ya convencí a esta mierda con mi charla.

Inocencio, ¿ya acabaste de comer? Tráeme una pierna de peru de ésas de ahí. Sobre una mesa había comida que daba para alimentar al presidio entero. Comí la pierna de peru. Cogí la carabina doce y cargué los dos cañones.

Señor Mauricio, ¿quiere hacer el favor de ponerse cerca de la pared?

Se recostó en la pared.

Recostado no, no, a unos dos metros de distancia. Un poco más para acá. Ahí. Muchas gracias.

Tiré justo en medio del pecho, vaciando los dos cañones, con aquel trueno tremendo. El impacto arrojó al tipo con fuerza contra la pared. Fue resbalando lentamente y quedó sentado en el suelo. En el pecho tenía un orificio que daba para colocar un panetone.

Viste, no se pegó a la pared, qué coño.

Tiene que ser en la madera, en una puerta. La pared no sirve, dijo Zequinha.

Los tipos tirados en el suelo tenían los ojos cerrados, ni se movían. No se oía nada, a no ser los eructos de Pereba.

Tú, levántate, dijo Zequinha. El canalla había elegido a un tipo flaco, de cabello largo.

Por favor, el sujeto dijo, muy bajito.

Ponte de espaldas a la pared, dijo Zequinha.

Cargué los dos cañones de la doce. Tira tú, la coz de ésta me lastimó el hombro. Apoya bien la culata, si no te parte la clavícula.

Verás cómo éste va a pegarse. Zequinha tiró. El tipo voló, los pies saltaron del suelo, fue bonito, como si estuviera dando un salto para atrás. Pegó con estruendo en la puerta y permaneció allí adherido. Fue poco tiempo, pero el cuerpo del tipo quedó aprisionado por el plomo grueso en la madera.

¿No lo dije? Zequinha se frotó el hombro dolorido. Este cañón es jodido.

¿No vas a tirarte a una tía buena de éstas?, preguntó Pereba.

No estoy en las últimas. Me dan asco estas mujeres. Me cago en ellas. Sólo jodo con las mujeres que me gustan.

¿Y tú... Inocencio?

Creo que voy a tirarme a aquella morenita.

La muchacha intentó impedirlo, pero Zequinha le dio unos sopapos en los cuernos, se tranquilizó y quedó quieta, con los ojos abiertos, mirando al techo, mientras era ejecutada en el sofá.

Vámonos, dije. Llenamos toallas y almohadones con comida y objetos.

Muchas gracias a todos por su cooperación, dije. Nadie respondió.

Salimos. Entramos en el Opala y volvimos a casa.

Dije al Pereba, dejas el rodante en una calle desierta de Botafogo, coges un taxi y vuelves. Zequinha y yo bajamos.

Este edificio está realmente jodido, dijo Zequinha, mientras subíamos con el material, por la escalera inmunda y destrozada.

Jodido pero es Zona Sur, cerca de la playa. ¿Quieres que vaya a vivir a Nilópolis?

Llegamos arriba cansados. Coloqué las herramientas en el paquete, las joyas y el dinero en la bolsa y lo llevé al departamento de la vieja negra.

Doña Candinha, dije, mostrando la bolsa, esto quema.

Pueden dejarlo, hijos míos. Los del orden no vienen aquí.

Subimos. Coloqué las botellas y la comida sobre una toalla en el suelo. Zequinha quiso beber y no lo dejé. Vamos a esperar a Pereba.

Cuando el Pereba llegó, llené los vasos y dije, que el próximo año sea mejor. Feliz año nuevo.

# Corazones solitarios

Yo trabajaba en un diario popular como repórter de casos policiacos. Hace mucho tiempo que no ocurría en la ciudad un crimen interesante, que envolviera a una rica y linda joven de la sociedad, muertes, desapariciones, corrupción, mentiras, sexo, ambición, dinero, violencia, escándalo.

Crimen así ni en Roma, París, Nueva York, decía el editor del diario, estamos en un mal momento. Pero dentro de poco cambiará. La cosa es cíclica, cuando menos lo esperamos estalla uno de aquellos escándalos que da materia para un año. Todo está podrido, a punto, es cosa de esperar.

Antes de que estallara me corrieron.

Solamente hay pequeño comerciante matando socio, pequeño bandido matando a pequeño comerciante, policía matando a pequeño bandido. Cosas pequeñas, le dije a Oswaldo Peçanha, editor-jefe y propietario del diario *Mujer*.

Hay también meningitis, esquistosomosis, mal de Chagas, dijo Peçanha.

Pero fuera de mi área, dije.

¿Ya leíste *Mujer*?, Peçanha preguntó.

Admití que no. Me gusta más leer libros.

Peçanha sacó una caja de puros del cajón y me ofreció uno. Encendimos los puros. Al poco tiempo el ambiente era irrespirable. Los puros eran corrientes, estábamos en verano, las ventanas cerradas, y el aparato de aire acondicionado no funcionaba bien.

*Mujer* no es una de esas publicaciones en color para burguesas que hacen régimen. Está hecha para la mujer de la clase C, que come arroz con frijoles y si engorda es cosa suya. Echa una ojeada.

Peçanha tiró frente a mí un ejemplar del diario. Formato tabloide, encabezados en azul, algunas fotos desenfocadas. Fotonovela, horóscopo, entrevistas con artistas de televisión, corte y costura.

¿Crees que podrías hacer la sección *De mujer a mujer*, nuestro consultorio sentimental? El tipo que lo hacía se despidió.

*De mujer a mujer* estaba firmado por una tal Elisa Gabriela. *Querida Elisa Gabriela, mi marido llega todas las noches borracho y...*

Creo que puedo, dije.

Estupendo. Comienza hoy. ¿Qué nombre quieres usar?

Pensé un poco.

Nathanael Lessa.

¿Nathanael Lessa?, dijo Peçanha, sorprendido y molesto, como si hubiera dicho un nombre feo, u ofendido a su madre.

¿Qué tiene? Es un nombre como otro cualquiera. Y estoy rindiendo dos homenajes.

Peçanha dio unas chupadas al puro, irritado.

Primero, no es un nombre como cualquier otro. Segundo, no es un nombre de la clase C. Aquí sólo usamos nombres que agraden a la clase C, nombres bonitos. Tercero, el diario rinde homenajes sólo a quien yo quiero y no conozco a ningún Nathanael Lessa y, finalmente —la irritación de Peçanha aumentaba gradualmente, como si estuviera sacando algún provecho de ella— aquí, nadie, ni siquiera yo mismo, usa seudónimos masculinos. ¡Mi nombre es María de Lourdes!

Di otra ojeada al diario, inclusive en el directorio. Sólo había nombres de mujer.

¿No te parece que un nombre masculino da más crédito a las respuestas? Padre, marido, médico, sacerdote, patrón, sólo hay hombres diciendo lo que ellas tienen que hacer. Nathanael Lessa pega mejor que Elisa Gabriela.

Es eso justamente lo que no quiero. Aquí se sienten dueñas de su nariz, confían en nosotros, como si fuéramos comadres. Llevo veinticinco años en este negocio. No me vengas con teorías no comprobadas. *Mujer* está revolucionando la prensa brasileña, es un diario diferente que no da noticias viejas de la televisión de ayer.

Estaba tan irritado que no pregunté lo que *Mujer* se proponía. Tarde o temprano me lo diría. Yo sólo quería el empleo.

Mi primo, Machado Figueiredo, que también tiene veinticinco años de experiencia, en el Banco del Brasil, suele decir que está siempre abierto a teorías no comprobadas. Yo sabía que *Mujer* debía dinero al banco. Y sobre de la mesa de Peçanha había una carta de recomendación de mi primo.

Al oír el nombre de mi primo, Peçanha palideció. Dio un mordisco al puro para controlarse, después cerró la boca, pareciendo que iba a silbar, y sus gruesos labios temblaron como si tuviera un grano de pimienta en la lengua. En seguida abrió la boca y golpeó con la uña del pulgar sus dientes sucios de nicotina, mientras me miraba de manera que él debía considerar llena de significados.

Podía añadir Dr. a mi nombre: Dr. Nathanael Lessa.

¡Rayos! Está bien, está bien, rezongó Peçanha entre dientes, empiezas hoy.

Fue así como pasé a formar parte del equipo de *Mujer*.

Mi mesa quedaba cerca de la mesa de Sandra Marina, que firmaba el horóscopo. Sandra era conocida también como Marlene Katia, al hacer entrevistas. Era un muchacho pálido, de largos y ralos bigotes, también conocido como João Albergaria Duval. Había salido hacía poco tiempo de la escuela de comunicaciones y vivía lamentándose, ¿por qué no estudié odontología?, ¿por qué?

Le pregunté si alguien traía las cartas de los lectores a mi mesa. Me dijo que hablara con Jacqueline, en expedición. Jacqueline era un negro grande de dientes muy blancos.

Queda mal que sea yo el único aquí dentro que no tiene nombre de mujer, van a pensar que soy maricón. ¿Las cartas? No hay ninguna carta. ¿Crees que la mujer de la clase C escribe cartas? Elisa inventaba todas.

Apreciado Dr. Nathanael Lessa. Conseguí una beca de estudios para mi hija de diez años, en una escuela elegante de la zona sur. Todas sus compañeritas van al peluquero, por lo menos una vez a la semana. Nosotros no tenemos dinero para eso, mi marido es conductor de autobús de la línea Jacaré-Cajú, pero dice que va a trabajar horas extras para mandar a Tania Sandra, nuestra hijita, al peluquero. ¿No cree usted que los hijos se merecen todos los sacrificios? Madre Dedicada. Villa Kennedy.

Respuesta: Lave la cabeza de su hija con jabón de coco y colóquele papillotes. Queda igual que en el peluquero. De cualquier manera, su hija no nació para ser muñequita. Ni tampoco la hija de nadie. Coge el dinero de las horas extras y compra otra cosa más útil. Comida, por ejemplo.

Apreciado Dr. Nathanael Lessa. Soy bajita, gordita y tímida. Siempre que voy al mercado, al almacén, a la abacería me dejan en la cola. Me engañan en el peso, en el cambio, los frijoles tienen bichos, la harina de maíz está mohosa, cosas así. Acostumbraba sufrir mucho, pero ahora estoy resignada. Dios los está mirando y en el Juicio Final van a pagarlo. Doméstica Resignada. Penha.

Respuesta: Dios no está mirando a nadie. Quien tiene que defenderte eres tú misma. Sugiero que grites, vocees a todo el mundo, que hagas escándalo. ¿No tienes ningún pariente en la policía? Bandido también sirve. Arréglate, gordita.

Apreciado Dr. Nathanael Lessa: Tengo veinticinco años, soy mecanógrafa y virgen. Encontré a ese muchacho que dice que me ama mucho. Trabaja en el Ministerio de Transportes y dice que quiere casarse conmigo, pero que primero quiere probar. ¿Qué te parece? Virgen Loca. Parada de Lucas.

Respuesta: Escucha esto, Virgen Loca, pregúntale al tipo lo que va a hacer si no le gusta la experiencia. Si dice que te planta, dáselo, porque es un hombre sincero. No eres grosella ni caldo de jilo para ser probada, pero hombres sinceros hay pocos, vale la pena intentar. Fe y adelante, firme.

Fui a almorzar.

A la vuelta Peçanha mandó llamarme. Tenía mi trabajo en la mano.

Hay algo aquí que no me gusta, dijo.

¿Qué?, pregunté.

¡Ah! ¡Dios mío!, qué idea la gente se hace de la clase C, exclamó Peçanha, balanceando la cabeza pensativamente, mientras miraba para el techo y ponía boca de silbido. Quienes gustan ser tratadas con palabrotas y puntapiés son las mujeres de la clase A. Acuérdate de aquel lord inglés que dijo que su éxito con las mujeres era porque trataba a las damas como putas y a las putas como damas.

Está bien. ¿Entonces cómo debo tratar a nuestras lectoras?

No me vengas con dialécticas. No quiero que las trates como putas. Olvida al lord inglés. Pon alegría, esperanza, tranquilidad y confianza en las cartas, eso es lo que quiero.

Dr. Nathanael Lessa. Mi marido murió y me dejó una pensión muy pequeña, pero lo que me preocupa es estar sola, a los cincuenta y cinco años de edad. Pobre, fea, vieja y viviendo lejos, tengo miedo de lo que me espera. Solitaria de Santa Cruz.

Respuesta: Graba esto en tu corazón, Solitaria de Santa Cruz: ni dinero, ni belleza, ni juventud, ni una buena dirección dan felicidad. ¿Cuántos jóvenes ricos y hermosos se matan o se pierden en los horrores del vicio? La felicidad está dentro de nosotros, en nuestros corazones. Si somos justos y buenos, encontraremos la felicidad. Sé buena, sé justa, ama al prójimo como a ti misma, sonríe al tesorero del INPS* cuando vayas a recibir tu pensión.

Al día siguiente Peçanha me llamó y me preguntó si podía también escribir la fotonovela. Producíamos nuestras propias fotonovelas, no es fumeti italiano traducido. Elige un nombre.

Elegí Clarice Simone, eran otros dos homenajes, pero no le dije eso a Peçanha.

El fotógrafo de las novelas vino a hablar conmigo.

Mi nombre es Mónica Tutsi, dijo, pero puedes llamarme Agnaldo. ¿Tienes la papa lista?

Papa era la novela. Le expliqué que acababa de recibir el encargo de Peçanha y que necesitaba por lo menos dos días para escribir.

¿Días? Ja, ja, carcajeó, haciendo el ruido de un perro grande, ronco y domesticado, ladrándole al dueño.

¿Dónde está la gracia?, pregunté.

Norma Virginia escribía la novela en quince minutos. Tenía una fórmula

Yo también tengo una fórmula. Ve a dar una vuelta y te apareces por aquí en quince minutos, que tendrás tu novela lista.

¿Qué pensaba de mí ese fotógrafo idiota? Sólo porque yo había sido repórter policial no significaba que fuera una bestia. Si Norma Virginia, o como fuera su nombre, escribía una novela en quince minutos, yo también la escribiría. A fin de cuentas leí todos los trágicos griegos, los ibsens, los o'neals, los beckets, los chejovs, los shakespeares, las four hundred best television plays. Era sólo chupar una idea de aquí, otra de allá, y listo.

Un niño rico es robado por los gitanos y dado por muerto. El niño crece pensando que es un gitano auténtico. Un día encuentra una moza riquísima y los dos se enamoran. Ella vive en una rica mansión y tiene muchos automóviles. El gitanillo vive en un carromato. Las dos familias no quieren que ellos se casen. Surgen conflictos. Los millonarios mandan a la policía prender a los gitanos. Uno de los gitanos es muerto por la policía. Un primo rico de la muchacha es asesinado por los gitanos. Pero el amor de los dos jóvenes enamorados es superior a todas esas vicisitudes. Resuelven huir, romper con las familias. En la fuga encuentran un

---

* INPS: Instituto Nacional de Previsión Social.

monje piadoso y sabio que sacramenta la unión de los dos en un antiguo, pintoresco y romántico convento en medio de un bosque florido. Los dos jóvenes se retiran a la cámara nupcial. Son hermosos, esbeltos, rubios de ojos azules. Se quitan la ropa. Oh, dice la muchacha, ¿qué es ese cordón de oro con medalla claveteada de brillantes que tienes en el pecho? ¡Ella tiene una medalla igual! ¡Son hermanos! ¡Tú eres mi hermano desaparecido!, grita la muchacha. Los dos se abrazan. (Atención, Mónica Tutsi: ¿qué tal un final ambiguo?, haciendo aparecer en la cara de los dos un éxtasis no fraternal, ¿eh? Puedo también cambiar el final y hacerlo más sofocliano: los dos descubren que son hermanos sólo después del hecho consumado; desesperada, la moza salta de la ventana del convento reventándose allá abajo.)

Me gustó tu historia, dijo Mónica Tutsi.

Un pellizco de Romeo y Julieta, una cucharadita de Edipo Rey, dije modestamente.

Pero no sirve para que yo la fotografíe. Tengo que hacer todo en dos horas. ¿Dónde voy a encontrar la rica mansión? ¿Los automóviles? ¿El convento pintoresco? ¿El bosque florido?

Ése es tú problema.

¿Dónde voy a encontrar, continuó Mónica Tutsi, como si no me hubiera oído, los dos jóvenes rubios, esbeltos, de ojos azules? Nuestros artistas son todos medio tirando a mulatos. ¿Dónde voy a encontrar el carromato? Haz otra, muchacho. Vuelvo dentro de quince minutos. ¿Y qué es sofocliano?

Roberto y Betty son novios y van a casarse. Roberto, que es muy trabajador, economiza dinero para comprar un departamento y amueblarlo, con televisión a color, equipo musical, refrigerador, lavadora, enceradora, licuadora, batidora, lavaplatos, tostador, plancha eléctrica y secador de pelo. Betty también trabaja. Ambos son castos. El casamiento está fijado. Un amigo de Roberto, Tiago, le pregunta, ¿te vas a casar virgen?, necesitas ser iniciado en los misterios del sexo. Tiago, entonces, lleva a Roberto a casa de la Superputa Betatrón. (Atención, Mónica Tutsi, el nombre es un toque de ficción científica.) Cuando Roberto llega allí descubre que la Superputa es Betty, su noviecita. ¡Oh! ¡Cielos! ¡Sorpresa terrible! Alguien dirá, tal vez un portero, ¡Crecer es sufrir! Fin de la novela.

Una palabra vale mil fotografías, dijo Mónica Tutsi, estoy siempre en la parte podrida. De aquí a poco vuelvo.

Dr. Nathanael. Me gusta cocinar. Me gusta mucho también bordar y hacer crochet. Y más que nada me gusta ponerme un vestido largo de baile, pintar mis labios de carmesí, darme bastante colorete, ponerme rímel en los ojos. ¡Ah, qué sensación! Es una pena que tenga que quedarme encerrado en mi cuarto. Nadie sabe que me gusta hacer esas cosas. ¿Estoy equivocado? Pedro Redgrave. Tijuca.

Respuesta: ¿Equivocado, por qué? ¿Estás haciendo daño a alguien con eso? Ya tuve otro consultante que, como a ti, también le gustaba vestirse de mujer. Llevaba una vida normal, productiva y útil a la sociedad, tanto que llegó a ser obrero-supervisor. Viste tus vestidos largos, pinta tu boca de escarlata, pon color en tu vida.

Todas las cartas deben ser de mujeres, advirtió Peçanha.

Pero esa es verdadera, dije.

No creo.

Entregué la carta a Peçanha. La miró poniendo cara de policía examinando un billete groseramente falsificado.

¿Crees que es una broma?, preguntó Peçanha.

Puede ser, dije. Y puede no ser.

Peçanha puso su cara reflexiva. Después:

Añade a tu carta una frase animadora, como por ejemplo, escribe siempre.

Me senté a la máquina.

Escribe siempre. Pedro, sé que éste no es tu nombre, pero no importa, escribe siempre, cuenta conmigo. Nathanael Lessa.

Coño, dijo Mónica Tutsi, fui a hacer tu dramón y me dijeron que está calcado de una película italiana.

Canallas, atajo de babosos, sólo porque fui repórter policial me están llamando plagiario.

Calma, Virginia.

¿Virginia? Mi nombre es Clarice Simone, dije. ¿Qué cosa más idiota es esa de pensar que sólo las novias de los italianos son putas? Pues mira, ya conocí una novia de aquéllas realmente serias, era hasta hermana de la caridad, y fueron a ver, también era puta.

Está bien, muchacho, voy a fotografiar esa historia. ¿La Betatrón puede ser mulata? ¿Qué es Betatrón?

Tiene que ser rubia, pecosa. Betatrón es una aparato para la producción de electrones, dotado de gran potencial energético y alta velocidad, impulsado por la acción de un campo magnético que varía rápidamente, dije.

¡Coño! Eso sí que es nombre de Puta, dijo Mónica Tutsi, con admiración, retirándose.

Comprensivo Nathanael Lessa. He usado gloriosamente mis vestidos largos. Y mi boca ha sido tan roja como la sangre de un tigre y el romper de la aurora. Estoy pensando en ponerme un vestido de satén e ir al Teatro Municipal. ¿Qué te parece? Y ahora voy a contarte una gran y maravillosa confidencia, pero quiero que guardes el mayor secreto de mi confesión. ¿Lo juras? Ah, no sé si decirlo o no decirlo. Toda mi vida he sufrido las mayores desilusiones por creer en los demás, Soy básicamente una persona que no perdió su inocencia. La perfidia, la estupidez, la falta de pudor, la bribonería, me dejaron muy impresionada. Oh, cómo me gustaría vivir aislada en un mundo utópico hecho de amor y bondad. Mi sensible Nathanael, déjame pensar. Dame tiempo. En la próxima carta contaré más, tal vez todo. Pedro Redgrave.

Respuesta: Pedro. Espero tu carta, con tus secretos, que prometo guardar en los arcanos inviolables de mi recóndita conciencia. Continúa así, enfrentando altanero la envidia y la insidiosa alevosía de los pobres de espíritu. Adorna tu cuerpo sediento de sensualidad, ejerciendo los desafíos de tu mente valerosa.

Peçanha preguntó:

¿Esas cartas también son verdaderas?

Las de Pedro Redgrave sí.

Extraño, muy extraño, dijo Peçanha golpeando con las uñas en los dientes, ¿qué te parece?

No me parece nada, dije.

Parecía preocupado por algo. Hizo preguntas sobre la fotonovela, sin interesarse, sin embargo, por las respuestas.

¿Qué tal la carta de la cieguita?, pregunté.

Peçanha cogió la carta de la cieguita y mi respuesta y leyó en voz alta: Querido Nathanael. No puedo leer lo que escribes. Mi abuelita adorada me lo lee. Pero no pienses que soy analfabeta. Lo que soy es cieguita. Mi querida abuelita me está escribiendo la carta, pero las palabras son mías. Quiero enviar unas palabras de consuelo a tus lectores, para que ellos, que sufren tanto con pequeñas desgracias, se miren en mi espejo. Soy ciega pero soy feliz, estoy en paz, con Dios y con mis semejantes. Felicidades para todos. Viva el Brasil y su pueblo. Cieguita Feliz. Carretera del Unicornio, Nova Iguaçu. P.S. Olvidé decir que también soy paralítica.

Peçanha encendió un puro. Conmovedor, pero Carretera del Unicornio suena falso. Me parece mejor que pongas Carretera de

Catavento, o algo así. Veamos ahora tu respuesta. Cieguita Feliz, enhorabuena por tu fuerza moral, por tu fe inquebrantable en la felicidad, en el bien, en el pueblo y en el Brasil. Las almas de aquéllos que desesperan en la adversidad deberían nutrirse con tu edificante ejemplo, un haz de luz en las noches de tormenta.

Peçanha me devolvió los papeles. Tienes futuro en la literatura. Esta es una gran escuela. Aprende, aprende, sé aplicado, no te desanimes, suda la camisa.

Me senté a la máquina.

Tesio, banquero, vecino de la Boca do Mato, en Lins de Vasconcelos, casado en segundas nupcias con Frederica, tiene un hijo, Hipólito, del primer matrimonio. Frederica se enamora de Hipólito. Tesio descubre el amor pecaminoso entre los dos. Frederica se ahorca en el mango del patio de la casa. Hipólito pide perdón al padre, huye de casa y vagabundea desesperado por las calles de la ciudad cruel hasta ser atropellado y muerto en la Avenida Brasil.

¿Cuál es la salsa aquí?, preguntó Mónica Tutsi.

Eurípides, pecado y muerte. Voy a contarte una cosa: Yo conozco el alma humana y no necesito de ningún griego viejo para inspirarme. Para un hombre de mi inteligencia y sensibilidad basta sólo mirar en torno. Mírame bien a los ojos. ¿Has visto una persona más alerta, más despierta?

Mónica Tutsi me miró fijo a los ojos y dijo:

Creo que estás loco.

Continué:

Cito los clásicos sólo para mostrar mis conocimientos. Como fui repórter policial, si no lo hiciera no me respetarían los cretinos. Leí miles de libros. ¿Cuántos libros crees que ha leído Peçanha?

Ninguno. ¿La Frederica puede ser negra?

Buena idea. Pero Tesio e Hipólito tienen que ser blancos.

Nathanael. Yo amo, un amor prohibido, un amor vedad. Amo a otro hombre. Y él también me ama. Pero no podemos andar por la calle de la mano, como los demás, besarnos en los jardines y en los cines, como los demás, tumbarnos abrazados en la arena de las playas, como los demás, bailar en las boites, como los demás. No podemos casarnos, como los demás, y juntos enfrentar la vejez, la enfermedad y la muerte, como los demás. No tengo fuerzas para resistir y luchar. Es mejor morir. Adiós. Ésta es mi última carta. Manda decir una misa por mí. Pedro Redgrave.

Respuesta: ¿Qué es eso, Pedro? ¿Vas a desistir ahora que encontraste tu amor? Oscar Wilde sufrió el demonio, fue desmoralizado, ridiculizado, humillado, procesado, condenado, pero aguantó la embestida. Si no puedes casarte, arrímate. Hagan testamento, uno a favor del otro. Defiéndanse. Usen la ley y el sistema en su beneficio. Sean, como los demás, egoístas, encubridores, implacables, intolerantes e hipócritas. Exploten. Expolien. Es legítima defensa. Pero, por favor, no hagan ninguna locura.

Mandé la carta y la respuesta a Peçanha. Las cartas sólo eran publicadas con su visto bueno.

Mónica Tutsi apareció con una muchacha.

Ésta es Mónica, dijo Mónica Tutsi.

Qué coincidencia, dije.

¿Qué coincidencia, qué?, preguntó la muchacha Mónica.

Que tengan el mismo nombre, dije.

¿Se llama Mónica?, preguntó Mónica apuntando al fotógrafo.

Mónica Tutsi. ¿Tú también eres Tutsi?

No. Mónica Amelia.

Mónica Amelia se quedó royendo una uña y mirando a Mónica Tutsi.

Tú me dijiste que tu nombre era Agnaldo, dijo ella.

Allá afuera soy Agnaldo. Aquí dentro soy Mónica Tutsi.

Mi nombre es Clarice Simone. dije.

Mónica Amelia nos observó atentamente, sin entender nada. Veía dos personas circunspectas, demasiado cansadas para bromas, desinteresadas del propio nombre.

Cuando me case mi hijo, o mi hija, va a llamarse Hei Psiu, dije.

¿Es un nombre chino?, preguntó Mónica.

O bien Fiu Fiu, silbé.

Te estás volviendo nihilista, dijo Mónica Tutsi, retirándose con la otra Mónica.

Nathanael. ¿Sabes lo que es dos personas que se gustan? Éramos nosotros dos, María y yo. ¿Sabes lo que es dos personas perfectamente sincronizadas? Éramos nosotros dos, María y yo. Mi plato predilecto es arroz, frijoles, col a la mineira, farofa y chorizo frito. ¿Imaginas cuál era el de María? Arroz, frijoles, col a la mineira, farofa y chorizo frito. Mi piedra preciosa preferida es el Rubí. La de María, verás, era también el Rubí. Número de la suerte, el 7; color, el Azul; día, el Lunes; película, del Oeste; libro, *El Principito*; bebida, Cerveza; colchón, el Anatón; equipo, el Vasco da Gama; música, la Samba; pasatiempo, el Amor; todo igualito entre ella y yo, una maravilla. Lo que hacíamos en la cama, muchacho, no es para presumir, pero si fuera en el circo y cobráramos la entrada nos hacíamos ricos. En la cama ninguna pareja jamás fue alcanzada por tanta locura resplandeciente, fue capaz de performance tan hábil, imaginativa, original, pertinaz, esplendorosa y gratificante como la nuestra. Y repetíamos varias veces por día. Pero no era sólo eso lo que nos unía. Si te faltara una pierna continuaría amándote, me decía. Si tú fueras jorobada no dejaría de amarte, respondía yo. Si fueras sordomudo continuaría amándote, decía ella. Si tú fueras bizca no dejaría de amarte, yo respondía. Si estuvieras barrigón y feo continuaría amándote, decía ella. Si estuvieras toda marcada de viruela no dejaría de amarte, yo respondía. Si fueras viejo e impotente continuaría amándote, decía ella. Y estábamos intercambiando estos juramentos cuando un deseo de ser verdadero me golpeó, hondo como una puñalada, y le pregunté, ¿y si no tuviera dientes, me amarías?, y ella respondió, si no tuvieras dientes continuaría amándote. Entonces me saqué la dentadura y la puse encima de la cama, con un gesto grave, religioso y metafísico. Quedamos los dos mirando la dentadura sobre la sábana, hasta que María se levantó, se puso un vestido y dijo, voy a comprar cigarros. Hasta hoy no ha vuelto. Nathanael, explícame qué fue lo que sucedió. ¿El amor acaba de repente? ¿Algunos dientes, miserables pedacitos de marfil, valen tanto? Odontos Silva.

Cuando iba a responder apareció Jacqueline y dijo que Peçanha me estaba llamando.

En la oficina de Peçanha había un hombre con gafas y patillas.

Éste es el Dr. Pontecorvo, que es..., ¿qué es usted realmente?, preguntó Peçanha.

Investigador motivacional, dijo Pontecorvo. Como iba diciendo, hacemos primero un acopio de las características del universo que estamos investigando. Por ejemplo: ¿quiénes son los lectores de Mujer? Vamos a suponer que es mujer y de la clase C. En nuestras investigaciones anteriores ya estudiamos todo sobre la mujer de la clase C, dónde compra sus alimentos, cuántas bragas tiene, a qué hora hace el amor, a qué horas ve la televisión, los programas de televisión que ve, en suma, un perfil completo.

¿Cuántas bragas tiene?, preguntó Peçanha.

Tres, respondió Pontecorvo, sin vacilar.

¿A qué hora hace el amor?

A las veintiuna treinta, respondió Pontecorvo con prontitud.

¿Y cómo descubren ustedes todo eso? ¿Llaman a la puerta de doña Aurora, en el conjunto residencial del INPS, abre la puerta y ustedes le dicen a qué hora se echa su acostón? Escucha, amigo mío, estoy en este negocio hace veinticinco años y no necesito a nadie para que me diga cuál es el perfil de la mujer de la clase C. Lo sé por experiencia propia. Ellas compran mi diario, ¿entendiste? Tres bragas... ¡Ja!

Usamos métodos científicos de investigación. Tenemos sociólogos, psicólogos, antropólogos, especialistas en estadísticas y matemáticos en nuestro staff, dijo Pontecorvo, imperturbable.

Todo para sacar dinero a los ingenuos, dijo Peçanha con no disimulado desprecio.

Además, antes de venir para acá, recogí algunas informaciones sobre su diario, que creo pueden ser de su interés, dijo Pontecorvo.

¿Y cuánto cuesta?, preguntó Peçanha con sarcasmo.

Se la doy gratis, dijo Pontecorvo. El hombre parecía de hielo. Hicimos una miniinvestigación sobre sus lectores y, a pesar del tamaño reducido de la muestra, puedo asegurarle, sin sombra de duda, que la gran mayoría, la casi totalidad de sus lectores, está compuesta por hombres, de la clase B.

¿Qué?, gritó Peçanha.

Eso mismo, hombres, de la clase B.

Primero, Peçanha se puso pálido. Después se fue poniendo rojo, y después violáceo, como si lo estuvieran estrangulando, la boca abierta, los ojos desorbitados, y se levantó de su silla y caminó tambaleante, los brazos abiertos, como un gorila loco en dirección a Pontecorvo. Una imagen impactante, incluso para un hombre de acero como Pontecorvo, incluso para un ex-repórter policial. Pontecorvo retrocedió ante el avance de Peçanha hasta que, con la espalda en la pared, dijo, intentando mantener la calma y compostura: Tal vez nuestros técnicos se hayan equivocado.

Peçanha, que estaba a un centímetro de Pontecorvo, tuvo un violento temblor y, al contrario de lo que yo esperaba, no se tiró sobre el otro como un perro rabioso. Agarró sus propios cabellos y comenzó a arrancárselos, mientras gritaba: farsantes, estafadores, ladrones, aprovechados, mentirosos, canallas. Pontecorvo, ágilmente, se escabulló en dirección a la puerta, mientras Peçanha corría tras él arrojándole los mechones de pelo que había arrancado de su propia cabeza. ¡Hombres! ¡Hombres! ¡Clase B!, graznaba Peçanha, con aire alocado.

Después, ya totalmente sereno —creo que Pontecorvo huyó por las escaleras—, Peçanha, nuevamente sentado detrás de su escritorio, me dijo: Es a ese tipo de gente a la que el Brasil está entregado, manipuladores de estadísticas, falsificadores de informaciones, patrañeros con sus computadoras creando todos la Gran Mentira. Pero conmigo no podrán. Puse al hipócrita en su sitio, ¿o no?

Dije cualquier cosa, concordando. Peçanha sacó la caja de mata-ratas del cajón y me ofreció uno. Permanecimos fumando y conversando sobre la Gran Mentira. Después me dio la carta de Pedro Redgrave y mi respuesta, con su visto bueno, para que la llevara a composición.

En mitad del camino verifiqué que la carta de Pedro Redgrave no era la que yo le había enviado. El texto era otro:

Apreciado Nathanael, tu carta fue un bálsamo para mi corazón afligido. Me dio fuerzas para resistir. No haré ninguna locura, prometo que...

La carta terminaba ahí. Había sido interrumpida en la mitad. Extraño. No entendí. Había algo equivocado.

Fui a mi mesa, me senté y comencé a escribir la respuesta al Odontos Silva:

Quien no tiene dientes tampoco tiene dolor de dientes. Y como dijo el héroe de la conocida pieza *Mucho ruido y pocas nueces*, nunca hubo un filósofo que pudiera aguantar con paciencia un dolor de dientes. Además de eso, los dientes son también instrumentos de venganza, como dice el Deuteronomio: ojo por ojo, diente por diente, mano por mano, pie por pie. Los dientes son despreciados por los dictadores. ¿Recuerdas lo que dijo Hitler a Mussolini sobre un nuevo encuentro con Franco?: Prefiero arrancarme cuatro dientes. Temes estar en la situación del héroe de aquella obra *Todo está bien si al final nadie se equivoca*, sin dientes, sin gusto, sin todo. Consejo: ponte los dientes nuevamente y muerde. Si la dentellada no fuera buena, da puñetazos y puntapiés.

Estaba en la mitad de la carta del Odontos Silva cuando comprendí todo. Peçanha era Pedro Redgrave. En vez de devolverme la carta en que Pedro me pedía que mandara rezar una misa y que yo le había entregado junto con mi respuesta hablando sobre Oscar Wilde, Peçanha me entregó una nueva carta, inacabada, ciertamente por equivocación, y que debía de llegar a mis manos por correo.

Cogí la carta de Pedro Redgrave y fui a la oficina de Peçanha.

¿Puedo entrar?, pregunté.

¿Qué hay? Entra, dijo Peçanha.

Le entregué la carta de Pedro Redgave. Peçanha leyó la carta y advirtiendo el equívoco que había cometido, palideció, como era su natural. Nervioso, revolvió los papeles de su mesa.

Todo era una broma, dijo después, intentando encender un puro. ¿Estás disgustado?

En serio o en broma, me da lo mismo, dije.

Mi vida da para una novela..., dijo Peçanha. Esto queda entre nosotros, ¿de acuerdo?

Yo no sabía bien lo que él quería que quedara entre nosotros, que su vida daba para una novela o que él era Pedro Redgrave. Pero respondí:

Claro, sólo entre nosotros.

Gracias, dijo Peçanha. Y dio un suspiro que cortaría el corazón de cualquiera que no fuera un ex-repórter policial.

# Echando a perder

Estaba medio jodido sin conseguir empleo y afligido por vivir a costas de Mariazinha, que era costurera y defendía una lana escasa que mal daba para ella y la hija. De noche ni tenía ya gracia en la cama, preguntándome, ¿conseguiste algo?, ¿tuviste más suerte hoy?, y yo lamentándome que nadie quería emplear a un tipo con mal expediente; sólo un malandrín como el Porquinho que estaba queriendo que yo fuera a recogerle un estraperlo en Bolivia, pero en ese negocio yo podía entrar bien, sólo que si me cogían de nuevo me echaba unos veinte años. Y el Porquinho respondía, si prefieres seguir chuleando a la costurera, es problema tuyo. El hijo de puta no sabía cómo era allá adentro, sin haber entrado nunca al bote; fueron cinco años y cuando yo pensaba en ellos parecía que no había hecho otra cosa en toda mi vida, desde muchachito, sino estar encerrado en la cárcel, y pensando en eso fue como dejé al Porquinho rebajarme frente a dos comemierdas, muriendo de odio y vergüenza. Y ese mismo día, para mal de mis pecados, cuando llegó a casa la Mariazinha me dice que quiere hablar seriamente conmigo, que la niña necesitaba un padre y que yo no aparecía por la casa, y la vida estaba mal y difícil, y que me pedía permiso para buscarse otro hombre, un trabajador que la ayudara. Yo pasaba los días fuera, con vergüenza de verla sudando sin parar sobre la máquina de coser y yo sin dinero y sin trabajo, y me dieron ganas de romperle la cara a aquella hija de puta, pero ella tenía razón y dije, tienes razón, y preguntó si no le iba a pegar y dije que no, y dijo si quería que hiciera alguna cosa para que comiera y dije que no, que no tenía hambre, y me había quedado realmente sin hambre, a pesar de haber pasado todo el día sin oler un plato.

Comencé a buscar trabajo, aceptando lo que diera y viera, menos complicaciones con los del orden, pero no estaba fácil. Fui al mercado, fui a los bancos de sangre, fui a esos lugares que siempre dan para levantar algo, fui de puerta en puerta ofreciéndome de limpiador, pero todo el mundo estaba escamado pidiendo referencias, y referencias yo sólo tenía del director del presidio. La situación estaba negra y yo perdiendo casi la cabeza, cuando me encontré con un compadre mío que había sido gorila conmigo en una boite de Copacabana y dijo que conocía a un pinta que estaba necesitando un tipo como yo, bragado y decidido. Callé que había estado en la cárcel, dije que había vivido trapicheando en São Paulo y ahora estaba de vuelta y él dijo, voy a llevarte allí ahora. Llegamos a la boite y mi compa me presentó al dueño, que preguntó, ¿has trabajado en esto? Respondí que sí y él preguntó si conocía gente de la policía y le dije que sí, sólo que yo de un lado y ellos del otro, pero eso no se lo dije, y el dueño habló, no quiero blanduras, esta zona es brava, y yo dije, déjame a mí, ¿cuándo empiezo?, y él respondió, hoy mismo; maricón loco, negro y traficante no entran, ¿entendiste?

Fui corriendo para casa a dar la buena noticia a Mariazinha y ella no me dejó ni hablar, en seguida me fue diciendo que había encontrado un hombre, un sujeto decente y trabajador, carpintero de la tienda de un judío de la calle del Catete, y quería casarse con ella. Puta mierda. Sentí un vacío por dentro, y Mariazinha dijo, pues claro, con tu pasado nunca vas a encontrar trabajo, habiendo estado tanto tiempo preso, y el Hermenegildo es muy bueno y siguió hablando bien del hombre que había encontrado; oí todo y no sé por qué, creo que por consideración a Mariazinha, no le dije que al fin había encontrado empleo, la pobre ya debía estar harta de mí. Dije sólo que quería tener una charla con el tal Hermenegildo y me pidió que no, por favor, tiene miedo de ti porque estuviste en la cárcel, y respondí, ¿miedo?, coño, lo que debía de tener es pena, dame la dirección del tipo.

Trabajaba en una tienda de muebles y cuando llegué allí estaba esperándome con dos colegas más y vi que todos estaban asustados, con porras de madera cerca de la mano y yo dije, manda tus colegas fuera, vine a conversar en paz, y los tipos salieron y él me contó que era cearense y que quería casarse con una mujer honesta y trabajadora, siendo él también honesto y trabajador, que le gustaba Marizinha y él a ella. Fuimos al tugurio, después de que le pidió permiso al Isaac, y tomamos una cerveza y allí está otro hijo de puta al que yo debía de matar a golpes, pero lo que estaba haciendo era entregarle a mi mujer, puta madre.

Volví a casa de Mariazinha. Había hecho un envoltorio con mis cosas, no era un envoltorio grande, lo coloqué bajo el brazo, Mariazinha estaba con el pelo recogido y con un vestido que me gustaba y me dolió el corazón cuando apreté su mano, pero sólo dije adiós.

Anduve por la ciudad con el envoltorio bajo el brazo, haciendo tiempo, y después fui para la boite. El dueño me buscó un traje oscuro y una corbata y me mandó que me quedara en la puerta. Estaba allí recostado para cansarme menos cuando llegó un mariconazo vestido de mujer, peluca, joyas, carmín, senos postizos, todos los perifollos, y dije, no puede entrar, señora. ¿Señora?, no seas bestia, gentuza, dijo, torciendo la boca con desprecio. Pues no entra, olvídelo, dije, permaneciendo en la puerta. ¿Sabes con quién estás hablando?, preguntó el maricón. Dije, no señora y no me interesa, puede ser hasta la madre del año que no entra. Creo que en medio de esta plática alguien fue a llamar al dueño, pues apareció en la puerta y le habló al puto, disculpe, el portero no le reconoció, disculpe, tenga la bondad de entrar, todo fue una equivocación, y todo mesurado invitó a entrar al maricón y lo fue acompañando hasta adentro. Después volvió y dijo, con cara de pocos amigos, que había impedido la entrada a un tipo importante. Para mí, travestí es travestí y quien mandó que les impidiera entrar fue usted mismo, dije. Carajo, dijo el dueño, ¿en qué lugar aprendiste el oficio? ¿Pero es que no sabes que existen maricones en las altas esferas y que no se les impide el paso?; mira a ver si usas un poco de inteligencia, no por ser gorila de un club tienes que ser tan burro. Vamos a ver si entendí, dije, picado porque había llamado a aquel cagajón señor mientras él me había llamado burro, vamos a ver si entendí bien, yo impido pasar a todos los invertidos menos a aquéllos que son sus amiguitos, pero el problema es saber quiénes son sus com-pinches, ¿no es verdad? Y finalmente, ¿por qué no dejar a los invertidos, los que no son importantes, entrar?, también son hijos de Dios, y otra cosa, las personas que tienen rabia a los maricones, lo que tienen en verdad es miedo de pasarse a la acera de enfrente. El dueño me miró con coraje y susto y graznó entre dientes, después hablamos. Vi en seguida que el canalla iba a echarme al final de la jornada y me iba a quedar de nuevo en la calle de la amargura. Puta madre.

Fue entrando gente, aquello era una mina, el mundo estaba lleno de idiotas que se tragaban cualquier porquería siempre que el precio fuera caro. Pero aquellos tipos, para tener aquella lana, tenían que estar pisando a alguien, ya verán aquí al imbécil jodido, a sus órdenes, gracias.

Debían de ser las tres y allá adentro todas las mesas estaban ocupadas, la pista llena de gente bailando, la música estridente, cuando el camarero llegó a la puerta y dijo, el patrón está llamando. El patrón es un carajo, dije, pero fui tras el camarero. El dueño de la casa estaba en el bar y dijo apuntando a una de las mesas, aquel sujeto se está portando de manera inconveniente, échalo. De lejos identifiqué al tipejo, uno de ésos que de vez en cuando le da por hacerse el macho desesperado indomable, pero no pasa de ser un baboso queriendo impresionar a las niñas y allí estaba ella, la niña, agarrada al brazo del hombrón y él fingiendo la furia sanguinaria, tirando una que otra silla al suelo. Yo me como a esos tipos. Ya había puesto fuera a un montón, en la época de gorila, basta cogerlos por la ropa, ni hace falta mucha fuerza, que ellos van saliendo en seguida, hablan alto, protestan, amenazan, pero no dan ningún trabajo, no son nada, es lo único que hacen, y al día siguiente le cuentan a los amigos que cerraron la boite y que no me rompieron la cabeza únicamente porque la chica no los dejó. Entonces me acordé del dueño de la casa, me pondría realmente a la calle, puta madre, estaba cansado de que abusaran de mí, y allí delante estaba aquella pagoda china, llena de brillos y espejos, para ser destrozada, ¿iba a dejar pasar la oportunidad? Le dije al bestia, sólo para irritar, ¿está nerviocito?, tú y tu puta de al lado se me van largando ya. ¿Y qué tal que el idiota se arrugó y fue saliendo mansamente? Pero mi suerte quería que me encontrara con tres tipos grandulones, encarándome, locos por desgraciarme, y al momento le dije al más feo, ¿qué me ves?, ¿quieres llevarte un madrazo? Para poder forzarlos a decidirse le di un madrazo mero en medio de los cuernos a la mujer que estaba con ellos. Entonces ocurrió la cagada, estalló el desorden como un trueno, de repente había diez tipos peleando, el negro que llevaba las sobras también daba y entraba en el conflicto, corrí hacia adentro del bar y no sobró una botella, las lámparas se fueron al carajo, la luz se apagó, un huracán tremendo que cuando acabó sólo dejó en pie las paredes de ladrillo. Después que la policía llegó y se marchó, le dije al dueño de la casa, vas a pagarme el hospital y el dentista también, creo que perdí tres dientes en este rollo, me reventé para defender tu casa, merezco una lana de gratificación que, pensándolo bien, la quiero ahora mismo. Ahora. El dueño de la casa estaba sentado, se levantó, fue a la caja, cogió un paquete de dinero y me lo dio. Cogí mi envoltorio y me fui. Puta madre.

# Paseo nocturno

*Parte I*

Llegué a casa con el portafolios lleno de papeles, informes, estudios, investigaciones, propuestas, contratos. Mi mujer, jugando solitario en la cama, un vaso de güisqui en la mesita de noche, dijo, sin quitar los ojos de las cartas, tienes un aire cansado. Los sonidos de la casa: mi hija en su cuarto ensayando modulación de voz, la música cuadrafónica del cuarto de mi hijo. ¿No vas a dejar esa maleta?, preguntó mi mujer, quítate esa ropa, bébete un güisquito, necesitas aprender a relajarte.

Fui a la biblioteca, el lugar de la casa donde me gustaba quedar aislado y como siempre no hice nada. Abrí el volumen de investigaciones sobre el escritorio, no vi las letras ni los números, sólo esperaba. No paras de trabajar, apuesto que tus socios no trabajan ni la mitad y ganan lo mismo, entró mi mujer con el vaso en la mano, ¿ya puedo mandar que sirvan la cena?

La camarera servía a la francesa, mis hijos habían crecido, mi mujer y yo estábamos gordos. Es aquél vino que te gusta, chasqueó la lengua con placer. Mi hijo me pidió dinero a la hora del café, mi hija me pidió dinero a la hora de los licores. Mi mujer no pidió nada, teníamos cuenta bancaria conjunta.

¿Vamos a dar una vuelta en el carro?, invité. Sabía que no iría, era la hora de la novela. No sé qué gracia le encuentra a pasear en carro todas las noches, también aquel carro costó una fortuna, tiene que ser usado, es que yo cada vez me apego menos a los bienes materiales, mi mujer respondió.

Los carros de los niños bloqueaban la puerta del garaje, impidiendo que sacara el mío. Saqué los carros de los dos, los puse en la calle, saqué el mío, lo puse en la calle, metí nuevamente los dos carros al garaje, cerré la puerta, todas esas maniobras me pusieron ligeramente irritado, pero al ver las defensas salientes de mi carro, el refuerzo especial doble de acero cromado, sentí el corazón latir acelerado de euforia. Metí la llave en el arranque, era un motor poderoso que generaba su fuerza en silencio, escondido en el capó aerodinámico. Salí, como siempre, sin saber a dónde ir, tenía que ser una calle desierta, en esta ciudad que tiene más gente que moscas. En la avenida Brasil, allí no podía ser, había mucho movimiento. Llegué a una calle mal iluminada, llena de árboles oscuros, el lugar ideal. ¿Hombre o mujer? Realmente no había gran diferencia, pero no aparecía nadie en condiciones, empecé a ponerme tenso, eso siempre ocurría, hasta me gustaba, el alivio era mayor. Entonces vi a la mujer, podía ser ella, aunque una mujer fuera menos emocionante, por ser más fácil. Caminaba rápido, cargando un envoltorio de papel ordinario, cosas de panadería o de verdulería, iba con falda y blusa, tenía prisa, había árboles en la banqueta, cada veinte metros, un interesante problema que exige una gran dosis de pericia. Apagué las luces del carro y aceleré. Sólo percibió que me le echaba encima cuando oyó el sonido de la goma de los neumáticos golpeando en el bordillo. Golpeé a la mujer arriba de las rodillas, exactamente en medio de las dos piernas, un poco más sobre la izquierda, un golpe perfecto, oí el ruido del impacto partiendo los dos huesazos, di un giro rápido hacia la izquierda, pasé como un cohete rozando uno de los árboles y me deslicé con los neumáticos cantando de vuelta hacia el asfalto. Motor bueno, el mío, iba de cero a cien kilómetros en nueve segundos. Todavía alcancé a ver que el cuerpo todo descoyuntado de la mujer había ido a parar, lleno de sangre, encima de un muro, de esos bajitos de casa de suburbio.

Examiné el carro en el garaje. Corrí orgullosamente la mano con suavidad por las salpicaderas, las defensas sin marcas. Pocas personas en el mundo entero igualaban mi habilidad en el uso de estas máquinas.

La familia estaba viendo la televisión. Diste tu vueltecita, ¿ahora estás más tranquilo?, preguntó mi mujer, acostada en el sofá, mirando fijamente la pantalla. Voy a dormir, buenas noches a todos, respondí, mañana voy a tener un día terrible en la oficina.

# Paseo nocturno

*Parte II*

Iba para mi casa cuando un carro se acercó al mío, tocando la bocina insistentemente. Una mujer conducía, bajé el vidrio del carro para entender lo que decía. Una bocanada de aire caliente entró con el sonido de su voz: ¿Qué ya no conoces a nadie?

Nunca había visto a aquella mujer. Sonreí cortésmente. Los carros de atrás tocaron el claxon. La avenida Atlántica a las siete de la noche está muy movida.

La mujer, moviéndose en el asiento del carro, colocó el brazo derecho fuera y dijo, mira, un regalito para ti.

Estiré el brazo, y puso un papel en mi mano. Después arrancó, dando una carcajada.

Guardé el papel en el bolsillo. Al llegar a casa fui a ver lo que tenía escrito. Ángela, 287-3594.

Por la noche salí, como siempre hago.

Al día siguiente telefoneé. Una mujer contestó. Pregunté si estaba Ángela. No estaba. Había ido a su clase. Por la voz, se veía que debía ser la criada. Pregunté si Ángela era estudiante. Es artista, contestó la mujer.

Llamé más tarde. Ángela contestó.

Soy el tipo aquel del Jaguar negro, dije.

¿Sabes que no logré identificar tu carro?

Te recojo a las nueve para que cenemos, dije.

Espera, calma. ¿Qué fue lo que pensaste de mí?

Nada.

¿Yo te ligo en la calle y no pensaste nada?

No. ¿Cuál es tu dirección?

Vivía en la Lagoa, en la curva de Cantagalo. Un buen lugar.

Pregunté dónde quería cenar. Ángela respondió que en cualquier restaurante, siempre que fuera fino. Estaba muy diferente. Usaba un maquillaje pesado, que volvía su rostro más experto, menos humano.

Cuando telefoneé la primera vez me dijeron que habías ido a clase. ¿Clase de qué?, dije.

Modulación de voz.

Tengo una hija que también estudia modulación de voz. Eres actriz, ¿verdad?

Sí. De cine.

Me gusta mucho el cine ¿Qué películas has hecho?

Sólo hice una, que ahora está en fase de montaje. El título es medio bobo, *Las vírgenes chifladas*, no es una película muy buena, pero estoy empezando, puedo esperar, sólo tengo veinte años.

En la semi-oscuridad del carro parecía tener veinticinco.

Paré el carro en la Bartolomé Mitre y fuimos caminando en dirección al restaurante Mario, en la calle Ataulfo de Paiva.

Se pone muy lleno frente al restaurante, dije.

El portero guarda el carro, ¿no sabías?, dijo.

Lo sé muy bien. Una vez me lo abolló.

Cuando entramos, Ángela lanzó una mirada desdeñosa sobre las personas que estaban en el restaurante. Yo nunca había ido a aquel lugar. Intenté ver a algún conocido. Era temprano y había pocas personas. En una mesa un hombre de mediana edad con un muchacho y una chica. Sólo otras tres mesas estaban ocupadas, con parejas entretenidas en sus conversaciones. Nadie me conocía.

Ángela pidió un martini.

¿Tú no bebes?, Ángela preguntó.

A veces.

Ahora dime, hablando en serio, ¿de veras no pensaste nada cuando te pasé el papelito?

No. Pero si quieres, pienso ahora, dije.

Sí, Ángela dijo.

Existen dos hipótesis. La primera es que me viste en el carro y te interesaste por mi perfil. Eres una mujer agresiva, impulsiva y decidiste conocerme. Una cosa instintiva. Arrancaste un pedazo de papel de un cuaderno y escribiste rápidamente el nombre y el teléfono. Por cierto, casi no pude descifrar el nombre que escribiste.

¿Y la segunda hipótesis?

Que eres una puta y sales con una bolsa llena de pedazos de papel escritos con tu nombre y tu teléfono. Cada vez que encuentras un tipo en un carro grande, con cara de rico e idiota, le das el número. Por cada veinte papelitos distribuidos, unos diez te telefonean.

¿Y cuál es la hipótesis que escoges?, Ángela dijo.

La segunda. Que eres puta, dije.

Ángela siguió bebiendo su martini como si no hubiera oído lo que dije. Bebí mi agua mineral. Me miró, queriendo demostrar su superioridad, levantando la ceja —era mala actriz, se veía que estaba perturbada— y dijo: tú mismo reconociste que era un papelito escrito de prisa dentro del carro, casi ilegible.

Una puta inteligente prepararía todos los papelitos en casa, de la misma manera, antes de salir, para engañar a los clientes, dije.

¿Y si te jurara que la primera hipótesis es la verdadera? ¿Lo creerías?

No. O mejor, no me interesa, dije.

¿Cómo que no te interesa?

Estaba intrigada y no sabía qué hacer. Quería que yo dijera algo que la ayudara a tomar una decisión.

Simplemente no interesa. Vamos a cenar, dije.

Con un gesto llamé al maitre. Escogimos la comida.

Ángela se tomó dos martinis más.

Nunca fui tan humillada en mi vida. La voz de Ángela sonaba ligeramente pastosa.

Si yo fuera tú no bebería más, para poder quedar en condiciones de huir de mí, cuando sea necesario, dije.

Yo no quiero huir de ti, dijo Ángela vaciando de un trago lo que quedaba en el vaso. Quiero otro.

Aquella situación, ella y yo dentro del restaurante, me aburría. Después iba a ser bueno. Pero platicar con Ángela no significaba nada para mí, en ese momento interlocutorio.

¿Y qué haces tú?

Controlo la distribución de tóxicos en la zona sur, dije.

¿Es verdad?

¿No viste mi carro?

Puedes ser industrial.

Escoge tu hipótesis. Yo escogí la mía, dije.

Industrial.

Fallaste. Traficante. Y no me está gustando este foco de luz sobre mi cabeza. Me recuerda las veces que estuve preso.

No creo ni una sola palabra de lo que dices.

Ahora yo hice una pausa.

Tienes razón. Todo es mentira. Mira bien mi rostro. Ve si consigues descubrir alguna cosa, dije.

Ángela me tocó levemente la mandíbula, levantando mi rostro hacia el rayo de luz que bajaba del techo y me miró intensamente.

No veo nada. Tu rostro parece el retrato de alguien haciendo una pose, un retrato antiguo, de un desconocido, dijo Ángela.

Ella también parecía el retrato antiguo de un desconocido.

Miré el reloj.

¿Nos vamos?, dije.

Entramos al carro.

A veces pensamos que una cosa va a salir bien y sale mal, dijo Ángela.

La luna ponía en la laguna una estela plateada que acompañaba el carro. Cuando era niño y viajaba de noche la luna siempre me acompañaba, traspasando las nubes, por más que el carro corriera.

Voy a dejarte un poco antes de tu casa, dije.

¿Por qué?

Soy casado. El hermano de mi mujer vive en tu edificio. ¿No es aquél que queda en la curva? No me gustaría que él me viera. Conoce mi carro. No hay otro igual en Rio.

¿No vamos a vernos más?, Ángela preguntó.

Me parece difícil.

Todos los hombres se apasionan por mí.

Lo creo.

Y tú no eres la gran cosa. Tu carro es mejor que tú, dijo Ángela.

Uno completa al otro, dije.

Bajó. Fue andando por la acera lentamente, demasiado fácil, y encima mujer, pero yo tenía que ir en seguida para casa, ya se estaba haciendo tarde.

Apagué las luces y aceleré el carro. Tenía que golpearla y pasar por encima. No podía correr el riesgo de dejarla viva. Ella sabía mucho respecto de mí, era la única persona que había visto mi rostro, entre todas las otras. Y conocía también mi carro. Pero, ¿cuál era el problema? Nadie había escapado.

Golpeé a Ángela con el lado izquierdo de la salpicadera, arrojando su cuerpo un poco adelante, y pasé, primero con la rueda delantera —y sentí el sordo sonido de la frágil estructura del cuerpo despedazándose— y Luego atropellé con la rueda trasera, un golpe de misericordia, porque ya estaba liquidada, sólo que tal vez aun sintiera un distante resto de dolor y perplejidad.

Cuando llegué a casa mi mujer estaba viendo la televisión, una película en colores, doblada.

Hoy tardaste más. ¿Estabas muy nervioso?, dijo.

Estaba. Pero ya pasó. Ahora voy a dormir. Mañana voy a tener un día terrible en la oficina.

# El otro

Llegaba todos los días a la oficina a las ocho treinta de la mañana. El carro paraba a la puerta del edificio y yo bajaba, andaba diez o quince metros y entraba.

Como todo ejecutivo, pasaba las mañanas llamando por teléfono, leyendo memorandos, dictando cartas a mi secretaria y exasperándome con problemas. Cuando llegaba la hora del almuerzo, había trabajado duramente. Pero siempre tenía la impresión de que no había hecho nada útil.

Almorzaba en una hora, a veces en hora y media, en uno de los restaurantes de las proximidades y volvía al despacho. Había días que hablaba más de cincuenta veces por teléfono. Las cartas eran tantas que mi secretaria, o uno de los asistentes, firmaba por mí. Y siempre, al final del día, tenía la impresión de que no había hecho nada de lo que necesitaba haber hecho. Iba contra reloj. Cuando había una fiesta, a mitad de la semana, me irritaba, pues era menos tiempo el que tenía. Llevaba diariamente trabajo para casa, allí podía traducir mejor, no me llamaban tanto por teléfono.

Un día comencé a sentir una fuerte taquicardia. Además, ese mismo día, al llegar por la mañana al despacho, surgió a mi lado, en la acera, un sujeto que me acompañó hasta la puerta diciendo, "doctor, doctor, ¿podría usted ayudarme?" Le di unas monedas y entré. Poco después, cuando estaba hablando por teléfono con São Paulo, mi corazón se disparó. Durante algunos minutos latió con un ritmo fortísimo, dejándome extenuado. Tuve que tumbarme en el sofá, hasta que pasó. Estaba atontado, sudaba mucho, casi me desmayé.

Esa misma tarde fui al cardiólogo. Me hizo un examen minucioso, inclusive un electrocardiograma de esfuerzo y, al final, dijo que necesitaba bajar de peso y cambiar de vida. Me hizo gracia. Entonces me recomendó que dejara de trabajar algún tiempo, pero le dije que eso, también, era imposible. Finalmente, me prescribió un régimen alimenticio y me mandó que caminara por lo menos dos veces al día.

Al día siguiente, a la hora del almuerzo, cuando fui a dar la caminata recetada por el médico, el mismo sujeto de la víspera me detuvo pidiéndome dinero. Era un hombre blanco, fuerte, de pelo castaño largo. Le di algún dinero y proseguí.

El médico había dicho, con franqueza, que si no tenía cuidado, en cualquier momento podría tener un infarto. Tomé dos tranquilizantes aquel día, pero eso no fue suficiente para dejarme totalmente libre de tensión. Por la noche no llevé trabajo para casa. Pero el tiempo no pasaba. Intenté leer un libro, pero mi atención estaba en otra parte, en la oficina. Encendí la televisión, pero no logré aguantar más de diez minutos. Volví a mi caminata, después de la cena, y me quedé impaciente sentado en un sillón, leyendo los diarios, irritado.

A la hora del almuerzo el mismo sujeto se emparejó conmigo, pidiendo dinero: "¿Pero, todos los días?", pregunté. "Doctor", respondió, "mi madre está muriendo, necesita medicinas, no conozco a nadie bueno en el mundo, sólo a usted." Le di cien cruceiros.

Durante algunos días el sujeto desapareció. Un día, a la hora del almuerzo, estaba caminando cuando apareció súbitamente a mi lado: "Doctor, mi madre murió." Sin parar y apresurando el paso, respondí, "lo siento mucho." Alargó su zancada, manteniéndose a mi lado, y dijo "murió." Intenté desembarazarme de él y comencé a andar rápidamente, casi corriendo. Pero él corrió detrás de mí, diciendo "murió, murió, murió", extendiendo los dos brazos contraídos en una expectativa de esfuerzo, como si fueran a colocar el ataúd de la madre sobre las palmas de sus manos. Por fin, paré jadeante, "¿cuánto es?" Con cinco mil cruceiros él enterraba a su madre. No sé por qué, saqué un talonario de cheques del bolsillo e hice allí, de pie en la calle, un cheque por aquella cantidad. Mis manos temblaban. "Ahora basta", dije.

Al día siguiente no salí a dar mi vuelta, almorcé en la oficina. Fue un día terrible en que todo salía al revés: algunos papeles no fueron encontrados en los archivos; una importante competencia se perdió por una diferencia mínima; un error en la planeación financiera exigió que nuevos y complejos cálculos presupuestarios tuvieran que ser elaborados en régimen de urgencia. Por la noche, incluso con los tanquilizantes, mal conseguí dormir.

Por la mañana fui a la oficina y, en cierta manera, las cosas mejoraron un poco. Al mediodía salí a dar mi vuelta.

Vi que el sujeto que me pedía dinero estaba en pie, medio escondido en la esquina, acechándome, esperando que pasara. Di la vuelta y caminé en sentido contrario. Poco después oí el ruido de tacones de zapatos golpeando en la acera como si alguien estuviera corriendo detrás de mí. Apreté el paso, sintiendo un ahogo en el corazón, era como si estuviera siendo perseguido por alguien, un sentimiento infantil de miedo contra el cual intenté luchar, pero en ese instante él llegó a mi lado, diciendo "doctor, doctor." Sin parar, pregunté, "¿ahora qué?." Manteniéndose a mi lado, dijo "doctor, tiene usted que ayudarme, no tengo a nadie en el mundo." Respondí con toda la autoridad que pude poner en la voz, "busca un empleo." Dijo "no sé hacer nada, usted tiene que ayudarme." Corríamos por la calle. Tenía la impresión de que la gente nos observaba con extrañeza. "No tengo que ayudarlo, de ninguna manera", respondí. "Tiene que hacerlo, si no, usted sabe lo que puede ocurrir", y me agarró del brazo y me miró, y por primera vez vi cómo era su rostro, cínico, vengativo. Mi corazón latía de nervios y de cansancio. "Es la última vez", dije, parando y dándole dinero, no sé cuánto.

Pero no fue la última vez. Todos los días aparecía, repentinamente, suplicante y amenazador, caminando a mi lado, arruinando mi salud, diciendo es la última vez, doctor, pero nunca era. Mi presión subió más aún, mi corazón estallaba sólo de pensar en él. No quería ver más a aquel sujeto, ¿qué culpa tenía yo de que él fuera pobre?

Resolví dejar de trabajar un tiempo. Hablé con mis colegas de la dirección que estuvieron de acuerdo con mi ausencia por dos meses.

La primera semana fue difícil. No es sencillo parar de repente de trabajar. Me sentía perdido, sin saber qué hacer. Poco a poco me fui acostumbrando. Mi apetito aumentó. Empecé a dormir mejor y a fumar menos. Veía televisión, leía, dormía después del almuerzo y andaba el doble de lo que andaba antes, sintiéndome óptimo. Estaba volviéndome un hombre tranquilo y pensando seriamente cambiar de vida, dejar de trabajar tanto.

Un día salí para mi paseo habitual cuando él, el mendigo, apareció inesperadamente. Diablos, ¿cómo descubrió mi dirección? "¡Doctor, no me abandone!" Su voz era de pena y resentimiento. "Sólo lo tengo a usted en el mundo, no vuelva a hacerme eso, estoy necesitando algo de dinero, esta es la última vez, lo juro", y arrimó su cuerpo muy cerca al mío, mientras caminábamos, y yo podía sentir su aliento ácido y podrido de hambriento. Era más alto que yo, fuerte y amenazador.

Fui en dirección de mi casa, él acompañándome, el rostro fijo vuelto hacia mí, vigilándome curioso, desconfiado, implacable, hasta que llegamos a mi casa. Le dije, "espera aquí."

Cerré la puerta, fui a mi cuarto. Volví, abrí la puerta y al verme dijo "no haga eso, doctor, sólo lo tengo a usted en el mundo." No acabó de hablar, o si acabó no lo oí, con el ruido del tiro. Cayó al suelo, entonces vi que era un niño delgado, con espinillas en el rostro y de una palidez tan grande que ni la sangre, que fue cubriendo su faz, conseguía esconder.

# Amarguras de un joven escritor

El día empezó mal desde temprano, cuando fui a la playa. No podía ver el mar, me hacía mal, por eso atravesaba la avenida Atlántica con los ojos cerrados, después volvía el cuerpo, abría los ojos y caminaba de espaldas por la arena hasta encontrar mi sitio, donde me sentaba de espaldas al océano. Cuando estaba atravesando la calle, sentí un miedo súbito, como si un carro me fuera a atropellar, y abrí los ojos. No vi ningún carro, pero vi el mar, sólo un segundo, sin embargo, un desgraciado instante de la visión dantesca de aquella horrenda masa verde azulada fue lo suficiente para provocarme una crisis de sudores fríos y vómitos, allí mismo en la acera. Cuando el ataque pasó fui a casa, me quité el pantalón y me dejé caer en la cama agotado, pero en seguida tocaron el timbre, y cuando miré por la mirilla vi en el corredor oscuro una figura toda encapuchada. Me asusté, estaba solo, Ligia había viajado, sólo podía ser un ladrón queriendo asaltarme, o un asesino, la situación en la ciudad no era buena. Intenté llamar a la policía, pero mi teléfono estaba descompuesto y el embozado tocaba el timbre insistentemente, poniéndome los nervios de punta. ¡Socorro!, grité desde la ventana, con la voz débil del miedo, pero el ruido de la calle no permitía que la gente me oyera, o quizás es que no se molestaban. El timbre continuaba tocando, el enmascarado no se iba, y yo, desnudo, dentro de la casa, lívido de miedo, sin saber qué hacer. Recordé que en la cocina había un cuchillo grande. Abrí la puerta blandiendo el cuchillo amenazadoramente, pero era una monja vieja quien estaba allí de pie, con aquella cosa que ellas usan en la cabeza. Me había equivocado. Cuando me vio desnudo, con el cuchillo en la mano, la hermana salió corriendo, gritando por el pasillo. Cerré la puerta aliviado y volví a la cama, pero poco tiempo después el timbre sonó de nuevo; era la policía. Abrí la puerta y el policía me dio un citatorio para presentarme a declarar el lunes, a causa de la queja de la monja, que, decía ella, había llamado a mi puerta para pedir limosna para los huérfanos y fue amenazada de muerte. ¿No te da vergüenza andar desnudo?, preguntó el policía. Increíble, no se podía andar desnudo ni siquiera dentro de casa. El domingo fue aún más complicado. La Ligia, que volvió inesperadamente, me vio en el cine con una muchacha, y allí mismo, mientras estaban proyectando la película, me llenó de golpes, un escándalo, me dieron veinte puntadas en la cabeza. No puedo continuar viviendo contigo, mira lo que hiciste conmigo, le dije cuando fue a recogerme al hospital, y Ligia abrió la bolsa y me mostró un enorme revólver negro, y dijo, si me engañas con otra mujer te mato. Confusiones que comenzaron mucho antes, cuando gané el premio de poesía de la Academia y mi retrato salió en el periódico, y creí que sería inmediatamente famoso, con las mujeres arrojándose a mis brazos. El tiempo fue pasando y nada de eso ocurría, un día fui al oculista y al decirle a la recepcionista, profesión escritor, preguntó ¿estibador? Mi fama duró veinticuatro horas. Fue entonces cuando apareció Ligia, entró al departamento alborozada y anhelante diciendo, no sabes las dificultades que tuve que vencer para descubrir tu dirección, ¡oh!, mi ídolo, haz de mí lo que quieras, y me conmoví, el mundo ignoraba mis realizaciones y aparece esta chica venida de lejos para postrarse a mis pies. Antes de ir a la cama dijo, dramáticamente, guardé el tesoro de mi pureza y de mi juventud para ti, y soy feliz. En fin, no tenía adónde ir y se instaló en mi departamento, cocinaba para mí y cosía para fuera, a pesar de ser mala costurera, arreglaba la casa, pasaba a máquina la larga novela que yo estaba escribiendo, hacía las compras en el supermercado con su dinero. Era un buen apaño, lo malo es que me obligaba a trabajar ocho horas diarias en la novela —ve hablando, decía, mientras mecanografiaba apresuradamente en la máquina. También controlaba mi bebida, y cuando dije que todo escritor bebía, dijo que eso era mentira, que Machado de Assis no bebía y que gracias a ella todavía no me había vuelto un pobre e infeliz alcohólico. Yo aguantaba todo eso, pero cuando me partió la cabeza creí que tenía que arreglármelas para salir de aquello sin que me diera un tiro, y una buena manera era fingirme impotente, cosa que ningún brasileño hace, ni siquiera para salvar el pellejo, pero mi desesperación era tanta que estaba dispuesto a pasar por la calle y que Ligia dijera, señalándome con su dedo grande y huesudo, ahí va ése, premiado por la Academia pero impotente. Cuando dije a Ligia que estaba en aquella situación, me arrastró al médico y dijo, doctor, está muy joven para ser impotente, ¿no le parece?, debe ser un virus o un gusano, quiero que le mande usted hacer todos los exámenes —y el médico me miró y dijo, ¿no fuiste tú premiado por la Academia? Así es la vida. Volvimos a casa, nos acostamos en el cuarto y cuando Ligia se durmió me levanté y saqué el revólver de su bolsa, para tirarlo a la basura, pero el edificio donde vivíamos era antiguo y no tenía basurero y me quedé con el revólver en la mano y sólo me venía a la cabeza la imagen de Marcel Proust, con bigotito y flor en la solapa, blandiendo el paraguas hacia las nubes, exclamando ¡zut! ¡zut! ¡zut! Al fin decidí salir y tirar el arma en una alcantarilla de la calle. Era noche entrada, y cuando me curvaba sobre el canalillo para introducir el revólver a través de la rejilla, llegó un negro con una navaja en la mano diciendo, echa para acá la lana y el reloj si no quieres que te raje. ¡Carajo, mi reloj es japonés de cuarzo, que no me quito de la muñeca ni para dormir y que se atrasa sólo un segundo en seis meses! Me levanté y sólo entonces el negro vio el revólver en mi mano, dio un paso hacia atrás asustado, pero ya era tarde, ya había apretado el gatillo, ¡bum!, y el negro cayó al suelo. Volví corriendo a casa diciendo, maté al negro, maté al negro, mientras en mi cabeza polifásica Joyce preguntaba a su hermana ¿puede un sacerdote ser enterrado con sotana?, ¿pueden ser celebradas elecciones en Dublín durante el mes de octubre?, hasta que llegué al cuarto, aún con el revólver en la mano, ¡zut! zut! ¡zut! y sin saber con certeza lo que hacía, volví a colocar el revólver en la bolsa de Ligia. Pasé el resto de la noche sin dormir. Cuando Ligia despertó dije, puedes matarme, pero me marcho, y comencé a vestirme. Ligia se arrodilló a mis pies y dijo, no me abandones, justo ahora que estás a la moda, con tu cabello negro peinado con brillantina, serás explotado por las demás mujeres, fuimos hechos uno para el otro, sin mí nunca acabarás la novela, si me dejas me mato, dejaré una terrible nota de despedida. La miré bien y vi que Ligia estaba diciendo la más absoluta verdad y por algunos instantes me quedé en la duda, qué era mejor para un joven escritor, ¿un premio de la Academia o una mujer que se mata por él, dejando una carta de despedida, culpándolo de ese gesto de amor desesperado? Para mí la novela ya acabó, dije, y puse una cara sarcástica y salí dando un portazo con estruendo. Me quedé parado en el pasillo algún tiempo, esperando que Ligia abriera la puerta y me llamara como siempre hacía cuando discutíamos, pero ese día eso no ocurrió. Yo tenía ganas de volver, y me sentía solo y además de eso estaba preocupado con la muerte del negro, pero seguí adelante y anduve por las calles hasta que entré en un bar a tomar una cerveza. En la mesa de al lado había una mujer y le sonreí, ella me devolvió la sonrisa y al momento estábamos sentados en la misma mesa. Era estudiante de enfermera, pero lo que le gustaba era el cine y la poesía. Fernando Pessoa, Drumond, Camões (el lírico), aquella cosa masticada de siempre, Fellini, Godard, Buñuel, Bergman, siempre lo mismo, rayos, siempre las mismas figuras. Está claro que la cretina no me conocía. Cuando le dije que era escritor, noté que su rostro se encendió de curiosidad, pero al decir mi nombre, preguntó desanimada, ¿cómo?, y repetí y dio una sonrisa amarilla, nunca había oído hablar de mí. Tomamos caipiriña, en mi cabeza una nube agradable, Conrad diciendo que viví todo aquello y la chica repitiendo la pregunta, ¿sobre qué escribes? Sobre personas, dije, mi historia es sobre personas que no aprendieron a morir y tomamos algunas caipiriñas más. Escribe una historia de amor, dijo la enfermera, y ya era noche avanzada y fui hacia la casa, entré tambaleante y dije a Ligia que estaba en la cama durmiendo, ¿la historia que estamos escribiendo es de amor?, pero Ligia no me respondió, permaneció en su sueño profundo. Entonces vi el recado en la mesita de la cabecera, junto con el frasco vació de píldoras tranquilizante: José, adiós, sin ti no puedo vivir, no te culpo de nada, te perdono; quiera Dios que un día te conviertas en un buen escritor, pero me parece difícil; viviría contigo, aunque impotente, pero tampoco de eso tienes la culpa, pobre infeliz. Ligia Castelo Branco. Sacudí a Ligia con fuerza, pero estaba en coma. Intenté telefonear, pero mi teléfono está descompuesto, zut, zut, Gustave, le mot juste, bajé las escaleras corriendo, cuando llegué a la cabina, vi que no tenía ficha para el aparato y a aquella hora estaba todo cerrado. Y de repente, ¡diablos!, apareció un asaltante, ¡rayos!, ¡maldita desgracia!, pero no, no, ahí reconocí al asaltante, era el mismo negro al que yo había disparado, ¡estaba vivo! Él también me reconoció y salió corriendo, quizá con miedo de llevarse otro tiro. Corrí detrás de él gritando, ¡eh!, ¡eh!, ¿tienes una ficha de teléfono?, mi mujer lo está pasando mal, necesito llamar a la Cruz Roja y corrimos unos mil metros hasta que se detuvo, respirando con dificultad, estaba desnutrido y enfermo, y apenas y consiguió decir jadeante, por favor, no me des un tiro, soy casado y tengo hijos que mantener. Dije, quiero una ficha para el teléfono. Tenía una ficha para prestarme, atada a un hilo de nylon. Llamé a la Cruz Roja, tiré de

la ficha para arriba y la entregué al ladrón, le pregunté si no
quería ir a mi casa, a darme apoyo moral. Fuimos, y el ladrón, que
se llamaba Eneas, hizo café para los dos mientras yo me lamen-
taba de la vida. No lo tomes a mal, dijo Eneas, pero creo que tu
mujer ya estiró la pata, está fría como una lagartija. La Cruz Roja
llegó, el médico examinó a Ligia y dijo, voy a tener que avisar a
la policía, no toques nada, esos casos de suicidio tienen que ser
comunicados, y me miró extrañado, ¿habría leído todo el recado?
Al oír la palabra policía, Eneas dijo que ya era la hora de retirarse,
ya sabes cómo es, lo siento mucho, amigo, y se marchó, dejándome solo con el cadáver. Lloré un poco, a decir verdad muy
poco, no por falta de sentimiento, pero es que mi cabeza estaba
en otras cosas. Me senté a la máquina: José, mi gran amor, adiós.
No puedo obligarte a amarme con el mismo amor que yo te
dedico. Tengo celos de todas las bellas mujeres que viven a tu
alrededor intentando seducirte; tengo celos de las horas que
pasas escribiendo tu importante novela. Oh, sí, amor de mi vida,
sé que el escritor necesita soledad para crear, pero esta alma
mezquina mía de mujer enamorada no tolera compartirte con
otra persona o cosa. Mi querido amante, ¡fueron momentos
maravillosos los que pasamos juntos! Siento tanto no poder ver
terminado ese libro que será sin duda una obra maestra. ¡Adiós!
¡Adiós!, quiéreme mucho, acuérdate de mí, perdóname, pon una
rosa en mi sepultura de Día de los Difuntos. Tu Ligia Castelo
Branco. Firmé, haciendo la letra redondita de Ligia, y coloqué la
carta en la mesita de cabecera, después cogí la carta que ella
había escrito, la rompí, puse al fuego los pedacitos y tiré las cenizas
en la taza del sanitario. Impotente y mal escritor —¡mierda!, ¿qué
hice yo para que me tratara así?—; yo era gentil, apasionado, ¿no?
—mientras pensaba en eso fui al refrigerador y cogí una cerveza—, trataba a Ligia con consideración y dignidad, ¿no?, si
alguien mandaba en alguien, era ella la que mandaba en mí, ella
era una persona libre, yo era quien estaba obligado a hacer
gimnasia, dieta, dejar de beber —me levanté y cogí otra cerveza—, y ahora ella decía que era difícil que me convirtiera en un
gran escritor; ¿qué fue lo que hice?, amé y fue así como ella me
pagó, tragándose un frasco de mogadón y dejando una carta
llena de calumnias —cogí otra cerveza y miré a Ligia en la cama,
ahora su rostro estaba en reposo—, era bonita, y mucho más en
aquellos momentos en que estaba pálida, sin pintura, y se veían
las pecas en el rostro y los labios quedaban desarmados —me

levanté y tomé otra cerveza— pobre Ligia, ¿por qué te enredaste con un escritor?, y me acerqué a ella y la agarré por el brazo que comenzaba a ponerse duro, además de frío, y dije, ¿eh?, ¿eh?, ¿por qué te enredaste con un escritor?, somos todos unos egoístas asquerosos, y tratamos a las mujeres como si fueran nuestras esclavas, tú ganabas el dinerito para sustentarnos y yo creaba la filosofía, ¿eh? —y me levanté, cogí otra cerveza y volví cerca de Ligia, pues aún no había terminado mi discurso— y continué, desperdiciamos nuestra vida, pensando que dos personas podían ser una sola, pobres ingenuos esperanzados —juro que en ese instante el pecho de Ligia se dilató como si hubiera suspirado—, los gusanos van a comerte, amor mío —y tomé otra cerveza, ¡zut!, por qué había tanta cerveza, aquello sí que era una ama de casa—, los gusanos van a comerte, pero quiero que sepas esta verdad...; en ese instante, mi borracha memoria me falló y me quedé allí, al lado del feo cadáver sin saber qué decir, besé los labios de Ligia con insoportable asco, fui al refrigerador y cogí la última cerveza, después de todo no era tan buena ama de casa, mi sed aún no se terminaba, y en ese instante llegó la policía. Dos hombres, uno me preguntó enseguida quién era yo y el otro cogió la carta, y los dos la leyeron y no le dieron más importancia, continuaban una conversación anterior —hasta que uno de ellos preguntó, ¿andaba nerviosa?—, hicieron preguntas que yo no entendía, el tiempo no pasaba, yo quería dormir, uno me preguntó, ¿el teléfono está descompuesto?, tenemos que llamar a los peritos, y el otro dijo, matarse por un raquítico de éstos, las mujeres están locas, y salió a llamar a los peritos por la radio del carro, mientras el colega se quedó fumando —era una mañana opresiva—, desde la ventana yo veía todas las chimeneas de los edificios de apartamentos, echando una humareda blanca, millares de basureros humeantes, trayendo de vuelta, por el aire, como un ángel maldito, la basura tirada fuera —mi cuerpo era raquítico pero era mío, así como mi pensamiento polifásico—. Entonces llegaron los peritos con máquinas fotográficas, cuadernos de apuntes, cintas métricas; llegaron dos hombres más, vestidos con una especie de uniforme que parecía una versión pobre de un traje elegante de verano, y tiraron el cuerpo de Ligia en una caja de aluminio y llevaron a Ligia para los gusanos —no aprendiste a morir, desgraciada, ¿tampoco tú?— y el policía que dirigía me citó para declarar al día siguiente, harían la autopsia del cuerpo y después quedaría a mi disposición —¿para qué?— y se fueron, llevándose la carta de Ligia. Imaginé los diarios del día siguiente, Hermosa Mujer se mata por Joven Escritor —no tengo la culpa de lo que ocurrió, dijo el Joven y Renombrado Escritor al ser entrevistado por este informativo, lamento mucho la muerte de esta pobre y alocada criatura, es todo lo que puedo decir— el reportaje de este diario descubrió que no es la primera vez que una mujer se mata por amor al Joven Escritor, hace dos años, en Minas Gerais —no, Minas Gerais no, mejor en el mismo Rio— hace dos años, en Rio de Janeiro, una Francesa estudiante de antropología —basta de pensamiento polifásico, pensé, y salí y fui al bar y estaba en la tercera caipiriña cuando se sentaron en una mesa de al lado dos muchachas y una empezó a decirme luego, eh. Eh, yo, y cogí mi vaso y cambié de mesa; una era modelo de anuncios de televisión y la otra no hacía nada. ¿Y tú? Soy asesino de mujeres —podría haber dicho, soy escritor, pero eso es peor que ser asesino, los escritores son amantes maravillosos, pero sólo por unos meses, y maridos asquerosos el resto de la vida— ¿y cómo las matas? —veneno, el lento veneno de la indiferencia— una se llamaba Iris, la que no hacía nada, y la otra Susana, llámame Suzie. No me acuerdo de nada más, estaba borracho y desperté al día siguiente con resaca —con menos de treinta años y ya sufriendo los lapsus de la memoria de los alcohólicos, además de ver doble mi palimpsesto después de la cuarta caipiriña. Salí, compré los diarios y sólo *El Día* daba la noticia de la muerte de Ligia; costurera se mata en Copacabana, era el título, en la sexta página, y en letra pequeña estaba escrito que el compañero de la costurera había dicho que la mujer sufría de los nervios. Fui a la Comisaría y esperé dos horas a que el escribano me atendiera. Puso papel en la máquina: Que el declarante vivía maritalmente con Ligia Castelo Branco, la suicida, Que el día 14 de julio salió de casa para tomar una copa, dejando a Ligia en la casa que habitaban, en la calle Barata Ribeiro, 435, depto. 12, Que al volver, horas después, verificó que la referida Ligia estaba en coma, y llamó a la Cruz Roja, Que al llegar, el médico constató la muerte de Ligia, Que Ligia dejó una carta aclarando que se había suicidado, Que la policía avisada por el médico llegó poco después, siendo el local peritado y el cuerpo llevado al Instituto Médico Legal. Firmé debajo de donde me indicó. En la Comisaría estaba un fotógrafo de prensa que me preguntó si tenía algún retrato de la chica, suicidio, ¿verdad? Un caso de amor loco, dije, y los diarios no dijeron nada, la carta es conmovedora. El tipo dijo que estaba trabajando con un novato que era una bestia, aprendiz y analfabeto, que él mismo escribiría el asunto, ¿cuál es el nombre de ella?, ¿y el tuyo?; y me fotografió desde varios ángulos mientras yo le decía, soy escritor, premiado por la Academia, estoy escribiendo una novela definitiva, la literatura brasileña está en crisis, una gran mierda, ¿dónde están los grandes temas de amor y muerte? Fui a dormir esperando el día siguiente y todo salió en el diario, destacado, mi retrato, flaco, romántico, pensativo y misterioso y debajo la leyenda comillas amor y muerte no se encuentran en los libros comillas. El rótulo era Diseñadora del Society Se Mata Por El Amor De Conocido Escritor. Ligia Castelo Branco, la hermosa y conocida diseñadora de la high society, se mató ayer, después de romper con su amante, renombrado novelista brasileño. Mi corazón latía de satisfacción, la carta había sido transcrita con integridad y bajo el retrato de Ligia estaba escrito comillas bella joven se mata pero al mundo no le importa comillas. La noticia hablaba además de mi libro, mencionaba mis palabras en la Comisaría, inventaba una vida elegante para Ligia, felizmente el periodista era un mentiroso. Al trabajo, bramé en mi pensamiento polifásico, y volví corriendo a casa, me senté frente a la máquina de escribir, dispuesto a terminar mi novela en una sola acometida, incluso sin mi Anna Grigorievna Castelo Branco Snitkina. Pero no salía una sola palabra, ni una siquiera, miraba el papel en blanco, torcía las manos, me mordía los labios, bufaba y suspiraba, pero no salía nada. Entonces procuré recordar la técnica que usaba: Ligia mecanografiaba mientras yo permanecía caminando y dictando las palabras. Me levanté e intenté repetir el mismo proceso, pero era imposible, gritaba una frase, corría, me sentaba a la máquina, escribía rápidamente, después me levantaba, caminaba, dictaba otra frase, me sentaba, escribía, me levantaba, dictaba, me sentaba, caminaba, me sentaba, levantaba, pero al poco tiempo verifiqué que eran enteramente idiotas las palabras que estaba escribiendo en el papel. Con Ligia yo no leía las palabras a medida que iban siendo escritas, es eso, pensé, con Ligia permanecía caminando por la sala, arrojando las palabras sobre ella, mientras ella golpeaba velozmente en el teclado y yo sólo veía el resultado más tarde, a veces al día siguiente. Intenté escribir, sin leer lo que estaba escribiendo, dejando correr mi pensamiento, pero vi que todo estaba resultando una porquería intragable, entonces, entonces, horrorizado comprendí todo —con las manos trémulas, y el corazón helado, cogí las hojas mecanografiadas por Ligia y leí lo que estaba escrito, y la verdad se reveló brutal y sin apelación, quien estaba escribiendo mi novela era Ligia, la costurera, la esclava del gran escritorzuelo de mierda, no había allí una palabra que fuese verdaderamente mía, ella era quien había escrito todo y aquello iba a ser verdaderamente una gran novela y yo, joven alcohólico, ni por lo más mínimo percibí lo que estaba ocurriendo. Me tumbé en la cama con ganas de morir, sí, sí, como dijo aquel ruso, la vida me enseñó a pensar, pero pensar no me enseñó a vivir, y entonces el timbre tocó y entró un hombre calvo, barrocamente vestido, pañuelo rojo en el bolsillo, anillo de rubí, corbata dorada con un alfiler de perla, camisa de colores y traje a rayas, que se presentó como detective Jacó y me pidió que escribiese el nombre de Ligia completo en un papel, y yo lo escribí y él se marcho y yo volví a tumbarme en la cama, triste y con hambre, un hambre tan fuerte que me hizo levantar e ir al bar, donde bebí varias botellas de cerveza, lo que alivió mi dolor. Volví a casa y releí la novela de Ligia: una obra maestra irretocable, podría ser publicada tal como estaba, sólo quien supiera que no había sido terminada, y eso nadie lo sabía, percibiría que faltaba alguna cosa, pero pensándolo bien ¿que cosa era esa?, ¿qué estaba esperando Ligia para dar el libro por terminado? Eso era fácil de responder, Ligia no iba a acabar nunca, la novela que ella fingía que estaba escribiendo era lo que me unía a ella, Ligia temía que el fin del libro fuera el fin de nuestra relación y en medio de mi pensamiento polifásico surgió la certeza de que Ligia no quería suicidarse, sólo darme un susto; si quisiera suicidarse podría haberse dado un tiro en la cabeza, manejaba las armas con perfección, ¿por qué habría de tomar mis malditas píldoras? El timbre tocó y cra Jacó, el detective, usando ahora ropa de colores, otro alfiler en la corbata; entró, se sentó diciendo, mis pies me están matando, ¿puedo quitarme los zapatos?, usaba calcetines de colores y sus pies trasudaban a perfume, hedor que aumentó cuando Jacó sacó un frasquito del bolsillo y roció más perfume sobre los calcetines. Estás en un mal negocio, hijo mío, la Técnica probó que falsificaste la firma de la muerta y las píldoras fueron compradas con una receta a tu nombre y además de eso ya quisiste matar a una monja sin ningún motivo a no ser satisfacer tu ya ahora comprobado genio violento. Protesté, ¿violento?, yo soy un alma gentil y dulce, usted no me conoce, y me callé la boca, pues Jacó levantó el pie derecho hasta la nariz, olió y dijo, lo que más odio es el olor a quesos, y además de eso, prosiguió, hay la discusión entre la muerta y tú, tenemos la declaración del médico, y finalmente —Jacó sacó del bolsillo un calzador de tortuga donde estaba escrito Hotel Casa Grande y colocó cuidadosamente los pies en los zapatos—, finalmente aparecieron dos muchachas en la Comisaría que dijeron haberte oído decir en un bar que ya habías envenenado a algunas mujeres, vámonos, hijo mío. Puedo explicarlo todo, dije, pero Jacó me interrumpió, lo explicas en la Comisaría, vámonos. Cogí el libro y bajamos juntos, entré en el coche de la policía, mi pensamiento polifásico —novelista famoso acusado de crimen mortal— editores en fila llamando en las rejas de la cárcel, consagr

# Nau Catrineta

Desperté oyendo a tía Olimpia declamar la *Nau Catrineta** con su voz grave y potente de contralto.

*Reniego de ti demonio*
*que me ibas a tentar*
*mi alma es sólo de Dios*
*el cuerpo lo doy al mar.*
*Lo tomó un ángel en brazos*
*y no nos dejó ahogar,*
*dio un reventón el demonio,*
*se calmaron viento y mar*
*y por la noche la Nau Catrineta*
*estaba en tierra varada.*

Recordé entonces que era el día de mi vigésimo primer aniversario. Las tías debían estar todas en el pasillo, esperando que me despertara. Estoy despierto, grité. Entraron a mi cuarto. Tía Helena llevaba un viejo y sobado libro con pastas de cuero con presillas de metal dorado. Tía Regina traía una bandeja con mi café de la mañana, y tía Julieta una cesta con frutas secas, cogidas en nuestro huerto. Tía Olimpia vestía el traje que usó al representar la *École des femmes*, de Molière.

Todo es mentira, dijo tía Helena, ni el demonio reventó, ni ángel ninguno salvó al capitán; la verdad está toda en el Diario de a bordo, escrito por nuestro remoto abuelo Manuel de Matos, que tú ya leíste, y en este otro libro, el *Decálogo Secreto* del tío Jacinto, que vas a leer hoy por primera vez.

---

* *A Nau Catrineta* es uno de los romances más sabios y repetidos en Brasil conservando el original llegado de Portugal. Hoy puede oírse aún, especialmente en el nordeste brasileño, en la zona del Maranhão, en diferentes versiones. De origen discutido, este romance viene a representar la síntesis de la tragedia de las navegaciones por el Atlántico.

En el *Decálogo Secreto* estaba definida mi misión. Era el único varón de una familia, reducida, además de mí, a cuatro mujeres solteronas e implacables.

El sol entraba por la ventana y oía los pájaros cantando en el jardín de la casa. Era una hermosa mañana. Mis tías preguntaron ansiosas si había elegido ya a la moza. Respondí que sí.

Daremos una fiesta de cumpleaños hoy por la noche. Tráela aquí para conocerla, dijo tía Regina. Mis tías me cuidaron desde que nací. Mi madre murió de parto y mi padre, primo hermano de mi madre, se suicidó un mes después.

Dije a las tías que conocerían a la dulce Ermelinda Balsemão esa misma noche. Sus rostros se llenaron de satisfacción. Tía Regina me entregó el *Decálogo Secreto* del tío Jacinto y todas salieron solemnemente del cuarto. Antes de comenzar la lectura del *Decálogo* telefoneé a Ermé, como yo la llamaba, y le pregunté si quería cenar conmigo y las tías. Aceptó satisfecha. Abrí entonces el *Decálogo Secreto* y comencé a leer los mandamientos de mi misión: Es obligación inexcusable de todo primogénito de nuestra Familia, por encima de las leyes circunstanciales de la sociedad, de la religión y de la ética...

Mis tías retiraron sus más pomposos vestidos de gala de los armarios y baúles. Tía Olimpia vistió su ropa favorita, que guardaba para ocasiones muy importantes, el traje que usó para representar *Fedra* por última vez. Doña María Nunes, nuestra gobernanta, construyó enormes y elaborados peinados en la cabeza de cada una; como era praxis entre las mujeres de la familia, las tías nunca se habían cortado el pelo. Me quedé en el cuarto, después de leer el *Decálogo*, levantándome de la cama de vez en cuando para ver el jardín y el bosque. Era una misión dura, que mi padre había cumplido y mi abuelo y mi bisabuelo y todos los demás. Saqué a mi padre de la cabeza en seguida. Aquél no era el mejor momento para pensar en él. Pensé en mi abuela que era anarquista y fabricaba bombas en el sótano de aquella casa sin que nadie lo sospechara. Tía Regina acostumbraba decir que todas las bombas que explotaron en la ciudad entre 1925 y 1960 fue la abuela quien las fabricó y tiró. Mamá, decía tía Julieta, no soportaba las injusticias y esa era la manera de demostrar su desaprobación; los que murieron fueron en su mayoría culpables y los pocos inocentes sacrificados habían sido mártires de una buena causa.

Desde la ventana de mi cuarto vi, iluminado por el claro brillo de la luna llena, el coche de Ermé, con la capota levantada, entrar lentamente por el portalón de piedra, subir el camino ladeado de hortalizas y parar frente a la alta casuarina que se erguía en el centro del césped. La brisa fresca de la noche de mayo desordenaba sus finos cabellos rubios. Por unos instantes Ermé pareció oír el sonido del viento en el árbol; después miró en dirección a la casa, como si supiera que yo la estaba observando, y pasó la bufanda alrededor del cuello, atravesada por un frío que no existía, a no ser dentro de ella. Con un gesto abrupto, aceleró el carro y partió, ahora resueltamente, en dirección a la casa. Bajé a recibirla.

Tengo Miedo, dijo Ermé, no sé por qué pero tengo miedo. Creo que es esta casa, es muy bonita, ¡pero es tan sombría!

Tienes miedo de las tías, dije.

Llevé a Ermé a la Sala Pequeña, donde estaban las tías. Quedaron impresionadas con la belleza y la educación de Ermé, y la trataron con mucho cariño. En seguida vi que había recibido la aprobación de todas. Será esta misma noche, dije a tía Helena, avisa a las otras. Quería terminar pronto mi misión.

Tía Helena contó animadas aventuras de los parientes, que remontaban al siglo XVI. Todos los primogénitos eran y son obligatoriamente artistas y carnívoros y, siempre que es posible, cazan, matan y comen la presa. Vasco de Matos, uno de nuestros abuelos, comía hasta los zorros que cazaba. Más tarde, cuando comenzamos a criar animales domésticos, nosotros mismos matábamos los carneros, conejos, patos, gallinas, cerdos y hasta los becerros y vacas que comíamos. No somos como los demás, dijo tía Helena, que no tienen valor para matar o incluso ver matar un animal y sólo quieren saborearlo inocentemente. En nuestra familia somos carnívoros conscientes y responsables. Tanto en Portugal como en Brasil.

Y ya hemos comido personas, dijo tía Julieta; nuestro remoto abuelo, Manuel de Matos, era segundo de la Nau Catrineta y se comió a uno de los marineros sacrificados para salvar a los otros de la muerte por hambre.

Escuchen ahora, señores, una historia para pasmarse, allí viene la Nau Catrineta, que tiene mucho que contar..., recité, imitando el tono grandilocuente de tía Olimpia. Todas las tías, con excepción de Olimpia, tuvieron un acceso de risa. Ermé parecía acompañarlo todo con curiosidad.

Tía Julieta, apuntándome con su largo dedo, blanco y descarnado, donde brillaba el Anillo con el Sello de Armas de la familia dijo: José está siendo entrenado desde pequeño para ser artista y carnívoro.

¿Artista?, preguntó Ermé, como si aquello le divirtiera.

Es Poeta, dijo tía Regina.

Ermé, que era estudiante de letras, dijo que adoraba la poesía —después quiero que me enseñes tus poemas— y que el mundo necesitaba mucho de los poetas. Tía Julieta preguntó si conocía el Cancionero portugués. Ermé dijo que había leído alguna cosa de Garret, y que entendía el poema como una alegoría de la lucha entre el Mal y el Bien, acabando éste por vencer, como se acostumbra en tantas homilías medievales.

¿Entonces crees que el ángel salvó al capitán?, preguntó tía Julieta.

Es lo que está escrito, ¿no? De cualquier forma, son sólo versos salidos de la imaginación fantasiosa del pueblo, dijo Ermé.

¿Entonces no crees que ocurrió un episodio verdadero semejante al poema, en el navío que llevaba de aquí para Portugal, en 1565, Jorge de Albuquerque Coelho?, preguntó tía Regina. Ermé sonrió delicadamente, sin responder, como hacen los jóvenes con los viejos a quienes no quieren desagradar.

Diciendo que conocían, ella y las hermanas, todos los romances marítimos que trataran del tema de la Nau Catrineta, tía Regina salió de la sala para volver poco después, cargada de libros. Éste es *El náufrago salvado*, del poeta castellano Gonzalo de Berceo; éste, las *Cantigas de Santa María*, de Alfonso el Sabio; éste, el libro del pobre Teófilo Braga; éste, la Carolina Michaëlis; éste, un romance incompleto del ciclo, encontrado en Asturias con versos reproducidos de las versiones portuguesas. Y éste, y éste otro, y éste —y tía Regina fue arrojando los libros sobre la mesa manuelina en el centro de la Sala Pequeña—, todos llenos sólo de especulaciones, raciocinios sin fundamento, falsas proposiciones, impostura e ignorancia. La verdad histórica la tenemos aquí en este libro, el *Diario de a bordo*, de nuestro remoto abuelo Manuel de Matos, segundo del navío que en 1565 llevó de aquí para Portugal a Jorge de Albuquerque Coelho.

Después de esto fuimos a la mesa. Pero el asunto no había sido zanjado. Era como si el silencio de Ermé estimulara a mis tías aún más a hablar del asunto. En el poema, que los juglares se encargaron de difundir, el capitán es salvado de la muerte por un ángel, dijo tía Julieta. La verdadera historia, que está en el diario de nuestro remoto abuelo, nunca se supo, para que se protegiera el nombre y el prestigio de Albuquerque Coelho. ¿Te están gustando los calamares? Es una receta antigua, de la familia, y este vino viene de nuestra hacienda en Villa Real, dijo tía Regina. El historiador Narciso Acevedo, de Oporto, que tiene parentesco con nosotros, felizmente no de sangre —sólo está casado con nuestra prima María de la Ayuda Fonseca, de Sabrosa—, alega que, durante el viaje, algunos marineros hicieron un requerimiento a Albuquerque Coelho, para que él los autorizara a comerse a varios compañeros muertos de hambre y que Albuquerque Coelho se había rehusado enérgicamente, diciendo que mientras estuviera vivo no permitiría la satisfacción de tan brutal deseo. Ahora bien, dijo tía Olimpia, en verdad lo que pasó fue enteramente distinto; los marineros que murieron de hambre habían sido tirados al mar y Manuel de Matos notó que muchos, tal vez todos los tripulantes del navío, inclusive Jorge Albuquerque Coelho, morirían simultáneamente de hambre. Hablando de esto, este cabrito que estamos comiendo fue criado por nosotros mismos, ¿te agrada al paladar? Antes que Ermé respondiera, tía Julieta continuó: la tripulación fue entonces reunida por Manuel de Matos, nuestro remoto abuelo, y mientras Jorge Albuquerque Coelho se desentendía postrado en el lecho de su cabina, se decidió, por mayoría de votos —y aquí uso las propias palabras del *Diario*, que sé de memoria—, jugarse a la suerte la ventura de ver cuál habría de ser matado. Y la suerte fue echada cuatro veces y cuatro marineros fueron matados y comidos por los sobrevivientes. Y cuando la Nau San Antonio llegó a Lisboa, Albuquerque Coelho, que se enorgullecía de su fama de cristiano, héroe y disciplinador, prohibió a todos los marineros que hablaran del asunto. De lo que al final se filtró, se hizo la versión romántica de la Nau Catrineta. Pero la verdad, cruda y sangrienta, está aquí en el *Diario* de Manuel de Matos.

La sala pareció oscurecer y una bocanada de inesperado aire frío entró por la ventana, balanceando las cortinas. Doña María Nunes, que nos servía, se encogió de hombros y por unos instantes se escuchó un fuerte silencio profundo, casi insoportable.

Esta casa es tan grande, dijo Ermé, ¿vive alguien más aquí?

Solamente nosotros, dijo tía Olimpia. Nosotros mismos lo hacemos todo, con la ayuda de doña María Nunes; cuidamos el jardín y la huerta, nos dedicamos a la crianza de animales, limpiamos la casa y cocinamos, lavamos y planchamos la ropa. Esto nos mantiene ocupadas y sanas.

¿Y José no hace nada?

Es Poeta, tiene una misión, dijo tía Julieta, la guardiana del Anillo.

¿Y porque es poeta no come? No tocaste la comida, dijo Ermé.

Estoy guardando mi hambre para más tarde.

Cuando terminó la cena, tía Helena preguntó si Ermé era una persona religiosa. Las tías siempre rezaban una novena, en compañía de doña María Nunes, en la pequeña capilla de la casa, después de la cena. Antes que salieran para la capilla —Ermé declinó la invitación, lo que me agradó, pues podríamos quedarnos juntos, solos— besé tía por tía, como lo hacía siempre. Primero tía Julieta, un rostro flaco y huesudo, nariz larga y ganchuda, los labios finos del dibujo de la hechicera de mis libros de hadas de la infancia, ojos pequeños y brillantes, contrastando con la palidez del rostro —hasta entonces no sabía por qué era ella la Guardiana del Anillo, tuve ganas de preguntarle, ¿por qué eres tú quien usa el Anillo?, pero sentí que lo sabría muy en breve. Tía Olimpia era morena, de ojos amarillentos, me besó con sus labios gruesos y su boca ancha y su nariz grande y su voz modulada; para cada sentimiento tenía ella una mímica correspondiente, casi siempre expresada en el rostro por miradas, muecas y gestos. Tía Regina me miró con sus pequeños ojos astutos y desconfiados de perro pequinés —era tal vez la más inteligente de las cuatro. Tía Helena se levantó cuando llegué cerca de ella. Era la más alta de todas y también la más vieja y la más bonita; tenía un rostro noble y fuerte, parecido al de la abuela María Clara, la anarquista tiradora de bombas, y estaba señalada por las hermanas como el arquetipo de la familia; las hermanas decían que todos los hombres de la familia eran guapos como ella, pero la fotografía de tío Alberto, el otro hermano de ellas, más joven que mi padre y que murió de peste en África cuando luchaba al lado de los negros, mostraba una figura de monumental fealdad. Tía Helena pidió permiso para decirme una palabra en privado. Salimos del comedor y conversamos por unos instantes tras las puertas cerradas.

Cuando volví las otras tías ya se habían retirado.

Es graciosa la forma en que hablan. Sólo se tratan de tú para acá, y tú para allá, dijo Ermé.

Usamos el usted para los empleados y para los desconocidos sin importancia, dije. Así era en Portugal y continuó en Brasil, cuando la familia vino para acá.

Pero no tratan a la gobernanta de usted.

¿Doña María Nunes? Pero ella es como si fuera una persona de la familia; está en nuestra casa desde tiempos de la abuela María Clara, antes incluso de que mi padre y mis tías hubieran nacido. ¿Sabes cuántos años tiene? Ochenta y cuatro.

Parece un marinero, con el rostro lleno de arrugas, quemada por el sol, dijo Ermé. Es diferente de ustedes, ¡tú eres tan pálido!

Es para poder tener cara de poeta, dije. Vamos al lugar que más me gusta de la casa.

Ermé miró los estantes llenos de libros. Es aquí donde paso la mayor parte de mi tiempo, dije. A veces duermo aquí en ese sofá; es una especie de cuarto-biblioteca; hay también un pequeño baño aquí al lado.

Estábamos de pie, tan próximos que nuestros cuerpos casi se tocaban. Ermé no tenía ninguna pintura en el rostro, en el cuello, en los brazos, pero su piel brillaba de salud. La besé. Su boca era fresca y cálida, como vino maduro.

¿Y tus tías?, preguntó Ermé cuando la acosté en el sofá.

Nunca vienen aquí, no te preocupes. Su cuerpo tenía la solidez y el olor de un árbol de muchas flores y frutos y la fuerza de un animal salvaje libre. Nunca podré olvidarla.

¿Por qué no buscas un empleo y te casas conmigo?, Ermé preguntó. Reí, pues no sabía hacer nada, a no ser escribir poemas. ¿Y para qué trabajar? Era muy rico, y cuando mis tías murieran iba a quedar más rico aún. Yo también soy rica y pretendo trabajar, dijo Ermé. Está bien, vamos a casarnos, dije. Me vestí, salí de la biblioteca y fui hasta el aparador.

Sin decir una palabra, doña María Nunes me dio la botella de champaña con las dos copas. Llevé a Ermé a la sala pequeña y, apartando los libros que aún estaban sobre la mesa manuelina, coloqué el champaña y las copas sobre ella. Ermé y yo nos sentamos, lado a lado.

Saqué del bolso el frasco negro de cristal que tía Helena me había dado aquella noche y me acordé de nuestro diálogo tras la puerta: Yo mismo tengo que elegir y sacrificar a la persona que voy a comer en mi vigésimo primer año de vida, ¿no es así?, pregunté. Sí, tú mismo tienes que matarla; no uses eufemismos tontos, vas a matarla y después a comerla, hoy mismo, fue el día que tú escogiste y eso es todo, respondió tía Helena; y cuando dije que no quería que Ermé sufriera, tía Helena dijo, ¿y nosotros acostumbramos hacer sufrir a las personas? Y me dio el frasco de cristal negro, adornado de plata labrada, explicando que dentro del frasco había un veneno poderosísimo, del que bastaba sólo una ínfima gota para matar; incoloro, insípido e inodoro como agua pura, la muerte causada por él era instantánea —tenemos este veneno hace siglos y cada vez se pone más fuerte, como la pimienta que nuestros remotos abuelos traían de la India.

¡Qué frasco tan bonito!, exclamó Ermé.

Es un filtro de amor, dije, riendo.

¿De veras? ¿Lo juras? Ermé también reía.

Una gotita para ti, una gotita para mí, dije, echando una gota en cada copa. Quedaremos locamente enamorados uno del otro. Llené las copas de champaña.

Yo ya estoy locamente enamorada de ti, dijo Ermé. Con un gesto elegante se llevó la copa a los labios y sorbió un pequeño trago. La copa cayó de su mano sobre la mesa, partiéndose e inmediatamente el rostro de Ermé se abatió sobre los fragmentos de cristal. Sus ojos permanecieron abiertos, como si estuviera absorta en algún pensamiento. No tuvo tiempo ni de saber lo que ocurrió.

Las tías entraron al saloncito, acompañadas de doña María Nunes.

Estamos orgullosos de ti, dijo tía Helena.

Todo será aprovechado, dijo tía Regina. Los huesos serán molidos y se los daremos a los cerdos junto con harina de maíz y sauco. Con las tripas haremos salpicón y sopas de ajo. Los sesos y las carnes nobles tú los comerás. ¿Por dónde quieres empezar?

Por la parte más tierna, dije.

Desde la ventana de mi cuarto vi que la madrugada comenzaba a despuntar. Me puse la casaca, como mandaba el *Decálogo*, y esperé a que vinieran a llamarme.

En la mesa grande del Salón de Banquetes, que nunca en mi vida había visto que fuera usado, cumplí mi misión, con mucha pompa y ceremonia. Las luces de la inmensa lámpara estaban todas encendidas, haciendo brillar los negros trajes de rigor que las tías y doña María Nunes usaban.

No pusimos mucho picante para no estropear el gusto. Está casi cruda, es un pedazo de nalga, muy blando, dijo tía Helena. El gusto de Ermé era ligeramente dulce, como ternera lechal, pero más sabroso.

Cuando engullí el primer bocado, tía Julieta, que me observaba atentamente, sentada como las otras alrededor de la mesa, retiró el Anillo de su dedo índice, colocándolo en el mío.

Fui yo quien lo sacó del dedo de tu padre, el día de su muerte, y lo guardaba para hoy, dijo tía Julieta. Eres ahora el jefe de la familia.

# El Cobrador
## (1979)

# El Cobrador

En la puerta de la calle una dentadura enorme, debajo escrito Dr.Carvalho, Dentista. En la sala de espera vacía un cartel, Espere, el doctor está atendiendo a un cliente. Esperé media hora, la muela rabiando, la puerta se abrió y apareció una mujer acompañada de un tipo grande, de unos cuarenta años, con bata blanca.

Entré en el consultorio, me senté en el sillón, el dentista me sujetó al pescuezo una servilleta de papel. Abrí la boca y dije que la muela de atrás me dolía mucho. Miró con un espejito y preguntó cómo es que había dejado que mi boca quedara en ese estado.

Como para partirse de risa. Tienen gracia estos tipos.

Voy a tener que arrancársela, dijo, le quedan pocos dientes, y si no hacemos un trabajo rápido, los va a perder todos, hasta éstos —y dio un golpecito sonoro en los de adelante.

Una inyección de anestesia en la encía. Me mostró la muela en la punta del botador: la raíz está podrida, ¿ve?, dijo sin interés. Son cuatrocientos cruceiros.

De risa. No tengo, dije.

¿Que no tienes qué?

No tengo los cuatrocientos cruceiros. Fui caminando en dirección a la puerta.

Me cerró el paso con el cuerpo. Será mejor que pagues, dijo. Era un hombre alto, manos grandes y fuertes muñecas de tanto arrancar muelas a los desgraciados. Mi pinta, un poco canija, envalentona a cierta gente. Odio a los dentistas, a los comerciantes, a los abogados, a los industriales, a los funcionarios, a los médicos, a los ejecutivos, a toda esa canalla. Tienen muchas que pagarme todos ellos. Abrí la camisa, saqué el 38, y pregunté con tanta rabia, que una gotita de saliva salió disparada hacia su cara —¿qué tal si te meto esto en el culo? Se quedó blanco, retrocedió. Apuntándole al pecho con el revólver empecé a aliviar mi corazón: arranqué los cajones de los armarios, lo tiré todo por el suelo, la emprendí a puntapiés con los frasquitos, como si fueran balones; daban contra la pared y estallaban. Hacer añicos las escupideras y los motores me costó más, hasta me hice daño en las manos y en los pies. El dentista me miraba, varias veces pareció a punto de saltar sobre mí, me hubiera gustado que lo hiciera, para pegarle un tiro en aquel barrigón lleno de mierda.

¡No pago nada! ¡Ya me harté de pagar!, le grité, ¡ahora soy yo quien cobra!

Le pegué un tiro en la rodilla. Tendría que haber matado a aquel hijo de puta.


La calle llena de gente. Digo, dentro de mi cabeza y a veces para afuera, ¡todos me las tienen que pagar! Me deben comida, coños, cobertores, zapatos, casa, coche, reloj, muelas; todo me lo deben. Un ciego pide limosna agitando una escudilla de aluminio con monedas. Le pego una patada en la escudilla, el tintineo de las monedas me irrita. Calle Marechal Floriano, armería, farmacia, banco, putas, fotógrafo, Light, vacuna, médico, Ducal, gente a montones. Por las mañanas no hay quien avance camino de la Central, la multitud viene arrollando como una enorme oruga que ocupa toda la acera.


Me encabronan esos tipos que andan en Mercedes. La bocina del carro también me fastidia. Anoche fui a ver a un tipo que tenía una Magnum con silenciador para vender en la Cruzada, y cuando estaba atravesando la calle tocó la bocina un sujeto que había ido a jugar tenis en uno de aquellos clubs finolis de por allá. Yo iba distraído, pensando en la Magnum, cuando sonó la bocina. Vi que el carro venía lentamente y me quedé parado frente a él.

¿Qué pasa?, gritó.

Era de noche y no había nadie por allí. Él estaba vestido de blanco. Saqué el 38 y disparé contra el parabrisas, más para cascarle el vidrio que para darle a él. Arrancó a toda prisa, como para atropellarme o huir, o las dos cosas. Me eché a un lado, pasó el coche, los neumáticos chirriando en el asfalto. Se paró un poco más allá. Me acerqué. El tipo estaba tumbado con la cabeza hacia atrás, la cara y el cuerpo estaban cubiertos de millares de astillitas de cristal. Sangraba mucho, con una herida en el cuello, y llevaba ya el traje blanco todo manchado de rojo.

Volvió la cabeza, que estaba apoyada en el asiento, los ojos muy abiertos, negros, y el blanco en torno era azul lechoso, como una nuez de jabuticaba por dentro. Y porque el blanco de sus ojos era azulado le dije —oye, vas a morir, ¿quieres que te pegue el tiro de gracia?

No, no, dijo con esfuerzo, por favor.

En la ventana vi a un tipo observándome. Se escondió cuando miré hacia allá. Debía haber llamado a la policía.

Salí caminando tranquilamente, volví a la Cruzada. Había sido una buena idea despedazar el parabrisas del Mercedes. Tendría que haberle pegado un tiro en el capot y otro en cada puerta, el hojalatero iba a agradecerlo.


El tipo de la Magnum ya había vuelto. ¿Traes los treinta mil? Ponlos aquí, en esta mano que no ha agarrado en su vida el tacho. Su mano era blanca, lisita, pero la mía estaba llena de cicatrices, tengo todo el cuerpo lleno de cicatrices, hasta el pito lo tengo lleno de cicatrices.

También quiero comprar una radio, le dije.

Mientras iba a buscar la radio, examiné a fondo mi Magnum. Bien engrasadita, y también cargada. Con el silenciador parecía un cañón.

El perista volvió con una radio de pilas. Es japonesa, dijo.

Dale, para que lo oiga.

Lo puso.

Más alto, le pedí.

Aumentó el volumen.

Puf. Creo que murió del primer tiro. Le aticé dos más sólo para oír puf, puf.


Me deben escuela, novia, tocadiscos, respeto, sánguich de mortadela en el bar de la calle Vieira Fazenda, helado, balón de futbol.

Me quedo frente a la televisión para aumentar mi odio. Cuando mi cólera va disminuyendo y pierdo las ganas de cobrar lo que me deben, me siento frente a la televisión y al poco tiempo me vuelve el odio. Me gustaría mucho coger al tipo que hace el anuncio del güisqui. Está vestidito, bonito, todo sanforizado, abrazado a una rubia reluciente, y echa unos cubitos de hielo en el vaso y sonríe con todos los dientes, sus dientes firmes y verdaderos; me gustaría agarrarlo y rajarle la boca con una navaja, por los dos lados, hasta las orejas, y esos dientes tan blancos quedarían todos fuera, con una sonrisa de calavera descarnada. Ahora está ahí, sonriendo, y luego besa a la rubia en la boca. Se ve que tiene prisa el hombre.

Mi arsenal está casi completo: tengo la Magnum con silenciador, un Colt Cobra 38, dos navajas, una carabina 12, un Taurus 38, un puñal y un machete. Con el machete voy a cortarle a alguien la cabeza de un solo tajo. Lo vi en el cine, en uno de esos países asiáticos, aún en tiempo de los ingleses. El ritual consistía en cortar la cabeza de un animal, creo que un búfalo, de un solo tajo. Los oficiales ingleses presidían la ceremonia un poco incómodos, pero los decapitadores eran verdaderos artistas. Un golpe seco y la cabeza del animal rodaba chorreando sangre.

En casa de una mujer que me atrapó en la calle. Coroa, dice que estudia en la escuela nocturna. Ya pasé por eso, mi escuela fue la más nocturna de todas las escuelas nocturnas del mundo, tan mala que ya ni existe. La derribaron. Hasta la calle donde estaba fue demolida. Me pregunta qué hago, y le digo que soy poeta, cosa que es rigurosamente cierta. Me pide que le recite uno de mis poemas. Ahí va: A los ricos les gusta acostarse tarde/ sólo porque saben que la chusma/ tiene que acostarse temprano para madrugar. Esa es otra oportunidad suya/ para mostrarse diferentes:/ hacer el parásito,/ despreciar a los que sudan para ganar la comida,/ dormir hasta tarde,/ tarde/ un día/ por fortuna/ demasiado tarde./

Me interrumpe preguntándome si me gusta el cine. ¿Y el poema? Ella no entiende. Sigo: Sabía bailar la samba y enamorarse/ y rodar por el suelo/ sólo por poco tiempo./ Del sudor de su rostro nada se había construido./ Quería morir con ella,/ pero eso fue otro día,/ realmente otro día./ En el cine Iris, en la calle Carioca/ El Fantasma de la Ópera/ Un tío de negro,/ cartera negra, el rostro oculto,/ en la mano un pañuelo blanco inmaculado,/ hacía puñetas a los espectadores;/ en aquel tiempo, en Copacabana,/otro/ que ni apellido tenía,/ se bebía los orines de los mingitorios de los cines/ y su rostro era verde e inolvidable,/ La Historia está hecha de gente muerta/ y el futuro de gente que va a morir./ ¿Crees que ella va a sufrir?/ Es fuerte, aguantará./ Aguantaría también si fuera débil./ Ahora bien, tú, no sé./ Fingiste tanto tiempo, pegaste bofetadas y gritos, mentiste./ Estás cansado/, has terminado/ no sé qué es lo que te mantiene vivo./

No entendía de poesía. Estaba sólo conmigo y quería fingir indiferencia, bostezaba desesperadamente. La eterna trapacería de las mujeres.

Me das miedo, acabó confesando.

Esta pendeja no me debe nada, pensé, vive con estrecheces en su pisito, tiene los ojos hinchados de beber porquerías y de leer la vida de las niñas bien en la revista Vogue.

¿Quieres que te mate?, pregunté mientras bebíamos güisqui de garrafa.

Quiero que me revuelques en la cama, se rió ansiosa, dubitativa.

¿Acabar con ella? Nunca había estrangulado a nadie con mis propias manos. No tiene mucho estilo, ni drama, estrangular a alguien; es como si fuera una pelea callejera. Pero, pese a todo, tenía ganas de estrangular a alguien, pero no a una desgraciada como aquélla. Para un don nadie basta quizá con un tiro en la nuca.

Lo he venido pensando últimamente. Se había quitado la ropa: pechos mustios y colgantes; los pezones como pasas gigantescas que alguien hubiera pisoteado; los muslos fláccidos, con celulitis, gelatina estragada con pedazos de fruta podrida.

Estoy muerta de frío, dijo.

Me eché encima de ella. Me cogió por el cuello, su boca y la lengua en mi boca, una vagina chorreante, cálida y olorosa.

Cogimos.

Ahora se ha quedado dormida.

Soy justo.


Leo los periódicos. La muerte del perista de la Cruzada ni viene en las noticias. El señoritingo del Mercedes con ropa de tenis murió en el Miguel Couto y los periódicos dicen que fue asaltado por el bandido Boca Ancha. Es como para morirse de risa.

Hago un poema titulado Infancia o Nuevos Olores de Coño con U: Aquí estoy de nuevo/ oyendo a los Beatles/ en Radio Mundial/ a las nueve de la noche/ en un cuarto que podía ser/ y era/ el de un santo mártir./ No había pecado/ y no sé porqué me condenaban/ por ser inocente o por estúpido. De todos modos/ el suelo seguía allí/ para zambullirse./ Cuando no se tiene dinero/ es conveniente tener músculos/ y odio./

Leo los periódicos para saber qué es lo que están comiendo, bebiendo, haciendo. Quiero vivir mucho para tener tiempo de matarlos a todos.

Desde la calle veo la fiesta en la Vieira Souto, las mujeres con vestido de noche, los hombres de negro. Camino lentamente, de un lado a otro, por la calle; no quiero despertar sospechas y el machete lo llevo por dentro del pantalón, amarrado; no me deja caminar bien. Parezco un lisiado, me siento como un lisiado. Un matrimonio de mediana edad pasa a mi lado y me mira con pena; también yo siento pena de mí, cojo, y me duele la pierna.

Desde la acera veo a los camareros sirviendo champán francés. A esa gente le gusta el champán francés, la ropa francesa, la lengua francesa.

Estaba allí desde las nueve, cuando pasé por delante, bien pertrechado de armas, entregado a la suerte y al azar, y la fiesta surgió ante mí.

Los estacionamientos que había ante la casa se ocuparon pronto todos, y los coches de los asistentes tuvieron que estacionarse en las oscuras calles laterales. Me interesó mucho uno, rojo, y en él, un hombre y una mujer, jóvenes y elegantes los dos. Fueron hasta el edificio sin cruzar palabra; él, ajustándose la pajarita, y ella, el vestido y el peinado. Se preparaban para una entrada triunfal, pero desde la acera veo que su llegada fue, como la de los otros, recibida con total desinterés. La gente se acicala en el peluquero, en la modista, en los salones de masaje y sólo el espejo les presta, en las fiestas, la atención que esperaban. Vi a la mujer con su vestido azul flotante y murmuré: te voy a prestar la atención que te mereces, por algo te pusiste tus mejores braguitas y has ido tantas veces a la modista y te has pasado tantas cremas por la piel y te has puesto un perfume tan caro.

Fueron los últimos en salir. No andaban con la misma firmeza y discutían irritados, voces pastosas, confusas.

Llegué junto a ellos en el momento en que el hombre abría la puerta del coche. Yo venía cojeando y él apenas me lanzó una mirada distraída, a ver quién era, y descubrió sólo a un inofensivo inválido de poca monta.

Le apoyé la pistola en la espalda.

Haz lo que te diga o mato a los dos, dije.

Entrar con la pata rígida en el estrecho asiento de atrás no fue fácil. Quedé medio tumbado, con la pistola apuntando a su cabeza. Le mandé que tirara hacia la Barra de Tijuca. Saque el machete de dentro del pantalón cuando me dijo, llévate el dinero y el coche y déjanos aquí. Estábamos frente al Hotel Nacional. De risa. Él estaba ya sobrio y quería tomarse el último güisquito mientras daba cuenta a la policía por teléfono. Hay gente que se cree que la vida es una fiesta. Seguimos por el Recreiro dos Bandeirantes hasta llegar a una playa desierta. Saltamos. Dejé los faros encendidos.

Nosotros no le hemos hecho nada, dijo él.

¿Que no? De risa. Sentí el odio inundándome los oídos, las manos, la boca, todo mi cuerpo, un gusto de vinagre y de lágrimas.

Está embarazada, dijo él señalando a la mujer, va a ser nuestro primer hijo.

Miré la barriga de aquella esbelta mujer y decidí ser misericordioso, y dije, puf, allá donde debía estar su ombligo y me cargué al feto. La mujer cayó de bruces. Le apoyé la pistola en la sien y dejé allí un agujero como la boca de una mina.

El hombre presenció todo sin decir ni una palabra, la cartera del dinero en su mano tendida. Cogí la cartera y la tiré al aire y cuando iba cayendo le di un taconazo, con la zurda, echándola lejos.

Le até las manos a la espalda con un cordel que llevaba. Después le amarré los pies.

Arrodíllate, le dije.

Se arrodilló.

Los faros iluminaban su cuerpo. Me arrodillé a su lado, le quité la pajarita, doblé el cuello de la camisa, dejándole el pescuezo al aire.

Inclina la cabeza, ordené.

La inclinó. Levanté el machete, sujeto con las dos manos, vi las estrellas en el cielo, la noche inmensa, el firmamento infinito e hice caer el machete, estrella de acero, con toda mi fuerza, justo en medio del pescuezo.

La cabeza no cayó y él intentó levantarse agitándose como una gallina atontada en manos de una cocinera incompetente. Le di otro golpe, y otro más y otro, y la cabeza no rodaba por el suelo. Se había desmayado o había muerto con la condenada cabeza aquella sujeta al pescuezo. Empujé el cuerpo sobre la salpicadera del coche. El cuello quedó en buena posición. Me concentré como un atleta a punto de dar un salto mortal. Esta vez, mientras el machete describía su corto recorrido mutilante zumbando, hendiendo el aire, yo sabía que iba a conseguir lo que quería. ¡Broc!, la cabeza salió rodando por la arena. Alcé el alfanje y grité: ¡Salve el Cobrador! Di un tremendo grito que no era palabra alguna, sino un aullido prolongado y fuerte, para que todos los animales se estremecieran y se largaran de allí. Por donde yo paso se derrite el asfalto.


Una caja negra bajo el brazo. Digo con la lengua trabada que soy el fontanero y que voy al departamento doscientos uno. Al portero le hace gracia mi lengua estropajosa y me manda subir. Empiezo por el último piso. Soy el fontanero (lengua normal ahora), vengo a arreglar eso. Por la abertura, dos ojos: nadie ha llamado al fontanero. Bajo al séptimo, lo mismo. Sólo tengo suerte en el primer piso.

La criada me abrió la puerta y gritó hacia dentro, es el fontanero. Salió una muchacha en camisón, un frasquito de esmalte de uñas en la mano, bonita, unos veinticinco años.

Debe haber un error, dijo, no necesitamos al fontanero.

Saqué la Cobra de dentro de la funda. Claro que lo necesitan, y quietas o me las cargo a las dos. ¿Hay alguien más en casa? El marido estaba trabajando, y el chiquillo en la escuela. Agarré a la criadita, le tapé la boca con esparadrapo. Me llevé a la mujer al cuarto.

Desnúdate.

No me voy a quitar la ropa, dijo con la cabeza erguida.

Me lo deben todo, té, calcetines, cine, filete y coño; anda, rápido. Le di un porrazo en la cabeza. Cayó en la cama, con una marca roja en la cara. No me la quito. Le arranqué el camisón, las braguitas. No llevaba sostén. Le abrí las piernas. Coloqué las rodillas sobre sus muslos. Tenía una pelambrera basta y negra. Se quedó quieta, con los ojos cerrados. No fue fácil entrar en aquella selva oscura, el coño estaba apretado y seco. Me incliné, abrí la vagina y escupí allá adentro, un gargajo gordo. Pero tampoco así fue fácil. Sentía la verga desollada. Empezó a gemir cuando se la hundí con toda mi fuerza hasta el fin. Mientras la metía y sacaba le iba pasando la lengua por los pechos, por la oreja, por el cuello, y le pasaba levemente el dedo por el culo, le acariciaba las nalgas. Mi palo empezó a quedar lubricado por los jugos de su vagina, ahora tibia y viscosa.

Como ya no me tenía miedo, o quizá porque lo tenía, se vino antes que yo. Con lo que me iba saliendo aún, le dibujé un círculo alrededor del ombligo.

A ver si dejan de abrir la puerta al fontanero, dije, antes de marcharme.

Salgo de la buharda de la calle del Visconde de Maranguape. Un agujero en cada muela lleno de cera del Dr. Lustosa/ masticar con los dientes de adelante/ caray con la foto de la revista/ libros robados./ Me voy a la playa.

Dos mujeres charlan en la arena; una está bronceada por el sol, lleva un pañuelo en la cabeza; la otra está muy blanca, debe ir poco a la playa; tienen las dos un cuerpo muy bonito; el trasero de la pálida es el trasero más hermoso que he visto en mi vida. Me siento cerca y me quedo mirándola. Se dan cuenta de mi interés y empiezan a menearse inquietas, a decir cosas con el cuerpo, a hacer movimientos tentadores con el trasero. En la playa todos somos iguales, nosotros, los jodidos, y ellos. Y nosotros quedamos incluso mejor, porque no tenemos esos barrigones y el culazo blando de los parásitos. Me gusta la paliducha esa. Y ella parece interesada por mí, me mira de reojo. Se ríen, se ríen, enseñando los dientes. Se despiden, y la blanca se va andando hacia Ipanema, el agua mojando sus pies. Me acerco y voy caminando junto a ella, sin saber qué decir.

Soy tímido, he llevado tantos estacazos en la vida, y el pelo de ella se ve cuidado y fino, su tórax es esbelto, los senos pequeños, los muslos sólidos, torneados, musculosos y el trasero formado por dos hemisferios consistentes. Cuerpo de bailarina.

¿Estudias ballet?

Estudié, dice. Me sonríe. ¿Cómo puede tener alguien una boca tan bonita? Me dan ganas de lamer su boca diente a diente. ¿Vives por aquí?, me pregunta. Sí, miento. Ella me señala una casa en la playa, toda de mármol.

De vuelta a la calle del Visconde de Maranguape. Hago tiempo para ir a la casa de la paliducha. Se llama Ana. Me gusta Ana, palindrómico. Afilo el machete en una piedra especial, el cuello de aquel señorito era muy duro. Los periódicos dedicaron mucho espacio a la pareja que maté en la Barra. La chica era hija de uno de esos hijos de puta que se hacen ricos, en Sergipe o Piauí, robando a los muertos de hambre, y luego se vienen a Rio, y los hijos de cara chata ya no tienen acento, se tiñen el pelo de rubio y dicen que descienden de holandeses.

Los cronistas de sociedad estaban consternados. Aquel par de señoritingos que me cargué estaban a punto de salir hacia París. Ya no hay seguridad en las calles, decían los titulares de un periódico. De risa. Tiré los calzoncillos al aire e intenté cortarlos de un tajo como hacía Saladino (con un lienzo de seda) en el cine.

Ahora ya no hacen cimitarras como las de antes/ Soy una hecatombe/ No fue ni Dios ni el Diablo/ quien me hizo vengador/ Fui yo mismo/ Soy el Hombre-Pene/ Soy el Cobrador./

Voy al cuarto donde doña Clotilde está acostada desde hace tres años. Doña Clotilde es la dueña de la buhardilla.

¿Quiere que barra la habitación?, le pregunto.

No, hijo mío; sólo quería que me pusieras la inyección de trinevral antes de marcharte.

Hiervo la jeringa, preparó la inyección. El culo de doña Clotilde está seco como una hoja vieja y arrugada de papel arroz.

Vienes que ni caído del cielo, hijo mío. Ha sido Dios quien te ha enviado, dice.

Doña Clotilde no tiene nada, podría levantarse e ir de compras al supermercado. Su mal está en la cabeza. Y después de pasarse tres años acostada, sólo se levanta para hacer pipí y caquitas, que ni fuerzas debe tener.

El día menos pensado le pego un tiro en la nuca.


Cuando satisfago mi odio me siento poseído por una sensación de victoria, de euforia, que me da ganas de bailar —doy pequeños aullidos, gruño sonidos inarticulados, más cerca de la música que de la poesía, y mis pies se deslizan por el suelo, mi cuerpo se mueve con un ritmo hecho de balanceos y de saltos, como un salvaje, o como un mono.

Quien quiera mandar en mí, puede quererlo, pero morirá. Tengo ganas de acabar con un figurón de ésos que muestran en la tele su cara paternal de bellaco triunfador, con una de esas personas de sangre espesa a fuerza de caviares y champán. Come caviar/ tu hora va a llegar./ Me deben una muchacha de veinte años, llena de dientes y perfume. ¿La de la casa de mármol? Entro y me está esperando, sentada en la sala, quieta, inmóvil, el pelo muy negro, la cara blanca, parece una fotografía.

Bueno, vámonos, le digo. Me pregunta si traigo coche. Le digo que no tengo coche. Ella sí tiene. Bajamos por el ascensor de servicio y salimos en el garaje, entramos en un Puma convertible.

Al cabo de un rato le pregunto si puedo conducir y cambiamos de sitio. ¿Te parece bien a Petrópolis?, pregunto. Subimos a la sierra sin decir palabra, ella mirándome. Cuando llegamos a Petrópolis me pide que pare en un restaurante. Le digo que no tengo ni dinero ni hambre, pero ella tiene las dos cosas, come vorazmente, como si temiera que en cualquier momento vinieran a retirarle el plato. En la mesa de al lado, un grupo de muchachos bebiendo y hablando a gritos, jóvenes ejecutivos que suben el viernes y que beben antes de encontrarse con madame toda acicalada para jugar cartas o para chismorrear mientras van catando quesos y vinos. Odio a los ejecutivos. Acaba de comer y dice, ¿qué hacemos ahora? Ahora vamos a regresar, le digo, y bajamos la sierra, yo conduciendo como un rayo, ella mirándome. Mi vida no tiene sentido, hasta he pensado en suicidarme, dice. Paro en la calle del Visconde de Maranguape. ¿Aquí vives? Salgo sin decir nada. Ella viene detrás: ¿cuándo te volveré a ver? Entro y mientras voy subiendo las escaleras oigo el ruido del coche que se pone en marcha.


Top Executive Club. Usted merece el mejor relax, hecho de cariño y comprensión. Nuestras masajistas son expertas. Elegancia y discreción.

Anoto la dirección y me encamino a un local, una casa, en Ipanema. Espero a que él salga, vestido con traje gris, chaleco, cartera negra, zapatos brillantes, pelo planchado. Saco un papel del bolsillo, como alguien que anda en busca de una dirección, y voy siguiéndole hasta el coche. Estos cabrones siempre cierran el coche con llave, saben que el mundo está lleno de ladrones, también ellos lo son, pero nadie los agarra. Mientras abre el coche, le meto el revólver en la barriga. Dos hombres, uno frente al otro, hablando no llaman la atención. Meter el revólver en la espalda asusta más, pero eso sólo debe hacerse en lugares desiertos.

Estáte quieto o te lleno de plomo esa barrigota ejecutiva.

Tiene el aire petulante y al mismo tiempo ordinario del ambicioso ascendente inmigrado del interior, deslumbrado por las crónicas de sociedad, consumista, elector de la Arena, católico, cursillista, patriota, mayordomista y bocalibrista, los hijos estudiando en la Universidad, la mujer dedicada a la decoración de interiores y socia de una butique.

A ver, ejecutivo, ¿qué te hizo la masajista? ¿Te hizo una puñeta o te la chupó?

Bueno, usted es un hombre y sabe de estas cosas, dijo. Palabras de ejecutivo con chofer de taxi o ascensorista. Desde Botucatu a la Dictadura, cree que se ha enfrentado ya con todas las situaciones de crisis.

Qué hombre ni qué niño muerto, digo suavemente, soy el Cobrador.

¡Soy el Cobrador!, grito.

Empieza a ponerse del color del traje. Piensa que estoy loco y él aún no se ha enfrentado con ningún loco en su maldito despacho con aire acondicionado.

Vamos a tu casa, le digo.

No vivo aquí, en Rio, vivo en Saõ Paulo, dice. Ha perdido el valor, pero no las mañas. ¿Y el carro?, le pregunto. ¿El carro? ¿Qué carro? ¿Ése con matricula de Rio? Tengo mujer y tres hijos, intenta cambiar de conversación. ¿Qué es esto? ¿Una disculpa, una contraseña, habeas corpus, salvoconducto? Le mando parar el coche. Puf, puf, puf, un tiro por cada hijo, en el pecho. El de la mujer en la cabeza, puf.


Para olvidar a la chica de la casa de mármol voy a jugar futbol a un descampado. Tres horas seguidas, mis piernas todas arruinadas de los patadones que me llevé, el dedo gordo del pie derecho hinchado, tal vez roto. Me siento, sudoroso, a un lado del campo, junto a un negro que lee *O Dia*. Los titulares me interesan, le pido el periódico, el tío me dice ¿por qué no te compras uno si quieres leerlo? No me enfado. El tipo tiene pocos dientes, dos o tres, retorcidos y oscuros. Digo, bueno, no vamos a pelearnos por eso. Compro dos perros calientes y dos cocas, le doy la mitad y él me da el periódico. Los titulares dicen: La policía anda en busca del loco de la Magnum. Le devuelvo el periódico, él no lo acepta, sonríe para mí mientras mastica con los dientes de adelante, o mejor con las encías de adelante, que, de tanto usarlas, las tiene afiladas como navajas. Noticia del diario: Un grupo de peces gordos de la zona sur haciendo preparativos para el tradicional Baile de Navidad —Primer Grito del Carnaval. El baile empieza el día 24 y termina el día 1° del Año Nuevo; vienen hacendados de la Argentina, herederos alemanes, artistas norteamericanos, ejecutivos japoneses, el parasitismo internacional. La Navidad se ha convertido en una fiesta. Bebida, locura, orgía, despilfarro.

El Primer Grito del Carnaval. De risa. Tienen gracia estos tipos...

Un loco se tiró desde el puente de Niterói y estuvo nadando doce horas hasta que dio con él una lancha de salvamento. Y no agarró ni un resfriado.

Cuarenta viejos mueren en el incendio de un asilo, las familias lo celebrarán.


Acabo de poner la inyección de trinevral a doña Clotilde cuando llaman al timbre. Nunca llama nadie al timbre de la buhardilla. Yo hago las compras, arreglo la casa. Doña Clotilde no tiene parientes. Miro desde el balcón. Es Ana Palindrómica.

Hablamos en la calle. ¿Estás huyendo de mí?, pregunta. Más o menos, digo. Subo con ella a la buhardilla. Doña Clotilde, estoy aquí con una chica, ¿puedo llevarla al cuarto? Hijo mío, la casa es tuya, haz lo que quieras; pero me gustaría verla.

Nos quedamos de pie al lado de la cama. Doña Clotilde se queda mirando a Ana un tiempo inmenso. Se le llenan los ojos de lágrimas. Yo rezaba todas las noches, solloza, todas las noches, para que encontraras una chica como ésta. Alza los brazos flacos cubiertos de colgajos de piel fláccida, junta las manos y dice, oh Dios mío, gracias, gracias.

Estamos en mi cuarto, de pie, ceja contra ceja, como en el poema, y la desnudo, y ella me desnuda a mí, y su cuerpo es tan hermoso que siento una opresión en la garganta, lágrimas en mi rostro, ojos ardiendo, mis manos tiemblan y ahora estamos acostados, uno en el otro, entrelazados, gimiendo, y más, y más, sin parar, ella grita, la boca abierta, los dientes blancos como de un elefante joven, ¡ay, ay, adoro tu obsesión!, grita ella, agua y sal y humores chorrean de nuestros cuerpos, sin parar.

Ahora, mucho después, acostados, mirándonos uno al otro hipnotizados hasta que anochece y nuestros rostros brillan en la oscuridad y el perfume de su cuerpo traspasa las paredes de la habitación.

Ana despertó antes que yo y la luz ya está encendida. ¿Sólo tienes libros de poesía? Y todas estas armas, ¿para qué? Coge la Magnum del armario, carne blanca y acero negro, apunta hacia mí. Me siento en la cama.

¿Quieres disparar? Puedes disparar, la vieja no va a oír. Pero un poco más arriba. Con la punta del dedo alzo el cañón hasta la altura de mi frente. Aquí no duele.

¿Has matado a alguien alguna vez? Ana apunta el arma a mi cabeza.

Sí.

¿Y te gustó?

Sí.

¿Qué sentiste?

Un alivio.

¿Como nosotros dos en la cama?

No, no. Otra cosa. Lo contrario.

Yo no te tengo miedo, Ana dice.

Ni yo a ti. Te quiero.

Hablamos hasta el amanecer. Siento una especie de fiebre. Hago café para doña Clotilde y se lo llevo a la cama. Voy a salir con Ana, digo. Dios oyó mis oraciones, dice la vieja entre trago y trago.


Hoy es 24 de diciembre, día del Baile de Navidad o Primer Grito del Carnaval. Ana Palindrómica se ha ido de casa y vive conmigo. Mi odio ahora es diferente. Tengo una misión. Siempre he tenido una misión y no lo sabía. Ahora lo sé. Ana me ha ayudado a ver. Sé que si todos los jodidos hicieran lo que yo, el mundo sería mejor y más justo. Ana me ha enseñado a usar los explosivos y creo que estoy ya preparado para este cambio de escala. Andar matándolos uno a uno es cosa mística, y ya me he liberado de eso. En el Baile de Navidad mataremos convencionalmente a los que podamos. Será mi último gesto romántico inconsecuente. Elegimos para iniciar la nueva fase a los consumistas asquerosos de un supermercado de la zona sur. Los matará una bomba de gran poder explosivo. Adiós machete, adiós puñal, adiós mi rifle, mi Colt Cobra, mi Magnum, hoy será el último día que los use. Beso mi cuchillo. Hoy usaré explosivos, reventaré a la gente, lograré fama, ya no seré sólo el loco de la Magnum. Tampoco volveré a salir por el parque de Flamengo mirando los árboles, los troncos, la raíz, las hojas, la sombra, eligiendo el árbol que quería tener, que siempre quise tener, un pedazo de suelo de tierra apisonada. Y los vi crecer en el parque, y me alegraba cuando llovía, y la tierra se empapaba de agua, las hojas lavadas por la lluvia, el viento balanceando las ramas, mientras los automóviles de los canallas pasaban velozmente sin que ellos miraran siquiera a los lados. Ya no pierdo mi tiempo con sueños.

El mundo entero sabrá quién eres tú, quiénes somos nosotros, dice Ana.

Noticia: El gobernador se va a disfrazar de Papá Noel. Noticia: Menos festejos y más meditación, vamos a purificar el corazón. Noticia: No faltará cerveza. No faltarán pavos. Noticia: Los festejos navideños causarán este año más víctimas de tráfico y de agresiones que en años anteriores. Policía y hospitales se preparan para las celebraciones de Navidad. El cardenal en la televisión: la fiesta de Navidad ha sido desfigurada, su sentido no es éste, esa historia del Papá Noel es una desgraciada invención. El cardenal afirma que Papá Noel es un payaso ficticio.

La víspera de Navidad es un buen día para que esa gente pague lo que debe, dice Ana. Al Papá Noel del baile quiero matarlo yo mismo a cuchilladas, digo.

Le leo a Ana lo que he escrito, nuestro mensaje de Navidad para los periódicos. Nada de salir matando a diestra y siniestra, sin objetivo definido. Hasta ahora no sabía qué quería, no buscaba un resultado práctico, mi odio se estaba desperdiciando. Estaba en lo cierto por lo que a mis impulsos se refiere, pero mi equivocación consistía en no saber quién era el enemigo y por qué era enemigo. Ahora lo sé, Ana me lo enseñó. Y mi ejemplo debe ser seguido por otros, sólo así cambiaremos el mundo. Ésta es la síntesis de nuestro manifiesto.

Meto las armas en una maleta. Ana tira tan bien como yo, sólo que no sabe manejar el cuchillo, pero ésta es ahora un arma obsoleta. Le decimos adiós a doña Clotilde. Metemos la maleta en el coche. Vamos al Baile de Navidad. No faltará cerveza, ni pavos. Ni sangre. Se cierra un ciclo de mi vida y se abre otro.

# Pierrot de la caverna

Hay personas que no se entregan a la pasión, personas cuya apatía las lleva a elegir una vida de rutina en la que vegetan como "abacaxis en un invernadero de piñas tropicales", como decía mi padre. En cuanto a mí, lo que me mantiene vivo es el riesgo inminente de pasión y sus coadyuvantes: amor, gozo, odio, misericordia. Llevo colgado del cuello el micrófono de una grabadora. Sólo quiero hablar, y lo que diga jamás pasará al papel. De esta forma no tengo necesidad de pulir el estilo con esos refinamientos que los críticos tanto elogian y que es sólo el paciente trabajo de un orfebre. Al no saber cómo se sitúan las palabras en el papel, pierdo la noción de su velocidad y cohesión, de su compatibilidad. Pero eso no se interferirá con la historia. Había alguien que me vigilaba tras la puerta. Regina respondió que eran cosas de mi imaginación: el matrimonio que vivía allí trabajaba fuera y su única hija se pasaba el día en el colegio. Al volver a mi departamento, después que se marchó Regina, sonó el teléfono y, como siempre, él o ella se quedó en silencio, un silencio denso, secreto, que me amenazaba y que cada vez se iba haciendo más siniestro. Grité: ¿Es que crees que te tengo miedo? No podía ser María Augusta; de ella jamás sentiría miedo. Cuando nos separamos, le dejé el apartamento y todos los muebles, los cuadros, los libros, todo. Pero eso fue ya hace mucho tiempo, o mejor dicho, hace poco, pero lo he colocado todo tan lejos que, si no fuera por los libros, ni me acordaría de la existencia de María Augusta. He leído en el periódico que en Londres organizaron una asociación de pedófilos y que el día de la inauguración del local, los miembros fueron agredidos por una multitud de airados ciudadanos, mujeres en su mayoría. Le cuento esto a Regina cuando me llama para preguntar, como hace siempre, si la quiero. Le digo que ojo con la extensión del teléfono, pero no hay peligro, ella está en el baño, y nos decimos te quiero varias veces y organizamos la cita para el día siguiente. Después dicté en el sofá y me quedé pensando. Cuando era niño me gustaba fingir que iba a dormir para poder quedarme pensando sin que nadie me interrumpiera. Los adultos parecen preocupados cuando ven a un niño quieto, pensando. Yo pasaba, y aún paso, la noche, o gran parte de ella, despierto, pensando. A veces pienso sobre un acontecimiento que he presenciado, como la pelea de gallos a la que asistí el otro día. En uno de los intervalos de la lucha el gallero extrajo un espolón clavado en el pecho del gallo y lo lanzó otra vez a la pelea. Corría la sangre por el cuerpo del herido, las patas marcadas por nervaduras que se estremecían con un temblor continuo. El gallo moría, feroz, y el hombre aceptaba las apuestas que se hacían contra él, sabiendo que perdería. Entonces salí de allá pensando en hacer un poema utilizando la muerte del animal como un símbolo. Todo arte es simbólico, ¿pero no sería preferible, más simbólico, escribir sobre personas que se matan? Mal rayo me parta. Acabé decidiendo que iba a escribir una novela. Tal vez vuelva a hablar de eso dentro de un rato. Dije que le había dejado los libros a María Augusta, pero no fue exactamente así: decidimos repartirnos los libros, y que ella eligiera primero. Pero María Augusta nunca lo hizo. Y así, de vez en cuando, voy a su casa a buscar algún libro. Nuestros contactos van siendo cada vez más desagradables. La última vez no ocultó su irritación al verme. Llevaba un vestido largo y joyas, como si fuera a algún sitio. Tardó en invitarme a entrar, y luego vi por qué. Había un tipo en la sala, rostro gordezuelo pálido azulado por la barba, a pesar de que estaba bien afeitado; iba vestido a la última moda, camisa de voilé francesa abierta en el pecho, un collarito de oro, grueso, con un medallón alrededor del cuello, y perfumado. Se llamaba Fernando. Uñas y maneras pulidas. Preguntó si estaba escribiendo algo. Se pasan la vida haciéndonos esa pregunta a nosotros, los escritores, como si no paráramos nunca de escribir. Claro que paramos, y a veces nos pegamos un tiro en la cabeza por eso. Le respondí que el tema del libro que estaba escribiendo era la pedofilia. Iba a decir, en el orden que lo pensé: que era un libro sobre la devastación de la Amazonia; que era sobre un curandero que engañaba a la gente por televisión; sobre una familia de inmigrantes miserables que vagaban sin descanso por Rio de Janeiro; sobre la pelea de gallos. Pero salió lo de la pedofilia. María Augusta, al ver que Fernando no conocía el significado de la palabra, le explicó, áspera, que se trataba de atracción erótica hacia los niños, que era una palabra compuesta griega y que,

originalmente, no tenía connotaciones perversas. La ignorancia
de Fernando me hizo sonreír, y eso puso más furiosa a María
Augusta. ¿Qué te ha pasado?, preguntó sarcástica, estás más
calvo, y tienes el pelo casi completamente blanco, has envejecido. ¿Tienes algún problema de salud? Nos miramos, hostiles e
implacables, al modo de quienes han dejado de amarse. Debe ser
la edad, respondí, es el peor de todos los venenos. María Augusta
se colocó la mano en el cuello, sabía que era allí donde el tiempo
depredaba más su cuerpo, y me preguntó impaciente cuál era el
motivo de mi visita. Cogí los libros que quería y me fui. Por la
noche di vueltas en la cama, insomne, pero gozando el placer de
estar sólo y despierto, dueño absoluto de mis pensamientos.
Sonó el teléfono varias veces y grité: ¡Vete a la mierda!, y él, o ella,
permaneció en silencio, al otro lado. Alectrionon agones, alec-
triomachia. Regina y yo hacíamos el amor en el sofá los días que
ella tenía prisa por volver a casa. Después de contemplar ciertas
cosas, o una cosa, hay que cambiar de vida. Yo pensaba en Sofía
y no se me iba de la cabeza la ajorca de oro de su tobillo, qué cosa
más diabólica. Cuando nos encontramos en el hall, se puso
pálida; cómo estaría yo, desde luego. Me sentí como si mi alma,
si es que tengo alma, se desprendiera y trepara al cielo como una
llamarada alucinante. ¿Cómo va la escuela?, pregunté. Ah, Dios
mío, si es que Dios existe, no era una urna griega, era el propio
ser humano al revés de una de sus creaciones. Ella preguntó,
manteniendo abierta la puerta del ascensor, si iba a bajar. No, no.
No bajo. Una pulserita de oro en el tobillo. ¿Quién era el que creía
que a los cincuenta años su creatividad se había agotado, que
estaba viejo y acabado? Era un escritor como yo. ¡Ah, ese veneno!
En Atenas había una ley que mandaba que todos los años se
celebrara una pelea de gallos en el teatro, a expensas del Tesoro,
en memoria del discurso pronunciado por Temístocles sobre el
valor de sus conciudadanos, antes de la batalla de Salamina.
¡Atenienses! ¿Estáis dispuestos a imitar , en defensa de la Libertad
y de la Patria, el ensañamiento de estos animales que se matan
sólo por el placer de vencer? ¿Sería eso una mentira, como quería
el fofo amante de mi ex-mujer? ¿Qué vería María Augusta en un
tipo tan basto? ¿Cómo serían los dos en la cama? ¿Tendría él fuerza
para apretarla entre los brazos haciendo que le dolieran los
huesos, la carne, el espíritu, como a ella le gustaba? ¿Morderla, no
sólo con los dientes? La segunda vez que la vi fue en mi casa. Sofía
llevaba un vestido blanco; el pelo negro, sujeto con una cinta,

también blanca. Y la ajorca en el tobillo. Se puso un dedo en la boca pidiendo silencio. Yo me estremecí. Le pregunté, en un murmullo, qué pasaba. Era domingo y sus padres dormían hasta más tarde, y ella siempre había tenido ganas de ver mi departamento. Yo estaba aterrado, tal vez ésta sea la mejor palabra para caracterizar lo que sentía ante la presencia de Sofía en mi departamento. Todo ocurrió rápidamente, sin percibir de manera lógica y lúcida la transformación que se operó, como si estuviera drogado, y de hecho lo estaba, por la asombrosa proximidad de ella. Después, ella se fue, llevándose discos y libros. Era ella quien me vigilaba desde detrás de la puerta, pues iba raramente a la escuela. No sé cómo eso era posible, tal vez mintiera. Sofía dijo también que nunca me telefoneaba, y que, en consecuencia, no era ella la psicópata de las llamadas telefónicas, pero eso ya lo sabía yo. Mal rayo me parta. Sofía, desde entonces, no se apartó de mi pensamiento, ni siquiera cuando llegaba Regina con su dinámico cuerpo encendido y perfumado y sus estúpidas historias burguesas. Yo me moría de ganas de hablar de Sofía, pero sabía que con Regina eso iba a ser imposible y hablaba de otras cosas, que Regina me hizo luego descubrir que eran metáforas evasivas de mi mente sagaz y maliciosa. Severino Borges, 44 años, morador de una chabola del Parque de la Alegría, en São Cristovão, Rio de Janeiro, carpintero, era un hombre delicado y servicial. No puedo hablar mal de Severino, dijo el Presidente de la Asociación de Vecinos del Parque de la Alegría, porque siempre ha sido un hombre tranquilo que nunca ha hecho mal a nadie; por el contrario, trabajó en su oficio gratuitamente para casi todo el mundo. Yo sabía que tenía esa enfermedad, pero no sé cuántos casos fueron. Me quedé lejos, viendo cómo lo apaleaban, dijo María de Penha, que vive en la barraca, le pegaron tanto, que hasta me dio pena; había caído al suelo ya, y siguieron sacudiéndole patadas y pisoteándole y dándole palos hasta que murió. Si hubiera hecho eso con la hermana de Lucinha, que tiene doce años, creo que no le hubieran pegado, pero Lucinha tiene sólo ocho añitos. Regina oyó todo eso en silencio y luego me preguntó si yo tenía algún lío con una chiquilla. Le respondí que el amor es necesario para el desarrollo espiritual del hombre, que el sexo es algo inocente y bueno, una parte importante de la experiencia estética y espiritual, como el placer de la música y de la poesía. No me vengas con evasivas, dijo Regina, el otro día me dijiste que un

hombre de setenta años se había casado con una chiquilla de
doce, y me sorprendió que eso te interesara y también me
sorprendió que te interesaras por un tipo que fue condenado a
la prisión en Israel por haber mantenido relaciones sexuales con
una niña también de doce años. En realidad los jueces dieron
como probada su alegación de que había sido ella quien lo había
seducido. No conseguí escapar de tan volcánica pasión, dijo el
hombre. Discutimos toda la tarde, Regina y yo, y por primera vez
no hicimos el amor. Orden y Progreso. Cuando sonó el teléfono,
me puse y me defendí de la agresión silenciosa con una catarata de
denuestos y vituperios que Regina interpretó como indirectamente
dirigidos a ella, lo que la puso aún más triste. Diez años de
análisis para acabar con esta estructura mental. La piel de Sofía
tiene el albor del lirio, como la de las heroínas de las novelas
antiguas, un lirio profundamente blanco, capas de blanco super-
puestas, un abismo de blancura en el fondo. Como el blanco de
mi sueño, un sueño en el que no hay ni personas ni anécdota,
sólo blanco y negro; en el sueño todo empieza en tinieblas
profundas y nada se ve en la oscuridad. Súbitamente todo queda
claro, pero nada se ve en esa luz cegadora. Miro mucho la boca
de la gente. Mi primera novia tenía un lunarcito junto a la boca y
quería enseñarme a bailar en el cemento de la cancha de balon-
cesto; tenía una barriguita blanda y complaciente, pies ligeros, y
sudaba por el cuello y me oprimía contra la pared metiendo con
fuerza sus piernas entre las mías. No quiero saber nada de tu
sueño, ni de la gordita esa, dijo Regina. Le pregunté si había
hablado ya de la bandera brasileña, y ella me dijo que conocía
ya todas mis manías, al menos las de antes, y que lo que le
interesaba era el secreto que le estaba ocultando. Regina dijo que por
primera vez habíamos estado juntos sin hacer el amor, y que
temía que aquello pudiera tener un significado catastrófico. Mal
rayo me parta. Orden y Progreso. Y el teléfono sonaba: habla,
cobarde. ¿Es que no tienes nada mejor que hacer? Frente a mi
máquina de escribir buscaba fuerzas para vencer el tedio. ¿Qué
tal un texto apotegmático y aposiopésico?: en la naturaleza nada
se pierde, nada se crea. Sólo conseguía escribir oyendo música,
y tenía ganas de oír el concierto para oboe en fa mayor de Corelli,
pero no encontraba el disco, debía estar en casa de aquella bruja,
junto con los libros. Me gusta el oboe, el corno inglés, el fagot,
los platillos dobles me parten el corazón. Intenté entonces
escribir con Bela Bartok y el resultado fue éste: la gente se colocó

en doble fila en la arena de la playa, cerca de doscientos hombres y mujeres y niños, la mayoría mujeres, en silencio, aguardando reverentes la llegada del curandero. Un vientecillo débil soplaba del mar; eran las cinco de la tarde, el viernes de la pasión. Sólo eso. Hay cosas en Bartok que inhiben mi motivación. El arte está lleno de chiquillas volviéndose hacia hombres maduros, la de Malle, la de Nabokov, la de Kierkegaard, la de Dostoyevski. Dostoyevski sedujo a una chiquilla de menos de doce años y se lo contó a Turgueniev, quien no le hizo mayor caso. Su culpa está proyectada en el Svidrigailov de *Crimen y castigo*, y en el Stavrogin, de *Los demonios*, ambos pedófilos violadores. Escena del *Diario de un seductor*: la chiquilla baja del coche y deja ver un trocito de pierna, yo, Kierkegaard, me enamoro avasalladoramente. Orden y Progreso. Me encontré con la madre de Sofía en el ascensor. Una mujer flaca, de ésas que cenan un yogur y se pesan dos veces al día en una balanza de baño. Me observaba sin rebozo, hasta que yo la miré de la misma manera y ella se me acercó diciendo que le gustaría que le dedicara un libro mío, o dos, si no era abusar. Su último libro me ha hecho pensar mucho, me dijo modulando la voz como ciertas actrices de la televisión, una tonalidad baja, desprovista de emoción; voy a intentar imitarla: ¿está escribiendo algo? ¡Ah! ¿Se cansó ya de escribir cosas de amor? El amor no cansa, usted, como escritor, debía saberlo. Después llamó a la puerta con dos libros bajo el brazo, pidiendo una dedicatoria. El marido había ido al futbol. Tengo prisa, escribí. ¿Prisa de qué? No podía tener a la hija y agarraba a la madre. Procuraré ser lo más rápida posible, dijo Eunice con una sonrisa cómplice. Los burgueses epicureos llenos de tedio fingen estar en un mundo bueno y poético en el que todos se acuestan con todos. De la máquina: ellos, los gallos, empiezan a luchar entre el año y los dos años de edad; comen ajo, maíz, cebolla, huevos cocidos, carne cruda; masajes de alcohol y amoniaco endurecen su piel para que puedan soportar los espolones forrados de cuero, los espolones de hueso, los espolones de metal, la mortal Arma Uno. Pedigree de centenares de años. Una diversión de reyes en tiempos de Enrique VIII: sospecho que ésta sería una inconciliabilidad más entre él y Moro, que los historiadores no han tenido en cuenta. Mal rayo me parta. Yo jamás escribiría inconciliabilidad. Me gusta decir mal rayo me parta porque es lo que decía mi padre cuando se quedaba perplejo ante algo. Decía también que me muerda un mono. ¿Por qué un mono y no un escorpión, una culebra o un perro, que están más a mano? Nunca lo supe. Mi padre era un hombre misterioso. Regina y Sofía tenían la misma piel, el mismo pelo, el mismo claroscuro del cuerpo. Pero Eunice estaba bronceada por el sol. Creo que lo he entendido todo, dijo Eunice, no hay tiempo que perder. La verdad es que no soy un cínico, no sé ser irónico, sarcástico; soy tímido y orgulloso, pero mi orgullo no tiene ni arrogancia ni ostentación, sólo autoestima. Sabía que Eunice iba a interesarme sólo el tiempo que durara en mí la impresión de que era una persona nueva, diferente, y eso iba a conseguirlo sólo durante unas horas; durante este tiempo, sentiría deseo, me gustaría. De la máquina: ¡Gloria y Honor a Jesús!, dijo el Curandero, y su mujer, que tenía una pierna tan hinchada que ya no le permitía trabajar en la casa, empezó a seguir las oraciones de la televisión, hasta que un día, de repente, se levantó y se dio cuenta de que estaba curada. Nuestra hermana está curada, dijo el Curandero, creyó en la infinita bondad de Jesús, en la fuerza de su milagro, en el poder de la oración, en la fe. Oremos: glorioso Dios, glorioso Padre, nuestros millares y millares de telespectadores aguardan la curación de sus horrendos sufrimientos; en nombre de Jesús ordeno que salgan de sus cuerpos las dolencias malignas, por el poder de la misericordia y de la compasión, oh, Jesús, padre bendito, libera a este pueblo que tanto ha ayudado a la Inmediata Ayuda Divina. Imágenes de Jesús, del Curandero, música celestial, el rostro feliz de los sufrientes. Había en Eunice algo que me afligía. Estaba siempre tensa y como desgraciada; era frío el sudor de su cuerpo desnudo, sólo en el momento del orgasmo me daba cuenta de que superaba su aflicción, pero en seguida su rostro se crispaba y empezaba a llorar. La iniciativa no fue mía. Cuando ya había escrito las dedicatorias, se quedó aún allí, de pie, en medio de la sala, como sin saber qué hacer, y yo le dije, póngase cómoda, y ella preguntó dónde está el dormitorio. Me daba pena, pero también me fastidiaba el dramón de alcoba que me armaba siempre, las pocas veces que estuvimos juntos, tal vez porque yo no suelo sufrir esos instantáneos y fugaces sentimientos de culpa. Ir a la cama con Eunice, como con todas las demás, había sido algo parecido a un viaje a una ciudad desconocida: al principio uno observa, mira alerta, pendiente de todo, pero al cabo de algún tiempo cruzamos la calle sin ver ya nada, y si vemos, no sentimos, como un cartero haciendo entrega de la correspondencia. ¡Ah, el peor de todos los venenos! Me dan ganas de volver la cinta atrás y oír de nuevo esta grabación, pero sé que si lo hago no continuaría grabando estos acontecimientos. De todas formas, cuando termine de dictar, voy a tirar la cinta a la basura. Nunca sería capaz de escribir sobre acontecimientos reales de mi vida, no sólo porque ésta, como por otra parte la de casi todos los escritores, nada tiene de extraordinario o de interesante, sino también porque me siento mal sólo de pensar que alguien pueda conocer mi intimidad. Claro es que podría ocultar los hechos bajo una apariencia de ficción, pasando de primera a tercera persona, añadiendo un poco de drama o de comedia inventada, etc. Eso es lo que muchos escritores hacen, y tal vez por eso resulta tan fastidiosa su literatura. Veamos mi vida en los últimos tres meses. Intento escribir una novela sobre las peleas de gallos, u otras dos de las que hablaré luego, e intento tirarme a todas las mujeres que pasan junto a mí. Evidentemente, eso no basta para componer una buena pieza de ficción. El papel especial en que escribo siempre, comprado en casa Mattos, está encima de la mesa, y dentro de mi cabeza está ya organizado el argumento: son protagonistas un poderoso mandamás del bajo mundo (juego, narcóticos, contrabando y prostitución) y su gallo invencible (pedigree de cien años), al que apuesta verdaderas fortunas, dando ventaja de hasta diez contra uno. Antagonistas son un pobre criador de gallos de la Baixada y su gallo desconocido, al que él, con su amplia experiencia, considera imbatible. El viejo consigue convencer a parientes y amigos para que se asocien en una gran apuesta contra el poderoso mandamás. Será una pelea mortal, pues los dos gallos usarán espolones de plata, el Arma Uno. Mi prestigio de escritor y mis pretensiones exigen que la novela sea una alegoría sobre la ambición, la soberbia, la impiedad. Ahora pregunto: ¿para quién armo todo este fingimiento de seriedad y hondura? ¿Para mis contemporáneos? Los desprecio a todos. No tengo ni un amigo, y nunca veo a los conocidos, la única vez que estuve personalmente con mis editores fue hace ya tres años, me comunico con ellos por carta. Mis únicos contactos personales frecuentes son con las mujeres con quienes mantengo relaciones amorosas. Pero tampoco armo para ellas mi red de mentiras, hipérboles y subterfugios, no es su admiración lo que deseo. Deseo, compulsivamente, a todas las que cruzan ante mí, y racionalizo este impulso: una porque es bonita, otra simpática, otra porque es poetisa, la otra es buena y decente, la otra es la madre de la chiquilla a quien amo, etc. ¿Qué hice en estos tres meses? Comí, dormí, leí algún libro, vi la televisión, fui al cine, me lié con tres mujeres, cosas que no interesan a nadie, ni siquiera a mí, y sin embargo aquí estoy, contándole todo a este trasto electrónico, cuadrado, movido por pilas. Pero jamás sería capaz de escribir sobre todo esto. Escribiré sobre la creación del desierto del Amazonas por las manos predatorias del hombre, sobre el terror atómico, sobre las injusticias sociales y económicas. Pero el papel habrá de esperar estas trascendentales verdades un poco más. Ahora quiero seguir hablando. Es posible que en cualquier momento este jueguito me canse. Regina y Eunice me aborrecían, yo estaba preparado para Sofía, esperándola, sabía que iba a venir, como uno sabe cuándo va a salir el sol, momentos antes del comienzo de la claridad. Y apareció con su corta faldita azul del colegio, que dejaba al aire sus piernas inmaculadas. Nos quedamos sentados frente a frente en mi departamento, sin decirnos palabra, hasta que ella preguntó: mamá tiene treinta y cinco años, usted es más viejo, ¿no? Yo era también más viejo que su padre. Mientras tomaba una cocacola, Sofía dijo que, pasándome todo el día en casa, como hacía yo, no iba a saber nada de lo que ocurría allá afuera, en el mundo. La gente está loca, eso es lo que está ocurriendo allá afuera, continuó Sofía. Yo sabía que iba a ser aquel día, me sentí dominado por alucinaciones espectrales, como los santos, y tenía la boca seca, Dios mío, ella tenía sólo doce años, su hálito ardiente penetró por mi nariz y vi extasiado su cuerpo revelándose, los pequeños senos redondos, el vientre enjuto por donde un hilillo fino de pelitos negros iba descendiendo hasta encontrar el pubis espeso que me engolfó como un pozo, un abismo nocturno de gozo y voluptuosidad. Después Sofía preguntó si la sangre de la sábana era suya. Y preguntó también si el orgasmo era una especie de agonía. Parecía que todo había sido un sueño, todo mi cuerpo hormigueaba, entorpecido, y la cabeza parecía haberme estallado en miríadas de ínfimas partículas que se inmovilizaban en el aire como un gas denso, y entonces entendí lo que el poeta chino quería decir al afirmar que la mente es una amplia nube fluctuando. No me dolió nada, dijo Sofía, me gustó, esto tenía que ocurrir un día u otro, ¿no? Orden y Progreso. Me enamoré de Sofía como nunca lo había estado en mi vida de impetuosos amores. Era una persona muy pura; cuando iba al baño me pedía que me quedara hablando con ella, pues así aliviaría su estreñimiento, cosa que de hecho hizo ya todos los días. Nunca pensé que iba a encontrar hermosa a una mujer sentada en el retrete, pero eso era exactamente lo que ocurría. María Augusta y Regina nunca permitirían que las viera en esa situación. Pasábamos, Sofía y yo, horas enteras observándonos, analizándonos detalladamente, descubriendo el protolenguaje del cuerpo. La piel del ano y de la vagina de Sofía era negra, más oscura aún que la espesura del pubis, que continuaba por el reguero de las nalgas hasta la espalda. Me gustaba mirar y pasar el dedo levemente por todos los escondrijos de su cuerpo, y ella hacía lo mismo conmigo. Me untaba de miel la cara, y luego se untaba la suya, y nos íbamos a la cama y cada uno lamía la miel del rostro del otro. ¿Adónde había ido a buscar toda aquella sabiduría salvaje? Amaba a Sofía, amaba a Sofía. ¡Amo a Sofía!, gritaba desde la ventana, y en la playa, cuando la pasión era tan fuerte que resultaba insoportable. Era muy feliz. Empecé a evitar a Regina y a Eunice. Supe que su padre y su madre bebían mucho. Por la noche solían embriagarse viendo la televisión, sin darse cuenta de que la hija les observaba con un poco de pena y un mucho de desprecio. Convencí a Sofía de que debía volver a la escuela. Nos veíamos por la mañana, o por la noche, cuando sus padres dormían. Sofía quería ser muy rica cuando fuera mayor. Imaginaba a los ricos como los de Fitzgerald: imperturbables, distantes, generosos, nunca se excitaban, ni se encrespaban, ni se irritaban, ni se exaltaban; eran corteses, amenos, atentos, galantes. En cuanto a mí, todos lo que he conocido eran codiciosos, ávidos, avaros. Sofía no sabía qué era encresparse. Le expliqué que era lo mismo que enfadarse. Sofía dijo que mi hablar era demasiado complicado. ¿Para qué toda aquella palabrería? No porque seas escritor necesitas hablar así. Tiene gracia, hay cierta correspondencia entre el registro oral y el verbal, pero yo jamás escribiría ni se excitan, ni se encrespan, ni se irritan; eso, en el lenguaje oral, pasa, pero escrito resulta afectado y estúpido, como Sofía advirtió en seguida. Querer hacer frases hermosas es tan miserable como querer ser coherente. Yo soy distinto cada semana, cada día, soy contradictorio, brutal y delicado, cruel y generoso, comprensivo e implacable. Esa confesión jamás la haría por escrito, son muchos ecos y rimas de bachiller. Sofía me preguntó, si tuviéramos un hijo, ¿qué nombre le pondríamos? Tú no vas a tener un hijo, respondí. No lo sé. ¡Claro que no! No lo sé. Mal rayo me parta. Llevaba dos meses sin la regla. Llamé a un laboratorio y me dijeron que les llevara la primera orina de la

mañana. Resultado del examen de embarazo: Nombre: Sofía.
Examen: Test inmunológico de embarazo. Resultado: Positivo.
Observaciones: Se utilizó la Organon. Creía que estabas demasiado viejo y yo muy joven para tener un hijo. ¡Preñada! ¡Diablos!
¡Mal rayo me parta! Intenté refugiarme en los poetas, pensé en
suicidarme, un viejo pensamiento. ¿Por qué será que se nos
pudren los dientes? Desde luego, mi dentista se reiría de una
pregunta como ésta. Tres mujeres compartían mi cuerpo, mi casa
verdadera, tres mujeres exigían que fuera un buen anfitrión,
atento a sus deseos. Orden y progreso. Nunca he tenido un hijo
y no quiero ese tipo de esclavitud. Conocía a un tipo, llamado
José de Alencar, que quería ser escritor pero el nombre no se lo
permitía. Ya había otro. Dos Josés de Alencar es demasiado, dijo,
mientras comíamos en la ciudad, un día de calor en que había
tanta gente en la calle que era imposible caminar un poco más de
prisa. José de Alencar tenía una agencia de compraventa de
coches usados, pero yo sospechaba que era contrabandista. La
ley existe para estafarnos, dijo, y por eso conozco todos los
trucos para burlar la ley. Hay una clínica en Botafogo que es una
maravilla; la niña entra y sale y no sufre nada, es como si le hicieran
una limpieza en la piel, de dos meses aún no es nada. Tin, tin,
chocó el vaso con el mío. No te preocupes, el precio es razonable,
ve a ver a la jefa de enfermeras, doña Moema, puedes dar mi
nombre, soy viejo cliente de la casa. Y contó sus proezas galantes. Parecía tener enorme apetito y admitió que sentía más
hambre cuando la comida era gratis. Estaba embarazada, un feto
mío dentro de su vientre. Tal vez hasta tuviera ya corazón, pero,
aun así, yo entraba diariamente en el túnel de su cuerpo y recorría
los caminos del éxtasis en su carne. ¡Mal rayo me parta! Cariño,
decía, te está saliendo pelo, mira. Y me lamía la calva. Un día,
paseando por la playa, Sofía me preguntó si me casaría con ella
cuando cumpliera los dieciocho. Faltaban seis años. ¿Te parece
mucho tiempo, o poco? Mucho. ¡Ah, ese veneno! Al volver
encontramos al padre de Sofía en el hall del edificio. Nos estaba
esperando y parecía borracho. Vamos a su casa, dijo ceñudo.
Tenía los ojos congestionados y torcía la boca exageradamente,
para que no tuviera dudas en cuanto a su estado de espíritu. De
vez en cuando me mostraba la mano, metida amenazadoramente
en el bolsillo. Se llamaba Milcíades. No se había afeitado y
parecía haber dormido con la ropa que llevaba. Entramos en mi
departamento y, en cuanto cerró la puerta, Milcíades sacó el

revólver y me apuntó con mano trémula. Si disparaba y me mataba, sería por pura casualidad. A gritos, Milcíades dijo que nos había visto por la calle cogidos de la mano. Canalla, viejo cínico e inmoral, gritó, tartajeante. Le dejé gritar hasta que se cansara. Luego le dije, con muchas y repetidas palabras, que trataba a su hija con el mayor respeto, como si fuera un padre, y era verdad. Nos miró, a mí y a Sofía, con astuto y desmayado mirar, luego volvió a meterse el revólver en el bolsillo y se sentó. De todas formas, no quiero que vuelva a ver a mi hija, dijo, y ordenó a Sofía que se fuera a casa. Hice un gesto tanquilizador cuando Sofía salía. Le pregunté a Milcíades si me permitía ofrecerle un güisqui. Vaciló un momento, y respondió, con voz más suave y conciliadora: con hielo. Preparé uno doble para él y otro para mí, me senté a su lado y nos quedamos bebiendo en silencio. No volvió a hablar hasta que se tomaba el cuarto güisqui. Es del bueno, dijo Milcíades levantando el pulgar de la mano que sostenía el vaso y derramando un poco en la ropa. Después. Con una cara de viejo perro sarnoso y abandonado, dijo: confío en usted. Se estaba durmiendo, con la boca abierta, sentado en el sofá, cuando llegaron Sofía y Eunice. Intentaron levantarlo, pero Milcíades era gordo y corpulento y de nada sirvió el esfuerzo de las dos. Al fin, con mi ayuda, consiguieron llevarlo a su casa y tumbarlo en la cama. Le quitaron los zapatos y la chaqueta, con el revólver. La hemos criado sin que le faltara nada, dijo Milcíades con voz pastosa, y luego empezó a roncar tranquilamente. Eunice me preguntó si quería beber algo. Le dije que ya había bebido demasiado. Eunice no quería que me fuera aún, y se empeñó en que me sentara un poco en uno de los sillones de plástico de la sala. En un rincón una televisión en color. No había cuadros en las paredes. Acuéstate, dijo Eunice. No, no quiero, dijo Sofía sentándose a mi lado. ¡Te he dicho que te vayas a la cama!, gritó Eunice. Luego empezó una discusión violenta y cruel entre las dos. Aquello me asqueaba. Me levanté, y cuando vieron que iba a marcharme, dejaron de discutir, avergonzadas, tal vez, y me pidieron que no me fuera. Salí de mal humor, disgustado, y me pasé la noche leyendo. Storr: muchos especialistas que han analizado el problema de niñas seducidas o que tuvieron contacto sexual con adultos, han concluido que el daño emocional fue resultado del horror de los otros adultos al enterarse del hecho, y no de algo intrínseco al contacto sexual. Kinsey: algunos de los más experimentados estudiosos de los problemas juveniles concluyen que las reacciones de los padres, de las autoridades policiales y de otros adultos, pueden perjudicar mucho más que los contactos sexuales en sí. Storr: en muchos casos en que hubo repetidos contactos sexuales entre el adulto y el niño, éste se mostró activamente interesado en continuar los contactos y no presentó disturbios ni anomalías hasta ser descubierto y recriminado. Tales niños poseen una personalidad agradable y muestran gran aptitud para la relación personal. No grabo esto para justificarme. No sé, estoy muy confundido, siento como si me estuviera escondiendo cosas a mí mismo. Siempre hago esto cuando escribo, pero nunca pensé que lo hiciera también hablando en secreto con este frío cacharro. Ayer ocurrieron aquellos desagradables episodios con el padre y la madre de Sofía. Hoy aún no los he visto. Por la mañana, Sofía y yo fuimos en el coche a la clínica de Botafogo. Sofía iba cantando, siguiendo la música de la radio: son las burlas de la suerte, son las burlas del amor. Mal rayo me parta. En la sala de la clínica había seis mujeres, cuatro de ellas muy jóvenes, y dos hombres que nos miraron en silencio cuando entramos. Una ayudante fue llamando a las mujeres y las llevaba hacia una puerta, como si fueran prisioneras. Pregunté por la enfermera-jefe. Tardó unos diez minutos en aparecer, y nos llevó a una salita. Moema era flaca, brusca, de voz estridente. ¿Qué edad tiene? Respondí: dieciséis. Moema dijo que Sofía parecía menor, pero que, de todos modos, el médico no operaba a chicas de menos de dieciocho. ¿Y qué diferencia hay de dieciséis a dieciocho? Soy amigo de José de Alencar. Moema me miró con frialdad y dijo que sólo el director de la clínica podía resolver el problema. Quien le hace un aborto a una chica de dieciocho, se lo hace a una de dieciséis, y quien se lo hace a una de dieciséis, se lo hace a una de catorce, y quien se lo hace a una de catorce, se lo hace a una de doce. Al fin apareció el director. Era un hombre gordo, enorme, vestido de blanco. Me presenté con nombre falso. ¿Cuántos años tiene la chica?, preguntó con aspereza. Dieciséis. Se echo a reír, los labios gruesos y húmedos, brillantes, caídos hacia abajo, y dijo con tono perentorio: no tiene dieciséis años. Y si los tuviera, ¿usted la operaría?, pregunté. Tal vez, dijo, dando una vuelta sobre los talones, como si fuera una peonza. Sus piececitos y las piernas flacas parecían incapaces de equilibrar aquel tronco rotundo, pero se movía rápidamente y hasta con cierta gracia femenina. Si tuviera dieciséis años, los riesgos para la salud de la paciente serían menores, y él no quería meterse en líos operando a una chiquilla de once años. Doce, corregí involuntariamente. Y usted, con esa cara de Pierrot, queriendo darme gato por liebre, dijo riéndose. Tiene una salud de hierro, dije haciendo caso omiso de la burla, avergonzado. Él continuó riendo, balanceando aquella inmensa barriga, con una risa leve y musical, Boris Godunov. Tenía los dientes amarillos de nicotina, al hablar echaba salpicaduras hacia los lados, y con la lengua, una lengua pequeña y achatada como la de un gato, se extendía la saliva por los labios carnosos. No podemos tener ese hijo, doctor, dije humildemente. Boris cesó de reír y acercó la cara a la mía. Tenía la piel llena de agujeritos como si hubiera pasado la varicela. ¿Y por qué no han usado la píldora, el diafragma, un preservativo, el coitus interruptus? Hacen idioteces y luego se vienen aquí a la carrera. ¡Qué país éste! Cinco millones de abortos al año. Mal rayo me parta. No podemos tener ese hijo, repetí desalentado. Boris me preguntó mi edad, y cuando se la dije noté que me miraba con más simpatía, pero incluso así no abandonó su estilo injurioso: más bien más que menos, ¿eh? Es que estoy enamorado de esta pequeña. ¡Ah, el amor! ¡El amor!, sentenció Boris. Todo tiene una carga, un precio, un impuesto, un gravamen. Agarré a Sofía por el brazo, dispuesto a irme. Ella había permanecido callada durante todo el rato. Creo que en algún momento le divertía la figura de Boris. Siempre, siempre hay un lío a nuestra espera, entonó. Pero tiene usted suerte; voy a hacer esa locura, debe ser su cara de idiota que me conmueve. Quiero el dinero al contado y en metálico, Moema les dirá cuánto es. Y salió deslizándose sobre sus zapatitos blancos de cabritilla. Le pedí a Moema que tratara bien a Sofía. Vi cómo las dos desaparecían por una puerta. ¡Las espaldas de Sofía eran tan delicadas y frágiles! Se me llenaron los ojos de lágrimas. Felizmente, la visión de sus vigorosos glúteos, contenidos por el pantalón Lee, alivió un poco mi dolor y mi miedo. Para acabar de arreglarlo, no tenía el dinero que Boris me había pedido. ¿Dónde conseguir aquella cantidad? Llamé a mi editor, pero no conseguí localizarlo. Mal rayo me parta. Los amigos deben servir para momentos como éste, pero no tengo amigos. Llamé a Regina. Acordamos encontrarnos en un banco. No le dije para qué era el dinero, ni ella me lo preguntó. Te lo devuelvo en cuanto localice a mi editor. Debí repetir esto varias veces, pues me advirtió irritada: para ya de tratarme como si fuera el gerente de un banco, idiota. Volví corriendo a la clínica y le di el dinero a Moema, que me dijo que Sofía se encontraba bien y que estaba dormida. Me senté en la sala de espera y, por primera vez en mi vida, viendo retrospectivamente (en aquel momento no lo noté), conseguí vaciar mi cabeza de todo pensamiento, como si me hubieran arrancado el cerebro y dentro del cráneo quedara sólo un espacio vacío. Fue un tiempo infinito. Luego apareció Moema con Sofía. La niña estaba muy pálida, sus labios cenicientos. Está bien, dijo Moema. Y no se olvide de seguir las indicaciones del médico. Cuando llegamos al coche, le di a Sofía las flores que no me había atrevido a darle frente a Moema. Me encantan las rosas amarillas, dijo Sofía. Luego se quedó dormida con el ramo en el regazo mientras yo conducía con cuidado por las calles abarrotadas de coches. Poco a poco mi cabeza empezó a poblarse de pensamientos: las llamadas silenciosas, Boris, la pelea de gallos, María Augusta, el editor, el Curandero de la televisión, Eunice, Regina. Abrí las ventanillas del coche y respiré profundamente. Es lo que estoy haciendo también ahora, varias veces. Acordamos con Sofía que entraría a su casa y diría que le dolía mucho la cabeza, y que se iría directamente a la cama. El lavado de mañana y todos los demás los hará aquí, ya tengo el clister y las medicinas. Suena el teléfono repetidamente. Nada ha cambiado, nada va a cambiar. Mal rayo me parta.

# Encuentro en el Amazonas

Supimos que había ido desde Corumbá a Belém, por Brasília, en autobús. De tanto andar tras él, ya lo conocía como si fuera de la familia. Andaba huyendo, pero eso no le impedía ver cuanto museo o iglesia encontraba en el camino.

El único museo que había en Belém era el Goeldi. Se había pasado dos días visitando el Goeldi, aunque tenía razones para sospechar que íbamos acercándonos. Todo el mundo lo había visto.

"Estuvo un buen rato mirando los peces. Llevaba un cuaderno gordo lleno de anotaciones", dijo el hombre del acuario.

"Si eso fue anteayer, es posible que aún ande por aquí", dijo Carlos Alberto.

Carlos Alberto me acompañaba en aquella misión. Nos sentamos en un bar y pedimos una cerveza. La cerveza de Pará no era mala. En cualquier lugar del mundo se puede tomar una cerveza aceptable.

"¿Qué nombre usará ahora?", preguntó Carlos Alberto.

"No sé. Pero seguro que no es ninguno de los que le conocemos."

Había entrado por la frontera de Argentina e iba subiendo hacia el norte. Sabíamos que había llegado a Brasília y que desde ahí había ido a Belém en autobús, haciendo, sólo en esta etapa, mil novecientos un kilómetros de carretera. Desde Belém podía haber ido hacia Macapá, o a Santarém, o a Manaus, y de allí a Boa Vista, más al norte, cerca de la Guayana, y de Venezuela. O hacia el noroeste, a Porto Velho y luego a Rio Branco, junto a las fronteras de Perú y Bolivia.

Tuvimos mucha suerte al dar con su hotel en Belém. Un taxista se acordaba de él. Era el Hotel Ecuatorial. El portero dijo que había preguntado si subía algún vapor hacia Manaus. Debía haber comprado el pasaje en la agencia Lusotour.

"Claro que me acuerdo de él. Sería difícil olvidarlo. Quería pasaje en uno de los barcos que remontan el Amazonas hasta Manaus", dijo el hombre de la agencia.

"¿Y emprendió el viaje?"

"No lo sé. Creo que sí. Nosotros no controlamos el embarque. Anda aquello muy desorganizado. Pero puede haber ido en avión, pues tenía una reservación para Manaus."

En el aeropuerto tampoco obtuvimos información. Podía haber embarcado o podía no haberlo hecho. Los nombres de la lista de pasajeros no aclaraban nada. De pronto parecía como si la gente hubiera dejado de verlo, como si eso fuera posible.

Sacamos a cara o cruz quién iba directamente en avión hasta Manaus, a esperarle en caso de que hubiera ido hacia allá, y quién iba a remontar el río investigando en cada pueblo, villa o ciudad en que se detenía el barco hasta Manaus.

Cara era Manaus, y le tocó a Carlos Alberto.

"Bueno, ya sabes lo que hay que hacer, ¿no?"

"Tranquilo", dijo Carlos Alberto.

Carlos Alberto llevaba poco tiempo con nosotros. Era aún muy joven, pero muy aplicado.

"El aeropuerto de Manaus es moderno y tiene mucho movimiento", dije.

"Tú, tranquilo." Carlos Alberto sólo se mostraba locuaz cuando hablaba de la madre que andaba escogiendo. Le llevé hasta el aeropuerto. Esperé hasta que despegó el avión.

Tenía para una semana en Belém, esperando el barco. Despertaba a las cinco de la mañana y me quedaba oyendo la radio, para familiarizarme con las cosas locales. Después tomaba un baño, me ponía unos pantalones y una camisa y salía a la calle. Me alojaba en un hotel de tipo medio en el que había sólo turistas brasileños del norte y del nordeste.

Eran las siete y media cuando llegué al museo. Entré por la puerta de funcionarios, sin darme cuenta de que no estaba abierto al público.

Fui hasta la jaula de los animales. Dentro de pocos años ya no quedaría ninguno. Toda la fauna amazónica estaba siendo diezmada. Cuando me vio, la onza empezó a brincar. Corría y se revolcaba, barriga al aire, como si fuera un gato. Otro animal muy bonito y elegante era la susuarana, una especie de leopardo. Su pelo lila, lavado, brillaba en la claridad de la mañana. Los monos, sin embargo, parecían animales tristes, desgraciados y maníacos. Había uno que ocultaba el rostro agarrado a las barras de hierro. Sus manos parecían las mías. El rostro y la mirada del mono tenían el aire de desilusión y de derrota de quien perdió la capacidad de resistir y soñar.

El restaurante del hotel era pequeño, pero muy eficiente. Yo comía diariamente pinzas de bogavante a la vinagreta y camarones regados con vino blanco de Rio Grande do Sul. De nada servía ponerse nervioso. Tenía que ser paciente. Podía estar remontando el río hasta Manaus. Si se quedaba a mitad de camino, lo encontraría, a menos que desembarcara, cogiera un barco y se metiera por uno de los afluentes del Amazonas. Entonces desaparecería sin dejar rastro y no habría quien pudiera dar con él. Pero ni podía ni quería desaparecer en la Amazonia. También él tenía su misión.

Si quería salir del Brasil en avión, vía Manaus, como parecía, podía ir al Perú o a Bolivia, a Venezuela o a Colombia. Iba a ser difícil entonces encontrar otra vez su rastro.

En Argentina no le había ido bien. Tampoco en Paraguay. En Brasil había hecho un buen trabajo, teniendo en cuenta las circunstancias, hasta que fuimos cerrando el cerco —nos costó trabajo descubrir quién era— y empezó a ir hacia el sudeste, desde donde se desvió hacia el norte de manera tan insólita, que casi nos despista.

Para nosotros, una ciudad pequeña era la que no llegaba al millón de habitantes. Como Manaus. En las ciudades pequeñas teníamos que andar con más cuidado. Los forasteros eran detectados fácilmente. Aparte otras dificultades.

La víspera de mi embarque fui a tomar un helado de frutas cerca de la plaza de Bernardo Santos. Era un sitio donde hacían más de ochenta tipos de helados. Yo quería tomar uno de bacurí.

"¿Está bueno?", me preguntó. Era una chiquilla menudita, rubia, que había surgido inesperadamente junto a mí. "¿Usted es de fuera?"

"Sí", le respondí. De nada servía mentir. Belém era una ciudad grande, de más de un millón de habitantes. Tal vez pasara inadvertido, pero había que evitar las mentiras obvias. La chiquilla, desde luego, no suponía ningún riesgo, pero incluso así actuaría ante ella de acuerdo a lo decidido.

"¿De dónde?"

"De Porto Alegre." Era mentira, pero conocía bien Porto Alegre.

"Del otro extremo. ¿Cuántos kilómetros hay hasta allá?"

"Miles. Cuatro mil, más o menos."

"Yo soy de Macapá. Estoy estudiando aquí. Soy la oveja negra de la familia."

Sus ojos eran de un verde descolorido. Con su mirada ansiosa y la cara pequeña, parecía el mono triste del Goeldi.

"También yo soy una oveja negra", dije.

Fuimos andando mientras tomábamos el helado.

"¿Y a dónde vas ahora? ¿Quieres cenar conmigo?", le pregunté.

Cenamos un churrasco de pescado en el restaurante del hotel. Los peces del Amazonas son todos muy sabrosos. Siempre que iba al norte, comía pescado, sólo pescado. La cocina de Pará es muy rica. Dicen los gastrónomos que es la única genuinamente brasileña. Ella comió pato con mandioca. Con tanto pescado, tucunarés, pirarucúes, tambaquíes, pintados y camarones, langostas y cangrejos, yo no iba a perder el tiempo comiendo pato, como si estuviera en Francia.

En el restaurante fui sonsacándole a la chiquilla. Dijo que tenía diecinueve años, que era de Macapá, que su padre comerciaba en madera (era uno de esos que están devastando el Brasil) recibía una asignación mensual, vivía sola, iba a hacer el curso propedéutico de la Universidad de Belém. Todo era verdad, podía estar tranquilo.

Fuimos luego a mi cuarto. Aquel cuerpo pequeñito estaba muy bien hecho. Pero desnuda parecía más vieja y fláccida.

"¿Puedo quedarme a dormir aquí?", preguntó. Eso me ocurría muchas veces. En las ciudades pequeñas eran los perros los que me seguían por las calles hasta donde me alojaba. Siempre les daba comida y les acariciaba la cabeza.

"Claro que puedes", le dije.

Durante la noche pasé más tiempo despierto que dormido.

Fue una semana aburrida. Carlos Alberto telefoneó desde Manaus diciendo que estaba atento. Había hecho un reconocimiento completo en el aeropuerto.

"La ciudad está llena de gangueros. No es normal tal cantidad de gente cargando cajas de cartón con equipos electrónicos. Gente de todo el Brasil. Están locos. ¿Quién inventó esa idiotez de la Zona Franca?"

"Es una larga historia que no voy a explicar por teléfono", le dije. "¿Has encontrado a tu madre?"

"Aún no. Aquí sólo hay burguesas imbéciles, de short, paulistas, cariocas, de Paraná, del sur, embobadas ante los escaparates de las tiendas de cacharros de importación. Verijas perfumadas."

La chiquilla de Macapá se llamaba Dorinha, María Dolores. Dorinha, dolor pequeño, dolorcito. Así la llamaba yo.

"Dolorcito, me voy."

"¿Puedo irme contigo?"

"Volveré."

"¿Lo juras?"

Los juramentos no valen nada. Los míos, menos aún.

"Lo juro."

Yo viajaba con poco equipaje. Una bolsa de colgar y una maleta de nylon. Dolorcito cargó con la maleta hasta el muelle Mosqueiro Soure. La bolsa, yo no la dejaba jamás. No podía, claro; sería un error.

En el muelle había centenares de personas cargando un montón de equipajes, bombonas de gas, colchonetas, muebles, sacos de comida. *El Pedro Teixeira* tenía primera clase, para cien pasajeros, y tercera. Yo había conseguido uno de los escasos camarotes de dos plazas. Una de ellas la había bloqueado. No quiero viajar con nadie. La mayoría de los camarotes de primera tenían cuatro literas, ocupadas generalmente por personas que no se conocían. Sólo dos camarotes, llamados de lujo, tenían baño propio y aire acondicionado. Los demás pasajeros usaban los baños comunes.

Mi camarote era el 30, y quedaba a estribor.

"No dejes de escribirme", dijo Dorinha.

"Adiós, Dolorcito", dije, besándola en la cara.

Por el altavoz colocado en el muelle anunciaron que los pasajeros de tercera podían embarcar ya. Corrieron hacia la cubierta de popa y armaron sus hamacas.

Las colocaban unas sobre otras, tocándose, en una maraña que parecía algo inventado por la naturaleza, una flor del fondo del mar. Una red de redes que no podría haber sido planeada ni creada por ningún arquitecto o ingeniero, sino que brotó, en sólo media hora, del ansia y las necesidades de la gente.

Hacía mucho calor. Saqué la silla de mi camarote y la coloqué en el corredor. Desde allí veía las hamacas. Había abierta una puerta de comunicación, pero los pasajeros de tercera se limitaban a mirar hacia el pasillo de primera con reverente curiosidad. Un hombre, acompañado de su mujer y de su hijo, franqueó la puerta. Pasó ante mí y oí que decía: "Ese debe ser un pez gordo." No había rencor en su voz. Aceptaba que en el mundo hubiera peces gordos que viajaban en primera, con camarote y una silla para sentarse en el corredor, y otras que viajaban en hamacas colgadas como ristras de cebollas.

El camarote 28 (a estribor tenían números pares; a babor, impares) estaba ocupado por tres hombres. Uno de ellos empezó a hablar conmigo. Dijo que era de Goiás, abogado, y que trasladaba el bufete a Parintins.

"Ahí sólo hay un juez, un procurador y un abogado. No vale la pena quedarse en Goiás. Hay demasiada competencia."

Se llamaba Ezir. En el anular del la mano izquierda exhibía una enorme sortija con una piedra roja.

Mi camarote, aparte de las literas, tenía dos armarios y lavabo. Comprobé que cerraran las puertas —una con persiana y la otra con una telilla por dentro para evitar que entraran los insectos. Me habían dado dos llaves, una del camarote y la otra del baño.

El baño estaba sucio incluso antes de empezar el viaje.

Tres pitidos largos resonaron en la noche tibia. El navío empezó a desatracar. Soplaba una brisa fresca y agradable. Un marinero cerró la puerta de comunicación con tercera clase. Sentí un considerable alivio. Me molestaba la pobreza, como si fuera una enfermedad contagiosa. Me irritaba toda aquella gente que soportaba tanta humillación y sufrimiento.

Eran las diez. Me quité la ropa y me tumbé en la litera inferior. Dormí mal. Soñé con él. No era la primera vez. Nunca lo había visto, y soñaba con él. Con la descripción que de él me habían dado. Quería verlo, echarle la mano encima, estaba ya cansado de correr inútilmente tras él.

Me levanté a las cuatro y media. En el camarote no había toallas ni jabón. Yo llevaba una toalla en la maleta y una pastillita pequeña de jabón del hotel. Me puse los pantalones y salí, cargando con la bolsa. Un viento frío me envolvió. El barco entero dormía.

El baño tenía tres bañeras y dos duchas. Intenté aliviar el vientre, como hacía siempre al despertarme, pero no lo conseguí. Me bañé y me sequé sólo las nalgas, el pene y los testículos, para no mojar demasiado la toalla. Mantuve la bolsa siempre cerca de mí.

Volví al camarote y me puse unos pantalones de dril y una camisa. Salí a la cubierta superior abierta, a popa.

El día amaneció nublado, casi a las seis. Aún estábamos en el río Pará. El desayuno lo servirían a las siete. La comida, de once a doce, y la cena, de diecisiete a dieciocho.

Los pasajeros de tercera habían sido segregados en la cubierta inferior, pero algunos consiguieron escapar y dormían en las tumbonas de arriba.

A las siete fui al comedor. Tenía que comportarme como un pasajero común, y decidí adoptar la identidad de un turista del sur interesado en visitar la Zona Franca, para hacer compras.

Había estado en Manaus en los primeros años de la Zona Franca. La ciudad me había causado la impresión de tener más farmacias que cualquier otra de las que conocía. Y el espectáculo de los compradores cargados con las bolsas de colorines, llenas de trastos de importación, le daba un aire materialista y corrupto. Fui a comer al mejor restaurante de la ciudad. Pedí un churrasco de pirarucú. La gente que comía allá, seguramente los elegantes del lugar, tenían el mismo aire que los clientes de cualquier churrasquería del Méier o del Braz. Pero no había negros ni mulatos. Todos llevaban relojes vistosos, vestían como la gente del sur, con chaqueta y corbata. Me llevé a la cama a una putita de catorce años que tenía la dentadura postiza.

Mi mesa, en el barco, reunía, contándome a mí, diez personas. Un matrimonio extranjero, rubios los dos, que andarían por los treinta años; dos mujeres mayores, posiblemente compradoras; tres hombres con quienes ya había hablado durante el viaje y que dormían en el mismo camarote, uno de ellos era el abogado Ezir, y un matrimonio al que no conocí hasta la hora de la comida, pues dormían hasta muy tarde.

Los extranjeros hablaban en voz baja. Eran educados y serviciales. Estaban en el centro de la mesa y pasaban las jarras de café y de leche y el azucarero de un lado a otro de la mesa con una sonrisa. Yo conocía ya a ese tipo de gente. El hombre llevaba una Nikon, para documentar el viaje y mostrar luego las diapositivas a los amigos. Fotografiaba la inmensidad de las aguas y la pobreza de la gente y los barrancos de las orillas.

Intenté descubrir la procedencia del matrimonio, por el acento. Había ecos de acento italiano, reminiscencias sonoras del francés, cierta guturalidad germánica. No era difícil concluir que eran suizos.

Después del café la suiza se fue a cubierta a tomar un baño de sol. Tenía un hermoso cuerpo. Había desayunado con parquedad como quien se esfuerza en mantener su peso, rechazando las bananas, cosa que no hizo el marido. La suiza tenía, sin embargo, unos pies muy feos. Como la mayoría de las mujeres, tenía durezas en los dedos y en el talón, el dedo gordo torcido. Pero sus piernas eran bonitas.

Cuando pasábamos junto a las barrancas de las márgenes del río, se acercaban enjambres de canoas tripuladas por mujeres con uno o dos chiquillos, pidiendo cosas con gritos que parecían gruñidos de perro, como si esperaran que los pasajeros les tiraran cosas, comida tal vez, o ropa. Pero no vi que eso ocurriera ni una sola vez.

A la hora de la comida conocí al matrimonio que faltaba en la mesa C. El hombre era moreno y fuerte, con cabello basto y ondulado, bigote grueso, y llevaba gafas de sol. Así, al principio, había en su aspecto algo siniestro y amenazador. Ella era flaca, requemada por el sol, alta y más joven que él. Debía tener, como máximo, unos veinte años. Los dos se reían mucho, satisfechos, nada incómodos.

Los otros hombres de la mesa hablaban con Ezir. Uno de ellos era un jubilado del gobierno de Pará, que iba a pasar la Navidad con la familia. El otro era funcionario del Ministro de Asuntos Exteriores, agregado a la Comisión de Límites y Fronteras, un tipo grande y parlanchín que sabía muchas cosas sobre la Amazonia y que gustaba de contar historias pintorescas. Las dos mujeres eran pernambucanas, muy interesadas en los magnetófonos y en las cámaras fotográficas. "¿Cree usted que darán con una Olimpus si la metemos entre la ropa?" Podía estar tranquilo por lo que a la mesa C se refería. De todos modos, me sentaba de espaldas a la pared. Eran seis mesas, ocupadas en tres turnos. El mío era el primero. Muchos pasajeros de tercera habían pagado un suplemento para poder comer en primera. La comida de tercera era muy mala. Los pasajeros tenían que llevar un plato y un vaso. Vi a muchos pasajeros de tercera que tiraban la comida al río.

No había en todo el barco una mujer a quien Carlos Alberto pudiera escoger por madre. Yo no sabía qué buscaba, pero sí lo que quería. Carlos Alberto se había criado en un hospicio y no había conocido a su madre. Cuando veía una mujer, imaginaba, "¿será ésa la mujer de cuyas entrañas me gustaría haber salido?" Pero no conseguía encontrarla.

A las veintitrés treinta del segundo día de viaje nos detuvimos en Gurupá, en el Urucuricaia. A pesar de la hora, el muelle estaba abarrotado de gente. Sabía que siempre habría curiosos en los muelles de las ciudades por donde pasáramos. Le habría sido imposible salir sin que nadie le viera. Pregunté a los vendedores de frutas, a los vendedores de artesanías, a las niñas, si le habían visto desembarcar del otro navío.

"Un fantasmón así, si apareciera, seguro que todo el mundo lo vería", dijo una chiquilla cuando acabé de describirlo.

Llevábamos tres días de viaje y aún no había logrado aliviar el vientre. Mi organismo ha funcionado siempre bien. Debía ser cosa de la suciedad del baño. El trabajo me tenía un poco tenso, pero no hasta el extremo de causar aquella inhibición. Al fin y al cabo, no era mi primera misión. Estuve mucho tiempo encaramado allí, como un pajarraco, bolsa en mano, en una postura ridícula y poco confortable.

La hora del día que más me gustaba era la madrugada, cuando todos dormían y soplaba una brisa fresca. La cubierta estaba siempre vacía. Veía amanecer sentado en una de las tumbonas de la cubierta superior.

Apareció un hombre cargado con una jaula y un pájaro dentro. Era flaco y alto, cara huesuda y ancha, de norteño. Cogí mi bolsa, que estaba en el suelo, mientras permanecía atento a sus movimientos.

"¿Qué pájaro es ese?", le pregunté.

"Es un xinó", respondió. Iba en tercera y llevaba diez jaulas con pájaros. Cuatro de ellos eran ruiseñores.

Luego, inmediatamente, apareció mi compañera de mesa, casada con el tipo de aire siniestro.

"¿Se despierta usted siempre tan temprano?", me preguntó.

"Siempre", dije.

"Pues yo aún no he logrado dormir", dijo.

Cogió un collar de cuentas rojas que llevaba alrededor del cuello, lo hizo girar en e aire y lo tiró al río. Me miró como si esperara algún comentario. Me quedé callado. Parecía que estaba ebria.

"Soy de Minas. Moacyr es del Sur, gaucho. No aguanto más este viaje."

Su felicidad parecía haber acabado. Se llamaba María de Lurdes. Encerrado en el barco, un matrimonio tiene que saber dosificar sus energías aún más que un hombre solo.

Durante el desayuno, Evandro, el hombre de la Comisión de Límites y Fronteras, me dijo que habíamos pasado por Almerim.

"Allí, ¿ve aquella torre de microondas de la Embratel?, está la Sierra de la Vieja Pobre. Aquellos árboles de copa amarilla son pau d'arco, una madera capaz de mellar cualquier hacha."

"¿Ve allá lejos?", continuó Evandro, "son las tierras de Jari. Un mundo. Caben tres Francias ahí, en esa selva. Y todo esto es de un norteamericano loco, un tal Ludwig."

Evandro me miró con aire suspicaz. ¿O sería todo invención de mi mente entrenada para desconfiar? ¿Qué respuesta estaría esperando?

"Es grande este Brasil", dije.

María de Lurdes se acercó y me ofreció una naranja. Le di las gracias, pero no la acepté. Evandro se inclinó sobre la amurada. María de Lurdes se quitó el pañuelo de la cabeza y lo tiró al río con gesto teatral.

"El amor dura poco", dijo María de Lurdes. "Te espero esta noche a las diez y media. Mi cabina es la veinticinco. Moacyr se bebe una botella de aguardiente cada día y unas diez de cerveza. Cuando llega la noche no es hombre para nada."

María de Lurdes se quitó la falda y la blusa y las tiró al agua. Llevaba debajo un biquini rojo. Tenía un cuerpo bonito y joven. El sol fuerte hacía que el agua del río pareciera aún más cenagosa y definía el verde oscuro de la selva distante.

"¿Ve las marsopas? Me gustaría ser una marsopa. A veces se me ocurre tirarme al agua y salir corcoveando." María de Lurdes levantó los brazos, en su sobaco despuntaba duro el pelo afeitado. Me dieron ganas de tender las manos y tocarle las puntas de los senos que surgían a través del tejido del sostén. Carlos Alberto la escogería para madre. María de Lurdes movió la lengua hacia fuera y hacia dentro, como un lagarto, mientras me miraba a los ojos.

"Las diez y media", dijo María Lurdes.

Evandro, muy próximo, fingía mirar al río.

"Almerim queda por allá. Ya estamos en el Amazonas", dijo Evandro.

Pasé el resto de la mañana en la tercera clase. Todos los días el ciego Noé tocaba el acordeón. Iba con su madre a Manaus, y de ahí para Porto Velho. Lo acompañaban tres tipos que tocaban el pandero, el bombo y el triángulo. Después la madre pasaba el platillo y la gente echaba en él billetes mugrientos de poco valor, y monedas.

"Casi todos éstos son gente que va a ver a la familia. Pero hay también algunos quincalleros que venden de todo, labradores que cambian de asiento, busconas, un pistolero en busca de aires más convenientes", dijo el marinero J. M. Todos los días le daba una propina.

"A ver, quién es el pistolero", le dije.

Era un cuarentón flaco y pálido, de bigotito fino. Un matón ordinario.

"¿Pistolero de quién?"

"De quien le pague. No tiene patrón. Trabaja por libre para los hacendados y los comerciantes de la región. Pero no me llame J. M., por favor. Llámeme sólo João."

"Me dijeron que todos le llamaban así."

"Me llaman João, sólo João."

A la cena compareció Moacyr, ya borracho. María de Lurdes se reía echando la cabeza atrás y abriendo bien la boca, mirándome. Ezir le guiñó el ojo a Evandro. Las dos mujeres cuchicheaban entre sí.

"Estamos entrando en el río Monte Alegre", dijo Evandro. "Es un río lleno de peces, hay tambaquís de a metro."

"Hay centenares de especies en este río", dijo el jubilado.

Después de cenar fui a mi cabina y me acosté. Un mariposón enorme revoloteaba por el camarote y topaba con mi cuerpo desnudo. La noche anterior había entrado un saltamontes y se posó en mi pecho. Sus patas se pegaron a mi piel. Cuando quise apartarlo, me dio una leve picada, como un alfilerazo. Iluminado por la lámpara que colgaba sobre mi cabeza, parecía hecho de hojas. Había también una lagartija que salía por la noche detrás del espejo y paseaba por el camarote a la caza de mosquitos. La mariposa se debatía y yo pensaba en María de Lurdes. Había decidido no ir a verla, pero eso no iba a disminuir mi deseo de tenerla; al contrario, parecía haberlo aumentado. Su cuerpo esbelto y moreno, su boca, su lengua de reptil, no se apartaban de mi mente. Pero podía comprometer mi trabajo. Llegaríamos a Monte Alegre hacia media noche.

A las once estaba en la proa. Avistamos las luces de Monte Alegre, a babor. La ciudad se dividía en alta y baja. Antes incluso de que atracara el navío, se acercaron las barcas de los vendedores de bananas, mangos, aguacates, papayas, quesos y dulces.

El muelle estaba lleno de gente. Pasábamos por varias casuchas, algunas con luces brillantes y hamacas de colores tendidas en el centro, muchas ocupadas ya por pasajeros.

Desembarqué y hablé con gente que había estado en el muelle de Monte Alegre cuando había pasado el otro barco, la semana anterior. Nadie le había visto desembarcar. Pero un muchacho que vendía quesos recordaba haberlo visto en la amurada, solo, inmóvil.

"Pensé que era un muñeco", dijo el muchacho.

El barco soltó tres pitidos prolongados que resonaron en la noche de luna clara. Yo estaba en proa, cerca de la cabina de mando. La luna brillaba tan fuerte, que parecía el sol visto a través de un filtro oscuro. Soplaba una brisa fresca y pura.

"Vamos de vuelta al lecho de la madre de todas las aguas dulces, el Amazonas", dijo Evandro a mi lado. Me llevé un susto al oír su voz. Se había acercado a mí sin que me diera cuenta, a pesar del silencio. Se oía la quilla del barco hendiendo las aguas como si nos impulsara el viento.

Llegamos a Santarém a las tres treinta de la madrugada. Descendieron varios pasajeros. Uno de ellos, de tercera, desembarcó con todos los muebles de la casa —cama, colchón, armario, mesita—, aparte de varias maletas y tres bombonas de gas.

En el muelle de cemento de Santarém había algunos barcos mercantes de gran calado. Varios vendedores de artesanías exponían su mercancía. Los suizos desembarcaron y compraron bolsas y sombreros de paja.

María de Lurdes desembarcó conmigo. Sus ojos estaban enrojecidos y parecía ahora más joven y más frágil. "No sabe usted lo que se está perdiendo", dijo intentando parecer desvergonzada.

"Lo sé."

"¿Quién es ese tipo a quien anda buscando?", preguntó María de Lurdes cuando volvimos al barco.

"Un viejo amigo." Podía llamarle así. Nunca le había visto, pero sabía todo sobre él, menos el sonido de su voz. No estaba en el expediente. Anoté mentalmente aquella laguna.

Empezaba a rayar el día cuando salimos de Santarém cortando el agua azul oscura del Tapajós, de vuelta hacia el Amazonas. El Tapajós es un gran río, pero el Amazonas es muy fuerte. Arranca bloques de selva a sus márgenes. En su desembocadura empuja al mar y entra quince millas en el océano Atlántico.

El *Pedro Teixeira* subía cerca de la orilla, a babor. Se oía, cubriendo las aguas y subiendo por el cielo, el cantar de los pájaros que salía de la densa floresta. El aire era limpio y transparente. ¿Qué habría pensado él al pasar por allí? ¿Habría anotado cosas en su libreta? No había nada igual en las tierras de donde venía.

Los suizos, excitados, hacían fotos sin parar. "He tomado ya más de mil", dijo el suizo, intentando dar un tono modesto a su declaración.

A la hora de comer, el jubilado, que se llamaba Alencar y hablaba poco, perdió la timidez cuando el suizo le preguntó quién había sido Pedro Teixeira.

"Pedro Teixeira fue el primero que remontó el río, en 1637", dijo Alencar. "Era un capitán portugués que mandaba las fuerzas que expulsaron primero a los ingleses y luego a los franceses del Gurupá."

Alencar hablaba de manera pausada, temiendo que el suizo no le entendiera.

"Salió de Gurupá y remontó el río hasta Quito, en Ecuador. Fundó la ciudad de Franciscana, que hoy se llama Tabatinga. Colocó la muga portuguesa en el río Napo. Su viaje tiene características políticas importantes, pues señaló la expansión portuguesa en estas regiones. Según el Tratado de Tordesillas, en 1494, la Amazonia tendría que ser española, pero los exploradores portugueses, con su vocación imperialista, no hicieron caso del Tratado, y en los siglos XV y XVI fueron tomando posesión de la Amazonia. En 1669, el capitán Mota Falcão levantó el fuerte de São José do Rio Negro, donde más tarde se alzaría Manaus. En 1694, Lobo d'Almada remontó el Rio Negro. Así, en el sigo XVII, cuando se dieron cuenta de que los portugueses, de hecho, habían ocupado la mayor parte de la Amazonia y de que, si no eran contenidos en su expansionismo, iban a acabar ocupándola entera, los españoles propusieron otro tratado que fue firmado en 1750, fijando los nuevos límites brasileños en el extremo norte. Por el Napo, los portugueses habían llegado hasta el Ecuador, por el Marañón hasta Perú, por el Negro hasta Colombia y Venezuela. Un poco más y toda la Amazonia sería brasileña."

"Veo que algunos brasileños heredaron el espíritu imperialista portugués. Usted, al menos", dijo el suizo gentilmente.

"¿Para qué? Ni siquiera podemos mantener lo que tenemos", dijo Evandro.

"No soy imperialista", dijo Alencar. "¿Sabe qué extensión tiene la cuenca hidrográfica del Amazonas? Casi seis millones de kilómetros cuadrados. ¿Y la selva? No existe nada igual en el universo. Y sin embargo, todo esto va a ser arrasado. Ya ha empezado la destrucción. ¿De qué ha servido que nuestros antepasados conquistaran todo este territorio, si ahora somos incapaces de conservarlo?"

El suizo se inclinó sobre el plato de arroz con frijoles escondiendo una sonrisa irónica. Eran historias pintorescas para contar cuando regresara a São Paulo, donde trabajaba en una multinacional. Y más tarde, en Suiza, al mostrar sus diapositivas, hablaría del delirio nacionalista de aquellos miserables mestizos de dientes cariados.

Por la noche no conseguí dormir, pensando en María de Lurdes. A la una de la mañana me levanté y fui hasta el camarote 25. Dentro estaba encendida la luz. Llamé a la puerta.

María de Lurdes salió del camarote. Lucía un montón de collares al cuello, llevaba un traje largo y un sombrero de paja en la cabeza.

"¿Tú aquí? ¿Al fin te has decidido?", dijo. "¿Quieres ver una cosa?"

María de Lurdes abrió la puerta de par en par. Dentro del camarote había dos literas. En una de ellas estaba Moacyr durmiendo.

"Llevo quince días de casada, y ya lo odio", dijo María de Lurdes.

La llevé a mi camarote. Le quité los collares uno a uno sintiendo en mi boca el gusto anticipado de su carne. Bajo el vestido no llevaba ninguna ropa.

"Estaba loca por ponerle los cuernos", dijo María de Lurdes.

"Cambiemos de tema", dije.

"¿Quieres hablar de amor?"

"Sí. Quiero hablar de amor?"

Nos acostamos en la litera de abajo.

"Me estás volviendo loca. Me haces subir al cielo al encuentro de Jesús", dijo María de Lurdes. Su cuerpo parecía hervir dentro de la cabina caliente y sofocada.

Por la mañana dijo que no quería ir a desayunar al comedor.

"Pensándolo bien, voy a quedarme aquí hasta que acabe el viaje."

Me vestí, agarré la bolsa y salí.

Volví a la hora de la comida. María de Lurdes estaba durmiendo.

La desperté. "Es mejor que te vistas. En cualquier momento tu marido va a echarte de menos."

"¡Que se vaya al diablo!"

María de Lurdes abrió los brazos y las piernas. "Ven", dijo.

Fui a comer. Moacyr no apareció por el comedor. Evandro avisó que a las catorce horas llegaríamos a Óbidos.

No había bajado en Óbidos.

El comandante me aseguró que todos los navíos de aquella línea paraban siempre en las mismas ciudades.

"Si usted quiere, por ejemplo, ir a Faro, o a Itacoatiara, tendrá que coger otro barco. Nosotros paramos siempre en los mismos puertos. Ahora, hasta llegar a Manaus pararemos sólo en Oriximiná y Parintis. Haremos un recorrido total de unas mil millas marítimas; la milla marítima tiene mil ochocientos cincuenta y dos metros, o sea, en kilómetros, recorremos mil ochocientos cincuenta y dos, aproximadamente."

Debía haber seguido hasta Manaus, si es que había cogido el mismo barco. En ese caso Carlos Alberto ya lo habría localizado hacía varios días. Si así fuera, lo encontraríamos.

Moacyr apareció en la cabina del comandante.

"Capitán, mi mujer ha desaparecido", dijo Moacyr. "Quizá se haya arrojado al río." Olía a alcohol, pero su voz era firme.

"Sería conveniente que buscara mejor", dijo el comandante.

Corrí a mi camarote. María de Lurdes se negó a salir. Por eso no debe uno liarse con mujeres cuando está trabajando.

Noté que el barco disminuía la marcha. Debía estar llegando a Oriximiná.

"No quiero volver a saber nada de Moacyr. Se pasa la vida borracho. Además, me engañó. No tiene un céntimo."

El barco se había detenido.

"¿Qué diablos llevas en esa bolsa de la que no te separas nunca?"

La dejé en el camarote. Sabía que el barco se detendría sólo unos veinte minutos, para desembarcar a un pasajero.

Oriximiná era un pequeño pueblo de pocos habitantes. Su muelle, como el de todas las otras poblaciones por las que habíamos pasado, con excepción de Santarém, consistía en una plataforma de madera donde sólo podían atracar embarcaciones pequeñas. Su posición permitía advertir en el horizonte las desembocaduras del Trombetas y del Nhamundá.

Desembarqué. Hice la pregunta de rutina a un chiquillo que llevaba un cesto de fruta.

El chiquillo le había visto. Su respuesta hizo que el corazón me latiera apresuradamente.

"Todos los días le llevo fruta y pescado. Vive en una casa, allá arriba. Esta mañana le he llevado un pirambucu."

Le pedí al pequeño que me mostrara la casa. Sentía la boca seca y ganas de toser.

Era una casucha de ladrillos que quedaba en lo alto, con dos ventanucos pintados de azul oscuro. Era allí donde se había ocultado del mundo, comiendo frutas y pescado y sintiendo la fuerza de la naturaleza.

El chiquillo volvió al muelle.

Oí los tres pitidos del barco. Allá iba la maleta con mi ropa, pero no me importaba. No sentía apego por nada. La bolsa sí que no podía perderla, pues llevaba en ella mi instrumento de trabajo. Como polvo barrido por el viento, mis compañeros de viaje fueron también barridos de mi mente por los pitidos del barco.

Esperé, sentado bajo un árbol al lado de un perro vagabundo, a que la ciudad recobrara la calma turbada por la llegada del *Pedro Teixeira*.

Llamé a la puerta y él abrió.

En los últimos meses había estado pensando en él todos los días y todas las noches.

Parecía medir más de los dos metros treinta de altura que le atribuían. Y su pelo era aún más blanco, la cabeza resplandecía en la sombra.

Quería oír su voz.

"Buenos días", dije, abriendo la bolsa.

"Buenos días", respondió.

Extendió la mano, cuando vio el revólver con silenciador que le apuntaba, en un gesto de paz.

"No", dijo. No tenía ningún acento. No tenía miedo. Era una voz fría. Sus ojos, muy azules, me dejaron la rápida y dolorosa impresión de que era inocente. Tiré dos veces. Cayó de espaldas en el suelo. Le abrí la camisa y toqué su cuerpo. Tenía la piel suave y pezones rosados. La punta de la tetilla izquierda estaba túrgida como si tuviera frío. Fue allí donde apoyé el cañón de la pistola y disparé de nuevo.

Cogí la libreta y todos los papeles y me fui, tras cerrar la puerta.

El perro se levantó y vino junto a mí. Tenía que encontrar un barco que me sacara de Oriximiná.

Contemplé las aguas del Trombetas y del Nhamundá iluminadas por el sol poniente, encontrándose, en medio de la selva inmensa, con las aguas doradas del Amazonas. El silencio cubría la tierra. De repente, mi cuerpo se contrajo en un espasmo violento y me detuve para respirar, como un ahogado en medio de todo aquel aire. Después empecé a temblar convulsivamente y a respirar aullando, como un animal en agonía. El perro corrió asustado. Pero pronto cesaron los temblores y me sentí envuelto en una sensación de paz y felicidad que parecía iba a durar siempre.

# Crónica de sucesos

## 1

El inspector Miro trajo a la mujer a mi presencia.

Fue el marido, dijo Miro despreocupadamente. En aquella comisaría de barrio eran comunes los pleitos de marido y mujer.

Tenía dos dientes de enfrente rotos, sangraba por los labios, el rostro hinchado. Moretones en los brazos y en el cuello.

¿Fue su marido quien la puso así?, pregunté.

Pero no lo hizo con mala intención, señor policía, no quiero presentar denuncia.

Entonces, ¿por qué ha venido aquí?

Bueno, entonces estaba rabiosa, pero ahora se me ha pasado ya. ¿Puedo irme?

No.

Miro suspiró. Deja que se largue, dijo entre dientes.

Usted, señora, ha sufrido lesiones corporales, y éste es un delito que se persigue de oficio, presente o no presente denuncia. Voy a pedir que le hagan un examen detenido, dije.

Ubiratan es un poco nervioso, pero no es malo, dijo la mujer. Por favor, no le hagan nada.

Vivían cerca. Decidí hablar con Ubiratan. Una vez, estando en Madureira, logré convencer a un sujeto para que no volviera a pegar a su mujer, y cuando trabajaba en la comisaría de Jacarepaguá, logré persuadir también a otros dos tipos de la conveniencia de tratar decentemente a la mujer.

Abrió la puerta un hombre alto y musculoso. Iba en pantalón corto, sin camisa. En un rincón de la sala había una barra de acero con pesadas anillas y dos pesas pintadas de rojo. Debía estar entrenándose cuando llegué. Sus músculos se notaban hinchados y cubiertos por una gruesa capa de sudor. Exhalaba la fuerza espiritual y el orgullo que la buena salud y un cuerpo lleno de músculos proporciona a ciertos hombres.

Soy policía, le dije.

¡Vaya! ¡Conque esa idiota ha ido a denunciarme!, ¿eh?, rezongó Ubiratan. Abrió la nevera, sacó una lata de cerveza, la destapó y empezó a beber.

Vaya y dígale que o vuelve pronto a casa, o le voy a medir las costillas.

Tengo la impresión de que usted aún no se ha dado cuenta de qué es lo que realmente he venido a hacer aquí. He venido a invitarle a que me acompañe a la comisaría. Tiene que prestar declaración.

Ubiratan tiró la lata vacía por la ventana, cogió la barra de acero y la levantó sobre su cabeza diez veces respirando ruidosamente con la boca, como si fuera una máquina de tren.

¿Cree usted que a mí me dan miedo los policías?, preguntó mientras se miraba con admiración y cariño los músculos del pecho y de los brazos.

No se trata de que tenga o no tenga miedo. Usted tiene que ir allí a declarar.

Ubiratan me agarró de un brazo y me sacudió.

¡Largo de aquí! ¿Me oyes, tira de la mierda? ¡Largo de aquí, que empiezo a cansarme!

Saqué el revólver de la funda. Puedo detenerlo por desacato, pero no lo voy a hacer. No complique las cosas, véngase conmigo a la comisaría. Dentro de media hora estará libre, dije con toda calma y delicadeza.

Ubiratan se echó a reír. ¿Cuánto mides, enanito?

Un metro setenta. Venga, vámonos ya.

Te voy a quitar esa mierda de la mano y a orinar en el cañón, enanito. Ubiratan contrajo todos los músculos del cuerpo, como un animal en actitud de pelea intentado asustar al otro. Tendió el brazo, con la mano abierta para coger mi revólver. Le disparé al muslo. Me miró atónito.

¡Mira lo que hiciste con mi sartorio!, gritó Ubiratan mostrándome el muslo. Estás loco, ¡mi sartorio!

Lo siento mucho, dije, y ahora vámonos o te pego otro tiro en la otra pierna.

¿Y adónde me vas a llevar, enanito?

Primero al hospital. Luego a la comisaría.

Esto no va a quedar así, enanito. Tengo amigos influyentes.

Le corría la sangre por la pierna, goteaba en el suelo del automóvil.

¡Desgraciado!, ¡mi sartorio! Su voz era más estridente que la sirena que nos iba abriendo camino por las calles.

## 2

Una cálida mañana de diciembre, calle São Clemente. Un autobús atropelló a un chiquillo de diez años. Las ruedas le aplastaron la cabeza dejando un rastro, de masa encefálica, de algunos metros. Al lado del cuerpo, una bicicleta nueva, sin un arañazo.

Un agente de tránsito detuvo en flagrante al conductor. Dos testigos dijeron que el autobús iba a gran velocidad. El lugar del accidente fue cuidadosamente aislado y se desvió el tráfico.

Una vieja mal vestida, con una vela encendida en la mano, quería atravesar el cordón de aislamiento, "para salvar el alma de ese angelito." Se lo impidieron. Se quedó contemplando el cuerpo de lejos, junto con otros espectadores. Aislado, en medio de la calle, el cadáver parecía aún más pequeño. Menos mal que hoy es fiesta. ¿Te imaginas si ocurre esto en un día de labor?, dijo un guardia de los que desviaban el tráfico.

Una mujer irrumpió a gritos y levantó el cuerpo del suelo. Le ordené que lo dejara. La agarré del brazo y se lo retorcí, pero ella no parecía sentir el dolor. Gemía ahogada, sin ceder. Luchamos con ella los otros guardias y yo, hasta conseguir arrancarle el muerto de los brazos y volver a colocarlo en el suelo, donde debía permanecer hasta la llegada del forense. Unos guardias arrastraron lejos a la mujer.

Esos conductores de autobús son todos unos asesinos, dijo el perito, se la va a cargar, se la va a cargar. El caso es clarísimo.

Fui hasta el coche patrulla y me senté en el asiento de adelante. Estuve allí un momento. Llevaba la guerrera sucia de los despojos del muerto. Intenté limpiarme con las manos. Llamé a un guardia y le dije que trajera al detenido.

Camino de la comisaría lo miré con detenimiento. Era un hombre flaco, de unos sesenta años, y parecía cansado, enfermo y con miedo. Un miedo, una enfermedad y un cansancio antiguos, que no eran sólo de aquel día.

# 3

Llegué a la casa de la calle de la Cancela y el guardia que estaba en la puerta dijo: primer piso. Está en el baño.

Subí. En la sala, una mujer con los ojos enrojecidos me miró en silencio. A su lado, un chiquillo flaco, medio encogido, con la boca abierta, respirando con dificultad.

¿El baño? Me indicó un corredor oscuro. La casa olía a moho, como si las conducciones de agua vertieran en el interior de las paredes. De algún sitio llegaba un olor a cebolla y ajo fritos.

La puerta del baño estaba entreabierta. El hombre estaba allí. Volví a la sala. Ya había hecho todas las preguntas a la mujer cuando llegó Azevedo, el forense.

En el baño, dije.

Empezaba a anochecer. Encendí la luz de la sala. Azevedo me pidió ayuda. Fuimos al baño.

Levanta el cuerpo, dijo el perito, tengo que soltar el nudo.

Sujeté al muerto por el vientre. De su boca salió un gemido.

Es el aire que había quedado dentro, dijo Azevedo. Es curioso, ¿eh? Reímos sin ganas. Dejamos el cuerpo en el suelo húmedo. Un hombre flacucho, sin afeitar, de rostro ceniciento. Parecía un muñeco de cera.

No dejó ninguna nota, dije.

Conozco a esta gente, dijo Azevedo, cuando no aguantan más se matan deprisa, tiene que ser deprisa, si no se arrepienten.

Azevedo orinó en el retrete. Luego se lavó las manos y se secó en los faldones de la camisa.

# Once de Mayo

El café de la mañana, la comida y la cena se sirven en la celda. Es un trabajo enorme llevar las marmitas y los vasos hasta la celda de cada uno. Debe haber alguna razón para eso.

La celda tiene cama, armario, un orinal y televisión. La televisión está encendida durante todo el día. Debe haber también alguna razón para eso. Los programas se transmiten por circuito cerrado desde algún lugar del Hogar. Viejas novelas transmitidas sin interrupción.

Hoy un Hermano confiscó la radio que Baldomero estaba montando. Su hija le había ido llevando las piezas. Está permitido oír la radio, dijo el Hermano, pero el ocio no ha de ser fuente de injusticia, aquí todos han de tener las mismas cosas. Y allá se fue el juguete de Baldomero.

Baldomero, antes de jubilarse, era perito electricista. Dice que inventó una técnica de distribución subterránea de electricidad llamada sistema polidictioide. Yo soy, es decir era, profesor de Historia, mis conocimientos tecnológicos son mínimos, no sé si lo que dice es verdad, los viejos mienten mucho. La jubilación dejó muy deprimido a Baldomero. Antes de venir aquí, estuvo internado en una clínica de adaptación al ocio, donde, dice sin rencor, fue tratado con electrochoques. Teniendo en cuenta su profesión, no debieron ser los primeros que recibió. Vinimos al Once de Mayo sobre las mismas fechas. Él es un tipo deprimido, cualquier día se mata. Es frecuente que los viejos se maten a causa de la melancolía que les causa el ocio, la soledad, las enfermedades. El noventa por ciento de las personas de más de sesenta años sufren alguna enfermedad.

Estoy sentado en el patio con Baldomero y con un tipo llamado Pharoux, que fue policía. Pharoux es tuerto. Perdió el ojo en un disturbio callejero, según consta. Es hombre de pocas palabras, desconfiado, flaco, de rostro surcado por profundas arrugas. Lleva tapado con una venda negra el ojo que le falta. Parece un pirata de novela. Tengo ganas de decírselo un día, pero sé que no es hombre con sentido del humor, y me callo.

Desde el lugar donde estoy veo la chimenea del crematorio de basura lanzando una humareda al aire. La humareda es negra. ¿Qué basura será esa que queman? ¿Restos de comida, papeles sucios? Poco a poco el humo se va volviendo blanco.

Habrán acabado de elegir un nuevo Papa, digo.

Pharoux me mira serio. Me río, pero él sigue serio. Es hombre de personalidad fuerte y mala entraña.

En los muros del patio está escrito: La Vida es Bella. También está escrito: Llegó la Hora de la Cosecha.

¿Sabes cuál va a ser nuestra cosecha?, le digo a Baldomero.

Membrillo masticado, dice Baldomero.

Bostezos, digo. Iba a decir: la muerte, ésa es la cosecha que nos resta. Pero un viejo inerte, perezoso y medio aplastado por el tedio sólo puede abrir la boca para bostezar.

Bostezo. Abro la boca lo más que puedo. Le pregunto a Baldomero si sabe cuántos somos en el Hogar Once de Mayo.

No lo sabe.

Nadie lo sabe. Tal vez lo sepa el gordo director.

En mi planta hay sesenta celdas.

¿Qué hay, Guilherme?, digo asomando la cara por la puerta de la primera.

Guilherme ríe hacia mí, mostrando las encías cenicientas. Está tumbado en la cama viendo la televisión.

Tengo una lista con los nombres de todos los ocupantes de las celdas de mi planta. Me pasé un día entero haciendo la lista. Son sesenta celdas. Nadie sabe que tengo esa lista.

Voy de uno en uno.

¿Qué hay, Moura?

Pero no es Moura el que está allí, sentado en el bacín, viendo la tele. Es otro viejo. Dice que se llama Aristides. Señalo la fecha de entrada de Aristides. Y la fecha de salida de Moura.

Moura duró un mes. Pero antes de desaparecer y dejar su sitio a otro interno, Moura empezó a arrastrarse por los corredores, sin rumbo. Ya no oía lo que le decían, no se afeitaba, y al final ni se levantaba de la cama, alegando debilidad y dolor de piernas.

¿Qué pasa? ¿De qué están hablando?, preguntó el Hermano.

Pharoux y yo estábamos sentados en el mismo banco del patio. No sé por qué, en cuanto vi a Pharoux fui a sentarme a su lado.

No hablábamos, dice Pharoux.

¿Por qué no están viendo la televisión?, pregunta el Hermano gentilmente. Ya ha pasado la hora del recreo en el patio.

Los Hermanos nunca pierden la paciencia.

No me gusta la televisión, dijo Pharoux.

Vamos, vamos, dijo el Hermano amablemente, cogiendo mi brazo y llevándome a la celda, es hora de descansar.

Estoy tumbado en mi celda. No hay medio de desconectar la maldita televisión. El aparato se enciende y se apaga por control remoto en el mismo lugar desde donde se transmite la imagen.

El Hermano me condujo hasta el cuarto como si fuera un anciano. Y como si fuera un anciano, le dejé hacer. No quería que yo hablara con Pharoux. Con Pharoux no se metió. ¿Le tendrá miedo? Verdad es que si el Hermano no quería que conversáramos, y si ya me había alejado a mí, lo mejor era dejar en paz a Pharoux, cosa que hizo.

Pharoux dijo que no estábamos hablando, pero no era verdad. Estábamos hablando.

Sólo puedo dormir por la noche, había dicho Pharoux.

Yo duermo de día y de noche. Me basta con tenderme y me quedo dormido, le respondí.

Eso es lo que quieren. Cuanto más duerme uno, más quiere dormir. Un día ya no despiertas.

Pharoux acababa de decir esto cuando llegó el Hermano.

El director me llama para que vaya a verle. Tiene el despacho en una torre de la altura de la chimenea del crematorio de basuras, pero en el otro extremo. El Hogar es un edificio de dos pisos, dividido en ocho salas de sesenta celdas cada una. Eso es una deducción. La verdad es que sólo tengo acceso a una de las alas, la mía, en el segundo piso. Hay cuatro alas en el primer piso y cuatro en el segundo. Posiblemente todas las alas tendrán sesenta celdas como la mía. Debe ser exactamente así. O eso creo yo. Un cuadrado. En medio está el patio, y a un lado la torre del director, y al otro, la chimenea. Es un edificio feo y triste.

El Director es un hombre gordo y joven. Excepto los internos, todos son jóvenes en el Hogar Once de Mayo.

¿Cómo va usted?, pregunta el Director.

Me trata de usted para fingir un respeto que en realidad no siente. Todos están muy bien adiestrados.

Bien.

¿Hay algo que tenga que objetar, alguna queja?

No, ninguna.

El Director se levanta, después de coger un papel de encima de la mesa. No sé ni cómo cabe en su silla, una silla grande, con dos apoyos altos a cada lado, para los codos. Tiene un trasero desmesurado. Me quedo alerta, esperando que se vuelva de espaldas para poder verle el trasero enorme y blando. Yo lo tengo escuálido, de piel seca y fláccida, como un gato viejo.

Tengo unos informes aquí...

Finge leer el papel.

Usted ha vulnerado el reglamento del Hogar. Comprenda usted que el reglamento se hizo para proteger a los internos. Fue elaborado por médicos y psicólogos, para bien de todos, ¿comprende? Y, sin embargo, veo aquí que usted, durante el descanso de la tarde, va y viene por los corredores visitando a otros internos en sus cuartos... Eso no está bien, no es bueno ni para usted ni para nadie, ¿comprende? Va contra el reglamento.

Pensándolo mejor, tengo una queja, digo.

¿Una queja? Bueno, bueno, pues preséntela, por favor.

La comida. No es buena y me parece poco nutritiva.

Es la misma comida que comen en los cuarteles, en las fábricas, en las escuelas, en las cooperativas, en los ministerios, en todas partes. El país atraviesa una difícil situación. ¿Cree usted acaso que los jubilados han de comer mejor que los que están produciendo para la comunidad? No lo cree, naturalmente. Y además, la comida que servimos aquí, en el Hogar Once de Mayo, se adapta a las normas establecidas por los especialistas en dietética y tiene en cuenta las exigencias orgánicas peculiares de los internos.

El Director se vuelve, va hacia su sillón. No sé ni cómo consigue meterse en él. También debe resultarle difícil entrar en su ropa.

Sólo comemos sopa aguada, digo.

No todos tienen tantos dientes como usted... Una comida blanda es más fácil de ingerir... Por encima de todo, tenemos que colocar el interés en la mayoría. La mayoría, ¿comprende? La mayoría.

Habló unos diez minutos sobre las necesidades de la mayoría: descanso y papillas. Terminó con una advertencia. No tiene por qué mostrar su rostro verdadero, sé algo de historia, sé cuando me amenazan. No fue eso lo que dijo; quien lo dijo, es decir lo pensó, fui yo. A decir verdad, la frase no es mía, es una cita, pero ya no me acuerdo de la fuente. Ecmnesia. El Director dijo:

No quiero que ande usted metiendo las narices por las habitaciones de los demás. ¿Entiende? De lo contrario, me veré obligado, sintiéndolo mucho y contra mi voluntad, a suspenderle el desayuno. Es el reglamento.

Tengo muchos dientes, pero casi todos son postizos, y se me mueven. Pero mejor es tener dientes postizos que nada. Lo reconozco.

Otra cosa de la que hablé con Pharoux:

¿Qué es lo que más le gusta hacer? Lo que más le interesa, si es que hay algo que realmente le interesa, pregunté.

Y me reí, pero él no se rió.

Comer, dijo Pharoux.

Pero la comida de aquí no es precisamente buena, dije.

No, desde luego, dijo Pharoux. Pero yo me como todo la que me echan. Para sobrevivir. Si uno no come, se muere.

En el Hogar no hay ningún médico que pueda atender a los internos cuando se encuentran mal. Cualquiera de los Hermanos nos medica, dando siempre un analgésico, sea cual fuere nuestro mal. Yo tengo con frecuencia problemas intestinales, diarreas fuertes que aparecen inesperadamente. Cuando fui a quejarme al Hermano, me dio una aspirina.

Ya verá como le va bien. Y, en caso necesario, use el orinal.

Podía haberme muerto sentado en el orinal si Cortines no me hubiera procurado un remedio. Cortines tiene un montón de trucos. Fue profesor de educación física. Siempre que entro en su celda me lo encuentro haciendo gimnasia. No sé de dónde saca las medicinas y la comida extra. Es un tipo formidable.

Un joven no necesita hacer gimnasia, dijo un día que le encontré haciendo flexiones abdominales en la celda. Pero un viejo, sí. Y cuanto más viejo, más gimnasia. No es para vivir más, es para mantenerse en pie, para aguantar vivo.

Mi problema, continuó, fue que resultaba incómodo para la jerarquía superior de la administración deportiva. Entonces me metieron aquí, para que me vaya consumiendo como una lamparilla. Pero voy a estar encendido mucho tiempo.

Cortines suelta una carcajada. Deben ser los músculos los que le hacen reír tanto.

Cortines está completamente calvo. Todos los días, a la hora de afeitarse, rasura cuidadosamente las pocos pelos que le quedan. Tiene los brazos y el cuello duros, secos, afilados.

Esta noche soñé que era Malesherbes. Me encaminaba tranquilamente a la guillotina, después de haberme cuidado de dar cuerda al reloj. Querían matarme porque insistía en tratar a Luis XVI de Majestad. Pero si le llamaba así no era porque le respetara o me gustase, sino porque, siendo viejo, creía que estaba en mi derecho al ir en contra de los detentadores del poder, que estaban cuchillo en mano. Mejor dicho, con la guillotina y el cañón en la mano. En el sueño.

¿Por qué sueño con Malesherbes y no con Getúlio Vargas, o con Don Pedro I, o con Tiradentes?

Pharoux lleva siempre consigo un estilete de acero. ¿Qué diablos querrá hacer ese loco con tal arma? Pharoux tiene siempre un aire hostil, su cara parece decir: odiar es el más duradero y el mayor de los placeres. ¿Quién dijo que el hombre ama de prisa pero odia lentamente? No sé a quién odiará Pharoux. No debía ser precisamente agradable caer en sus manos, en sus tiempos de policía.

Es que la historia de Francia resulta más interesante que la historia del Brasil, ¿no?

La experiencia (y la misma Historia) enseñan que los pueblos y los gobiernos nunca aprenden nada de la Historia. Igualmente nosotros, los viejos, nunca aprendemos nada de nuestra experiencia. Es idiota esa frase que dice: si la juventud supiera y la vejez pudiese... ¿Por qué será que nosotros, los viejos, no podemos? Porque no nos dejan. Ésa es la razón.

Se lo digo a Baldomero. Pero no me hace caso. Su depresión es cada vez mayor. Cortinas y Pharoux sí hacen caso de lo que se les dice, pero son unos ignorantes. No tiene gracia hablar con ellos, no entienden lo que les digo. Un día, Pharoux me preguntó que era la Historia, y le contesté, en broma y citando no sé a quién (ecmnesia, mi memoria ya no es la de antes) que la historia es algo que nunca ocurrió, escrito por alguien que no estaba ahí. Dijo que no entendía. ¿Si no ha ocurrido, cómo va a ser Historia?, preguntó. Así es Pharoux, sin imaginación. Pero cuando le dije que el director me había llamado, se interesó mucho.

¿Qué le dijiste?

Nada. No le hablé de su estilete.

Si hablas, te mueres, viejo idiota, dijo.

El interno que lleva más tiempo en el Hogar, entre los de mi ala, es Cortines. Seis meses. Todos los que estaban allí antes que él han desaparecido ya. ¿Han muerto? ¿Han sido trasladados? A nadie parece interesarle esta rotación de los internos. Al fin y al cabo, aquí no se hacen amigos. Sólo yo sigo, a lo largo de estos cuatro meses que llevo aquí, la entrada y la salida de los internos. Deformación profesional.

Le pregunté a uno de los Hermanos, no recuerdo su nombre, todos son iguales y nunca duran demasiado en la misma ala, qué hacían con el cuerpo de los fallecidos. Quedó muy sorprendido con la pregunta. Y desconfiado.

¿Cómo? ¿Qué quiere decir con eso?

Muchos aquí no tienen familia; o si la tienen, los parientes no se interesan por ellos; casi nadie recibe visitas. En nuestra ala, sólo a Baldomero lo visitó su hija, y una vez nada más. Cuando mueren, tengo la impresión de que continúa el desinterés, y como dije, muchos no tienen parientes, así que...

¿Qué?

Quiero decir, estoy pensando en mi caso, no tengo a nadie, si muero, ¿quién me va a enterrar?

El Hermano pareció aliviado.

El Instituto, claro. Los gastos corren por cuenta del Instituto. No se preocupe. Vamos, vamos, vaya a ver la tele, diviértase, no se quede ahí pensando cosas tristes, pensando tonterías.

Entró conmigo en mi cuarto y se quedó en pie siguiendo diez minutos la telenovela.

Antes de salir se me quedó observando desde la puerta de la celda. Fingí prestar atención a la pantalla hasta que se fue.

Las celdas no tienen puerta. Los viejos son sordos y la televisión funciona siempre a un volumen muy alto. Como es un programa único, el sonido es envolvente, brota de todos los rincones, pero eso no impide que los internos se queden dormidos en cuanto entran a su celda y miran la pantalla por unos minutos.

Llevo bajo la camiseta los papeles con los nombres y las fechas de entrada y salida de los internos de mi ala. No sé por qué lo hago. De vez en cuando hacen limpieza en las celdas y mandan salir a los internos. Van siempre dos Hermanos. Rebuscan en todos los papeles, cogen lo libros; no se trata realmente de limpieza, lo que hacen es una fiscalización, una especie de espionaje.

Todos los internos mueren por la noche. Lins tenía una pierna rota (nuestro equilibrio es precario y los huesos débiles), y se arrastraba de la cama, que es bajita, hasta el orinal, o bien meaba y se cagaba en la cama. Pasé una tarde ante la puerta de su celda y salía de allí un olor nauseabundo a mierda y a gangrena. Lins estaba tumbado en la cama mirando la televisión. A la mañana siguiente la celda estaba vacía y olía a desinfectante.

Cuando veo a alguien tosiendo y gimiendo, o muy quieto en su cama, ya sé que al día siguiente su celda estará vacía. No digo que los maten o algo parecido, el Instituto no haría una cosa así. Soy viejo y sé que todo viejo es ligeramente paranoico, y así no quiero inventar persecuciones y crímenes inexistentes. ¿Quién fue el que dijo que la Historia es un relato mentiroso de crímenes y tragedias? Ya me estoy perdiendo, debe ser la arterioesclerosis, empiezo a pensar una cosa y mi pensamiento divaga. ¡Y qué mal ando de memoria! Ecmnesia. Ah, sí, los papeles debajo de la camiseta. No, no es eso. La realidad es que a los viejos nos internan para que nos vayamos muriendo aquí. Quizá sean internados en el Instituto los viejos caquéticos, con corta expectativa de vida. Eso explica que todos mueran en poco tiempo. ¿O será otra cosa, un proyecto más amplio, una política para todos nosotros?

En fin, tengo poco tiempo.

Esta idea insensibiliza mi cuerpo, como si yo ya no existiera. No siento dolor ni tristeza, sólo la especie de aprensión de quien no tiene ya cuerpo y le falta esa noción sólida del que habita una forma, una estructura, un volumen. Como si fuera perdiendo la materia y me quedara sólo el espíritu y la mente. Eso es imposible, pero fue lo que sentí cuando, sin dolores u otras agonías y anuncios de mi fin, sospeché por primera vez que quizá iba a durar sólo unos meses como máximo.

Ahora hago mi ronda con cautela. Los Hermanos, a pesar de ser jóvenes, son perezosos, y después del almuerzo suelen tumbarse a descansar. Hasta los que están de servicio lo hacen. También ellos tienen televisión en el cuarto y ven programas distintos de los que transmiten para nosotros. Sé, por preguntas que hago inocentemente, que también ellos se duermen ante la pantalla. La televisión es lo más interesante, aparte del sueño o el olvido. No consigo recordar las cosas que veo.

Baldomero no está bien. Cuando entro en su celda, me recibe diciendo cosas incomprensibles. Magnate Mangneticusque corporibus... Aepinus, Faraday, Volta, Ampère...

¿Te encuentras mal, Baldomero?, pregunto.

Ohmmm... Ohmmm, responde con un zumbido de boca cerrada, como si fuera un viejo abejorro. No puedo contenerme y suelto una carcajada. Cuanto más me río más zumba. ¡Qué cruel es el ser humano! Baldomero se ha vuelto loco y aquí estoy yo riéndome de su locura. Después señala con el dedo a la televisión y grita: ¡Jenkins, Jenkins!

¡Jenkins! Sus gritos acaban por llamar la atención de los Hermanos. Quieren llevarlo a la enfermería, pero se opone, se resiste. Su cuerpo parece galvanizado (sin broma; ya no me hace gracia lo que está ocurriendo) por una fuerza inesperada. Necesitan tres Hermanos para dominarlo. Al fin se lo llevan a la enfermería.

Sé que me van a castigar por haberme encontrado en la celda de Baldomero, pero eso no me preocupa. Lo que me deprime es haber hecho poco por Baldomero. Lloro arrepentido. Sé que mi llanto copioso es un síntoma más de mi vejez. Me siento desgraciado. Tengo miedo y siento unas insoportables ganas de comerme un bombón. Sólo de pensarlo se me hace agua la boca. Sin dejar de llorar, me paso la lengua por las comisuras de los labios. Me miro el rostro, baboso y llorón, en el espejo de la celda: una figura al mismo tiempo ridícula y repulsiva. ¿Soy realmente yo? ¿Para esto he vivido tantos años?

La cena es sólo una tacita de café y un pedazo de pan. La sirven a las cinco. Si por cualquier motivo tardo un poco en dormir, cosa que es rara, el hambre se me hace insoportable y sueño con el desayuno que sirven a las seis de la mañana. Café puro y pan.

El Hermano pasa con el carro del café ante mi puerta y no se para. Me dan ganas de salir corriendo tras él y pedirle un pedazo de pan, pero me contengo. Basta de migajas, de degradación. Estoy furioso, y quien está furioso no necesita tomar café, no necesita pan.

El Director me llama a su despacho. Por fuera sigue con la misma apariencia paciente de siempre. Es su máscara. Pero sé que me detesta. Es una percepción sutil, que atraviesa su disfraz. Baldomero murió. Fue un ataque cardíaco, dice el Director.

Me veo obligado a decirle que tenemos la sospecha de que usted ha colaborado en este fatal desenlace, dice el Director.

¿Colaborado? ¿Cómo?

Baldomero era un hombre excitable. Su entrada en su cuarto, a una hora impropia, debió serle fatal. Era hombre de salud precaria. Y me veo obligado a decirle que su comportamiento irregular empieza a preocuparnos.

Baldomero se estaba muriendo de hambre y de tristeza, como todo el mundo aquí, digo.

¿De hambre? Ha de saber usted que la nación gasta parte sustancial de sus recursos en los ancianos asilados. Si quisiéramos tener a todos los jubilados bien alimentados y felices, a base de costosos programas de medicina preventiva, de terapia ocupacional, de diversión y de ocio, todos los recursos del país no bastarían para ello. ¿No sabe usted que el país pasa por una crisis económica de las más graves de su historia? Éramos un país de jóvenes, y nos estamos convirtiendo en un país de viejos.

Los jóvenes envejecen, digo. También usted será viejo.

El Director se me queda mirando. Su interés por mí parece haber terminado, como si yo fuera un caso perdido.

Compórtese, dice, afable, aunque desinteresado, despidiéndome con un gesto vago.

¿Han avisado a la hija de Baldomero?, pregunto al salir.

¿A la hija? ¡Ah, sí!, dice el Director, distraído.

A la hora de la comida me sirven una sopa clara. Aun así tengo diarrea. Le pido una medicina al Hermano. Tarda mucho, pero al fin me trae una cápsula y vuelve después de comprobar que la he tragado.

Ya verá cómo ahora se pone bien, dice.

La cápsula que me trajo es diferente de las pastillas que suelo tomar. Por eso fingí tomarla, pero la dejé oculta en la mano.

Le enseño la cápsula a Pharoux. Le pregunto si había visto alguna igual entre las medicinas que nos dan.

No responde. Dice que quiere quedarse solo. Nosotros, los viejos, tenemos tendencia a la misantropía. Aparte de eso, Pharoux es un desconfiado, sospecha de mí.

Busco a Cortines. Como siempre, está haciendo gimnasia. Cortines abre con cuidado la cápsula. Dentro hay un polvo blanco. Cortines se pone un poquito en la punta de la lengua.

Para mí que es veneno, dice Cortines.

¿Cómo lo sabes?

Cortines no lo sabe. Lo supone.

Sobre la cama, Cortines tiene pan y queso. Comemos los dos. No quiere decirme de dónde saca los suplementos. Debe robarlos. Cortines, mientras comemos, se queda junto a la puerta, para vigilar a los Hermanos.

Cuidado, ahí viene uno.

Hermano: ¿Qué hace usted aquí?

Yo: Viendo la tele.

Hermano (muy afable): ¡Ah, muy bien! Así se hace. La televisión es buena, distrae, educa; si yo pudiera, me pasaría el día entero viendo la televisión, como ustedes. ¿Cómo se llama?

Yo: José.

Hermano: Mire, José, usted debía ver la televisión en su propia habitación. ¿Hace mucho tiempo que está aquí?

Yo: No.

Hermano: Pero le estuve buscando hace media hora y no le encontré.

Yo: Estaba en el patio viendo los árboles.

Hermano: Muy bien, muy bien. Los árboles están ahí para ser vistos y admirados. Tenemos más de diez árboles en nuestro patio. Ése es uno de los orgullos de la casa.

Mientras tanto, yo seguía con la cápsula oculta en la mano.

Hermano: ¿Y sus intestinos? ¿Se encuentra mejor?

Yo: Ya estoy bien.

Hermano: No debe interrumpir el tratamiento. En su ficha dice que sufre usted periódicamente esas crisis de diarrea.

El Hermano saca de la cajita otra cápsula igual a la que yo tenía escondida en la mano. Llena de agua el vaso de Cortines y me da el vaso y la cápsula. Tengo ya una cápsula en la mano y empiezo a ponerme nervioso, no voy a conseguir engañarlo. Me observa, atento.

Hermano: Vamos, tómela. Le hará bien.

No me queda más salida que tomar la píldora. Si es veneno, será sin duda de acción lenta y acumulativa, si no, no me darían varias cápsulas para que me las fuera tomando. Una sola no me mataría.

Tomo la cápsula ante la mirada horrorizada de Cortines.

El Hermano me acompaña a mi celda.

Sé que me voy a perder la cena. Pero no voy a morir. Por ahora.

Fue absurdo jubilarme. Fue todo tan de repente. Podría haber seguido enseñando durante muchos años. Mis alumnos adolescentes eran, en su mayoría, consumados imbéciles, pero siempre había un par en cada aula para quienes valía la pena preparar y dar la clase. Nunca llegué a entender por qué eran tan pocos los que se interesaban por la Historia. Verdad es que la mayoría no se interesaba por nada. Mis colegas de otras disciplinas también se quejaban de su apatía. Pero la culpa, claro, no era sólo de los alumnos, condicionados y despersonalizados. Ayer soñé que estaba en clase hablando de lo que era Bueno y lo que era Malo para la Humanidad. Decía que lo Bueno era el Poder, y lo Malo, la Debilidad. Había que ayudar a los débiles a desaparecer. Pero de pronto todo cambió y ya no estaba en clase. Había estallado una guerra en la que los viejos, los enfermos, eran muertos y quemados en un horno, y la chimenea del horno era igual a la del Hogar Once de Mayo. Una pesadilla nietzscheana.

Hasta ahora la cápsula no me hace nada. La verdad es que tampoco me ha curado la diarrea. Quiero pensar con lógica y claridad. Sé que después de llevar seis meses internado aquí, inerte, perezoso, aburrido, mal alimentado, solitario y melancólico, he de andar con mucho cuidado con mis pensamientos. El ser humano necesita seguridad, dignidad, bienestar y respeto, pero aquí sólo existe miseria y degradación. Me encuentro peor que si estuviera loco, con una camisa de fuerza, y con eso mis pensamientos deben sufrir. Deduzco que la cápsula no me hizo daño porque no era veneno. En este caso sería realmente una medicina para la diarrea, y tendría que haber mejorado, cosa que tampoco ha ocurrido. En este instante estoy sentado en el orinal, por tercera vez hoy, y no saco más que un agüilla rala, con olor a marejada. Cuidado, cuidado, digo para mi orinal, ojo con la falsa lógica de ese raciocinio. Es mucho más correcto y simple concluir, sobre la base de la evidencia, que no tengo datos para concluir si la cápsula es o no un veneno de efecto acumulativo, como supuse desde el principio. Espero, preocupado, nuevos datos.

Me gustaría ver a Pharoux y a Cortines, pero tengo miedo de salir de mi celda. He perdido el desayuno, pero no me quitaron la cena. ¿Por qué?

Al anochecer llega el Hermano con el café, el pan y la medicina. Ya había notado que el café de la tarde tenía gusto de café recalentado. Los Hermanos admitieron un día que no hacían más café que el de la mañana, y luego lo iban recalentando. Pero aquel sabor, ¿era realmente de café viejo? ¿Por qué se empeñaban de aquella manera en que lo bebiera?

Cuando el Hermano se aleja, escupo el café y la cápsula en el orinal, a donde va también el resto del contenido del vaso.

No voy a dejar que me envenenen.

Esta noche no me hundo, como ocurre siempre, en un sueño turbulento. Estoy tumbado, mirando la maldita televisión desde hace más de dos horas, y el sueño no viene. El gusto extraño del café de la noche es el de algún estupefaciente, concluyo agitado. Hace mucho que no me encontraba tan bien. ¡Estoy derrotando a los Hermanos!

Tengo que hablar con Pharoux, con Cortines. Ellos pueden ayudarme. Por la noche, seguro que la vigilancia disminuye. Deben estar convencidos de que estamos todos durmiendo un sueño de drogados, en nuestras camas.

Avanzo por el corredor, pegado a las paredes, con el orinal lleno. Si me agarran, diré que iba a vaciarlo en la letrina que hay al fondo del pasillo. Paso por la celda que ocupaba antes Baldomero. Como las celdas no tienen puerta, veo inmediatamente, iluminado por la débil bombilla de luz amarillenta y por el reflejo azul de la televisión, tumbado en la cama, a un negro de pelo cano, largo y ralo. Al verme, se levanta de la cama. Todo el cuerpo le tiembla, e inicia una danza grotesca: golpea con los pies en el suelo, agita los brazos, y relincha como si fuera un caballo.

Tengo miedo de que el barullo que arma acabe por despertar a los Hermanos. Le tapo la boca con la mano. El negro se aquieta dócilmente y se queda rascándose las encías en mis manos, chupándome los dedos. Tiene una saliva pastosa y hedionda. Me da asco. Me limpio las manos en la pared. El negro emite leves sonidos penetrantes, como si fuera una corneta en sordina, y continúa zapateando, pero ya no de manera escandalosa, como antes.

Tengo una enfermedad rara, dice. Me llamo Caio, pero me puedes llamar el del Taconeo. Así me llamaban todos.

Mi mente senil trabaja a toda marcha insinuándome trucos: había olvidado completamente a Pharoux. Dejo al del Taconeo en la cama, le digo que se esté callado, que siga soplando bien bajito en su corneta. Me da la impresión de que llora, pero estoy acostumbrado al llanto de los viejos, y, además, tengo trabajo.

Los corredores están vacíos, pero aun así avanzo con cautela hasta llegar a la celda de Pharoux.

Pharoux duerme con la boca abierta. El parche de su ojo vacío se le ha escapado del sitio y en la órbita hueca hay una telilla de color rojo oscuro, como una costra de herida no del todo cicatrizada.

Le toco en el hombro delicadamente. Pharoux, Pharoux, le digo a la oreja, una oreja peluda y hedionda. Le agito con fuerza. Sin llegar a despertarse, me sacude un puñetazo que me coge de refilón. No hay nada que hacer. Está drogado, no hay duda. Y lo mismo debe ocurrirle a Cortines.

Vuelvo a mi celda. Nunca me he sentido tan bien en mi vida. Creo incluso que he superado lo de la diarrea. Soy más listo que ellos. Ya sé por qué nadie dura más de seis meses aquí. Si el interno no muere a causa de las humillaciones y las privaciones, de desesperación y de soledad, lo envenenan y lo matan. ¡Al crematorio! ¡Ese olor es olor de carne quemada! Nosotros no valemos la comida que nos dan, ni siquiera un entierro decente. No logro dominar mi alegría. No tengo miedo ni siento horror ante este atroz descubrimiento. Estoy vivo. He escapado, por mis propias fuerzas, del torpe destino que me habían fijado, y eso me llena de euforia. Mi mente está llena de recuerdos y reminiscencias históricas de los grandes hombres que lucharon contra la opresión, la iniquidad y el oscurantismo.

Si todos los viejos del mundo nos unimos, podremos cambiar esta situación. Podemos compensar nuestra debilidad física con la astucia. Sé perfectamente cómo se han hecho todas las revoluciones.

Pasé la noche con estos dulces pensamientos.

Los internos que lo desean, que son pocos, pueden permanecer en el patio una hora al día, para tomar el sol. En el patio nos vigilan implacablemente los Hermanos. Cuando ven a varios internos hablando en un banco, se acercan con cualquier pretexto, como el de preguntarnos por nuestra salud, o hablar del tiempo, pero lo que realmente buscan es enterarse de qué estamos hablando. Sabiendo esto, me senté cerca de Pharoux y fingí que daba cabezadas, con el cuerpo caído hacia un lado, de manera que el Hermano que estaba en el patio no me viera la boca.

No mire hacia mí. El Hermano nos está vigilando, le dije a Pharoux.

Pharoux permanece impasible, pero sé que tiene un oído casi perfecto. No puede hablar, su rostro queda muy visible. Para demostrar que me oye, abre y cierra varias veces la mano que tiene sobre la rodilla, a intervalos regulares.

Le cuento a Pharoux todas mis sospechas. Le hablo de mi visita a su celda, por la noche, y de su estado de torpor, de la cápsula envenenada y del horno del crematorio. Le pido que no tome el café de la noche y le digo que después iré a verlo. Yo quiero hablar más, pero Pharoux se levanta y se va antes de que yo acabe. Quizá lo hizo para evitar sospechas. Ya le había dicho lo fundamental. O quizá fuera a denunciarme. Es otra hipótesis. Al fin y al cabo había sido policía, y estaba entrenado para defender a la autoridad constituida como un perro de presa. Tendría que haber ido a ver a Cortines y no a Pharoux. Realmente, Pharoux daba un poco de miedo; siempre me había parecido un tipo capaz de todas las traiciones y maldades.

Espero la llegada de la noche en un estado de excitación y alegría que no sentía desde hace mucho tiempo.

¿Dónde está aquel viejo que yo era? Mi piel sigue siendo un tejido seco despegado de los huesos, mi pene es una tripa estéril y vacía, mis esfínteres no funcionan, mi memoria sólo recuerda lo que le parece, no tengo dientes ni pelo ni fuerza para nada. Así es mi cuerpo, pero ya no soy el llorón avergonzado, amedrentado y triste, cuyo mayor deseo en la vida era comer un bombón de chocolate. Aquel ser viejo que me había sido impuesto por una sociedad corrompida y feroz, por un sistema inicuo que fuerza a millones de seres humanos a una vida parasitaria, marginal y miserable. Me niego a aceptar este suplicio monstruoso. Esperaré la muerte de una manera más digna.

Pharoux está despierto en su celda, de pie, nervioso.

Tiene usted razón. Nos drogan por la noche. Le he dicho a Cortines que tampoco tome el café. Vamos a ver si también él está despierto.

Vamos hasta la celda de Cortines. Está sentado en la cama flexionando los músculos del brazo.

Tenemos que hacer algo, digo.

Ese horno es para quemar a los muertos. Estoy seguro, dice Cortines.

¿Y por qué no a los vivos? ¿A los que están tardando demasiado en morirse?, dice Pharoux.

Discutimos irritados, durante unos momentos, si los Hermanos quemarán o no los cuerpos aún vivos de algunos internos. Yo defiendo la tesis de que usan el horno sólo para incinerar a los muertos, pero la verdad es que no estoy muy convencido. Puede que el horno sea también para los vivos, o sólo para la basura.

Ya sé que hacer, dice Pharoux. Un motín. Nosotros, aquí, sólo somos en realidad unos presos, y los presos, cuando quieren que las cosas mejoren, se amotinan, agarran algunos rehenes y arman un escándalo para que todo el mundo se entere.

La idea me agrada. La Historia enseña que todos los derechos se conquistaron por la fuerza. La debilidad produce opresión. Pero somos sólo tres viejos. Ya estoy yo de nuevo aceptando los condicionamientos que me fueron impuestos.

¡Somos tres seres humanos!, grito.

Pharoux me manda que hable más bajo. Su plan es muy sencillo. Él sabe dónde está el departamento del Director. La puerta es fácil de abrir, tiene una cerradura anticuada. El Director será nuestro rehén, la garantía de nuestro triunfo en las negociaciones.

Salimos, Pharoux, Cortines y yo, por los oscuros pasillos del Hogar Once de Mayo. Pharoux lleva en la mano el estilete de acero. Su único ojo relampaguea; está tenso, pero tiene el aire profesional de quien sabe qué hay que hacer. Vamos a la otra sala, subimos un piso. El Hogar está tranquilo, pero se oye el sonido de los televisores. Subimos una escalerita. Es la torre del Director. Llegamos a la puerta.

Es aquí, dice Pharoux.

Pharoux saca un alambre del bolsillo, se arrodilla; durante algún tiempo mete y saca el alambre en el ojo de la cerradura. Se oye el ruido del pestillo al correrse.

Pharoux sonríe. Vamos a entrar. Pero la puerta no se abre. Debe estar cerrada por dentro.

En un impulso incontrolado, golpeo la puerta con fuerza.

No ocurre nada.

Vuelvo a llamar a golpes.

Se oye dentro la voz irritada del Director.

¿Qué pasa?

Señor Director, digo con voz medio sofocada, ha ocurrido algo, una emergencia.

El Director abre la puerta. Pharoux lo agarra. Cortines le echa mano al pescuezo, con una llave de corbata. Pharoux hinca levemente el estilete en el rostro del Director, haciendo brotar una gota de sangre.

¡Quieto, cerdo gordo!, dice Pharoux.

El Director mira a Pharoux asustado. Creo que es la primera vez que siente miedo en su vida.

Calma, por favor, calma, dice el Director.

Le arrastramos hacia dentro.

Con el cinturón de la bata del Director, Cortines le ata las manos. Pharoux le manda que se tumbe en el suelo.

Estamos en la sala del apartamento. Cuando llegamos al dormitorio, una sorpresa. En la cama, amplia, de matrimonio, está durmiendo una mujer. Es joven, de piernas y brazos largos, totalmente desnuda. No consigo recordar cuánto tiempo hace que no he visto a una mujer desnuda.

La mujer se despierta, se sienta en la cama. Pregunta quiénes somos.

¡Edmundo!, llama la mujer. Ese es, pues, el nombre del Director.

Estése quieta y nada le ocurrirá, digo.

Es mejor atarla también, dice Cortines.

Con tiras de la sábana, Cortines le ata brazos y piernas. La muchacha se somete dócilmente. No son sólo los viejos los que se acobardan y quedan aturdidos por las amenazas. Si aquella mujer luchara conmigo y con Cortines, tal vez consiguiera huir. Pero supone que somos dos viejos locos y que la mejor estrategia es seguirnos la corriente.

La dejamos en la cama, atada. Cortines se lleva unas de las tiras de la sábana para atar al Director. Lo encontramos tendido en el suelo, en decúbito prono. Pharoux tiene el estilete apoyado en su piel. Si se mueve, el estilete se le clava en el cuello.

Se llama Edmundo, le digo a Pharoux.

Edmundo o Inmundo, dice Pharoux. Noto que la acción ha despertado en Pharoux viejos instintos destructivos reprimidos. Veo marcas de pinchazos en el cuello del Director.

Le amarramos los pies y hacemos nuevas lazadas atándole aún más fuertemente las manos.

El departamento del Director tiene una sala, dormitorio, cocina, cuarto de baño. Sólo hay un acceso: la puerta por donde entramos. Es una puerta de madera gruesa: la cerradura es vieja, pero tiene dos trancas de acero, por dentro. Estamos seguros.

Mira el refrigerador, dice Pharoux.

Hay cerveza, huevos, jamón, mantequilla. El refrigerador está lleno.

Cortines y Pharoux se van a la cocina a freírse unos huevos.

Ahora comen huevos con jamón y beben cerveza. Lo que más les gusta a los viejos es comer. Y Pharoux y Cortines están felices y satisfechos como si el objeto de nuestro motín fuera comer huevos con jamón. Tal vez, stricto sensu, se pueda decir esto, que el objetivo de toda revolución es más comida para todos. Pero en aquel momento estábamos sólo saqueando la nevera del Director de un asilo de ancianos denominado Hogar por la hipocresía oficial.

Sólo como un pedazo de pan. Me gustaría pasar la mano por el cuerpo desnudo de la mujer, pero ella sentiría repugnancia y eso acabaría con mi placer.

Empiezo a sentir una fatiga muy grande. Me tumbo en el sofá de la sala... Creo que voy a dormir un poco, las negociaciones tal vez se prolonguen... Tengo que vigilar a Pharoux para que no haga una tontería, es un hombre muy violento... Creo que estamos iniciando una revolución..., pero es preciso que nuestro gesto resuene fuera de esta torre y haga que los otros piensen... ¡Santo Dios! ¡Qué cansado estoy!... Antes de quedarme dormido he de hablar con Pharoux y Cortines. Están en la cocina, comiendo ruidosamente... Tenemos que trazar nuestros planes...

# El juego del muerto

Se reunían en el Bar de Anísio todas las noches. Marinho, dueño de la farmacia más importante de la ciudad, Fernando y Gonçalves, socios de un almacén, y Anísio. Ninguno de ellos había nacido en Baixada, ni siquiera en la ciudad. Anísio y Fernando eran de Minas, y Marinho de Ceará. Gonçalves había venido de Portugal. Eran pequeños comerciantes, prósperos y ambiciosos. Poseían modestas casitas de veraneo en la misma parcela de la región de los lagos, eran del Lion's, iban a la iglesia, llevaban una vida morigerada. Tenían en común, además, un interés enorme por las apuestas. Apostaban entre ellos a las cartas, a los partidos de futbol, a las carreras de caballos y de automóviles, a los concursos de mises. Todo lo que fuera aleatorio les servía. Jugaban fuerte, pero ninguno solía perder mucho, pues una racha de pérdidas iba seguida casi siempre por otra de ganancias. Aunque en los últimos meses Anísio, el dueño del bar, venía perdiendo constantemente.

Jugaban a las cartas y bebían cerveza aquella noche en que inventaron el juego del muerto.

Fue Anísio quien lo inventó.

Apuesto a que el escuadrón mata más de veinte este mes, dijo.

Fernando observó que más de veinte era muy vago.

Apuesto a que el escuadrón mata veintiuno este mes, dijo Anísio.

¿Sólo aquí, en la ciudad, o en toda la región?, preguntó Gonçalves. A pesar de llevar muchos años en Brasil, tenía aún un acento muy fuerte.

Apuesto mil a que el escuadrón mata veintiuno este mes, aquí, en Meriti, insistió Anísio.

Apuesto a que mata sesenta y nueve, dijo Gonçalves riendo.

Son demasiados, dijo Marinho.

Es una broma dijo Gonçalves.

Ni broma ni nada, dijo Anísio tirando con fuerza la carta en la mesa, lo dicho, dicho. Estoy harto de que anden siempre con eso de "era una broma." Se acabó. Se apuesta y a callar. A ver quién se echa atrás.

Era verdad.

¿Conocen la historia del portugués del sesenta y nueve?, preguntó Anísio. Le explicaron al portugués qué era el sesenta y nueve. Quedó horrorizado y dijo, Dios mío, qué cosa más asquerosa, yo no hacía eso ni con mi madre.

Todos se echaron a reír. Menos Gonçalves.

¿Sabes que no está mal la apuesta?, dijo Fernando. Mil a que el escuadrón mata una docena. ¡Eh, Anísio! ¿Qué tal un poquito de queso para acompañar las cervezas? ¿Y unas rajitas de embutido?

Anota ahí, dijo Anísio a Marinho, que iba registrando las apuestas en una libreta de tapa verde: mil más a que de los veintiún míos, diez son mulatos, ocho negros y dos blancos.

¿Quién va decidir quién es blanco, negro o mulato? Aquí todos son mezclados. ¿Y cómo se va a saber si fue exactamente el escuadrón?, preguntó Gonçalves.

Lo que salga en *O Día* es lo que vale. Si dice que es negro, es negro, y si dice que fue el escuadrón, fue el escuadrón. ¿De acuerdo?, preguntó Marinho.

Otros mil a que el más joven tiene dieciocho años, y el más viejo, veintiséis, dijo Anísio.

Entró en aquel momento el Falso Perpetuo y los cuatro se callaron. El Falso Perpetuo tenía el pelo liso, negro, cara huesuda, la mirada impasible y nunca se reía, igual que el Perpetuo Verdadero, un policía famoso asesinado años atrás. Ninguno de los jugadores sabía qué hacía el Falso Perpetuo, tal vez fuera empleado de banca, o funcionario público, pero su presencia, cuando de vez en cuando aparecía por el bar de Anísio, atemorizaba siempre a los cuatro amigos. Nadie sabía su nombre. Lo de Falso Perpetuo era un mote que le había puesto Anísio, que había conocido al Verdadero.

Llevaba dos Colt 45, uno a cada lado del cinturón, y se le notaba el bulto de las cartucheras. Tenía la costumbre de quedarse acariciando levemente los faldones de la chaqueta, una señal de alerta, de que estaba siempre a punto de sacar el arma y de que tiraba con las dos manos. Para matarlo, tendría que ser por la espalda.

El Falso Perpetuo se sentó y pidió una cerveza sin mirar a los jugadores, pero moviendo un poco la cabeza, el cuello tieso, tal vez prestando atención a lo que el grupo decía.

Creo que es sólo una manía nuestra, murmuró Fernando, que sea lo que quiera, para qué preocuparnos, quien nada debe, nada teme.

No sé, no sé, dijo Anísio pensativo. Siguieron jugando a las cartas en silencio, esperando que se fuera el Falso Perpetuo.

A fin de mes, de acuerdo con *O Día*, el escuadrón había ejecutado a veintiséis personas, dieciséis mulatos, nueve negros y un blanco; el más joven tenía quince años, y el más viejo, treinta y ocho.

Vamos a celebrar la victoria, dijo Gonçalves a Marinho, que junto con él había ganado la mayor parte de las apuestas. Bebieron cerveza, comieron queso, jamón y pastelillos.

Tres meses de mala racha, dijo Anísio pensativo. Había perdido también al póker, a las carreras y al futbol. El tenderete que había comprado en Caxias daba pérdidas, su cuenta iba de mal en peor y la mujer con quien se había casado seis meses atrás gastaba demasiado.

Y ahora vamos a entrar en agosto, dijo, el mes en que Getúlio se pegó el tiro en el corazón. Yo era un chiquillo entonces, trabajaba en un bar de la calle del Catete y lo vi todo, las lágrimas, los gritos, la gente desfilando ante el ataúd, el cuerpo, cuando lo llevaban al Santos Dumont, los soldados disparando las metralletas contra la gente. Si tuve mala racha en julio, ya verás en agosto.

Pues no apuestes este mes, dijo Gonçalves, que acababa de prestarle doscientos mil cruceiros.

No, este mes tengo que recuperar parte de lo que llevo perdido, dijo Anísio con aire sombrío.

Los cuatro amigos ampliaron para aquel mes de agosto las reglas del juego. Aparte de la cantidad, la edad y el color de los muertos, añadieron el estado civil y la profesión. El juego se iba haciendo más complejo.

Creo que hemos inventado un juego que va a resultar más popular que la lotería, dijo Marinho. Ya medio borrachos, se rieron tanto, que Fernando hasta se orinó en los pantalones.

Se acercaba el fin de mes y Anísio, cada vez más irritado, discutía frecuentemente con los compañeros. Pero aquel día estaba más nerviosos y exasperado que nunca y sus amigos esperaban, incómodos, la hora de que acabase la partida de cartas.

¿Quién me acepta una apuesta?, dijo Anísio.

¿Qué apuesta?, preguntó Marinho, que era el que más veces había ganado.

Apuesto a que el escuadrón mata este mes a una chiquilla y a un comerciante. Doscientos mil.

Qué locura, dijo Gonçalves, pensando en su dinero y en el hecho de que el escuadrón jamás mataba chiquillas ni comerciantes.

Doscientos mil, repitió Anísio con voz amargada, y tú, Gonçalves, a ver si dejas de llamar locos a los demás, el loco eres tú, que dejaste tu tierra para venir a este país de mierda.

Creo que no tienes ninguna posibilidad de ganar, dijo Marinho. Además, ya está acabando el mes.

Casi eran las once; remataron la partida y se despidieron apresuradamente.

Los camareros se fueron en seguida y Anísio se quedó solo en el bar. Los demás días se iba rápido a casa, junto a su joven esposa, pero aquella vez se quedó sentado bebiendo cerveza hasta poco después de la una de la madrugada, cuando llamaron a la puerta de atrás.

Entró el Falso Perpetuo y se sentó a la mesa de Anísio.

¿Una cerveza?, dijo Anísio vacilando entre tratar al Falso Perpetuo de tú o de usted, dudoso sobre qué grado de respeto debía tributarle.

No. ¿De qué se trata? El Falso Perpetuo hablaba bajo, con una voz sin relieve, apática, indiferente.

Anísio le explicó las apuestas en el juego del muerto que él y sus compañeros cruzaban todos los meses. El visitante oía en silencio, rígido, las manos apoyadas en los brazos del asiento. Por un momento le pareció a Anísio que el Falso Perpetuo se frotaba las manos en los faldones de la chaqueta, como el Verdadero, pero no, había sido un error.

Anísio empezó a sentirse incómodo ante la suavidad del hombre. Tal vez sólo fuera un funcionario, un burócrata. Dios santo, pensó Anísio, doscientos mil, tirados así como así. Iba a tener que vender el tenderete de Caxias. Inesperadamente pensó en su joven esposa, en su cuerpo tibio y rotundo.

El escuadrón tiene que matar a una chiquilla y a un comerciante este mes, a ver si puedo salir de apuros, dijo Anísio.

¿Y qué tengo yo que ver con eso? Suave.

Anísio se llenó de valor. Había bebido mucha cerveza, estaba al borde de la ruina y se encontraba mal, como si apenas pudiera respirar.

Para mí que usted es del Escuadrón de la Muerte.

El Falso Perpetuo se mantuvo impasible.

¿Cuál es la propuesta?

Diez mil, si mata a una chiquilla y a un comerciante. Usted o sus compadres, a mí me da igual.

Anísio suspiró, inquieto. Ahora que veía su plan a punto de realizarse, se iba apoderando de su cuerpo una sensación de debilidad.

¿Tiene aquí el dinero? Puedo hacer la cosa hoy mismo.

Lo tengo en casa.

¿Por dónde empiezo?

Los dos de una vez.

¿Pero no tiene alguna preferencia?

Gonçalves, el dueño de la tienda y su hija.

¿Ese gallego amigo suyo?

No es mi amigo. Otro suspiro.

¿Qué edad tiene su hija?

Doce años. La imagen de la pequeña tomándose un refresco en el bar surgía y desaparecía en su cabeza con una punzada dolorosa.

Está bien, dijo el Falso Perpetuo, muéstreme la casa del gallego. Anísio notó entonces que sobre el cinturón de los pantalones llevaba otro, ancho.

Entraron en el coche del Falso Perpetuo y se dirigieron a casa de Gonçalves. A aquella hora estaba desierta la ciudad. Se detuvieron a cincuenta pasos de la casa. De la guantera, el Falso Perpetuo sacó dos hojas de papel donde dibujó, de forma tosca, dos calaveras con las iniciales E. M.

Será cosa de un momento, dijo el Falso Perpetuo saliendo del automóvil.

Anísio se tapó los oídos con las manos, cerró los ojos y se inclinó hasta que su rostro rozó el forro de plástico del asiento, del que salía un olor desagradable que le recordaba su infancia. Le zumbaban los oídos. Pasó un tiempo, hasta que oyó tres tiros.

El Falso Perpetuo volvió y entró en el coche.

A ver, venga el dinero, ya me he cargado a la pareja. De propina maté también a la vieja.

Se pararon ante la casa de Anísio. Éste entró. Su mujer estaba acostada, de espaldas a la puerta del cuarto. Solía acostarse de lado y su cuerpo visto de espaldas era aún más hermoso. Anísio cogió el dinero y salió.

¿Sabe que ni siquiera sé su nombre?, dijo Anísio en el coche, mientras el Falso Perpetuo contaba el dinero.

Es mejor así.

Le he puesto un mote.

¿Cuál?

Falso Perpetuo. Anísio intentó reír, pero su corazón estaba pesado y triste.

¿Habría sido una ilusión? El otro le había mirado como alterado de súbito, y mientras tanto se acariciaba delicadamente los faldones de la chaqueta. Los dos quedaron mirándose en la penumbra del automóvil. Al darse cuenta de lo que iba a ocurrir, Anísio sintió como una especie de alivio.

El Falso Perpetuo se sacó del cinturón una enorme pistola negra, apuntó al pecho de Anísio y disparó. Anísio oyó el estruendo y luego un silencio muy largo. Perdón, intentó decir, sintiendo la boca llena de sangre e intentado recordar una oración mientras el rostro huesudo de Cristo a su lado, iluminado por la luz de la calle, se oscurecía rápidamente.

# Mandrake

Yo jugaba con las blancas y avanzaba el alfil en fianqueto. Berta preparaba un fuerte centro de peones.

Aquí es el despacho del doctor Paulo Mendes, dijo mi voz en la grabadora del teléfono dando a quien llamaba treinta segundos para dejar su mensaje. El individuo aquel decía llamarse Cavalcante Méier, como si hubiera un guión entre los dos apellidos, y que estaban intentando complicarlo en un crimen, pero —tlec— los treinta segundos se acabaron antes de que pudiera terminar de decir lo que quería.

Siempre llama la gente cuando uno está en lo más duro de la partida, dijo Berta. Bebíamos un vino de Faísca.

El tipo volvió a marcar pidiendo que le llamara yo a su casa. Un teléfono de la zona sur. Contestó una voz vieja, reverencial, como si estuviera acostumbrada a aquel tono. Era el mayordomo. Fue a llamar al señor.

Hay un mayordomo en la historia. Ya sé quién es el asesino. Pero a Berta no le hizo gracia. Aparte de su afición al ajedrez, todo lo tomaba en serio.

Reconocí la voz de la cinta: lo que tengo que decirle es algo muy personal. ¿Puedo pasar por su despacho?

Estoy en casa, dije, y le di la dirección.

Has fallado, Bebé (Berta Bronstein), dije, al tiempo que marcaba.

¿El doctor Madeiros? ¿Cómo va eso?

Madeiros dijo que la situación no era tan grave, pero tampoco tranquila. Madeiros sólo pensaba en política, había tenido algo que ver en los inicios de la Revolución y, a pesar de que su despacho de abogado era el mejor de la ciudad, no lograba liberarse de la nostalgia del poder. Le pregunté si conocía a un tal Cavalcante Méier.

Todo el mundo lo conoce.

Pues yo no. Hasta pensé que podría tratarse de un nombre falso.

Medeiros dijo que el tipo aquel era un rico hacendado de São Paulo, con tierras también en el Norte, exportador de café, azúcar y soya, senador suplente por Alagoas, hombre rico.

¿Y qué más? ¿Anduvo metido en líos financieros, tiene algún desarreglo de tipo sexual, aparte de ser latifundista?

Para ti en el mundo sólo hay canallas, ¿verdad? El senador es un hombre público de inmaculada honorabilidad, un líder empresarial, un ciudadano ejemplar, intachable.

Le recordé que el banquero J. J. Santos también era intachable y tuve que librarlo de las garras de un travestí maníaco en un motel de la Barra.

Pues tú le sacaste un Mercedes, ¿es así como se lo agradeces?

Yo no había ganado el coche, se había tratado de una extorsión, tal como hacen los banqueros, fue mi minuta, incluidas las tasas de administración.

Medeiros, con voz meliflua: ¿y qué problema tiene Cavalcante Méier?

Le dije que no lo sabía.

Vamos a acabar la partida, dijo Berta.

No puedo recibir a este tipo así, desnudo, ¿o sí?, dije.

Me estaba vistiendo cuando sonó el timbre. Tres veces en diez segundos. Un tipo impaciente, acostumbrado a que le abrieran las puertas con rapidez.

Cavalcante Méier era un hombre elegante, delgado, de unos cincuenta años. La nariz, un poco torcida. Los ojos, profundos, castaño-verdosos, intensos.

Soy Rodolfo Cavalcante Méier. No sé si usted me conoce.

Naturalmente. Tengo su ficha.

¿Mi ficha?

Sí. Vi que miraba el vaso en mi mano. ¿Le apetece un vaso de Faísca?

No, gracias, dijo evasivo. El vino me da dolor de cabeza. ¿Puedo sentarme?

Hacendado, exportador, senador suplente por Alagoas, con servicios prestados a la Revolución, dije.

Servicios irrelevantes, cortó secamente.

Miembro del Rotary Club, añadí como quien no quiere la cosa.

Sólo Country Club.

Un líder, un hombre de bien, un patriota.

Me miró, y dijo con firmeza, no bromee.

No es broma. También yo soy patriota. Aunque de manera diferente. Por ejemplo: no quiero declarar la guerra a la Argentina.

También yo tengo su ficha, dijo imitándome. Cínico, sin escrúpulos, competente. Especialista en casos de extorsión y fraude.

Hablaba como si fuera una grabación, recordándome una de esas cajas de carcajadas a las que se da cuerda y sale un sonido que no es humano ni animal. Cavalcante Méier se había dado cuerda a sí mismo, la cuerda que hacia que su voz de hacendado sonara como la de un aparcero.

Competente, sí. Falto de escrúpulos y cínico, no. Sólo soy un hombre que ha perdido la inocencia, dije.

Más cuerda en la caja. ¿Ha leído usted los periódicos?

Le respondí que nunca leía los periódicos, y me explicó que habían encontrado una muchacha muerta en la Barra, en su coche. La noticia aparecía en todos los periódicos.

Esa muchacha, era, ummm, mi ummm, tenía cierta relación conmigo. ¿Comprende?

¿Era su amante?

Cavalcante Méier tragó en seco.

Ya habíamos terminado. Yo pensaba que era conveniente que Marly encontrara un joven como ella, que se casara, que tuviera hijos.

Nos quedamos callados. Sonó el teléfono, aló, Mandrake. Corté.

Bien, y ¿qué más?

Nuestras relaciones eran muy discretas, podría decir incluso secretas. Nadie sabía nada de nada. Ella apareció muerta el viernes. El sábado recibí una llamada telefónica. Un hombre me amenazaba diciendo que yo la había matado y que tenía pruebas de que éramos amantes. Cartas. No sé qué cartas pueden ser ésas.

Cavalcante Méier dijo que no había ido a la policía, porque tenía muchos adversarios políticos que podrían aprovecharse del escándalo. Además, dijo, no sabía cómo aclarar el crimen. Y que su hija única iba a casarse aquel mismo mes.

Mi denuncia a la policía sería un gesto ética y socialmente inútil. Me gustaría que usted buscara a quien me llamó, que se enterara de qué es lo que quiere, que defendiera mis intereses de la mejor manera posible. Estoy dispuesto a pagar para evitar el escándalo.

¿Cómo se llama el tipo ese?

Márcio, fue el nombre que me dio. Quiere que vaya a verlo a un lugar llamado Gordon's, en Ipanema, esta noche, a las diez. Él esperará en una moto, con cazadora negra, y en la espalda lleva escrito "Jesús".

Acordamos que yo iría a entrevistarme con Márcio para negociar el precio del silencio. Podría costar mucho o no costar nada.

Le pregunté quién le había indicado mi nombre.

El doctor Medeiros, dijo levantándose. Salió sin tenderme la mano, sólo un movimiento de cabeza.

Fui a buscar la caja de las carcajadas. Revolví en el armario de la ropa, en el estante, en muchos cajones, hasta que la encontré en la cocina. A Balbina le encanta oír las carcajadas.

Me llevé la caja al cuarto. Me tumbé y enchufé el aparato. Una carcajada convulsa e inquietante, estrangulada en la garganta, como congestionada, una carcajada de alguien a quien le hubieran metido un embudo por el culo y las carcajadas atravesaran el cuerpo y salieran mortíferas por la boca, congestionando los pulmones y el cerebro. Aquello exigía unos tragos más de Faísca. Cuando era niño, un hombre, ante mí, en el cine, fue víctima de un ataque de risa tan fuerte, que murió. De vez en cuando me acuerdo de aquel hombre.

¿Pero por qué escuchas ese ruido horrible? Pareces loco, dijo Berta. Anda, ven, vamos a continuar la partida.

Ahora no. Voy a leer los periódicos, dije.

Mierda, dijo Berta, tirando el tablero y las piezas al suelo. Era una mujer impulsiva.

En la mesita de noche estaban todos los periódicos. Joven secretaria muerta en su propio coche en la Barra. Un disparo en la cabeza. La víctima llevaba joyas y documentos. Se descarta la intención de robo. La muerta iba hacia su casa, siempre regresaba temprano. Salía muy poco por la noche. No tenía novio. Los vecinos decían que era amable y tímida. Los padres decían que en cuanto llegaba del trabajo se encerraba en su cuarto, a leer. Leía mucho, dijo la madre, le gustaba la poesía y las novelas, era buena y obediente, sin ella nuestra vida quedará vacía, sin sentido. Había en los periódicos varias fotos de Marly, alta y delgada, de cabello abundante. Su mirada parecía triste. ¿O sería sólo una impresión mía? Soy un romántico incurable.

Al fin decidí seguir jugando con Berta. Abrí con las negras, peón de rey. Berta repitió mi jugada. Luego moví los caballos. Berta me siguió creando posiciones simétricas que llevarían a la victoria al más paciente, al que cometiera menos errores, o sea, a Berta. Yo soy muy nervioso, juego al ajedrez para irritarme, para explotar in camera; allá fuera es peligroso, tengo que mantener la calma.

Intenté recordar la partida de Capablanca con Tarrash, San Petersburgo, 1914, con una apertura de los cuatro caballos y una terrible celada. Pero ¿cuál era? No conseguí recordarla. Tenía en la cabeza al hombre del Gordon's.

No vale la pena que te quedes mirándome con esa cara de victoria, le dije, tengo que irme ahora.

¿Ahora? ¿En medio de la partida? ¿Otra vez? Lo que pasa es que eres un cobarde, sabes que vas a perder y huyes.

Es verdad. Pero, aparte de eso, tengo que ir a ver a un cliente.

Berta, con los brazos alzados, empezó a ahuecarse el pelo. El sobaco de una mujer es una obra maestra, especialmente si la mujer es delgada y musculosa como Berta. Su axila huele, además, muy bien, cuando no lleva desodorante, claro. Un olor agridulce y que me excita a fondo. Ella lo sabe muy bien.

Voy a ver a un motociclista en Gordon's.

¡Ah! ¿Uno con una moto?

Hay una película de Hitchcock a las once en la TV.

No me gusta la tele, detesto las películas dobladas, dijo Berta de mal humor.

Entonces quédate estudiando la apertura de Nimzovitch. Permite muy buenas celadas posicionales. Vuelvo en seguida.

Berta dijo que no me esperaría, que yo no tenía ninguna consideración con ella, ni respeto.

Cuando me detuve en la puerta de Gordon's, aún dentro del coche, vi al de la moto. Era un muchacho bajo, fuerte, de pelo castaño oscuro. Estaba discutiendo, de manera insolente, con una chica. Ella tenía el pelo tan negro, que parecía teñido, la cara muy pálida, distinta de las mocitas bronceadas que frecuentaban el Gordon's. Tal vez su palidez hiciera que el cabello pareciese más negro, y éste, a su vez, diera un tono más pálido al rostro, y a su vez —mientras me divertía con esta proposición, recordando al cuáquero de la lata de avena que tomaba cuando era niño —un cuáquero con una lata de avena en la mano donde había otro cuáquero con otra lata de avena en la mano, etc., ad infinitum—, la chica se sentó en la grupa de la moto y partieron velozmente por la calle del Visconde de Pirajá. No podía seguirlos, mi automóvil había quedado bloqueado. Salté, fui hasta el mostrador del Gordon's, pedí una coca y un bocadillo. Comí lentamente. Esperé una hora. No volvieron.

Berta estaba en la cama, durmiendo, la televisión encendida.

Llamé a Cavalcante Méier.

El apóstol ése no apareció por allá, le dije. De nada servía contarle con detalle lo ocurrido.

¿Y qué va a hacer usted ahora? Hablaba en voz baja, con la boca pegada al aparato. Mis clientes hablan siempre así. Me ponen furioso.

Nada. Me voy a la cama. Mañana hablaremos. Colgué.

Besé suavemente a Berta en los labios. Se despertó.

Di que me quieres, dijo Berta.

Me levanté de la cama con ganas de beber un vaso de Faísca. A Berta no le gustaba que bebiera tan temprano, pero el vino portugués no hace daño a ninguna hora del día ni de la noche. Puse en marcha la grabadora. Había un recado de Cavalcante Méier.

Marqué el número.

¿Ha leído los periódicos?, preguntó Cavalcante Méier.

Acabo de despertarme, mentí. ¿Qué hora es?

Las doce ya. ¿Ha leído los periódicos? No, es claro que aún no los ha leído. La policía dice que hay un sospechoso.

Siempre hay un sospechoso, que suele ser inocente.

De acuerdo con su lógica, siendo inocente puedo ser el sospechoso. Otra cosa: me ha llamado ese Márcio. Dice que vendrá a mi casa esta tarde.

Estaré ahí. Puede usted presentarme como su secretario particular.

¿Cuánto tiempo llevas encharcándote de vino?, preguntó Berta entrando en el despacho.

Le expliqué que Churchill tomaba champán al levantarse, fumaba puros y ganaba guerras.

Leí los periódicos mientras me fumaba un cigarro negro de Suerdieck. Dedicaban mucho espacio a la muerte de Marly, pero no había novedades. Nadie hablaba de un sospechoso.

Llamé a Raúl.

Oye, lo de esa chica de la Barra. Cuéntame algo.

¿Qué chica? ¿La que estrangularon, la que aplastó un auto, la que murió de un tiro en la cabeza, o la que...?

La del tiro en la cabeza.

Marly Moreira, secretaria del Cordovil & Méier. Es gente mía la que lleva el caso.

Dicen que hay un sospechoso. ¿Sabes algo?

Ya me enteraré.

Cavalcante Méier vivía en Gávea Pequena. Paré el coche ante el portal y llamé al timbre. Salió de su garita un guardia particular. Llevaba pistola al cinto, pero tenía cara de no saber usarla. Abrió el portón.

¿Es usted el doctor Paulo Mendes?, preguntó.

Sí.

Puede entrar.

Tendría usted que pedirme que me identificara.

Puso cara de desconcierto y me pidió que me identificara. Esos falsos profesionales de hoy andan metidos en todas partes.

Subí por una alameda a través de un césped bien cuidado. Césped inglés, desde luego. El mayordomo abrió la puerta. Era el mismo viejo que yo había previsto, con rencor en el rostro y la joroba del lameculos. Con voz reverente me preguntó el nombre y me rogó que esperara.

Me quedé paseando de un lado al otro del hall de mármol. Una amplia escalinata llevaba al piso superior. Por ella bajó una joven acompañada de un perro dálmata. Tenía el pelo rubio, vestía unos jeans y una blusita ajustada. Yo no podía apartar los ojos de ella. Al llegar junto a mí, preguntó con voz impersonal:

¿Espera a alguien? Ojos azules.

Al doctor Cavalcante Méier.

¿Ya sabe papá que está usted aquí? Su miraba me atravesaba como si fuera yo de vidrio.

El mayordomo ha ido a anunciarme.

Sin otra palabra me dio la espalda, abrió la puerta y se fue, acompañada por el perro.

Un día, cuando era adolescente, iba andando por la calle cuando vi una mujer bonita y me enamoré de manera súbita y avasalladora. Ella pasó ante mí y continuamos caminando en dirección opuesta, yo volviendo la cara, viéndola distanciarse ágil y noble, avec sa jambe de statue, hasta que desapareció entre la multitud. Entonces, con un impulso desconsolado, me volví y me di de narices contra el poste.

Me quedé mirando la puerta por donde había salido la muchacha y pasándome la mano por la cicatriz que el tiempo no había borrado.

Por favor, ¿quiere acompañarme?, dijo el mayordomo.

Atravesamos una sala enorme en cuyo centro había una gran mesa redonda, rodeada por sillas de terciopelo. Luego otra, con sillones y grandes cuadros en las paredes.

Cavalcante Méier me esperaba en su despacho abarrotado de libros.

¿Quién es esa chica del perro? Es una rubia preciosa.

Es mi hija Eva. Se casa el veintitrés, ya se lo dije.

Cavalcante Méier iba, como la primera vez, vestido con un traje elegante. El pelo, bien peinado, con raya al lado, ni un cabello fuera de lugar. Parecía Rodolfo Valentino en *La Dama de las Camelias*, con Alia Nazimova.

Le pregunté si había visto la película. No, no había nacido siquiera cuando la exhibieron. Yo tampoco, pero frecuentaba las cinematecas.

¿Tiene algo que ver con usted la casa Cordovil & Méier?

Es mi empresa de exportación.

Así pues, la muchacha muerta era empleada suya...

Era secretaria de mi gerente de marketing internacional.

Pasó una sombra por el rostro de Cavalcante Méier. Son pocos los actores que saben hacer pasar una sombra por su rostro. Everett Sloane lo sabía hacer, Bogart, no. Hacer muecas es otra cosa.

Sonó el teléfono. Cavalcante Méier contestó.

Déjelo pasar, dijo.

Oí el ruido de la motocicleta. El sonido se apagó por algún tiempo y volvió a oírse de nuevo. Cavalcante Méier pareció no prestar interés al ruido. Estaba dándole instrucciones al mayordomo, para que trajera inmediatamente a su presencia a aquel recién llegado.

Márcio, el de la moto, entró en la sala, en el rostro la misma arrogancia que ostentaba en el Gordon's. Mirándole mejor, parecía una máscara mal colocada.

Usted dijo que íbamos a estar solos. ¿Quién es este tipo?

Es mi secretario.

Tenemos que hablar a solas, échelo de aquí.

Se queda, dijo Cavalcante Méier controlando su ira.

Entonces, quien se va soy yo, dijo Márcio.

Esperen, calma, no vamos a empezar con problemas, puedo esperar ahí fuera, dije.

Salí al salón. Desde la ventana vi a Eva sentada en el césped, el dálmata a su lado. El sol, filtrado entre las ramas de los árboles, doraba aún más su pelo.

Se abrió la puerta del despacho y Márcio pasó rápidamente ante mí, sin mirarme siquiera. Oí el ruido de la moto. La muchacha, en ese momento, se levantó rápidamente.

Todo resuelto, dijo Cavalcante Méier desde la puerta del despacho.

¿Cómo dice?, pregunté sin alejarme de la ventana. Eva corrió por el césped seguida por el perro y desapareció de mi campo visual.

He llegado a un acuerdo con ese muchacho. Ya no preciso de sus servicios. ¿Cuánto le debo?

¿Quién ha dicho que el lenguaje existe precisamente para ocultar el pensamiento?, pregunté apartándome de la ventana.

No lo sé, ni me interesa. ¿Cuánto le debo?

Nada.

Le volví la espalda. El mayordomo estaba en el hall. Parecía haber andado tras las puertas escuchando todas las conversaciones.

Subí al coche. Ni señal de Eva. El guarda abrió la puerta y le pregunté si el motociclista se había detenido en medio del camino antes de entrar en la casa.

Se paró junto al lago para hablar con la señorita Eva.

El guarda miraba algo por encima del capot del coche. Miré también y vi a una muchacha pálida, de cabello oscuro, parada a unos veinte metros. Era la muchacha a quien había visto a la grupa de la moto, en el Gordon's. Al notar que yo la miraba, se alejó caminando lentamente.

¿Quién es esa chica?, pregunté.

Es sobrina del doctor, dijo el guarda. Se llamaba Lili y vivía cerca de la casa del tío.

Sonó el teléfono de la garita y el guarda fue a atenderlo. Al volver, abrió el portalón. Acerqué el coche.

¿Ha estado por aquí otras veces el tipo ese de la moto?

No sé nada, dijo el guarda volviendo la cara. Debía haber recibido instrucciones de evitar charlas conmigo.

Llegué a casa, abrí la nevera, saqué una botella de Faísca. En la mesa, una nota: podías haber utilizado la salida de Würtzberg. Te bastaba con sacrificar la dama, pero eso es algo que eres incapaz de hacer. Te quiero. Berta.

Llamé a mi socio, Wexler.

Hoy no voy al despacho.

Ya lo sé, dijo Wexler. Te vas a pasar el día jugando al ajedrez con una mujer y atizándole al vino. Y yo aquí, dando el callo, mientras tú te acuestas con mujeres.

Ando metido en un caso que me mandó el doctor Medeiros. Se lo conté todo.

Eso no va a servir para nada, dijo Wexler.

Llamé a Raúl. Había concertado una cena en el Albamar con el inspector que llevaba el caso de Marly.

¿Es de la ciudad?, grité.

Los de homicidios trabajan aquí, en la ciudad. Se llama Guedes.

Guedes era un hombre joven, precozmente calvo, flaco, con ojos de un castaño tan claro, que parecían amarillos. Pidió una coca-cola. Raúl tomaba güisqui. No había Faísca y pedí un Casa de Calçada. Prefiero los vinos maduros, pero a veces uno joven, bien fresco, no cae mal.

Marly llevaba un Rólex de oro en la muñeca, una alianza de brillantes y seis mil cruceiros en el bolso, dijo Guedes.

Eso facilita las cosas, dijo Raúl.

Las facilita, pero estamos en plena oscuridad.

Los periódicos dicen que tienen un sospechoso.

Eso es para despistar.

¿Ha aparecido ya en este lío el nombre del jefe de la chica en Cordovil & Méier, el gerente de marketing?, pregunté.

Artur Rocha. Los amarillos ojo suspicaces de Guedes examinaron mi rostro.

Leí su nombre en el periódico, dije.

El nombre no ha salido en el periódico. Los ojos de Guedes ardían sobre mí. Vi que no iba a sonsacarle nada, parecía un tira decente.

He hecho un pequeño trabajo para el presidente de la empresa, el senador Cavalcante Méier.

Yo personalmente le he tomado declaración a Artur Rocha. Afirmó que no sabía nada de la secretaria, dijo Guedes.

¿Y crees que dijo la verdad?

Ya hemos investigado su vida, de arriba abajo. La chica fue asesinada el viernes, entre ocho y nueve de la noche. A las once, Rocha estaba en Petrópolis, en casa de unos amigos. No le interesan las mujeres, parece que lo que realmente le gusta es ostentar su riqueza. Se hizo un picadero en su casa, en Petrópolis, y dicen que ni siquiera sabe montar. ¿Entiende la cosa? La gente de por allá tiene en su casa piscina y campo de tenis; pues él tiene todo eso y, además, un picadero. Y caballos, para prestárselos a los amigos.

Pues si un gerente gana para eso, imagínate el presidente, dijo Raúl.

No debe ser un asalariado, debe ser socio. Asalariados somos nosotros, quiero decir Raúl y yo, usted no.

¡Eh! No me trates de usted, llámame Mandrake, dije.

Dicen que usted es un abogado rico.

Ojalá lo fuera.

Mandrake es un genio, dijo Raúl, que se había bebido ya la mitad de la botella de güisqui. Y un tremendo hijo de puta. Se tiró a mi mujer. Hem, ¿Mandrake, te acuerdas?

Aún estoy sufriendo por aquello, dije.

Te he perdonado, dijo Raúl. Y a aquella hija de puta también.

Su mujer se lo daba a todo el mundo. Y, además, no estaban casados. En fin...

El crimen se configura en principio como un crimen pasional, dijo Guedes, poco interesado en mi charla con Raúl. Artur Rocha no tiene capacidad para enamorarse ni para matar, quiero decir en un crimen pasional. Ni por dinero o por cualquier otra cosa. Pero tengo la impresión de que está mintiendo. ¿Qué le parece?

Cuando investigo un asesinato, hasta mi madre es sospechosa, dijo Raúl.

Guedes continuaba mirándome, esperando una respuesta.

La gente mata cuando siente miedo, tergiversé. Cuando odia, cuando envidia.

Cita del Almanaque Capivarol, dijo Raúl.

Sé que miente, dijo Guedes.

Yo solo, en el coche, más tarde, dije al espejo retrovisor que todo el mundo está mintiendo.

Al día siguiente los periódicos ya no destacaban la muerte de Marly. Todo cansa, cariño, como decía el poeta inglés. Los muertos hay que renovarlos, la prensa es de una necrofilia incansable. Llamó mi atención una noticia en los Ecos de Sociedad: se aplazaba la boda de Eva Cavalcante Méier con Luis Alfredo Vieira Souto. Algunos columnistas lamentaban que se hubiera roto el compromiso. Uno de ellos exclamaba: ¿Qué harán ahora con la cantidad inmensa de regalos que el ex futuro matrimonio había recibido de todos los rincones de Brasil? Era un problema realmente serio.

Cogí el coche y me acerqué a la carretera de Gávea. Me detuve a cien metros del portalón de la casa. Metí en el toca-cintas del coche un cassette de Jorge Ben y me quedé allí, siguiendo el ritmo, con los nudillos, en el panel del coche.

Apareció primero el Mercedes. Cavalcante Méier sentado en el asiento de atrás. El chofer vestido de azul marino, camisa blanca, corbata negra, gorra negra en la cabeza. Esperé más de media hora y se abrieron las puertas y salió disparado un Fiat deportivo.

Lo seguí. El coche tomaba las curvas a una velocidad tremenda, con los neumáticos rechinando. No era fácil seguirlo. Hoy la palmo, pensé. ¿Cuál de mis mujeres iba a sufrir más? Berta quizá dejara de roerse las uñas.

El Fiat se detuvo en Leblón, a la puerta de un pequeño edificio. La muchacha saltó del auto y entró por la puerta donde se veía un cartel: Bernard — Gimnasia Femenina. Esperé dos minutos.

Sala de espera tapizada, las paredes llenas con reproducciones de bailarinas de Degas y pósters de danza. Detrás de una mesa de acero y vidrio, una recepcionista de cabello oxigenado, muy maquillada, con uniforme rosa, me dio los buenos días y me preguntó si deseaba algo.

Quería inscribir a mi esposa en el curso de gimnasia.

Miró el fichero. No puede ser, dijo.

Me rasqué la cabeza y le expliqué que no quería que mi esposa asistiera a un curso cualquiera, que podían llamarme anticuado, pero que yo era así.

La recepcionista abrió la boca en una amplia sonrisa como sólo saben hacer los que tienen todos los dientes, y dijo que aquél era el lugar que buscaba, una academia frecuentada por señoras y señoritas de clase. Dijo esto con la boca llena. Llevaba las uñas largas, pintadas de un rojo fuerte.

¿Cómo se llama su esposa?

Pérola... Ummm... Pero, vamos a ver... Bueno, ¿quién es el que les enseña, una mujer o un hombre?

Un profesor. Pero que no me preocupara, Bernard sabía mantenerse en su sitio.

Le pedí que me dejara ver un poco el aula.

Sólo un poquito, dijo la rubia levantándose. Era de mi estatura, cuerpo esbelto, senos pequeños, sólida.

¿También usted hace gimnasia?

Yo no, este cuerpo me lo dio Dios, pero podía ser obra de Bernard, hace verdaderos milagros.

Salió deslizándose ante mí hasta una puerta con espejo, que entreabrió.

Las alumnas seguían el ritmo agitado de la música transmitida a todo volumen por unas bocinas dispersas por el suelo. Con un gesto rápido inclinaron el tórax hacia delante, la cabeza abajo, metieron las manos entre las rodillas, hacia atrás, luego enderezaron el cuerpo, levantaron de nuevo los brazos y volvieron a empezar.

Eran unas quince mujeres, vestidas con mallas de distintos colores, aunque dominaba el azul, pero había también rojo, rosa y verde. En medio de la sala, con una varita en la mano, estaba Bernard, también en maillot. Debía haber sido bailarín, y desde luego se le veía orgulloso de sus firmes nalgas.

¡No doble las rodillas, Pia Azambuja! ¡Contraiga las nalgas, Ana María Melo!

¡Zas! Un varazo en el trasero de Ana María Melo.

¡Siga el ritmo, Eva Cavalcante Méier! ¡No pare, Renata Alburquerque Lins! Bernard decía los nombres de las alumnas enteros, eran apellidos importantes, de los padres, de los maridos.

La recepcionista cerró la puerta.

¿Qué? ¿Lo ha visto todo?

¿Siempre les arrea golpecitos a las alumnas?, pregunté.

Suavemente, no les hace daño, no tenga miedo. No se enfadan. Hasta les gusta. Bernard es una maravilla. Llegan las alumnas llenas de celulitis, fláccidas, con posturas equivocadas, la piel hecha una pena, y Bernard las deja con un cuerpo de miss.

Llenamos la ficha de mi mujer.

¿Pearl White?

Mi mujer es norteamericana. Pearl quiere decir Perla. No sé por qué me paso la vida haciendo chistes que nadie entiende, pero qué le vamos a hacer. Así soy.

Me quedé yendo y viniendo junto al Fiat, jugando con las blancas, controlando el centro 3R, 3D, 4AR, 4R, 4AD, 5AR, 5R, 5D, 5AD, 6R y 6D. El poder inmenso de la acción. Giuoco Piano. Siciliana. Nimzoindia.

Eva apareció con el pelo mojado, pantalones de dril, blusa de malla, los brazos al aire. Llevaba una bolsa grande.

Hola. Me coloqué ante ella.

¿Nos conocemos?, preguntó fríamente.

En casa de su padre. Me contrató como abogado.

¿Sí...?

Pero ya me despidió.

¿Sí...? Hablaba con cierta rigidez, pero no se iba.

Quería oír lo que tenía que decirle. Las mujeres son curiosas como los gatos. (Los hombres también son como los gatos. En fin.)

Alguien quería enredarlo con la muerte de Marly Moreira, la chica que apareció en la Barra con un tiro en la cabeza.

¿Sólo eso?

Un chantajista llamado Márcio dice que tiene documentos que pueden servir de base para una acusación contra su padre.

¿Y nada más?

La policía sospecha de él. Podría decirle más cosas, pero no aquí, en la calle.

Cuando vino el camarero, ella pidió agua mineral. Dios, Bernard y Régimen Feroz habían hecho el milagro. Yo pedí Faísca. Nos quedamos en silencio.

Si mi padre está en peligro, con quien realmente debía usted hablar es con él. No sé de qué le sirve hablar conmigo.

Su padre ha prescindido de mis servicios.

Alguna razón tendrá.

Le expliqué a Eva las entrevistas que había mantenido con Cavalcante Méier, mi ida al Gordon's cuando vi a su prima Lili con el de la moto. Su rostro permanecía impenetrable.

¿Cree usted realmente que mi padre mató a esa chica? Sonrisa de desprecio.

No sé.

Mi padre tiene muchos defectos, es vanidoso y débil, y otras cosas peores, pero no es un asesino. Basta verlo para tener la seguridad de que no lo es.

Recordé los rostros de los asesinos que conocía. Ninguno de ellos tenía cara de asesino.

Pues alguien mató a la chica, y no fue un ladrón.

Ni mi padre.

Márcio, el de la moto, cuando fue a ver a su padre, se detuvo un momento en el jardín para hablar con usted.

Está equivocado. Yo no sé quién es ese hombre.

Observé con atención el rostro inocente de la chica. Sabía que ella sabía que yo sabía que ella mentía. Eva tenía una cara como pintada por Boticelli, poco brasileña en aquel día de sol, y, tal vez por eso, más atractiva para mí. No me gustan las mujeres quemadas por el sol. Es un artificio. La piel sabe su color, y el pelo, y los ojos. Usar el sol como cosmético es una estupidez.

Es usted muy hermosa, dije.

Pues usted es un tipo desagradable, feo, ridículo, dijo ella.

Eva se levantó y salió, pisando como enseñaba Bernard.

Llegué a casa, descolgué la grabadora del teléfono. Berta se había ido a su casa. Me he pasado toda la vida sin soñar o bien olvidando la mayor parte de lo que había soñado. Pero siempre recordaba dos sueños, sólo esos dos. En uno soñaba que estaba durmiendo y soñaba un sueño que olvidaba al despertarme, con la sensación de que con mi olvido se perdía una importante revelación. En el otro estaba yo en la cama con una mujer y ella acariciaba mi cuerpo y yo sentía la sensación de la mujer al tocar mi cuerpo como si mi cuerpo no fuera de carne y hueso. Yo despertaba (fuera del sueño, en la realidad) y me pasaba la mano por la piel y sentía como si estuviera cubierta de metal frío.

Desperté con el ruido del timbre de la puerta. Wexler.

¿Qué has andado haciendo? ¿Sabes a quién tienes a tus talones? Al comisario Pacheco. ¿Es que andas ahora liado con los comunistas?

Wexler me explicó que aquella mañana, muy temprano, apareció por el despacho el comisario Pacheco preguntando por mí. Pacheco era famoso en todo el país.

Quiere que vayas a la jefatura de Policía, a hablar con él.

Yo no quería ir, pero Wexler me convenció. De Pacheco nadie escapa, me dijo.

Wexler fue conmigo. Pacheco no nos hizo esperar mucho. Era un hombre gordo, de cara agradable; no aparentaba la maldad que su fama proclamaba.

Estamos investigando sus actividades, dijo Pacheco con aire soñoliento.

No sé qué hago aquí. Yo soy un corrupto, no un subversivo. Otro chiste.

Usted no es ni una cosa ni otra, dijo Pacheco con voz cansada, pero sería difícil demostrar que no es las dos cosas. Me miró como un hermano mayor mira a un mocoso metido en un lío.

Un amigo ha venido a verme y me dijo que usted anda fastidiándolo. Pare eso.

¿Puedo preguntarle quién es su amigo? Yo molesto a mucha gente.

Usted sabe perfectamente quién es. Déjelo en paz, payaso.

Bueno, entonces nos vamos, dijo Wexler. Su padre había sido muerto en el pogromo del gheto de Varsovia, en 1943, delante de él, un chiquillo de ocho años. Sabía leer en la cara de la gente.

Cuidado con ese nazi, dijo Wexler en la calle. Y, vamos a ver, ¿en qué condenado lío te has metido?

Le conté el caso de Cavalcante Méier. Wexler escupió con fuerza en el suelo —no decía groserías, pero escupía en el suelo cuando se ponía furioso— y me agarró el brazo.

Tienes que dejar el caso. Óyeme bien. Sal de eso como puedas. Estos tipos son unos nazis. Otro escupitajo.

Llamé a Berta.

Bebé, tú abres con la Ruy López y yo te gano en quince movimientos.

Mentira. Las dificultades de las negras en esta apertura son enormes cuando los dos jugadores son parejos, como ocurría en nuestro caso. Pero yo quería tener cerca de mí a alguien que me amaba.

No tienes buena cara, dijo Berta al llegar.

Mi cara es un collage de varias caras, empezó a los dieciocho años. Hasta entonces mi rostro tenía unidad y simetría, yo era uno sólo. Después me convertí en muchos.

Puse una botella de Faísca al lado del tablero.

Empezamos a jugar. Ella abrió con Ruy López, como habíamos acordado. Al llegar al decimoquinto movimiento, mi situación era difícil.

¿Qué te pasa? ¿Por qué no has usado la defensa Steinitz para dejar la columna del rey abierta a la torre? O la defensa Tchigorin, desarrollando el flanco de la dama. No puedes quedarte así, inmóvil ante la Ruy López.

Mira, Berta, Bertita, Bertona, Berteta, Bertísima, Bertérrima, Bertititísima, Bertontorrona, Bebé.

Estás borracho, dijo Berta.

Efectivamente.

Pues no sigo jugando.

Quiero abrazarte, apoyar la cabeza en tu pecho, sentir el calorcito de tu entrepierna. Estoy cansado, Bebé. Y además, estoy enamorado de otra mujer.

¿Cómo? ¿Conque ahora me vienes con una de *Le Bonheur*? Es una película mediocre, le dije.

Berta tiró las piezas por el suelo. Era una mujer impulsiva.

¿Quién es esa mujer? Aborté, tuve un aborto tuyo, tengo derecho a saberlo.

Es la hija de un cliente.

¿Cuántos años tiene? ¿Como yo? ¿O es que ya estás bajando? ¿Dieciséis? ¿Doce?

Tu edad.

¿Es más bonita que yo?

No sé. Quizá no. Pero es una mujer que me atrae enormemente.

Ustedes, los hombres, son infantiles, débiles, fanfarrones. ¡Tonto, eres un tonto!

Te quiero, Bebé, dije pensando en Eva.

Entonces nos fuimos a la cama, yo pensando todo el tiempo en Eva. Después de hacer el amor Berta se quedó dormida boca arriba. Roncaba levemente, con la boca abierta, inerte. Cuando he bebido mucho, sólo logro dormir media hora, y me despierto con complejo de culpa. Allí estaba Berta, con la boca abierta, como un muerto soñando. ¡Qué debilidad esta de dormir! Los chiquillos lo saben. Por eso duermo poco, tengo miedo de quedarme desarmado. Berta roncaba. Qué raro, una mujer tan deliciosamente suave. Iba amaneciendo, una luz fantástica entre blanco y rojo. Aquello merecía una botella de Faísca. Acabé de beber, me bañé, me vestí, salí para el despacho. El portero preguntó: ¿Tenía hormigas en la cama, doctor?

Me senté y compuse las alegaciones finales de un cliente. Llegó Wexler y empezamos a discutir cosas sin importancia, pero que nos irritaron a los dos.

Debe de ser una buena mierda eso de ser hijo de un inmigrante portugués, me dijo Wexler.

¿Y qué te parece ser hijo de un judío muerto en un pogromo?, pregunté.

Mi padre era profesor de latín, mi madre tocaba Bach, Beethoven y Brahms al piano; pero tu padre pescaba bacalao y tu madre era costurera.

Wexler se fue a la ventana y escupió.

Bach, Beethoven, Brahms, Belsen y Buchenwald, cinco bes al piano, dije.

Puso cara dolorida, una mirada que sólo los judíos son capaces de poner.

Perdona, dije. Su madre había muerto en Buchenwald; una mujer joven, bonita en el retrato, con un rostro dulce y moreno. Perdona.

Acabó el día y decidí no ir a casa. No quería ver a Berta, oír la grabadora del teléfono, nada, a nadie, sólo pensaba en Eva. Mis amores son breves, pero fulminantes.

Un hotel ordinario en la calle Corrêa Dutra, en Flamengo. Cogí la llave y me fui a la habitación. Me tumbé mirando el techo.

Había una lámpara, un globo de luz sucio que yo encendía y apagaba. El ruido de la calle se mezcló con el silencio, en una masa viscosa, opaca y neutra. Eva, Eva. Caín mató a Abel. Siempre alguien está matando a alguien. Me pasé la noche dando vueltas en la cama.

Por la mañana, pagué la habitación y me fui a cortar el pelo y afeitarme.

La defensa Steinitz, le dije al barbero, no es tan segura como parece. La torre tiene los movimientos limitados, es una pieza fuerte, pero previsible.

Tiene usted razón, dijo el barbero cuidadosamente.

La defensa Tchigorin pone en peligro la dama, y yo nunca pongo en peligro la dama, continué. Todo es un inmenso error, el himno nacional con su letra estúpida, la bandera positivista sin el color rojo, todas las banderas deben tener el color rojo. ¿De qué vale el verde de nuestros bosques y el amarillo de nuestro oro sin la sangre de nuestras venas?

Todo es una mierda, dijo el barbero.

Mientras el barbero hablaba del costo de la vida, yo leía el periódico. Márcio Amaral, también conocido como Márcio el de la Suzuki, había aparecido muerto en su piso del barrio de Fátima. Un tiro en la cabeza. En la mano derecha, el revólver Taurus, calibre 38, con un cartucho disparado en el tambor. La policía sospechaba que pudiera tratarse de un homicidio. Márcio el de la Suzuki parecía estar complicado en el tráfico de estupefacientes en los barrios del sur de la ciudad.

Me importa un bledo, que se jodan todos, el senador canalla y su hija dedetizada, la sobrinita pálida, la secretaria muerta y sus padres parlanchines, el tío de la moto y el rayo que lo parta, estoy harto.

El barbero me miró asustado.

En mi departamento, una nota:

¿Dónde te has metido? ¿Es que estás loco? Wexler quiere hablar contigo, es algo urgente. Estoy en la tienda. Llámame. Te quiero. Muero de añoranza de ti. Berta.

Berta me gustaba aún, pero mi corazón ya no se disparaba al oír su voz y leer sus notas. Berta se iba convirtiendo en una persona perfecta para casarse uno cuando fuera ya viejo y empezaran a jorobarle los achaques.

Llamé a Berta, concertamos una cita para aquella noche. ¿Qué podía hacer yo? Llamé a Wexler.

Creí que Pacheco te había echado la mano encima, dijo Wexler. Raúl te anda buscando, dice que es importante.

Sonó el teléfono de Raúl, sonó, sonó y cuando ya iba a colgar, lo cogieron.

Estaba en la ducha. Guedes se muere de ganas de hablar contigo. Pasa por Homicidios, dijo.

Le conté lo de las amenazas de Pacheco. Raúl me dijo que anduviera con tiento.

En Homicidios, Guedes me recibió en seguida.

Yo juego limpio con usted, me dijo. Lea eso.

Letra redonda, los puntitos de las íes eran pequeños círculos: Rodolfo, no creas que puedes tratarme así, como un objeto que se usa y se tira. Estoy dispuesta a hacer las mayores locuras, a hablar con tu mujer, a armar un escándalo en la empresa, a contárselo a todo el mundo, a escribir a los periódicos; no sabes de qué soy capaz. Y ya no quiero tu apartamento. Tú no me compras a mí como haces con todo el mundo. Eres el hombre de mi vida, nunca he conocido a otro, ni quiero conocerlo. Ahora no quieres verme, como si me anduvieras esquivando, pero no es así como se acaba una relación como la nuestra. Quiero verte. Llámame en seguida. Estoy como loca. Soy capaz de todo. Marly.

¿Y bien...?, dijo Guedes.

Bien, ¿qué?

¿Se le ocurre algo?

¿Y qué se me puede ocurrir?

¿Qué la parece la carta?

¿La ha visto algún perito calígrafo?

No. Pero estoy seguro de que la letra es de Marly Moreira. ¿Sabe dónde encontraron la carta? La tenía un tal Márcio Amaral, alias Márcio el de la Suzuki. Quien mató a Márcio puso el cuarto patas arriba, posiblemente buscando la carta, pero se olvidó de buscarla en el bolsillo de la víctima. La carta estaba allí.

Trabajo de aficionado, dije.

Exactamente, de aficionado. Trató de organizar la cosa como para que pareciese un suicidio. Pero no conocía los trucos. Márcio no tenía señales de pólvora en los dedos, la trayectoria del proyectil va de arriba abajo; muchos errores. El asesino estaba de pie y la víctima sentada. Y creo que sé quién es el asesino. Un tipo importante.

Cuidado, los tipos importantes compran a todo el mundo.

No todos se venden, dijo Guedes. Podría decir que era incorruptible, pero los que realmente no se venden, como él, no lo presumen.

El senador Rodolfo Cavalcante Méier mató a Marly, continuó Guedes. Márcio, no sabemos cómo, consiguió la carta y sometió a chantaje al senador. Para ocultar el primer crimen, el senador cometió el segundo, matando a Márcio.

Tenía ante mí a un hombre decente haciendo su trabajo con dedicación e inteligencia. Me dieron ganas de contarle todo lo que sabía, pero no lo conseguí. Cavalcante Méier no era siquiera cliente mío, era un burgués rico, asqueroso y tal vez un asesino torpe, pero incluso así no conseguía denunciarlo. Mi negocio consiste en arrancar a la gente de las garras de la policía, y no puedo hacer lo contrario.

¿Entonces?, dijo Guedes.

El senador no necesitaba matar personalmente; encontraría sin duda a alguien capaz de hacerlo por él, dije.

No estamos en Alagoas, dijo Guedes.

Aquí también hay pistoleros que matan por unos pesos.

Pero en ésos no se puede confiar. La policía los agarra, los muele a palos y cantan en un santiamén. No son como esos bandidos rurales protegidos por los hacendados, dijo Guedes. Por otra parte usted está de acuerdo en que los dos delitos son cosa de aficionado. Repetí que no sabía nada de los asesinatos, que mi opinión era superficial.

Raúl dijo que usted podía ayudarnos, dijo Guedes, decepcionado, cuando me despedí.

Preparé el tablero. Puse una botella de Faísca en el cubo de hielo.

No quiero jugar al ajedrez ni beber vino, dijo Berta.

¿Pero qué te pasa, cariño?, pregunté, harto de saberlo.

Si quieres que siga contigo, tienes que acabar con esa chica.

¡Pero si no tengo nada con ella! ¿Cómo puedo acabar lo que no existe?

Te gusta. Eso existe. Quiero que deje de gustarte. Una vez me dijiste que sólo te pueden gustar las personas a quienes gustas, que sólo te gustan las que quieres que te gusten. Pues quiero gustarte yo. Yo sola. De lo contrario, adiós. Y se acabó lo de las partidas de ajedrez a la hora que te da la gana, y acabar sacando vino por las orejas. No me gusta el vino. Odio el vino, para que te enteres. Si bebo vino, es por ti. Lo odio, lo odio, lo odio.

¿Y el ajedrez?

El ajedrez me gusta, dijo Berta secándose las lágrimas. En vez de ser protagonista de su propia vida, Berta lo era de la mía.

Le prometí que iba a esforzarme en olvidar a Eva. Dejé que ganara utilizando el contragambito Blemenfeld. La verdad es que habría ganado de cualquier forma, pues yo estuve todo el tiempo pensando en quién habría hecho que la carta de Marly Moreira llegara a manos de Márcio el de la Suzuki. P4D, C3BR. Cavalcante Méier, desde luego, guardaría la carta con cuidado. C3BR, P3R. ¿Por qué no la destruyó? Quizá no la hubiera recibido, interceptada por alguien. P4B, P4B. En ese caso sería alguien de su casa, si es que la carta llegó a su casa. Podía haberse recibido en el despacho. Tenía la corazonada de que había sido en la casa. ¿El mayordomo? Me dieron ganas de reír. P5D, P4CD. ¿De qué te ríes?, dijo Berta. Ya verás dentro de un momento. P x PR, PB x P. Berta se echó a reír a su vez. Alguien en quien confiaba. O la mujer, a quien nunca había visto yo, o la hija, o la sobrina. Como decía Raúl, uno debe desconfiar hasta de su madre. P x P, P4D. ¡Mate!, dijo Berta.

Bebé, ni Alekhine jugaría tan brillantemente, dije.

Es que tú jugaste muy mal, dijo Berta.

Estaba dispuesto a olvidar a Eva, como había prometido a Berta, pero al llegar a casa de Cavalcante Méier, Eva abrió la puerta y renació mi entusiasmo. Había ido primero al despacho y me habían dicho que el senador estaba en casa, indispuesto. En la mano llevaba un periódico con noticias de la muerte de Marly Moreira. El asunto había vuelto otra vez a primera página. Los peritos habían establecido que Márcio el de la Suzuki había sido muerto por la misma arma que mató a Marly. El comisario Guedes, en una entrevista, decía que había un pez gordo metido en aquel lío y que la policía estaba dispuesta a detenerlo costara lo que costara. Se hablaba también de tráfico de estupefacientes.

Quiero hablar con tu padre.

No puede atender a nadie.

Dile que es algo importante para él. Que la policía tiene la carta. Sólo eso.

Me miró con su rostro impasible, de muñeca; la piel saludable parecía de porcelana, mejillas rosadas, labios rojos, radiantes ojos azules, una violenta lozanía en la flor de la edad. Parecía una diapositiva en colores proyectada en el aire.

No puede atender a nadie, repitió Eva.

Mira, pequeña, tu padre está metido en un lío, y yo lo que quiero es ayudarlo. Haz el favor de ir ahí dentro y le dices que la policía tiene la carta.

Cavalcante Méier me recibió en bata de terciopelo rojo, una bata corta. Llevaba el pelo cuidadosamente peinado y engomado, como si acabara de salir del cuarto de baño.

La policía tiene la carta, le dije. Saben que iba dirigida a un tal Rodolfo, y creen que ese Rodolfo es usted. Afortunadamente no han encontrado el sobre y no pueden probar nada.

Rompí el sobre, dijo él. No sé por qué no rompí también la carta. La guardé en el cajón de la mesita de noche, en mi habitación.

Un vicio de banquero, pensé, ése de guardar documentos.

Yo no he matado a Marly. Y no tengo la menor idea de quién lo ha hecho.

No sé si creerle. Yo creo que ha sido usted.

Demuéstrelo.

Parecía Jack Palance, Wilson el pistolero poniéndose los guantes negros y diciendo "demuéstrelo" a Elisha Cook, Jr., antes de sacar rápidamente el Colt y pegarle un tiro resonante en el pecho y tirarlo de bruces en el barro surcado por las huellas de las diligencias.

Hay muchos Rodolfos en el mundo. Puedo probar que no he visto a esa chica en mi vida. ¿Sabe dónde estaba yo a la hora del crimen? Cenando con el Gobernador del Estado. Él puede confirmarlo. Usted es un tipo destrozado por la envidia. Eso es. Odia a los que hemos triunfado en la vida, a los que no hemos acabado como está acabando usted, hecho un picapleitos que casa clientela a la puerta de las comisarías.

Yo no odio a nadie. Pero desprecio a los canallas como usted.

Entonces ¿qué ha venido a hacer aquí? Viene tras el dinero.

No. La verdad es que vengo tras su hija.

Cavalcante Méier levantó la mano para golpearme. Se la cogí en el aire. Su brazo no tenía fuerza. Dejé la mano de aquel fantoche, explotador áulico, sibarita, parásito.

Raúl estaba esperándome en el despacho.

Guedes fue separado del caso Marly por orden del Jefe de Policía, hoy mismo. Concedió unas entrevistas a la prensa y eso está prohibido por el reglamento. Creen que anda intentando promocionarse. Lo han trasladado a la comisaría de Bangú. Ya no puede abrir el pico.

Guedes no quería promocionarse. Estaba convencido de que el culpable era Cavalcante Méier y quería lanzar la noticia a la calle antes de que echaran tierra encima. Era un hombre con fe en la prensa, en la opinión pública, un ingenuo, pero a veces la gente así hace cosas increíbles.

¿Cómo va eso?, preguntó Wexler.

¡Ah, León, estoy enamorado!

Bueno, siempre lo estás. Berta es buena chica.

Pero es que es otra. Es la hija del senador Cavalcante Méier.

Amigo, parece que quieres tirarte a todas las mujeres del mundo, dijo Wexler recriminándome.

Es verdad.

Era verdad. Tengo un alma de sultán de las mil y una noches; cuando era niño me enamoraba y me pasaba las noches llorando de amor, por lo menos una vez al mes. Ya de adolescente, empecé a dedicar mi vida a tirarme mujeres. Las hijas de mis amigos, las mujeres de mis amigos, las conocidas y las desconocidas, lo que fuera, sólo no me cogí a mi madre.

Hay una chica en la sala de espera que quiere hablar con usted, dijo Gertrudes, la secretaria. Gertrudes estaba cada día más fea. Empezaba a quedarse calva y le salía bigote. Tuve la impresión de que me miraba bizca, con un ojo para cada lado. Una santa mujer. Pensándolo bien, ¿sería realmente así?

Eva en la sala de espera. Nos quedamos leyendo cada uno en la mirada del otro.

¿Juegas ajedrez?, le pregunté.

No. Bridge.

¿Me enseñas?, pregunté.

Sí.

Me estaba controlando para no salir volando por el despacho como un abejorro loco.

No fue mi padre. Sé quién fue.

Te amo, le dije. Te amo desde el primer momento en que te vi.

Sus ojos parecían un soplete.

También yo quedé muy perturbada aquel día.

Wexler, al entrar, nos encontró cogidos de las manos.

Acaba de llegar Raúl. Le dije que estabas ocupado. ¿Quieres hablar con él?

Debe de ser algo relacionado con el caso Marly. Hablaré con él. Espérame aquí, dije a Eva.

Estaba en la puerta cuando Eva dijo, salva a mi padre.

Volví.

Para eso tienes que ayudarme.

¿Cómo?

Empieza dejando de mentirme.

No mentiré más.

¿Qué es lo que hablaste con Márcio el de la Suzuki en tu casa? ¿De qué lo conocías?

Márcio la proporcionaba cocaína a mi prima Lili, pero hace seis meses más o menos que ella dejó el vicio. Aquel día le pregunté a Márcio si Lili había vuelto a tomar, y me dijo que no. Yo tenía miedo de que hubiera ido para llevarle droga.

¿De dónde sacaba Lili el dinero para comprar el polvo?

Papá le da a Lili todo lo que pide. Es hija de un hermano suyo, que murió cuando Lili era muy niña. Su madre no quiso saber nada de la hija, se casó de nuevo y Lili se vino a vivir con nosotros cuando tenía ocho años.

¿Y por qué dices que sabes que tu padre no mató a Marly ni a Márcio?

Mi padre no sería capaz de matar a nadie.

Entonces es sólo un presentimiento, una simple presunción.

Sí, dijo desviando sus ojos de los míos.

Raúl estaba de pie, en el despacho de Wexler, yendo y viniendo de un lado para otro.guedes dice que va a presentar una denuncia contra el senador, por asesinato, y que no le importa lo que pueda ocurrir.

Guedes está loco, dije. Tenemos que evitar que haga esa tontería.

Raúl y yo salimos en busca de Guedes. Eva se fue a su casa. Le prometí que luego le telefonearía.

Guedes estaba en el Instituto Oswaldo Éboli hablando con un perito amigo. Preparaba la documentación que iba a entregar a los periódicos.

No fue Cavalcante Méier, le dije.

Hace dos días usted no sabía nada del caso, y ahora me viene con eso.

Le conté una parte de lo que sabía.

Y si no fue Cavalcante Méier, ¿quién fue entonces?

No lo sé. Tal vez un traficante de drogas.

Desmenucé la vida de Marly Moreira, no hay la menor posibilidad de que esté complicada en un asunto de tráfico de estupefacientes. Y los dos fueron muertos por la misma persona. Su teoría no se sostiene.

Intenté defender mi punto de vista. Mencioné la coartada de Cavalcante Méier. Al fin y al cabo, no podía dejar de lado el testimonio del gobernador.

Todos son unos corruptos. Ya verá cómo el gobernador aparece como socio de Cavalcante Méier en cuanto deje el cargo.

Guedes, cuidado, que se va a dar un batacazo.

Me da igual. ¿Qué puedo perder? ¿La carrera? Estoy harto ya de ser policía.

Acusar a un inocente es calumnia, un delito.

Cavalcante Méier no es inocente. Tengo pruebas. Los ojos de Guedes rutilaban de rectitud, de sentido de justicia, de honradez y probidad. ¿Sabía que el senador Cavalcante Méier tiene licencia para un revólver Taurus 38, el mismo calibre de los proyectiles que causaron la muerte de Marly y de Márcio?

Hay mucha gente que tiene un 38 en casa. ¿Cuándo va a ser esa entrevista?, pregunté.

Mañana, a las diez.

Llegué a la casa de la Gávea cuando empezaba a caer la noche.

¿Qué pasa? ¿Qué cara es ésa?, preguntó Eva.

¿Dónde está tu padre?

En su cuarto. No se encuentra bien.

Tengo que hablar con él. Es importante.

Quedé sorprendido al ver a Cavalcante Méier. Iba desgreñado, sin afeitar, con los ojos enrojecidos, como si hubiera estado bebiendo mucho o llorando. La mirada de Jannings, haciendo de profesor Rath, en *El Angel Azul*, luchando por no sentir vergüenza, sorprendido ante la incomprensión del mundo. Junto a Cavalcante Méier estaba Lili con el rostro más pálido que nunca, la piel parecía pintada con cal. Llevaba un bolso en la mano. El vestido negro acentuaba su hermoso aire fantasmagórico.

Fui yo, sí, dijo Cavalcante Méier.

¡Papá!, exclamó Eva.

Algo sonaba falso en la voz de Cavalcante Méier. He visto muchas películas y conozco a los peces gordos.

Fui yo, he dicho que fui yo. Dígale a su amigo el policía que puede detenerme. ¡Y váyase de mi casa!

Se acercó a mí como si fuera agredirme. Eva lo sujetó.

Vete, por favor, vete, suplicó Eva.

Lili me acompañó al salir. Se detuvo junto a mi coche.

¿Puedo acompañarlo?

Sí.

Lili se sentó a mi lado. Avancé lentamente por las alamedas oscuras del jardín de la casa y llegamos a la carretera.

Miente, dije. Debe ser para proteger a alguien. Tal vez a Eva.

Lili empezó a temblar, pero no salía sonido alguno de su garganta. Al pasar junto a un farol vi que su rostro estaba mojado de lágrimas.

No fue él; ni tampoco Eva, dijo Lili, en voz tan baja, que yo apenas entendía las palabras.

Así pues, era verdad. Lo sabía ya, pero ¿qué más da? ¿Hay realmente culpables e inocentes?

Te escucho, dije. Puedes empezar.

Hace dos años me di cuenta de que amaba a tío Rodolfo, pero no como a un tío o a un padre, que era lo que había sido para mí hasta entonces, sino como amante.

Me quedé callado. Sé cuando una persona empieza a abrir su alma hasta el fondo.

Hace seis meses que somos amantes. Él lo es todo para mí, y yo para él.

¿Y por eso mataste a Marly?

Sí.

¿Lo sabía él?

No. Se lo he contado hoy. Quiso protegerme. Me quiere tanto como yo a él.

En la penumbra del automóvil, su rostro parecía una efigie fluorescente iluminada por una luz negra.

Puedo contarle cómo ocurrió.

Pues cuenta.

Mi tío me dijo que tenía problemas con una chica de una de sus empresas, con la que había tenido un lío. Lo amenazaba con un escándalo, con contárselo todo a mi tía. Mi tía es una mujer enfermiza. La quiero como si fuera mi madre.

No la he visto nunca. Las familias ricas tienen secretos inviolables, rostros secretos, complicidades sombrías.

No sale de su cuarto. Tiene siempre una enfermera a su cabecera. Puede morir en cualquier momento.

Sigue.

Mi tío recibió la carta, creo que fue un lunes. Todas las noches, hacia las once, yo iba a su habitación, y volvía a la mía temprano, antes de que los criados empezaran a dar vueltas por la casa.

¿Lo sabía Eva?

Sí.

Continúa, dije.

Tío Rodolfo me mostró la carta de esa Marly, y luego la dejó en la mesilla de noche. Al día siguiente cogí la carta, localicé a aquella mujer y le telefoneé. Le dije quién era yo, y que tenía un recado de tío Rodolfo. Fijamos una cita. Elegí un lugar desierto, donde a veces voy a bañarme. Llegó muy segura de sí, agresiva. Me dijo que advirtiera a mi tío que no iba a abandonarla así como así. Cuando muera la vieja, dijo, ese cerdo va a tener que casarse conmigo. Yo llevaba en el bolso el revólver de tío Rodolfo. Disparé un solo tiro. Cayó de bruces, gimiendo. Salí de allí a la carrera, cogí el coche y fui a buscar a Márcio, a pedirle que me vendiera un poco de polvo. Me quedé aspirando cocaína en su casa. Era la primera vez en más de seis meses. Estaba desesperada. Me quedé dormida y Márcio debió registrarme el bolso mientras yo dormía. Encontró la carta. Cuando tío Rodolfo me dijo que usted iba a ver a Márcio en el Gordon's, yo me adelanté para evitar que lo encontrara. Le dije que tío Rodolfo había mandado a un policía a detenerlo.

No le sigas llamando tío, por favor.

Siempre lo he llamado así, no voy a cambiar ahora. Márcio se puso furioso y al día siguiente fue a casa de tío Rodolfo. Usted lo vio todo. Esta parte ya la conoce.

Todo no.

Encontré a Márcio en el jardín, cuando salí. Me dijo que tío Rodolfo había pagado, pero que no le iba a devolver la carta. Fijamos una cita para comprarle cocaína. Estaba dispuesta a acabar con él. Márcio estaba sentado en un sillón, viendo la tele, lleno ya de polvo y güisqui. Me acerqué y disparé a la cabeza. No sentí nada, sólo asco, como si fuera una cucaracha.

Y no hallaste la carta. Estaba en el bolsillo de Márcio.

Busqué por todas partes. Ni se me ocurrió mirar en los bolsillos. Me daba asco tocarlo, dijo Lili.

¿Y el dinero?

Estaba en un maletín. Me lo llevé a casa. Está en el armario de mi habitación.

Detuve el coche. Lili sujetaba el bolso con fuerza, le temblaban las manos.

Dame eso, dije.

¡No!, respondió apretando más el bolso contra su pecho.

Le arranqué el bolso de las manos. Dentro estaba el Taurus, cañón dos pulgadas, culata de nácar. Los ojos de Lili eran un abismo sin fondo.

Déjeme el revólver, pidió.

Moví la cabeza negativamente.

Entonces, lléveme otra vez junto a tío Rodolfo.

Tengo que encontrar a Guedes. Coge un taxi. Y busca inmediatamente un buen abogado.

Todo está perdido, ¿no?

Desgraciadamente. Para todos nosotros, respondí.

La metí en un taxi. Salí en busca de Guedes. Pensé en Eva. Adiós, mi amor, un largo adiós. El gran sueño. No había nadie en mi cuerpo, mis manos en el volante parecían ser de otra persona.

# Novela negra (1992)

# El arte de caminar por las calles de Rio de Janeiro

*En una palabra, la desmoralización
era general. Clero, nobleza y
pueblo estaban todos pervertidos.*

JOAQUIM MANUEL DE MACEDO,
*Un paseo por la ciudad de Rio de Janeiro* (1862-63).

Augusto, el andarín, cuyo nombre verdadero es Epifanio, vive en un piso encima de una sombrerería femenina, en la calle Sete de Setembro, en el centro de la ciudad, y camina por las calles el día entero y parte de la noche. Cree que al caminar piensa mejor, encuentra soluciones a sus problemas; solvitur ambulante, dice para sí mismo.

En el tiempo en que trabajaba en la compañía de aguas y drenajes pensó abandonarlo todo para vivir de escribir. Pero João, un amigo que había publicado un libro de poesía y otro de cuentos, y estaba escribiendo una novela de seiscientas páginas, le dijo que el verdadero escritor no debía vivir de lo que escribía, eso era obsceno, no se podía servir al arte y a Mammon al mismo tiempo, por lo tanto, era mejor que Epifanio ganara el pan de cada día en la compañía de aguas y drenajes, y escribiera por la noche. Su amigo estaba casado con una mujer que sufría de los riñones, era padre de un hijo asmático, hospedaba a una suegra débil mental, y aun así cumplía sus obligaciones con la literatura. Augusto volvía a casa y no conseguía librarse de los problemas de la compañía de aguas y drenajes; una ciudad grande gasta mucha agua y produce mucho excremento. João decía que había que pagar un tributo por el ideal artístico: pobreza, embriaguez, locura, escarnio de los tontos, agresión de los envidiosos, incomprensión de los amigos, soledad, fracaso. Probó que tenía razón muriendo de una enfermedad causada por el cansancio y por la tristeza, antes de acabar su novela de seiscientas páginas, que la viuda arrojó a la basura junto con otros papeles viejos. El fracaso de João no disminuyó el valor de Epifanio. Al ganar un premio en una de las muchas loterías de la ciudad, renunció a la compañía de aguas y drenajes para dedicarse al trabajo de escribir, y adoptó el nombre de Augusto.

Ahora es escritor y andarín. Así, cuando no está escribiendo —o enseñando a leer a las putas—, camina por las calles. Día y noche, camina por las calles de Rio de Janeiro.

Exactamente a las tres de la madrugada, al sonar en su Casio Melody de pulsera *Mit dem Paukenschlag*, de Haydn, Augusto vuelve de sus caminatas al piso vacío donde vive, y se sienta, después de dar la comida a los ratones, frente a una pequeña mesa ocupada casi enteramente por el enorme cuaderno de hojas rayadas en el que escribe su libro, bajo la gran claraboya, por donde entra un poco de luz de la calle, mezclada con luz lunar cuando las noches son de luna llena.

En sus andanzas por el centro de la ciudad, desde que comenzó a escribir el libro, Augusto mira con atención todo lo que puede ser visto, fachadas, tejados, puertas, ventanas, carteles pegados en las paredes, letreros comerciales luminosos o no, hoyos en las banquetas, botes de basura, el suelo que pisa, pajaritos bebiendo agua en los charcos, vehículos y, principalmente, personas.

El otro día entró por primera vez al cine-templo del pastor Raimundo. Encontró el cine-templo por casualidad, el médico del Instituto le había dicho que un problema en la mancha de su retina exigía tratamiento con vitamina E combinada con selenio y lo remitió imprecisamente a una farmacia que preparaba esa sustancia, en la calle Senador Dantas, en algún lugar cerca de Alcindo Guanabara. Al salir de la farmacia, y luego de caminar un poco, pasó delante de la puerta del cine, leyó el pequeño cartel que decía Iglesia de Jesús Salvador de las almas de las 8 a las 11 diariamente y entró sin saber por qué.

Todas las mañanas, de las ocho a las once, todos los días de la semana, el cine es ocupado por la Iglesia de Jesús Salvador de las Almas. A partir de las dos de la tarde exhibe películas pornográficas. Por la noche, después de la última función, el gerente guarda los carteles con mujeres desnudas y frases publicitarias indecorosas en un depósito al lado del sanitario. Para el pastor de la iglesia, Raimundo, y también para los fieles —unas cuarenta personas, en su mayoría mujeres viejas y jóvenes con problemas de salud— la programación habitual del cine no tiene importancia, todas las películas son pecaminosas, de cualquier manera; y ningún creyente de esa iglesia va jamás al cine, por prohibición expresa del obispo, ni siquiera para ver la vida de Cristo, en Semana Santa.

A partir del momento en que el pastor Raimundo coloca delante de la pantalla del cine una vela —en realidad una lámpara eléctrica en un pedestal que imita un cirio—, el local se vuelve un templo consagrado a Jesús. El pastor desea que el obispo compre el cine, como hizo en algunos barrios de la ciudad, e instale ahí una iglesia permanente, veinticuatro horas al día, pero sabe que la decisión del obispo depende de los resultados del trabajo de Raimundo con los fieles.

Augusto va al cine-templo aquella mañana, por tercera vez en una semana, con la intención de aprender la música que cantan las mujeres, *Vete, vete Satanás, mi cuerpo no es tuyo, mi alma no es tuya, Jesús te derrotó*, una mezcla de rock y samba. Satanás es una palabra que lo atrae. Hace mucho que no entra en un lugar donde las personas recen o hagan algo parecido. Se acuerda que de niño fue, durante años, a una gran iglesia llena de imágenes y personas tristes, el Viernes de la Pasión, llevado por su madre, quien lo obligaba a besar los pies de Nuestro Señor Jesucristo acostado con una corona de espinas en la cabeza. Su madre murió. Un recuerdo difuso de color morado nunca lo abandonó. Jesús es morado, la religión está ligada al morado, su madre es morada, ¿o era morado el satín que forraba su caja? Pero no hay nada morado en aquel cine-templo con guardaespaldas que lo vigilan de lejos, dos jóvenes, un blanco y un mulato, flacos, pequeños, camisa de vestir de manga corta y corbata oscura, circulando entre los fieles y sin acercarse nunca a la banca del fondo donde él está sentado, inmóvil, con anteojos oscuros.

Cuando cantan *Vete Satanás, Jesús te derrotó*, las mujeres levantan los brazos, echando las manos hacia atrás sobre las cabezas, como si estuvieran aventando lejos al demonio; los guardaespaldas de camisa de manga corta hacen lo mismo; el pastor Raimundo, sin embargo, agarra el micrófono y dirige el coro levantando sólo un brazo.

Este día, el pastor fija su atención en el hombre de anteojos oscuros, sin una oreja, al fondo del cine, mientras dice, "hermanos míos, quien esté con Jesús levante las manos". Todos los fieles levantan las manos, menos Augusto. El pastor percibe, muy perturbado, que Augusto permanece inmóvil, como una estatua, con los ojos escondidos por los lentes oscuros. "Levanten las manos", repite emocionado, y algunos fieles responden irguiéndose en la punta de los pies y extendiendo aun más los brazos a lo alto. Pero el hombre sin oreja no se mueve.

El pastor Raimundo emigró de Ceará a Rio de Janeiro cuando tenía siete años, junto con su familia, que huía de la sequía y el hambre. A los veinte años era merolico en la calle Geremário Dantas, en Jacarepaguá; a los veintiséis, pastor de la Iglesia de Jesús Salvador de las Almas. Todas las noches agradecía a Jesús esa inmensa gracia. Había sido un buen merolico, no engañaba a los clientes, y un día un pastor, oyéndolo vender sus mercancías de manera persuasiva, pues sabía decir una palabra tras otra con la velocidad correcta, lo invitó a entrar a la Iglesia. En poco tiempo Raimundo llegó a pastor; ahora tiene treinta años, casi se libró del acento nordestino, adquirió el habla neutra de ciertos cariocas, pues así, imparcial y universal, debe ser la palabra de Jesús. Es un buen pastor, como también fue un buen merolico y un buen hijo, pues se hizo cargo de su madre cuando ella quedó paralítica y se hacía caca en la cama, y la cuidó, hasta el día de su muerte. No logra olvidar el cuerpo senil, decadente y moribundo de su madre, principalmente las partes genitales y las excretoras, que tenía que limpiar todos los días; a veces tiene sueños asquerosos con su madre y lamenta que ella no haya muerto de un infarto cuando tenía cincuenta años. No es que recuerde cómo era a los cincuenta, sólo se acuerda de la madre vieja y repelente. Por saber decir con rapidez y significados correctos una palabra después de otra, fue transferido de la Baixada al centro de la ciudad, pues la Iglesia de Jesús Salvador de las Almas quería llevar la palabra de Dios hasta los barrios más impenetrables, como el centro de la ciudad. El centro de la ciudad es un misterio. La Zona Sur también es complicada, los ricos desprecian a la Iglesia evangélica, religión de gente pobre, y en la Zona Sur la iglesia es frecuentada en los días de la semana por viejas y jóvenes enfermizos, que son los fieles más fieles, y los domingos por sirvientas, porteros, trabajadores de limpieza, una gente parda y mal vestida. Pero los ricos son peores pecadores y necesitan aún más de la salvación que los pobres. Uno de los sueños de Raimundo es ser transferido del centro a la Zona Sur y llegar al corazón de los ricos.

Pero el número de fieles que va al cine-templo no ha aumentado y Raimundo tal vez tenga que ir a predicar a otro templo, tal vez lo obliguen a volver a la Baixada, pues fracasó, no supo llevar de manera convincente la palabra de Jesús hasta donde la Iglesia de Jesús Salvador de las Almas es más necesaria. Principalmente en los días de hoy, en que los católicos, con sus templos vacíos, abandonan sus posturas intelectuales y contra-atacan con el llamado movimiento carismático, reinventando el milagro, recurriendo al curanderismo y al exorcismo. Ellos, los católicos, han vuelto a admitir que sólo existe el milagro si existe el demonio, el bien dominando al mal; pero aún era necesario que se dieran cuenta que el demonio no es metafísico. Puedes dar con el demonio, en ciertas ocasiones parece de carne y hueso, pero posee siempre una pequeña diferencia en su cuerpo, una característica insólita; y puedes oler al demonio, apesta cuando está distraído.

Pero el problema de Raimundo no tiene que ver con las altas políticas de relación de su Iglesia con la Iglesia católica, éste es un problema del obispo; el problema de Raimundo son los fieles de su iglesia, la recaudación del diezmo que disminuye. Está inquieto, y más con aquel hombre de anteojos oscuros, sin una oreja, que no levantó la mano en apoyo de Jesús. Desde que el hombre apareció, Raimundo empezó a sufrir de insomnio, a tener dolores de cabeza y a emitir gases intestinales de olor mefítico que le queman el culo al ser expelidos.


Esta noche, mientras Raimundo no duerme, Augusto, sentado frente a su enorme cuaderno de hojas rayadas, anota lo que ve al caminar por la ciudad y escribe su libro *El arte de caminar por las calles de Rio de Janeiro*.

Se mudó al piso de arriba de la sombrerería para escribir mejor el primer capítulo, que comprende apenas el arte de caminar en el centro de la ciudad. No sabe, finalmente, cuál capítulo será el más importante. Rio es una ciudad muy grande, cercada por cerros, desde los cuales es posible abarcarla por partes, con la mirada, pero el centro es más diversificado y oscuro y antiguo, el centro no tiene un cerro verdadero; como ocurre con el centro de las cosas en general, que o es plano o es raso, el centro de la ciudad tiene apenas una pequeña colina, mal llamada cerro de la Salud, y para ver el centro de arriba, aunque sea mal y parcialmente, es necesario ir al cerro de Santa Teresa, pero ese cerro no queda encima de la ciudad, queda medio de lado, y desde él no se puede tener la menor idea de cómo es el centro, no se ven las aceras de las calles, cuando mucho se ve en ciertos días el aire contaminado de la ciudad.

En su deambular, Augusto aún no ha salido del centro de la ciudad, ni saldrá muy pronto. El resto de la ciudad, el inmenso resto que solamente el Satanás de la Iglesia de Jesús Salvador de las Almas conoce enteramente, será recorrido en el momento oportuno.

El primer dueño del edificio de la sombrerería vivió ahí con la familia hace muchos años. Sus descendientes fueron algunos de los pocos comerciantes que continuaron viviendo en el centro de la ciudad luego de la gran desbandada hacia los barrios, principalmente hacia la Zona Sur. Desde los años 40, casi nadie vivía ya en los pisos de las principales calles del centro, en la médula comercial de la ciudad, que podía estar limitada por una especie de cuadrilátero, teniendo a uno de los lados el trazo de la avenida Rio Branco, al otro, una línea sinuosa que comenzaba en la Visconde de Inhaúma y continuaba por la Marechal Floriano hasta la calle Tomé de Souza, que sería el tercer lado, y finalmente, el cuarto lado, un recorrido medio torcido que se iniciaba en la Visconde de Rio Branco, pasaba por la plaza Tiradentes y por la calle de la Carioca hasta la Rio Branco, cerrando el espacio. Los pisos, en esa área, pasaron a servir de bodegas de mercancías. Como los negocios de la sombrerería fueron disminuyendo gradualmente año con año, pues las mujeres ya no usaban sombreros ni en los casamientos, y ya no había necesidad de una bodega, pues el pequeño surtido de mercancías cabía todo en la tienda, el piso de arriba, que no interesaba a nadie, quedó vacío. Un día Augusto pasó por la puerta de la sombrerería y se detuvo a ver los balcones de hierro forjado en la fachada, y el dueño, un viejo que había vendido apenas un sombrero en aquel semestre, salió de la tienda y vino a conversar con él. El viejo dijo que ahí había sido la casa del conde de Estrela, en el tiempo en que la calle se llamaba del Caño, porque por ella pasaba la cañería del agua para la fuente del jardín del Paso, el cual después se llamó plaza D. Pedro II y después plaza Quince. "Qué manía tiene esta gente de cambiar los nombres de las calles. Venga, le quiero mostrar algo." El viejo subió con Augusto al piso superior y le mostró una claraboya cuyo vidrio era del tiempo de la construcción, tenía más de noventa años. Augusto quedó encantado con la claraboya, con el enorme salón vacío, con los cuartos, con el baño de loza inglesa y con los ratones que se escondían cuando ellos pasaban. Le gustaban los ratones; de niño había criado un ratón con el que se había encariñado, pero la amistad entre los dos se rompió el día en que el ratón le mordió un dedo. Pero le seguían gustando los ratones. Se decía que las deyecciones, las garrapatas y las pulgas de los ratones transmitían enfermedades horribles, pero él siempre se había llevado bien con ellos, con excepción de aquel pequeño problema de la mordida. Los gatos también transmitían enfermedades horribles, se decía, y los seres humanos transmitían enfermedades horribles, eso él lo sabía. "Los ratones nunca vomitan", Augusto le dijo al viejo. El viejo le preguntó cómo se las arreglaban cuando comían algo que les hacía daño, y Augusto respondió que los ratones nunca comían nada que les hiciera daño, pues eran muy cuidadosos y selectivos. El viejo, que tenía una mente aguda, preguntó entonces cómo era que muchos ratones morían envenenados, y Augusto explicó que para matar un ratón era necesario un veneno muy potente que lo matara con una pequeña y única mordida del roedor y de cualquier manera no eran muchos los ratones que morían envenenados, si se considera el total de su población. El viejo, a quien también le gustaban los ratones y por primera vez encontraba a alguien que tuviera por los roedores el mismo cariño y le gustaran las viejas claraboyas, y a pesar de haber inferido por la conversación con Augusto que éste "era un nihilista", lo invitó a vivir en el piso de arriba.

Augusto está en el enorme salón, bajo la gran claraboya, para escribir su libro, la parte referente al centro de la inmensa ciudad. A veces deja de leer y contempla, con una pequeña lente para examinar tejidos, la lámpara que cuelga del techo.

Cuando tenía ocho años, consiguió una lente que servía para examinar fibras de tejidos en la tienda de su padre, la misma que usa en este momento. Acostado, en aquel año distante, miró por la lente la lámpara del techo de la casa donde vivía, que era también un piso ahí en el centro de la ciudad, y cuya fachada fue destruida para dar lugar a una inmensa placa luminosa de acrílico de una tienda de electrodomésticos; en el piso de abajo su padre tenía una tienda y conversaba con las mujeres fumando su cigarrillo fino, y reía, y las mujeres reían, su padre era otro hombre en la tienda, más interesante, riendo con aquellas mujeres. Augusto se acuerda de aquella noche, en que veía la lámpara en el techo y a

través de la lente vio seres llenos de garras, patas, astas amena-
zadoras, e imaginó asustado lo que podría ocurrir si una cosa de
aquéllas descendiera del techo. Los bichos ora aparecían, ora
desaparecían, y lo dejaban amedrentado y fascinado. Al final
descubrió, cuando amanecía, que los bichos eran sus pestañas;
cuando guiñaba, el monstruo aparecía en la lente, cuando abría
los ojos, el monstruo se ocultaba.

Después de observar, en el piso con claraboya, los mons-
truos en la lámpara del gran salón —aún tiene pestañas largas y
aún tiene la lente para ver tejidos—, Augusto vuelve a escribir
sobre el arte de caminar por las calles de Rio. Como va a pie, ve
cosas diferentes de quien va en carro, ómnibus, tren, lancha,
helicóptero o cualquier otro vehículo. Pretende evitar que su
libro sea una especie de guía para turistas que buscan lo exótico,
el placer, lo místico, el horror, el crimen y la miseria, como es el
interés de muchos ciudadanos de recursos, extranjeros principalmente; su libro tampoco será uno de esos ridículos manuales que
asocian el caminar con la salud, el bienestar físico y las nociones
de higiene. También toma precauciones para que el libro no se
vuelva un pretexto, a la manera de Macedo, para inventariar
descripciones históricas sobre potentados e instituciones, a pesar de
que, tal como el novelista de las doncellas, él a veces se entregue a
divagaciones prolijas. Ni será una guía arquitectónica del Rio antiguo o compendio de arquitectura urbana; Augusto quiere encontrar
un arte y una filosofía peripatéticas que ayuden a establecer una
mejor comunión con la ciudad. Solvitur ambulante.


Son las once de la noche y él está en la calle Treze de Maio.
Además de andar enseña a las prostitutas a leer y a hablar de
manera correcta. La televisión y la música pop han corrompido
el vocabulario de los ciudadanos, de las prostitutas principalmente. Es un problema que hay que resolver. Tiene conciencia
de que enseñar a las prostitutas a leer y hablar correctamente en
su piso encima de la sombrerería puede ser para ellas una forma
de tortura. Así, les ofrece dinero para que oigan las lecciones,
poco dinero, bastante menos del que un cliente usual paga. De
la calle Treze de Maio va a la avenida Rio Branco, desierta. El
Teatro Municipal anuncia un recital de ópera para el día siguiente, la ópera ha estado y pasado de moda en la ciudad desde
principios del siglo. Dos jóvenes escriben con spray en las

paredes del teatro, que acaba de ser pintado y exhibe pocas obras de grafiteros, LOS SÁDICOS DEL CACHAMBITIRAMOS LA CALABASA DEL MUNICIPAL GRAFTEROS UNIDOS JAMÁS SERÁN VENSIDOS; bajo la frase, el logotipo-rúbrica de los Sádicos, un pene, que en principio causaría extrañeza a los estudiosos de grafitología, aunque ya se sabe que es de un puerco con glande humano. "Eh", dice Augusto a los dos jóvenes, "calabaza es con zeta, vencidos no es con s, y falta una i en grafiteros". El joven responde, "Pues, entendiste lo que queríamos decir, ¿o no?, entonces jódete con tus reglitas de mierda".

Augusto ve un bulto que intenta esconderse en la calle que queda atrás del teatro, la Manoel de Carvalho, y reconoce a un sujeto llamado Hermenegildo, que no hace otra cosa en la vida sino divulgar un manifiesto ecológico contra el automóvil. Hermenegildo carga una lata de cola, una brocha y dieciocho manifiestos enrollados en un tubo. El manifiesto es embarrado con una cola especial de gran adherencia en los parabrisas de los carros estacionados en las calles. Hermenegildo hace una señal para que Augusto se acerque al lugar donde se esconde. Es común que se encuentren de madrugada, en las calles. "Necesito que me ayudes", dice Hermenegildo.

Los dos caminan hasta la calle Almirante Barroso, entran a la derecha, siguiendo hasta la avenida Presidente Antonio Carlos. Augusto lleva la lata de cola. El objetivo de Hermenegildo esta noche es entrar al estacionamiento público Menezes Cortes sin ser descubierto por los guardias. Ha intentado la empresa dos veces, sin resultados. Pero cree que hoy tendrá mejor suerte. Suben por la rampa hasta el primer piso, cerrado al tránsito, donde están los carros con lugar privado, muchos estacionados ahí toda la noche. Normalmente uno o dos guardias andan por ahí, pero hoy no hay nadie. Probablemente todos los guardias están en el piso de arriba, conversando para pasar el tiempo. En poco más de veinte minutos Hermenegildo y Augusto pegan los diecisiete manifiestos en los parabrisas de los carros más nuevos. Después bajan por el mismo camino, entran por la calle de la Asamblea y se separan en la esquina de la Quitanda. Augusto vuelve a la avenida Rio Branco. En la avenida dobla a la izquierda, pasa nuevamente por la puerta del Municipal, donde se detiene, algún tiempo, a mirar el diseño del pene ecléctico. Va hasta la Cinelandia, a orinar al McDonald's. Los McDonald's son lugares limpios para orinar, sobre todo comparados con los baños de los bares, cuyo acceso es complicado; en los bares es necesario pedir la llave del baño, que está sujeta a un enorme pedazo de madera para que no se extravíe, y el baño queda siempre en un lugar sin aire, apestoso e inmundo, pero los de los McDonald's son inodoros, aunque tampoco tienen ventanas, y están bien ubicados para quien anda en el centro. Este queda en la Senador Dantas casi enfrente del teatro, tiene una salida para la Álvaro Alvim y el baño queda cerca de esa salida. Hay otro McDonald's en la calle São José, próximo a la calle de la Quitanda, otro en la avenida Rio Branco cerca de la calle de la Alfandega. Augusto abre la puerta del baño con el codo, un truco que él inventó, las manijas de las puertas de los baños están llenas de gérmenes de enfermedades sexuales. En uno de los compartimientos cerrados un sujeto había acabado de defecar y silbaba satisfecho. Augusto orina en uno de los mingitorios de acero inoxidable, se lava las manos usando el jabón que retira presionando el botón de metal del recipiente de vidrio transparente que está sujeto a la pared al lado del espejo, un líquido verde sin olor y que no hace espuma por más que se frote las manos; después se seca las manos en la toalla de papel y sale, abriendo la puerta siempre con el codo, a la calle Álvaro Alvim.

Cerca del Cine Odeón una mujer le sonríe. Augusto se le acerca. "¿Eres un travestí?", pregunta. "¿Qué tal si tú mismo lo descubres?", dice la mujer. Más adelante entra en la Casa Angrense, al lado del Cine Palacio, y pide una agua mineral. Abre lentamente el vaso de plástico y, mientras bebe a pequeños tragos, como un ratón, observa a las mujeres a su alrededor. Escoge una que toma un café, porque no tiene un diente de adelante. Augusto se acerca. "¿Sabes leer?" La mujer lo encara con la seducción y la falta de respeto que las putas saben demostrar a los hombres. "Claro que sé", dice ella. "Yo no sé y quisiera que me dijeras lo que está escrito aquí", dice Augusto. "Comida corrida. No vendemos fiado", dice ella. "¿Estás libre?" Ella le dice el precio y menciona un hotel en la calle de las Marrecas, que antes se llamaba calle de las Boas Noites, donde estaba la casa de los Expósitos de la Santa Casa hace más de cien años; y también se llamó calle Barão de Ladário y se llamó también calle André Rebouças, antes de ser calle de las Marrecas; y después le cambiaron el nombre a calle Juan Pablo Duarte, pero no pegó y volvió a ser la calle de las Marrecas. Augusto dice que vive cerca y propone que vayan a su casa.

Caminan juntos, avergonzados. Él compra un periódico en un puesto frente a la calle Álvaro Alvim. Van hacia el piso de la sombrerería siguiendo por la calle Senador Dantas hasta la plaza de la Carioca, vacía y siniestra a aquella hora. La mujer se detiene frente al poste de luz de bronce que tiene un reloj en la cima, adornado con cuatro mujeres también de bronce con los senos de fuera. Ella dice que quiere ver si el reloj está funcionando, pero como siempre el reloj está detenido. Augusto pide a la mujer que camine, para que no los vayan a asaltar; en las calles desiertas es necesario caminar muy aprisa; los asaltantes no corretean a los asaltados, se acercan, piden un cigarro, preguntan la hora, es necesario que anuncien el asalto, para que éste pueda consumarse. El pequeño trecho de la calle Uruguaiana hasta la Sete de Setembro está silencioso y sin movimiento, los que duermen en las marquesinas deben despertarse temprano y duermen plácidamente en las puertas de las tiendas, envueltos en mantas o periódicos, con la cabeza cubierta.

Augusto entra a su piso, golpea con los pies, camina con paso diferente, siempre hace eso cuando viene con una mujer, para que los ratones sepan que un extraño ha llegado y se escondan. No quiere que ella se asuste; a las mujeres, por alguna razón, no les gustan los ratones, él sabe eso, y los ratones, por un motivo aun más misterioso, odian a las mujeres.

Augusto retira el cuaderno donde escribe *El arte de caminar por las calles de Rio de Janeiro* de encima de la mesa que está bajo la claraboya, y coloca en su lugar el periódico que compró. Siempre usa un periódico nuevo en las primeras lecciones.

"Siéntate aquí", le dice a la mujer.

"¿Dónde está la cama?", dice ella.

"Anda, siéntate", dice él, sentándose en la otra silla. "Sí sé leer, discúlpame por haberte mentido. ¿Sabes qué estaba escrito en aquel cartel del bar? Comida corrida. No fían, es cierto, pero eso no estaba escrito en la pared. Quiero enseñarte a leer, te pago lo acordado."

"¿No se te para?"

"Eso no importa. Lo que harás aquí es aprender a leer."

"No tiene caso. Ya intenté y no lo logré."

"Pero yo tengo un método infalible. Basta con un periódico."

"Ni siquiera sé deletrear."

"No vas a deletrear, ése es el secreto de mi método, Iván no ve el huevo. Mi método se basa en una simple premisa: nada de deletrear."

"¿Qué es eso que está ahí arriba?"

"Una claraboya. Te voy a mostrar una cosa."

Augusto apaga la luz. Poco a poco una luz azulada penetra por la claraboya.

"¿Qué luz es ésa?"

"Es la luna. Hoy es luna llena."

"¡Caramba! Hace años que no veía la luna. ¿Dónde está la cama?"

"Vamos a trabajar." Augusto enciende la lámpara.

El nombre de la muchacha es Kelly, y con ella serán veintiocho las putas a quienes Augusto ha enseñado a leer en quince días con su método infalible.


Por la mañana, dejando que Kelly duerma en su cama —ella le pidió quedarse en el departamento esa noche y él durmió en un tapete en el suelo—, Augusto va hasta la Ramalho Ortigão, pasa al lado de la iglesia de San Francisco y entra en la calle del Teatro, donde ahora hay un nuevo centro de apuestas; un sujeto sentado en un banco escolar anota en un block las apuestas de los pobres que no han perdido la esperanza, y deben ser muchos, los miserables que no pierden la fe, pues cada vez hay más puestos de juego esparcidos por la ciudad. Augusto tiene un destino aquel día, como todos los días que sale de su casa; aunque parezca deambular, nunca está precisamente ocioso. Se detiene en la calle del Teatro y mira hacia el piso donde vivía su abuela, encima de lo que ahora es una tienda que vende incienso, velas, collares, cigarros y otros materiales de macumba, y que hace poco era una tienda que vendía retazos de telas baratos. Siempre que pasa por ahí se acuerda de un pariente —la abuela, el abuelo, tres tías, un tío postizo, una prima. Este día dedica sus recuerdos al abuelo, un hombre ceniciento de nariz grande, al cual acostumbraba quitar los mocos, y que hacía pequeños autómatas, pajaritos que cantaban en ramitas dentro de jaulas, un mono pequeño que abría la boca y ladraba como un perro. Intenta acordarse de la muerte del abuelo y no lo consigue, lo que lo pone muy nervioso. No es que amara al abuelo, el viejo siempre demostró darle más importancia a los muñecos que construía que a los nietos, pero lo entendía, encontraba razonable que el viejo prefiriera los muñecos y admiraba al abuelo por quedarse día y noche envuelto en sus mecanismos, tal vez ni siquiera durmiese para poder dedicarse a aquella tarea, por eso su piel era tan grisácea. El abuelo era la persona que más se aproximaba a la idea de un hechicero de carne y hueso y lo asombraba y atraía, ¿cómo podía haberse olvidado de las circunstancias de su muerte? ¿Habría muerto de repente? ¿Fue asesinado por la abuela? ¿Fue enterrado? ¿Cremado? ¿O simplemente habría desaparecido?

Augusto mira el último piso del edificio donde vivió su abuelo, y un montón de babosos se juntan en torno a él y miran también a lo alto, macumberos, compradores de retazos de tela, vagos, mensajeros, mendigos, merolicos, transeúntes en general, algunos preguntando "¿qué pasó?, ¿ya saltó?", porque últimamente mucha gente en el centro de la ciudad salta por las ventanas de las altas oficinas y se desbarata en la banqueta.

Augusto, después de pensar en el abuelo, continúa en dirección a su objetivo de ese día, pero no en línea recta, si fuese en línea recta iría a dar a la plaza Tiradentes y seguiría por la Constitución, que desemboca casi frente al gran portón del lugar a donde va, o bien por la Visconde de Rio Branco, que él suele escoger debido al cuartel del Cuerpo de Bomberos. Pero no tiene prisa por llegar a donde quiere, y de la calle del Teatro va hacia la Luis de Camões para entrar rápidamente en el Real Gabinete Portugués de Lectura; imagina que esa biblioteca tendrá su libro, cuando esté listo y publicado. Siente la presencia acogedora de aquella enorme cantidad de libros. En seguida va hasta la avenida Passos, no confundir con la calle Senhor dos Passos, llega al callejón del Tesoro y da vuelta en dirección a la Visconde de Rio Branco por la Gonçalves Ledo, en medio de los comerciantes judíos y árabes chocando con sus clientes mal vestidos, y al llegar a la Visconde de Rio Branco deja el comercio de ropas por el de objetos usados, pero lo que le interesa en la Visconde de Rio Branco es el cuartel general del Cuerpo de Bomberos, no porque aquél fuera su destino, pero le gusta ver el edificio del Cuerpo de Bomberos. Augusto se para enfrente, allá adentro el patio está lleno de grandes carros rojos, el guardia en la puerta lo vigila desconfiado, estaría bien que uno de aquellos carros rojos enormes con la escala Magirus saliera con la sirena abierta. Pero los camiones rojos no salen y Augusto camina un poco más hasta la Veinte de Abril y llega al portal del Campo de Santana, frente al lago del Caco y el Hospital Souza Aguiar.

El Campo de Santana tiene en las cercanías lugares que Augusto suele visitar, el edificio de la casa donde antiguamente el gobierno fabricaba dinero, el archivo, la nueva biblioteca, la vieja facultad, el antiguo cuartel general del Ejército, el ferrocarril. Pero este día sólo quiere ver los árboles y entra por uno de los portales, pasa junto al manco que, sentado en un taburete atrás de un mostrador, vende cigarros sueltos, el paquete abierto por el medio de un tajo de navaja, la cual el esconde manco en el calcetín, sujeta por una liga.

Augusto, luego que entra, va hasta el lago, ahí cerca están las esculturas de los franceses. El campo tiene una vieja historia, don Pedro fue proclamado emperador en el Campo de Santana, tropas amotinadas ahí acamparon mientras aguardaban órdenes de atacar, pero Augusto piensa sólo en los árboles, los mismos de aquel tiempo lejano, y pasea entre los baobabs, las higueras, los árboles de fruta pan ostentando enormes frutos; como siempre, tiene ganas de arrodillarse ante los árboles más antiguos, pero hincarse recuerda a la religión católica y él ahora odia todas las religiones que hacen que las personas se arrodillen, y también odia a Jesucristo, de tanto oír a los padres, a los pastores, a los eclesiásticos, a los negociantes que hablan de él; el movimiento de la Iglesia ecuménica es la cartelización de los negocios de la superstición, un pacto político de no agresión entre los mafiosos: no vamos a pelear unos con otros si el pastel alcanza para todos.

Augusto está sentado en un banco junto a un hombre que usa un reloj digital japonés en una muñeca y una pulsera terapéutica de metal en la otra. A los pies del hombre está echado un perro grande, al cual el hombre dirige sus palabras, con gestos comedidos, parece un profesor de filosofía dialogando con sus alumnos en un aula, o un tutor dando explicaciones a un discípulo distraído, pues el perro no parece prestar mucha atención a lo que el hombre le dice y apenas gruñe, mirando en torno con la lengua de fuera. Si estuviera loco el hombre no usaría reloj, pero un hombre que oye las respuestas de un perro que gruñe con la lengua de fuera, y las replica, tiene que estar loco, pero un loco no usa reloj, la primera cosa que él, Augusto, haría si se quedara loco sería librarse del Casio Melody; y tiene la certeza de que aún no está loco porque, además del reloj que carga en la muñeca, tiene en el bolso una pluma fuente, y los locos detestan las plumas fuente. Este hombre, sentado al lado de Augusto, flaco, cabellos peinados, la barba rasurada, pero con pelos puntiagudos que aparecen agrupados abajo de la oreja y otros saliendo de la nariz, con sandalias, jeans más grandes que sus piernas, con las valencianas dobladas de tamaño diferente, este loco es tal vez apenas medio loco, porque parece haber descubierto que un perro puede ser un buen psicoanalista, además de más barato y más bonito. El perro es alto, de mandíbulas fuertes, pecho musculoso, mirada melancólica. Es evidente que, además del perro —las conversaciones son, acumulativamente, señal de locura y de inteligencia—, la higiene o el eclecticismo mental del hombre también pueden ser comprobados por el reloj.

"¿Qué horas son?", pregunta Augusto.

"Vea en su reloj", dice el hombre del perro, los dos, hombre y perro, observan a Augusto, curiosos.

"Mi reloj no funciona muy bien", alega Augusto.

"Las diez y treinta y cinco minutos y dos, tres, cuatro, cinco…"

"Gracias."

"…segundos", termina el hombre, consultando el Seiko de su muñeca.

"Tengo que irme", dice Augusto.

"No te vayas aún", dice el perro. No fue el perro, el hombre es un ventrílocuo, quiere tomarme el pelo, piensa Augusto, es mejor que el hombre sea un ventrílocuo, los perros no hablan y si éste habla, o si él oyó hablar al perro, eso se puede volver un motivo de preocupación, como ver un plato volador, y Augusto no quiere perder el tiempo con asuntos de esa naturaleza.

Augusto pasa la mano por la cabeza del perro. "Tengo que irme."


No tiene que ir a ningún lugar. Su plan aquel día es quedarse entre los árboles hasta la hora de cerrar y cuando el guardia comience a pitar él se esconderá en la gruta; le irrita que sólo pueda quedarse con los árboles de las siete de la mañana a las seis de la tarde. ¿Qué es lo que los guardias temen que se haga durante la noche en el Parque de Santana? ¿Algún banquete nocturno de las ratas, o que se utilice la gruta como burdel, que se corten los árboles para hacer leña, u otra cosa? Tal vez los guardias tengan razón, y los marginales hambrientos anden comiendo ratas y cogiendo en medio de los murciélagos y de los ratones en la gruta, cortando árboles para hacer casuchas.

Cuando oye el bip de su Casio Melody adviertiéndole, Augusto entra hasta el punto más profundo de la gruta, y se queda inmóvil como una piedra, o mejor, como un árbol subterráneo. La gruta es artificial, fue hecha por un francés, pero hace tanto tiempo que parece verdadera. Una pitada fuerte hace eco en las paredes de piedra provocando que los murciélagos aleteen y chillen, los guardias ordenan a las personas que se retiren, pero ningún guardia entra a la gruta. Él continúa inmóvil en la oscuridad total y ahora que los murciélagos se aquietaron oye el barullo delicado de los ratones ya acostumbrados a su presencia inofensiva. El reloj toca una musiquita rápida, lo que significa que ha transcurrido una hora. Afuera seguramente ya es de noche y los guardias deben haberse ido, a ver la televisión, cenar, hasta son capaces de tener familia.

Sale de la gruta junto con los murciélagos y los ratones. Apaga los sonidos de su Casio Melody. Nunca se ha quedado una noche entera dentro del Parque de Santana, ha rodeado el parque de noche, enamorando a los árboles a través de las rejas pintadas de gris y doradas en las puntas. En la oscuridad los árboles son aún más perturbadores que en la claridad y dejan que Augusto, al caminar lentamente bajo sus sombras nocturnas, comulgue con ellos como si fuera un murciélago. Abraza y besa los árboles, lo que le avergüenza hacer a la luz del día frente a los demás; algunos son tan grandes que no logra juntar los dedos de las manos tras ellos. Entre los árboles Augusto no siente irritación, ni hambre, ni dolor de cabeza. Inmóviles, atados a la tierra, viviendo en silencio, indulgentes con el viento y los pajaritos, indiferentes a los propios enemigos, ahí están ellos, los árboles, en torno de Augusto, y llenan su cabeza de un gas perfumado e invisible que él siente, y que transmite tal levedad a su cuerpo que si tuviera la pretensión, y la voluntad arrogante, podría inclusive intentar volar.

Cuando el día llega Augusto aprieta uno de los botones de su reloj, haciendo aparecer el dibujo de una campanita en la pantalla. Oye un bip. Escondido tras un árbol ve a los guardias que abren uno de los portones. Mira una vez más con amor los árboles, pasa la mano por el tronco de algunos, despidiéndose.

A la salida ya está ahí el manco vendiendo uno o dos cigarros a los sujetos que no tienen dinero para comprar un paquete entero.

Baja por la Presidente Vargas maldiciendo a los urbanistas que tardaron decenas de años para darse cuenta que una calle ancha como ésta necesitaba de sombra y sólo en años recientes plantaron árboles, la misma insensatez que los hiciera plantar palmeras imperiales en el canal del Mangue cuando el canal fue construido, como si la palmera fuera un árbol digno de nombre, un tronco largo que no da sombra ni pájaros, que parece más una columna de cemento. Va por la calle de los Andradas hasta la calle del Teatro y se aposta una vez más ante la casa del abuelo. Tiene la esperanza de que un día aparezca en la puerta del edificio, limpiándose la nariz distraídamente.

Cuando entra a su piso de la calle Sete de Setembro encuentra a Kelly caminando de un lado a otro bajo la claraboya.

"Busqué café y no encontré. ¿No tienes café?"

"¿Por qué no te vas ahora y vuelves en la noche, para la lección?"

"Apareció un ratón y le arrojé un libro, pero no le di."

"¿Por qué hiciste eso?"

"Para matarlo."

"Comenzamos matando un ratón, después matamos un ladrón, después un judío, después a un niño cabezón de la vecindad, después a un niño cabezón de nuestra familia."

"¿Un ratón? ¿Qué hay de malo en matar un ratón?"

"¿Y a un niño cabezón?"

"El mundo está lleno de personas repugnantes. Y cuanto más gente, más personas repugnantes. Como si fuera un mundo de víboras. ¿Me vas a decir que las víboras no son repugnantes?", dice Kelly.

"Las víboras no son repugnantes. ¿Por qué no vas a tu casa y vuelves en la noche para la lección?"

"Déjame vivir aquí hasta que aprenda a leer."

"Sólo por quince días."

"Está bien. ¿Me ayudas a ir a mi casa a recoger mi ropa?"

"¿Qué, es mucha ropa?"

"¿Sabes qué pasa? Le tengo miedo a Rezende. Dijo que va a cortarme el rostro con una navaja. Dejé de trabajar para él."

"¿Quién es ese Rezende?"

"Es el muchacho que... Es mi protector. Me va a conseguir dinero para ponerme el diente y trabajar en la Zona Sur."

"Pensé que ya no había padrotes."

"Una chica no puede vivir solita."

"¿Dónde es tu casa?"

"Gomes Freire casi esquina con Mem de Sá. ¿Sabes dónde hay un supermercado?"

"Tú me enseñas."

Van por la Evaristo da Veiga, pasan por abajo de los arcos, entran en la Mem de Sá y enseguida llegan al edificio donde Kelly vive con Rezende.

Kelly intenta abrir la puerta del departamento pero está cerrada por dentro. Toca el timbre.

Un sujeto con una playera verde abre la puerta diciendo "¿dónde te has metido, puta?", pero al ver a Augusto retrocede, hace un gesto con la mano y dice gentilmente "tenga la bondad de entrar".

"¿Éste es Rezende?", pregunta Augusto.

"Vine a recoger mi ropa", dice Kelly con timidez.

"Ve a recoger la ropa mientras converso con Rezende", dice Augusto.

Kelly entra.

"¿Lo conozco?", pregunta Rezende, indeciso.

"¿Tú qué crees?", dice Augusto.

"Tengo una memoria muy mala", dice Rezende.

"Eso es peligroso", dice Augusto.

Los dos se callan. Rezende saca del bolsillo un paquete de Continental y ofrece un cigarro a Augusto. Augusto dice que no fuma. Rezende enciende el cigarro, ve la oreja mutilada de Augusto, y se apresura a desviar la mirada hacia el interior del departamento.

Kelly sale con la maleta.

"¿Tienes una navaja afilada?", pregunta Augusto.

"¿Para qué necesito una navaja afilada?", dice Rezende, riendo como un idiota, evitando encarar lo que queda de la oreja de Augusto.

Augusto y Kelly esperan que llegue el elevador, mientras Rezende fuma apoyado en la puerta del departamento, mirando al piso.

Están en la calle. Kelly, al ver al de las apuestas en la esquina sentado en su portafolios de estudiante, dice que va a apostar. "¿Le juego al carnero o al venado?", pregunta riendo. "No hizo nada porque estás conmigo, arrojó el fierro dentro porque te tuvo miedo."

"Pensé que ustedes estaban organizadas y que ya no había padrotes", dice Augusto.

"Mi amiga Cleuza me invitó a la Asociación, pero... Quinientos al venado", le dice al de las apuestas.

"¿Asociación de putas?"

"Asociación de Prostitutas. Pero entonces descubrí que hay tres asociaciones de prostitutas y no sé a cuál de ellas entrar. Mi amigo Boca Marchita me dijo que la organización de marginales es la cosa más complicada del mundo, hasta los bandidos que viven juntos en la celda tienen ese problema."

Hacen el mismo camino de regreso, pasando nuevamente debajo de los Arcos, sobre los cuales un tranvía transita en ese momento.

"Pobre, yo era la única persona que él tenía en el mundo", dice Kelly. Ya le entró pena por el califa. "Va a tener que volver a vender polvo y marihuana en la zona."

En la calle Carioca, Kelly repite que en casa de Augusto no hay café y ella quiere tomar café.

"Vamos a tomar café en la calle", dice él.

Se detienen en una juguería. No tienen café. Kelly quiere tomar un café con leche con pan y mantequilla. "Sé que es difícil hallar un lugar que venda un café con leche con pan y mantequilla, y más aún con pan tostado", dice Kelly.

"Antiguamente había estanquillos regados por la ciudad, donde te sentabas y pedías: camarero, haga el favor de traerme de prisa un buen café con leche que no esté recalentado, un pan bien caliente con mucha mantequilla.* ¿No conoces la canción de Noel?"

"¿Noel? No es de mi tiempo. Disculpa", dice Kelly.

"Sólo quería decir que había una infinidad de estanquillos regados por el centro de la ciudad. Y te sentabas en un estanquillo, no estabas de pie, como nosotros aquí, y había una mesa de mármol donde podías hacer dibujos mientras esperabas a alguien y cuando la persona llegaba la podías ver a la cara mientras conversabas."

"¿Y no estamos conversando? ¿No me estás mirando? Haz el dibujo en esta servilleta de papel."

---

* "*Seu garcom faca o favor / de me trazer de pressa / uma boa média / que nao seja requentada, / um pao bem quente com manteiga a·beca.*" Letra de una canción del compositor popular Noel Rosa. (*N. del T.*)

"Te estoy mirando. Pero tengo que girar el cuello. No estamos sentados en una silla. Esa servilleta de papel se rompe cuando escribes en ella. No entiendes."

Comen una hamburguesa con jugo de naranja.

"Te voy a llevar a conocer la avenida Rio Branco."

"Conozco la avenida Rio Branco."

"Te voy a mostrar los tres edificios que no han sido demolidos. ¿Te enseñé una foto de cómo era la avenida antiguamente?"

"No me interesan los vejestorios. Deja eso."

Kelly se rehúsa a ir a ver los edificios, pero, como le gustan los niños, está de acuerdo en ir a visitar a la niña Marcela, de ocho meses, hija de Marcelo y Ana Paula.

Están en la Sete de Setembro y caminan hasta la esquina de la calle del Carmo, donde, en la acera bajo la marquesina, en casuchas de cartón, vive la familia Gonçalves. Ana Paula es blanca, también Marcelo es blanco, y son sólo agregados de la familia de negros que controla aquella esquina. Ana Paula le da el pecho a Marcelita. Como es sábado, Ana Paula puede armar de día la pequeña casucha de cartón en la que vive con el marido y la hija bajo la marquesina del Banco Mercantil de Brasil. La tabla que sirve de pared, de un metro y medio de altura, el lado más alto de la casucha, fue recogida de una construcción abandonada del metro. En los días hábiles la casucha se desarma, las grandes hojas de cartón y la tabla sacada del agujero del metro son recostadas en la pared durante la hora de actividad, y solamente por la noche la casucha de Marcelo, y también las casuchas de cartón de la familia Gonçalves son reconstruidas para que Marcelo, Ana Paula y Marcelita y los doce miembros de la familia entren en ellas para dormir. Pero hoy es sábado, el sábado y el domingo no hay actividad en el Banco Mercantil de Brasil, y la casucha de Marcelo y Ana Paula, una caja de cartón usada como empaque de un refrigerador grande, no fue dasarmada, y Ana Paula goza de esa comodidad.

Son las diez de la mañana y el sol lanza rayos luminosos por entre el monolítico rascacielos negro opaco de la Cándido Mendes y la torre de la iglesia con una imagen de la Virgen del Carmen, de pie, como suelen estar las Vírgenes, un círculo de fierro, o cobre, sobre la cabeza simulando una aureola. Ana Paula asolea a la niña desnuda, ya cambió los pañales, lavó los sucios en un balde de agua que agarró en el restaurante de pollos, los tendió en el tendedero de alambre que extiende sólo los fines de semana, amarrando una punta a la estaca de fierro con una placa de metal en la que se lee TurisRio — 9 vacantes y otra en una estaca de fierro con una placa de publicidad. Además de los pañales, Augusto ve bermudas, camisetas, jeans y piezas de ropa que no logra identificar, por delicadeza, para no mostrar curiosidad.

Kelly permanece en la esquina, no quiere llegar cerca de la pequeña casucha donde Ana Paula cuida de Marcelita. Ana Paula tiene ojos dulces, tiene un rostro delgado y sosegado, tiene gestos delicados, tiene brazos delgados, tiene una boca muy bonita, a pesar de los dientes cariados de adelante.

"Kelly, ven a ver qué niña tan bonita es Marcelita", dice Augusto.

En este instante surge, del fondo de una de las cajas de cartón, Benevides, el jefe del clan, un negro que está siempre borracho, y luego aparecen los adolescentes Zé Ricardo y Alexandre, éste es el más simpático de todos, y también doña Tina, la matriarca, acompañada de unos ocho niños. Antes eran doce los menores de la familia, pero cuatro se habían perdido y nadie sabía por dónde andaban; constaba que formaban parte de una pandilla, de una de las cuadrillas de gandules que actúan en la Zona Sur de la ciudad, asaltando en grandes bandas las tiendas elegantes, a personas bien vestidas, turistas; los domingos, a los babosos que se están bronceando en la playa.

Uno de los niños pide una limosna a Augusto y se lleva por ese motivo una bofetada de Benevides.

"Nosotros no somos mendigos, negrito."

"No era limosna", dijo Augusto.

"El otro día vino aquí un sujeto diciendo que estaba organizando a los mendigos, en una asociación llamada Mendigos Unidos. Le dije que se lo metiera por donde le cupiera. Nosotros no somos mendigos."

"¿Quién es ese tipo? ¿Dónde hace ronda?"

"En la calle del Jogo da Bola."

"¿Cómo se llega a esa calle?"

"¿De aquí? Vas hasta la iglesia de la Candelaria, en línea recta, llegando ahí tomas la Rio Branco, de ahí vas hasta la calle Visconde de Inhaúma, entras en ella por el lado izquierdo. Vas hasta la plaza de Santa Rita donde se termina y comienza la Marechal Floriano, la calle Larga, y por la calle Larga vas hasta la calle de los Andradas, por el lado derecho, cruzas la calle Leandro Martins, entras en la calle Júlia Lopes de Almeida, te vas a la izquierda, hacia la calle de la Conceição, sigues hasta llegar a la Senador Pompeu, entras por la derecha en un callejón Coronel no sé qué, y siempre por la derecha llegas a la calle del Jogo da Bola. Preguntas por él, su nombre es Zé Galinha. Un negro de ojos rojos, siempre rodeado de lambiscones. Va a acabar de asambleísta."

"Gracias, Benevides. ¿Cómo van los negocios?"

"Recogimos veinte toneladas de papel este mes", dice Alexandre.

"Cállate", dice Benevides.

Un camión pasa periódicamente y se lleva el papel que fue recogido. Hoy, pasó temprano y se llevó todo.

Doña Tina  dice alguna cosa que Augusto no entiende.

"Carajo, mamá, cállate, carajo", grita Benevides, furioso.

La madre se aleja y va a poner unas ollas sobre un fogón desmontable de ladrillos, en la puerta del Banco Mercantil. Ricardo se peina los cabellos espesos con un peine de largos dientes de fierro.

"¿Quién es ese cuero?", Benevides señala a Kelly, a distancia, en la esquina. Kelly parece una princesa de Mónaco, en medio de los Gonçalves.

"Una amiga mía."

"¿Por qué no se acerca?"

"Debe tenerte miedo, por tus gritos."

"Tengo que gritar. Soy el único aquí que tiene cabeza... A veces desconfío hasta de usted..."

"Eso es una idiotez."

"Al principio pensé que usted era de la policía. Después de la León XIII, después, alguien del banco, pero el gerente es gente fina y sabe que somos trabajadores y no iba a mandar ningún espía a vigilarnos. Estamos en este punto desde hace dos años y yo quiero morirme aquí, lo que tal vez  no tarde mucho, pues ando con un dolor en este lado de la barriga... ¿Sabe que nunca ha sido asaltado este banco? El único en toda el área."

"La presencia de ustedes aleja a los asaltantes."

"Desconfío de usted."

"No pierdas tiempo con eso."

"¿Qué es lo que quiere aquí? El sábado pasado no quiso tomar la sopa conmigo."

"Ya te dije. Quiero conversar. Y sólo necesitas decirme lo que quieras decir. A mí sólo me gustan las sopas de color verde, y tus sopas son amarillas."

"Es la calabaza", dice doña Tina, que oye la conversación.

"Cállate mamá. Pon atención, mujer, la ciudad ya no es la misma, hay gente de más, hay mendigos de más en la ciudad, recogiendo papel, disputándonos los sitios, un montón que viven debajo de la marquesina, siempre expulsando vagabundos de fuera, hay hasta falsos mendigos disputándonos el papel. Todo el papel tirado en la Cándido Mendes, ahí enfrente, es mío, pero ya tengo competencia que quiere meter mano."

Benevides dice que el hombre del camión paga mejor el papel blanco que el papel de periódico o el de desperdicio, el papel sucio, de color, en pedazos. El papel que él recoge en la Cándido Mendes es blanco. "Tiene muchos formularios continuos de computadora, informes, cosas así."

"¿Y vidrio? También puede ser reciclado. ¿Has pensado en vender botellas?"

"Los botelleros tienen que ser portugueses. Nosotros somos criollos. Y las botellas se están acabando, todo es de plástico. El único botellero que anda por aquí es el Mané de la Boina, y el gallego el otro día vino a tomar la sopa aquí con nosotros. Él come sopa amarilla. Está en la peor mierda."

Kelly abre los brazos, hace una mueca de impaciencia, desde la esquina, del otro lado. Augusto se despide abrazando a unos y otros, Benevides da un fuerte apretón a Augusto contra su torso desnudo, aproximando su boca de aliento alcohólico al rostro del otro, y lo mira así de cerca, curioso, astuto. "Andan diciendo que va a haber aquí en la ciudad un gran congreso de extranjeros y que nos van a esconder de los gringos. No quiero irme de aquí", murmura amenazadoramente, "vivo al lado de un banco, hay seguridad, ningún loco va a ponernos fuego como hicieron con la casucha del Maílson, atrás del museo. Yo estoy aquí desde hace dos años, lo que significa que nadie se va a meter con nuestra casa, forma parte del ambiente, ¿entendido?" Augusto, que nació y fue criado en el centro de la ciudad, aunque en una época más luminosa, en la que las tiendas ostentaban en la fachada sus nombres con letras hechas de brillantes tubos de vidrio retorcidos llenos de gases rojos, azules y verdes, entiende bien lo que Benevides le dice en su interminable abrazo, él tampoco saldría del centro por nada, y asiente con la cabeza, rozando involuntariamente su rostro con el rostro del negro. Cuando finalmente se separan, Augusto logra darle, sin que Benevides lo perciba, un billete de cien a un negrito más abusado. Va hasta Ana Paula y se despide de ella, de Marcelo y de Marcelita, que ahora está vestida con un mameluco de florecitas.

"Vamos", dice Augusto tomando a Kelly por el brazo. Kelly se suelta. "No me agarres, no, aquellos mendigos deben tener sarna, vas a tener que bañarte antes de acercarte a mí."

Caminan hasta la librería de viejo que está atrás de la iglesia del Carmen, mientras Kelly desarrolla la teoría de que los mendigos, en los lugares calientes como Rio, donde andan semidesnudos, son aún más miserables; un mendigo sin camisa, con un pantalón viejo, sucio, rasgado, mostrando un pedazo de trasero, es más mendigo que un mendigo en un lugar frío vestido con andrajos. Ella vio mendigos paulistas cuando fue a São Paulo un invierno y ellos usaban abrigos y gorros de lana, tenían un aire decente.

"En los lugares fríos los mendigos mueren congelados en las calles", dice Augusto.

"Es una pena que el calor no los mate también", dice Kelly.

A las putas no les gustan los mendigos, Augusto lo sabe.

"La diferencia entre un mendigo y los otros", continúa Kelly, "es que cuando un mendigo se desnuda no deja de parecer un mendigo y cuando los otros se desnudan dejan de parecer lo que son."

Llegan a la librería de viejo. Kelly mira la calle, desconfiada, los estantes en el interior de la librería están llenos de libros. "¿Hay gente en el mundo que pueda leer tantos libros?"

Augusto quiere comprarle un libro a Kelly, pero ella se niega a entrar en la librería. Van hasta la calle São José, de ahí a la calle Graça Aranha, avenida Beira Mar, Obelisco, Paseo Público.

"Anduve taloneando aquí enfrente y nunca entré en este lugar", dice Kelly.

Augusto le muestra los árboles a Kelly, le dice que tienen más de doscientos años, habla del maestro Valentim, pero ella no se interesa y solamente sale de su tedio cuando Augusto desde arriba del puentecito sobre el lago, del lado opuesto a la entrada en la calle del Paseo, en el otro extremo, donde queda la terraza con la estatua del niño que actualmente es de bronce, cuando desde encima del puentecito Augusto escupe en las aguas para que los peces pequeños coman su catarro. A Kelly le parece gracioso y escupe también, pero se aburre pronto pues los peces parecen preferir la saliva de Augusto.

"Tengo hambre", dice Kelly.

"Prometí almorzar con el Viejo", dice Augusto.

"Entonces vamos a buscarlo."

Siguen por la Senador Dantas, donde Kelly también taloneó y llegan a la plaza de la Carioca. Ahí las mesas de los merolicos son más numerosas. Las principales calles de comercio están obstruidas por mesas repletas de mercancías, algunas son contrabandeadas y otras pseudocontrabandeadas, marcas famosas falsificadas groseramente en fabriquitas clandestinas. Kelly se detiene frente a las mesas, examina todo, pregunta el precio de los radios de pilas, de los juguetes eléctricos, de las calculadoras de bolsillo, de los cosméticos, de un juego de dominó de plástico que imita al marfil, de los lápices de colores, de las plumas, de las cintas de video y casetes vírgenes, del colador de café de paño, de las navajas, de las barajas, de los peines, de los relojes y de otras baratijas.

"Vamos, el Viejo está esperando", dice Augusto.

"Piltrafa asquerosa", dice Kelly.

En el departamento, Kelly convence al Viejo de que se peine y se cambie las chinelas por unos botines negros, cerrados, de tacón alto con elástico a los lados y jalador atrás, modelo antiguo pero aún en buen estado. El Viejo va a salir con ellos porque Augusto prometió que van a almorzar en el Timpanas, en la calle São José, y el Viejo enamoró a una muchacha inolvidable que vivía en un edificio al lado del restaurante, construido en mil novecientos y algo, y que aún tiene, intactos, balcones de fierro, tímpanos y cimacios decorados con estuco.

El Viejo va por delante con paso firme.

"No quiero andar muy aprisa. Dicen que da várices", protesta Kelly, que en verdad quiere caminar con lentitud para indagar en las mesas de los merolicos.

Cuando llegan frente al Timpanas, el Viejo contempla los edificios antiguos alineados hasta la esquina de la calle Rodrigo Silva. "Todo será demolido", dice. "Ustedes pueden entrar, voy en seguida, pidan un arroz con chícharos para mí."

Kelly y Augusto se sientan en una mesa cubierta por un mantel blanco. Piden un puchero para dos y el arroz con chícharos del Viejo. El Timpanas es un restaurante que hace comida al gusto del cliente.

"¿Por qué no me abrazas como hiciste con aquel negro sucio?", dice Kelly.

Augusto no quiere discutir. Se levanta y va a buscar al Viejo.

El Viejo está mirando los edificios, muy concentrado, recostado en la reja de fierro que cerca el antiguo Buraco do Lume, que después de ser tapado se convirtió en un prado con pocos árboles, donde viven algunos mendigos.

"Ya llegó tu arroz", dice Augusto.

"¿Ves aquel balcón ahí, de aquel piso pintado de azul? ¿Las tres ventanas del primer piso? Fue en aquella ventana que está a nuestra derecha donde la vi, por primera vez, recargada en el balcón, los codos apoyados en una almohadilla con bordados rojos."

"El arroz ya está en la mesa. Tiene que comerse caliente."

Augusto jala al Viejo por el brazo y entran al restaurante.

"Era muy bonita. Jamás vi a una joven tan bonita."

"Cómete el arroz, se va a enfriar", dice Augusto.

"Cojeaba de una pierna. Eso no tenía importancia para mí. Pero para ella era muy importante."

"Siempre es así", dice Kelly.

"Tienes razón", dice el Viejo.

"Cómete el arroz, se va a enfriar."

"Las mujeres de vida airada detentan una sinuosa sabiduría. Me has dado un momentáneo bienestar al mencionar la inexorabilidad de las cosas", dice el Viejo.

"Gracias", dice Kelly.

"Cómete el arroz, se va a enfriar."

"Todo será demolido", dice el Viejo.

"¿Era mejor antes?", pregunta Augusto.

"Sí."

"¿Por qué?"

"Antes había menos gente y casi no había automóviles."

"Los caballos, que llenaban las calles de boñigas, debían ser considerados una plaga igual a la de los carros de hoy", dice Augusto.

"Y las personas, antiguamente, eran menos estúpidas", continúa el Viejo, con una mirada triste, "y tenían menos prisa."

"Las personas de antes eran más inocentes", dice Kelly.

"Era más esperanzador. La esperanza es una especie de liberación", dice el Viejo.

Mientras tanto, Raimundo, el pastor, llamado por el obispo para comparecer ante la sede mundial de la Iglesia de Jesús Salvador de las Almas, que queda en la avenida Suburbana, oye, contrito, las palabras del jefe supremo de su Iglesia.

"Cada pastor es responsable del templo en que trabaja. Tu recaudación ha sido muy pequeña. ¿Sabes cuánto recogió el pastor Marcos, de Nova Iguaçú, en el mes pasado? Más de diez mil dólares. Nuestra Iglesia necesita dinero. Jesús necesita dinero, siempre lo necesitó. ¿Sabías que Jesús tenía un tesorero, Judas Iscariote?"

El pastor Marcos, de Nova Iguaçú, fue el inventor del Sobre de Donaciones. Los sobres tienen impreso el nombre de la Iglesia de Jesús Salvador de las Almas, la frase *Pido oraciones por estas personas* seguida de cinco líneas para que el que pide escriba los nombres de las personas, un cuadrado donde se lee $ y, en letras grandes, la categoría de las donaciones. Los VOTOS ESPECIALES, con cantidades mayores, son verde claro; LOS SIMPLES son oscuros, y en ellos sólo se pueden solicitar dos oraciones. Otras iglesias copiaron el Sobre, lo que molestó mucho al obispo.

"El demonio ha ido a mi iglesia", dice Raimundo, "y desde que empezó a ir a mi iglesia los fieles ya no hacen donaciones, ni siquiera pagan el diezmo."

"¿Lucifer?" El obispo lo mira, una mirada que a Raimundo le gustaría que fuera de admiración; probablemente el obispo nunca vio al demonio, personalmente. Pero el obispo es insondable. "¿Qué disfraz está usando?"

"Usa lentes oscuros, no tiene una oreja y se sienta en las bancas del fondo, y un día, el segundo día en que apareció en el templo, en torno a él se hizo un aura amarilla." El obispo debe saber que el diablo puede aparecer como le dé la gana, como un perro negro o como un hombre de anteojos oscuros sin una oreja.

"¿Alguien más vio esa luz amarilla?"

"No, señor."

"¿Algún olor especial?"

"No, señor."

El obispo medita algún tiempo.

"¿Y después que apareció los fieles dejaron de pagar el diezmo? Estás seguro que fue ese..."

"Sí, fue después que él apareció. Los fieles dicen que no tienen dinero, que perdieron el empleo, que se enfermaron, que los asaltaron."

"Y tú crees que están hablando con la verdad. ¿Y joyas? ¿Ninguno de ellos tiene una joya? ¿Una alianza de oro?"

"Sí, están diciendo la verdad. ¿Podemos pedir joyas?"

"¿Por qué no? Son para Jesús."

El rostro del obispo es inescrutable.

"El demonio no ha vuelto a aparecer. Lo estoy buscando. No tengo miedo, anda por la ciudad y voy a encontrarlo", dice Raimundo.

"Y cuando lo encuentres, ¿qué pretendes hacer?"

"Si el señor obispo me pudiera iluminar con un consejo..."

"Tú mismo debes descubrir, en los libros sagrados, lo que debes hacer. Silvestre II hizo un pacto con el diablo, para conseguir el Papado y la Sabiduría. Siempre que aparece el demonio es para hacer un pacto. Lucifer se te apareció a ti, no a mí. Pero acuérdate, si el demonio es más listo que tú, eso significa que no eres un buen pastor."

"Todo bien viene de Dios y todo mal viene del Diablo", dice Raimundo.

"Sí, sí", dice el obispo con un suspiro hastiado.

"Pero el bien puede vencer al mal."

"Sí", otro suspiro.


La comida en el Timpanas continúa. El Viejo habla del Cinema Ideal, en la calle de la Carioca.

"De un lado de la calle quedaba el Ideal, del otro el Cinema Iris. El Iris aún está en pie. Ahora pasan películas pornográficas."

"Tal vez se convierta en una iglesia", dice Augusto.

"Durante las sesiones nocturnas el techo del Ideal se abría y dejaba entrar la frescura de la noche. Podías ver las estrellas en el cielo", dice el Viejo.

"Sólo un loco va al cine para ver las estrellas", dice Kelly.

"¿Cómo se abría el techo?", pregunta Augusto.

"Un sistema de ingeniería muy avanzado para la época. Poleas, poleas... Rui Barbosa iba siempre y algunas veces me senté cerca de él."

"¿Te sentaste cerca de él?"

El Viejo percibe alguna incredulidad en la voz de Augusto. "¿Qué te crees? Rui Barbosa murió hace poco, en 1923."

"Mi madre nació en 1950", dice Kelly, "es una vieja decrépita."

"Durante mucho tiempo, después que Rui murió, y hasta que el cine se convirtió en una zapatería, su butaca estuvo aislada por un cordón de terciopelo, y había una placa que decía *Esta butaca la ocupaba el senador Rui Barbosa*. Voté por él para presidente, dos veces, pero los brasileños siempre eligen a los presidentes equivocados."

"¿El cine se convirtió en zapatería?"

"Si Rui estuviera vivo no lo hubiera permitido. Las dos fachadas, una de piedra y otra de mármol, y la marquesina de vidrio, un vidrio igual al de mi claraboya, aún están ahí, pero adentro sólo existen pilas de zapatos ordinarios; es para partir el corazón", dice el Viejo.

"¿Vamos a verlo?", propone Augusto a Kelly.

"No voy a ningún otro lado contigo a ver fuentes públicas, edificios cayéndose a pedazos y árboles asquerosos, mientras tú no oigas la historia de mi vida. Él no quiere oír la historia de mi vida. Pero sí oye la historia de la vida de todo el mundo."

"¿Por qué no quieres oír la historia de su vida?", pregunta el Viejo.

"Porque ya oí veintisiete historias de la vida de putas y todas son iguales."

"No se trata así a una novia", dice el Viejo.

"Ella no es mi novia. Es alguien a quien estoy enseñando a leer y a hablar."

"Si se pone el diente de adelante, hasta se verá bonita", dice el Viejo.

"¿Para que quiero un diente? Ya no voy a ser puta. Ya dejé eso."

"¿Qué vas a hacer?"

"Aún lo estoy pensando."

El lunes, arrepentido por haber tratado mal a Kelly, aun más teniendo en cuenta que ella está aprendiendo a leer con gran rapidez, Augusto sale de casa para ir a la plaza Tiradentes a comprar una piedra semipreciosa en estado bruto, para dársela de regalo.

Tiene un amigo, de nombre falso, Mojica, que compra y vende esas piedras, que vive en el Hotel Rio, en la calle Silva Jardim, y le puede dar un buen precio. Mojica, antes de establecerse como vendedor de piedras, se ganaba la vida como padrote de mujeres gordas, una especialidad de gigolós flojos.

En la calle Uruguaiana, cientos de vendedores ambulantes, a quienes la prefectura ha prohibido instalar sus puestos, ayudados por jóvenes desempleados y otros transeúntes, depredan y saquean las tiendas. Algunos guardias contratados por las tiendas disparan al aire. El ruido de las vitrinas rotas y de las puertas de acero que son derrumbadas se mezcla con los gritos de mujeres que corren por la calle. Augusto entra en la Ramalho Ortigão y sigue por la calle de la Carioca en dirección a la plaza Tiradentes. El tiempo está nublado y amenaza con llover. Casi llega a la Silva Jardim cuando el pastor Raimundo surge inesperadamente frente a él.

"Usted desapareció", dice el pastor Raimundo con voz trémula.

"He estado ocupado. Escribiendo un libro", dice Augusto.

"Escribiendo un libro... Usted está escribiendo un libro... ¿Puedo saber el tema?"

"No. Disculpe", dice Augusto.

"No sé su nombre. ¿Puedo saber su nombre?"

"Augusto. Epifanio."

En este momento empieza a tronar y a caer una lluvia gruesa.

"¿Qué quiere usted de mí? ¿Un pacto?"

"Entré en su cine por casualidad, por culpa de las cápsulas con selenio."

"Cápsulas con selenio", dice el pastor, palideciendo aún más. ¿No era el selenio uno de los elementos usados por el demonio? No logra acordarse.

"Adiós", dice Augusto. Permanecer en la lluvia no le incomoda, pero el ex-padrote de mujeres gordas lo espera.

El pastor toma por el brazo a Augusto, en un arranque de coraje. "¿Es un pacto? ¿Es un pacto?" Se tambalea como si se fuera a desmayar, abre los brazos, y no cae al suelo sólo porque Augusto lo sostiene. Recobrando su vigor, el pastor se libra de los brazos de Augusto, grita "suélteme, suélteme, esto es demasiado."

Augusto desaparece, entrando al Hotel Rio. Raimundo tiembla convulsivamente y cae, desmayado. Queda tendido algún tiempo con la cara en el arroyo, mojado por la fuerte lluvia, una espuma blanca le escurre de la comisura de la boca, sin llamar la atención de las almas caritativas, de la policía o de los transeúntes en general. Finalmente el agua del arroyo que escurre sobre su rostro lo hace volver en sí; Raimundo reúne fuerzas para levantarse y caminar con tropezones en busca del demonio; atraviesa la plaza, cruza la calle Visconde de Rio Branco, avanza tambaleante por entre los músicos desempleados que se reúnen en la esquina de la avenida Passos bajo la marquesina del Café Capital, del lado opuesto al teatro João Caetano; pasa ante la puerta de la iglesia de Nuestra Señora de Lampadosa, siente el olor de las velas que se queman adentro y atraviesa la calle hacia el lado del teatro, corriendo a fin de librar los automóviles; en todas las calles de la ciudad los automóviles golpean unos con otros en busca de espacio para moverse y pasan por encima de las personas más lentas o distraídas. Mareado, Raimundo se apoya por unos instantes en la base de la estatua de bronce de un hombrecillo gordo lleno de caca de palomas, de manto griego y sandalias griegas, que asegura una espada, frente al teatro; a un lado, un merolico que vende calzoncillos y cintas métricas finge que no ve su sufrimiento. Raimundo gira a la izquierda en la calle Alexandre Herculano, una calle pequeña que sólo tiene una puerta, la puerta trasera de la Facultad de Filosofía, que parece no ser usada nunca, y finalmente entra en una lonchería en la calle de la Conceição, donde toma un jugo de guayaba y rememora su innominable encuentro. Descubrió el nombre bajo el que Satán se esconde, Augusto Epifanio. Augusto: magnífico, majestuoso; Epifanio: oriundo de manifestación divina. ¡Ah!, él no podía esperar otra cosa de Belcebú sino soberbia y burla. Y si ése que finge llamarse Augusto Epifanio no fuera el propio Chamuco es por lo menos un socio de sus maleficios. Se acuerda del versículo 22,18 del Éxodo: "Castigarás con la muerte a aquéllos que usaran sortilegios y encantamientos".

Vuelve a tronar y a llover.


Mojica, el ex-padrote de mujeres gordas, dice a Augusto que los negocios no andan muy bien, la crisis también lo afectó, hasta está pensando en volver al antiguo negocio; por motivos que no sabe explicar, aumentó en la ciudad la cantidad de viejas gordas adineradas que quieren casarse con un hombre flaco, lleno de músculos y con el palo grande como él; las gordas son ingenuas, tienen buen humor, casi siempre son despreciadas y no da mucho trabajo engañarlas. "Basta una por año para que este rey lleve una vida confortable; y la ciudad es grande."

De la plaza Tiradentes, descartando parte de las instrucciones de Benevides, Augusto va hacia la calle del Jogo da Bola, siguiendo por la avenida Passos hasta la avenida Presidente Vargas; atravesar la Presidente Vargas, aun con la señal de tránsito, es siempre peligroso, siempre muere gente atropellada en aquella calle, y Augusto espera el momento preciso y atraviesa la calle corriendo entre los automóviles que pasan veloces en ambas direcciones y llega al otro lado jadeante pero con la sensación de euforia de quien consiguió realizar una proeza; descansa algunos minutos antes de seguir por la derecha hasta la calle de los Andradas, de ahí hasta la calle Julia Lopes de Almeida, desde donde ve el cerro de la Conceição, y luego llega a la calle Teniente Coronel Julião, camina algunos metros y finalmente encuentra la calle del Jogo da Bola.

"¿Dónde encuentro a Zé Galinha?", pregunta a un hombre de bermudas, sandalias hawaianas y camiseta con un cordón de cuentas de tres vueltas enrollado en el pescuezo; pero el hombre mira a Augusto con cara fea, no responde y se aparta. Más adelante Augusto ve a un niño. "¿Dónde encuentro al jefe de los mendigos?", pregunta, y el niño responde "a ver, tío, ¿me das unas moneditas?", Augusto le da dinero al niño. "No conozco a ése del que habla", dice el niño, "vaya hasta la esquina de la plaza Major Valô, ahí hay un personal que podría decirle algo."

En la esquina de la plaza Major Valô hay algunos hombres y Augusto se dirige hacia ellos. Al aproximarse, nota que en el grupo está el hombre de bermudas y collar de cuentas de tres vueltas en el pescuezo. "Buenos días", dice Augusto, y ninguno responde. Un negro grande, sin camisa, pregunta "¿quién te dijo que mi nombre es Zé Galinha?"

Augusto se da cuenta que no es bienvenido. Uno de los hombres tiene una porra en la mano.

"Fue Benevides, el que vive en la calle del Carmo, esquina con la Sete de Setembro."

"Ese negro borracho es un vendido, feliz porque puede vivir en una caja de cartón, agradecido porque puede recoger papel en la calle y venderlo a los influyentes. Ese tipo de gente no apoya nuestro movimiento."

"Alguien tiene que darle una lección a ese puto", dice el hombre de la porra, y Augusto se queda con la duda si el puto es él o Benevides.

"Me dijo que usted es el presidente de la Unión de los Mendigos."

"¿Y tú quién eres?"

"Estoy escribiendo un libro llamado *El arte de caminar por las calles de Rio de Janeiro.*"

"Saca el libro", dice el sujeto del collar de tres vueltas.

"No lo traigo conmigo, no está listo."

"¿Cómo te llamas?"

"Aug... Epifanio."

"¿Qué mierda de nombre es ése?"

"Revísalo", dice Galinha.

Augusto se deja revisar por el hombre de la porra. Éste le da a Zé Galinha la pluma, la credencial de identidad, el dinero, el pequeño bloc de papel y la piedra dentro de la bolsita de tela que Augusto consiguió del padrote de mujeres gordas.

"Ese tipo está loco", dice un negro viejo, que observa los acontecimientos.

Zé Galinha coge a Augusto por el brazo. Dice: "Voy a hablar con él."

Los dos caminan hasta el callejón Escada da Conceição.

"Pon atención, distinguido amigo, en primer lugar mi nombre no es Zé Galinha, es Zumbi del Jogo da Bola, ¿entiendes? Y en segundo lugar no soy presidente de ninguna puta Unión de Mendigos, eso es una mamada de la oposición. Nuestro nombre es Unión de los Desamparados y Descamisados, la UDD. No pedimos limosnas, no queremos limosnas, exigimos lo que nos quitan. No nos escondemos debajo de los puentes y de los viaductos o dentro de cajas de cartón como ese puto de Benevides, ni vendemos chicles y limones en los cruceros."

"Correcto", dice Augusto.

"Queremos ser vistos, queremos que miren nuestra fealdad, nuestra suciedad, que sientan el olor de nuestro sudor en todas partes; que nos observen haciendo nuestra comida, durmiendo, cogiendo, cagando en los lugares lindos donde los bonitos pasean y viven. Di órdenes para que los hombres no se afeitaran, para que los hombres y las mujeres y las criaturas no se bañen en las fuentes públicas, en las fuentes públicas orinamos y cagamos, tenemos que apestar y asquear como una montaña de basura en medio de la calle. Y nadie pide limosna. Es preferible robar que pedir limosna."

"¿No tienen miedo de la policía?"

"La policía ya no tiene lugar para encerrarnos, las cárceles están repletas y somos muchos. Nos detienen y tienen que soltarnos. Y apestamos demasiado como para que tengan ganas de golpearnos. Nos quitan de la calle y volvemos. Y si mataran a alguno de nosotros, creo que eso va a pasar en cualquier momento, y sería hasta bueno que ocurriera, así agarraríamos el cuerpo y exhibiríamos el esqueleto por las calles como hicieron con la cabeza del Lampião."

"¿Sabes leer?"

"Si no supiera leer estaría viviendo feliz dentro de una caja de cartón recogiendo sobras."

"¿Dónde consiguen recursos para su asociación?"

"Se acabó la plática, Epifanio. Recuerda mi nombre, Zumbi del Jogo da Bola, tarde o temprano vas a oír hablar de mí, y no será por el culo-sucio del Benevides. Toma tus cosas y vete."

Augusto vuelve a su piso de la Sete de Setembro bajando del callejón Escada da Conceição hasta la plaza Major Valô. Sigue por la ladera João Homem hasta la cerrada Liceu, donde hay un lugar llamado Casa del Turista, de ahí para la calle del Acre, después calle Uruguaiana. La Uruguaiana está ocupada por tropas de choque de la Policía Militar, que portan escudos, cascos con viseras, macanas, ametralladoras, bombas de gas. Las tiendas están cerradas.

Kelly está leyendo el pedazo de periódico señalado por Augusto como tarea.

"Esto es para ti", dice Augusto.

"No, muchas gracias. ¿Piensas que soy un perro de circo? Estoy aprendiendo a leer porque quiero. No necesito de tus regalitos."

"Toma, es una amatista."

Kelly coge la piedra y la arroja con fuerza hacia arriba. La piedra pega en la claraboya y cae al suelo. Kelly le da un puntapié a la silla, arruga el periódico y hace una bola que le arroja a Augusto. Otras putas han hecho cosas peores, tienen ataques nerviosos cuando se quedan mucho tiempo solas con un tipo si éste no quiere acostarse con ellas; una quiso coger con Augusto a la fuerza y le dio una mordida en la oreja, arrancando la oreja entera, que ella escupió en la letrina y jaló la descarga de agua.

"¿Estás loca? Pudiste romper la claraboya, tiene más de cien años, hubieras matado al Viejo del disgusto."

"¿Piensas que tengo sífilis, que tengo SIDA, es eso?"

"No."

"¿Quieres ir al médico conmigo para que me examine? Ya verás que no tengo ninguna enfermedad."

Kelly está casi llorando, y con los gestos que hace se nota la falta del diente, lo que le da un aire sufridor, desamparado, recuerda los dientes que él, Augusto, no tiene y despierta en él un amor fraterno y una incómoda pena, de ella y de él.

"No quieres acostarte conmigo, no quieres oír la historia de mi vida, yo hago todo por ti, aprendí a leer, trato bien a tus ratones, me atreví a abrazar un árbol en el Paseo Público y a ti te falta una oreja y yo nunca hablé de eso, que no tienes una oreja para no molestarte."

"Quien abrazó el árbol fui yo."

"¿No sientes ganas?", grita.

"Ni tengo deseo, ni esperanza, ni fe, ni miedo. Por eso nadie puede hacerme mal. Al contrario de lo que el Viejo dice, la falta de esperanza me liberó."

"¡Te odio!"

"No grites que vas a despertar al Viejo."

El Viejo vive al fondo de la tienda, abajo.

"¿Cómo lo voy a despertar, si no duerme?"

"No me gusta verte gritando."

"¡Grito! ¡Grito!"

Augusto abraza a Kelly y ella solloza con el rostro recargado en su pecho. Las lágrimas de Kelly mojan la camisa de Augusto.

"¿Por qué no me llevas al convento de San Antonio? Por favor, llévame al convento de San Antonio."

San Antonio es considerado un santo casamentero. Los martes el convento se llena de mujeres solteras de todas las edades haciendo promesas al santo. Es un día muy bueno para los mendigos, pues las mujeres, luego de rezar al santo, dan siempre limosnas a los miserables pedigüeños, el santo puede estar observando aquel gesto de caridad y resolver favorablemente sus peticiones.

Augusto no sabe qué hacer con Kelly. Dice que irá a la tienda a conversar con el Viejo.

El Viejo está acostado, en el cuartito del fondo de la tienda. Es una cama tan estrecha que no se cae de ella sólo porque no duerme nunca.

"¿Puedo hablar con usted?"

El Viejo se sienta en la cama. Hace un gesto para que Augusto se siente a su lado.

"¿Por qué las personas quieren seguir viviendo?"

"¿Quieres saber por qué yo quiero seguir vivo, si soy tan viejo?"

"No, todas las personas."

"¿Por qué quieres seguir viviendo tú?", pregunta el Viejo.

"Me gustan los árboles. Quiero acabar de escribir mi libro. Pero a veces pienso en matarme. Hoy Kelly me abrazó llorando y tuve ganas de morir."

"¿Quieres morir para acabar con el sufrimiento de los otros? Ni Cristo lo logró."

"No me hable de Cristo", dice Augusto.

"Yo permanezco vivo porque no siento muchos dolores en el cuerpo y me gusta comer. Y tengo buenos recuerdos. También permanecería vivo si no tuviera ningún recuerdo", dice el Viejo.

"¿Y la esperanza?"

"La esperanza en verdad sólo libera a los jóvenes."

"Pero usted dijo en el Timpanas..."

"Que la esperanza es una especie de liberación... Pero necesitas estar joven para gozarlo."

Augusto sube las escaleras de regreso a su piso.

"Le di queso a los ratones", dice Kelly.

"¿Tienes algún recuerdo bueno de tu vida?", pregunta Augusto.

"No, mis recuerdos son todos horribles."

"Voy a salir", dice Augusto.

"¿Regresas?", pregunta Kelly.

Augusto dice que va a caminar por las calles. Solvitur ambulante.

En la calle del Rosario, vacía, pues ya es de noche, cerca del mercado de las flores, ve a un sujeto destruyendo un teléfono público, no es la primera vez que se encuentra con ese individuo. A Augusto no le gusta meterse en la vida de los otros, ésa es la única manera de andar por las calles de madrugada, pero a Augusto no le agrada el destructor de cabinas de teléfono, no porque le importen los teléfonos, desde que salió de la compañía de aguas y drenajes nunca volvió a hablar por teléfono, pero no le gusta la cara del hombre, grita "deja en paz esa mierda", y el depredador sale corriendo en dirección a la plaza Monte Castelo.

Ahora Augusto está en la calle del Ouvidor, yendo en dirección a la calle del Mercado, donde no hay ya ningún mercado, antes había uno, una estructura monumental de fierro pintada de verde, pero lo demolieron y dejaron sólo una torre. La calle del Ouvidor, que de día está siempre tan llena de gente que no se puede andar en ella sin chocar con los otros, está desierta. Augusto camina por el lado impar de la calle y dos sujetos vienen en sentido contrario, del mismo lado de la calle, a unos doscientos metros de distancia. Augusto apresura el paso. De noche no basta con andar de prisa en las calles, es preciso también evitar que el camino sea obstruido, así que se pasa al lado par. Los dos sujetos se pasan al lado par y Augusto vuelve hacia el lado impar. Algunas tiendas tienen vigilantes, pero los vigilantes no son idiotas para meterse en los asaltos de los otros. Ahora los sujetos se separan y uno viene por el lado par y otro por el lado impar. Augusto continúa andando, más aprisa, en dirección al sujeto del lado par, que no aumentó la velocidad de sus pasos, hasta parece que disminuyó un poco el ritmo de su paso, un hombre flaco, sin afeitar, una camisa cara y tenis sucios, que cambia una mirada con su pareja del otro lado, medio sorprendido con el ímpetu de la marcha de Augusto. Cuando Augusto está a cerca de cinco metros del hombre del lado par, el sujeto del lado impar atraviesa la calle y se junta con su comparsa. Los dos se detienen. Augusto se aproxima más y, cuando está a poco más de un metro de los hombres, atraviesa la calle para el lado impar y sigue de frente siempre a la misma velocidad. "¡Hei!", dice uno de los sujetos, pero Augusto continúa su marcha sin volver la cabeza, la oreja buena atenta al rumor de los pasos a sus espaldas, por el sonido será capaz de saber si los perseguidores andan o corren detrás de él. Cuando llega al muelle Pharoux, mira hacia atrás y no ve a nadie.

Su Casio Melody toca la música de Haydn de las tres de la madrugada, es la hora de escribir su libro, pero no quiere volver a casa y encontrar a Kelly. Solvitur ambulante. Va hasta el muelle de los Mineros, camina hasta la estación de las barcas, en la plaza Quinze, oyendo el mar golpear en la muralla de piedra.

Espera el rayar del día, de pie a la orilla del muelle. Las aguas del mar hieden. El mar sube y baja contra la pared del muelle, provocando un sonido que parece un suspiro, un gemido. Es domingo, el día surge gris; los domingos la mayoría de los restaurantes del centro no abren; como todo domingo, será un mal día para los miserables que viven de las sobras de comida que se tiran.

# Llamaradas en la oscuridad

## Fragmentos del diario secreto
## de Teodor Konrad Nalecz Korzeniowski

*5 de agosto (1900)*

Supe hoy, con dos meses de atraso, de la muerte de Crane, en Badenweiler, Alemania. Cora estaba a su lado. La recuerdo, una mujer inteligente, bonita, de gran vitalidad. Creo que supuso, hasta el fin, que ella y la Selva Negra podrían salvar la vida de Stephen. El día 10 de noviembre él cumpliría veintinueve años. Una inesperada felicidad se apoderó de mí el resto del día.
     Siempre fui un melancólico. Mi padre y mi madre murieron cuando tenía poco más de diez años. Debido a líos políticos, mi padre estuvo exiliado los últimos diez años de su vida. Lo acompañé en el exilio y acabé volviéndome también un exiliado, toda la vida. Un exiliado de mi país y de mi lengua. Siendo adolescente intenté acabar con mi vida. Antes de los veinte años tuve una pasión avasalladora por una mujer que me transformó en un pobre diablo. Afortunadamente esos episodios están ahora olvidados. De cualquier forma hoy es un día feliz.

*6 de agosto*

Desperté pensando en Crane. Siempre me he interesado por los nuevos escritores que aparecen. Quiero saber lo que están haciendo, si tienen la misma fuerza que yo. Descubrí la existencia de Crane (ya han pasado cinco años) al entrar en una librería en Londres y encontrar *The red badge of courage*. Tomé el tren para Sussex y aquella misma noche leí el pequeño volumen de menos de doscientas páginas. ¿Cómo un sujeto con una edad tan ridícula (Crane tenía veintitrés años al escribir el libro) había conseguido hacer una obra tan perfecta? En ella había la tragedia pura, no como en los griegos, un capricho de los dioses, sino como una creación exclusiva de los hombres. Allí estaba todo lo que me interesaba: el fracaso, el miedo, la soledad, el disgusto, la corrupción, la cobardía, el horror. El horror. El libro era tan bueno, pensé, que seguramente no sería reconocido, ni por los críticos, ni por el público —por nadie. Era un gran autor más que moriría desconocido. El día comenzaba a rayar cuando me senté para escribir mi nuevo libro. Estaba dominado por una excitación —la euforia de los descubridores, la urgencia de los ladrones— y no sentía hambre ni cansancio. No sé cuántos días permanecí encerrado, sentado ante aquella mesa, escribiendo compulsivamente.

*25 de agosto*

Siento al escribir este diario el tedio exutorio de los diarios secretos, en que el acto de escribir es una especie de llaga que nos infligimos a nosotros mismos para provocar una supuración, una expulsión intensa de materia purulenta.

En realidad, al contrario de lo que esperaba, *The red badge of courage* estaba vendiéndose, como me dijo un librero, "de manera fulminante". Y las críticas eran muy buenas, aún las tengo hoy, pues las guardé cuidadosamente estos cinco años. Dice un crítico: "Consigue hacer un retrato más completo y verdadero de la guerra que Tolstoi, en *Guerra y paz*, o Zola, en *La débacle*; releí las escenas del bautismo de fuego del escuadrón Rostow en Tolstoi, y las de la batalla de Sedán, en Zolá, y Crane sale ganando...". Este otro: "Hay ocasiones en que las descripciones llegan a ser sofocantes". Otro más: "Gran originalidad y talento...". Otro: "¡Un triunfo!...". Otro: "¡Surge una estrella refulgente...".

*10 de septiembre*

Continúo con los recortes referentes a Crane sobre mi mesa, cogí además recortes antiguos que hablan de mi cuarta novela, *The nigger of the Narcissus*. W. L. Courtney, el crítico imbécil del Daily Telegraph de Londres, dice que intenté imitar *The red badge of courage* de Crane. "Ambos libros tienen la misma calidad espasmódica y poseen una preocupación por lo minucioso que llega a cansar. Pero, entre el original y la copia, prefiero el original." Siempre que leo eso mi corazón se llena de odio, a pesar de que han transcurrido ya algunos años desde su publicación. Cuando Wells, al criticar *An outcast of the islands*, dijo que yo era palabrero y que aún tenía que aprender lo más importante, "el arte de dejar cosas por escribir", eso me incomodó, pero no tanto como las afirmaciones idiotas de que imito a Crane. Alguien dijo que el periódico de ayer sirve hoy para envolver pescados. Pero eso no me consuela. De cualquier forma, no todos los Daily Telegraph del día 8 de diciembre de 1897 fueron usados para envolver pescados. El mío, por ejemplo.

*10 de octubre*

Tomé nuevamente la cartera de los recortes. Busco aquéllos sobre *Lord Jim*. Sé todo lo que escribieron, aun así lo releo. La repercusión en la crítica y el público fue excelente. Pero ahí está, una línea apenas, en medio del aluvión de elogios: "Hay momentos en que *Lord Jim* recuerda *The red badge*, de Crane...". Mis manos tiemblan, tantos años después, al leer nuevamente las críticas sobre *Typhoon*: "El penetrante poder descriptivo de *Typhoon*, la singular experiencia catastrófica de un alma humana luchando contra sublimes obstáculos, recuerda el libro de Crane..."
Tengo la certeza de que nadie en el mundo entero, crítico o lector, dirá hoy que yo, algún día, fui influido por Crane. Aun así, siento una opresión en el pecho, como si tuviera en el corazón una herida no cicatrizada. ¿Cómo puede un muerto aterrar así mi vida?

Recuerdo nuestro primer encuentro. Crane vino a visitarme, diciendo que siempre había querido conocerme. Lo llevé a mi biblioteca. Me sorprendí al comprobar que era un joven envejecido. Lo oí hablar de su vida. Los libros que había publicado, después de *The red badge*, habían sido recibidos con indiferencia. El dinero que ganó con su best-seller "fulminante" fue disipado en gastos delirantes. Crane dijo que estaba cansado de exhibirse al mundo, de ser el payaso favorito, de perder los trenes y las maletas, de brillar en las fiestas, de hacer lo que los otros querían. Me pidió que lo ayudara a volver a escribir. Dijo que quería ser mi amigo, que le gustaría aprender conmigo a enfrentar la soledad de nuestro terrible oficio.

En realidad, no lo querían más en las fiestas, su fama ya no era suficiente para volver graciosas sus borracheras. En menos de seis años, antes aun de cumplir los treinta, comenzaba a ser olvidado por todos.

Menos por mí.

Recuerdo también su última visita. Vino acompañado por su mujer, joven como él. Crane ya no tenía nada del gran atleta que fue. Iba a internarse en una clínica, a la orilla del mar, para ver si mejoraba su salud.

(Todavía lo vería una vez más, en la clínica, un día antes de su muerte.)


*20 de julio (1912)*

Peter Sumerville me pide que escriba un artículo sobre Crane. Le envío una carta: "Créame, apreciado señor, ningún diario o revista se interesaría por cualquier cosa que yo, u otra persona, escribiera sobre Stephen Crane. Se reirían de la ocurrencia. ¿Cómo? ¿Stephen Crane? Dentro de cincuenta años algún crítico literario curioso (uno de esos escribanos profesionales) tal vez lo redescubra como una curiosidad y escriba un pequeño artículo para ganar algunas monedas. Triste, pero es verdad. Difícilmente encuentro a alguien, ahora, que sepa quién es Stephen Crane o recuerde algo de él. Para los jóvenes escritores que están surgiendo él simplemente no existe".


*20 de diciembre (1919)*

Mucho pescado ha sido envuelto en las hojas del periódico.

Soy reconocido como el mayor escritor vivo de lengua inglesa. Han pasado diecinueve años desde que Crane murió, pero yo no lo olvido. Y parece que los otros tampoco. *The London Mercury* decidió celebrar los veinticinco años de la publicación de un libro que, según ellos, fue "un fenómeno hoy olvidado" y me pidieron un artículo.

Esto es lo que escribí: "Como todo el mundo, leí *The red badge of courage* cuando se publicó. Pero a medida que volvía las páginas de ese pequeño libro que consiguió, en aquel momento, una recepción tan ruidosa, yo apenas estaba interesado en la personalidad del joven escritor, tan festejado por la prensa por su juventud y otros atributos no literarios. Su muerte prematura pudo haber sido una gran pérdida para sus amigos, pero no para la literatura. Creo que dio todo lo que tenía que dar en los pocos libros que escribió; y que procuró ser sincero al describir sus impresiones. Fui a verlo a la clínica en que estaba para curarse, pero una simple mirada bastó para decirme que aquélla era una esperanza vana. Las últimas palabras que me dijo fueron 'estoy cansado'. Al salir, me detuve en la puerta, para mirarlo nuevamente, y noté que había vuelto la cabeza en la almohada y miraba pensativo las velas de un barco que se deslizaba lentamente por la moldura de la ventana, como una sombra confusa contra el cielo gris. Aquéllos que hayan leído sus pequeñas narraciones *Horses* y *The boat*, saben que amaba los caballos y el mar. Su paso por esta tierra fue como el de un caballero veloz en la madrugada de un día destinado a ser corto y sin sol".

El señor Thompson, del *Mercury*, me preguntó si no habría sido yo muy riguroso en mi juicio a Crane. Le dije que, al contrario, había sido excesivamente generoso al perder mi tiempo escribiendo sobre un autor mediocre.

Hay cosas que no se perdonan, ni siquiera a los inocentes.


*2 de julio (1924)*

La conciencia de la verdad contenida en el aforismo de Chaucer, "the lyf so short, the craft so long to lerne", en vez de disuadirme, me dio aún más fuerzas para dedicarme obsesivamente al aprendizaje del más solitario de los oficios. Pero me agoté en esta tarea horrenda. Escribir fue la más mortificante de todas las luchas que enfrenté. Nadie pagó más caro que yo por las líneas que escribió. ¡Ah, los esplendores ilusorios de la gloria! Estoy acabado, a los sesenta y siete años de edad. Mi último libro, *The rover*, no debí haberlo escrito.

Pasé la noche despierto, con dolores alucinantes en la pierna. Pensé mucho en Crane. Escribo nuevamente su nombre: Crane.

El fuego en el hogar casi se está apagando. Me siento tan débil que tengo miedo de no tener fuerzas para aprovechar esta ocasión en que estoy solo y levantarme de la cama y, sin que nadie me vea, arrojar este diario sobre las brasas del hogar, para que las llamas destruyan todas las referencias que hice a su nombre.

# Mirada

¿Una mirada puede cambiar la vida de un hombre? No hablo de la mirada del poeta que después de contemplar una urna griega pensó en cambiar de vida. Me refiero a transformaciones mucho más terribles.

No me gustaba comer, hasta que ocurrieron los episodios que relataré dentro de poco. Tenía dinero para alimentarme con los más finos y delicados manjares, sin embargo los placeres de la mesa no me atraían. Por varias razones, nunca había entrado en un restaurante. Era vegetariano y me gustaba decir que necesitaba sólo de los alimentos del espíritu —música, libros, teatro. Lo que era una estupidez, como el Dr. Goldblum me probaría después.

Mi profesión es escribir, todos lo saben. No necesito decir el tipo de literatura que hago. Soy un escritor a quien los profesores de letras, en una de esas convenciones arbitrarias que imponen a los alumnos, llaman clásico. Y eso nunca me incomodó. Una obra es considerada clásica por haber mantenido, a través de los tiempos, la atención ininterrumpida de los lectores. ¿Qué más puede querer un autor? Que me llamen, pues, clásico, o bien, académico. Aun antes de comenzar a escribir ya prefería las obras de arte consagradas por el tiempo, creaciones que por la pureza y perfección de la forma y el estilo se volvieron inmortales. Afortunadamente, el acceso a los clásicos de la literatura y de la música no presenta las dificultades que existen, por ejemplo, en relación al teatro. Las tiendas de música y las librerías, por más pobres que sean, siempre ofrecen, junto con la basura abominable que acostumbran vender, las obras de uno u otro gran maestro. No hace mucho tiempo descubrí, en una librería donde pululaban los Sheldons y Robins, una bella edición de *Orlando furioso*, de Ariosto, en italiano, una perla en medio del chiquero. En cuanto al teatro la situación es desalentadora. Raramente se puede asistir a la puesta en escena de un Sófocles, un Shakespeare, un Racine, un Ibsen, un Strindberg. Lo que se ofrece comúnmen-

te al espectador son los desechos del provinciano teatro americano o las mediocridades decadentes del teatro europeo —para
no hablar del teatro brasileño, aprisionado en el suburbio sórdi-
do de Nelson Rodrigues. El cine es un arte menor —si es que se
puede llamar artística una manifestación cultural incapaz de
producir una obra verdaderamente clásica. En cuanto a la ópera,
yo la juzgo una diversión de burgueses ascendentes que encuentran refinada esa mezcla primaria de drama y canto que, en
realidad, aun en el pasado reciente, satisfacía apenas las ansias
culturales de la ralea.

Así pensaba en los tiempos en que me pasaba los días en
casa escribiendo, oyendo Mozart y releyendo a Petrarca, o Bach
y Dante, o Brahms y Santo Tomás de Aquino, o Chopin y Camões
—la vida era corta para leer y oír todo lo que se encontraba a
disposición del espíritu y la mente de un hombre como yo. Había
una interesante sinergia entre música y literatura, que me propi-
ciaba una fruición sublime.

Debo confesar que era también, antes de los episodios
que relataré, casi un misántropo. Me gustaba estar solo y aun la
presencia de la empleada, Talita, me incomodaba. Por eso ella
había recibido instrucciones de trabajar como máximo dos horas
al día, y después retirarse. Yo la despedía, transcurrido ese plazo,
aunque el suflé de espinacas, que ella hacía diariamente, no
hubiera quedado listo, para, de esta forma, poder escribir, y leer,
y oír mi música, sin que nadie me incomodara.

Un paréntesis: cuando voy a escribir, primero preparo la
mesa. Es algo muy simple —un mazo de hojas de papel artesanal
de lino puro especial, fabricado "en los talleres de Segundo
Santos en Cuenca", que recibo regularmente de España (sólo sé
escribir en él, "los papeles contienen mezclas de lanas teñidas a
mano, esparto, hierbas, helechos y otros elementos naturales") y
una pluma antigua, de aquéllas que tienen un depósito transparente de tinta. Nada más. Me hace gracia cuando oigo hablar de
los idiotas que escriben en microcomputadoras.

Pero volvamos a la historia. Una tarde, mientras leía a
Propercio al son de Mahler, me sentí mal y me desmayé. Cuando
volví en mí me di cuenta de que había anochecido. Un repulsivo
sudor frío cubría mi cuerpo, que temblaba en espasmódicas
convulsiones cortadas por escalofríos que hacían chocar mis
dientes, como si fueran castañuelas. En seguida comencé a tener
visiones, a oír voces.

Tambaleándome, fui hasta el escritorio, cogí la pluma y escribí un poema. Después me desmayé nuevamente.

El médico, Dr. Goldblum, a quien consulté al día siguiente, me dijo que mi problema era inanición.

"Eso explica por qué las visiones ocurrieron después de que tomé un vaso de leche tibia con azúcar."

"Los santos tenían visiones porque ayunaban, y ayunaban porque tenían visiones, un interesante círculo vicioso. Le voy a confesar una cosa: también me gustaría tener ese tipo de visiones, una vez por lo menos. Ahora voy a leer su poema", dijo Goldblum.

Le había entregado el poema al médico, suponiendo que se trataba de un abyecto material semiótico que ayudaría a diagnosticar el estado de morbidez que había sufrido. Ahora que sabía que todo era una simple y pasajera crisis de inanición, ya no quería que el Dr. Goldblum leyera lo que había escrito en mi delirio; palabras groseras que los clásicos, con algunas excepciones (pensé en Gil Vicente, Rabelais), jamás usarían. Intenté arrancar el papel que el esculapio tenía en la mano, pero él fue más rápido y, protegiéndose tras su mesa, leyó el poema:

## LOS TRABAJADORES DE LA MUERTE

*(Para Mégnin y H. Gomes)*

Joyce, James se emocionaba con la marca café
de caca en la braguita
(ni tan braguitas así, en aquel tiempo)
de la mujer amada.
Ahora la mujer ha muerto
(la de él, la suya y la mía)
y aquella mancha café de bacterias
empieza a tomar cuenta del cuerpo entero.
Atacan por turnos:
muca, muscina y califora, bellos nombres,
dan inicio al trabajo de la destrucción;
lucilia, sarcófaga y onesia
fabrican los olores de la putrefacción;
dermestestes (por fin un nombre masculino)
crea la acidez de la pre-fermentación;

fiofila, antomia y necrobia hacen
la transformación caseínica de los albuminoides;
tireófiro, lonchea, ofira, necroforus y saprinus
son la quinta invasión, dedicada a la fermentación;
urópode, tiroglifos, glicífagos, tracinotos y serratos
se consagran a la desecación;
anglosa, tineola, tirea, atageno, antreno
roen el ligamento y el tendón,
finalmente tenebrio y ptino acaban con lo que quedó
del hombre, gato y perro.
No hay quien resista a este ejército
contenido en una cagada.

"Muy interesante, se trata de una visión poética y delirante de un ayunador", dijo Goldblum, quien confesó cometer, en las horas libres, sus versificaciones bisiestas. "Se parece a las cosas de Augusto dos Anjos." Recitó solemnemente: "Gusano es su nombre oscuro de bautismo, jamás emplea el acérrimo exorcismo en su diaria ocupación funeraria, y vive en contubernio con la bacteria, libre de las ropas del antropomorfismo. ¿Lo recuerda?".

Avergonzado por haber realizado una pieza de literatura tan mediocre y sospechosa, no supe qué decir.

Goldblum quiso saber cómo había aprendido el nombre de todas aquellas bacterias, pero yo no sabía cómo había ocurrido. Los escritores tenemos muchas cosas dentro de la cabeza, algunas olvidadas y abandonadas como trastes en la bodega de una casa. Cuando son recuperadas, nos preguntamos, ¿cómo vino a dar esto aquí? ¿Esto es mío?

Goldblum me sugirió un final "menos grosero" para el poema. Así:

finalmente tenebrio y ptino acaban con lo que quedó
del hombre, perro y jumento.
No hay quien resista a ese ejército
contenido en un excremento.

"Las palabras groseras no se llevan con la poesía", dijo.
"Fue una pesadilla, las pesadillas son groseras", me justifiqué.

Médico y paciente, en el consultorio con aire acondicionado, nos quedamos conversando tranquilamente sobre música, literatura, pintura, hasta que la enfermera, preocupada con el número creciente de clientes que esperaban ser atendidos, entreabrió la puerta, asomó la cabeza y dijo:

"Ya llegó el señor J. J. Monteiro Filho."

"Dígale que espere."

"Y también la señora Evangelina Abiabade."

"Dígale que espere."

"Y el ingeniero Bertoldo Pingler."

"Que esperen, que esperen", dijo Goldblum, irritado.

La enfermera desapareció, cerrando la puerta.

"Necesitas comer", dijo Goldblum. "La cosa más creativa que el hombre puede hacer es comer. Tengo un gran respeto por la gula. Comer es vital —una obviedad a veces olvidada. El arte es hambre."

Arte es hambre. En aquel instante no comprendí la profundidad de la frase de Goldblum.

"Vamos a cenar juntos hoy", dijo. Goldblum acababa de separarse de su mujer y cenaba todas las noches fuera de casa, cambiando de restaurantes. "Paso por su casa a las ocho."

No supe decir no. A fin de cuentas, Goldblum había sido muy gentil y atento conmigo, sería una falta de delicadeza no aceptar la invitación.

Ya en casa, aquella noche, estaba oyendo Schumann cuando Goldblum llegó. Goldblum, olvidaba decirlo, era un hombre gordo, con una gran barriga, calvo, de ojos redondos y húmedos.

"Te llevaré al restaurante que tiene el mejor pez de la ciudad", dijo.

El restaurante tenía un enorme acuario lleno de truchas azuladas. Goldblum me llevó hasta el acuario.

"Escoge cuál de esas truchas quieres comer", dijo, mientras mirábamos los peces nadando de un lado para otro. "La trucha es una carne ligera, no te hará mal."

No tenía ganas de comer trucha, ni ninguna otra cosa.

"¿Qué criterio debo adoptar en mi elección?", pregunté, para ser amable.

"El criterio es siempre el del sabor", respondió Goldblum.

"¿Cuál es la más sabrosa?"

"A unos les gustan las grandes. A otros las pequeñas."

Ante esa respuesta, que consideré idiota y evasiva, decidí que no comería trucha. Seguramente sabrían hacer ahí un suflé de espinaca.

Súbitamente percibí que una de las truchas me miraba. Nadaba de manera más elegante que las otras y poseía una mirada tierna e inteligente. La mirada de la trucha me dejó encantado.

"Qué bella es la mirada de esa trucha." Señalé al pez.

Un camarero se aproximó, atendiendo al chasquido de los dedos de Goldblum.

"Ésta y ésta", dijo Goldblum. El camarero metió una red en el acuario.

"¡No, no!", grité, pero ya era tarde. Los dos peces habían sido atrapados y el camarero se retiraba con ellos hacia la cocina.

"No tengo hambre."

"Comer y rascarse... Conoces el dicho...", dijo Goldblum.

Las truchas fueron servidas aux amandes, junto con un trocken alemán (Goldblum me permitió sólo una copa). Yo no quería comer. Fue preciso que Goldblum me insistiera varias veces.

"Necesita los nutrientes de este bello salmonídeo", me convenció finalmente.

Coloqué, entonces, el primer pedazo en la boca. En seguida otro pedazo, y otro, y la trucha fue devorada por completo.

Comer aquella trucha, debo admitirlo, fue una experiencia de lo más agradable. No esperaba sentir un placer y una alegría tan grandes sólo por ingerir un mísero pedazo de carne de pescado. Aun así, cuando Goldblum quiso fijar otra cita para cenar al día siguiente, me excusé, con un pretexto falso.

"Yo le llamo un día de éstos", dije, íntimamente decidido a nunca más hablarle al médico.

Durante algunos días comí —en verdad dejé de comer— el suflé de Talita. Pensaba en la trucha, de una manera extremadamente compleja: en el gusto de la carne; en los elegantes movimientos del pez nadando en el acuario; en la extraña sensación que tuve al abrir la trucha con el cuchillo, como un cirujano, siguiendo las instrucciones de Goldblum; y pensaba, principalmente, en la mirada de la trucha respondiendo a mi mirada.

Mientras tanto, me sumergía en lucubraciones etológicas y literarias. Me acordaba del cuento de Cortázar en el que el narrador se convierte en axolotl, y en el cuento de Guimarães

Rosa en el que él se transforma en un jaguar. Pero yo no quería convertirme en trucha: quería COMER una trucha de mirada inteligente.

Yo no conocía restaurantes y no me acordaba del nombre de aquél en que había comido la trucha con Goldblum. Fui a un restaurante, que anunciaba que se especializaba en pescados. Entré, inseguro, me senté y cuando el camarero se aproximó le pregunté por el acuario, pues quería escoger mi trucha. El camarero llamó al maître, quien me explicó que ellos no tenían acuario, pero que las truchas estaban frescas, habían llegado de la sierra de Bocaina aquel día. Desilusionado, pedí una trucha aux amandes, como la otra vez.

Mi decepción fue inmensa. El pescado no era igual al otro que había degustado con tanta emoción. No tenía cabeza, ni ojos. Le dediqué la misma atención meticulosa, separando las espinas de la carne y de la piel, pero, a la hora de comerlo, su sabor no era parecido al de la carne que había probado anteriormente. Era una carne insípida, sin carácter ni espíritu, insulsa, sin frescura, enfadosa, sin gracia, con un sabor de cosa diluida —un escalofrío atravesó mi cuerpo—, de cosa muerta.

Al día siguiente, con la guía telefónica frente a mí, llamé a todos los restaurantes de la ciudad, para saber cuáles de ellos tenían acuarios en donde los clientes pudieran escoger los peces que comerían. Anoté los nombres de todos y, aquel mismo día, fui a comer a uno de ellos.

Esta vez entré más confiado. Escogí, entre las muchas que nadaban nerviosamente en el acuario, una trucha parecida a la primera —en el color, en la elegancia de los movimientos y, sobre todo, en el brillo significativo de la mirada. Cuando la colocaron en mi plato sentí un estremecimiento tan fuerte que temí que los ocupantes de las mesas vecinas lo hubieran percibido. Al comerla, tuve la alegría de poder confirmar que su gusto era deliciosamente igual al de la primera.

Mi vida cambió desde ese día. Dispensé a Talita de hacer el suflé. Salía todas las noches a cenar en uno de los restaurantes con acuarios.

Algunos tenían también langostas y langostinos, que también llegué a comer, con gran placer, aunque estos animales tuvieran ojos menudos y opacos. Pero la fuerza vital que se desprendía de la carne sólida de ellos compensaba la falta de una mirada sensible e inteligente. Me sentía atraído por la robusta asimetría arcaica, por la monstruosa estructura prehistórica de esos crustáceos.

A partir de entonces, mientras oía música, durante el día, mi mente no vagaba más en nebulosas divagaciones poéticas: pensaba en lo que comería en la noche.

Los camareros ya me conocían. Sabían que sólo comía truchas, langostas y langostinos sacados vivos del acuario. Pero un día, un camarero nuevo me preguntó qué quería comer.

"¿Existe alguna otra cosa?", pregunté.

"Tenemos conejo a la cazadora, cabrito, carnero..."

"¿Dónde están?", pregunté, mirando hacia el acuario.

"¿Dónde están?", preguntó a su vez, perplejo, el camarero.

"Sí", dije, "quiero verlos."

"Están en la cocina", dijo el camarero. "Un momentito."

El camarero volvió con el maître, quien me reconoció.

"¿Hoy no quiere comer trucha? ¿Una langosta?"

"El camarero me sugirió conejo", dije. "Nunca he comido conejo. ¿Es bueno?"

"Nuestro conejo es óptimo", dijo el maître.

"Quisiera verlos."

"¿Verlos?"

"Sí. Para escoger."

"Para escoger", repitió el maître.

"Sí. Como hago con las truchas y las langostas."

"Ah, sí, sí, entiendo. Pero ocurre que los conejos ya están...", iba a decir muertos, sentí que iba a decir muertos, pero se dio cuenta que eso tal vez le chocara a un cliente como yo, y prefirió decir "...condimentados."

"¿Condimentados?"

"Sí, condimentados." El maître sonrió, satisfecho, por haber conseguido inventar una metáfora tan eficiente. "Los conejos, al contrario de las truchas, tienen que condimentarse algún tiempo antes de ser degustados."

"Entonces muéstreme los cabritos", le dije. Tal vez influido por el camarero, había decidido comer, aquel día, un animal diferente, de tierra y no de agua.

"Con los cabritos es lo mismo. Ya están, eh, condimentados."

"¿Dónde se encuentran?"

"¿Dónde?", el maître sintió que estaba sudando; discretamente, con mucha rapidez, se limpió la frente con un pañuelo que sacó del bolsillo. "¿Dónde? En las fuentes."

"¿Puedo verlos?"

"Sí. Pero no están enteros. Los cabritos son animales grandes, no sé si usted ya habrá visto alguno."

"No, nunca. ¿Tienen cuernos?"

"Sí, tienen cuernos. Pero son pequeños, los cuernos. Los puede comer sin temor, les quitamos los cuernos." Una sonrisa nerviosa y otra limpiada rápida a la frente. "Asados, con brócoli, son una delicia." (No me dijo, pero lo supe después, que los cabritos se comen descuartizados.)

"¿Y los conejos? Tampoco he visto nunca un conejo."

"Ésos no tienen cuernos."

"Eso lo sé. Los animales que tienen cuernos son el buey, el cabrito, el rinoceronte."

"La jirafa..."

"¿Tienen jirafa?"

"No, no, no tenemos. Lo que quería decir es que ellas también tienen cuernos. Un cuernito pequeño. Las jirafas."

"¿Mayor o menor que el del cabrito?"

"Digo pequeño en comparación con su tamaño. Las jirafas son altas", dijo el maître. Parecía muy perturbado. (La definición del Bluteau es que "la jirafa es un animal mayor que un elefante".)

"Puede comer el conejo sin miedo", dijo el maître cortando mis pensamientos. "Señor Abílio", dijo al camarero que asistía al diálogo, "traiga un conejo a la cazadora para el caballero."

Entonces comí aquella comida extravagante. Era un sabor inesperado, diferente de todo lo que había conocido hasta entonces.

Comí consciente, todo el tiempo, de la peculiaridad de aquel sabor, una dulzura que no era la de la miel, mucho menos la del azúcar, un gusto que me daba una inesperada sensación de gozo singular.

Al llegar a casa coloqué a Satie, ese rebelde, en el aparato de sonido, y me quedé imaginando cómo sería aquel plato delicado si pudiera escogerlo media hora antes de ser preparado, como hacía con las truchas y las langostas; qué placer gustativo me propiciaría si pudiera ver los ojos de los conejos antes de que murieran. Recordé las diferencias de sabor entre la trucha que habían puesto en mi plato, sin que la hubiera visto antes (y sin que ella me viera a mí), y aquéllas que yo escogía, luego de una lenta contemplación mutua. Truchas que seleccionaba, luego de mirar y percibir todo lo que ellas significaban, objetiva y subjetivamente, color, movimiento y, sobre todo, la furtiva y sutil mirada de respuesta —sí, la trucha me devolvía la mirada, subrepticiamente, una cosa tímida y al mismo tiempo suspicaz, astuta, que procuraba establecer conmigo una comunicación disimulada, secreta, seductora.

Al día siguiente volví al restaurante y dije que quería ver el conejo "condimentado".

El maître, recalcitrante, me llevó a la cocina y me mostró el conejo que estaba puesto en una fuente de aluminio que sacó del refrigerador. El conejo estaba entero, sin cabeza y con un agujero donde deberían estar las vísceras. Eso no me sorprendió, sabía que los animales eran destripados antes de que fueran comidos. Las truchas también tenían tripas, lo mismo ocurría con las langostas.

El conejo decapitado me pareció una cosa fea, algo indefinido entre gato y perro, ya que la cabeza es la que distingue, en esos animales, a uno de otro, cuando están muertos y desollados. A un animal sin cabeza le falta algo muy importante, los ojos.

Comí el conejo que me habían mostrado, habiendo antes pedido al cocinero que me explicara cómo debía ser preparado aquel plato —conejo a la cazadora.

El cocinero me enseñó aún más cosas.

Fui a una tienda de la ciudad que vendía animales domésticos. Quería ver un conejo vivo. Había varios en la tienda, grises o blancos, y su mirada evasiva, dentro de las órbitas pequeñas, era difícil de captar.

Ah, qué animal tan mañoso, pensé. Uno de ellos era tan bonito que lo compré, aunque era más caro que los otros. Era un bello conejo de angora, de largos y sedosos pelos blancos.

De camino a casa, cargando el conejo en una caja de cartón, paré en un mercado para comprar zanahorias y papas.

El conejo no se interesó por las papas, pero, instalado en el tapete persa de la sala, comió las zanahorias con gran dedicación. Mientras oía a Brahms, me quedé contemplando la masticación silenciosa del conejo.

Con cuánta delicadeza se alimentan los animales, pensé. Evidentemente nunca vi a un puerco comiendo, pero supongo que ellos también, mientras comen, aunque puedan parecer más voraces que otros animales, según consta en la literatura, demuestran en ese acto, como todos nosotros, la fragilidad y belleza esenciales de su singular condición animal. El arte es hambre.

La mirada esquiva del conejo me incomodó un poco, le faltaba el candor, la franqueza de la mirada de la trucha. Pero tal vez fuera una cuestión de sensibilidad y perspicacia —¿pero quién, cuál sería más sensible y/o inteligente que el otro? Sabía que en el agua vivían algunos de los animales más inteligentes de la naturaleza; pero no se acostumbraba incluir a la trucha entre ellos, era conocida más por su energía física, por su vigor peripatético.

Yo no sabía nada sobre los conejos. Eran un misterio para mí. Pero sabía, ahora, matarlos y cocinarlos, de acuerdo con lo que el cocinero del restaurante me había enseñado.

Agarré al conejo por las orejas, con la mano izquierda. Las piernas del animal se distendieron, pero luego las encogió y me lanzó una mirada. Una mirada significativa y directa, ¡por fin!

"Gracias, gracias por esa mirada espontánea y cándida", dije, siempre agarrando al conejo por las orejas. Coloqué los rostros, el mío y el del animal, frente a frente, muy próximos. Leí su mirada, una mirada de oscura curiosidad, de leve interés, como si lo que fuera a ocurrir no le importara. No era, pues, una mirada inquisitiva, de sondeo. Me están agarrando por las orejas, es todo lo que él debía estar pensando.

Con el canto de la mano derecha, los dedos extendidos y juntos, le di un golpe en la nuca. El cocinero me había asegurado que apenas un golpe sería suficiente para matar al animal.

Pero todos aquellos años que pasé comiendo irregularmente suflés de espinaca, y sentado escribiendo, y acostado oyendo o leyendo los grandes clásicos, habían contribuido muy poco al desarrollo de mi fuerza muscular. El conejo, al recibir el golpe, tembló y continuó con los ojos abiertos, ahora expresando un vago miedo. No era, todavía, un sentimiento irracional, el conejo sabía lo que estaba ocurriendo, que estaba a merced de un ente poderoso, que no podría huir y sólo le restaba resignación.

Nos encaramos, uno al otro —el conejo temblando sin ningún pudor, los estoicos ojos desencajados.

Fueron precisos unos tres o cuatro golpes. Finalmente el conejo dejó de debatirse.

Quedé exhausto. Debe ser esto lo que siente el sujeto que gana el maratón, pensé al notar que, junto con la fatiga, sentía una ardiente euforia.

Coloqué la *Novena sinfonía* de Beethoven en el aparato y me fui, enteramente desnudo, a la bañera con el conejo, un cuchillo y dos ollas. Tenía recelo, aquel primer día, aún inexperto, de ensuciar la cocina de sangre al destripar y desollar al conejo, de acuerdo con las instrucciones del cocinero.

El cuchillo era filoso y no tuve muchas dificultades. Sentado desnudo en la bañera, desollé y destripé al lepórido. Al finalizar el trabajo, coloqué las sobras —tripas asquerosas, pieles, ganglios— en una olla. El conejo, listo para ser condimentado, en la otra.

En seguida lavé la bañera y tomé un largo baño tibio.

Luego del baño quedé inmaculadamente limpio, fui a la cocina, donde preparé el conejo, guisado con zanahorias y papas, ahora oyendo los *Nocturnos* de Chopin.

Finalmente el conejo estaba listo, frente a mí.

Comencé a saborearlo delicadamente, en pequeñas porciones. ¡Ah!, ¡qué placer tan excelso! Fue una lenta alimentación que duró la *Júpiter*, de Mozart, entera. Mozart no se habría molestado de que hubiera usado su música como mera *tafelmusik*, si supiera el gozo que sentí.

Después fui a cepillarme los dientes. Contemplé, a través del espejo, pensativo, la bañera. ¿Quién me había dicho que los cabritos tenían una mirada al mismo tiempo amable y perversa, una mezcla de pureza y depravación? ¿Y la mirada de los seres humanos? Hum... Aquella bañera era pequeña. Necesitaba comprar una mayor. Tal vez un jacuzzi, de los grandes, con chorros estimulantes.

Permanecí viendo mi rostro en el espejo. Miré mis ojos. Mirando y siendo mirado —una cosa finalmente irreflexiva, un eje de acero, lava de un volcán siendo expelida, nube interminable.

La mirada. La mirada.

# El libro de panegíricos

No encuentro en los periódicos la noticia que me interesa. Pero un anuncio solicitando un enfermero con buenas referencias, para hacerse cargo de un viejo enfermo, puede ser una solución, aunque provisional, para mi problema.

Una mujer abre la puerta del departamento en la avenida Delfim Moreira y le digo que vengo por el anuncio. Me pide que pase. Un salón enorme. Las ventanas están abiertas y se puede ver el mar allá afuera, muy azul. Qué gran mierda. Un hombre está ante la ventana y se vuelve cuando entro. Viene en dirección a mí.

"Es para cuidar a mi padre. ¿Tiene usted referencias?"

No tengo referencias. Hace más de veinte años, cuando era un niño, me hice cargo de un viejo enfermo, en su casa leí decenas de libros y tuve mi iniciación sexual con una muñeca de plástico llamada Gretchen. Pero sólo empujaba la silla de ruedas y limpiaba su caca. "Sí, tengo buenas referencias", digo.

"Muy bien." El hombre mira su reloj. Dice cuánto va a pagarme al mes, pregunta si puedo comenzar hoy mismo, que me paga un bono; que va a viajar por la noche y tiene prisa.

La mujer también tiene prisa.

"No traje mis ropas", digo.

"Si algo no falta en esta casa son ropas. Abre los armarios y coge las que quieras. En este papel están las direcciones y los teléfonos del médico asistente de mi padre y de nuestro abogado. Si es necesario, llamas al médico; pero no va a suceder nada, mi padre tiene una salud de hierro. Los otros problemas, dinero o lo que fuera, hablas con el abogado. Tienes también los teléfonos de la farmacia y del mercado, basta con telefonear, entregan y firmas las cuentas. En este otro papel está lo que tienes que hacer, como enfermero. No es muy complicado. Cada tres días tendrás uno de descanso, ese día una enfermera vendrá a sustituirte. Entonces vas a tu casa y tomas tus ropas. Bien, creo que todo está aclarado. ¿Alguna duda?"

"No." Quiero verme libre de él tanto como él quiere verse libre del viejo.

"Ah, se me olvidaba, el nombre de mi padre es Baglioni. Doctor Baglioni. Vamos a su cuarto."

Caminamos por un largo corredor hasta el cuarto del viejo. Está acostado en una cama.

"Papá, éste es tu nuevo amigo, es... , ¿cuál es tu nombre?"

"José."

"José. Él se hará cargo de usted..."

El viejo tiene la cabeza blanca. Me mira. Murmura que no le gusta que traigan personas a su cuarto cuando está sin la dentadura.

"Él no es cualquier persona, papá, es José."

El viejo se pone la dentadura. Me mira. El hombre se curva y besa en la cabeza al viejo. La mujer hace lo mismo.

En la puerta el hombre me da un fajo de billetes. "Tres meses adelantados. El bono. ¿Alguna duda?"

"No."

La mujer suspira. Los dos, el hombre y la mujer, miran sus relojes. Se olvidaron de pedir mis referencias, no quieren perder más tiempo, van a viajar y deben estar atrasados. Voy hasta la puerta con ellos.

"Esta llave es de la puerta. La roja es del cofre. En el cofre están las medicinas."

Salen.

Leo las instrucciones. El cofre, pesado, cuadrado, de acero pulido, está en la despensa. Abro el cofre, sólo veo medicinas dentro de él. Doy una vuelta por varios lugares de la casa. Abro los armarios de ropa. Todas las ventanas están enrejadas. Los tipos viven en un tercer piso y ponen rejas en las ventanas. Miedo del hombre araña. Una de las salas tiene cuatro paredes ocupadas por estantes llenos de libros hasta el techo. Qué gran mierda. La casa del viejo de Flamengo también estaba abarrotada de libros que me dejaron deslumbrado, pero eso fue en aquel tiempo, yo era un niño. La cocina es espaciosa, con una enorme estufa eléctrica, horno de microondas, licuadoras, exprimidores de frutas, refrigeradores y freezers llenos de cajas de plástico etiquetadas y armarios repletos de cajas y latas de comida. Pero de acuerdo con las instrucciones, para comer el viejo toma una sopa de legumbres y come un poco de gelatina. Además de la comida que está lista en el freezer, debo darle un comprimido de Pankreoflat, uno de Ticlid y uno de Lexotán, 6 mg. Yo sé para qué sirve el Lexotán; como hay muchas cajas en el armario, de vez en cuando tomaré uno. Ticlid. Abro la caja y leo la etiqueta. Me gusta leer la etiqueta de las medicinas. Ticlid es "un potente antitrombótico que como componente activo contiene una nueva y original sustancia, clorhidrato de ticlopidina. Indicado en todos los casos que requieren una reducción de la acumulación y de la adhesividad de las plaquetas". Pankreoflat tiene "como componentes activos Pancreatina triplex y dimetilpolissiloxan altamente activado mediante proceso especial".

Las ocho. Ya calenté la sopa. Levanto al viejo de la cama y lo siento en un sillón.

"Es la hora de la sopa."

"No quiero sopa." Ahora tiene todos los dientes, arriba y abajo.

"Entonces coma gelatina."

"No quiero gelatina."

No quiere — no quiere, está bien. Pero lo obligo a tomar las medicinas. Debe estar nervioso en nuestro primer día, pero el Lexotán reducirá su tensión y su ansiedad.

Levanto al viejo del sillón sin esfuerzo. En vez de estar feliz en mis brazos me mira como si me odiara. En la cama, conforme a las instrucciones, le pongo un pañal desechable; intenta impedir que se lo ponga, pero lo hago, su resistencia es muy débil.

"¿Sabes quién soy?", pregunta.

"Sí, doctor Baglioni, no se preocupe."

Jalo el hilo con el botón del timbre y lo pongo a su lado en la cama, junto al control remoto de la TV, de acuerdo a las instrucciones.

"Si me necesita, toque el timbre."

Pongo la loza en la máquina. Tomo jamón del refrigerador y hago un sandwich.

Mi cuarto es cómodo, con un pequeño baño, televisión y un librero. Si fuera como antes examinaría libro por libro para ver si alguno llegara a interesarme, pero ni siquiera miro el estante. El noticiero de la TV no da ninguna noticia que me interese. El viejo no llama durante la noche; el Lexotán debe haber funcionado.

Veo el último noticiero de la noche. Nada.

Camino por la casa. Entro en la biblioteca, pero no leo ningún libro. Tomo un Lexotán del viejo, pero ni siquiera así consigo dormir. Soy duro en la caída.

A las siete de la mañana voy a ver al viejo. Ya está despierto. Sigo las instrucciones. Primero le lavo los ojos con agua boricada. Después le quito el pañal que está sucio de mierda y orina. Limpio al viejo con una esponja, sintiendo un asco muy grande. Le pongo la pijama.

"Voy a traer su té con pan tostado."

Un periódico había sido introducido por debajo de la puerta de la cocina. Abro el periódico, pero no encuentro la noticia que busco.

Pongo un poco de leche en el té. Toma una taza y come un pan tostado. Le doy un comprimido de Adalat retard, "20 mg. de nifedipina", y otro de Tagamet, "denominación comercial de la Cimetidina SK&F". Después paso al viejo de la cama al sillón, enciendo la televisión. Dibujos animados. "Si me necesita, toque el timbre."

Releo el periódico. Nada. Cojo el teléfono. Es preciso tener cuidado. Vuelvo al cuarto del viejo. Hay una extensión sobre el buró. Finjo que estoy arreglando la mesa y arranco el hilo del teléfono de la cajita de la pared. El viejo me mira pensativo, tal vez haya percibido lo que hice.

Marco desde el teléfono de la sala. Nadie responde. Oigo una línea cruzada. "Pusieron vidrio molido en mi borscht." Cuelgo, preocupado. Las líneas cruzadas me ponen nervioso. ¿Vidrio molido en el borscht? ¿Un código? Las personas expertas hablan en código por el teléfono. Debí haberme quedado oyendo. Intento nuevamente y nadie contesta.

Oigo el timbre del viejo.

"Quiero hacerte una propuesta", dice.

Siempre que alguien me hace una propuesta resulta una mierda. "No puedo oír sus propuestas."

"Abre aquel armario", dice el viejo.

El armario está lleno de cajas de puros, cubanos, americanos, jamaiquinos, holandeses, brasileños. "No fumo", digo.

"Hay una caja de cigarros Empire, ¿o no? Una caja grande. Abre la caja."

La caja está llena de cigarros, grandes y gruesos como las macanas de la policía.

"¿Entonces?", dice el viejo.

"No fumo. Y si fuera a fumar no fumaría uno de éstos."

"Esa caja no, la otra."

La otra caja está llena de billetes de cien dólares. Qué gran mierda.

"No estoy interesado en ninguna propuesta", digo. Pongo la caja en el lugar donde estaba y cierro la puerta del armario.

El viejo intenta agarrar mi brazo. "Oye, imbécil", dice.

"Lo siento mucho. Si me necesita, toque el timbre."

Nuevamente marco del teléfono de la sala. A quien yo quiero no responde.

"Pusieron vidrio molido en mi Porsche." Es la línea cruzada. ¿Porsche? ¿Borscht? Maldito código. ¿Bosch? Cuelgo.

Hora del almuerzo. Sopa y ternera, sacados del freezer. Ticlid y Pankreoflat.

"Nunca vas a ser nadie en la vida", dice.

Durante tres días y tres noches cuido del viejo. Cada vez habla más.

"¿Sabes cuándo descubrí que estaba viejo? Cuando comenzó a caérseme el pelo y a crecer más cabellos dentro de mi nariz", me dice mientras paso una esponja por sus cojones.

Los telefonemas que hago no son atendidos. Después de la tercera línea cruzada, dejo de marcar. Ni los periódicos ni la televisión dan la noticia que espero.

Al cuarto día llega la enfermera que va a sustituirme. Somos más o menos de la misma edad.

"¿Entonces, Van huyó?", dice.

"¿Qué Van?"

"Vanderley, el enfermero."

"No sé nada."

"Cuando Van desapareció ellos quisieron que me hiciera cargo, pero les dije que no podía dejar la plaza del hospital. Ellos saben que trabajo en el hospital."

En el departamento hay otro cuarto sólo para ella. Entra al cuarto y sale en poco tiempo vestida con un uniforme blanco y limpio, con una toca blanca, zapatos y medias blancas. De su cuerpo se desprende un aroma agradable.

"¿El doctor Baglioni está bien?"

"Sí."

"¿Dónde estudiaste?"

"No es de tu incumbencia", respondo.

"A ver si llegas mañana puntualmente. Tengo que estar a las nueve en el hospital."

"No te preocupes."

"Van se atrasaba siempre."

"Yo nunca me atraso."

"¿Esa ropa es tuya?"

Tengo una camisa y un pantalón que me queda corto, por las canillas, que agarré de alguno de los armarios de la casa.

"El tipo me dijo que agarrara la ropa que quisiera. No tuve tiempo de ir a mi casa. Es culpa de Van, por haber huido."

"Mi nombre es Lou."

"¿Lou?"

"Lourdes. ¿Y el tuyo?"

"José" Me acordé del viejo de Flamengo y de su silla de ruedas. "¿Por qué no tienen una silla de ruedas aquí?"

"El hijo del doctor Baglioni no quiere."

"¿Por qué están las medicinas en el cofre?"

"Para que el doctor no se mate."

"Ni siquiera puede caminar solo."

"Antes de partirse el fémur podía."

"Entonces las rejas en la ventana..."

"Eso fue hace mucho tiempo, cuando lo intentó por primera vez."

Salgo. Busco al portero. "Trabajo con el doctor Baglioni, del tercer piso. ¿Dónde está la caja de los teléfonos?"

"¿Para qué?"

"El teléfono tiene un defecto y quiero ver."

"¿Es usted técnico?"

"Muéstrame dónde está la caja."

Me lleva hasta una puerta de madera. "Es aquí. Pero no tengo la llave."

"Es mejor que me la entregues en seguida, si no reviento esa mierda."

Sabe que no estoy jugando. Las personas siempre saben cuándo no estoy jugando. Me da la llave.

"Puede irse, después cierro."

Es fácil identificar los hilos del departamento del dr. Baglioni. El edificio sólo tiene un departamento por piso. Ninguno de los teléfonos está intervenido, allí en la caja. Pero hay otros lugares donde se puede hacer eso. Es una joda.

Devuelvo la llave al portero. Tomo un taxi. Llevo en el bolsillo el fajo de dinero que me dieron. El otro bolsillo está pesado por las fichas para el teléfono. Ya decidí a qué hotel ir, uno que queda en la calle Buarque de Macedo, en Flamengo. Nunca he estado ahí. No me quedo dos veces en el mismo hotel. En el camino compro una pequeña maleta, seis calzoncillos, seis camisas, un pantalón, crema de afeitar y gillette.

Un hotel ordinario, sin teléfono en el cuarto, pero eso no me incomoda, un teléfono en el cuarto del hotel es peligroso, el telefonista se distrae oyendo las conversaciones de los huéspedes. Cierro las cortinas del cuarto y me acuesto, luego de quitarme los zapatos. Paso el día acostado en la cama.

En la noche salgo, para telefonear desde un teléfono público. Nadie responde. Compro un sandwich de queso y una lata de Coca-Cola y vuelvo al hotel. Me siento en la única silla del cuarto. Espero sentir hambre para comer el sandwich y beber la Coca-Cola.

Por las rendijas de la cortina comienza a entrar la luz del día. Tomo un baño y me afeito. Pago el hotel y salgo. Tomo un taxi.

Intento abrir la puerta del departamento del viejo y no lo consigo. Un cerrojo atora la puerta por el lado de adentro. Toco el timbre. Lou abre la puerta del departamento. El uniforme de Lou no tiene una sola arruga. O se quedó de pie la noche entera o se puso un uniforme nuevo. Siento el perfume, del uniforme y del cuerpo de ella.

"Ya le di la leche, el Adalat y el Tagamet. Lo bañé, le puse perfume, lo afeité y le corté los pelitos de la nariz. Tú no le pusiste perfume."

"No está en las instrucciones que me dio el tipo."

"Tienes que cortarle los pelitos de la nariz, los cabellitos crecen mucho y a él no le gustan los pelitos de la nariz."

"No está en las instrucciones."

"Por la tarde no le diste leche con Meritene. Y no te olvides del Selokén."

Está en las instrucciones. Selokén, inhibidor de los receptores adrenergéticos localizados principalmente en el corazón. "Se me escapó. ¿Cómo sabes que no se lo di?"

"Simplemente lo sé."

Entra a su cuarto, se cambia de ropas. Jeans, tenis, camiseta Hering, bolso colgando del hombro.

"¿Dónde está tu uniforme?"

"Le dije al tipo que no iba a usar uniforme. Mira, no te metas en mi vida."

"Es antihigiénico trabajar sin uniforme. Otra cosa. ¿Fuiste tú quien arrancó el hilo del teléfono del cuarto?"

"Sí. ¿Para qué aquel teléfono? Sólo sirve para incomodar al viejo."

"Tal vez tengas razón", dice, antes de salir.

"Buenos días", le digo al viejo en el sillón, vestido con una pijama a rayas. Siento el olor del perfume.

"Hay una planta en el desierto de Namibia que vive mil años, alimentándose sólo del rocío de la mañana", dice.

Qué gran mierda. Enciendo la televisión. "Si me necesita, toque el timbre."

Telefoneo desde la sala. Nadie responde. En esta ocasión no hay línea cruzada, o ellos están quietos, para oír lo que los otros dicen.

Suena el timbre.

"¿Sí?"

"Apaga la televisión y ponme en la cama. Estoy cansado."

Está en la cama, extendido, con las piernas cruzadas.

"Abre el cajón. Toma el libro que hay adentro."

El libro, de tapa dura, tiene su retrato en la portada, veinte años más joven.

"¿Gustar tanto de los libros como de las mujeres no es un indicio terrible?"

Le doy el libro. "Si me necesita, toque el timbre."

"Espera. ¿Sabes cuándo descubrí que estaba viejo? Cuando me empezó a gustar más comer que joder. Ése es un indicio terrible, peor que los pelos creciendo en la nariz. Ahora no me gusta ni comer", dice.

"A mí tampoco me gusta comer. Si me necesita, toque el timbre."

"Lee este libro", dice.

Tomo el libro que tiene su retrato en la tapa. "Cualquier cosa, toque el timbre", repito.

Leo el libro, en mi cuarto. Es una serie de declaraciones sobre el viejo, de amigos, colegas de profesión, figurones diciendo qué hombre tan formidable fue. Todos dicen las mismas cosas sobre la inteligencia, la generosidad, la cultura, el espíritu público del Dr. Baglioni.

A la hora del almuerzo el viejo no me habla sobre el libro. En la tarde le doy el Maritene con leche. En la comida me pregunta si leí el libro.

"Sí."

"¿Y?"

"¿Y qué?"

"Quiero tu opinión."

"Creo que es una mierda. Un montón de babosadas."

"Yo iba a morir y mis amigos decidieron publicar el libro. La culpa fue mía." Se quita los dientes. Ya se permitía algunas intimidades conmigo. "Tengo sueño. Después me acuerdas de hablarte de eso. No te olvides. Quiero hablarte sobre eso."

Lo pongo en la cama. Extendido con las piernas cruzadas. Llamo del teléfono de la sala. Hasta que por fin atienden.

"Soy yo", digo.

"¿Dónde te metiste?"

"No lo puedo decir. Escucha…"

"Ellos siguen el brillo del relámpago." Puta mierda, es la línea cruzada.

"Tengo la línea cruzada. Voy a colgar."

"Dime dónde estás y yo te llamo de nuevo. Voy a tener que salir."

"Ellos esperan por el arco iris." La mierda de la línea cruzada.

"Yo te llamo." Cuelgo el teléfono y voy al cuarto del viejo. Está durmiendo. Si salgo durante diez minutos no despertará en ese tiempo.

Llamo nuevamente desde el teléfono de la calle. Suena y nadie atiende.

Estoy en mi cuarto, de vuelta.

¿Será una línea cruzada? Las palabras están en código. La voz del relámpago parecía la del borscht porsche bosch, pero tal vez no fuera. Bien, no tengo prisa. Nadie sabe dónde estoy. Tomo un Lexotán del viejo.

Al día siguiente, después de limpiar las partes del viejo y de lavarle los ojos con agua boricada, y de darle el té con leche y tostadas, el Adalat y el Tagamet:

"¿Has imaginado cómo se siente un sujeto que planea un libro de panegíricos para que se publique después de su muerte y que al final no muere?"

"¿Cuál es el problema?"

"Mientras agonizaba, un amigo apresurado distribuyó los dos mil ejemplares del libro, y no me lo mostraron porque estaba muriendo, diciendo qué gran pérdida fue mi muerte y llenándome de elogios. Aunque el libro fuera bueno, que no es el caso, yo quedaría comprometido. No morí, ¿entiendes?"

"Entiendo. ¿Usted fue en verdad el mejor abogado brasileño?"

"Ésa es otra idiotez del libro. Nadie es el mejor en nada. Era un abogado que sabía ganar mucho dinero, en un época en que los economistas no habían asumido aún el poder."

"Existen cosas peores que tener un libro idiota escrito con respecto a nosotros."

"Sí, sí, existen. Por ejemplo, que el esperma del sujeto se vuelva delgado como agua. Pero no logro dejar de acordarme de ese libro ridículo. Más de la mitad de los libros fueron a dar a la basura. Pedí a un amigo que comprara todos de nuevo, lo que me costó una niñería, estaban atorados. Destruí todos aquéllos a los que conseguí echarles mano. Pero hay otros, regados por el mundo."

Su voz está jadeante.

"Después me cuenta el resto."

"Vas a escucharme, ¿o no? Me pareces un sujeto inteligente. Para ser enfermero."

"Mañana. Ahora descanse."

Después del café, después del almuerzo y después de la comida, siempre en esas ocasiones, él me agarra para hablar de su vida. Divaga un poco, pero es fácil seguir lo que dice, basta un poco de buena disposición.

Los dolores de cabeza surgieron de un día para otro. Tan fuertes que los analgésicos comunes no consiguieron aliviarlos. Los médicos que lo examinaron hicieron un diagnóstico y le sugirieron que pidiera otras opiniones. En el extranjero confirmaron la enfermedad. El viejo tenía seis meses de vida, un poco más, un poco menos.

Su mayor miedo siempre fue morir súbitamente sin poder romper los papeles que debían ser destruidos, sin premiar a quien debía ser premiado o castigar a quien debía ser castigado; sin poder disponer de sus bienes de la manera que consideraba justa. Saber que tenía seis meses de vida fue una especie de consuelo. Se confesó con un padre, amigo suyo, y fue absuelto de sus pecados. Profesaba una buena y compasiva religión que daba a todos una oportunidad de salvación hasta el último instante. Siempre había tenido una gran capacidad de sufrir humillaciones, de soportar injurias, de enfrentar o vencer obstáculos. Luego que se vengaba de aquéllos que lo habían ofendido, de la manera más absoluta y plena posible, y siempre se vengaba, se daba el lujo de perdonar. El perdón después de la venganza. Así, entre sus últimas disposiciones la represalia ocupaba un lugar importante. Sí, la venganza era un pecado, pero en el último momento él se arrepentiría y sería perdonado. El padre le había dicho que el arrepentimiento no tenía hora fija para entrar en los corazones de los hombres, mientras fuera verdadero. El viejo sabía que se arrepentiría genuinamente después de aniquilar a sus enemigos y que moriría redimido, en condiciones de enfrentar lo que viniera después de la muerte.

El año anterior, antes del diagnóstico médico, había sido elegido hombre del año por una importante revista semanal y le confió a su viejo amigo Sampaio, quien junto con él había fundado el mayor despacho de abogados del país, que le gustaría dejar el trabajo para escribir su biografía. Comenzaba a sentir que estaba viejo y le gustaría que la posteridad no lo olvidara. Sampaio le había dicho que eso podía quedar para más tarde, había mucho qué hacer en la oficina. Y había añadido, ciertamente con razón, que la vida del viejo no daba material para una biografía que pudiera interesar a los otros. El tal Sampaio sabía que existe mucha gente que cree que su vida es muy interesante, pero no lo es. Otros creen que su vida es una mierda, y así es.

Lou llega cuando el viejo está sentado en el sillón contando su vida. Yo no atranco la puerta con cerrojo y ella entra y nos sorprende conversando. Al verla, la cara del viejo se alegra, parece dudar entre tener la compañía de ella o la mía, ahora que me volví una especie de confidente. Lou dice que se va a poner el uniforme. Voy tras ella.

"¿Cuál es el asunto que dejó al doctor Baglioni tan entusiasmado?"

"Su vida."

"¿En serio? Ahora vuelvo."

Entra al cuarto.

Regresa brillando, almidonada, perfumada.

"Voy a tomar un baño", digo.

Está en la puerta de mi cuarto, cuando salgo.

"¿Tomaste algún Lexotán?"

"Sí."

"Hum."

"Voy a hacer un telefonema antes de salir."

En esta ocasión el timbre del teléfono suena apenas dos veces y contestan. Es una voz extraña.

"¿Quién habla?", pregunto.

"¿Con quién quiere hablar?"

Mi oído late. Siempre que me siento en peligro mi oído late. Cuelgo el teléfono, sin saber qué hacer.

"¿Te incomodarías si duermo aquí hoy, durante tu turno?"

"Si no te metes en mi trabajo...", dice ella.

Me quedo en mi cuarto, acostado. Allá afuera se está poniendo cada vez más peligroso.

Lou toca en la puerta. "¿Quieres comer alguna cosa?", pregunta desde afuera. El día pasó rápido.

"No, gracias", grito desde adentro.

"Yo te lo traigo."

"No tengo hambre. Gracias."

Lou toca en la puerta. "¿Quieres tomar café?" La noche pasó rápido. "Ya voy", grito.

"¿Dormiste vestido?", pregunta Lou, en la mesa del café.

"No tengo pijama."

"Ni uniforme."

"¿Eres casada?"

"¿Por qué quieres saber?"

"Estaba pensando en tu marido."

"No tengo marido."

"Sujeto con suerte. Ése que no se casó contigo."

"Qué gracioso. Y tú, ¿eres casado?"

"Estuve casado con Gretchen."

Lou se ajusta los cabellos por debajo de la toca de enfermera.

Tiene muchas cosas en la mesa. Tomo té con leche y tostadas.

"¿Estás haciendo la misma dieta que el doctor Baglioni?"

"No tengo hambre por la mañana."

"Estás muy flaco. Van a pensar que tienes SIDA."

"Tengo."

"Esa broma no es graciosa."

"Gracias por el té." Tengo ganas de preguntarle qué perfume usa, pero me retiro de la mesa. El timbre del viejo suena.

Está afeitado, lavado y perfumado. "¿Ya se fue la muchacha?"

"Está acabando de tomar café."

"Cuando se vaya vienes. Tenemos que conversar."

Sampaio tenía razón. El viejo no tenía capacidad para escribir su propia biografía. Había estado casado con tres mujeres celosas y les tuvo miedo a todas, más a la primera que a la segunda y un poco menos a la última. La hora del almuerzo era perfecta para que se diera sus escapadas sin que la mujer con quien estaba casado desconfiase; por lo menos dos veces a la semana, durante más de treinta años, había inventado a la secretaria un almuerzo de negocios para poder meterse en la cama con otra mujer sin crear sospechas.

Su última mujer era la más tranquila de todas. Siempre se había casado con mujeres pobres. En el primer matrimonio él también era pobre, pero para el segundo ya era muy rico y la mujer era una joven de suburbio astuta y sin escrúpulos. Hay hombres que no pueden ser humillados, no porque no sientan las humillaciones, sino porque se consideran por encima de ellas. Así, las vejaciones a que esta segunda mujer lo sometió habían sido administradas con fiereza. Él se acostaba con ella en la noche imaginando la manera de hacerla volver al ostracismo de la pequeña clase media de donde la había sacado. Fingió, inclusive cuando le interesó, que no sabía nada de los amantes de su mujer, y aun se divirtió con el último de ellos, un gigoló que se decía metopomancista, llamado José de Arimatéia, probablemente un nombre falso.

"¿Metopomancista? ¿Qué mierda es eso?", pregunto.

El viejo sabe la razón por la que se acuerda de ese individuo, entre los varios amantes que conoció de su segunda mujer. Arimatéia le dijo, el día en que lo conoció, en una comida en su casa, organizada por su segunda mujer para presentar al sujeto en sociedad, que no era un cartomante, un quiromante, un charlatán, sino un científico que estudiaba el carácter de las personas por las líneas de la frente y hacía predicciones; que algunos llamaban aquella ciencia, erradamente, metoposcopía, lo que, además de etimológicamente incorrecto, recordaba la dactiloscopía, endoscopía y otras oscopías menos trascendentes. Arimatéia le preguntó si él, el viejo, sabía por qué las mujeres eran más misteriosas que los hombres.

"¿Sabes lo que me dijo el charlatán? Que las mujeres son más misteriosas que los hombres sólo porque esconden las arrugas de su rostro. Y el cretino me enseñó una lección. Yo nunca vi, hasta casarme, el rostro de mi segunda mujer sin que estuviera cubierto por un elaborado maquillaje, el mismo maquillaje que usaba cuando fue electa miss Nova Iguaçú Country Club y que ella creía que le daba el aspecto sutil y níveamente exótico de una actriz de teatro japonés."

En medio de la historia el viejo tiene un ataque de asma. Cojo la bomba de Berotec Spray y hago una aplicación en su boca. Está en las instrucciones. Como el ataque no pasa, le meto dos supositorios de Euflin infantil. Está en las instrucciones. Lou me explicó que antiguamente había un Euphyllin con ph y dos ll, un broncodilatador para adultos, pero acabaron con esa medicina e hicieron el Euflin de nombre simplificado para niños, pero niño y viejo es la misma cosa.

"Ahora descanse un poco. Cualquier cosa, toque el timbre." Dejo al viejo en la cama, extendido de espaldas y con las piernas cruzadas.

Lou está vestida con su otro uniforme, el de calle, jeans, tenis, camiseta Hering, bolso al hombro. Espero que salga y voy al cuarto del viejo. Él continúa en la misma posición, los pies cruzados. Abro el armario, cojo la caja de cigarros. Los dólares están ahí.

"¿Cambiaste de idea?", pregunta el viejo.

"No. Vine a ver si el dinero continuaba aquí."

"Ella es honesta. Trátala bien. Necesito más de ella que de ti." La voz del viejo aún no es normal.

"Descanse un poco más."

"Quiero ir a la biblioteca."

"Después del almuerzo."

"Quiero ir ahora."

"Sigo las instrucciones."

"Al infierno con las instrucciones."

"Cualquier cosa, toque el timbre."

Necesito telefonear, pero no puede ser desde la casa. Van a acabar descubriendo desde dónde telefoneo. Tiene que ser desde una cabina en la calle, pero no puedo salir ahora, mientras el viejo tiene un ataque de asma.

Ando por la casa. Suena el timbre.

"No quiero quedarme solo", dice el viejo.

Lo siento en el sofá del cuarto. "Voy a quedarme aquí, pero usted se queda callado, ¿está bien?"

Cierra los ojos. Abre los ojos, me mira. Cierra los ojos. Abre. Cierra. Duerme. Durmiendo me recuerda un perro viejo que tuve cuando fui niño.

Me echo en el sofá. Siento el olor de Lou, ella debe acostarse aquí durante la noche, vigilando al viejo, como una buena enfermera. ¿Por qué su uniforme no queda con un pliegue, un doblez, un surco, una pequeña arruga?

Después del almuerzo tomo al viejo en mis brazos y lo llevo a la biblioteca. Debía obligar al viejo a que caminara hasta allá, pero tiene miedo de apoyar en el suelo la pierna que se quebró, en la cual le colocaron una prótesis de metal, entonces camina descoyuntado, cojea, parece que se va a caer en cualquier momento. En la biblioteca hay un sillón grande, donde acomodo al viejo. Enciendo la bombilla de una lámpara alta al lado del sillón.

"Coge aquel Macauley, de tapa roja", dice. "Ahora sólo me gusta leer a los viejos historiadores. Burckhardt, Gibbon, Mommsen. Leo sin anteojos, ¿sabías?"

Encuentro el libro. Lo retiro del estante y se lo doy.

"¿Consigues leer esta letra pequeñita?"

El libro está escrito en inglés. "Sí."

"Entonces lee."

"He was still in his novitiate of infamy", leo.

"¿Lees inglés?"

Qué gran mierda. "Soy un buen enfermero", digo, pero no se da cuenta de la ironía.

"Macauley está hablando de Barere."

"¿Puedo dar una salidita rápida?"

"Eso no está en las instrucciones", dice el viejo. "Estoy bromeando. Puedes ir."

"Cinco minutos."

Checo si el cofre con las medicinas está bien cerrado, la cautela nunca está de más. Salgo. Llamo de la cabina.

"¿Dónde estás?"

"No importa", digo.

"Necesito hablar contigo."

"Habla."

"Tú mismo dijiste que por el teléfono era peligroso."

"Estoy hablando desde una cabina."

"Sigue siendo peligroso. Vamos a encontrarnos."

"Voy a pensarlo. Llamo después."

"Después puede ser muy tarde."

Cuelgo.

Compro el periódico. Nada. Tiro el periódico en un bote de basura.

El viejo está caído en el suelo, en medio de varios libros.

"Intenté agarrar el Burckhardt del estante y caí. Es este libro." Me muestra el libro que tiene en las manos.

Siento al viejo en el sillón. Me da el libro. "Quiero que me leas un fragmento de este libro."

Cojo el libro. "No leo alemán."

"Ah, ah", dice. "Yo te leo."

Traduce mientras lee, sin vacilar. Es la historia de un general y de dos habitantes de una ciudad que el general liberó de los enemigos. Todos los días ellos se reunían para ver de qué manera podían premiar al general, pero nunca encontraban una recompensa digna del gran favor que les había hecho. Finalmente uno de ellos tuvo una idea. Matar al general y entonces adorarlo como santo patrono de la ciudad. Fue lo que hicieron.

"¿Entendiste?"

Qué gran mierda. Hace mucho tiempo dejé de dar importancia a lo que se lee en los libros.

"Encuentro su vida más interesante."

"¿De verdad?" Arroja el libro al suelo y retoma, alegremente, su historia.

El metopomancista le había enseñado una lección. Así, al conocer a su futura tercera mujer, la primera cosa que el viejo le pidió fue que se lavara el rostro. Y por detrás del maquillaje, pues también esta mujer se maquillaba con perfección, descubrió trazos melancólicos, de tristeza y de muerte, que hicieron que él gustara más de ésa que de todas las otras. Pero continuó teniendo aventuras amorosas, eran mucho más excitantes cuando estaba casado. Tal vez por eso se había casado pronto y había permanecido soltero tan poco tiempo, entre una esposa y otra.

Cuanto más dinero ganaba, cuanto más poder ejercía, era mayor su deseo por las mujeres. Celebró, jodiendo, los nombramientos que consiguió para cargos de desembargadores y ministros del Supremo, la influencia que ejerció en las elecciones de todo tipo que manipuló, hasta en pleitos mundanos, como los de las academias de letras y de medicina. Un día, en febrero, un día después de cumplir sesenta y nueve años, al conseguir la nominación de un ministro cretino que casi derrocó al gobierno, prefirió ir a almorzar con un abogado del despacho, cancelando la cita con una bella mujer, a la que le había dado mucho trabajo convencer de ir a la cama con él. Ya hacía algún tiempo que gustaba de comer y beber en cantidades cada vez mayores; intentó, inútilmente, impedir el aumento del diámetro de su cintura con tés y píldoras homeopáticas y masajes diarios por la mañana, ante de salir al despacho. La protuberancia flácida de su barriga, las nalgas grandes y cuadradas, los pechos caídos que si no estuvieran cubiertos de pelos podrían recordar los de una mujer vieja, el pene que se quedó delgado, largo y flojo, cada vez más parecido a una tripa congelada y vacía, todo eso venía desde hace algún tiempo exigiéndole algunos cuidados en los encuentros amorosos. Evitaba los cuartos con espejos, principalmente en el techo: las mujeres cuando fornican en cuartos con espejos en el techo quedan fulminadas con el reflejo del propio cuerpo, pero en ciertos momentos miran también el cuerpo del compañero. Así, las luces debían estar apagadas, la penumbra era el máximo de claridad aceptable en el cuarto; en el acto de vestirse y desvestirse había un sentido de oportunidad de ser obedecido, un momento preciso de quitar la camisa, el pantalón, los calzoncillos, de entrar en la cama y salir de la cama; la distancia cierta entre él y su pareja tenía que ser rigurosamente establecida, cuanto más cerca mejor. Y después del sexo era preciso impedir que la mujer notara que su semen era escaso y ralo como leche C aguada. Era necesario dejar preparada la bañera y conducir rápido a la mujer hasta ella, y lavarle el coño fingiendo que esto era un gesto de cariño sumiso. Coger demandaba una rigurosa enseñanza, una extenuante actuación teatral. Para no hablar de los problemas de naturaleza variada que cualquier mujer que va a la cama con un hombre le crea.

En un febrero caliente y húmedo, en vez de buscar nuevas mujeres, pensó en las que ya había tenido; o bien imaginó, sólo fantaseó, cómo sería copular con las mujeres bonitas con quienes se cruzaba en las comidas sociales, sin siquiera involucrarse con ellas, apenas satisfaciéndose con conversaciones maliciosas, seductoras, a pesar de ser inocuas.

"Siempre quise morir despacio, sin prisa. Mi mayor pavor en la vida siempre fue morir súbitamente, sin poder organizar mi vida."

"Ya me dijo eso. Se está repitiendo. Creo que es mejor descansar un poco."

Cargo al viejo en mis brazos y lo llevo al cuarto. Le doy dos Lexotanes. Me imagino que soy el viejo, mientras espero que se duerma. Meto el dedo en mi nariz y no siento pelos. No veo pelos saliendo por su nariz, Lou debe haberlos cortado todos. Necesito echar una mirada a mi verga.

El tiempo está pasando, tengo que actuar, hacer alguna cosa; no podrá ser por el teléfono, puede estar intervenido. Si consiguiera descifrar aquellos códigos; vidrio molido en el borscht, los sujetos orientándose por el trueno, ¿qué mierda será eso?

El viejo duerme. Reviso el cofre. Salgo a la calle. Telefoneo de la cabina.

"Necesitamos vernos."

"Aún no", digo, "pusieron vidrio molido en mi borscht." Espero la reacción del otro lado.

Silencio.

"Ellos se orientan por el trueno."

"No estoy entendiendo."

"Por el brillo del relámpago."

"Sigo sin entender. Necesitamos vernos."

Cuelgo.

Al día siguiente el viejo despierta somnoliento, abatido, apagado. Dos Lexotanes juntos es demasiado para él. No tiene hambre y no me cuenta la historia de su vida.

Lou llega. Pregunta qué hay con el viejo. No menciono los dos Lexotanes.

Me gusta el perfume de su cuerpo. Cuando Lou ríe aparece un poco de su encía, una carne roja y saludable. Vista sin prejuicios es bonita. Pero hoy, quitando el perfume, no se ve bien, y no es sólo preocupación por el viejo. Alguna cosa le ocurrió. En cuanto se va a cuidar al viejo preparo café para los dos. Sé que a Lou le gustan las tostadas con jalea de frambuesa y café con leche.

"Vamos a hacer las paces", le digo.

Lou sorbe, pensativa, un pequeño trago de la taza. "No estoy peleada contigo."

"Hice el pan tostado como te gusta, con frambuesa."

"Gracias", dice, intentando sonreír. Apenas da una mordida a la tostada.

Le digo que voy a quedarme en casa, hoy también. Ella nuevamente dice que no le incomoda. Voy a mi cuarto.

A la hora del almuerzo le pregunto cómo está el viejo y Lou responde que ya está bien.

Paso el día en mi cuarto y salgo sólo dos veces para comer alguna cosa. En una de esas veces la sorprendo llorando, pero finjo que no vi nada.

Por la mañana continúa triste y siento ganas de abrazarla y besarla. Lou se va sin que consiga decirle una palabra de ánimo.

El viejo, como siempre después de ser tratado por Lou, está alerta, además de limpio y perfumado.

"Siéntate ahí y oye", dice el viejo.

Como sentía muchos dolores, cuando pensaban que iba a estirar la pata, los médicos le daban morfina. Era bueno tomar morfina. El dolor pasaba y él volvía a tener treinta años de edad y a sumergirse en las aguas tranquilas de una playa del Nordeste, protegida por arrecifes que tranquilizaban y calentaban las olas. Mientras buceaba en esas saladas aguas tibias, venían a su mente escenas con mujeres que había tenido, las otras, no sus mujeres, que él recordaba como si estuviera en un teatro. Solange, sentada en la cómoda baja del departamento del Plaza Athénée, las piernas dobladas de manera que sus pies también descansaban sobre el mueble, él frente a ella, las cabezas al mismo nivel, y el pene sin necesitar ser guiado por la mano de él o por la de ella encontraba su tupido encaje. Sara, a quien esperaba desnudo, caminando de un lado a otro del departamento, y cuando ella llegaba le arrancaba con furia las ropas y comenzaba a poseerla en pie, en la salita de la entrada. Sonia, en la lancha durante una tempestad fuera de la barra, los dos imaginando que morirían tragados por las aguas mientras trepaban a la cabina balanceante. Silvia, la mejor amiga de su primera mujer, cogiendo con ella en el cuarto de visitas mientras la mujer tomaba un baño en el piso de arriba. La morfina lo hacía acordarse de las mujeres en grupos de nombres que comenzaban con la misma letra. Otro día eran Martha, Myrthes, Miriam. Después, Heloisa, Helga, Hilda. Había podido con todas las letras del alfabeto.

Ahora no le da placer recordar sus proezas libidinosas. Sólo le queda una alegría, que podría llamar erótica, pero que prefiere considerar estética. Pero eso no me lo cuenta, lo sabré después.

"Pero no morí, ¿entiendes? Me vengué de mis mujeres, de mis enemigos, de algunos, por lo menos, y por una ironía del destino acabé castigado yo mismo con ese grotesco libro de encomios, sufriendo un castigo aún mayor que el que les cogido a los otros."

Había sido invitado y había aceptado participar en todas las grandes fiestas que ocurrían en el país, en todos los banquetes de inauguración presidencial, en todas los bufetes de lujo; aparecía por lo menos una vez a la semana en las columnas de sociales de los principales diarios de Rio y São Paulo. Otro escribió sobre los viajes que había hecho. Sobre el besa-manos al papa. Todas esas grandes mierdas.

"Pasaré a la historia como un arribista gozoso."

"¿Cómo se vengó de sus mujeres?"

"De una, asistiendo con placer a su muerte por cáncer. De otra, mandando matarla. Ella había sido miss Guadalupe Country Club."

"Usted me dijo antes que ella fue miss Nova Iguaçú."

"Guadalupe. Cuando tenía acceso a caviar gratis comía como un puerco, sabiendo que le causaría una fuerte diarrea. Mentía hasta cuando decía que había leído *El principito*. ¿Crees que soy un monstruo?"

"No sé."

"Un día llegué a casa inesperadamente y ella estaba en la cama con un sujeto que decía estar enseñándole historia del arte. Lo dejé pasar. Pero cuando el profesor de tenis la abofeteó en la cancha del Country Club por celos de otro amante, aquello fue demasiado. Es fácil mandar matar a una persona cuando tienes poder y voluntad. Más aun si eres alguien que tiene en su genealogía cardenales, condottieri, artistas y mafiosos, como yo. ¿Ya oíste hablar de los Baglioni de Perugia? Siglo XV, Italia. Son mis antepasados. Están en Burckhardt."

Qué gran mierda. "No. ¿Y la tercera? Aquélla que no usaba maquillaje y que por las arrugas del rostro usted sabía que era una buena persona."

"Ella se mató. Sobre eso no quiero hablar. La culpa fue mía. Hay pecados tan grandes que sólo pueden ser purgados por la absolución."

"Y usted se siente perdonado."

"Desgraciadamente."

"Veo que está sufriendo, con ese perdón."

"Sufro más con ese indestructible libro de lisonjas."

Entonces repite una vez más que compró todos los libros que encontró y los destruyó, pero que sobraban muchos libros regados por Brasil y por el mundo, y habla de la coacción y todo lo demás.

Está muy cansado.

"Creo que es mejor descansar un poco."

"Sí, después continuamos."

Me echo en el sofá, para vigilar al viejo, pero también para sentir el perfume de Lou. Duermo y sueño con ella. Meto la mano por entre los botones de su inmaculada blusa blanca de enfermera y acaricio su pequeño seno. El sueño es sólo eso.

Por la mañana, mientras le doy el baño de esponja al viejo, pienso en Lou. Hoy es el día que ella viene. El viejo me hace nuevas confidencias, oigo las infamias que cometió, sus fanfarronadas ("cogí con la madre y la hija"), sus máximas ("las mujeres bien casadas son las mejores amantes", "el poder aumenta el deseo sexual", "un hombre debe perder los dientes aún joven para que esa privación no interfiera con su libido"). Se refiere, por centésima vez, a la frustración que sintió al prepararse para morir y no haber muerto.

"Los médicos me dijeron que podía quedarme tranquilo pues tenía aún seis meses de vida. Me podía preparar para morir y me preparé. Los idiotas de los médicos tardaron en descubrir que tenía una enfermedad que iba a hacer de mí un inválido pero no me mataría. No voy a morir nunca."

"Usted ya me contó eso."

Quiero que Lou llegue ya, haber soñado con ella me dejó ansioso. No tengo paciencia para oír las historias del viejo. Me cae bien, sólo que no tengo mucha paciencia hoy.

Lou llega con su uniforme de calle, jeans, camiseta blanca, bolso al hombro, tenis. Continúa triste. Entra al cuarto. Reaparece con su uniforme perfecto. Le voy a decir que soñé con ella y que en el sueño metí la mano dentro de su blusa y le acaricié un seno. Pero como su rostro está muy triste pregunto antes: "¿Estás triste? ¿Qué te ocurrió?"

"Mi novio me dejó."

Espera, tal vez, que le diga alguna cosa, pero me quedo callado.

"Me dejó por otra mujer."

Como no digo nada, Lou se dirige al cuarto del viejo.

Los periódicos no dan la noticia que me interesa y no debo hacer llamadas telefónicas, pues pueden descubrir mi dirección. Lo mejor para mí sería dormir en el departamento del viejo, pero creo que es mejor no quedarme solo con una mujer cortada, es cobardía. Le digo a Lou que volveré antes de las nueve. Como siempre, me voy a un hotel diferente, ahora al Apa, en la calle Barata Ribeiro. Como siempre, uso mi tarjeta de identidad falsa. En el cuarto, me quito los zapatos y me echo en la cama. Pienso en Lou. No dio ni para decirle que había soñado con ella, decir eso a una mujer abandonada es sucio. Por la noche salgo. De pie, en un bar cercano, como un sandwich de queso y bebo una cerveza.

Duermo sentado en la silla del hotel y sueño nuevamente con Lou, pero es una pesadilla, estamos en la cama y ella se transforma en Gretchen y escapa de mi abrazo como un globo que se agujera. Llega a hacer aquel ruido del aire escapando por el agujero.

Como siempre, la puerta del departamento del viejo está cerrada con el seguro por dentro y tengo que tocar el timbre para que Lou abra la puerta.

El viejo se comporta de manera exquisita, pero no logro que ella me explique qué significa eso. Siento su perfume. Ella me dice que hoy ella preparará mi café, pero no sabe lo que yo quiero.

"Con un cafecito está bien."

Lou no parece tan deprimida. Aún continúa triste, pero parece haber tomado una decisión, lo que siempre pone a las personas más fuertes.

Durante el café me observa.

"Nunca fuiste enfermero. Lo sé."

No es una recriminación. Es curiosidad.

"Hace mucho tiempo me hice cargo de un viejo en la playa de Flamengo. Mientras él moría yo pasaba los días leyendo los libros de su biblioteca y las noches cogiendo con una muñeca de plástico."

"¿Una muñeca de plástico? Qué cosa más triste."

"Yo era un niño."

"¿Y te gustaba? ¿La muñeca?"

"Yo era un niño solitario. Con Gretchen conversaba."

"¿Qué pasó con ella?"

"Se agujeró. Me consiguieron otra, llamada Claudia."

"¿Otra muñeca de plástico?"

"Sí."

"¿Qué pasó con ella?"

"Dejé de ser un niño, me cansé de jugar con la muñeca."

"No estás jugando conmigo, ¿o sí?"

"No."

"¿Y ahora? ¿Qué haces realmente?"

El timbre del cuarto del viejo interrumpe nuestra conversación.

"El viejo está llamando. Hasta el miércoles", le digo, despidiéndola.

Voy a ver al viejo.

"¿Se fue la niña?"

"Está saliendo."

"¿Ya habías conocido a otro asesino antes?"

"Ya."

"¿Y los despreciaste? ¿Los odiaste? ¿Temiste?"

"No."

"¿Has matado a alguien antes?"

"Sí."

"¿Qué sentiste?"

"¿Y usted? ¿Qué sintió al matar a su mujer?"

"Nada, al principio. Pero como abogado y como cristiano sabía que matar a alguien, además de un crimen, era un pecado. Podía ir al infierno por eso. Entonces me arrepentí y me confesé. Estaba arrepentido y fui absuelto. Voy a ir al cielo, ¿entiendes? Pues mi arrepentimiento fue genuino. La justicia divina tiene sutilezas que la justicia de los hombres no tiene. Pero no es ese perdón el que me angustia."

"¿Quiere que lo lleve a la biblioteca?"

"No. En verdad empiezo a desconfiar, creo que Macauley es un idiota. Los otros, aunque hayan escrito cosas interesantes sobre mis antepasados, son también unos idiotas. Todo me cansa. Ya no encuentro gracia en la desnudez de Lou. Heráclito decía que nada hay permanente, a no ser el cambio. Es mi hora de cambiar. Pero no quiero ir al cielo."

"Eso no tiene que ver conmigo."

"Sí tiene."

"No quiero oír su proposición."

"Hay mucho dinero en aquella caja de cigarros."

"No me interesa."

"Por favor. No quiero ir al cielo."

Súbitamente está llorando. Su voz es delgada y suplicante, como la de una criatura. "Por favor, ayúdame, no quiero ir al cielo."

Espero que deje de llorar.

"Está bien", digo. "Por mí se puede ir al infierno."

Me explica cómo puedo ayudarlo. Un vaso de agua y dos cajas de Lexotán. Cada caja tiene veinte comprimidos pequeños, de color rosa. Nombre genérico bromazepán.

Coloco un vaso y una jarra con agua y dos cajas de comprimidos sobre su buró. Está acostado, con las piernas cruzadas.

"Desde el principio supe que podía contar contigo. Levántame para que quede recostado en las almohadas."

"¿Está seguro de que no quiere ir al cielo?"

"Tú me entiendes."

Los comprimidos de Lexotan son pequeños y los traga de dos en dos, sentado, las espaldas apoyadas en las almohadas.

"Alguna vez quise vivir mucho tiempo, para ver a todos mis enemigos morir. Pero luego que muere un enemigo te acuerdas de la existencia de otro. O inventas otro. Nunca se acaban."

Los cuarenta comprimidos son tomados con varios vasos de agua. La jarra queda vacía.

Vuelve a extenderse en la cama, con las piernas cruzadas.

"Tengo que morir solo."

Agarro la caja de cigarros con los dólares. Voy a mi cuarto.

Mucho tiempo después el timbre suena y voy al cuarto del viejo, pero no fue él quien tocó el timbre. Está inmóvil en la cama, con las piernas cruzadas. El rostro, sereno, no es el de quien se fue al purgatorio o algo peor.

El timbre es de la puerta de la calle. Lou.

"Vine a terminar nuestra conversación. ¿Puedo entrar?"

Me hago a un lado. Entra.

"¿El doctor Baglioni?"

"Está durmiendo."

"¿Estás sorprendido de que haya venido hoy mismo? ¿A esta hora?"

"No mucho. Ponte el uniforme de enfermera."

Va al cuarto. Oigo la alarma de un carro en la calle. Arranco el cable del teléfono de la sala.

El uniforme blanco de Lou no tiene ni una arruga. Se acerca a mí. Sus ojos castaño claros tienen una línea verde en torno del iris. Delicadamente abro el botón de la blusa blanca de Lou y acaricio uno de los senos. Lou cierra los ojos. Vuelvo a abotonar la blusa. Lou me mira como si supiera quién soy, como si no hubiera más barreras entre nosotros y ahora pudiera confiar en mí.

Coge mi mano. Vamos a su cuarto. Siento el perfume. Se quita el uniforme. Quedo desnudo antes que ella, tengo menos ropa que quitarme.

En la cama dice cosas incomprensibles, mezcladas con gritos y suspiros. Se entrega con esfuerzo, quiere gozar.

Después duerme, un brazo sobre mi pecho. Despierta, por un breve momento y me pregunta "¿soy mejor que la muñeca de plástico?", y le respondo que sí.

Me quedo despierto el resto de la noche, pensando. Ya casi de mañana ella despierta. Se despereza.

"¿Quieres más?", me pregunta tímidamente, sabiendo que eso la vuelve más seductora. No tengo ganas, pero le digo que sí. Ahora está más tranquila y se deleita, sin gritos, se nutre, sin suspiros.

Lou va a bañarse. Continúo en la cama, pensando. Ella vuelve desnuda del baño.

"¿Quieres que me ponga el uniforme?"

"No. Puedes ponerte la otra ropa."

Lou tiene un cuerpo bonito, cuando se mueve sin preocuparse por mi presencia.

"El viejo me dijo que ya no hallaba gracia en tu desnudez."

"¿Dijo eso?"

"¿Te quedabas desnuda frente a él?"

Tarda en responder. "Me quitaba la ropa y él pedía que anduviera por el cuarto. Pero nunca me tocó. Era una cosa rápida. Luego se dormía. Una vez lloró. No, dos veces lloró, pensando en la vida que llevaba. ¿Estás enojado?"

"No. Cuando él dormía tú te acostabas desnuda en el sofá y dormías también."

"¿Cómo lo sabes? ¿El doctor Baglioni te lo contó?"

"Tu uniforme lisito. Y el aroma del perfume en el sofá."

"Tengo hambre", dice Lou.

Le preparo café con leche. Pongo jalea de frambuesa en la tostada.

"El viejo murió."

"¿Qué?"

"El doctor Baglioni murió."

"Dios mío. ¿Por qué no me lo dijiste? Él muerto y nosotros, nosotros haciendo aquello."

"Se mató. Tomó cuarenta comprimidos."

Lou se levanta y corre al cuarto. Se inclina sobre el viejo. Está muerto y helado.

"Miserable", dice Lou.

"Pidió que lo dejara solo."

Llevo a Lou a mi cuarto. Agarro la caja de los cigarros llena de billetes de cien dólares.

"Me dijo que te diera esto." Finalmente ella desfiló desnuda ante de él, le dio las últimas alegrías.

"Tú mataste al doctor Baglioni", dice, con un suspiro hondo.

"Anda, coge esto."

"No quiero ese dinero."

"Tienes que aceptarlo. Fue su última voluntad."

Agarro la maleta y coloco en ella mis cosas. Lou me mira, confundida.

"Llama al médico, su nombre está en las instrucciones, y dile que por negligencia mía el viejo tuvo acceso a las píldoras. Yo te llamé y cobardemente dejé la bomba en tus manos. No te preocupes. El médico hará el certificado de defunción, el abogado dispondrá el entierro. El nombre del abogado también está en las instrucciones. Nadie va a incomodarse con su muerte."

"Yo sí."

"Nadie más. No te preocupes. Disculpa que te deje todo este trabajo a ti. Tengo mis razones."

"¿Vamos a vernos nuevamente?"

"No sé."

"Dame tu teléfono."

"No tengo teléfono."

Ella escribe en un papel sus direcciones y sus teléfonos, de la casa, del hospital. Me agarra, me besa en la boca. Me cuesta deshacerme de su abrazo.

"Voy a llevarme este libro." Tomo el libro de los panegíricos.

"No me abandones", dice Lou, en la puerta.

En la calle, luego de destruir la tapa y arrancar la mayoría de las páginas del libro, arrojo todo a la basura. Mi homenaje al viejo.

Voy al hotel Itajubá, en el centro de la ciudad.

Me quito los zapatos, me acuesto y espero a que llegue la noche.

# El agujero en la pared (1994)

# El globo fantasma

Un globo gigantesco, el más grande del mundo, dijo el informante.

¿Dónde?, pregunté.

Todo lo que sé es que ya compraron diez toneladas de papel de seda.

Así son los informantes: oyeron decir, sólo saben la mitad, la mitad que es falsa.

Yo formaba parte de un Grupo especial creado para estudiar y proponer maneras de evitar que los globeros construyeran y soltaran globos, sobre todo durante el mes de junio, en las fiestas dedicadas a San Juan y San Pedro, los santos de los coheteros. Los globos eran ilegales. Al caer incendiaban la vegetación de los parques de la ciudad, instalaciones industriales, residencias particulares. Se habían hecho campañas publicitarias, con la colaboración de los medios, sin resultado.

Yo era el representante de la policía en el Grupo. Los otros miembros eran dos mujeres, una del ayuntamiento y la otra de la agencia federal responsable del medio ambiente. Siempre me gustó trabajar con mujeres. Las dos eran inteligentes y dedicadas. Y también fanáticas de la ecología, para ellas el árbol era la mejor cosa que existía en el mundo. Creían que el problema tenía una solución simple: cárcel para los globeros. En junio los cielos se llenaban de globos y junio estaba por llegar y sabía que mi vida se convertiría en un infierno. Además, por si fuera poco, cometí la imprudencia de contar a mis compañeras del Grupo la historia del globo de diez toneladas de papel de seda. Las dos quedaron indignadas.

Ya me imagino el tamaño de la mecha de un globo como ése.

Está preocupado por el tamaño de la mecha, no por las calamidades que puede causar, dijo Marina. Tienes hombres, armas, la ley, ¿por qué no acabas con esos globeros?

El problema es muy complicado.

Ya oímos esa disculpa antes, dijo Marina.

Y ese globo gigante es sólo un rumor.

Vamos a suponer que no sea sólo un rumor, dijo Fabiana. Encarcelar a los responsables de ese superglobo serviría de ejemplo, tendría un efecto persuasivo.

Los portugueses trajeron el globo a Brasil hace cientos de años. Pero, como ocurre con todas las tradiciones, el tiempo acabará también con ésta. La urbanización...

Mientras tanto los bosques y los cerros de la ciudad se incendian, cortó Marina. Finalmente, ¿qué es lo que estás haciendo en este grupo?

Vivía provocándome, pero yo nunca perdía la paciencia con ella. Ni con nadie.

Por favor, dijo Fabiana.

Todo lo que pedía Fabiana, yo lo hacía. Incluso cuando era una pérdida de tiempo.

En dos días coloqué seis detectives en la calle recorriendo los suburbios, infiltrándose, sólo para descubrir dónde iba a ser construido el megaglobo, si es que fueran a hacerlo. Conseguí en el Gabinete que me cedieran al detective Diogo Cão* para ese trabajo.

En la reunión semanal del Grupo relaté a mis colegas las prevenciones que estaba tomando. Hablé de los seis detectives, principalmente de Diogo Cão. Él nos va a ayudar mucho, agregué.

¿Cão? ¿El policía se llama Cão?

¿No hay gente que se llama Gato? ¿Pinto? ¿Leitão?** Diogo Cão es de familia portuguesa. Es posible que descienda del navegante del siglo cuatrocentista.

Estás rehuyendo el asunto. ¡El bosque se va a incendiar!, dijo Marina.

Diogo sabe todo sobre el globo. Me dijo que los incendios son causados por los globos pequeños. Los globos grandes son hechos por especialista y se apagan cuando aún están en el cielo. Cuando caen, la mecha ya no arde.

No les conté que a veces, por un defecto de la mecha o de la estructura, los globos grandes estallan, lo que en el lenguaje de los globeros significa que se incendian. Y al caer incendian todo lo que está abajo.

---

* Cão significa perro. (N. del T.)
** Pinto es pollo, Leitão es lechón; ambos suelen utilizarse como apellidos. (N. del T.)

Ahora además esa falacia, los globeros se preocupan por el medio ambiente, dijo Marina.

Lo que ellos quieren es recuperar el globo, admití.

Necesito hablar contigo, dijo Fabiana.

Cão policía, una combinación perfecta, dije bromeando, y ellas me miraron de soslayo.

Me urge hablar contigo, repitió Fabiana.

Ya me voy, dijo Marina, que sabía de mi relación con Fabiana. Al salir nos miró, balanceó la cabeza y azotó la puerta.

¿Vamos al cine?

No tengo ganas de ir al cine.

Vamos a buscar comida china.

No tengo ganas de comida china.

Vamos al centro comercial a comprar un CD.

Llévame a mi casa. Tengo dolor de cabeza.

Cuando llegamos, en la puerta de su casa, le pregunté si podía subir.

Hoy no.

Me muero si no tomo de tu café con leche, ahora, me muero.

Ya conozco todos tus trucos, deja de hacer el ridículo.

Estoy hablando en serio.

Soy yo quien necesita hablar de un asunto muy serio contigo.

Entramos al departamento. ¿Vas a hacer café con leche?

No. Tengo que decirte una cosa.

Después, mi amor.

Ahora, necesito hablar ahora.

Te amo, dije, abrazándola.

Yo también te amo. Tengo que decirte una cosa.

Después.

Fuimos a la cama.

Ir a la cama con ella era la mayor felicidad que la vida me daba. Nos poníamos alegres y reíamos y sudábamos aun con el aire acondicionado de tanto rodar en la cama, y en los intervalos tomábamos café con leche que ella hacía echando café soluble en la leche hirviendo, y yo salía de ahí en la madrugada para que ella pudiera dormir, pues no sé dormir con nadie, ni siquiera con la mujer que amo, y decía en voz alta su nombre al sol, si el sol ya había aparecido, a la lluvia, cuando llovía, Fabiana, a los carros que pasaban. Y ella siempre sentía dolor en los músculos de las piernas al día siguiente.

Aquella noche no se rió ni una vez siquiera. Mientras me vestía, repitió muy seria, tengo que decirte una cosa.

Mañana. Ahora duérmete.

Hoy. Ese globo es una cosa monstruosa. Todos los globos son una cosa monstruosa. Los globeros son una banda de criminales.

¿Por qué no una banda de soñadores? El sueño de Bartolomeu Lourenço de Gusmão. De los Montgolfier.

¿Lo ves? Marina tiene razón. Tú simpatizas con ellos, estás de su lado.

Son comunidades enteras las que hacen el globo, hombres, mujeres, viejos, niños. Sólo quieren ver cómo sube el globo hacia el cielo, lo más alto que sea posible.

¿Comunidades enteras? Qué justificación más idiota. Si comunidades enteras practican el linchamiento, ¿te pones de parte de los asesinos? Estamos perdiendo el tiempo con tu sociología equivocada.

No estoy del lado de nadie. No le caigo bien a Marina.

Soñadores fueron los que hicieron el bosque de Tijuca, años y años en un trabajo de amor. Sabes que Rio es la única ciudad en el mundo que tiene en su perímetro urbano un bosque, la Floresta de Tijuca. ¿O no lo sabías?

Sí.

Y esos globeros cretinos todos los años destruyen un pedazo del bosque y tú los llamas soñadores. Necesito decirte una cosa.

Entonces dime lo que necesitas decirme. Pero antes recuerda que hice un esfuerzo demente para conseguir a seis detectives y además a Diogo Cão para que hicieran esa investigación idiota sobre un globo gigante que probablemente nunca será hecho y que si fuera hecho sólo será uno más entre miles. Miles, mi amor, pon eso en tu cabeza, son muchos miles los globos fabricados en esta época del año y hay decenas de miles de personas envueltas en esto. Cuando soltar un globo no era un crimen, los globeros imprimían invitaciones convocando al pueblo a que asistiera al lanzamiento de los globos grandes. Y el globo tenía nombre y celebraba alguna cosa, un santo, un acontecimiento, una fecha histórica, un deseo. Y los poetas de la comunidad escribían odas al globo, que eran cantadas durante el lanzamiento. Ahora dime lo que estás queriendo decirme.

Qué bueno que se prohibió esa perversidad cultural.

Di lo que me quieres decir.

No lo dijo inmediatamente. Salió de la cama enredándose en la sábana para que no viera su cuerpo desnudo, cosa que nunca había ocurrido, a no ser en los primeros días. Se enjugó los ojos en la sábana, cuidándose para que no se descubriera ninguna parte íntima de su cuerpo. Lo que Fabiana iba a decir era algo serio, ella sólo muy raramente lloraba.

Anda, puedes hablar, no aguanto verte llorar y no voy a dejar de amarte, no importa lo que me digas.

Marina y yo estamos escribiendo un oficio para el secretario de Seguridad Pública pidiendo que se designe a otro delegado en tu lugar para integrar el Grupo.

Deja de llorar, mi bien. ¿Qué es lo que dicen ustedes para argumentar mi sustitución? ¿Que soy incapaz? ¿Flojo?

No con esas palabras.

¿Incompetente? ¿Negligente?

El Grupo se reúne desde hace casi un año y no se ha hecho nada. Te pedí que aprehendieras a los globeros que están construyendo ese monstruo y tú no le diste importancia.

Ese globo no existe.

Marina dice que estás del lado de ellos.

¿Y tú? ¿También lo crees?

No sé. Sí, lo creo. ¿Estás enojado conmigo?

¿Enojado? Ese es el nombre de uno de los enanos de Blanca Nieves.

Pero no me hizo gracia ni a ella le hizo gracia y pasé la mano con suavidad sobre su cabeza. Ahora lloraba sin ocultarlo.

Cuídate, pequeña.

Yo nunca había salido de su casa sufriendo. Todo por causa de un maldito globo fantasma. Todos los bosques del mundo no valían el amor que yo sentía por Fabiana, pero aquel bosquecito de mierda trepado en las cumbres de la ciudad, cuyo árbol más antiguo tenía la edad de mi abuela, valía más que el amor de Fabiana por mí. Las mujeres, pensaba yo mientras caminaba por la calle oscura, no sabían amar como los hombres. Nosotros, los hombres, habíamos inventado el romanticismo y el suicidio por amor, por ellas teníamos el coraje de parecer payasos, de ser asesinos, ladrones. Pensé en los suicidas que conocía. Pero no había ningún hombre, sólo mujeres, que por amor se habían cortado las muñecas, tomado barbitúricos, encendido fuego en los vestidos, arrojado frente al tren, arrojado por la ventana, ahorcándose, sólo mujeres. El único hombre de quien me acordé fue Werther. Ése no valía. Las mujeres sí sabían amar. Entonces me entró añoranza por Fabiana y empecé a decir su nombre en medio de la calle y un mendigo que intentaba dormir debajo de una marquesina se me quedó viendo y yo le dije ven acá y no vino y yo le grité ven acá, te lo ordeno, y vino aterrado y le dije repite conmigo Fabiana, Fabiana. Y nos quedamos los dos diciendo Fabiana, Fabiana, y después le di el billete de más valor que tenía en el bolsillo y regresó abajo de la marquesina. Y cuando yo ya estaba lejos gritó Fabiana, ya acostado, haciendo ademanes con la mano, y yo le grité Dios te bendiga mi buen mendigo, haciendo ademanes también. Pura telenovela de las seis.

Al día siguiente, en la delegación, mandé llamar a Diogo Cão.

¿Qué hay?

Quizás sí existe el globo. Quizás lo van a hacer, quizás. Y si lo hacen, va a ser en la Baixada. En Caxias contrataron a un meteorólogo para saber con certeza la dirección y la hora de los vientos buenos. Tengo el ojo puesto en Caveirinha, para descubrir quién se va a quedar con él. Nadie sigue mejor a los globos que Caveira, conoce todos los caminos de la ciudad y todos los caminos de la Baixada y todas las carreteras que van a dar a Minas, São Paulo y Espírito Santo. Ya hubo un globo grande que atravesó las fronteras. En el volante de una pick-up él es mejor que Senna piloteando el McLaren. Si Caveira fue a Caxias, ya es una pista. São João de Meriti y Caxias se están disputando a un americano que trabajó soltando cohetes en Cabo Cañaveral, el gringo vino al carnaval, se piró y se quedó. Son los dos grupos que están invirtiendo más, por lo visto. Vamos a ver para qué lado va el rastreador Zé de Souza.

El tiempo está pasando, Diogo. Mis colegas del Grupo dicen que ese globo va a causar un gran incendio.

¿Cuál globo, doctor? Nosotros no sabemos nada. El Caveirinha y el Gringo apenas pueden significar que se harán los globos de siempre.

Supongamos que el globo fantasma existe. Y que está siendo hecho por partes, en locales diferentes, para que no lo descubramos, y después van a juntarlo todo, enciendan la mecha y sueltan el animal. ¿No puedes descubrir algo?, ¿algún soplón?

Después de que se prohibió soltar globos ya nadie abre el pico. Es una especie de religión.

Cristianos en las catacumbas.

Algo así. ¿Se acuerda, doctor, de aquel avión francés que los terroristas secuestraron? Un pasajero que iba en el avión dijo que estaba tranquilo hasta que los secuestradores se reunieron en un rincón y empezaron a rezar. Entonces se dio cuenta que aquellas oraciones significaban que los pasajeros estaban jodidos. Enseguida empezó la matanza de rehenes. Eso es la religión. El globo es la oración de los globeros. Usted puede traer a uno de ellos hasta aquí y arrancarle los cojones con unas pinzas, que él no dirá nada. Y los cojones son el bien más preciado de un hombre, ¿no es cierto?

Es cierto, respondí, pensando en Fabiana.

Usted sabe que Zé de Souza es mi amigo, ¿verdad?

Me estoy enterando ahora.

Zé de Souza un día me dijo que se caga en la ley de los tribunales y en la frescura de los ecologistas. Nuestra lucha, me dijo, es contra la ley de Newton. Cuando le hablé de los bosques me respondió que se jodan los bosques, los bosques se incendian desde hace millones de años y el mundo no se ha acabado.

Diez toneladas de papel de seda hacen un volumen enorme, dije.

Puede ser una exageración de quien dio el pitazo. Ya investigué, nadie vendió esa cantidad de papel.

Pudieron haberlo comprado en varias ciudades, en pequeñas cantidades, en fechas espaciadas. Brasil es grande.

Puede ser. Pero tengo mis dudas.

Cão, ¿alguna vez te pedí una cosa diciendo que era asunto de vida o muerte?

No, señor.

Este es de vida o muerte.

Entiendo. Pero el globo es una cosa bonita, ¿o no, doctor?

Un incendio también.

La cosa más bonita que he visto fue el incendio de la refinería.

Lo bello horrible, Cão.

Que se jodan los bosques. Estoy bromeando, doctor.


Todas las noches salía a investigar con Cão. Descubrimos decenas de lugares donde los tipos estaban haciendo globos, pero de nada servía detener a nadie, tendríamos que detener a mucha gente, incluso dejando a los viejos y niños fuera. Cristianos en las catacumbas. Tampoco había como confiscar el material, los globos eran hechos por partes. El corte de las hojas, el pegado de los gajos, el armado de los banderines y banderas, el encadenamiento de los armazones de los fuegos artificiales, la flexión del aro de la boca, el tejido de las mechas, cada cosa era elaborada en un local diferente, patios, llanos con canchas de futbol, galpones abandonados, para después armarlo todo en el lugar en que iba a ser lanzado el globo. En las investigaciones sólo íbamos los dos, en el viejo carro de Cão, para que nadie sospechara que éramos de la policía. Y oímos el chisme que circulaba en todas las plazas, en todas las huertas: en algún lugar se estaba haciendo un globo gigantesco que iba a asombrar al mundo entero y entraría para siempre en el Guinness. Cão, dije, el hijo de puta está siendo construido.

Empezamos a llamar al globo El Cabrón. Si lo están haciendo, dije a mis detectives, quiero agarrar al Cabrón, agarrarlo entero, antes de que lo suelten, a la hora en que enciendan la mecha, antes de que la llama se ponga azul. Y esto sólo podría ocurrir en la víspera de San Juan, en la noche del día veintitrés.

Hablé con el comandante de la PM y él garantizó que ese día pondría a mi disposición cincuenta hombres de la tropa de choque.

¿Cincuenta hombres de la tropa de choque? Es poco, tenían que movilizar a todos los efectivos de la PM, dijo Marina.

Creo que vamos a coger el globo fantasma.

A ellas no podíamos decirles el nombre grosero que Cão y yo habíamos dado al globo. Fabiana no decía ni una palabra. Yo hacía cara de sufrimiento y buscaba sus ojos, pero Fabiana fingía estar ocupada en la lectura de un libro.

De nada sirve destruir sólo esa monstruosidad y a la cuadrilla responsable de ella, dijo Marina, la policía tiene que coger a todos los globeros de la ciudad, procesarlos uno a uno.

Inclusive a los niños.

Despreció mi ironía. Los niños tienen que ser educados. Si tuviéramos una policía eficaz los niños estarían haciendo otra cosa.

Todo el mundo debería ser policía durante un año, para que vieran la mierda que es. Lo pensé, pero no lo dije.

Cão llegó y me llamó a un rincón. El Caveiriña se emborrachó en un bar de Vila Isabel y decía a gritos, ¡miren al cielo el día veintitrés!, ¡miren al cielo el día veintitrés! Creo que el Caveira va a ser el seguidor. No sabemos para quién.

¿En Vila Isabel?

Eso no quiere decir nada.

Tenemos que hallar al rastreador. ¿Si fuera Zé de Souza te haría el favor?

No. Ni voy a joderme al Zé de Souza, es mi amigo.

Está bien.

¿Esa plática es secreta?, preguntó Marina. Ustedes están cuchicheando, ¿quieren que salgamos de la sala? Vámonos, Fabiana.

Fabiana cerró el libro, me miró tan rápidamente que ni siquiera me dio tiempo de poner cara de sufrimiento para que tuviera pena de mí, y se levantó.

Calma, calma. Estoy platicando con el detective Cão sobre el rastreador, hablábamos bajito para no incomodar la lectura de Fabiana.

Fabiana aprovechó la oportunidad y preguntó con cierta dulzura, ¿rastreador, qué es eso?

Es el sujeto que dice al personal de la captura cuál es la dirección que el globo va a tomar de acuerdo con las corrientes de aire de la atmósfera, le dije, haciendo cara de sufrimiento. Fabiana, conmovida, hizo un leve gesto de aproximación, como si fuera a abrazarme, pero se contuvo.

Después de que el globo es soltado por una comunidad con recursos, que suelta muchos globos grandes, dijo Cão, entran en escena el seguidor, que es el elemento que tiene que conocer todos los caminos de la ciudad y maneja una pick-up, el rastreador, que es la figura que ya explicó el doctor, y la multitud de la captura. La función de esa muchedumbre es rescatar el globo, de ser posible intacto, doblarlo, colocarlo en la pick-up y llevar el animal apagado de regreso, para después soltarlo de nuevo. Si alguien se mete, un grupo rival, o bien vagos rasgadores, les dan en su puta madre, con su perdón. Ha muerto gente en esos enfrentamientos.

La psicología del rasgador..., comencé.

Ahórranos esas disgresiones, dijo Marina.

¿Por qué en una pick-up?, preguntó Fabiana.

Tiene que ser un vehículo grande para que pueda transportar al grupo de la captura, al rastreador y al globo rescatado, si es el caso. Otros grupos, de otras comunidades, puede que quieran capturar el globo. Si fuera un grupo amigo, entregan el globo a los dueños y después, juntos, sueltan nuevamente el animal. Y siempre que cae un globo aparecen rasgadores vagos. Rasgan el globo porque no fueron ellos quienes lo pusieron en el cielo, porque no perdonan al globo que haya caído de las alturas, porque el globo es un cuerpo extraño en las calles. Es como los pájaros migratorios muertos a palos en las playas del Nordeste porque andan exhaustos en la arena cuando deberían estar volando.

Ellos matan pájaros porque tienen hambre.

Los rasgadores también tienen hambre. Hay muchos tipos de hambre.

Te equivocaste de profesión, dijo Marina. Eso ya lo sabíamos, por las demostraciones obvias que nos han dado, y ahora, con estos rollos de almanaque...

Cão me defendió: conocer la psicología de los infractores ayuda a la investigación criminal.

Yo estaba hablando con Fabiana.

Pero yo estoy aquí y no soy sorda. Miserable, la Marina.

No vamos a pelear, dijo Fabiana.

Yo no estoy peleando, respondí.

Pero yo sí. Nosotras estamos escribiendo un oficio al secretario de Seguridad pidiendo tu sustitución.

Ya se lo dije, dijo Fabiana, volviendo a leer.

No se olviden de echar un vistazo al decreto que creó el Grupo. La burocracia tiene normas, procedimientos, reglamentos, etcétera, que deben ser obedecidos.

Ya lo sabemos.

Diogo Cão y yo haremos una investigación. Hasta luego.

Nos detuvimos en una lonchería para tomar un agua de coco.

Esa mujer, o lo ama o lo odia a usted.

La psicología del almanaque nos atacó a los dos.

Existen lugares en los que nunca apareció el arco iris.

Cão, esto no tiene pies ni cabeza. Es poesía pura.

Invita a esa mujer a que abrace un árbol contigo.

No puedo. Ya hice eso con Fabiana. Así fue como entré en su corazón.

Y ahora salió, ¿o no?

Eres un tira listo.

Nos olvidamos del mechero, dijo Cão, un globo de ese tamaño, si realmente lo están haciendo, deben tener el mejor especialista en mechas. Un tipo como el viejo Silva Mattoso. Él hace la mejor mecha de etapas en todo Brasil, ya sabes cómo, se quema primero una, después otra...

Sí, ya sé cómo.

Hace globos de hasta ocho etapas, que vuelan más de quinientos kilómetros. Van a dar a Minas, o a Espírito Santo.

Descubre por dónde anda y qué es lo que está haciendo. Edgar te ayudará.

Me dediqué al Cabrón. Anduve por todas partes, con Cão y sin él. Méier, Madureira, Caxambi, Del Castilho, Bangu, Penha, Campinho, Quintino Bocaiúva, Cascadura, Anil, Pavuna, Costa Bastos, Realengo, Camorim, Padre Miguel, Senador Camará, Vargem Pequena y Vargem Grande, Santíssimo, Curupia, Senador Vasconcelos, Campo Grande, Memdanha, Cosmos, Nova Iguaçu, São João de Meriti, Caxias, Nilópolis, no en ese orden, pero yendo cada vez más lejos. Di la vuelta al mundo, me perdí innumerables veces, ni la Muerte conoce todas las calles y plazas y carreteras del Gran Rio. En todas partes estaban haciendo globos, en los municipios adyacentes, en la zona rural, en los suburbios, en los cerros, en los barrios. Hasta en la Zona Sur había gente haciendo globos. Globeros surfistas. Pero el Cabrón era demasiado grande como para ser soltado en una calle o en una plaza, necesitaba de un patio grande, de un campo largo, y eso nos favorecía.

El día veintitrés se acercaba. Fabiana no respondía los recados que le dejaba en su contestadora electrónica. En la reunión semanal del Grupo se quedaba callada. También Marina hablaba poco. Después de haberme apuñalado por la espalda las dos debían sentirse incómodas. Yo no sabía si habían o no mandado el oficio en el que pedían mi sustitución, ni, en caso afirmativo, qué decisión había sido tomada en la Secretaría. Ya lo sabría por el Boletín, que es la manera más miserable de tener noticias miserables.

El día veintiuno, dos días antes de la fecha del probable lanzamiento del Cabrón, tuve una reunión con los detectives y discutimos el asunto. Uno de ellos, el detective Arsênio, estaba convencido de que el globo sería soltado en Caxias.

Contrataron al Gringo, el tipo de Cabo Cañaveral, dijo Arsênio, el Gringo desfiló en el Carnaval en la Escuela de Samba Gran Rio, que es de Caxias. A esos gringos les gustan las cosas exóticas, se debe haber enculado con una mulata y está en el negocio por amor.

¿Y Zé de Souza?

Está peleado con el grupo de Caxias. Pero ese globo puede hacer que el tipo olvide cualquier divergencia.

¿Si lo llamaran iría?

Sí, dijo Cão.

¿Y el Caveirinha?

Dicen que el Caveira anda bebiendo mucho, es una carta fuera de la baraja. No vale la pena perder tiempo con él, dijo uno de los detectives.

¿Y el mechero? ¿Silva Mattoso?

Desapareció, pero él es amigo del personal de São João de Meriti, dijo el detective Edgar.

Sólo puede ser Caxias, insistió Arsênio. Ellos tienen dinero. El bicheiro jefe de la Escuela de Samba está financiando todo. Y Meriti es un huevo, ciudad dormitorio.

Es un huevo pero está lleno de globeros en Éden, Coelho da Rocha, São Mateus, Vilar dos Teles, Vila Rosali, dijo Cão.

Si Caxias lo llama, ¿Zé de Souza va?

Si lo llamaran y el globo estuviera siendo en Caxias, va. Pero no sé si lo llamarán, dijo Cão.

Tampoco sabemos si están haciendo el Cabrón. Hay muchas comunidades haciendo globos grandes. Como ocurre todos los años, dijo Edgar.

No podemos olvidar al gringo de Cabo Cañaveral, dijo Arsênio, que estaba infiltrado en Caxias. Me tome unos tragos con él y con un grupo de globeros y el gringo sólo hablaba de, de, déjame sacar el papel en el que escribí todo: fuerzas gravitacionales, fuerza de atracción, arrastre aerodinámico, ecuaciones de movimiento, órbitas keplerianas.

Carajo, dijo alguien.

Sólo puede tratarse del Cabrón, continuó Arsênio. Van a soltar el animal a las nueve.

Vamos a votar. Éramos ocho. Yo, además del mío, tendría el voto de Minerva. Pero no fue necesario desempatar. Caxias ganó por siete a uno. Cão votó por São João de Meriti, pero con poca convicción.

Si no fuera Caxias, ¿da tiempo de que desplacemos nuestro personal a São João de Meriti?, pregunté.

Está la carretera Caxias-Meriti. Pero cincuenta hombres se desplazan con lentitud. Son muchas órdenes pasando de un nivel a otro, dijo Cão.

Jefe, dijo Edgar, todo esto puede ser un chisme, el Cabrón no existe y vamos a hacer el ridículo.

Telefoneé a Fabiana.

Mañana atraparemos el globo fantasma. Me gustaría que vinieras con nosotros.

No quiero ir.

Te lo pido yo. Después no vuelvo a molestarte nunca. Alguien del Grupo, además de mí, debe ir. No quiero llevar a Marina. No le caigo bien.

Sí le caes bien. Hasta soñó contigo el otro día.

Pero yo preferiría que fueras tú. ¿Recuerdas lo que dijiste? ¿El significado persuasivo de esta aprehensión?

¿Habrá violencia?

Ninguna. Lo prometo. Paso por tu casa en la tarde.

Después fui a la Comandancia de la PM y lo preparé todo. Los hombres de la tropa de choque estarían alertas. Desde el radio de mi coche les daría las coordenadas.

Pasé por casa de Fabiana a las seis. Después recogí a Cão en la Av. Presidente Vargas esquina con Senhor dos Passos. ¿Todo está OK?, pregunté por el radio al comandante de la tropa de choque.

Los hombres ya están en los vehículos esperando las órdenes.

¿Arsênio está ahí con ustedes? Él conoce el lugar.

Arsênio estaba con ellos. Cão, que estaba conmigo, también sabía dónde era.

Me encontré con los carros de la tropa de choque en la Av. Brasil, frente a la refinería de Manguinhos. Cogimos la carretera y paramos en la entrada de Caxias.

La tropa de choque usaba escudos, chalecos, macanas, ametralladoras, uniformes y cascos oscuros.

¿Es necesario todo eso?, preguntó Fabiana.

Sólo es para asustar, dije.

Llegamos con la tropa de choque al lugar del lanzamiento. Una gran y compacta aglomeración de personas hacían un enorme círculo en torno al globo, ya inflado, aún sujeto a las amarras. Los soldados saltaron de los vehículos e irrumpieron entre la multitud, abriéndose camino a macanazos, hasta cercar el globo.

Era un globo grande, pero el Cão y yo ya habíamos visto docenas iguales.

Puta madre, ése no puede ser el Cabrón, dijo el detective.

El Cabrón va a ser lanzado en Meriti, dije. ¿Conoces la carretera para Meriti? Vámonos para allá.

¿Sólo nosotros? No hay tiempo para reagrupar a la tropa de choque. Mira el alboroto, ya empezó la paliza, la cagamos completamente, dijo Cão.

Estábamos tan nerviosos que nos olvidamos de la presencia de Fabiana y gritábamos palabrotas uno al otro.

Vámonos, carajo, te lo estoy ordenando.

Entonces déjeme el volante, dijo Cão.

Salimos a alta velocidad por la carretera Caxias-Meriti. Por el radio del carro intenté hacer contacto con el comandante de la tropa de choque, pero no lo logré.

Ya estamos en Meriti, esta es la carretera del Munguengo. Ya deben estar lanzando el Cabrón en alguna huerta en las orillas del Sarapuí, dijo Cão.

Y así era. El Cabrón subía al cielo, la cosa más espantosa que había visto volando en toda mi vida. El mayor globo de aire caliente de todos los tiempos. El lanzamiento era saludado con exclamaciones de júbilo, y los gritos agudos de las mujeres y niños cubrían las voces de los hombres.

Bajamos del carro.

Dios mío, dijo Fabiana. Cão y yo nos quedamos callados. ¿Qué decir? Sólo miramos, y miramos, y miramos al Cabrón que subía lentamente a los cielos, mientras en las guías explotaban los cohetes y los fuegos artificiales despedían fulgores creando una claridad que iluminaba hasta donde la vista podía alcanzar.

Fabiana volvió al carro y se sentó en el asiento de atrás en silencio.

Cão y yo continuamos mirando el globo hasta que quedó del tamaño de una estrella en el cielo.

Una vez más, no logré hacer contacto por la radio con la tropa de choque que estaba en Caxias jodiéndose y jodiendo a los otros. Sentí hambre. Pregunté si alguien más quería comer alguna cosa. Solamente Cão respondió.

Nos detuvimos en una lonchería. Fabiana tomó una agua mineral. Todos mis intentos por hacerla decir alguna cosa fueron inútiles. Cão hablaba del globo. Palpitaba en la altura, el diámetro, tantas decenas de millares de metros cúbicos de aire caliente habría dentro de él que iría a caer en Minas Gerais, o en Espírito Santo, o en São Paulo, y que no era un gringo de mierda que se cogía a las mulatas inocentes, farsante de Cabo Cañaveral, el que había calculado la trayectoria.

Volvimos por la Linha Vermelha*.

¿Qué es aquello? ¿Qué es aquello?, gritó Cão.

La Linha Vermelha tiene una topografía plana y un amplio horizonte y circulando por ella se puede ver toda la bóveda celeste. O casi toda.

¿Qué es aquello? ¿Qué es aquello?, dijo Cão, excitado.

El globo, dijo Fabiana. La segunda vez que abría la boca en toda la noche.

Ahí estaba.

¿Cómo es posible? Imposible, gritó el detective.

Es él, el Cabrón. Alguna cosa le ocurrió a la mecha, dije.

Podíamos ver el globo volando lentamente. Fuimos tras él. El carro iba a veinte por hora. Un policía de motocicleta se detuvo a un lado. ¿Cuál es el problema?, preguntó. Le mostré mi credencial, estoy siguiendo aquel globo. Va hacia Penha, dijo el patrullero y arrancó en la motocicleta. Seguimos el globo. A cada momento deteníamos el carro. Va a caer en el aeropuerto, decía Cão, no, está cambiando de rumbo, va para Ramos, no, está yéndose para São Cristóvão. Tardamos un tiempo enorme sin saber para dónde ir. Hasta que decidimos que iba hacia el centro de la ciudad.

Tomamos la salida de la Cidade Nova y paramos en el canal del Mangue para observar el animal aquel. El globo había perdido mucha altura, su energía se estaba acabando, caía muy aprisa. Se desviaba hacia la Zona Sur, iba a caer dentro de algunos minutos y para llegar antes atravesamos el Rio Branco pasándonos todos los semáforos, agarramos el terraplén a doscientos por hora, atravesamos el túnel de Copacabana, salimos en la Atlântica, siempre a más de ciento cincuenta, en la madrugada es fácil. Cuando llegamos a la Vieira Souto vimos que el globo estaba cayendo al mar, frente a las islas Cagarras, a unos dos mil metros de la playa.

El Caveirinha ya estaba ahí, en la playa de Leblon, en una pick-up japonesa nuevecita. Su grupo sabía calcular los vientos. Él y el personal de captura, y también Zé de Souza, y un sujeto de barba blanca que debía ser mechero Silva Mattoso contemplaban en silencio la caída del globo al mar. El sol rayaba a la izquierda, a la altura del Arpoador, y hacía brillar el papel metálico que cubría el globo. Había dos carros más, alejados uno del otro, de globeros rivales, y los hombres dentro de los carros estaban inmóviles contemplando el espectáculo en silencio.

---

* Nombre de una avenida periférica que circunda la ciudad de Rio de Janeiro.

Habría ocurrido una masacre si el mayor globo del mundo hubiera caído en tierra.

Nuestro carro se detuvo atrás de la pick-up del Caveirinha. Algunos de los hombres de la captura, con el bulto de las armas de fuego que se notaba en las camisas, bajaron a la playa y se sentaron en la arena, mirando. Uno de ellos, desanimado, dejó caer la cabeza sobre las rodillas. Aquel globo no había sido hecho para volar sólo cincuenta kilómetros y caer en el lugar equivocado.

El globo parecía mayor que el cerro de piedra del islote Cagarra, que queda a la izquierda del conjunto de islas. Cayó lentamente y tocó el mar, primero la armazón de banderines, después la hilera de faroles ya apagados, después las cuerdas con fuegos artificiales, hasta que la inmensa boca de fierro se posó en el océano y el globo se quedó inmóvil, una carabela fantástica sobre el mar en calma. Se mantuvo inflado mucho tiempo, antes de desaparecer en las aguas.

Fabiana lo presenció todo, el rostro muy pálido.

Zé, gritó Cão.

Zé de Souza se acercó a nuestro carro, los binoculares colgando en el pecho. ¿Tú por aquí, Cão?

Zé, ¿el mechero es Silva Mattoso?

El viejo se va a morir de tristeza, la mecha pifió.

Nosotros también queríamos el globo, Zé.

No fue creado para ser prisionero, ni para morir en el mar como si fuera un marinero. Era mejor que hubiera estallado y caído en la tierra como una bola de fuego, incendiando el mundo. Dan ganas de llorar, dijo Zé de Souza.

Que se jodan los bosques, dijo Cão.

Que se jodan los bosques, repitió el rastreador.

Vámonos, Diogo Cão, dije.

Doctor, si a usted no le importa, me voy a quedar aquí.

Está bien, dije, y el detective se fue con el rastreador a juntarse con los globeros. Cuando arranqué el carro Cão estaba abrazando al viejo Silva Mattoso.

¿Quieres que te lleve a tu casa?

Sí, por favor. Estoy cansada.

Fabiana vivía en la calle de las Laranjeiras. Cuando entramos al túnel Rebouças me dijo, te amo.

No hablamos del globo. Ni en el túnel ni en la cama, ni después tomando café con leche, ni en todo aquel día, ni nunca más.

# La carne y los huesos

Mi avión no partiría sino hasta el día siguiente. Por primera vez lamenté no tener un retrato de mi madre conmigo, pero siempre me pareció idiota andar con retratos de la familia en el bolsillo, más aun el de mi madre.

No me incomodaba quedarme dos días más vagando por las calles de aquel gran hormiguero sucio, contaminado, lleno de gente extraña. Era mejor que caminar por una ciudad pequeña con el aire puro y los campesinos que dicen buenos-días cuando se cruzan contigo. Me quedaría aquí un año si no tuviera aquel compromiso esperándome.

Caminé el día entero respirando monóxido de carbono. Por la noche mi anfitrión me invitó a cenar. Una mujer nos acompañaba.

Comimos gusanos, el platillo más caro del restaurante. Al mirar a uno de ellos en la punta del tenedor, me pareció una especie de larva o ninfa de mosca que al ser frita hubiera perdido los pelos negros y el color lechoso. Era un gusano raro, me explicaron, extraído de un vegetal. Si fuera una mosca el platillo sería aun más caro, respondí, irónico, ya he tenido nidos de larva de mosca en mi cuerpo tres veces, dos en la pierna y una en la barriga, y mis caballos y mis perros también tuvieron, es difícil sacarla entera, de manera que pueda comerse frita, solamente frita podría ser sabrosa, como —y me llené la boca de gusanos.

Después fuimos a un lugar que mi anfitrión quería enseñarme.

El amplio salón tenía al centro un pasillo por donde las mujeres desfilaban desnudas, bailando y haciendo poses. Pasamos entre las mesas, en torno a las cuales se sentaban hombres encorbatados. Pedimos algo al mesero, luego de que nos instalamos. A nuestro lado una mujer con sólo un cache-sexe, a gatas, frotaba las nalgas en el pubis de un hombre de saco y corbata sentado con las piernas abiertas. Ella exhibía una fisonomía neutra y el hombre, un sujeto de unos cuarenta años, parecía tranquilo como si estuviera sentado en el sillón de un peluquero. El conjunto recordaba una instalación de arte moderno. Pocos días antes, en otra ciudad, en otro país, había ido a un salón de arte a ver un puerco muerto que se pudría dentro de una caja de vidrio. Como me quedé pocos días en esa ciudad, sólo pude ver al animal ponerse verdoso, me dijeron que era una pena que no pudiera contemplar la obra en toda su fuerza trascendente, los gusanos devorando la carne.

Allí, en el cabaret, aquella exhibición también me parecía metafísica como la visión del puerco muerto en su recipiente de cristal brillante. La mujer me recordó, por un momento, a un sapo gigantesco, porque estaba agachada y porque su rostro, mulato o indio, tenía algo de anfibio. En la mesa había otros tres hombres, que fingían no darse cuenta de los movimientos de la mujer.

Desde nuestro lugar no podíamos ver todo lo que ocurría en el salón. Pero en las mesas de nuestro alrededor había siempre una o dos mujeres prendidas a un hombre enteramente vestido. El boleto de entrada daba derecho a que una de las innumerables mujeres que hacían strip-tease en varios lugares del salón se frotaran por algún tiempo en el portador del ticket de entrada. Había un patrón coreográfico en las caricias: la mujer se ponía a gatas, rozaba las nalgas en el pubis del hombre que permanecía sentado en la silla, después bailaba frente a él. Algunas, más rebuscadas, se subían encima del sujeto y le sujetaban la cara en el vértice de los muslos. Después agarraban el ticket de entrada y se retiraban.

La única mujer que asistía a aquel espectáculo era nuestra acompañante. Mi anfitrión la llamaba Condesa, no sé si era su nombre o su título. Cuando era joven conocí a una mujer que me dijo que era una condesa verdadera, pero creo que era mentira. De todos modos yo llamaba señora Condesa a mi compañera de mesa, como antiguamente lo hacía con la otra. Ella miraba lo que ocurría en torno y sonreía discretamente, se comportaba como suponía que un adulto debe comportarse en un circo.

De todas la esquinas venía un sonido alto de dance music. Para poder hablar con la Condesa tenía que aproximar mi boca a su oreja. Le dije alguna cosa que me distinguía como un observador distante y fastidiado, ya olvidé lo que fue. También con la boca casi pegada a mi oreja, la Condesa, después de comentar la actitud de una mujer que cerca de nosotros frotaba el coño en la cara de un hombre de corbata de moño, citó en latín la conocida frase de Terencio: las cosas humanas no le eran ajenas, y por lo tanto no la asustaban. Y para demostrarlo balanceó el cuerpo al ritmo del sonido retumbante y cantó la letra de una de las piezas. Yo la acompañé, golpeando en la mesa.

En el salón había un cancel de vidrio con regadera, fuertemente iluminado por spots de luz, en el cual las mujeres se alternaban dándose un baño, algunas se mojaban y se lavaban el cuerpo entero, se enjabonaban los tobillos, los pelos del pubis, las rodillas, los codos, los cabellos. Otras hacían abluciones estilizadas. Están diciendo estoy limpia, confía en mí, susurró la Condesa en mi oído.

Esperamos que se realizara la rifa. El ganador podría escoger a cualquiera de las mujeres para pasar el resto de la noche con él, según palabras del maestro de ceremonias.

Nosotros, mi anfitrión y yo, no fuimos sorteados. La Condesa no había comprado boletos para la rifa.

Entonces permanecimos callados, sin cantar y sin golpear en la mesa al ritmo de la música. Pagamos —el anfitrión pagó— y salimos.

Nos despedimos en la acera frente al bar. La Condesa ofreció llevarme al hotel. El anfitrión también. Les dije que quería caminar un poco, las ciudades grandes son muy bonitas al amanecer.

Ya llevaba unos diez minutos caminando, doliéndome de no tener una foto de mi madre en el bolsillo, ni en un álbum, ni en ningún cajón, cuando el carro de la Condesa se detuvo a mi lado.

Entra, dijo, tengo ganas de llorar y no quiero llorar sola.

Cuando llegamos al hotel había un recado de mi hermano. Lo llamé desde el cuarto. La Condesa oyó nuestra conversación. Lo siento mucho, dijo, sentándose en la cama, cubriéndose el rostro con las manos, pero no estoy llorando por ti, estoy llorando por mí.

Me acosté en la cama y miré el techo. Ella se acostó a mi lado. Apoyó su rostro húmedo en el mío y dijo que coger era una manera de celebrar la vida. Cogimos en silencio y luego nos bañamos juntos, ella imitó a una de las mujeres del cabaret lavándose y cantando y yo la acompañe golpeando en las paredes de la ducha. Dijo que ya se sentía mejor y yo le dije que ya me sentía mejor.

Tomé el avión.

Nueve horas y media después llegué al hospital.

El cuerpo de mi madre estaba en la capilla, dentro de un cajón cubierto de flores, sobre un catafalco. Mi hermano fumaba a un lado. No había nadie más.

Ella preguntaba mucho por ti, dijo mi hermano, entonces me acerqué a ella y le dije que yo era tú, agarró mi mano con fuerza, dijo tu nombre y murió.

En el túmulo de la familia ya estaban los restos de mi padre y de mi hermano. Un funcionario del cementerio dijo que alguien tendría que asistir a la exhumación. Fui yo. Mi hermano parecía más cansado que yo.

Eran cuatro sepultureros. Abrieron la losa de mármol rosa y rompieron con martillos la placa de cemento que cerraba la sepultura. El túmulo estaba dividido en dos por una piedra plana. Uno de los sepultureros se metió dentro del hoyo abierto, con cuidado para no pisar los restos de mi hermano, en la parte superior. Las ropas de mi hermano estaban en buen estado. Tenía buenos dientes, los molares tapados con oro. Cuando retiraron la cabeza el maxilar inferior se desprendió del resto del cráneo. El fémur y la tibia estaban más o menos enteros; las costillas parecían de cartón.

Los huesos fueron arrojados por el sepulturero en una caja blanca de plástico al lado de la sepultura. Tres cucarachas y una ciempiés rojo subieron por las paredes, el ciempiés parecía más veloz que las cucarachas, pero las cucarachas huyeron primero. Dije en voz alta que el ciempiés era venenoso. El sepulturero, o como se llamara, no le dio importancia a lo que yo había dicho.

Después de que los restos de mi hermano fueron coloca-dos en la caja de plástico, su nombre fue escrito con letras grandes en la tapa. Uno de los hombres entró a la sepultura y deshizo con un marro y cincel la losa que cerraba la parte inferior donde se encontraban los restos de mi padre, que había muerto dos años antes que mi hermano. El enterrador volvió a entrar a la sepultura. Los huesos de mi padre estaban en peor estado que los de mi hermano, algunos tan pulverizados que parecían tierra. Todo fue arrojado dentro de otra caja de plástico, mezclado con los restos de telas, las ropas de mi padre no eran tan buenas como las de mi hermano y se habían podrido tanto como los huesos. Del cráneo de mi padre sólo quedaba la dentadura postiza; el acrílico rojo de la dentadura brillaba más que el ciempiés.

Les di una buena propina. Las dos cajas fueron colocadas a un lado de la sepultura.

Volví a la capilla.

Mi hermano fumaba mirando por la ventana el tránsito de la calle.

Un sacerdote apareció y rezó.

El cajón cerrado fue colocado en una camilla con ruedas. Seguimos, mi hermano y yo, a la camilla empujada por el sepulturero hasta la fosa abierta. El cajón de mi madre fue colocado en la parte inferior. Una losa fue sellada con cemento, dejando la parte superior vacía, a la espera del futuro ocupante. Sobre esa losa fueron depositadas provisionalmente las dos cajas con los restos de mi padre y mi hermano. La loza de mármol rosa con los nombres de los dos, grabados en bronce, cerró la sepultura.

Deben haber robado las obturaciones de oro de los dientes de mi hermano mientras fui a la capilla para traer a mi madre, pensé. Pero estaba muy cansado para comentar eso. Caminamos en silencio hasta la puerta del cementerio. Mi hermano me dio un abrazo. ¿Quieres que te lleve?, preguntó. Le dije que iba a caminar un poco. Miré su carro que se alejaba. Me quedé allí, de pie, hasta que oscureció.

# Idiotas que hablan otra lengua

Una recámara con un espejo en el techo. Al lado, con la puerta abierta, un baño. En el cuarto, una cama matrimonial, una silla, dos burós, varias botellas grandes de Coca-Cola, dos de ellas vacías, bolsas de papas fritas, paquetes de cigarros. SILVIA está desnuda, acostada en la cama, con una pierna levantada, doblada, el pie apoyado sobre la rodilla. José Roberto está de pie, también desnudo, al lado de la cama, cepillándose los dientes.

JOSÉ ROBERTO (*mientras se cepilla los dientes con un cepillo sin pasta*)
Odio pocas cosas en la vida, y una de ellas es que te cepilles los dientes con mi cepillo. Eso me molesta, no sé cómo puedes confundirte, nuestros cepillos son tan diferentes, ¿ves?, el tuyo es azul, el mío rojo, ¿ves? azul, rojo, y el tuyo tiene el mango más largo, y las cerdas del mío son más blandas y delgadas, y el mío tiene un agujerito en la punta del mango, y el tuyo no. Azul, ¿estás viendo?, rojo, ¿ves?, no eres daltónico, odio esto, lo odio, disculpa que insista, no es que esté molesta contigo, llevamos quince años de casados, pero yo soy, cómo lo diré, convencional, me casé virgen porque soy convencional, me cepillo los dientes con mi cepillo porque soy convencional, soy una esposa fiel porque soy convencional, cuido de la casa cuando sales a trabajar de nueve de la mañana a nueve de la noche porque soy convencional, el hombre trabaja y la mujer cuida la casa y acepto eso porque soy convencional y odio que te cepilles los dientes con mi cepillo porque soy convencional.

SILVIA
La imitas perfectamente, sólo falta aquel hum ham que ella hace. Hum, ham.

**JOSÉ ROBERTO**
Habló media hora sin parar sobre eso de que me cepillo los dientes con su cepillo. Fue entonces que lo decidí.

**SILVIA**
¿Es por eso que te estás cepillando los dientes con mi cepillo? ¿Para vengarte de ella?

**JOSÉ ROBERTO**
Siempre me he cepillado los dientes con tu cepillo.

**SILVIA**
¿Y qué haces todos los días de nueve de la mañana a nueve de la noche?

**JOSÉ ROBERTO**
Vengo aquí.

**SILVIA**
Lunes, miércoles y viernes. ¿Y los martes y jueves?

**JOSÉ ROBERTO**
Voy al cine. Tengo que mantener un patrón. Para que ella no desconfíe.

**SILVIA**
¿Y por qué no vienes los miércoles y sábados?

**JOSÉ ROBERTO**
Viernes. No quiero cansarte.

**SILVIA**
Nunca me cansas, eres un cogelón salvaje.

**JOSÉ ROBERTO**
¿No quieres saber lo que he decidido?

**SILVIA**
No puedes decidir nada. El dinero es de ella.

JOSÉ ROBERTO
¿Quieres saberlo o no?

SILVIA
Ya te cepillaste los dientes. Ven a la cama. Estoy que goteo.

Silvia abre las piernas y José Roberto se echa sobre ella. Se besan. Movimientos de fornicación.

SILVIA
Anda, dime.

JOSÉ ROBERTO
Estoy loco por ti.

SILVIA
¿Qué más?

JOSÉ ROBERTO
Te quiero, te quiero.

SILVIA
¿Y qué más?

JOSÉ ROBERTO
Te adoro.

SILVIA
¡Más! ¡Más!

JOSÉ ROBERTO
Eres mi sol, el aire que respiro (*aspira ruidosamente el aliento de la boca jadeante de Silvia*), mi vida.

SILVIA
¡Habla, habla!

JOSÉ ROBERTO
Adoro coger contigo. Mi ángel. ¡Mi luz! ¡Carajo!

SILVIA
Más. Ay, ay, más, más, más, estoy a punto de venirme.

JOSÉ ROBERTO
Me encanta enterrarte el palo.

SILVIA
Me estoy viniendo, muérdeme, goza conmigo.

JOSÉ ROBERTO
Voy a matar a Lili.

SILVIA
A mí también. ¡Di que me matas!

JOSÉ ROBERTO
Te mato.

SILVIA
Me estoy viniendo.

Los dos se abrazan furiosamente. Ruedan en la cama. Finalmente se quedan inmóviles, José Roberto encima de Silvia, los dos con las piernas estiradas. José Roberto aparta su rostro.

JOSÉ ROBERTO
Aparecieron tus ojeras. Me gusta tu rostro con ojeras. ¿Oíste lo que dije?

SILVIA
Que me amas, que me adoras. Tus espaldas son lindas, llenas de músculos, mira en el espejo. (*Coge una botella de Coca-Cola vacía. Abre otra. Llena un vaso. Toma papas de la bolsa. Bebe y come.*) ¿Crees en esa historia de que la Coca-Cola produce celulitis?

JOSÉ ROBERTO
Voy a matar a Lavínia.

SILVIA
¿Sólo porque no te deja cepillarte los dientes con su cepillo? Pásame un cigarro (*Roberto toma el paquete del buró que*

*está a su lado.*) Gracias. ¿Dónde está el encendedor? Siempre me dejas con ojeras. El encendedor está en el baño. Espérame, voy por él.

En el baño, Silvia, con un lápiz de maquillaje, oscurece aun más las ojeras bajo sus ojos. Ya va hacia el cuarto y se acuerda de recoger el encendedor. Vuelve al cuarto.

JOSÉ ROBERTO
¿Oíste lo que te dije?

SILVIA
¿Del cigarro? ¿Da cáncer?

JOSÉ ROBERTO
¿Oíste lo que dije?

SILVIA
¿Que vas a matar a Lavínia?

JOSÉ ROBERTO
No aguanto más.

SILVIA
Podríamos hacer un viaje juntos.

JOSÉ ROBERTO
Viajar es conocer idiotas que hablan otra lengua.

SILVIA
Siempre me dejas con ojeras, eres un cogelón salvaje.

JOSÉ ROBERTO
No estoy bromeando. (*José Roberto comienza a vestirse.*)

SILVIA
¿No vas a bañarte?

JOSÉ ROBERTO
Quiero quedarme con tu olor en mi cuerpo. (*Coloca cariñosamente la mano en el pubis de SILVIA. Luego pone la misma mano sobre la nariz y aspira profundamente.*) ¡El aroma

de la vida! ¿Ya te conté que antes de conocerte le tenía horror al coño?

SILVIA
Llévale un regalo.

JOSÉ ROBERTO
¿Qué?

SILVIA
Chocolates. Para que se ponga aun más gorda.

Cocina amplia y moderna, llena de *gadgets*, de la casa de José Roberto y Lavínia. Ella viste un delantal con el borde de encaje sobre un vestido elegante de seda. Usa un collar, aretes, anillos. Prepara la comida mientras consulta un grueso libro de recetas.

LAVÍNIA (*colocando los ingredientes en una ensaladera*)
Ya puse la endibia. Lechuga, rábanos, zanahoria, col-de-bruselas. Unas gotas de vinagre de manzana. Ah, la langosta. Mezclarlo todo.

José Roberto entra a la cocina con una caja de chocolates en la mano.

JOSÉ ROBERTO
¿Ahora te ha dado por hablar sola?

LAVÍNIA (*esconde el libro de recetas debajo de una servilleta*)
Estoy haciendo una ensalada hum ham para ti. ¿Te gusta mi peinado? Renan es un genio. Quince minutos, hum ham veinte máximo, estaba listo este peinado. ¿No es un genio hum ham?

JOSÉ ROBERTO
Es un genio.

LAVÍNIA
¿Cómo te fue hoy?

JOSÉ ROBERTO
Como siempre. (*Probando algo del plato y haciendo una mueca.*) ¿Endibia de nuevo? No soy conejo para comer estas yerbas.

LAVÍNIA
Cuando descansa Cilda siempre te hago hum ham una ensalada. Tienes que bajar tu colesterol.

JOSÉ ROBERTO
La endibia aumenta el colesterol. El huevo, la manteca, el tocino hacen bajar el colesterol, es el último descubrimiento de los investigadores de una universidad sueca.

LAVÍNIA
Sólo creo en las hum ham investigaciones americanas.

JOSÉ ROBERTO
Los americanos lo han confirmado. Investigaciones recientes. Lo leí ayer. Hasta lo recorté para ti. Luego te lo enseño.

LAVÍNIA
No hum ham creo.

JOSÉ ROBERTO
¿Me estás llamando mentiroso? Sabes que nunca miento.

LAVÍNIA
Las investigaciones son mentirosas, principalmente las últimas investigaciones. ¿Qué es eso que tienes en la mano?

JOSÉ ROBERTO
Chocolates.

LAVÍNIA
¿Chocolates? No, no, sabes que no puedo comer chocolates. Provocan celulitis, es un hum ham veneno terrible. (*Arrebata la caja de chocolates de la mano de José Roberto y la abre ansiosamente.*) Más aún estos hum ham chocolates alemanes, son veneno puro, solamente una loca rematada comería esta

hum ham porquería, ¿por qué me haces esto, por qué? Sabes que no resisto, eres muy malo, no me resisto hum ham a los chocolates, es mi vicio. (*Come vorazmente los chocolates, habla mientras come.*) Esto es un veneno, hum ham voy hum ham a arrepentirme, qué delicia, una que otra vez (*come, come*) hum ham esto no hace mal, dicen que una que otra vez hum ham los chocolates no hacen mal. Dicen, dicen, dicen.

JOSÉ ROBERTO
Es un veneno. Pero no es el peor de los venenos.

LAVÍNIA (*devorando los chocolates*)
¿Existe un veneno peor?

JOSÉ ROBERTO
Depende.

LAVÍNIA
¿Depende de qué? ¿Cuál es el peor veneno para ti? ¿Ves lo que haces?, me acabé la caja, Dios mío, hum ham qué locura, me los comí todos, hum ham estoy demente. Debería meterme el dedo en la garganta y vomitar esa porquería. ¿Cuál es el peor veneno según tú?

JOSÉ ROBERTO
Soñar.

LAVÍNIA
Qué cosa más sin pies ni cabeza.

JOSÉ ROBERTO
Ciertos sueños son muy venenosos. Todos los sueños son venenosos. Mis sueños son venenosos.

LAVÍNIA
Has dicho que nunca sueñas. Vamos a la sala, la mesa ya está lista, hay pan negro, té de jazmín y grapefruit para comer con la ensalada.

JOSÉ ROBERTO
¿Sabes cuál es mi sueño venenoso?

LAVÍNIA
Tienes que comer de todo. Una buena esposa tiene que hacerse cargo de su marido.

JOSÉ ROBERTO
Mi sueño es matarte.

LAVÍNIA (*riendo, un poco perturbada*)
Tú no tienes coraje ni para matar una hum ham cucaracha.

JOSÉ ROBERTO
Una mujer, la mujer propia, es diferente.

LAVÍNIA
¿Y cómo ibas a matarme?

JOSÉ ROBERTO
Echando veneno en tu té de jazmín.

LAVÍNIA
¿Dónde está el hum ham veneno?

JOSÉ ROBERTO
Aquí, en mi bolsillo.

LAVÍNIA
Muéstramelo.

José Roberto saca del bolsillo un pequeño frasco oscuro.

JOSÉ ROBERTO
Míralo.

LAVÍNIA
¿Y, hum ham, vas a echarlo en mi té?

JOSÉ ROBERTO
Ahora mismo. Espera aquí. No te muevas.

Lavínia se queda inmóvil como una estatua. José Roberto va a la cocina cargando dos tazas de té.

JOSÉ ROBERTO (*vuelve, extiende una de las tazas hacia Lavínia*)
Anda, toma.

LAVÍNIA
Antes ya me mataste una vez, ¿te acuerdas? Con veneno, hum ham también.

JOSÉ ROBERTO
Ahora no es broma.

LAVÍNIA
Estás triste. No te pongas hum ham triste, no. No me gustas triste.

JOSÉ ROBERTO
Perdóname. Perdóname.

LAVÍNIA
Eso le pasa a muchos hombres. De repente, el fuego se apaga. Y tú no quieres hacerte el hum ham tratamiento con aquel médico alemán.

JOSÉ ROBERTO
Japonés.

LAVÍNIA
Japonés era el del ham hum implante. Yo estaba en contra del implante, te dije ham hum que estaba contra el implante, aquello siempre duro, hum ham qué cosa más extravagante.

JOSÉ ROBERTO (*bebiendo de su taza*)
Bebe el veneno.

LAVÍNIA (*vacía la taza de un solo trago*)
Eres un niño, ¿sabes?, hum ham, un niño. ¿Y ahora? ¿A qué quieres jugar? ¿Al cauboi? Tú eres el muchacho y yo soy el bandido, ham hum la bandida. Ve a buscar el revólver.

JOSÉ ROBERTO
Perdóname, Perdóname. Creo que es mejor que te sientes.

LAVÍNIA
Vamos a comer a la mesa.

JOSÉ ROBERTO
Siéntate.

LAVÍNIA
Es un fenómeno mental, ya lo sabes, hum ham, ¿o no?

JOSÉ ROBERTO
Sí.

LAVÍNIA
Comenzó cuando empezaste a trabajar con mi padre.
Creo que, deja de golpear en la madera (*golpea la mesa*), cuando
mi padre muera te pondrás bien, hum ham.

JOSÉ ROBERTO
Es posible. Perdóname, perdóname.

LAVÍNIA
No necesitas pedir disculpas. Eso hum ham le ocurre
hasta a la gente de la policía. Esos negros fuertes.

JOSÉ ROBERTO
¿Sientes alguna cosa?

LAVÍNIA
Un poco de hambre.

JOSÉ ROBERTO
¿Solamente?

LAVÍNIA
Y ganas de hacer pipí.

JOSÉ ROBERTO
Nada de que vas a hacer pipí; quédate sentada. ¿No
empiezas a sentir dolor de estómago?

LAVÍNIA
¿De estómago? No.

JOSÉ ROBERTO
¿Ni siquiera un dolorcito de cabeza?

LAVÍNIA
No.

JOSÉ ROBERTO (*pasando la mano por su estómago*)
¿Habré cambiado las tazas? Carajo, ¡cambié las tazas!

LAVÍNIA
Vamos a comer. ¿No dijiste que tenías que salir hoy por la noche? Yo también tengo un hum ham compromiso más tarde.

JOSÉ ROBERTO
¿Qué mugre de veneno es éste que no mata a nadie? El tipo garantizó que una gota mataba un caballo. No se puede confiar en nadie, puta madre, qué infierno, en este momento hasta ganas me dan de morirme.

LAVÍNIA
Hazte el implante, querido, un hombre ham hum se vuelve muy desdichado cuando hum ham cuando hum ham no consigue ya cumplir con sus obligaciones.

JOSÉ ROBERTO
¿Vas a morirte o no?

LAVÍNIA
Hagamos de cuenta que ham hum he muerto. Listo, me morí. (*Cierra los ojos y echa la cabeza hacia atrás.*)

JOSÉ ROBERTO (*arrojándose sobre Lavínia, agarrándola por el pescuezo, haciéndola caer al suelo junto con la silla. Arrodillado, ahorca a Lavínia*)
¡Ham hum y de veras te moriste ham hum ham hum ham hum haaam huuum!

Los dos quedan tirados en el suelo, inmóviles.

JOSÉ ROBERTO (*levantándose*)
Veneno de mierda.

José Roberto camina por la cocina. Toma distraído un pedazo de endibia, se lo lleva a la boca y escupe.

JOSÉ ROBERTO
Endibia. ¿Quién inventó esta mierda? (*Se arrodilla al lado de Lavínia.*) Lavínia ¡Lavínia! (*Sacude el cuerpo de Lavínia.*) Estás bromeando, ¿verdad? (*Coloca la oreja en el pecho de ella.*) Caramba, maté a una inocente, ¡maté a una santa! Voy a entregar-me. Confesaré todo, merezco ser castigado.

José Roberto coge el teléfono que está en la mesa y marca.

JOSÉ ROBERTO (*al teléfono*)
Vamos, vamos, contesta. ¿Bueno, bueno? ¡Maté a una santa! ¿No me entiendes? Maté a una santa. El veneno no hizo efecto, la ahorqué. ¿Que cómo la ahorqué? Con las manos, carajo, la agarré por el pescuezo. Antes le di el veneno, pero el veneno no hizo efecto, era un veneno que debía ser instantáneo y matar un caballo, pero quizá sólo matara caballos, cada animal tiene sus enzimas propias y al caer en su estómago no hizo efecto, las mujeres son más fuertes que los caballos, está probado. Estoy hablando en serio. Ella se quedó ham hum ham hum y me dio endibia para comer y todo eso me fue irritando y le di el veneno, pero el veneno no hizo efecto y la agarré por el pescuezo y la ahorqué. Y tú tienes la culpa. Claro que tienes la culpa, te dije que iba a matar a Lavínia y estuviste de acuerdo. Implícitamente. ¿Qué vas a venir a hacer aquí? Te juro que es verdad, ella está tendida aquí frente a mí, la santa, ya empezó a enfriarse. ¡No sé lo que voy a hacer con el cuerpo! Estoy tranquilo, estoy tranquilo, hasta donde un asesino puede mantenerse tranquilo. Entonces ven, entonces ven. ¿Cuánto tiempo? ¿Estás bañándote? Entonces acaba de bañarte y ven. (*Cuelga el teléfono.*)

Suena el teléfono. José Roberto lo levanta y escucha.

JOSÉ ROBERTO (*al teléfono. Sorprendido*)
Ham hum. (*Escucha.*) Hum ham. (*Cuelga el teléfono.*)

José Roberto se sienta pensativo.

Tocan el timbre. Coge a Lavínia y la coloca sentada en la silla. Sonido de pasos.

Voz de hombre
¿Lavínia? ¿Estás ahí, Lavínia? Traje el material, mi amor.

Un hombre asoma por la puerta de la cocina.

José Roberto
¿Quién eres tú?

Hombre
Silas. Me llamo Silas. Vine a traer un recado para doña Lavínia. (*Nota, ahora, a Lavínia, sentada en la silla.*) ¿Qué... qué le ocurrió?

José Roberto
Silas. Tú eres el tipo que habló conmigo por teléfono. (*Lo imita.*) Mi amor, voy para allá con el material.

Silas
Pensé que era ella la que había contestado, que estaba resfriada. Me engañaste con el hum ham. ¿Tú eres el marido?

José Roberto
Sí, soy el marido. ¿y quién eres tú, mi amor?

Silas
¿No ibas a salir?

José Roberto
Pero no salí.

Silas
¿Qué le pasa a ella?

José Roberto
Se desmayó.

Silas se acerca. Mira el cuerpo.

SILAS
Lavínia, Lavínia, después vuelvo, chau.

José Roberto se para frente a él.

JOSÉ ROBERTO
¿Qué material le traías, mi amor?

SILAS
Es sólo una manera de decir. A todas mis clientas las trató de mi amor.

JOSÉ ROBERTO
¿Clientas?

SILAS
Doctor, doctor, yo soy quien les consigue el polvo.

JOSÉ ROBERTO
¿Polvo? ¿Para nosotros? ¿Estás loco? ¿Polvo? Yo en polvo no tomo ni siquiera pinole.

SILAS
Lavínia aspira fuerte.

JOSÉ ROBERTO
Yo no sabía nada de eso. Eres un traficante jodido.

SILAS
Hay muchas cosas que no sabes.

JOSÉ ROBERTO
¿Como qué, por ejemplo?

SILAS
Olvídalo.

JOSÉ ROBERTO
Olvídalo, ni madres.

SILAS
Y la culpa no es de ella.

JOSÉ ROBERTO
¿Es mía?

SILAS
Eso ocurre. Podría ocurrirme a mí, pero te ocurrió a ti.

JOSÉ ROBERTO
¿Qué me ocurrió?

SILAS
Ella me contó todo, pero no está bien que yo hable, y me pidió que guardara el secreto. Debiste haber buscado un médico, mi buen. Ella sufrió mucho, tardó mucho hasta, hasta... Y yo siempre la traté con mucho cariño... Dijo que luego que nosotros, tú sabes, que nosotros, tú sabes, nos hicimos íntimos, su relación contigo mejoró mucho. Quiero decir, tú sigues sin darle lo suyo, pero te trata bien, cuida de tu colesterol, pidió a su papá que te aumentara el sueldo, consiguió un remedio para tu caspa. En fin, la vida de ustedes mejoró mucho.

JOSÉ ROBERTO (*hablando para sí*)
Así que me atascaba de endibia mientras me ponía los cuernos. (*Protestando.*) Nunca tuve caspa.

SILAS
Pero ella te trata bien, ¿o no?

JOSÉ ROBERTO
Me trataba.

SILAS
¿Sabes por qué? Porque es una mujer satisfecha. Modestia aparte, eso me los debes a mí. ¿Te trataba? ¿Ya no te trata? (*A Lavínia.*) Hey, mi bien, trátalo bien.

JOSÉ ROBERTO
Debo estar soñando.

SILAS
Tiene un color extraño. (*Silas toma la mano de Lavínia.*) Su mano está fría. (*Silas suelta la mano de Lavínia. El brazo de Lavínia se balancea abandonado.*) Lavínia. ¡Lavínia! ¿De qué son esa marcas que tiene en el cuello?
Silas retrocede. Los dos hombres se miran.

SILAS
Creo que es mejor que me vaya.

JOSÉ ROBERTO
¿Tienes prisa?

SILAS
Tengo que hacer otra entrega.

JOSÉ ROBERTO
¿Cómo era aquello, ustedes dos en la cama?

SILAS
Tengo que irme.

José Roberto le cierra el paso

SILAS
Estoy armado, mi buen.

JOSÉ ROBERTO
Enséñame el arma.

SILAS
¡Quítate de enfrente!

JOSÉ ROBERTO
Enséñame el arma, quiero verla.

Silas saca un cuchillo de la cintura.

SILAS
Quítate de enfrente o te rajo.

JOSÉ ROBERTO
Crees que soy impotente, ¿verdad? No lo soy. Puedo echarme dos palos sin sacarla.

SILAS
Eso no fue lo que Lavínia me contó.

JOSÉ ROBERTO
Para cogerte a mi mujer tenías que llenarte de polvo, raquítico de mierda. ¡Mira mi brazo! ¿Ves el conejo? (*José Roberto se quita el saco, se arremanga y muestra el bíceps.*) Enséñame tu conejo. Ándale, enséñamelo, miserable, piltrafa, traficante, analfabeto.

SILAS (*blandiendo el cuchillo*)
Aquí está mi conejo, pinche cornudo impotente.

JOSÉ ROBERTO (*abriendo un cajón de la mesa de la cocina y sacando un cuchillo largo para cortar carne. El cajón cae al suelo con un estrépito fuerte, regando tenedores y cuchillos*)
No soy impotente, hijo de puta.

SILAS
Yo enseñé a coger a tu mujer. Enseñé a reír a tu mujer.

José Roberto se arroja sobre Silas y lo golpea en el pecho con el cuchillo.

SILAS (*poniéndose la mano en el pecho y tambaleándose*)
Me diste, me diste feo.

JOSÉ ROBERTO
Entonces, ¿eh, eh? ¿Quién es impotente?

SILAS
Tú.

José Roberto levanta el brazo para darle otro golpe.

SILAS
Párale, mi buen, (*se pone de espaldas a José Roberto y camina lentamente en dirección al fregadero.*) Nunca maltraté

a nadie. Este cuchillo es sólo para farolear... para impresionar a los tontos... (*Suelta el cuchillo, que cae al suelo.*) Mi negocio es dar felicidad a los otros. (*Vuelve el rostro hacia José Roberto, cansado y melancólico.*) A las mujeres, principalmente.

Silas abre el grifo. Se apoya en el fregadero. Baja la cabeza y cae.

JOSÉ ROBERTO
Hey, rata, levántate de ahí. Voy a ponerte un curita en ese rasguño y vas a quedar como nuevo. (*José Roberto se inclina sobre Silas.*) No vas a morirte y a dejarme la bomba en las manos, eh, nalgas meadas. Eh, eh (*José Roberto sacude el cuerpo de Silas con fuerza*). Pinche desnutrido de mierda, raquítico escroto, naco apestoso, ¿vas a morirte con una cuchilladita que no mataría ni a una gallina? Esto parece un sueño. El hijo de puta se murió. ¡Carajo!

Pasos. Una mujer aparece en la puerta.

JOSÉ ROBERTO
Carajo, Regina, tardaste mucho y acabé haciendo otra cagada.

REGINA
Me estaba bañando cuando telefoneaste. Tardo secándome los cabellos y peinándome. Tú lo sabes.

JOSÉ ROBERTO
Ya te he pedido mil veces que te cortes los cabellos.

REGINA
Lo dices para que NO me corte el cabello.

JOSÉ ROBERTO
La culpa es tuya. Maté a Lavínia por tu culpa. Y ese sujeto apareció y dijo que yo era impotente. ¿Sabías que Lavínia aspiraba cocaína?

REGINA
¿La mataste porque aspiraba cocaína?

JOSÉ ROBERTO
No, no. Cuando te dije que iba a abandonar a Lavínia me dijiste que no tendría coraje porque el dinero era de ella.

REGINA
¡¿Dije eso?! ¿Estás loco?

JOSÉ ROBERTO
Esto parece un sueño.

REGINA
En realidad estás soñando. ¿Cuándo te dije eso?

JOSÉ ROBERTO
Ayer. En tu casa.

REGINA
Ayer fue miércoles. Nunca vas a mi casa los miércoles. Lunes, miércoles y viernes vas al cine. Para crear un patrón, como tú mismo dices.

JOSÉ ROBERTO
Esto parece un sueño.

REGINA
¿Y ahora?

Suena el teléfono.

JOSÉ ROBERTO
Lo que más odio después del dentista y la endibia es el teléfono.

REGINA
Contesta.

JOSÉ ROBERTO
Hay una cosa que nunca te conté y debí habértela contado.

REGINA
Contesta el teléfono.

José Roberto contesta el teléfono.

JOSÉ ROBERTO (*al teléfono*)
Hay una cosa que nunca te conté y debí habértela contado. Aquello de que iba al cine los lunes, miércoles y viernes... ¿Qué? Claro, me confundí, los martes y jueves; bueno, eso era mentira, no iba al cine los martes y jueves, iba a encontrarme con Regina. ¿Quién es Regina? Mi otra novia. Espera, espera, déjame explicarte, soy un hombre dividido, un hombre puede amar a dos mujeres con el mismo fervor, trata de entender, querida. Otra cosa: ¿fuiste tú quien me dijo que no podría separarme de Lavínia porque ella era la dueña del dinero?

REGINA (*arrancando el teléfono de la mano de José Roberto con violencia*)
Bueno, ¿Cómo te llamas? ¿Silvia? Ven para acá, Silvia, este mentiroso nos engañaba a las dos. Lunes, miércoles y viernes contigo; martes y jueves conmigo, y aquel rollo del cine para crear un patrón. ¿También te pedía a ti que lo llamaras cogelón salvaje? (*Regina da varios golpes en el pecho a José Roberto, que no se defiende.*) Sí, le estoy pegando. ¿Cómo? Dándole golpes en el pecho al cogelón salvaje. ¿Que le pegue con suavidad? Idiota, te estaba tomando el pelo, me estaba tomando el pelo y ahora inventa que mató a su mujer por nuestra culpa. Sí, como lo escuchas, la mató, mató a su mujer. ¿Tú fuiste quien le dijo que Lavínia era la dueña del dinero, o no?

JOSÉ ROBERTO
Carajo, parece un sueño.

REGINA
Entonces ven. (*Cuelga el teléfono.*) Viene para acá.

JOSÉ ROBERTO
Qué bueno, Silvia es una persona muy práctica.

REGINA (*Golpeando a José Roberto*)
Yo también soy muy práctica, idiota. Vamos a esconder los cuerpos de esos dos infelices.

JOSÉ ROBERTO
Te considerarán mi cómplice si lo descubren. Es mejor que te vayas.

REGINA
¿Quién es este sujeto que te llamó impotente?

JOSÉ ROBERTO
Un traficante de cocaína.

REGINA
Difunto barato. El problema va a ser el cadáver de Lavínia.

JOSÉ ROBERTO
Eres un genio. Mayor que Renan.

REGINA
¿Quién es Renan?

JOSÉ ROBERTO
Su peluquero.

REGINA (*dándole un golpe a José Roberto*)
Deja de confundir las cosas. Yo soy Regina, la otra es Silvia. ¿Es rubia o morena?

JOSÉ ROBERTO
Rubia.

REGINA
Una rubia y la otra morena. Para variar, perro.

JOSÉ ROBERTO
Ni pensé en eso.

REGINA
¿Ese clóset tiene llave? Vamos a esconder los cuerpos ahí dentro y luego pensamos con calma lo que vamos a hacer. ¿Dónde está su criada?

JOSÉ ROBERTO
Hoy es su día de descanso.

Los dos llevan los cadáveres al clóset. Limpian el piso. Recogen del piso el cajón de los cubiertos, lo colocan en su lugar y ordenan en él las piezas regadas por el piso. Se oye un timbre.

JOSÉ ROBERTO
Debe ser Silvia. (*Sale.*)

REGINA (*enciende un cigarro, camina por la cocina*)
Necesito dejar este vicio maldito, creo que me voy a hacer aquel tratamiento con láser... Por la cocina se puede saber quién es la mujer. Por la cocina y por el baño. Apuesto a que el baño está repleto de perfumes, cremas, champús, pomadas, depiladores, antimicóticos, desodorantes y una báscula. Es el tipo de mujer que se pesa y se mira en el espejo, se pesa y se mira en el espejo. No tiene olor, ni un pelo fuera de su lugar, ni una carnita fuera de lugar. No tenía, ahora murió. Murió, se jodió. (*Levanta la servilleta que esconde el libro de recetas de cocina.*) Un libro de recetas de cocina... Ahora a las doñas les ha dado por cocinar, se puso de moda... Ya quisiera verlas fregando las cacerolas... Ensalada meridional... tres manzanas, dos tomates, un pimiento rojo, un apio pequeño, jugo de limón, páprica... (*hojea el libro.*) Ensalada de endibias con aguacates... ensalada de coliflor cruda con manzana... ensalada de zanahoria cruda con berros y pepino... Este libro sólo tiene ensaladas... Eso no es cocinar, cocinar es ensopadiño, feijoada, sopa de entulho, rabada con polenta, carne asada con papas rosadas y salsa de ferrugem, ¡debe de estar en el fuego, carajo!

Entran Silvia y José Roberto. Las dos mujeres se miran.

REGINA
Una rubia y otra morena. Una de cabello corto y otra de cabello largo. Una flaca y otra gorda. ¡Perro diversificador!

JOSÉ ROBERTO
Ella es Regina, ella es Silvia.

SILVIA
Vamos a lo que nos interesa. ¿Dónde está el cadáver?

REGINA
En el clóset.
Silvia va hasta el clóset, abre la puerta.

SILVIA
¿Son dos? ¿Quién es este hombre?

REGINA
Un tipo que lo llamó impotente.

SILVIA
¿Mataste a un hombre porque te llamó impotente?

JOSÉ ROBERTO
Su nombre es Silas. Es un traficante. Mantenía una relación con Lavínia.

REGINA
Eso no me lo contaste. Entonces la santa las andaba dando por ahí, era comidita de traficante. Y se metía coca. (*Se detiene Silvia.*) ¿Sabías que se metía coca? ¿La santa?

SILVIA
¿Cómo te atreviste a hacer una cosa como ésta?

JOSÉ ROBERTO
Mi bien...

SILVIA
No me llames mi bien.

JOSÉ ROBERTO
No sé cómo ocurrió. Fue sin querer.

SILVIA
Me dijiste que matarías a Lavínia y no lo creí.

JOSÉ ROBERTO
No quería, compré un veneno con una fecha de caducidad vencida y luego la agarré por el pescuezo como si la estuviera agarrando por el brazo, y cuando me acerqué a ver ya la había ahorcado.

REGINA
¿Y el hombre?

JOSÉ ROBERTO
Él me sacó un cuchillo. (*Abre el cajón de los cubiertos.*)
Carajo, mira, ese es el cuchillo, ¿ves cómo es diferente? Es su
cuchillo. No fue porque me haya llamado impotente. Ustedes
saben que no soy impotente. ¿O no? ¿No van a responder?

SILVIA
¿Tu carro está en el garaje?

JOSÉ ROBERTO
Sí.

SILVIA
Un traficante puede aparecer muerto en cualquier lugar
pues a nadie le importa. Traficante muerto es la cosa más natural
que existe.

REGINA
No sirve ni para el periódico.

SILVIA
¿Entonces? Lo ponemos en el carro y lo dejamos en un
lugar desierto. Luego vemos lo que hacemos con Lavínia.

JOSÉ ROBERTO
No es necesario que vayamos todos. Basta con dos.

REGINA
Tú y una de nosotras.

JOSÉ ROBERTO
O ustedes dos. Me quedo para atender el teléfono.

Regina da unos golpes a José Roberto.

SILVIA
Tú y una de nosotras. ¿Par o impar?

REGINA
Par. No, impar. Uno, dos y tres. Ganaste. Yo voy.

Los tres sacan el cuerpo de Silas del clóset. José Roberto
sale por un momento y vuelve con una sábana. Envuelven el
cuerpo de Silas en la sábana. Después, Regina y José Roberto,
cada quien agarrando un extremo del cuerpo, salen de la cocina.

SILVIA (*abriendo el refrigerador*)
Sólo cosas de dieta. Quien tenía que hacer eso era yo,
comer legumbres, beber Coca de dieta, machetear en el gimna-
sio, dejar de ser gordita. Siempre pasa, si soy nueva, las personas
no me encuentran gorda, me encuentran opulenta. Pero esa
sibarita me llamó gorda, fingí que no la oía, pero me llamó gorda
(*imita a Regina*), una flaca y otra gorda... Ella es mi rival, los
rivales se dan golpes bajos, pero tal vez ella tenga razón, dentro de
poco todos me van a encontrar, primero gruesa, luego obesa,
después gordita, luego gordota, bomba, barrigona, tísica, lo sé,
así las llamo yo a ellas. Aquí en la barriga puedo sentir ya una
llantita juguetona, y aquí, aquí, encima del pecho, junto al brazo
tengo esta gordura saliente, y aquí en las espaldas basta con que
use un sostén apretado para que la manteca aparezca. Soy una
mujer pélvica, las mujeres pélvicas engordan más que las mujeres
claviculares, como la Regina esa. Abre los ojos, Silvia. (*Se detiene
en la puerta del clóset.*) Soy una desalmada, egoísta, pensando en
mis grasas mientras una infeliz está muerta ahí dentro. Muerta,
para siempre, y si hay cielo no sé si ella se merece ir al cielo,
metiéndose coca y poniéndole los cuernos al marido, aunque él
se lo mereciera. Ay Dios mío, qué estoy haciendo aquí, ayudando
a un criminal a esconder un cadáver sólo porque es mi novio y
lo amo. No lo merece, pero lo amo, tengo que amar a alguien, es
mejor amar a un loco que quedar chupándose el dedo. Además
de que empiezan a faltar hombres en el mercado. Puta, cómo
faltan hombres... en tiempos de mi madre sobraban... Me gustaría
tanto oír un poco de música ahora, consumir un sueño de vals,
olvidarlo todo e ir a la cama con mi cogelón salvaje. (*Enciende
un cigarro.*) También me gustaría dejar de fumar, pero si dejo de
fumar engordo. La vida es dura.

Sonido de pasos. Regina y José Roberto entran a la cocina.

**REGINA**
Dejamos el cuerpo en un lugar desierto.

**SILVIA**
José Roberto, tengo una cosa muy importante que decirte. Te interesa también a ti, Regina. Es lo siguiente: tienes que
escoger entre las dos. Con las dos no se puede. O una o la otra.

**JOSÉ ROBERTO**
Dejemos eso para después.

**REGINA**
Ahora. Tampoco me gusta compartir nada.

**JOSÉ ROBERTO**
Carajo.

**REGINA**
Carajo ni madres.

**SILVIA**
Vamos. Decide.

**JOSÉ ROBERTO**
Un hombre es capaz de amar a dos mujeres al mismo
tiempo...

**REGINA**
El rollo de siempre.

**JOSÉ ROBERTO**
Así como puede gustarle la poesía y la música al mismo
tiempo...

**SILVIA**
¿Qué soy yo? ¿Música o poesía?

**JOSÉ ROBERTO**
¿Qué eres tú? Poesía.

REGINA

¿Ella es la poesía? ¿Esa gorda? Si hay una cosa que no combina con la poesía es la gordura.

SILVIA

No quiero pelear, podría llamarte montón de huesos, comida de perro, pero no quiero pelear. Tú eres la poesía, yo la música, está bien. Pero estudié Letras en la facultad.

REGINA (*gritando*)
¡Yo también estudié Letras!

SILVIA

¿Y mis ojeras? José Roberto adora mis ojeras. Yo tengo ojeras, tú no.

REGINA

Esas ojeras son falsas. (*Regina avanza hacia Silvia y con el dedo intenta borrarle las ojeras.*) Las rubias no tienen ojeras.

Las dos se agarran, caen, ruedan por el suelo.

JOSÉ ROBERTO

¡Carajo! Parece un sueño. Estas mujeres enloquecieron. Niñas, ¡niñas! ¡Dejemos eso! Silvia, Regina, deténganse. (*Se arroja entre ellas. Grita.*) ¡Tenemos que ocultar el cadáver de Lavínia!

Las mujeres dejan de pelear. Se arreglan las ropas, los cabellos.

REGINA

El problema es tuyo. No tengo nada que ver con eso. Finalmente, ¿con quién te vas a quedar? ¿Conmigo o con ella?

JOSÉ ROBERTO

¿Crees que tengo cabeza para resolver esto ahora? Las amo a las dos. ¡Lo juro por Dios! Después decido.

REGINA

Una vez que ocultemos el cuerpo de Lavínia.

JOSÉ ROBERTO
Una vez que ocultemos el cuerpo de Lavínia. Lo prometo,
lo juro.

SILVIA
Voy a hacer un cafecito. Te gusta fuerte, ¿o no, amor?

REGINA
No muy fuerte. Y usa endulzante artificial. Tres gotas.

SILVIA
¿Piensas que no lo sé? (*Abre los armarios, busca.*) Todo
está mal organizado, no puedes encontrar nada, ah, aquí está el
café, los filtros de papel, ahora sólo es cosa de sacar la cafetera,
conectarla y listo.

JOSÉ ROBERTO (*mientras toma café*)
¿Y si emparedamos a Lavínia? Emparedar a una persona
no es una cosa envilecedora. Y tal vez los gusanos no se coman
al emparedado, tal vez se seque como una momia. (*Percibe duda en
el rostro de las dos mujeres.*) ¿No? Es una pena. A Lavínia le
encantaría no ser comida por los gusanos.

SILVIA
¿Aquí en la pared de la cocina?

JOSÉ ROBERTO
Tengo una pared muy buena en el área interna que da al
patio. El patio está en obras y los albañiles dejaron picos, arena,
cemento, todo, y no vuelven sino hasta el lunes. Vengan a ver.

Salen todos. Silencio. Sólo se ve la cocina vacía durante
mucho tiempo, un tiempo irritante, que parece que no pasa, que
sugiere que ya nada va a ocurrir, que hace suponer que terminó el
espectáculo. Alguien en la platea aplaude. Inmediatamente se oye
un ruido fuerte y profundo de impacto, y otro más, aplausos que
resuenan en el espacio de la cocina. Luego un estruendo aterrador.

REGINA (*off*)
Echaste al suelo la pared, ¡estás loco!

Silencio. Treinta segundos. Entran José Roberto, sucio de escombros, cargando un pico, Regina y Silvia.

JOSÉ ROBERTO (*desconsolado*)
Hay cosas que sólo a mí me pasan. En la casa de mi abuelo había una pared que tenía que ser demolida, de ladrillo, sólo ladrillo, y fue necesario un tractor, ¿conocen aquellos que hacen surcos?, fue necesario un tractor para derrumbar la pared.

REGINA
¿Y encontraron a tu abuela emparedada, momificada y feliz?

JOSÉ ROBERTO
Voy a agarrar a Lavínia por un brazo y la ahorco, doy una cuchilladita al traficante y mato al tipo ese, doy un golpe con el pico en mi pared y se derrumba. ¡Carajo!

SILVIA
Tu ascendente astral no anda bien. Debías tomar un baño de sal gruesa.

REGINA
Y debes haber despertado a los vecinos.

JOSÉ ROBERTO
La casa más próxima está a más de doscientos metros. Y los árboles amortiguan el ruido. Los vecinos que podrían oír es una pareja de sordos.

REGINA
Es. Es una pareja de sordos.

SILVIA
Son una pareja de sordos.

JOSÉ ROBERTO
No vamos a pelear por eso. Que se joda la concordancia gramatical. Voy a tomar un baño.

José Roberto sale.

REGINA

Así es él. Que se joda la concordancia gramatical, que se joda la lógica, que se joda la fidelidad, que se joda la esposa, que se jodan las novias.

SILVIA

Cuatro meses.

REGINA

Yo ando con él desde hace ocho. Al principio se veía conmigo los lunes, miércoles y viernes, luego... Espera, hace exactamente cuatro meses que dijo que ya no podría verse conmigo los lunes, miércoles y viernes y empezó a verme solamente los martes y jueves. Fue cuando te conoció. Perro. Su próximo paso será abandonarme, conseguir otra y pasarte a ti a los martes y jueves. Creo que ya hasta sé quién es. Me ha hablado mucho de una muchachita que estudia balet.

SILVIA

Luciana. También me habló de ella.

SILVIA y REGINA (*simultáneamente*)
¡Hijo de puta!

REGINA

Somos sus juguetitos. Cuando se harta, nos echa. Dentro de cuatro meses pasará a la joven bailarina a los martes y jueves, que serán tus días, y estarás fuera del esquema. Y luego será el turno de la bailarina, bailará de verdad. Estoy segura de que antes de nosotras, en encro, nueve meses atrás, había otras dos que lo llamaban cogelón salvaje. Y las echó también.

SILVIA y REGINA
¡Hijo de puta!

SILVIA

Y nosotras como bobas escondiendo los cadáveres de este traidor.

REGINA (*limpiándose los ojos*)
Amo al tipo este.

SILVIA
¿Estás llorando?

REGINA
Sí. ¿Y tú no tienes ganas de llorar?

Las dos se abrazan llorando.

REGINA (*llorando, coge el teléfono*)
Creo que lo mejor es llamar a la policía. (*Marca.*) ¿Es la policía?

José Roberto aparece, desnudo, con el pico en las manos.

JOSÉ ROBERTO
¿Están llamando a la policía? ¿Quieren verme en la cárcel? (*Levanta el pico sobre su cabeza.*) Voy a matarlas.

SILVIA (*llorando*)
Eres un hombre bueno, dulce, gentil.

REGINA (*llorando*)
Te pedí que mataras una cucaracha y no la mataste. ¿Te acuerdas?

José Roberto se aproxima a las mujeres con el pico en las manos. Se abrazan. Se besan. Se escucha el timbre.

JOSÉ ROBERTO (*mirando por la ventana de la cocina*)
Es la vecina, la sorda. ¡Carajo! Parece un sueño.

REGINA
Ve a vestirte. Yo hablo con ella.

*F I N*

# El enano

Poco importa que diga cómo fue que un empleado bancario desempleado como yo conoció a una mujer como Paula, pero voy a contarlo. Me atropelló con su carrazo y me llevó al Miguel Couto y me dijo en el camino, la culpa fue mía, estaba hablando en el teléfono celular y me distraje, mi marido odia que maneje. Al llegar al hospital le dije a todo el mundo que la culpa era mía. Ella suspiró aliviada y dijo muy bajo, muchas gracias. Me operaron la pierna, le pusieron un montón de tornillos y me dejaron en una camilla en el pasillo, pues el hospital estaba lleno y no había lugar en los cuartos.

Al día siguiente por la mañana ella vino a visitarme. Me preguntó si había pasado la noche en el pasillo, aquello era un absurdo, dijo que me iba a llevar a un hospital privado. Le expliqué que estaba bien, no necesitaba preocuparse. Yo quería que se fuera pronto, me habían puesto una bata que si me daba vuelta en la cama, digo, camilla, mi culo quedaba de fuera. Me dejó una caja de chocolates que yo le di a la chica que me cuidaba, Sabrina, creo que era sirvienta pero le gustaba fingir que era enfermera.

Unos días después la mujer volvió con otra caja de chocolates. Ni siquiera pudo decir nada pues Sabrina apareció y le preguntó, cómo pudo entrar usted hasta aquí y ella dijo que tenía permiso del director y que se sentía responsable por mí pues me había atropellado, que yo tendría que usar muletas y que ellas iba a traérmelas. No es necesario, dio Sabrina, ya tiene y retírese por favor pues es la hora de la revisión. La mujer me preguntó si yo quería que se fuera y le dije que sí y se fue y Sabrina me cogió la pierna y siempre que Sabrina me cogía la pierna se me paraba, ahora que la pierna me dolía menos. La caja de chocolates de esa frívola ociosa la tiras a la basura, ¿eh?

Ese mismo día por la tarde Sabrina apareció y me dijo que era un tipo con suerte o bien era amigo del alcalde pues iba a ser trasladado a un cuarto. Cuando Sabrina llegaba mi corazón latía apresurado y cada día me parecía más atractiva y se me paraba cuando ella me tocaba, pero todas las noches soñaba con la mujer que me había atropellado, sus cabellos negros largos finos y el cuerpo blanco como una hoja de papel. Y ese mismo día Sabrina me dio un recorte del periódico con el retrato de la mujer, mira, aquí está tu ricachona asesina. Fue ahí donde me enteré que se llamaba Paula. Es seguro, idiota, que no sabías su nombre, no te lo iba a dar por miedo a que pidieras una indemnización, lo que más les gusta a los ricos es el dinero, mejor te da chocolatitos que cuestan una miseria para que no hagas nada contra ella, rompe pronto esa foto.

Escondí la foto y seguí soñando con Paula y quedándome con el palo tieso cada vez que Sabrina me agarraba la pierna y mirando la foto de Paula cuando Sabrina no estaba cerca. Cuando me dieron de alta Sabrina me preguntó si quería que me llevara a casa y le dije que no era necesario, que me iría solo. Insistió y yo fui duro, no es necesario, y ella se quedó desilusionada y yo me puse triste, Sabrina había cuidado de mí, me había enseñado a andar con muletas y yo la trataba de aquella manera.

Subir las escaleras de mi casa en Catumbi fue muy difícil, sufrí endemoniadamente. Por la tarde golpearon en la puerta y una mujer vestida de blanco entró y dijo que era fisioterapeuta del Miguel Couto y que la habían mandado para que se ocupara de mí. ¿Fue Sabrina quien la mandó? Sí, sí, y la mujer movió mi pierna para allá y para acá y dijo cómo eran los ejercicios que yo tenía que hacer y que regresaba mañana.

Después de quince días de fisioterapia Sabrina apareció en mi casa con un casete de Tim Maia de regalo. Le conté que una fisioterapeuta del hospital venía un día sí y un día no para darme masaje en la pierna. Permaneció callada un tiempo y luego dijo, ¿fisioterapeuta?, el hospital no mandó ninguna fisioterapeuta, si no tenemos dinero para comprar gasas, ¿crees que íbamos a tenerlo para mandar fisioterapeutas a domicilio?, el medio está lleno de charlatanes, yo misma te haré la fisioterapia y empezó a mover mi pierna y vio cómo se me paraba y dijo ¿qué es eso?, agárrala y verás le dije, la agarró, siempre te ponías así cuando te agarraba la pierna, ¿crees que no me daba cuenta?, no te muevas que me voy a subir encima de ti, quédate quietecito, y se me subió encima y se la metió dentro y estuvimos cogiendo, fue algo grande.

Sabrina volvió al día siguiente, un poco antes que la fisioterapeuta. Cuando la mujer apareció Sabrina le preguntó, ¿a usted la envió el hospital? Si señora, el hospital me envió. Sabrina apretó los dientes y se quedó viendo a la mujer que hacía los ejercicios conmigo hasta que ya no aguantó y dijo, puedes incluso ser fisioterapeuta, pero no del Miguel Couto, YO SOY del Miguel Couto y conozco a todos los fisioterapeutas del hospital, ¿quién te mandó aquí? No puedo decirlo. Vamos, es mejor que lo digas. Un alma caritativa, respondió la mujer bajando la mirada. Nadie hace caridad a un cajero desempleado, carajo, gritó Sabrina, fue aquella riquilla apestosa que cree que el dinero lo compra todo, ve y dile que Zé no acepta limosnas, ¿no es así, mi amor? La mujer vestida de blanco se defendió, me pagaron por adelantado y tengo que terminar mi trabajo, todavía faltan... Se acabó, se acabó y no vuelves a entrar aquí, ¿verdad, mi amor?, haz lo que quieras con el dinero que te dio aquella puta pero aquí no vuelves a entrar, anda Zé, dile que no que aquí no volverá a entrar. Intenté manipular la situación, dije, mira Sabrina. Que no entra más aquí, carajo, si ella entra yo no vuelvo a poner un pie en esta casa. La fisioterapeuta cogió su maleta y salió enojada y un poco asustada y Sabrina se subió encima de mí y cogimos.

No fue porque Sabrina tenía los cabellos oxigenados que empezó a gustarme menos, quiero decir, me gustaba coger con ella, nosotros los empleados de banco somos muy calientes, vivimos con la verga dura, debe ser porque agarramos dinero todo el día, por lo menos eso era lo que ocurría conmigo, me daban ganas de cogerme a cualquier mujer que se acercara a la caja, quiero decir, a las bonitas, pero no necesitaban ser muy bonitas y a veces quería cogerme hasta a las feas, me quedaba perturbado y me equivocaba en el cambio y todo eso me lo descontaban a fin de mes, el banco no perdonaba, y tantas hice que me corrieron y hasta fue bueno pues creí que al dejar de agarrar tanto dinero aquella calentura loca terminaría y podría vivir en paz. Pero me atropellaron al día siguiente de que fui despedido y empezaron a ocurrir todas estas cosas, Sabrina, Paula, el enano.

Cuando Sabrina se iba yo me acostaba y soñaba con Paula. Para no olvidar cómo era veía su retrato todo el tiempo. Mi pierna fue sanando y ya podía subirme encima de Sabrina y podía rodar en la cama y podía salir a la calle y la primera cosa que hice fue enmicar el retrato de Paula pues el papel del periódico se estaba deshaciendo. Cuando doña Alcira, la dueña del departamento que vivía en la planta baja, me dijo que ya estaba pagada la renta pensé que había sido Sabrina, fue entonces cuando me fastidié. Habíamos acabado de coger, yo aún estaba encima de ella cuando le dije gracias por la renta pero te pagaré todo no me gusta deberle nada a nadie y menos a la mujer de la que estoy enamorado. Sabrina me empujo con fuerza, se quitó de abajo de mí, me golpeo en la pierna, la que tenía los clavos de metal y gritó fue aquella puta, tú estabas con ella el viernes que vine aquí y habías desaparecido, estabas cogiendo con aquella vaca, si te vuelves a encontrar con ella te voy a cortar la verga cuando estés dormido, como aquella americana lo hizo con su marido, y voy a meter tu verga en el molino para carne, no va a haber un médico en el mundo que te haga el reimplante. Juré que no había visto a Pa... a aquella mujer. Hijo de puta, ibas a decir su nombre, y Sabrina volvió a golpearme la pierna de los clavos de metal. Intenté bromear, ¿si pasas mi verga por el molino para carne te lo comerás después como hamburguesa? Más golpes en la pierna con clavos.

No se puede vivir con una mujer así. Siempre que cogíamos, las veces en que cogíamos el día entero y me aventaba dos o tres sin sacársela, no estoy presumiendo, fue el maldito tiempo que me pasé contando dinero en el banco, en esas ocasiones, cuando acabábamos de coger, Sabrina me preguntaba ¿cómo fue con las otras?, ¿la misma locura? Y yo, que no soy tonto, decía, no, no, sólo contigo. ¿Me lo juras? Sí, que se muera mi madre si alguna vez cogí así con otra mujer. Tu madre ya está muerta, hijo de puta. Juro que quiero ver a mi madre viva si no fuera verdad que sólo cojo así contigo. Esto nos daba risa, nos carcajeábamos, es bueno reír entre una cogida y otra, pero Sabrina no se reía nunca, sólo le gustaba coger. Si ella hubiera agarrado tanto dinero nuevo y viejo durante tanto tiempo no sé qué habría ocurrido con ella. Sabrina era obstinada, seguro recuerdas su nombre completo, infeliz, anda, confiésalo, uno de estos días voy a buscar a la Paula esa para ajustar cuentas. Más juramentos míos, más golpes en la pierna con clavos.

A quien Sabrina realmente buscó fue a doña Alzira. Mi casera dijo que el dinero había llegado por correo, una hoja mecanografiada en la que estaba escrito, para paga la renta. Con letra de computadora, dijo Sabrina, la desgraciada tiene una computadora.

Sabrina no salía de mi casa. Trajo una maleta con cosas, ropa, discos de Tim Maia. Empecé a sentir rabia hacia ella , rabia hacia Tim Maia, pero aun así cogíamos, cogíamos, maldito banco,

malditos billetes nuevecitos recién salidos de la Casa de Moneda.
Yo sabía a qué hora llegaba Sabrina y antes de que llegara
agarraba el retrato de Paula y me hacía dos puñetas para que no
se me parara en la cama y que ella se decepcionara de mí y me
dejara en paz. Pero Sabrina sabía cómo hacer para que se me
parara y allá íbamos, era una locura. Y tenía que tomar vitaminas
que Sabrina me empujaba por el gaznate, y sopas de avena, polvo
de guaraná y un brebaje de yerbas que ella me preparaba en la
cocina.

Si Sabrina supiera que algunas veces cuando salía de la
casa el carro que me atropelló estaba parado en la esquina y mi
corazón latía tan fuerte que hacía sonar las medallitas que cargo en
un cordón y que me dio mi madre poco antes de morir, hijo mío
nunca separes de tu pecho estas medallitas de Nuestra Señora,
y yo veía el carro de vidrios oscuros sabiendo, porque yo lo
sabía, que Paula estaba ahí dentro con aquellas maneras finas de
ella, y las medallitas hacían plimplim y yo no quitaba los ojos
del carro plimplimplim y el carro se iba y yo me sentaba en la
orilla de la banqueta con ganas de llorar porque extrañaba a
Paula. Si Sabrina lo supiera mi verga iría directo al molino de carne.

Un día tenía que ocurrir. Tocaron en la puerta. Abrí, era
Paula. Nos quedamos mirando uno al otro, ella estaba aun más
blanca, incluso con la peluca rubia, y yo debía estar de su color,
y sus maneras eran finas aunque su voz era firme, ¿hay aquí
alguna cosa por la que sientas un cariño especial?

Puse una silla encima de la mesa y saqué su retrato del
agujero que había en el forro del techo, Sabrina nunca dudaría de
aquel escondrijo, menos aún después de que le dije que había
visto un ratón que entraba en aquel agujero. Vámonos, dijo
Paula. Cuando abrimos la puerta para salir Sabrina estaba llegando y al verme con Paula pareció que se desmayaba. Paula la miró
como quien ve a la muchacha que empaca verduras en el
supermercado y caminó en dirección a la escalera llevándome
del brazo. Sabrina salió de su estupor y vino tras nosotros. ¿Te
vas? Sí, sé feliz. Ella se tiró al piso y agarró mi pierna, la de los
clavos, por favor, perdóname, no me abandones, te amo. Cada
paso que daba arrastraba a Sabrina por el suelo y ella aullaba
como un animal y en medio de los aullidos y gemidos suplicaba,
déjelo conmigo, usted es rica y puede conseguir al hombre que
quiera, él es todo lo que tengo en el mundo, por el amor de Dios,
haré lo que usted quiera, seré su esclava por el resto de mi vida,

déjelo conmigo, y cuando llegamos a la parte alta de la escalera sacudí la pierna y me solté y Sabrina rodó escaleras abajo, quedó tirada junto a la puerta de la calle. Intenté reanimarla pero ni siquiera respiraba. Paula le tomó el pulso, dijo la pobrecita está muerta y mejor nos vamos porque no hay nada que podamos hacer.

Subimos al carro y nos fuimos en silencio por las calles, en silencio entramos al túnel, en algún momento yo había deseado la muerte de Sabrina y de Tim Maia pero no era en serio y yo me estaba muriendo de pena por ella. Yo también lo lamento, dijo Paula, pero tú no tuviste la culpa, yo tampoco, no fue culpa de nadie.

Quiero volver, dije, no voy a dejarla muerta ahí. Paula aceptó, está bien, tal vez así sea mejor. El carro se detuvo en la esquina, mañana en la tarde vengo a verte, me esperas, y Paula se fue. Había una multitud en la puerta, curiosos, un policía que informó que ya venía la ambulancia. Doña Alzira me recibió con una granizada de palabras, ah, llegaste, tu amiga se cayó de la escalera, yo estaba viendo la televisión cuando oí el barullo y corrí es decir primero me puse la bata con este calor nadie anda completamente vestido en casa y la puerta de la calle estaba abierta y la chica tirada en el suelo y en eso me di cuenta que estaba muerta, yo sé cuándo una persona está muerta, he visto mucha gente muerta en mi vida, no soy una niña, cuando murió mi hermana se quedó con la cara igual a la de esa chica y el policía quiere hablar contigo. El policía sólo me dijo tendría que ir a la delegación para declarar. Los curiosos se fueron, doña Alzira se fue a ver la telenovela y sólo nos quedamos yo, el policía, la pobre Sabrina cuyo cabello parecía aún más oxigenado, esperando a los peritos y la ambulancia.

En la delegación dije un montón de mentiras, había salido a comprar el periódico deportivo y a mitad del camino me di cuenta que no llevaba dinero y regresé y encontré a mi novia tirada al final de la escalera y doña Alzira me dijo que oyó el barullo y llegó enseguida. No está bien eso que doña Alzira dijo, dijo el detective, ella dijo que fue a ponerse una ropa y perdió algún tiempo en eso, y otra cosa, ¿por qué la muerta dejó abierta la puerta de la casa, la de arriba?, ¿tenía prisa?, ¿salió corriendo?, ¿a dónde iba? Expliqué, probablemente Sabrina, sabiendo que yo no tenía llaves, bajó para abrir la puerta de la calle y resbaló. ¿Y quién abrió la puerta de abajo? Quizá ya estaba abierta. ¿Ustedes pelearon? ¿Nosotros? Nunca, ella era una santa, puede preguntarle a doña Alzira si alguna vez peleamos, me iba a casar con ella, era una santa, se hizo cargo de mí cuando me rompí esta pierna que está llena de clavos metálicos, me hizo la fisioterapia todos los días durante no sé cuanto tiempo, era una santa. Mientras no se casan con nosotros todas son unas santas, dijo el detective, y dijo que quería oírme de nuevo otro día que ahora podía irme.

Al día siguiente Paula apareció con la peluca rubia y lentes oscuros, dijo vas a hacerte esos exámenes no confío en el hospital del gobierno y me dio un montón de papeles con solicitudes de exámenes, había examen de heces, de orina, de sangre, examen eléctrico del corazón y de la cabeza, y dijo que el laboratorio ya había recibido instrucciones para realizar los exámenes, que no me preocupara por el dinero y que ella volvería en quince días.

Quince días después volvió todavía con la peluca y los anteojos pero se quitó pronto la peluca y me dijo que los exámenes habían resultado muy buenos y se quitó los anteojos oscuros y agarró mi pierna y preguntó si me dolía y se me paró, aquellos billetes todos nuevecitos de la Casa de Moneda. Le dije que lo que me dolía era el corazón, que soñaba todas las noches con ella. Nos quitamos la ropa, su cuerpo era aun más blanco de lo que yo hubiera podido imaginar y sus cabellos más negros y cogimos cogimos cogimos.

Y cogimos cogimos cogimos al día siguiente toda la tarde y todos los días de la semana, toda la tarde, y el viernes me dijo que sólo me vería el lunes y me preguntó si con las otras mujeres yo también era así. Yo no era tonto y le di mi palabra de honor de que no nunca me había ocurrido algo así, era ella quien hacía que aquello ocurriera, ella me gustaba como a un niño le gusta el helado de chocolate y la amaba como una madre ama a un hijo y estaba locamente enamorado de ella y por eso cogía con ella como un tigre coge con una onza. Y nos reíamos en los intervalos y comíamos sandwiches de queso caliente con Coca-Cola y no estaba mintiendo, con las otras mujeres era un simple rebote de los billetes de la Casa de Moneda estallando en mis manos, pero con Paula era pasión, dolía me elevaba me inspiraba sangraba. No podemos contarle esto a nadie, me decía, y esa sería la última cosa que yo haría en el mundo, sabía que estaba casada con el dueño del banco donde yo había trabajado y ella sabía que yo lo sabía pues su nombre completo estaba escrito debajo de la foto del periódico y era más fácil que yo muriera a que lo contara.

Pero yo tenía que desahogarme y se lo conté al enano. Salí un día del fin de semana pensando en ella, muriendo de añoranza pues sábado y domingo no nos veíamos, entonces vi al enano husmeando en el bote de basura de una lonchería y me dijo como disculpándose de zopilotear en la basura, a veces rescato un sandwich casi entero y la vida no está fácil. Respondí, es cierto y le enseñé el recorte enmicado del periódico con el retrato de Paula. Qué mujerón, dijo. Más respeto, enano de mierda. Lo agarré por el brazo y lo sacudí y lo arrojé contra un automóvil que estaba parado y él hizo una cara tan triste que me dio pena y lo invité a tomar un cafecito. Le enseñé de nuevo el retrato, estoy muy enamorado, pienso en ella noche y día, es blanca como un lirio, y el enano oyó muy atento dando pequeños gruñidos como les gusta hacer a los enanos, por lo menos a aquel enano.

Paula inventaba cosas, trajo un enorme hule que coloqué encima del colchón y cada día traía una cosa, aceite de oliva, puré de tomate del que la gente pone encima de la pasta, miel, leche y me pedía que lamiéramos nuestros cuerpos desnudos y cogíamos rodando en la cama completamente untados. Y reíamos en los intervalos y cogíamos un poquito más debajo de la regadera y encima de la mesa, ella sentada en la en la orilla con las piernas abiertas y yo de pie. Un día trajo una máquina pólaroid para tomar fotos de mi verga y yo sacaba fotos de su coño y de su trasero y de sus pechos y del rostro, que era la parte de su cuerpo que más me excitaba, y luego rompíamos todas las fotos. Todas menos una, de ella desnuda riendo para mí, que no tuve el valor de romper.

Todos los sábados me encontraba con el enano y le pagaba el almuerzo con el dinero de mi indemnización y el enano oía gruñendo que le contaba que estaba muy enamorado, que Paula era la mujer más bonita del mundo, que un día habíamos cogido nueve veces viniéndonos los dos en todas, y que se iba a su casa con dolor de piernas. Las mujeres tienen piernas fuertes, dijo el enano, pero me parece que no creyó lo que le dije. Ese sábado le pagué todo al enano el día entero y en la noche fuimos a cenar y nos emborrachamos y llevé al enano hasta donde vivía, no muy lejos de mi casa, en una barraca a la orilla de la ciudad nueva, cerca del Piranhão, que es la cede del ayuntamiento, así llamada porque había sido barrio de putas. Cuando desperté las fotos de Paula habían desaparecido, la del periódico y la de la pólaroid, me puse como loco y fui al lugar donde nos habíamos emborrachado pero nadie había hallado las fotos y fui a la barraca del enano y no estaba y me pasé el resto del domingo desesperado y toda la noche despierto dándome de topes contra la pared.

El lunes Paula llegó y no se quitó la peluca ni los anteojos oscuros ni dejó la bolsa ni me dio un beso y me dijo un tipo llamado Haroldo me telefoneó hoy por la mañana a mi casa alegando que era tu amigo y que tenía una foto mía, desnuda, y que quería dinero para devolverla, ¿guardaste una de aquellas fotos? Me arrodillé a sus pies y le pedí perdón y besé sus zapatos y le dije fue aquel enano de mierda y le conté todo y le pedí perdón nuevamente y me acordé de Sabrina arrastrándose agarrada a mi pierna con clavos. ¿Y ahora?, ¿qué vamos a hacer?, dijo Paula. Déjamelo a mí, le dije, y Paula se fue salió sin haberse quitado la peluca sin haber dejado la bolsa sin haberse quitado los anteojos oscuros y sin haberme dado un beso rodé por el suelo como un perro rabioso maldiciendo al enano hijo de puta.

Fui a buscar al enano a su casa y cuando me vio trató de correr y le dije, quédate quieto, vine para decirte que el negocio está cerrado y la doña te va a dar la lana que quieres, es más, te va a dar el doble y la mitad será para mí, ¿estamos de acuerdo? ¿Estás encabronado conmigo? ¿Seguro? Eres mi hermano, cabrón, lleva las fotos hoy por la noche a mi casa y la doña te dará la lana. Nos apretamos las manos solemnemente como dos comerciantes y me fui y atravesé la calle Constitución y compre una maleta vieja de cuero y llegué a casa y me tiré a rodar un poco más en el suelo echando espuma por la boca como un epiléptico.

El enano llegó a las ocho de la noche y al verme sólo en la sala me preguntó ¿y la mujer? Señalé la puerta cerrada del cuarto y le dije está adentro y no quiere hablar contigo, dame las fotos para cambiarlas por la lana, y me dio las fotos, la del periódico y la de ella desnuda y linda riendo para mí. Agarré al enano por el pescuezo y lo levanté en el aire y él forcejeó y me hizo tropezar por la sala golpeando en los muebles hasta que caímos al suelo y puse las rodillas en su pecho y apreté mis manos hasta que me dolieron y vi que estaba muerto. Y después apreté de nuevo su pescuezo y coloqué la oreja en su pecho par ver si su corazón latía y apreté otra vez y otra vez y otra vez y me pasé el resto de la noche apretando su pescuezo. Cuando amaneció lo coloqué en la maleta y cerré la maleta y abrí la ventana y aspiré el aire de la mañana con la voracidad con que aspiraba el aire que salía de la boca de Paula cuando cogíamos.

Al día siguiente Paula llegó y le di las fotos, la del periódico también, y dije, descubrió quién eras por la foto del periódico, todo está resuelto, no te preocupes, y ella rompió las dos fotos en pedacitos pequeños y colocó todo dentro de la bolsa y se quedó con la bolsa en la mano y los anteojos en la cara y la peluca en la cabeza y no me dio un beso y me dijo estoy embarazada de mi marido, de mi marido, de mi marido, creo que es mejor que no nos volvamos a ver y vio la maleta y me miró a mí y salió corriendo.

Me quedé solo, sin la mujer a la que amaba locamente, sin Sabrina que estaba enterrada en Caju y sin el único amigo que tenía en el mundo que era el enano muerto dentro de la maleta y la noche cayó y como ya no tenía su retrato para mirarlo me quedé viendo la maleta hasta el amanecer, entonces agarré la maleta y me puse a andar con ella en la sala de un lado a otro.

# Artes y oficios

Te fastidias los dientes cuando eres un muchacho miserable, pero si después ganas bastante dinero encuentras un dentista que te arregla la dentadura. Eso me ocurrió a mí, me implanté todos los dientes, un prodigio de ingeniería odontológica. Estoy lleno de dientes que no se caen ni se llenan de caries, pero cuando doy una carcajada frente al espejo extraño mi antigua boca, ahora mis labios se abren de una manera que no me gusta. De cualquier forma, no me faltan dientes y puedo morder con fuerza a las mujeres y los filetes. Antes vivía en un conjunto habitacional miserable y andaba en tranvía, apretado como sardina en lata. Hoy vivo en una bella mansión en un condominio cerrado en la Barra, tengo dos automóviles y dos choferes. Tenía una pierna más larga que la otra y ni me había dado cuenta. Andaba con obreras, meseras de lonchería, empleadas domésticas, algunas analfabetas. El dinero me dio piernas del mismo tamaño, me dio una esposa de buena familia, arruinada y llena de diplomas, me dio una amante, sin diploma pero que sabe vestirse elegantemente y atravesar los salones de fiesta haciendo poses. Dinero, es de lo que yo entiendo.

Tampoco fui a la universidad. No tengo bachillerato. Para decir la verdad, ni siquiera la primaria. Eso ha sido una preocupación para mí, la única que el dinero no solucionó. Si eres rico y no tienes títulos la gente cree que eres un burro. Si eres pobre y tampoco tienes título las personas dicen no fue a la escuela, ni siquiera a la primaria, pero él solito aprendió a leer a los mejores autores, es un tipo muy inteligente. Eso decían de mí, cuando era pobre. Cuando me hice rico empezaron a difundir que yo era un animal, que compraba los libros por metro, puras mentiras. Debía haber comprado un título de economista después de que empecé a ganar dinero. Ahora ya no puedo hacer eso, la gente lo sabría, los ricos estamos muy vigilados. Oportunidad, de eso entiendo yo.

Entonces leí el periódico:

Sea un escritor respetado y admirado por sus amigos, sus vecinos, su familia, su novia. Yo escribo por usted el libro que quiera. Poesías, novelas, cuentos, ensayos, biografías. Absoluto secreto. Cartas al Ghostwriter. Apartado Postal 333 507. Rio de Janeiro.

Ya había visto un anuncio parecido, de un tipo que se ofrecía a escribir tesis de maestría o de doctorado para estudiantes reprobados y desertores. Ese día hablé con mi mujer, tengo ganas de escribir un libro, una novela, a fin de cuentas, si aprendí a leer solo, puedo aprender a escribir también solo. Tú sabrás, me respondió. Al día siguiente le dije lo mismo a mi amante. Ella respondió, me parece una buena idea, ser escritor es una cosa tan chic.

Fui al correo y alquilé un apartado postal. No quería tener contacto personal con el Ghostwriter. Si el libro que me escribiera era bueno yo lo publicaría y el Ghostwriter terminaría por saber quién era. Pero si fuera malo lo tiraría a la basura y el escritor alquilado no tendría que saber mi identidad.

Ghostwriter. Leí tu anuncio. Me interesa. Quiero una novela de doscientas páginas como mínimo, a la manera de Machado de Assis. Pago lo que sea necesario. Indícame cuál es tu banco y el número de cuenta para que te deposite la primera parte, diez por ciento del total. Pagaré el resto en partes de treinta por ciento, mediante la entrega de setenta páginas, o más, en cada ocasión. Responde a Tomás Antônio, Apartado Postal 432 521.

Gané dinero en los negocios, comprando y vendiendo cosas. Así es como uno se enriquece. Compra y venta. Ganar dinero, es de lo que yo entiendo. Mi chofer se llama Gaspar, el de mi mujer se llama Evanildo. Mi cocinera hace cualquier plato, por más sofisticado que sea. Pagándole tres veces más la saqué de la casa de unos de esos señoritingos que todavía tienen valor para hacer comidas de sección de sociales. Cuando doy una comida, yo también la pongo en la sección de sociedad. Ya me han dicho que eso ya no se hace, que el golpe está en dejar aquí las raíces y gozar los frutos en el extranjero, lejos de las miradas de los envidiosos. Pero entonces de qué sirve que tengas la mejor mansión y la mejor cocinera, y los mejores dientes y las mejores ropas, y los mejores cuadros en la pared si no es para enseñárselos a los demás. Los envidiosos que se pongan verdes de coraje y que ardan en su amargura. En una cena que di en mi casa, oí a un tipo que andaba por ahí muy arregladito decir disimuladamente a la mujer que estaba a su lado en la mesa, una señora que había sido invitada sólo para que figurara, el dinero está cambiando de manos. Eso fue lo que dijo, el dinero está cambiando de manos. Él, el rico antiguo, se refería a mí, el nuevo rico. Los ricos antiguos no quieren que el dinero cambie de manos, ¿pero cómo no va a cambiar de manos si esos parásitos no trabajan? La diferencia entre los ricos antiguos y los ricos nuevos es que los ricos antiguos, aquéllos que aún no han sido arruinados por la ociosidad hedonista, tienen dinero desde hace más tiempo y son avaros. Aunque también es verdad que tanto los antiguos como los nuevos se llenan la panza gratis de caviar en las casas de los otros. Lo caro siempre es bueno, aunque sea ruin, esa es la regla de oro de los consumistas. Exhibicionismo, yo entiendo de eso.

Tomás Antônio. El banco es el Bradesco, sucursal 163, cuenta 11 429 654-9. Nombre: M. J. Ramos. Mis honorarios por el libro, diez mil reales. Ghostwriter.

Diez mil reales, el precio de un Volkwagen ordinario, mi libro sería una mierda. Pero deposité el diez por ciento en la cuenta del Ghostwriter.

¿Vas a escribir el libro en una computadora?, me preguntó Gisela. Aún no he hablado de Gisela, mi amante. Un tipo rico debe tener una amante, lo saca a uno de la rutina burguesa. Un tipo pobre también debe tener una amante, si puede, evidentemente, hace bien a la salud y vuelve más amena la miseria. Las esposas siempre son aburridas, en los libros y en la vida real, una amante te hace tener más paciencia con ella, con la esposa. El casamiento es aburrido. La casa de la persona puede ser algo sin gracia, la casa de la mayoría de las personas es algo sin gracia, pero siempre quieren transformarlas en una vitrina. La gente se mete dentro de la vitrina, junto con las bagatelas. Forman parte de la vitrina los dientes tratados, las ropas buenas, los buenos zapatos, las uñas arregladas por la manicurista, la silueta delgada, los electrodomésticos, las alianzas, el perfume, la modulación de la voz y el impacto de las palabras, la cara sin verrugas (¿ya dije que me quité una verruga de la cara?); y cuanto más adornada está la vitrina, mayor es nuestra felicidad. Exhibicionismo, yo sé de eso.

Pero estaba hablando de mi amante, Gisela. Antes, un consejo a las jóvenes aventureras: si quieren conseguir un amante, escojan un nuevo rico. Son más generosos. No piensen que padezco una envidia retrospectiva por haber sido pobre cuando era joven. Nada de eso. A los ricos antiguos no les gusta que el dinero cambie de mano, es decir, puede cambiar de mano, pero sólo entre las antiguas manos de ellos. Pero volvamos a Gisela. Sí, respondí, estoy escribiendo en una computadora. ¿No es lo que hacen todos los bobos que están a la moda? Además, ya había comprado, sólo para farolear, la mejor micro que había en el mercado, con todos los periféricos, multis, nets, shifts, alts, roms, rams. Ya tenía otra, lo máximo en arte, pero quien la usaba era mi secretaria. Pero volvamos a Gisela. Una buena amante, como Gisela, tiene que ser bonita, debe tener todos los dientes, tiene que pesar diez kilos menos que la fracción de centímetros de su estatura (siempre y cuando no sea enana, claro), tiene que hablar inglés y francés, debe gustarle el cine, debe tener pies pequeños, debe tener senos pequeños (aunque los senos, si están sueltos dentro de la blusa de seda, deben balancearse levantados cuando ella camine sin balancearse, pues una mujer elegante no mueve el trasero cuando mueve las piernas), debe tener muslos duros y firmes, debe tener un trasero pequeño y duro, debe tener mucho cabello en la cabeza, tiene que comer con la boca cerrada, debe tener dedos largos, debe tener ojos grandes y tiene que gustar de ti. Y todo lo que tiene que darte es amor. Y todo lo que tú le tienes que dar es amor y dinero. Cuanto más de uno y otro, mejor. A todo el mundo le gusta recibir regalos, hasta los macumberos lo saben y atascan al santo de cachaza y farofa. Pero no le des regalos baratos a tu amante. Si ella dice que prefiere una rosa a una piedra preciosa, es una impostora. A las mujeres les gustan los hombres poderosos. El dinero gastado pródigamente con una mujer es la más impresionante exhibición de poder que un hombre puede hacer ante ella. El pródigo expresa a la mujer beneficiaria de su despilfarro el mismo poder venerable que el secuestrador, el torturador y el verdugo representan para sus víctimas. Pero hay casos en que el sujeto, sin estar podrido en dinero y sin tener soberanía sobre la vida y la muerte, puede ejercer un cierto poder, una minucia es verdad, sobre las mujeres: son los tipos que poseen mucha belleza, mucho talento o mucha fama. Pero entre un poeta tierno y un propietario pomposo ellas siempre escogen a este último.

Además de asno, dicen de mí que soy un cínico, misógino, hedonista, consumista. ¿Misógino? Yo no desprecio a las mujeres, no les tengo aversión. Misógino y asno es demasiado.

Recibí las primeras treinta páginas del Ghostwriter.

El título de la novela era *El falsario*. ¿*El falsario*? Qué título más desafortunado. ¿El Ghostwriter se estaba burlando de mí? Tomé las páginas que el Ghostwriter me mandó y las pasé a la computadora. Mi personaje, el falsario, está escribiendo un libro de memorias, una autobiografía. Es un especialista meticuloso, durante meses se ejercitó para imitar la letra del sujeto a quien atribuirá la autoría del documento que está falsificando, la u mayúscula que parece una m, la c mayúscula semejante a una l, etc., etc. Las hojas de papel que usaría para su maquinación ya eran viejas, pero él descubrió un complicado proceso para envejecerlas artificialmente aún más. Aquí va un fragmento, pequeño: Seguro de que ya conseguía reproducir con exactitud la letra, se sentó y empezó su obra. Nací y fui criado en el morro de Libramento, en Rio de Janeiro. Mi madre murió cuando yo era un niño. Mi padre se casó nuevamente, pero murió dos años después del casamiento. Fui criado por mi madrastra, que era lavandera.

¿Criado por la madrastra lavandera? Por la lectura de las primeras no se podía saber mucho. La historia no era novedosa, creo que ya he leído algo parecido. Pero nosotros los lectores sabemos que una historia mala pero bien escrita produce un buen libro, así como una buena historia si estuviera mal escrita produce un libro malo. La historia era medio confusa, pero no estaba mal escrita.

Ghostwriter, recibí las primeras páginas de la novela. Debes recordar que te pedí una novela con el estilo de Machado de Assis y lo que me enviaste no tienen nada de Machado de Assis. ¿Aún puedes cambiar? Tomás Antônio.

¿Estás preocupado por alguna cosa?, preguntó Gisela.

No me está gustando la historia que estoy escribiendo.

¿Por qué no escribes sobre mi vida?

Cuanto menos sepamos uno de la vida del otro mejor, respondí.

Tú no fuiste el primero, ¿lo oyes?

Sí, te oigo, no fui el primero.

Ni el segundo.

Sí, sí, ni el segundo.

¿No quieres saber tu número?

Sí, sí, quiero saber cuál es mi número.

Ocho, eres el número ocho.

Sí, sí, soy el número ocho.

Deja de decir sí, sí.

Olvidé decir que las amantes son para verlas de vez en cuando. Si no se vuelven odiosas igual que las esposas. Aquél era el segundo día consecutivo que veía a Gisela. Dos días seguidos es demasiado. Las amantes deben verse como máximo un día sí y otro no.

Mi madre murió cuando yo era pequeña, mi padre se casó y murió al poco tiempo. Fui criada por mi madrastra, dijo Gisela. Increíble, le dije, en mi novela la madre del personaje también murió cuando él era pequeño y su padre se casó de nuevo y fue criado por la madrastra. ¿Tu madrastra era lavandera?

¿Estás loco? Imagínate, ¡mi madrastra lavandera! Ella era de muy buena familia, yo soy de muy buena familia, mi abuelo era el barón de Laranjeiras.

Yo conozco al barón de Limeira...

Gisela se enojó. Apartó mi cara de su pierna diciendo, no me gusta que me muerdas. Pero no hay rabieta que resista una joya. Siempre tengo una joya de reserva para estas ocasiones, un par de aretes, un anillo, una pulsera. Le di un anillo de brillantes. A Gisela, en realidad, le gusta que le muerda la pierna.

Tomás Antônio. El falsario está creando una autobiografía de Machado de Assis. Así como no lo notaste, el lector también se dará cuenta de ello sólo cuando ya esté adelantado en la lectura de la novela. El texto me está dando mucho trabajo. Tuve que investigar sobre los procesos técnicos del envejecimiento del papel, estoy teniendo que leer todas las autobiografías de Machado de Assis. La historia de la falsificación y la autobiografía, apócrifa, pero que será de gran exactitud en las referencias a la vida de Machado, sirven de marco una para la otra. Proceso de encasillamiento, ¿entiendes? Voy a tener más trabajo del que pensaba. ¿Podríamos aumentar mis honorarios a veinte mil? Ghostwriter.

¿Proceso de encasillamiento? ¿El tipo estaba queriendo impresionarme con sus idioteces teóricas? Debía ser un estudiante de Letras. Acepté el aumento que pedía. Intuición, yo entiendo de eso.

¿Ya hablé de mi secretaria? Una buena secretaria debe tener las cualidades de un buen perro: fidelidad y gratitud. Dios en el cielo y tú en la tierra. La secretaria no puede verte desnudo, no debe verte acobardado, no debe ver que te limpias los dientes con un palillo. Y tú, periódicamente, debes darle palmaditas en la espalda, como se hace con las focas. Nada de broncas, sólo incentivos. Un idiota me dijo un día, si tuvieras las máquinas precisas no necesitarías de una secretaria. Una estupidez más de los norteamericanos. Nada sustituye a una buena secretaria, nada es mejor que una buena secretaria, ni nuestra madre. Se llama Esmeralda. Eso no tiene solución. Dadá, Esmer, Meralda eran peores. Le sugerí Adlaremse, complicado pero refinado. A Esmeralda no le gustó. Si a ella no le gusta, a mí tampoco. Esmeralda es una maravilla, examina los contratos con los abogados, nunca sé cuando usa sus toallas, nunca ha tenido un dolor de muelas, controla mis movimientos bancarios, sólo necesito decirle compra, vende.

Teniendo todo esto, dirán, sólo podría ser un hombre feliz. Sería un hombre realmente feliz si no dijeran a mis espaldas que era un asno. Yo me defiendo afirmando que no importa si los demás dicen que eres una mierda, porque sólo serás realmente una mierda si tú mismo crees que eres una mierda. Pero esa frase, cuya concepción parece haber sido inspirada en uno de esos postulados que aparecen en los manuales cretinos que enseñan a los crédulos a desarrollar su autoestima y a vencer en la vida, es una más de mis imposturas. Sufro, lo repito, sufro por que me llamen a mis espaldas asno. Y hacen eso porque soy nuevo rico y no sabía (en el pasado) usar correctamente los cubiertos, no sabía (en el pasado) la diferencia entre bordó, borgoña y beaujolais, conocimientos inútiles que dan lustre a la vidita de los antiguos ricos. Insisto, yo entiendo de eso.

El Ghostwriter tardó tres meses para acabar el libro. Dicen que hay autores que tardan cuatro, cinco, diez años para escribir un libro de doscientas páginas. Diez años tienen tres mil seiscientos cincuenta días. Le basta al holgazán con escribir veinte míseras palabras al día y finalmente a los diez años tendrá las setenta y tres mil palabras suficientes para un libro de doscientas páginas. *El falsario* tenía seiscientas páginas, el Ghostwriter había trabajado duro. En resumen la historia era así: el falsario, a petición de un editor deshonesto, hace un libro de memorias como si fuera de Machado de Assis; las memorias son publicadas, todo el mundo cree que son verídicas, los críticos enloquecen, el libro se vuelve un best-seller, no se habla de otra cosa. Pero al final el falsario, no se sabe si por arrepentimiento o porque quiere vengarse del editor, de los lectores y de los críticos, denuncia la maniobra, dejando a todo el mundo con cara de idiotas.

Saqué seis copias y lo mandé a seis editores. Sólo uno respondió, preguntándome si no podría cortar los fragmentos que hablan de la vida de Machado de Assis, que aquello era innecesario y el corte no perjudicaría el libro, que seiscientas páginas era mucho, que las editoriales en general atravesaban una etapa difícil debido a la crisis económica, etc. Los tipos no querían invertir en un tabique de un autor desconocido. Pretextos, yo entiendo de eso.

Pagué la edición, ¿no fue eso lo que todos los escritores aburridos y prolijos hicieron? Un libro de seiscientas páginas nadie lo lee, pero impresiona por su tamaño. No ahorré dinero. Le pagué a un cretino para que escribiera la solapa, mi foto para el libro fue tomada por el mejor profesional del lugar, la portada fue hecha por el mejor diseñador de portadas del país. Sólo hice mil ejemplares y le pedí al editor que distribuyera quinientos. Pensé, al recibir el primer ejemplar con mi nombre en la portada a colores, esta mierda vale tanto como mis dientes postizos. Hay que ver las cosas como son. Yo entiendo de eso.

Durante un mes nada ocurrió. Pero el crítico de una revista semanal me descubrió, dijo que yo era la mayor revelación literaria de los últimos años, y los quinientos ejemplares que estaban en los estantes más escondidos de las librerías se agotaron en un día. El editor publicó una nueva edición de diez mil ejemplares, y otra, y otra más. Me hice famoso, de la noche a la mañana. Di entrevistas a todos los periódicos, di entrevistas a la televisión. La gente me pedía autógrafos. Gisela me pidió un autógrafo. Esmeralda me pidió un autógrafo. En las cenas hablaban de mi libro. ¿Dónde estaba el asno? Venganza, yo entiendo de eso.

Tomás Antônio. Seguiré llamándolo así. Necesito conversar con usted, personalmente. Indique cuándo y dónde. Ghostwriter.

¿Me sorprendió? No, ya estaba preparado para algo parecido, ya había previsto que el pobre diablo miserable, medio tuberculoso, sufriendo por la estupidez que había hecho al venderme el libro que todos decían que era una obra maestra, me buscaría para hacer un ajuste de cuentas.

Ghostwriter. Encuéntrame en la plaza Nossa Senhora da Paz, el jueves 15, a las cinco de la tarde. Ya viste mis fotos en los periódicos. Estaré sentado en una de las bancas de la plaza, esperando. Tomás Antônio.

Ese día, veinte minutos antes de la hora marcada, llegué a la plaza y me senté en una banca cerca de la entrada. Desde donde yo estaba tenía una visión perfecta de todas las personas que llegaban. Entró un tipo con un periódico, entró una pareja, entró un mendigo, otro sujeto con una gorra, una nana con un niño, otra nana, otro mendigo, el tiempo pasaba y ninguna de las personas que llegaban se dirigía a mí.

Buenas tardes.

La mujer había aparecido de repente y estaba allí, al lado de la banca, extendiéndome la mano.

Buenas tardes, respondí, apretando su mano.

¿Puedo sentarme?

Claro, no te vi entrar a la plaza.

Ya estaba aquí cuando usted llegó. Sentada en aquella banca.

Me distraje, no pensé en eso, que respondí antes. ¿Tú eres el Ghostwriter?

Sí.

¿M. J. Ramos?

María José.

Hablaba de manera tímida, parecía avergonzada.

Siéntate. ¿Puedes comprobarlo?

Es fácil, tengo todo el libro en la cabeza. Te voy a contar cómo fue que lo escribí.

Quince minutos después, interrumpiéndola, le dije, detente, te creo. ¿qué es lo que quieres?

Se quedó callada. Debía tener unos treinta años, piernas delgadas y ojos castaños, vestía falda y blusa y usaba zapatos corrientes de tacón bajo y cargaba una bolsa pequeña de plástico y tenía los dientes amarillos por fumar.

Me siento…

Tonterías. Puedes hablar.

Necesito hacerme una operación.

¿Tú o tu madre?

Yo.

¿Cuánto?

Bien, es el médico, la hospitalización… No tengo ningún seguro de gastos médicos…

¿Qué tipo de operación?

Prefiero no hablar de ello. Pero ya la solicité. Sabía que podía confiar en usted.

Plática suave para dormir al buey, yo entiendo de eso.

Bien, tengo una propuesta que hacerte. Te doy algo hoy, para los gastos urgentes. Depositaré en la cuenta del banco que me indiques todo el dinero que la venta del libro ha dado y lo que vaya a dar, por el resto de la vida. Dame el número de cuenta.

Usted lo sabe, ya hizo depósitos en ella Yo no debía pedirle nada más, un trato es un trato.

No te preocupes. Te mereces mucho más.

Firmé un cheque y se lo di. Este es sólo el primer pago.

No necesito tanto, dijo, guardando el cheque en la bolsa. No quiero nada más.

Con lo que te sobre te compras ropa. ¿Quieres un aventón? ¿Dónde vives?

Está muy lejos. Jacarepaguá.

Te llevo.

Oscurecía cuando subimos al coche. Nos fuimos por la avenida Niemeyer. Cuando yo era un descalzo más soñaba con tener un carro para ir a pasear a la Barra. Ahora que vivo en la Barra, andar por aquella avenida me molestaba. Se quedó callada a mi lado, ¿que sería lo que pasaba por su cabeza? ¿Que yo era un ingenuo que había caído en el cuento de la operación, pero que aquel golpe que me había aplicado no era suficiente para reparar la equivocación que había cometido al venderme el libro? ¿O bien que yo era un sujeto generoso que había acabado con sus dificultades? ¿O?

¿Cuantos libros por encargo has escrito?

Ese fue el primero. Quiero decir, siempre escribí, desde niña, pero lo rompía todo.

¿El primero? Podríamos escribir otro, ¿qué te parece?

No sé, ya no quiero hacer esto.

¿Arrepentida?

Algo así.

Las casas empezaron a escasear y andábamos por una carretera desierta y oscura. Me quedé imaginando una manera de solucionar mis perplejidades de una vez por todas, en caso de duda no vacilé, es así como se gana el dinero. Podría agarrarla por el cuello, ahorcarla y arrojar su cuerpo en la playa. Pero ése no era mi negocio. Compra y venta, yo entiendo de eso.

Mira, dije, no puedo dejarte ir sin resolver un asunto.

Creí que ya lo habíamos resuelto.

En la oscuridad, María José no resultaba tan sin gracia. Por algunos momentos imaginé cómo se vería con las ropas de

Gisela. Hay quien dice que para que una mujer se vea elegante debe tener piernas delgadas.

Aún no hemos resuelto el asunto. Te diré cómo es que esta historia puede tener un buen final.

Hablé media hora. Me oyó en silencio.

¿Entonces?, pregunté.

Jamás podría esperar que usted... que alguien me propusiera eso... Yo nunca... Cuando era pequeña los muchachos ni me miraban, después, los hombres no me miraban... Usted me conoció hoy, cómo es que...

Simbiosis, dije.

Encendió un cigarro, examinó mis ojos a la luz del fósforo.

Sé que serás paciente y delicado conmigo. Simbiosis, dijo.

Entonces estamos de acuerdo. Una pregunta: ¿de veras te ibas a operar? Un hombre y una mujer deben confiar uno en el otro.

Oí la respuesta, esa respuesta ya no tenía importancia.

Es complicado tener dos amantes. Problemas logísticos. Sin olvidar a la mujer que se casó en lo civil o en lo militar contigo, ella también tiene que entrar en la planificación de las cosas que hacemos con las otras, y esas cosas son muchas: está la distribución de cariños y risas, eso no puede faltar, y está la compra de joyas, lo que es fácil, basta que una joya sea muy cara para que sea apreciada, y está la compra de ropas, lo que es complicado, a unas les gusta enseñar las piernas, a otras les gusta mostrar los pechos, y están las visitas a los amigos, lo que es aún más complicado, ciertos amigos no pueden conocer a ciertos amigos, y están los viajes, siempre ocurre que a las tres les gusta la misma ciudad que tú odias, y el viernes está el estreno del musical al que todas quieren ir, y está la visita confidencial y embarazosa al ginecólogo de la cual no puedes desaparecer, y está el pintor y el carpintero y el electricista, a las mujeres les encanta hacer obras, y está el decorador y están los parientes, hasta da escalofrío de sólo pensar en los parientes, y aunque consigas poner en perfecto orden todas esas cosas, como una cubierta de telas, o como las escamas de un pez, de modo que dejes que corra el agua sin crear pozas o sin que te arrastre al remolino, vas a tener que programar tu vida como un general planea una guerra.

Hice un trato con Gisela, no me gusta ver sufrir a nadie.

María José dejó de fumar y ya no tiene los dientes tan amarillos.

El nuevo libro casi está listo.

Será aún mejor que el primero.

Éxito, yo entiendo de eso.

# Orgullo

En varias ocasiones había oído decir que por la mente de quien está muriendo ahogado desfilan con vertiginosa rapidez los principales acontecimientos de su vida y siempre le había parecido absurda tal afirmación, hasta que un día ocurrió que estaba muriendo y mientras moría se acordó de cosas olvidadas, de la noticia del periódico según la cual en su infancia pobre él usaba zapatos agujerados, sin calcetines y se pintaba el dedo del pie para disimular el hoyo, pero él siempre había usado calcetines y zapatos sin hoyo, calcetines que su madre zurcía cuidadosamente, y se acordó del huevo de madera muy liso y suave que ella metía en los calcetines y zurcía, zurciendo todos los años de su infancia, y se acordó de que desde niño no le gustaba beber agua y si se bebía un vaso lleno se quedaba sin aire, y por eso permanecía el día entero sin beber una gota de líquido pues no tenía dinero para jugos o refrescos, y que a veces a escondidas de su madre hacía refresco con la pasta de dientes Kolynos, pero no siempre tenían pasta de dientes en su casa, y en el momento en que moría también se acordó de todas las mujeres que amó, o de casi todas, y también del piso de madera roja de una casa en la que había vivido, aunque angustiado no logró recordar qué casa era aquélla, y también del reloj de bolsillo ordinario que rompió el primer día que lo usó, y también del saco de franela azul, y del dolor que lo había hecho arrastrarse por el suelo, y del medico que decía que necesitaba hacerle una radiografía de las vías urinarias, y cuanto más lo cercaba la muerte más se mezclaban los recuerdos antiguos con los recientes, él llegando atrasado al consultorio del médico que ya estaba vestido para salir, ya hasta había permitido que se fuera la enfermera, y el médico con prisa, ansioso como alguien que va a encontrar a una novia muy deseada, mandándole que se quitara el saco, se levantara las mangas de la camisa y que se acostara en una cama metálica, explicándole que a fin de cuentas la radiografía no se tardaría mucho, sólo había que inyectar el contraste y sacar las placas, y el médico se inclinó sobre la cama para aplicar el contraste en la vena del brazo y él sintió el olor delicado de su perfume y pudo observar su corbata de bolitas, y no pasó mucho tiempo cuando empezó a sentir que la laringe se le cerraba impidiéndole respirar y él intentó alertar al médico pero no logró emitir sonido alguno y todas las reacciones vinieron a su mente, la noticia del periódico, el saco azul, el piso de madera, las mujeres, el huevo liso de madera de su madre, mientras el médico en una esquina del consultorio hablaba por teléfono en voz baja, y como sabía que se estaba muriendo golpeó en la cama de metal con fuerza, el médico se asustó y después muy nervioso sacaba los cajones de los armarios, maldiciendo, culpando a la enfermera y diciéndole a él que se calmara, que iba a ponerle una inyección antialérgica, pero no encontraba dónde estaba el maldito medicamento, y él pensó me estoy muriendo sofocado, la vida y la muerte corriendo al parejo, y consciente de que su muerte era inminente e inevitable, se acordó de las palabras de un poema, debo morir pero eso es todo lo que haré por la Muerte, pues siempre se había rehusado a tener el corazón atormentado por ella, y en ese momento en que moría no iba a dejar que ella se hiciera cargo de su alma, pues lo más que la Muerte haría de él sería un muerto, así es que pensó en la vida, en las mujeres que había conocido, en su madre zurciendo calcetines, en el huevo liso de madera, en la noticia del periódico, y golpeó con fuerza la mesa de metal, ¡bam!, ¡bam!, ¡bam!, estoy pensando en las mujeres que amé, ¡bam!, ¡bam!, ¡bam!, pensando en mi madre, y en ese momento el médico, sin saber qué hacer, atormentado y sobresaltado por los ruidosos golpes que él descargaba en la cama metálica, lo miró con gran conmiseración y tristeza, y él gritó nuevamente ¡bam!, ¡bam!, que perdonaba al médico, ¡bam!, ¡bam!, que perdonaba a todo el mundo, mientras su mente recorría velozmente las reminiscencias de la vida, y el médico, ahora entregado a su impotencia, desesperado y confundido, le quitó los zapatos y le levantó la cabeza y vio sus pies vestidos con calcetines negros, y vio en el calcetín del pie derecho un hoyo que dejaba aparecer un pedazo del dedo grande, y se acordó de cuán orgullosa era su madre y de que él también era muy orgulloso y que eso siempre había sido su ruina y su salvación, y pensó no voy a morirme aquí con un hoyo en el calcetín, no va a ser esa la imagen final que le voy a dejar al mundo, y contrajo todos los músculos del cuerpo, se curvó en la cama como un alacrán ardiendo en el fuego y en un esfuerzo brutal logró que el aire penetrara en su laringe con un ruido aterrador, y cuando el aire era expelido de sus pulmones hizo un ruido aún más bestial y horrible, y se escapó de la Muerte y ya no pensó en nada. El médico, sentado en una silla, se limpió el sudor del rostro. Él se levantó de la cama metálica y se puso los zapatos.

# Placebo

Después de que se fue el negro me quedé sentado en la Cinelandia, una plaza del centro de la ciudad, pensando y mirando las palomas. Había palomas por todas partes y muchas andaban por el piso de piedras portuguesas blancas y negras comiendo el maíz que dos viejas les tiraban con sus horrendas manos caquécticas. En cuanto la plaza se vacíe me levantaré del banco y le daré una patada a una de las palomas. Quería arrojarla lejos, como lo había hecho aquel negro una hora antes mientras me ofendía con su palabrería grosera.

Tu audacia no me merece el menor respeto, no te llamaré señor, ni licenciado, como tu mayordomo, me dijo sacudiendo el dedo frente a mi cara, vas a ver una cosa que Belisário no lograba hacer cuando estaba igual de jodido que tú, patear esa paloma que está picoteando en la banqueta, ¿la ves?, tiene que ser rápido y certero.

Belisário se refería a sí mismo en tercera persona. Le dio una patada a la paloma, frente a todo el mundo, aventó la paloma lejos, muerta. Ninguna de las dos viejas tuvo coraje de decir nada, el negro era un hombre que daba miedo.

Amigo, yo también sufrí esa enfermedad, temblaba más que uno de aquellos negros que bailan en los videoclips de MTV, y me roía por dentro. Y como todo enfermo, vivía chantajeando y masacrando a los infelices que se hacían cargo de mí, jodiendo, en el mal sentido, a la muchacha que vivía conmigo y que cuidó de mí un tiempo, aunque ya no le daba yo por su agujero. Un día se cansó y se fue. La mujer quiere su palo, ¿entiendes? ¿Y la tuya? ¿Ya se te fue?

Yo también me roía por dentro, oyendo pasivamente al negro que me humillaba de aquella manera. Pero lo dejé hablar, necesitaba de él.

En el hospital del gobierno, después de preguntarle al médico que me atendió, entonces, doctor, ¿Belisário tiene remedio? y de que él se saliera por la tangente diciendo, la ciencia siempre está progresando, hijo, y me corriera con una receta de un remedio que costaba una fortuna y que salía en la orina, y después de oír una vez más que me dijeran que hay que tener fe en Dios, que es lo que dicen cuando uno está jodido, creí que la salida era tirarme delante del tren, ¿entiendes? Pero por la noche, al lado de la vía me vino esa reacción. Dios estaba maltratando a Belisário, ¿y Belisário debía tener fe en él? Dios inventaba una enfermedad, echaba la enfermedad encima de Belisário, me desgraciaba, ¿y Belisário debía tener fe en el elemento? Dios, pensé, tiene más ocupaciones que hacerse cargo de los enfermos, si Belisário no se cuida nadie lo va a hacer. Yo no tenía fuerzas para caminar, ni siquiera para estar de pie, y estaba casi arrastrándome en el suelo, como mi padre, pues él sufría de la misma enfermedad, esa mierda pasa de padres a hijos como las casas y las joyas, tú sabes eso, claro, y mi padre salió del suelo hacia una cama del hospital público, y de la cama al cementerio y no me dejó ninguna casa, sólo la enfermedad y algunos retratos. Pero el destino me hizo encontrar al doctor Wolf y el doctor Wolf me curó y ahora estoy chutando pajaritos con las dos piernas. Viniste a encontrarte conmigo para saber cómo ocurrió eso, cómo fue que me puse bien, y cómo es que ayudé a que otros se curaran, como a tu amiga Raquel, debes saber que el doctor Wolf no es uno de esos comerciantes diplomados de bata blanca que lo único que hacen es darte una receta que sólo sirve para que te limpies el culo, ya has consultado todas las clínicas Mayos de la vida, oíste opiniones en inglés, francés y alemán, ¿qué fue lo que ellos te dijeron?, que tu enfermedad era una enfermedad nueva, o bien una enfermedad vieja con cara de nueva, que es lo que siempre dicen cuando están perdidos y tú sabes que estás jodido, y que te vas a poner peor, y por lo tanto estás dispuesto a probar todas las alternativas, por más idiotas que sean, por más cosa de negros, por más rocambolescas, ¿te gustó lo de rocambolescas?, por más rocambolescas o charlatanas que parezcan. ¿Entendiste?

Le dije que quería ver al doctor Wolf y soltó algo como una carcajada.

Nada de que vas a ver al doctor Wolf, ya te dije cuál es la materia prima que necesitas.

Algo absurdo, una cosa grotesca, seamos objetivos, señor Belisário, no puedo conseguir eso que usted llama la materia prima… Es repugnante… ¿Cuánto cobran ustedes por conseguirlo todo?

¡Qué distinguido!, pero no me engañas, estás aterrorizado porque dentro de poco no serán sólo tus manos las que van
a temblar, tu cabeza se va a balancear de un lado a otro y nadie
va a sentir pena. Mientras tanto las personas pueden fingir que no
lo notan, aún está en su inicio la enfermedad, pero dentro de
poco, muy poco, ya no podrás conversar con el director financiero de tu compañía, que paga treinta por ciento de soborno por
cada contrato que consigue del gobierno, ni con el pobre diablo
de tu chofer, y las personas ya no podrán fingir que no se dan
cuenta y van a huir de ti, y no te arrastrarás por el suelo como una
serpiente sólo porque tienes dinero para contratar a un negro
que te cargue en brazos. Ya te dije que tú proporcionas el
material y el doctor Wolf pone las yerbas de la Amazonia, para
preparar su fórmula secreta. Cambia tu opinión, señor distinguido, ¿no la cambió Raquel?

Se alejó. Se detuvo a una cierta distancia. No tomes
cafecito, señor distinguido, te lo derramarás en la ropa.

El negro desapareció y me quedé ahí en la plaza sentado,
esperando una ocasión propicia para patear una de aquellas
palomas que picoteaban el suelo. Tenía una junta a las diez. Miré
uno de mis relojes, el de pulso. Eran las diez. Me levanté del
banco e intenté patear la primera paloma que pasó junto a mí. No
lo conseguí, perdí el equilibrio y no caí sólo porque me agarré de
una mujer, y esa mujer era una de las viejas cretinas que daban
comida a las palomas. Gritó pidiendo auxilio. Corrí como uno de
los asaltantes que frecuentaban la plaza. Llegué hasta mi carro, sin
aliento, trémulo debido a la enfermedad, al dolor, a la humillación.
El aire acondicionado, el asiento mullido, las puertas cerradas me
dieron un pequeño alivio.

¿A la oficina, doctor?, preguntó el chofer, y respondí que sí,
que se comunicara con doña Elisa y le dijera que iba a llegar unos
minutos tarde, que avisara a los otros directores. El chofer cogió el
teléfono de la consola, llamó a doña Elisa sin dejar de conducir. Por
el espejo retrovisor vi mi nariz, tuve la impresión de que se me
movía de un lado para el otro. Milimétricamente, aún se podía
ocultar. Verifiqué si el Rolex indicaba exactamente la misma hora
del Lecoutre del bolsillo, un reloj plano como una hoja de papel;
tal vez por eso desconfiaba de su precisión y lo comparaba a cada
momento con el Rolex, robusto, vulgar y confiable.

Tomé unos tranquilizantes antes de entrar a la junta.
Todos estaban de pie, esperándome. Nadie se sentaba antes de

que llegara el CEO. Siéntense, señores. Me senté en mi silla, más alta que las demás, en la cabecera de la mesa, las manos escondidas debajo de la mesa, sintiendo rabia hacia todos aquellos idiotas encorbatados, arribistas, lambiscones, con sus cuerpos firmemente anclados sobre sus inamovibles y firmes traseros gordos. En aquella reunión se discutiría la reorganización de la compañía. Once punto cuatro por ciento del mercado perdido ante los competidores, alguna cosa tenía que hacerse. El nuevo director de planeación, un tipo más joven que yo, bronceado por el sol, con un curriculum perfecto, presentaría sus planes. A mí no me gustaba, tuve que ser convencido por mis colegas del board para contratarlo, odiaba su aspecto saludable, me irritaba que hubiera sido campeón colegial de tenis en la Ivy League, me parecía detestable su voz impostada. Le cedí la palabra, hizo su presentación de manera teatral, parecida a la de los tipos de nuestra agencia de publicidad. Habló del Impacto de la Tecnología, disertó sobre la Revolución de la Información, hizo un análisis de la Nueva Empresa Multinacional y del Ambiente Político de los Negocios y terminó con una explicación sobre la Importancia de la Toma Sistemática de Decisiones. Exhibió gráficas, videos. Sabía repetir, con las adaptaciones adecuadas, las lecciones que había aprendido en la Harvard Business School of Administration, que cursó con una beca para estudiantes extranjeros. Con excepción del director jurídico, que como todos los abogados era un cínico, percibí que los demás estaban impresionados con la presentación. Nombré una comisión —integrada por los directores comercial, financiero, de ingeniería, recursos humanos, jurídico y el nuevo director— para examinar el plan y proponer una recomendación. Di por terminada la junta y volví a mi oficina.

Belisário. Su padre se arrastraba por el suelo antes de ir al cementerio y mi padre no se arrastraba sólo porque tenía varios negros que lo cargaban en brazos. ¿Por qué confiaba en aquel chutador de palomas y no confiaba en el nuevo director? Una cosa era cierta, el doctor Wolf había curado a mi amiga Raquel. Fue ella quien me dio el teléfono de Belisário, el teléfono del doctor Wolf nadie lo tenía, el doctor Wolf no hablaba por teléfono, era una entidad que se incorporaba en un medium sin nombre. Sí, sé quién es, no tomo notas pero lo tengo todo en la cabeza, había dicho Belisário, la señorona de los ojos verdes, estaba como un trapo, una basura, pensando en tomar veneno, lloraba sin parar, y el doctor Wolf la curó. Raquel, una mujer inteligente, ¿se dejaría engañar o influir por un charlatán, a pesar de la desesperación que había pasado cuando la enfermedad la había hecho arrastrarse? ¿Efectos placebo en una escéptica? ¿Celadas de la mente humana, misterios del cuerpo y del espíritu? Pero lo cierto es que ella se puso bien. Y cuando le pregunté cómo había ocurrido, cuáles eran los remedios del doctor Wolf, ella respondió que no quería hablar del asunto. Debía haber sido duro para ella conseguir aquella cosa horrible que pedía el doctor Wolf, la cual hasta aquel encuentro con Belisário en la Cinelandia yo no sabía lo que era. Poco después Raquel viajó a Inglaterra y dijo que no volvería nunca más.

En el automóvil, cuando volvía a casa, el chofer me miró por el espejo retrovisor. Una mirada rápida, un desviar de ojos demasiado acelerado.

¿Qué estás mirando?

El chofer se asustó. ¿Yo, doctor?

Me estabas mirando por el espejo retrovisor.

Disculpe, doctor.

Mira para enfrente.

Sí, señor.

Bajé en el estacionamiento del edificio. Subí por el elevador de servicio. El mayordomo abrió la puerta, tomó mi portafolios.

Buenas noches, doctor.

¿Doña Helena?

Hoy es día de su curso.

Helena, mi segunda mujer, frecuentaba cursos de conversación de inglés, alemán y japonés, la mujer de un CEO de una empresa multinacional tiene que saber, según ella, esas lenguas comerciales. Un gran sacrificio. Vivió en Francia cuando estuvo casada con un diplomático y sabía francés e italiano, lenguas que consideraba poéticas y elegantes.

El mayordomo llevó mi portafolios al despacho. En el bar me preparé un güisqui, que terminé de beber antes de llegar a la biblioteca. Volví al bar, tomé la botella, que estaba llena, coloqué la botella en la mesita al lado de una escultura moderna que siempre tuve ganas de tirar a la basura.

La botella andaba por la mitad cuando llegó Helena. Me dijo querido, me dio un beso en la cara, según la rutina. Le pregunté cómo le fue en su clase y ella me preguntó cómo estuvo mi día en la compañía. Rutina.

El idiota aquel del nuevo director presentó su proyecto.

Es un tipo simpático, me gustó.

Un cretino. Fue contratado porque tiene contactos en el gobierno.

No parece, dijo Helena.

Sí. Cretino y pretencioso. Aunque dicen que juega tenis muy bien.

¿Estás de mal humor?

Sí. ¿Qué fue lo que te dijo en el coctel de la compañía que te hizo dar una carcajada?

¿Yo di una carcajada? ¿En el coctel de la compañía? Yo nunca doy carcajadas en los cocteles, querido. En realidad, creo que nunca he dado una carcajada en mi vida. Soy una mujer contenida, tú lo sabes.

Me gustaría hablar con ella sobre mi enfermedad, sobre el curandero negro, decir que tenía miedo de empezar a arrastrarme por el suelo en cualquier momento, o de ser cargado por un negro, ¿pero cómo hacerle confidencias a una mujer que nunca en su vida había dado una carcajada?

El día siguiente era sábado, trabajé en casa toda la mañana. Verifiqué si el Lecoutre y el Rolex indicaban la misma hora. Llamé a Belisário.

Él mismo contestó. Cómo, ¿el distinguido? ¿Ya lo consideraste?

Sí.

¿De veras estás dispuesto?

Sí... Sí.

No siento mucha convicción. Creo que es mejor esperar.

¿Esperar qué?

Que empeores un poco. Que te pongas más desesperado.

Ya estoy desesperado.

No parece.

Belisário colgó antes de que le preguntara qué tenía que hacer para demostrar que estaba desesperado.

El primer objeto que compré fue un reloj. Eso no parece gran cosa, pero yo era muy pobrez, tenía nueve años y el dinero se lo había robado a mi abuela. Mantenía el reloj escondido y esperaba que todo el mundo se durmiera para encender una vela en la madrugada y ver cómo se movía el segundero, oír el tictac. El primer reloj portátil, invención de un alemán en el siglo XVI, sólo tenía una manecilla, la de las horas. En aquel tiempo los minutos eran cosas despreciables. Antes, los relojes no tenían ni manecillas ni carátulas y sólo funcionaban como carillones. Y aun antes, sólo existían relojes de sol, de arena, juguetes, no había prisa, no había necesidad de marcar el tiempo, nada importante podía hacerse en unos minutos, ni siquiera en horas. También estaban las campanas de las iglesias, la iglesia siempre señaló el tiempo, una forma de controlar la vida de los fieles, de decirles que el tiempo estaba pasando y recordarles que con el paso del tiempo el Juicio Final se aproximaba. Dejé de ser un jodido porque para mí los minutos no eran cosas despreciables, subí en la vida por ser puntual, sin faltar nunca, siempre llegando antes de tiempo. Aquel segundero del reloj comprado con dinero robado a una vieja pobre me marcó para el resto de la vida. Ahora tenía más de veinte relojes y nunca salía de casa sin traer conmigo por lo menos dos, uno en el pulso y otro en el bolsillo.

Lunes. Estaba en la oficina cuando Lucía telefoneó para preguntarme cómo invertir un dinero que sobraba. Hicimos una cita para almorzar en la ciudad.

El restaurante quedaba en el último piso de un rascacielos. Un gran salón circular; las mesas dispuestas sobre un estrado giratorio. Se podía ver, durante el almuerzo, toda la ciudad, edificios, cerros, aeropuertos, el mar. Giramos trescientos sesenta grados, vimos desde lo alto toda la ciudad. En realidad era una cosa enervante, pero a Lucía le gustaba el lugar.

Adoro ver Rio de Janeiro desde aquí arriba. ¿Tienes la tarde libre?

Nunca tengo tardes libres. Abro un espacio para ti.

Lo sé. No tienes mañanas, tardes ni noches libres. Y odias esperar.

Odio esperar. Desde niño.

¿A dónde vamos? Sabes que no me gusta ir a un motel.

¿A dónde quieres ir?

A mi casa. Él está de viaje.

A tu casa no voy.

¿Algún prurito ético?

Tal vez.

Pide el teléfono al maître.

El maître trajo el teléfono. Miré el paisaje, el mar cubierto por una neblina diáfana, mientras Lucía telefoneaba a su casa, hablaba con el ama de llaves.

Voy a llegar a las (coloca la mano en la bocina, me pregunta, ¿a las siete?) a las siete.

Mientras yo conducía el coche de Lucía ella se puso los lentes oscuros y una pañoleta en la cabeza, se disfrazaba para cometer sus pecados. Cuando entramos al motel inclinó la cabeza y se puso la mano en el rostro. Fuimos directo al garaje individual.

Abrí la puerta de la suite presidencial. Dos pisos. Espejos, copias de estatuas griegas, cuadros, piscina, jacuzzi, perfumes, bubble bath, cepillos de dientes, champús, batas japonesas, frigobar, inmensa pantalla de TV, consoladores, preservativos, películas eróticas, pomadas afrodisiacas, pomadas analgésicas. Pedidos especiales marcar el nueve.

Dame un güisqui. Sólo con hielo.

Preparé su güisqui.

¿Has abortado?

Qué pregunta más inadecuada.

¿Sí o no?

No te lo diré.

Necesito conocer un médico que haga abortos.

¿Quieres quedarte agarrando la mano de ella mientras le hacen el legrado?

Más o menos.

Prepárame otro güisqui.

Lucía me abrazó, me besó, tomó la iniciativa, el güisqui ya hacía su efecto.

Desnudarme frente a una mujer siempre me dejaba muy contrariado. El gesto de quitarse los pantalones me parecía ridículo; descalzar los zapatos y los calcetines sugería una burocrática domesticidad; el único gesto elegante, en esas ocasiones, era quitarse la corbata. Me quité la corbata. Tomé la bata japonesa y me fui al baño. Desnudo, me miré en el espejo. Miré el pene como si el glande fuera una especie de plomada. Lo miré fijamente: temblaba.

Lucía me esperaba, un vaso en la mano, el tercer güisqui, mirando su propio cuerpo en los espejos. Fui dominado por una inmensa melancolía. Nacimiento, cópula, muerte, es todo lo que hay, me dijo mi hermano antes de morir, citando a su poeta favorito. Era todo lo que había ahí, en aquel rendez-vous y en mi oficina y en la calle y en mi casa y en el despacho milagroso del doctor Wolf.

Durante varios días intenté fijar otra cita con Belisário. Finalmente me atendió. Nos encontramos nuevamente en la plaza Marechal Floriano, a las ocho de la noche. Me senté en una banca y lo esperé, con lo que odiaba esperar. A aquella hora la plaza parecía más alegre. La fachada del Teatro Municipal estaba iluminada, personas en las escalinatas esperando, carros que llegaban, guardias agitados dividiéndose entre ellos las calles adyacentes. También estaban iluminadas las fachadas de la Cámara Municipal, conocida como Jaula de Oro, y de la Biblioteca Nacional. No había palomas, ni se notaba tanto la fealdad de las personas.

Belisário se sentó a mi lado.

¿De veras estás dispuesto? ¿Confías en el doctor Wolf?

Sí.

Di: confío en el doctor Wolf.

¿Eso es necesario?

Sí.

Confío en el doctor Wolf. Confío en el doctor Wolf. ¿Quieres que lo diga una vez más? Confío en el doctor Wolf.

¿Te estás burlando de mí, distinguido?

No, estoy nervioso, discúlpame.

Consigues el material y yo se lo llevo al doctor Wolf y él prepara el remedio y te llama y te aplica el remedio.

Lo que me pides es una cosa abominable.

Entonces chau, estoy perdiendo mi tiempo.

Espera, espera. ¿Cómo conseguiré un feto de tres meses?

No puede pasar de tres meses, ni tener menos de dos.

Lo sé, lo sé, pero ¿dónde lo voy a conseguir?

Ya discutimos eso, no vamos a empezar todo de nuevo.

No sé cómo conseguir eso.

Tu amiga de ojos verdes lo consiguió. ¿No tienes un amigo fabricante de ángeles?

No.

¿No conoces a una mujer que vaya a hacerse un aborto?

No.

Carajo, es imposible.

Tal vez sí.

Belisário sacó una tijerita del bolsillo. Se cortó una uña, cuidadosamente. Llámale, a esa mujer que conoce a un fabricante de ángeles. Lo que más existe son aborteros en este país de gente hipócrita donde el aborto es un crimen pero ellos arrancan millones de fetos al año de los úteros de las mujeres obedientes que se embarazaron a la fuerza, o por apatía como vacas de establo, y después se quieren librar del feto y hasta te pueden dar uno gratis... Pero te voy a dar un consejo: pueden encontrar extraño que un tipo quiera un feto, pueden desconfiar, creer que vas a usar el feto como prueba del crimen. En este país controlado por los curas, el aborto es un crimen, entonces la cosa tiene algunas complicaciones. Es hora de irme. Cuando encuentres el material, llámame. No te olvides de poner el bicho en una caja térmica con hielo, de esas que se usan para enfriar cervezas. Pásala bien.

Desde la casa le hablé a Lucía.

Estuviste muy extraño el otro día.

Preocupaciones. ¿Me das la dirección de tu médico?

¿Eso es lo que te está preocupando?

Sí.

¿Qué edad tiene ella?

¿Ella?

Ella, claro. Tu edad ya la sé, vas a cumplir cuarenta y seis, eres diez años más viejo que yo.

Por ahora.

Qué gracioso. ¿Entonces?

¿Qué?

¿Qué edad tiene ella? ¿Es una ninfeta?

No, una mujer adulta, veinte, veinticinco, treinta.

¿Veinte, veinticinco, treinta? ¿No sabes la edad de la mujer que embarazaste? Realmente los hombres son egoístas.

La dirección del médico. Tengo prisa.

Nuestro último encuentro fue un fracaso.

Nosotros, nosotros... Después nos vemos.

Tenemos que aprovechar que él, él, está de viaje.

Lucía sabía que no me gustaba oír el nombre de su marido. Hércules.

Cuando quieras.

Hasta entonces te daré la dirección del médico y tú me cuentas de esa mujer.

Mañana.

Esa noche tuve una pesadilla: el mercado de fetos estaba alborotado, había una gran oferta y una demanda aún mayor de fetos, los periódicos publicaban anuncios de mujeres que vendían fetos en la panza, había también una sección especial en las páginas de anuncios llamada Fetos frescos. Telefoneé a una de las mujeres de los anuncios. Golpeé la puerta, toqué el timbre. Una mujer con máscara abrió la puerta. Necesito un feto fresco de dos meses. Puede sacarlo, respondió, acostándose en el suelo y abriendo las piernas. Metí los brazos entre sus piernas, entré por la vagina húmeda y escaldante, un pozo tenebroso y fétido, y llegué al útero, una especie de bolsa de basura de plástico negro donde el feto nadaba como un buzo. Agarré el feto, pero él no quería salir, me mordió el dedo como si fuera un cangrejo. Luchamos algún tiempo y logré arrancarlo de la madriguera. Tenía una cabeza enorme y emitía un sonido irritante. Eché a la criatura en una cacerola con agua hirviente y se puso roja. Desperté cuando me estaba comiendo esa cosa, que se había transformado en una langosta.

Nuevamente con Lucía en la suite presidencial. Me encerré en el baño otra vez y examiné el pene-plomada. Temblaba.

No quiero un amor de trámites convencionales, como el de la última vez. Un amante no puede ser un desabrido como un marido. Quiero algo salvaje.

¿Y qué es algo salvaje?

Tú lo tienes que saber. Busca tu lado primitivo.

Eso parece de la revista Marie Claire.

Exactamente.

¿Quieres que te viole? No sería políticamente correcto. Incluso si lo quisiera yo no podría violar a nadie, por más cooperativa que fuera la mujer, por más que usara braguitas de cintas.

Querido, lo políticamente correcto no funciona en la cama de los adúlteros. Usa tu imaginación.

Debiste haber traído la revista. De seguro ahí está escrito que el fasto de la obscenidad estimula el erotismo.

(Nacimiento, cópula, muerte, es todo lo que hay.)

Lo peor de este mundo es un hombre que hace el amor callado. Tú no dices ni una palabra durante el acto. Prepárame otro güisqui.

¿Qué quieres que diga?

Palabras eróticas. No le pongas hielo.

¿Por ejemplo?

Me da vergüenza decirlo. Quizá dentro de poco. El alcohol excita a las mujeres. También está en la revista.

¿Y...?

Eres demasiado gentil, sudas mucho, tiemblas.

Se había dado cuenta que temblaba. Sentí mi corazón pesado.

Hércules, Hércules, Hércules.

¿Por qué estás diciendo su nombre? Tú detestas decir su nombre.

Hércules.

¿Estás loco?

La dirección del médico.

De veras estás preocupado.

Sí.

Dame mi bolsa. Aquí está la dirección. Dame otro güisqui. ¿Hay nueces de la India? No uses mi nombre. Sin hielo. Siéntate en la orilla de la cama.

Se arrodilló frente a mí.


En la oficina firmando papeles.

Huir. ¿A dónde, para qué? Conocí a un ejecutivo que desapareció. Nadie encontró una explicación buena, los ejecutivos no huyen, engordan, se quedan impotentes, entran en depresión, se vuelven alcohólicos, mueren de infarto al miocardio, pero no huyen. Yo soy un ejecutivo, ejecuto.

Voy a salir, Elisa, no sé a qué horas volveré.

El consultorio del fabricante de ángeles quedaba en un piso alto de un edificio de la calle Visconde de Pirajá. En la sala de espera una mujer y un hombre conversaban silenciosamente. Se callaron cuando entré. Todos estábamos incómodos.

La enfermera llamó a la pareja y me quedé solo. No sabía qué decirle al médico, todo dependía de su cara. Si tuviera cara de canalla sería directo: necesito un feto de dos meses, no haga preguntas, pago lo que sea necesario.

Puede pasar, dijo la enfermera.

Me esperaba de pie en medio del consultorio, me pidió que me sentara, haciendo lo mismo detrás de la mesa en la que había una laptop encendida. Era un hombre aún joven, simpático, un rostro confiable, ojos inocentes. Su nombre era Rodolfo Arlindo.

¿Sí?

Hablé largamente de mi enfermedad, de la enfermedad de mi padre. Me oyó pacientemente.

¿Ve cómo tiemblo?

Soy ginecólogo, no soy la persona indicada para atenderlo.

Necesito un feto de dos meses.

¿Cómo?

Un feto de dos meses. Un feto de dos meses puede salvar mi vida.

Sigue hablando con la persona equivocada. ¿Quién lo mandó aquí?

Una, eh, amiga, se hizo un aborto con usted.

No dije el nombre de ella, pero dije el mío, mostré mi cédula de identidad, le di el nombre de mi empresa, el nombre de mi mujer, o mejor, los nombres de mis mujeres, la primera y la segunda, mi dirección, la dirección de mi casa en Búzios, el nombre de los bancos en los que tenía cuentas, le mostré mis credenciales de socio del Country Club, del Club de Yate, del Gávea Golf, del Itanhangá, mis tarjetas de crédito, le dije que me gustaba Beethoven y que daba dinero a un asilo de ancianos.

Creo que usted necesita un tranquilizante.

Necesito un feto de dos meses y una caja refrigerante.

¿Para qué quiere usted... eso?

Sabía que cuanto más me oyera el doctor Rodolfo Arlindo, más entendería mi desgracia y se predispondría a ser mi cómplice. Hablé del negro, del doctor Wolf, de mi amiga Raquel que había sanado de la misma enfermedad y que no había sido un efecto placebo, le hablé de mi hermano que felizmente había muerto antes de ser atrapado por la enfermedad.

Nacimiento, cópula y muerte, es todo lo que hay, él siempre lo dijo.

He estudiado este fenómeno misterioso. Existe en realidad eso que usted denominó efecto placebo. Los resultados, eh, positivos, vamos a llamarlos así, de la medicina alternativa, o mejor, de las innumerables terapéuticas que adoptan ese nombre, son resultado de ese aún, eh, poco estudiado efecto. Pero no debemos olvidar que la medicina alternativa es un campo propicio para la charlatanería.

¿Y qué me queda? ¿Dios? Dios es un placebo como cualquier otro.

Al oír esto el doctor Rodolfo Arlindo se levantó y salió de la sala. Eché todo a perder, pensé, al llamar placebo a Dios.

Pero volvió pronto, con un vaso de agua en la mano.

Tome esto.

¿Qué es?

Un tranquilizante. Usted está muy excitado.

Me tomé la píldora.

Creer en Dios no le hace mal a nadie. Yo creo en Dios. La desesperación agrava todas las enfermedades. ¿Conoce el otro significado de la palabra placebo?

No.

Es la primera palabra del salmo de acción de gracias por un hombre salvado de la muerte, en la versión latina, la *Vulgata*. Agradaré al Señor porque oyó mi voz y mi súplica. Porque inclinó hacia mí sus oídos; por lo tanto he de invocarlo mientras viva. Lazos de la muerte me cercan y angustias del infierno se apoderan de mí; encontré opresión y tristeza. Entonces invoqué el nombre del señor diciendo, Oh, Señor, salva mi vida.

¿Qué edad tiene usted?

Treinta y ocho.

¿Es casado?

Sí.

¿Tiene hijos?

No. No podemos.

¿Me ayudará usted?

Le puedo conseguir la caja refrigerante.

Cuando me dijo eso me di cuenta de que me ayudaría. La ironía es una forma de congraciamiento, aunque torcida.

No estoy prometiéndole nada, ¿entiende?


Los días tardaban en pasar. Odio esperar. Después de algún tiempo concluí que el doctor Rodolfo Arlindo no me telefonearía. Tiraba los fetos al bote de la basura, pero quizá considerara antiético dar el feto a un necesitado como yo. Si mi vida, o la vida de cualquier persona, valía el sacrificio de mil conejillos de indias, por qué no sería válido, para salvar una vida, hacer jarabe, pomada, ungüento o lo que fuera un feto que representaba dentro de la barriga de una mujer desgraciada el sufrimiento y por eso había sido arrancado de ahí cuando aún se estaba formando y ni alma tenía, si es que esa entidad realmente existía.

Finalmente, recibí un telefonema del doctor Rodolfo Arlindo.

Voy a conseguirle, eh, eso que usted me pidió. Ni siquiera sé por qué estoy haciendo esto.

Por caridad.

Espero que sea eso, caridad, compasión.

¿Cuándo?

Pasado mañana. Pase por aquí al final del día, a las siete.

Llamé a Belisário. Pasado mañana tendré lo que me pediste. Por la noche.

Lo recojo en tu casa.

No voy a llevar aquello a mi casa.

Entonces llévalo a la Cinelandia. En el mismo lugar.

Colgó.

Fueron dos días infernales. No lograba concentrarme. Me atasqué de tranquilizantes, apenas y lograba dormir.

Desde las cinco de la tarde estuve caminando de un lado para el otro en la Visconde de Pirajá frente al consultorio del doctor Rodolfo Arlindo, cargando una enorme caja de unicel, en la que cabía un lechón. Cada cinco minutos me tomaba un café en un bar cercano. A las siete en punto toqué el timbre del consultorio. La enfermera abrió la puerta. La sala de espera estaba vacía.

El doctor Rodolfo Arlindo pidió que lo esperara.

En todo momento miraba, ora en el Rolex, ora en el Lecoutre, el segundero, que hacía todo su recorrido circular dos veces, antes de colocar el reloj de vuelta en el bolsillo o de cubrirlo con la manga del saco, según el caso. Odiaba esperar. Finalmente apareció el doctor Rodolfo Arlindo. Me llevó hasta una sala, una especie de enfermería, en la que había cuatro camas, aparatos electrónicos, lavabos, armarios y un gran refrigerador. Del refrigerador sacó hielo, que colocó en la caja de unicel. Después trajo el feto. No tuve coraje de mirarlo de frente, pero de reojo me pareció un camarón grande.

Listo. Se lo puede llevar.

No sé cómo agradecerle.

La mejor manera de que me lo agradezca es olvidando todo lo que está ocurriendo hoy aquí.

Tomé un taxi.

¿Puedo saber lo que lleva usted en esa caja de unicel?

¿En esta caja de unicel? (¿Lechón? Peligroso.) Una docena de Cervezas.

¿Alguna marca en especial?

Una cerveza alemana que sólo tienen en Ipanema.

¿Qué marca es?

Weltanschauung.

Un nombre complicado para una cerveza.

Belisário estaba en la Cinelandia, sentado en la misma banca. Le entregué la caja de unicel. Entreabrió la caja, miró rápidamente ahí dentro y cerró la caja. Después abrió la caja nuevamente, miró, balanceó decepcionado e impaciente la cabeza. Cerró la tapa.

No sirve.

¿Cómo?

El jodido feto tiene que ser negro.

¿Cómo?

Te lo dije, el feto tiene que ser negro, el doctor Wolf sólo trabaja con fetos negros.

No me dijiste nada de eso.

Te lo dije en nuestra primera cita aquí en la plaza, aquel día en que chuté una paloma. Te dije, el doctor Wolf sólo trabaja con fetos negros.

Todos los fetos son iguales.

No para el doctor Wolf. Tíralo a la basura.

Belisário se levantó de la banca y desapareció.

El doctor Rodolfo Arlindo probablemente sólo trabajaba con fetos blancos. ¿Dónde iba a conseguir un feto negro? Coloqué la caja de unicel en el suelo al lado de la banca. Después me corrí hacia el centro de la banca. Miré al cielo como si estuviera buscando estrellas, pero la luz eléctrica de todas aquellas fachadas había hecho del cielo una bóveda cenicienta, oscura. Silbé, bostecé, me levanté y, rascándome la barriga, haciéndome el inocente, caminé en dirección al teatro Municipal.

El movimiento en la puerta del teatro había disminuido, el espectáculo debía haber comenzado. Sentí ganas de ser uno de aquellos idiotas de allá adentro, sentado en una butaca mirando embebido a los bailarines dando saltos y haciendo piruetas y aplaudiendo y pidiendo que se repitiera. Todo lo que había ocurrido en mi vida últimamente no podía repetirse: mis temblores, mis temores, mis terrores que aumentaban cada día y más aún aquel día en que estaba dejando en medio de una plaza, dentro de una caja de unicel con hielo, un feto de color equivocado. Y el hilo ya debía haberse derretido.

Caminaba lentamente, como hacen las personas inocentes.

¡Ei, ei!

Seguí caminando.

¡Ei, ei, joven!

No era conmigo. Seguí caminando.

Sentí un ligero toque en mi hombro.

Miré hacia atrás. Un negrito flaco, mal vestido, típico frecuentador de la plaza, me extendió la caja de unicel. Olvidó usted esto.

Tomé la caja. Gracias.

Se quedó parado, como quien espera una propina. Le di algún dinero.

¿Quiere que la cargue?

No, muchas gracias.

Pasé ante la puerta del teatro y continué por la avenida Rio Branco en dirección a la plaza Mauá. A partir de la esquina de la São José la avenida se fue quedando cada vez más vacía y, en cierta forma, oscura y siniestra. Mi plan era dejar la caja con el feto en algún lugar, al pie de un árbol, en un hueco oscuro, en el cajero electrónico de algún banco, la avenida tenía docenas de sucursales bancarias y yo tenía tarjetas magnéticas de varios bancos en mi bolsillo.

Primero intenté dejar la caja de unicel al pie de un árbol, pero en ese momento un carro pasó por la avenida y me dio miedo que me vieran. Cerca de la primera cabina de un banco había dos hombres con actitud sospechosa. De las calles transversales, de la Assembléia, de la Ouvidor, de la Rosario, comenzaron a salir personas, hombres, mujeres, familias enteras, cargando cobertores, sacos, tapetes, periódicos viejos. Los tapetes y los periódicos viejos eran colocados en el piso, bajo las marquesinas de las tiendas, y ellos se acomodaban, pegados unos a los otros como pencas de plátanos. Se recogían temprano, para dormir, pues despertaban antes de que amaneciera. Preferían las puertas de los bancos, los banqueros tienen la conciencia sucia y se resisten a mandar que los expulsen. No logré librarme de la caja de refrigerante. No quería correr el riesgo de que un desamparado viniera detrás de mí, ei, joven, olvidó esto, o peor, que alguien abriera la caja y viera el feto.

Llegué a la plaza Mauá. Me detuve en la puerta de un cabaret. Un cartel con mujeres de pechos enormes anunciaba las atracciones de aquella noche.

Con esa caja no puede entrar. Era el portero.

Sólo estoy mirando.

Puedo hacerme cargo de la caja. ¿Qué tiene dentro?

Cerveza alemana.

¿Alemana? ¿De qué marca?

¿Qué marca? Weltschmerz. Había momentos en que lograba bromear con mis infortunios.

Nunca oí hablar de ella. ¿Me deja probar una?

No puedo.

Está bien. Puede entrar con la caja, pero de todas maneras va a tener que pagar el consumo mínimo.

Entré. Aquellas mujeres semidesnudas que transitaban en la penumbra eran travestís, así como las de pechos gigantes del cartel. Fui directo al baño, cerré la puerta, abrí la caja. El feto era rojo, ¿cómo sabía Belisário que no era negro? Lleno de enojo tomé el embrión, debía medir unos tres centímetros como máximo, menor que un artrópodo en caldo con chayotes, tenía brazos y piernas, una cabeza grande para un cuerpo tan pequeño, boca, nariz, orejas, ojos. De la barriga le sobresalía una tripa gruesa, resto del cordón umbilical. La piel estaba helada y húmeda. Un olor salino se desprendía de él. Un ente de las profundidades del mar placentario, un monstruo anfibio repelente.

Me arremangué la camisa y metí el brazo por el agujero de la letrina apestosa hasta la altura del codo, empujé el feto por la tubería abajo haciéndolo desaparecer por completo. Apreté la válvula de la descarga pero no funcionaba. Eché el agua de la caja en la taza.

Volví al salón. Fui detenido por el brazo.

Tienes ganas de hacer una locura, ¿verdad?

Apretó los enormes senos de silicón contra mi brazo. Estás todo mojado, querido. ¿Entonces? Arroz y frijoles todos los días cansan. Soy muy discreta.

Froté el brazo en los senos de él, de ella, para quitarme el agua sucia de la letrina.

Me estás dejando toda mojada y con escalofrío.

Tengo que irme, con permiso.

¿Ya te vas? Dijo el portero. Tomé un taxi hasta el lago de Machado. Esperé un poco y tomé otro taxi hacia Copacabana. Y otro para mi casa. Actuaba como un criminal.

El doctor Rodolfo Arlindo oyó mi historia en silencio.

Perece mentira, dijo.

Necesito un feto negro.

No, no quiero meterme más en esto.

Mi vida vale un feto negro. Una vida humana vale mil conejillos de indias, mil monos.

Un millón de gallinas, dijo el doctor Rodolfo Arlindo.

Tomó un libro del cajón y leyó para mí: Il n'y a pas un instant de la durée où l'être viviant en soit dévoré par un autre. Au-dessus de ces nombreuses races d'animaux est placé l'homme dont la main destructrice n'épargne rien de ce qui vit; il tue pour se nourrir...

Y Rodolfo Arlindo continuó su catilinaria diciendo que el hombre mataba para vestirse, mataba para adornarse, mataba para ofender, mataba para defenderse, mataba para instruirse, mataba para divertirse.

...il tue pour tuer.

Y mata para salvarse, agregué.

Oh, Dios mío... El doctor Arlindo estaba más cerca de mí. Un millón de gallinas muertas. Y aquella reflexión idiota sobre la maldad humana en francés no iba dirigida a mí. El doctor Rodolfo Arlindo mantenía el libro en el cajón para que le sirviera de escarmiento. En realidad se sabía el texto de memoria, mientras lo dijo apenas y vio el libro.

Un feto negro. Necesito un feto negro.

Eso es una locura.

No tiene usted pacientes negras, ¿verdad? Las negras no pueden pagar lo que usted cobra, ¿verdad?

Sí, así es.

¿Tiene usted una píldora como la que me dio la otra vez?

Me tomé la píldora. Miré la punta de mi nariz. Temblaba. Mi mano temblaba. El pene-plomada debía estar temblando.

Estoy jodido, doctor Rodolfo Arlindo.

¿Quién le garantiza que ese grotesco, abominable tratamiento alternativo le hará bien?

Usted no sabe lo que es estar al borde de perder totalmente la esperanza. Es horrible.

Tal vez yo... Espere, le telefonearé.


Mientras tanto, las cosas en la compañía se complicaban. El director de planeación tenía algunos aliados en el board; alegaban que un importante contrato con el gobierno había dejado de firmarse porque yo había despedido al cretino de la Ivy League. El doctor Rodolfo Arlindo no me telefoneaba. Mi mujer se había vuelto vegetariana.

Carcajéate.

¿Qué?

Dijiste que nunca te habías carcajeado en tu vida. Échate una mísera carcajada para mí, es todo lo que te pido. Una mísera carcajada.

Si te pidiera que pusieras un huevo, ¿lo pondrías?

Miré bien a mi mujer. Extraña frase, aquélla. Tal vez se habría conseguido un amante, súbitamente vegetariana y haciendo gimnasia. Pobre diablo; no ella, el amante, putativo. Los dos. Ser amante de una mujer que no se echaba una carcajada era peor que ser su marido.

Huir. Huir.

Finalmente el doctor Rodolfo Arlindo me telefoneó.

Llegué a la misma hora, con una caja refrigerante negra. La otra caja era blanca.

No sé por qué estoy haciendo esto. Creo que tengo lástima de usted.

Eso es lo que necesito. Personas que me tengan lástima.

Fuimos a la sala interna del consultorio, la que parecía una mini-enfermería.

Este es negro, lo garantizo. El doctor Rodolfo Arlindo abrió el refrigerador, sacó el embrión, rojo-oscuro. Desvié los ojos.

¿Tiene menos de tres meses? Parece mayor que el otro.

Lo garantizo.

Él mismo consiguió el hielo, lo colocó en la caja de unicel, acondicionó el embrión.

Doctor Rodolfo Arlindo, yo quería, eh, no es un pago, entienda, es una demostración de, eh, ¿entiende? Quisiera...

¡Ni siquiera piense en eso!

Muchas gracias, muchas gracias. Usted me ha salvado la vida.

No me busque más. Nunca más.

Nunca más. Nunca más. ¿Puedo telefonear?

No.

Nunca más, gracias, nunca más.

Llamé desde la calle a Belisário.

¿Es negro?

Sí.

Encuéntrame en la plaza. Ahora.

El chofer del taxi, felizmente, no me preguntó qué había dentro de la caja.

Llegué antes que Belisário. La fachada estaba iluminada, una luz azul, distinta de la claridad de la Biblioteca Nacional, que era topacio.

En cuanto llegó, el negro abrió la caja de unicel.

Este tiene mi color, es el bicho. Tienes suerte, distinguido, el doctor Wolf se incorporó hoy por la mañana. Va a poder trabajar para ti inmediatamente. Búscame aquí pasado mañana, a las cinco de la mañana. Traes el dinero, al contado, nada de cheque. Sin el dinero no hay trato.

Estuve despierto la noche que antecedió a mi encuentro con Belisário. Salí de la casa a las cuatro, todavía oscuro. En la plaza sólo había mendigos durmiendo, uno de ellos estaba acostado en la banca en la que siempre esperaba yo al negro. Estuve andando de un lado al otro, esperando, odiando esperar.

Dos sujetos tristes y agresivos se acercaron a mí.

¿Andas con ganas?

Seguí caminando, uno de cada lado.

¿Andas con ganas?, ¿por qué no respondes?

No, es mejor que se larguen.

Uno de cada lado. Sentí el hombro del más bajito, bizco, todo maquillado.

Entonces pásanos lo que traigas, amenazó el mayor, que tenía la lengua trabada.

Me detuve. Ellos querían el dinero que tenía en el bolsillo y que me salvaría la vida, el dinero del doctor Wolf. Si el negro llegara y no recibía la paga se iría, sin el dinero no hay trato. Tendrían que matarme primero.

Miren, hijos de puta, soy un hombre desesperado, soy capaz de matar a uno de ustedes a mordidas, como perro rabioso. A ti, chaparro, que estás bizco, te voy a arrancar un ojo y orinaré en el agujero hasta que los orines te salgan por las orejas.

Agarré al chaparro por los cabellos, que salieron con mi mano.

Mi peluca, dame mi peluca.

Me abrí la bragueta y me saqué la verga. Yo estaba desesperado.

Voy a orinar en la peluca.

Estoy armado, tengo un cuchillo, dijo el grande.

Te lo voy a clavar en el culo. Yo estaba desesperado.

En ese momento apareció Belisário, que inmediatamente repartió violentos golpes y puntapiés entre los infelices. Los dos corrieron. El grande desapareció. El bajito se detuvo cerca de la estatua de Carlos Gomes.

No era necesario que les pegaras así.

Odio a los maricas.

Caminé en dirección al bajito. Él atravesó la calle.

¿No quieres la peluca?, grité. Voy a dejarla en la estatua. Vámonos, dijo Belisário.

El negro me condujo hasta un carro que estaba estacionado en la calle Evaristo da Veiga, casi esquina con la Senador Dantas. Abrió la puerta del carro y me pidió que me sentara en el asiento de atrás.

¿Dónde está el dinero?

Le di el dinero. Belisário contó el dinero.

Ponte esa capucha en la cabeza y acuéstate. El doctor Wolf no quiere que nadie sepa dónde está su casa.

¿Capucha? No voy a ponerme ninguna capucha.

Entonces bájate. El dinero se queda conmigo.

Agarré la capucha. Me acosté en el asiento. Belisário arrancó el carro. Anduvimos lo que me pareció un largo tiempo. El carro se detuvo. Oí el ruido de una puerta de acero, de esas flexibles, que corren.

Puedes quitarte la capucha.

Por una puerta en el garaje pasamos a una sala pequeña, después a una sala mayor donde había una cama de fierro de hospital, sin sábanas.

Ya viene el doctor Wolfgang Keitel. Puedes acostarte en la cama.

Belisário salió. Me quedé de pie en medio de la sala.

La entidad doctor Wolf o Wolfgang Keitel era un hombre muy viejo, lleno de arrugas, de largos cabellos blancos, parecía un indio.

Acuéstate, dijo Belisário.

El doctor Wolf señaló la cama. Entonces noté que tenía una jeringa en la mano, llena de un líquido ambarino.

Yo era un hombre desesperado. Me acosté. El doctor Wolf, al contrario de todos los médicos y enfermeros que me habían sacado sangre, encontró de inmediato la vena buena, del brazo izquierdo. Ni sentí el piquete. El líquido parecía lava incandescente de un volcán. Me desmayé.

Cuando desperté vi a Belisário sentado en mi cama.

¿Qué tal, distinguido? ¿Te sientes bien?

Me levanté. Caminé por la sala. Miré la punta de mi nariz. Estiré los brazos, las manos no me temblaban. Miré el Rolex en la muñeca. Miré el Lecoutre de bolsillo. Diferencia de un segundo. Puse a tiempo el Lecoutre con el Rolex. Eran las once de la mañana, una luz de día entraba por algún lugar.

¿Cuantas horas estuve desmayado? ¿Cuatro?

Dos días.

¿Dos días? ¿En serio?

Dos días, distinguido. Pero quedaste bien. Ya no temblarás más, adiós el arrastrarse, el agujero se va a quedar parado esperándote. Ponte la capucha.

Antes de cubrirme con la capucha miré una vez más la punta de mi nariz. Firme como el Pan de Azúcar. Extendí las manos, abrí los brazos. Firme. Firme. Firme para siempre.

Belisário me dejó en la Cinelandia. Era un lindo día. Las dos viejas estaban ahí, echando maíz a las palomas.

Sólo voy a patear a una de ellas, no la voy a matar. Es una promesa que hice, le expliqué a las viejas.

En realidad, chuté dos. Después de que acerté a la primera quise tener la certeza de que de veras estaba bien y pateé otra.

Fue una promesa que hice. No tengo nada contra las palomas. Tomé un poco de maíz de la bolsa de una de ellas y lo arrojé a las palomas.

Bajé la avenida Rio Branco. Entré en el edificio Avenida Central y tomé un refrigerio. Vi un relojero y entré.

Quisiera quitar los segunderos y los minuteros de estos relojes.

El sujeto cogió el Rolex y el Lecoutre.

Usted está loco.

Estuve. ¿Los puede quitar?

Va a arruinar estos relojes. Estos relojes son caros. ¿No quiere venderlos?

¿Puede quitarlos o no?
Tardaré algún tiempo.
No hay problema. Puede empezar. Espero.

# Historias de amor
# (1997)

# Betsy

Betsy esperó el regreso del hombre para morir.

Antes del viaje, él había notado que Betsy mostraba un apetito extraño. Después aparecieron otros síntomas, excesiva ingestión de agua, incontinencia urinaria. El único problema de Betsy era la catarata en uno de los ojos. A ella no le gustaba salir, pero antes del viaje había entrado inesperadamente con él en el elevador y pasearon por la orilla de la playa, algo que ella nunca había hecho.

El día que el hombre llegó, Betsy tuvo el desvanecimiento y permaneció sin comer, acostada en la cama con el hombre. Los especialistas que consultaron dijeron que no había nada que hacer. Betsy sólo salía de la cama para beber agua.

El hombre permaneció con Betsy en la cama durante toda su agonía, acariciando su cuerpo, sintiendo con tristeza la flacura de sus piernas. El último día, Betsy, muy quieta, los ojos azules abiertos, clavó la mirada en el hombre con la misma mirada de siempre, que indicaba el alivio y el placer producidos por su presencia y sus caricias. Comenzó a temblar y él la abrazó con más fuerza. Al sentir sus miembros fríos, el hombre acomodó a Betsy en una posición más cómoda en la cama. Entonces ella extendió el cuerpo, como si se desperezara, y volvió la cabeza hacia atrás, en un gesto lleno de languidez. Después estiró el cuerpo aun más y suspiró, una exhalación fuerte. El hombre pensó que Betsy había muerto. Pero algunos segundos después emitió otro suspiró. Horrorizado por su meticulosa atención el hombre contó, uno a uno, todos los suspiros de Betsy. Con el intervalo de algunos segundos exhaló nueve suspiros iguales, con la lengua de fuera, colgando de lado en la boca. Luego empezó a golpearse la barriga con los dos pies juntos, como lo hacía ocasionalmente, sólo que con más violencia. En seguida quedó inmóvil. El hombre pasó la mano con suavidad por el cuerpo de Betsy. Ella aflojó y estiró los miembros por última vez. Estaba muerta. Ahora, el hombre lo sabía, estaba muerta.

El hombre pasó la noche entera despierto al lado de Betsy, acariciándola con cuidado, en silencio, sin saber qué decir. Habían vivido juntos dieciocho años.

Por la mañana, la dejó en la cama y fue a la cocina y preparó un café. Fue a tomar el café a la sala. La casa nunca había estado tan vacía y triste.

Por fortuna el hombre no había tirado la caja de cartón de la licuadora. Volvió al cuarto. Cuidadosamente, colocó el cuerpo de Betsy dentro de la caja. Con la caja bajo el brazo caminó hacia la puerta. Antes de abrirla y salir, se secó los ojos. No quería que lo vieran así.

# Ciudad de Dios

Su nombre es João Romeiro, pero es conocido como Zinho en la Ciudad de Dios, una favela en Jacarepaguá, donde controla el tráfico de drogas. Ella es Soraia Gonçalves, una mujer dócil y callada. Soraia supo que Zinho era traficante de drogas dos meses después de que empezaron a vivir juntos en un condominio de clase media alta en la Barra de Tijuca. ¿Te molesta?, preguntó Zinho y ella contestó que ya había tenido en su vida un hombre dedicado al derecho que no pasaba de ser un canalla. En el condominio Zinho es conocido como vendedor de una firma de importaciones. Cuando llega una partida grande de droga a la favela, Zinho desaparece por unos días. Para justificar su ausencia Soraia dice a las vecinas que encuentra en el playground o en la piscina que la firma tiene viajando al marido. La policía anda tras él, pero sólo sabe su apellido, y que es blanco. Zinho nunca ha estado preso.

Hoy por la noche Zinho llegó a la casa luego de pasarse tres días distribuyendo, en sus puntos, cocaína que envió su proveedor de Puerto Suárez, y marihuana que llegó de Pernambuco. Fueron a la cama. Zinho era rápido y rudo y luego de joder a la mujer le daba la espalda y se dormía. Soraia era callada y sin iniciativa, pero Zinho la quería así, le gustaba ser obedecido en la cama como era obedecido en la Ciudad de Dios.

"¿Antes de que te duermas te puedo preguntar una cosa?"

"Dime rápido, estoy cansado y quiero dormir, amorcito."

"¿Serías capaz de matar a una persona por mí?"

"Amorcito, maté a un tipo porque me robó cinco gramos, ¿crees que no voy a matar a un sujeto si me lo pides? Dime quién es. ¿Es de aquí, del condominio?"

"No."

"¿De dónde es?"

"Vive en Taquara."

"¿Y qué te hizo?"

"Nada. Es un niño de siete años. ¿Has matado algún niño de siete años?"

"He mandado que agujeren las palmas de las manos a dos mierditas que desaparecieron con unos paquetes, para que sirva de ejemplo, pero creo que éstos tenían diez años. ¿Por qué quieres matar a un negrito de siete años?"

"Para hacer sufrir a su madre. Ella me humilló. Me quitó a mi novio. Me hizo menos, a todo el mundo le decía que yo era una burra. Luego se casó con él. Ella es rubia, tiene ojos azules y se cree lo máximo."

"¿Quieres vengarte porque te quitó a tu novio? Todavía te gusta ese puto, ¿verdad?"

"Sólo me gustas tú, Zinho, eres todo para mí, ese mierda del Rodrigo no vale nada, sólo siento desprecio por él. Quiero hacer sufrir a la mujer porque me humilló, me llamó burra delante de todos."

"Puedo matar a ese puto."

"A ella ni siquiera le gusta él. Quiero hacer que sufra mucho. La muerte del hijo deja a las madres desesperadas."

"Está bien. ¿Sabes dónde vive el niño?"

"Sí."

"Voy a mandar que cojan al niño y lo lleven a Ciudad de Dios."

"Pero no hagas que el niño sufra mucho."

"Si la puta ésa se entera que el hijo murió sufriendo es mejor, ¿o no? Dame la dirección. Mañana mando que hagan el trabajo, Taquara está cerca de mi base."

Por la mañana bien temprano Zinho salió en el carro y fue a Ciudad de Dios. Permaneció dos días fuera. Cuando volvió, llevó a Soraia a la cama y ella obedeció dócilmente a todas sus órdenes. Antes de que él se durmiera, ella preguntó, "¿hiciste lo que te pedí?"

"Cumplo lo que prometo, amorcito. Mandé a mi personal a que cogieran al niño cuando iba al colegio y que lo llevaran a Ciudad de Dios. En la madrugada le rompieron los brazos y las piernas al negrito, lo estrangularon, lo cortaron todo y luego lo tiraron en la puerta de la casa de la madre. Olvida a ese mierda, no quiero oír hablar más de ese asunto", dijo Zinho.

"Sí, ya lo olvidé."

Zinho le dio la espalda a Soraia y se durmió. Zinho tenía un sueño pesado. Soraia se quedó despierta oyendo roncar a

Zinho. Después se levantó y tomó un retrato de Rodrigo que mantenía escondido en un lugar que Zinho nunca descubriría. Siempre que Soraia miraba el retrato del antiguo novio, durante todos aquellos años, sus ojos se llenaban de lágrimas. Pero ese día las lágrimas fueron más abundantes.

"Amor de mi vida", dijo, apretando el retrato de Rodrigo contra su corazón sobresaltado.

# El ángel de la guarda

La casa tenía varios cuartos. Pregunté en cuál de ellos iba a dormir. Me llevó a un cuarto que quedaba cerca del suyo.

Me senté en la cama. Probé el colchón.

No sirve, es muy blando, va a acabar a la primera con mi espalda.

Probé los colchones de todos los cuartos hasta que encontré uno duro.

Éste está bueno, ¿tiene alguna camisa que me sirva? Olvidé traer ropa para dormir.

La mujer volvió en seguida con una camisa de malla blanca.

Ésta es la más grande que tengo. La usé una vez, ¿no importa?

Di las gracias a la mujer y me dio las buenas noches. Me puse la camisa; sentí el olor del tejido, una mezcla de piel limpia y perfume.

Busqué una posición para dormir. La espalda me dolía. Tenía una porción de huesos rotos y mal enmendados esparcidos por todo el cuerpo.

La mujer golpeó tan levemente en la puerta que casi no escuché.

¿Sí?

Soy yo. Quiero hablar contigo.

Un momento.

Me puse el pantalón y abrí la puerta.

Vestía una bata y una mujer en bata siempre me recuerda a mi madre. Además de que lo único que recuerdo de mi madre es la bata.

Estás muy lejos, no me siento protegida, no logro dormir, ¿no puedes ir al cuarto que está al lado del mío? Llevamos el colchón duro de esta cama y lo cambiamos por el otro.

Llevé mi colchón duro al cuarto que estaba junto al de ella.

Me senté en la cama.

Creo que ahora está bien. Se puede dormir, buenas noches.

Buenas noches.

No aguanté ni diez minutos acostado. El dolor en la columna aumentó. Salí de la cama, me senté en un sillón que había en el cuarto.

Otros golpes en la puerta.

¿Qué pasa?

Oí un ruido en el jardín, susurró a través de la puerta, creo que hay alguien en el jardín.

Me puse el pantalón. Abrí la puerta. Ella seguía con la bata.

Debe ser una impresión tuya. Estás muy nerviosa. ¿En qué lugar del jardín?

En el bosque de magnolias. Allá no hay luz y tuve la impresión de que vi una luz que se apagaba y encendía.

¿Tienes una linterna?

Sí.

La mujer me dio la linterna.

Ten cuidado. Ya te he contado las cosas horribles que me han ocurrido, ¿verdad?

Deberías irte a tu departamento de la ciudad.

Allá es peor. Ya te conté. Tuve que desconectar el teléfono a causa de las llamadas a medianoche, amenazándome. Y hay gente siguiéndome en las calles. Aquí por lo menos todas las ventanas están enrejadas y las puertas son de fierro. Llévate el revólver.

Es mejor que lo tengas tú. Cierra la puerta. Y no te quedes mirando hacia afuera por la ventana.

Era un sitio grande. Un jardín con macizos de flores rodeaba la casa. En medio del jardín, una piscina. Al fondo, la casa del guardia, la huerta. El resto del lugar eran bosques con árboles de gran tamaño, que hacían aun más oscura la noche. Había bancos de piedra esparcidos entre los árboles. Me senté en uno de ellos, en el bosque de magnolias. Esperé, con la linterna encendida sobre el banco.

Sônia apareció silenciosamente entre la oscuridad, se sentó a mi lado en el banco de piedra.

¿Dejaste tu revólver en un lugar donde ella lo viera?

Lo dejé en su mano. Sigo el plan de ustedes.

Escucha este ruido, dijo Sônia conectando una grabadora que sacó de su bolso. Parece un gemido, de alguien muriendo. ¿No parece un fantasma?

Tienen suerte de que no haya un perro.

Había. Lo envenenamos. Jorge lo envenenó. ¿Cuándo usará ella el revólver?

Está muerta de miedo, esperaremos un poco más. ¿Quién es Jorge?

Si no lo sabes no seré yo quien te lo diga.

¿Por qué quieren ustedes que muera la mujer?

Eso no te importa.

Voy a volver a la casa. Apaga esos gemidos. Por hoy está bien.

No te olvides de nuestro trato, dijo Sônia. Dentro de tres días esto tiene que estar resuelto. Si sigue indecisa, le das un tiro en la cabeza.

Volví a la casa. La mujer abrió la puerta con mi revólver en la mano. Temblaba, con los ojos en blanco.

¿Qué ruido era ese?

Nada.

¿Cómo que nada? Yo lo oí. ¿Crees que estoy loca?

La mujer me apuntó con el revólver.

Dime la verdad. Crees que estoy loca. Los guardias creían que estaba loca y se fueron por la noche, sin decir nada. Acabo de oír un fuerte gemido, el rumor de un alma en pena, como la mía, ¿y dices que no era nada? ¿Y este revólver sin balas? ¿Así es como me vas a defender? ¿Con un revólver sin balas?

¿Cómo sabes que no tiene balas?

Disparé seis veces en mi cabeza y no ocurrió nada.

Olvidé colocar las balas. No sé cómo pudo ocurrir, soy muy cuidadoso.

Sacaste las balas porque pensaste que estoy loca y que me daría un tiro en la cabeza.

Estoy aquí para protegerte. Ve a dormir. Mañana por la mañana conversamos.

No me hables así. Estoy muy nerviosa. Duerme en mi cuarto conmigo.

Está bien.

La mujer se acostó sin quitarse la bata, se cubrió con una sábana. Me senté en el sillón del cuarto. Todos los cuartos tenían sillones y baño privado.

Desde la cama me miraba, suspiraba como quien quiere llorar.

Ven, toma mi mano.

Agarré su mano.

Tienes la mano grande. ¿Fuiste trabajador manual?

No.

¿Siempre has sido acompañante de personas enfermas?

Cuando era joven pasé dos años empujando la silla de ruedas de un viejo. Fue la mejor época de mi vida, me gustaba leer, él tenía miles de libros y yo me pasaba el día leyendo.

Nunca te he visto leyendo aquí.

No he tenido tiempo y tus libros no me atraen.

Lo siento mucho. ¿Y luego de trabajar en la casa llena de libros que sí te atraían?

Me hice cargo de otro viejo.

¿Era enfermo mental?

No. Una enfermedad de la vejez. (El sujeto se mató, con mi ayuda, pero eso no se lo diría a ella.)

Mira si logras dormir un poco.

¿Estoy loca?

No. Sólo estás muy nerviosa.

La mujer se durmió. Retiré la mano. Me fui al sillón y me quedé toda la noche despierto, pensando, sintiendo el olor de su camisa en mi cuerpo y mirando a la mujer mientras dormía. El hombre primitivo devoraba como una hiena los restos de los cadáveres de los animales que encontraba y que habían sido cazados por otros animales. Sólo se volvió cazador después de que astutamente inventó sus armas punzantes. Coloqué las balas en el tambor del revólver.

La mujer en la cama parecía un perro muerto a quien era fácil patear. No hago preguntas cuando me piden un servicio. Pero en este caso me gustaría saber quién quería que ella se diera un tiro en la cabeza. ¿Un marido cretino aterrorizando a la mujer histérica para provocar que se mate y el puto se quede con la pasta? Ya pasé por una situación más o menos así, una semana de carnaval.

El día rayó, los pajaritos comenzaron a piar y la mujer se despertó. Me sonrió.

Hoy me siento mucho mejor. Creo que esta pesadilla va a acabar. Voy a trabajar al jardín, ¿te quedas cerca de mí?

Salí de su cuarto. En mi baño, me lavé la cara y me cepillé los dientes. Fui al jardín.

La mujer tenía un sombrero en la cabeza para protegerse del sol. Me pidió que la acompañara a un cuarto de herramientas que estaba a un lado del garaje. Había picos, palas, una podadora eléctrica de pasto, una bomba con los instrumentos para limpiar la piscina. Cogió unas tijeras de las que se usan en los jardines.

Mi jardín es bonito, ¿verdad? Yo misma planté esas flores, ¿no son bonitas?

No me importan mucho las flores, pero la escuché con paciencia decir los nombres de las que crecían en los macizos.

Necesito telefonear.

El teléfono está desconectado.

Iré al centro del pueblo.

Por favor, no me dejes sola.

Entonces ven conmigo. Después trabajas en el jardín.

Subimos a su carro.

¿Te gusta la música?

Si quieres oír música no me molesta.

Colocó un concierto de violín en el aparato del carro.

¿No da una sensación de paz?

La música de violín me pone inquieto, pero aguanté sin decir nada... Llegamos a la placita del pueblo. Paré en la puerta del mini-súper, llena de sacos con comida para gatos y perros.

Bajó conmigo del carro. Haré unas compras, ya me cansé de la comida congelada.

El hombre del mini-súper la saludó amigablemente, ella conocía aquel sitio desde hacía muchos años. El hombre preguntó si yo era el nuevo guardia de la casa y la mujer respondió que era un amigo.

Cerca había una panadería. Desde allí llamé a Sônia.

Voy a hacer el servicio. Pero antes quiero conversar contigo y con Jorge. Quiero recibir lo que falta. Hoy por la noche, en el lugar en que nos encontramos ayer.

Jorge no irá.

Ése es su problema. Si no viene a conversar conmigo, no hay trato. A las nueve.

Colgué el teléfono. Volví al mini-súper. Cogí el saco lleno con las compras y nos fuimos al carro.

La mujer trabajó en el jardín, luego hizo la comida para los dos. Pero sólo se sentó a la mesa conmigo, no comió nada. Luego volvió a trabajar en el jardín, mientras oía música, yo todo el tiempo a su lado, sufriendo con aquella música, deseando que todo aquello acabara de una vez.

Quince minutos antes de las nueve le dije que iría a echar una mirada por los alrededores de la casa, que quizá tardaría un poco.

No me dejes sola.

Tomé la linterna.

No me voy a alejar mucho, no te preocupes. Cierra todo y sólo me abres la puerta a mí. Y no te quedes en la ventana.

Por favor…

No te preocupes.

Salí, llevaba el revólver. En el cuarto de herramientas cogí dos palas y un pico y me fui hacia el bosque de magnolias. Me senté en el banco de piedra, la linterna encendida. Coloqué las palas y el pico a un lado del banco.

Sônia y Jorge tardaron en aparecer. El hombre usaba un sombrero que le cubría la mitad del rostro.

Apaga la linterna. ¿Qué quieres de mí?

Lo reconocí de inmediato. Si quieres permanecer vivo en este mundo de mierda no debes olvidar ni la cara ni la voz de nadie. Era el hijo del viejo Baglioni a quien había ayudado a salir de este mundo. Fingí que no lo había reconocido.

Sólo una pregunta. ¿La mujer es tu esposa?

¿Esa vieja? Es mi socia, enloqueció y está jodiendo los negocios. ¿Qué quieres de mí?

Recibir lo que falta.

¿Antes de hacer el servicio? Imposible. Un trato es un trato.

Hoy mataré a la mujer y tendré que huir. ¿Cómo voy a recibir lo que falta?

Sabes donde encontrar a Sônia. Ella te pagará después.

Encendí la linterna. Les mostré las palas y el pico.

Quiero que me ayuden a abrir una fosa. Si lo hago solo me llevará un tiempo enorme. El cuerpo tiene que desaparecer. Hice compras con ella en el mini-súper del pueblo y vieron mi cara.

Sólo eso faltaba, dijo Jorge.

Sin fosa no hay cadáver.

Está bien, está bien, dijo Jorge cogiendo una de las palas. Yo cogí la otra y el pico.

Aquí no. Tenemos que salir de aquí, vamos al bosque.

No puedo caminar mucho, traigo zapatos altos, dijo Sônia.

Ése es tu problema.

Caminamos por el bosque, Sônia reclamando que sus zapatos se estaban maltratando.

Aquí está bien, dije.

Sônia se negó a cavar. Yo y Jorge trabajamos en silencio, como hacen los mineros. No es fácil abrir una fosa grande, menos aún en un suelo duro como aquél. Empapamos de sudor nuestras camisas. Jorge sudaba más que yo, pero no se quitó el sombrero que escondía su rostro.

Jorge arrojó la pala. Detente, ya es suficiente, dijo.

Continué con el pico en la mano.

Todavía falta una cosa, dije.

Golpeé con fuerza en la cabeza a Jorge, usando la punta del pico. Cayó. Sônia echó a correr, pero sólo dio algunos pasos y un grito de miedo, no precisamente un grito, fue una especie de aullido.

Verifiqué que estuvieran bien muertos, no quería enterrarlos vivos. Trabajé ahondando la fosa un poco más. Arrojé a los dos dentro del hoyo y los cubrí con tierra. Apisoné la tierra con la pala y cubrí la fosa con piedras y ramas de árbol. En aquel bosque sólo había pajaritos, sapos, serpientes, insectos y otros animales inocentes. No abrirían aquella fosa, pero no quería correr riesgos.

Lavé las palas y el pico en el estanque y las llevé de vuelta al cuarto de herramientas. Golpeé en la puerta de fierro de la casa.

Soy yo, puedes abrir la puerta.

La mujer abrió la puerta, asustada como siempre. ¿Viste alguna cosa?

No. Ni oí ningún sonido extraño. ¿Tú oíste algo?

No, respondió. ¿Quieres tomar un té? Voy a preparar un té para nosotros.

Me quedé ahí una semana más con la mujer, a pesar de la música. No hay nada más irritante que esa música de violín. Todos los días iba a ver la fosa donde aquellos dos se estaban pudriendo, para ver si había algún olor desagradable en el aire. Nada. En el mini-súper del pueblo recomendaron a un matrimonio de viejos que fueron contratados como conserjes por la mujer. El viejo era un hombre fuerte que trabajaba el día entero en el jardín, él y mi madre. Estoy bromeando, pero me gustaría que ella fuera mi madre. Me gustaba. Si tuviera una madre así sería un hombre diferente, mi destino sería otro y me haría cargo de ella, tendría a quién amar.

Ella estaba en el jardín con el conserje, removiendo la tierra. Tengo que irme, dije.

No sé cómo pagarte lo que hiciste por mí. Ya estoy bien. Ya no tengo miedo.

Bien no estás. Pero nadie más tomará el teléfono para llamarte a medianoche, nadie más te seguirá por las calles asustándote.

¿Cómo te puedo pagar? Debes necesitar dinero.

Ya recibí mi paga. Pero puedes llevarme en el carro a la estación de autobuses en la ciudad.

La mujer me llevó en el carro a la estación.

Cuando necesites alguna cosa, búscame. Dame tu teléfono, dijo.

No tengo teléfono.

Sônia debe saber cómo encontrarte si te necesito, ¿no? Ella fue muy buena, recomendándote para ser mi ángel de la guarda.

No respondí. La mujer esperó conmigo hasta que llegó el autobús, los dos dentro del carro oyendo la música que le gustaba, el violín no me pareció tan irritante.

Tomé el autobús. Ella agitó la mano mientras el autobús se alejaba.

# El amor de Jesús en el corazón

Una niña de doce años de edad fue encontrada muerta por excursionistas en el bosque de Tijuca, en un lugar no muy alejado del Alto de Boa Vista. Había sido estrangulada, se encontraron vestigios de semen en su ropa, su braguita había desaparecido, pero no había ocurrido estupro. Los peritos de la policía calcularon que la niña había muerto alrededor de cuarenta y ocho horas antes. A unos dos kilómetros del lugar donde fue encontrado el cuerpo había un colegio para niñas pobres, mantenido por monjas. Los detectives Leitão y Guedes fueron al colegio y supieron que una alumna había desaparecido dos días antes. Maria de Lurdes Gomes, o Lurdinha, como era conocida la muerta entre sus compañeras, estudiaba y vivía en el colegio. Era una alumna rebelde, a quien no gustaba la disciplina exigida por las monjas, se negaba a trabajar en la cocina, en la huerta o en el taller de costura. Las monjas creían que habría huido, como siempre amenazaba que lo haría. Su ausencia había sido notada a la hora de la comida.

"¿Tienen ustedes alguna foto de la niña?", preguntó Leitão.

Las monjas trajeron una fotografía, que los policías miraron durante algún tiempo.

"¿Dónde está la capilla?", preguntó Leitão.

Una monja llevó a los dos policías a la capilla del colegio. El recinto tenía algunas hileras de bancos toscos de madera y un altar con la figura de Cristo en una cruz. Leitão fue hasta el altar, hizo la señal de la cruz y se arrodilló. Guedes quedó de pie, mirando las paredes sucias y descascaradas de la capilla, mientras su colega rezaba. Al fondo, la monja asustada espiaba en silencio a los policías.

Leitão rezó algún tiempo, se levantó, volvió a persignarse. Los dos policías salieron de la capilla.

"Le pedí a Jesús por el alma de la víctima y que me iluminara y me diera fuerzas para atrapar al asesino", dijo Leitão a la monja. La monja intentó decir alguna cosa, pero no consiguió hacerlo.

"Nos gustaría hablar con la encargada", dijo Guedes.

"Madre superiora", corrigió Leitão.

Los policías fueron llevados a la oficina de la madre superiora, una mujer vieja y ligeramente sorda a quien dieron la noticia de que María de Lourdes había sido asesinada. La madre superiora respondió molesta las preguntas de los dos tiras. La niña no tenía parientes, una institución con la cual las monjas mantenían un convenio la había encaminado, al colegio; todo el trabajo era realizado por las alumnas y por las monjas; los abastecimientos eran comprados en un supermercado de Tijuca y entregados por un empleado de nombre Eleutério. Era el único hombre que entraba al colegio.

"¿Plomero? ¿Electricista? ¿Carpintero?", preguntó Guedes.

Las mismas monjas hacían esos trabajos.

"¿Pintor?"

Hacía años que las paredes no se pintaban. No había dinero para eso.

Leitão y Guedes escribieron en un papel sus nombres y el teléfono de la delegación y pidieron a la madre superiora que telefoneara en caso de que notara cualquier cosa extraña que ocurriera en el colegio; agregaron que volverían en otra ocasión.

Fueron al supermercado. Eleutério había salido a hacer una entrega. Los policías esperaron. Un moreno fuerte, de unos cuarenta años, llegó en el triciclo de las entregas. El gerente les dijo que aquél era el hombre que buscaban.

"Somos de la policía. Acompáñanos a la delegación", dijo Leitão.

"¿Hizo alguna cosa?", preguntó el gerente.

"Sólo queremos conversar con él", dijo Leitão. Subieron al carro de la policía.

"¿Eres católico?", preguntó Leitão.

"Sí, señor."

"Sí señor, ¿qué?", dijo Leitão.

"Quiere saber si vas a la iglesia los domingos. Si eres católico practicante", dijo Guedes.

"Sí, señor."

"Y el viernes vas al candomblé, ¿verdad?"

"Sí, señor."

"Otro católico macumbero", dijo Leitão. "Escúchame, ciudadano, un católico no va a la macumba."

"Leitão, lo estás confundiendo."

"¿Te parecen bonitas las niñas del colegio?"

"Sí, señor."

"Leitão, me estás irritando."

"Guedes, tú eres otro que se dice católico y no vas a la iglesia."

"Si voy o no a la iglesia a ti no te importa."

"Entonces no andes diciendo que eres católico."

"Nunca te dije que era católico."

"¿Entonces no eres católico? Anda, responde."

"¿Me estás interrogando? No me fastidies. Soy tira hace más tiempo que tú."

"Pero yo no tengo registros desfavorables en mi expediente."

"Ve a joder a otra parte, Leitão."

Leitão balanceó la cabeza, pensativo, como si estuviera registrando aquello. Leitão jamás decía palabras obscenas y se resentía con el constante lenguaje grosero de su colega. Guedes abrió el vidrio del carro y escupió.

Llegaron a la delegación.

"Déjame interrogar al individuo", dijo Leitão.

"Yo lo interrogo", dijo Guedes.

Guedes se encerró en un cuarto con Eleutério.

Leitão preguntó al secretario si el excursionista que había encontrado el cuerpo había sido llamado a comparecer a la delegación. El escribano respondió que sí.

Guedes abrió la puerta del cuarto y mandó llamar a la mujer que vendía café. Se quedó de pie en la puerta, esperando a la mujer. Leitão miró hacia el interior del cuarto y vio a Eleutério sentado en una silla con la cabeza agachada. Guedes tomó los dos cafés, pagó y cerró la puerta.

"Antiguamente invitabas a un ciudadano para que viniera a la delegación y venía corriendo", dijo Leitão. "Ya nadie respeta a la policía."

"Todavía no se le hace tarde", dijo el secretario.

El excursionista llegó, acompañado por una mujer. La mujer explicó que no había sido invitada, pero que había decidido comparecer también pues estaba con su novio haciendo una excursión al pico del Papagayo cuando encontraron el cuerpo. Descendieron corriendo hasta el centro del barrio y telefonearon desde el bar a la policía.

Guedes abrió la puerta y salió con Eleutério.

"Puedes irte", dijo Guedes.

"¿Le estás pidiendo que se vaya? ¿No va a declarar?, preguntó Leitão.

"No necesita declarar, no sabe nada, no está enredado en esto. Vete, ¿no te ordené que te fueras? ¿Qué estás esperando?"

"Ya volveremos a conversar contigo, ¿me oíste?", amenazó Leitão.

"Ya vete, carajo", dijo Guedes empujando a Eleutério. El mandadero salió, mirando asustado al tira.

"No puedes ir descartando a los sospechosos de esta manera."

"No te metas en mi manera de trabajar. Si no estás satisfecho ve a quejarte con el delegado."

"Estamos juntos en esto, Guedes. El delegado nos colocó a los dos en el caso. ¿Me estás echando con una patada en el culo?"

"Ya presioné al tipo. Es inocente."

"Tú no presionas a nadie."

"No a tu manera."

"Teléfono para ti, Guedes", dijo el secretario.

Una voz femenina. "Es la hermana Celestina. Tengo una petición que hacerle, señor Guedes."

"Escucho."

"Nos gustaría recuperar el cordón con la medalla de San Benito que Maria de Lurdes usaba. Todas nuestras niñas usan un cordón con la medalla de San Benito."

"No se preocupe, hermana, yo le llevo la medallita a usted."

Guedes llamó al Instituto de Criminalística. Los peritos dijeron que ningún cordón con medalla había sido encontrado en el cuerpo. En seguida Guedes llamó al IML y habló con el perito que había hecho la autopsia. Sí, la muerta tenía una marca en la parte posterior del cuello, podría haber sido causada cuando arrancaron el cordón con violencia.

"¿Dónde está Leitão?"

"Conversando con el delegado."

"Cuando salga dile que quiero hablar con él."

Guedes fue al baño a orinar. El chorro de orina cada vez estaba más delgado. Su próstata no debía estar muy bien. Necesitaba acordar una cita con el médico. Siempre que orinaba se hacía la misma promesa. Encontró a Leitão al salir del baño.

"El asesino se llevó un cordón con la medalla de San Benito que la niña usaba."

Leitão balanceó la cabeza, su quijada casi golpeaba el pecho.

"Se llevó la braguita también."

"Voy a consultar los registros para ver si hay algún loco viviendo en aquella región."

Los registros de la policía no proporcionaron ninguna información útil. Los dos tiras trabajaron toda la semana, interrogando personas en el Alto da Boa Vista. Guedes iba diariamente al colegio a conversar con las niñas. Leitão creía que permanecer dentro del colegio era una pérdida de tiempo, era preferible realizar investigaciones entre los vecinos, ir de casa en casa haciendo preguntas, ir a los bares, verdulerías, almacenes, ir a todos los lugares y hacer preguntas cuyas respuestas Leitão anotaba minuciosamente, para examinarlas después. El trabajo de Guedes, por su parte, no era fácil, aunque menos cansado que el de Leitão. Las niñas lo miraban con hostilidad y miedo, muchas de ellas antes de ser llevadas al colegio de monjas habían sido niñas de la calle detenidas por pequeños delitos. Guedes era un soltero, sin hijos, que no había tenido hermanos, y el contacto con las niñas, principalmente con las adolescentes, le resultaba estimulante, física y mentalmente. En ocasiones Leitão iba con Guedes al colegio, pero sólo para  rezar en la capilla. Luego se retiraba para hacer lo que llamaba el barrido de la comunidad.

El fin de semana algunas de las niñas reaccionaban con menos desconfianza a los contactos con Guedes. Era una buena figura paterna, con su barba grisácea mal afeitada  y su habla tranquila, y sus preguntas nunca parecían interrogativas.

"Siempre me gustaron las orquídeas, si tuviera dinero llenaría mi casa con orquídeas. ¿Ésta es tuya?" Guedes entraba por primera vez en el dormitorio de las niñas, acompañado de la hermana Celestina y de Alice, una de las alumnas, en cuya mesa de noche había una orquídea.

"Es mía", respondió Alice.

"Es muy linda, azul y roja, ¿no es sorprendente la naturaleza?", dijo Guedes.

Alice respondió que adoraba las flores.

"¿Dónde encontraste ésta?"

"En el bosque del colegio, la cogí ayer", respondió Alice, pero el tira percibió una tenue, casi imperceptible vacilación en su voz.

"Las niñas siempre encuentran orquídeas en los alrededores del colegio, yo nunca he encontrado ninguna, pero tampoco tengo mucho tiempo para buscarlas", dijo la hermana Celestina.

"Qué cosa tan bonita, varias de las mesitas de noche tienen macetas con orquídeas. ¿El terreno del colegio es grande?"

"Enorme. Llega hasta el bosque."

"¿Si encuentro una orquídea la madre superiora me dejará quedarme con ella?"

"Si usted promete que cuidará la orquídea tan bien como las niñas, seguramente la madre le permitirá quedarse con ella. Tratamos de desarrollar en las alumnas una conciencia ecológica."

"Nunca en mi vida tuve una orquídea. Y Brasil es el país de las Orquídeas."

"Existen en muchas regiones del mundo, pero se encuentran más en los bosques tropicales", dijo la hermana Celestina.

"¿Cuál era la cama de Maria de Lurdes?"

En la mesita de noche de la cama de la niña asesinada había una orquídea grande, con muchos pétalos.

"Creo que la única cosa que le gustaba a Lurdinha en el colegio era su orquídea", dijo la hermana Celestina, con tristeza.

"Y esas macetas, ¿son hechas por las niñas?"

"Don Francisco, el alfarero del Alto, nos vende los potes al precio de costo."

Durante dos días Guedes recorrió los terrenos del colegio. No encontró ni una sola orquídea. Después fue a buscar al alfarero.

Al fondo de la casa de Francisco, un hombre de cerca de cincuenta años, viudo, sin hijos, que vivía solo, estaba instalada la pequeña alfarería en la que fabricaba pequeñas piezas de barro y cerámica. Guedes golpeó en la puerta. Dijo que era de la policía. Francisco cojeaba de una pierna. Guedes entró con él en la casa rústica, de suelo de pizarra gastada.

"¿Qué es lo que quiere usted de mí? No le debo nada a nadie."

"Se trata de las macetas de barro que usted vende a las hermanas del colegio."

"Le regalo las macetas a las hermanas, son muy pobres y no tengo valor para cobrarles."

"¿Las niñas vienen aquí, a recoger las macetas?"

"Viene una de ellas, con la hermana Celestina. Las monjas no dejan que las muchachas salgan solas. Son como el fuego."

"¿Las monjas o las niñas?"

"Las monjas. Son duras, pero creo que así tiene que ser."

"Fue horrible lo que ocurrió con aquella niña", dijo Guedes.

"No me gusta pensar en eso."

"¿Sabe para qué usan las macetas?"

"Las macetas son para flores. No sé si las usan para otra cosa. Ni lo quiero saber."

"Las niñas ponen orquídeas en las macetas."

"¿Orquídeas?"

"¿Le parece extraño?"

"¿Dije que me parecía extraño?"

"Me dio la impresión de que usted se sorprendía. Un poco preocupado, quizás."

"No. Ahora, con su permiso, voy a trabajar."

Guedes no contó a Leitão la conversación que había tenido con Francisco.


Un domingo, otra alumna, Celma Rego, trece años, fue encontrada muerta en el bosque. También había sido estrangulada, había vestigios de esperma en la ropa, no fue violada y sus braguitas y su cordón con la medalla no fueron encontrados. El modus operandi indicaba que el asesino debía ser el mismo de Maria de Lurdes. En la mesita de noche de Celma había una maceta con una orquídea.

El ambiente en el colegio era ahora de consternación y miedo. Las alumnas y las monjas, asustadas, evitaban a los policías. Leitão se volvió aún más taciturno y piadoso. Rezó en la capilla del colegio por el alma de la muerta y nuevamente pidió a Dios que les diera fuerzas para aprehender al asesino.

"Necesitamos sentarnos y comparar nuestras anotaciones", dijo Leitão.

"Por lo pronto no he descubierto nada", dijo Guedes.

"¿Cómo descubrirías algo? Te pasas los días conversando con las niñas."

"¿Y tú? ¿Descubriste alguna cosa?"

"Estoy investigando a un sospechoso. Un individuo llamado Francisco, que vende objetos de cerámica a las monjas."

"¿Ya estuviste con él?"

"Fue uno de los muchos que interrogué", dijo Leitão enfatizando la palabra muchos.

"¿Cuándo?"

"El jueves pasado", dijo Leitão, luego de consultar las anotaciones hechas en el block.

"Estuve con Francisco después de eso y no me dijo que había hablado contigo."

"¿Estuviste con ese ciudadano y no me dijiste nada?"

"Te lo estoy diciendo ahora. Tú también me estás hablando de ello en este momento."

"¿El tal Francisco no te dijo que ya había hablado con él? ¿No te parece extraño?"

"No es muy elocuente", dijo Guedes.

"Pero lo normal sería que te dijera que otro policía ya había estado en su casa. No me gustó ese individuo, habla midiendo las palabras, como quien tiene algún delito en su archivo. Creo que tenemos que trabajar más sobre esa pista."

"Varias niñas tienen orquídeas en la mesita de noche. Dicen que cogen las flores en el terreno del colegio."

"¿Orquídeas? No me gusta esa flor, hay algo de obsceno en ella."

"Sin embargo durante dos días recorrí el terreno del colegio y no hallé orquídea alguna. La niñas están mintiendo."

"Guedes, ¿por qué habrían de mentir sobre eso? No debes haber buscado bien. ¿Quieres apostar a que encuentro varias orquídeas en el terreno del colegio? Y no voy a necesitar dos días."

"Con una que encuentres ganas la apuesta."

Leitão informó a la hermana Celestina, elegida por la madre superiora para ayudar a los tiras, que haría solo una larga caminata por el terreno del colegio. Guedes fue a su casa, tomó un libro, se quitó los zapatos y se fue a la cama a leer. Pero todo el tiempo pensaba en mujeres adolescentes y orquídeas.

Al día siguiente por la mañana los dos tiras se reunieron en la delegación.

"Perdí la apuesta. Busqué por todas partes hasta el anochecer. En aquel lugar nunca ha crecido una orquídea. Las niñas están mintiendo, tienes razón. Salen sin permiso y van a coger las orquídeas en algún lugar. ¿Crees que eso sea importante para nuestras investigaciones?"

"Sí. Muy importante."

"No veo la razón, pero, si quieres, vamos a conversar con ellas."

"Me dejas hacer las preguntas."

Cuando llegaron al colegio buscaron a la hermana Celestina.

"Nos gustaría interrogar a una o dos alumnas", dijo Leitão.

"¿Interrogar?"

"Conversar", dijo Guedes.

"Pero no puede ser en su presencia", agregó Leitão.

"¿Qué? ¿Van ustedes a golpearlas?"

0"Nosotros no golpeamos niñas, hermana", dijo Leitão.

"Usted puede estar presente, pero le pido que no interfiera en nuestra conversación, por favor", dijo Guedes.

"Necesito consultarlo con la madre superiora. ¿Ustedes hablarán en el interrogatorio?"

"Sólo conversaremos. Otra cosa, nos gustaría que una de ellas fuera Alice, aquella alumna con quien conversé en su presencia el otro día, en el dormitorio, ¿recuerda?"

La hermana Celestina salió de la sala.

"Las muchachas no van a contar la verdad enfrente de la hermana Celestina", dijo Leitão.

"Lo sé, pero no puede ser de otro modo. Mientras vienen, ve a rezar a la capilla."

Leitão balanceó la cabeza, ahora mordiéndose los labios. También toma nota de aquello. "Tu mal, Guedes, es que no amas a Jesús."

La hermana Celestina volvió con Alice y otra niña.

"La madre superiora dijo que tengo que estar presente", dijo la monja secamente.

"¿Cómo te va, Alice?", preguntó Guedes delicadamente.

"Bien…"

"Y tu nombre, ¿cuál es?", preguntó Guedes a la otra alumna.

"Su nombre es Raimunda", dijo la hermana Celestina.

"Alice, como tú, yo adoro las flores. ¿Recuerdas nuestra conversación sobre las orquídeas? Me dijiste que habías cogido la tuya recientemente en el terreno del colegio. ¿Fue de veras en el terreno del colegio? Si fue en otro lugar del bosque, te pido que por favor me digas dónde fue, la hermana Celestina no te castigará. ¿No es así, hermana Celestina?"

La monja se mantuvo en silencio.

"Fue en el terreno del colegio", dijo Alice con voz casi inaudible.

"No existen orquídeas en el terreno del colegio, yo y el detective Guedes buscamos y no encontramos nada."

"Fue en el terreno del colegio", repitió Alice en voz baja.

"¿Y tú, Raimunda? ¿Dónde cogiste la tuya?"

Raimunda no respondió.

"¿Dónde fue, Raimunda, que encontraste tu orquídea?"

"Fue… fue… en el terreno del colegio…"

"Esta niña está mintiendo, está claro que está mintiendo. No nos mientas, niña, estamos intentando atrapar al demonio que mató a sus amiguitas. ¡No mientas!", dijo Leitão.

Raimunda al oír eso abrazó sollozando a la hermana Celestina. Alice hizo lo mismo que Raimunda, pero, aunque evidentemente amedrentada, Guedes percibió que el llanto era falso. Notó también que Alice se llevó la mano al pecho como si intentara tocar una inexistente medallita de san Benito colgando de un cordón. Las blusas sin cuello que las niñas usaban permitían que Guedes viera el cordón en torno al cuello de Raimunda. Pero no había cordón en el cuello de Alice.

"No pueden tratar a estas niñas como acostumbran lidiar con los bandidos que aprehenden y torturan", exclamó la monja indignada.

"No vamos a maltratarlas, les pido disculpas si…"

La hermana Celestina no dejó que Guedes terminara su frase. "La madre superiora será informada sobre el procedimiento rudo de ustedes. Les pido que se retiren inmediatamente."

Los dos tiras subieron al carro de la policía y fueron a beber agua al bar del centro del Alto.

"Discúlpame, Guedes, perdí la cabeza. Existe un ser diabólico que si continúa suelto seguramente va a matar a otra niña y aquellas dos pirañas tontas diciéndonos mentiras, obstruyendo la acción de la Justicia, me pusieron irritado. Si fueran adultas las detenía."

Guedes bebió otro vaso de agua.

"Vamos a buscar al alfarero Francisco."

"¿Crees que fue él?", preguntó Leitão, excitado.

"No sé. Pero Francisco nos puede proporcionar una buena información."

Entraron al carro y fueron hasta la alfarería de Francisco. Tocaron en la puerta.

"Es la policía. Abra la puerta", ordenó Leitão.

"Vengan mañana. Ahora no puedo hablar con ustedes."

"Abra la puerta, ciudadano, de lo contrario lo llevaremos detenido a la delegación", gritó Leitão.

Francisco abrió la puerta.

"Déjame hablar con él", dijo Guedes, "guarda esa arma."

Los dos tiras entraron a la casa del alfarero.

"No cometí ningún crimen", dijo Francisco.

"No nos has contado todo lo que sabías."

"¿Contar qué? No sé nada."

"Tú sabes dónde consiguen las orquídeas las niñas y no quieres decirme."

"Esto es obstrucción de la justicia, puedes ser detenido por eso", dijo Leitão.

"No sé nada."

"Francisco, dos niñas han muerto, creemos que eso fue hecho por una persona enferma que necesita tratamiento."

"Un demonio que debe volver al infierno de donde vino", dijo Leitão.

Guedes apretó con fuerza el brazo de Leitão, que se calló.

"¿Desconfían de mi sobrino? No está loco y no haría una cosa como ésa."

"No estamos diciendo que fue tu sobrino. ¿Trabaja contigo?"

"No, es guardabosques."

"Un guardabosques no cometería un crimen como ése", dijo Guedes, sin dejar de apretar con fuerza el brazo de Leitão. "Él es tu sobrino y lo conoces bien, y si dices que sería incapaz de matar a dos niñas lo creemos, sólo queremos conversar con él, como estamos conversando contigo y con todos los que viven en los alrededores."

"Gumercindo tiene un orquidario allá en la cima donde vive, y le da las orquídeas a las niñas. Se las regala, de la misma manera que yo doy las macetas a las monjas, a él le gustan las flores, Gumercindo es un buen muchacho, yo lo crié cuando murió su madre."

"Un hombre que gusta de las flores tiene que ser una buena persona, incapaz de matar una mosca. Soy un viejo tira y sé de esas cosas. Don Francisco, ¿usted puede llevarnos a su casa?"

"No aguanto subir el monte. Mi pierna. Sólo se puede llegar a pie."

"Entonces explíquenos dónde queda."

Los dos tiras subieron al monte, Leitão al frente, impaciente, pidiéndole a Guedes que se diera prisa.

Por fin, siguiendo la orientación de Francisco, llegaron a la casa de Gumercindo, paredes de ladrillo blanqueado, puertas y ventanas pintadas de azul. Al lado quedaba el orquidario, un cobertizo con techo de zinc y en los lados telas de alambre delgado.

Leitão golpeó la puerta. Nadie respondió.

"Creo que salió", dijo Guedes.

Leitão dio una patada a la puerta, derrumbándola.

"No podemos hacer eso", dijo Guedes.

"Ya lo hice." Leitão entró en la casa, seguido por Guedes. La sala, de piso de tierra desgastada, contenía una mesa, dos sillas y un armario con la puerta de vidrio. En un rincón había una imagen de un orixá de barro.

"¿Sabes qué es esto? ¿Sabes qué es esto, Guedes?"

"No."

"Exu. Exu es el demonio, Guedes."

Eso no me interesa, Leitão."

"El diablo existe, Guedes, Dios existe y el Diablo existe. Ese individuo hace culto al diablo."

De la sala, luego de abrir la vitrina e inspeccionar la poca loza que había en su interior, los policías fueron a la pequeña cocina y examinaron la estufa de gas y la pila con una taza con restos de café. Al lado de la estufa, en un armario tosco, probablemente construido por el propio guardabosques, Guedes y Leitão encontraron latas con arroz, frijoles, azúcar, café y sal, en las que metieron las manos buscando las medallas. Abrieron los paquetes de macarrón, pero las dos latas de salchichas los tiras las dejaron cerradas. En el baño de piso de ladrillo, examinaron la ducha y la taza del sanitario. En el pequeño patio metieron la cara en el tanque y después examinaron una a una las ropas colgadas en un tendedero en busca de las bragas. En el cuarto, también de tierra aplanada, fueron revisados la cama, la mesita de noche, el ropero. Los tiras hacían ese trabajo en silencio.

Encontraron un cordón con la medalla de San Benito en un armario del cuarto, dentro de una cajita de madera.

"Fue él, ¿te acuerdas de aquel macumbero que mató a un niño en una ceremonia diabólica? Tenemos en las manos un caso igual."

"Calma, Leitão."

"¿Calma, me pides calma? Vamos a buscar más, en algún lugar escondió la otra medalla y las braguitas."

"Ya buscamos."

"Más, vamos a buscar más", dijo Leitão.

"Busca tú", dijo Guedes sentándose en una de las sillas de la sala.

"Voy a decirle al delegado que no estás colaborando."

"Dile lo que quieras."

Leitão revolvió la casa, parecía desesperado. No encontró lo que buscaba.

"Necesitamos volver al colegio, quiero platicar con Alice."

"¿Estás loco, Guedes? ¿Volver al colegio y dejar que se escape el asesino? Tenemos que quedarnos aquí esperándolo."

"Necesito aclarar una cosa importante con esa niña. Y aún no sabemos si Gumercindo es el asesino."

"¿Aclarar qué? No hay nada más que elucidar. Y las monjas no te dejarán hablar con la niña."

"Hagamos los siguiente. Tú te quedas aquí. Si Gumercindo aparece lo detienes, sólo eso, no quiero que aprietes al sujeto, nada, ¿me entiendes?, detienes al sujeto y me esperas. Me esperas, no hagas nada."

"¿Le hago un cafecito?"

"¡No haces ninguna mierda, te lo estoy ordenando! Soy el más viejo y estoy al frente de la investigación. Órdenes del delegado."

Leitão balanceó la cabeza, estaba tomando nota otra vez.

"¿Estamos de acuerdo?"

Leitão balanceó la cabeza una vez más.

"Anda, responde, ¿estamos de acuerdo?"

"Sí."

"Esperas a que regrese."

"Sí."

Guedes descendió del cerro y fue al colegio.

Fue recibido en la puerta por la hermana Celestina y cuatro monjas más, entre ellas la madre superiora. Las hermanas se apostaron unidas hombro con hombro frente a Guedes, preparadas para impedir que invadiera el colegio.

"No es usted bienvenido en esta casa", dijo la madre superiora.

"Señora madre superiora, hermana Celestina, apreciadas hermanas, vengo aquí como funcionario de la Justicia en misión oficial para pedirles un favor, un simple favor, fácil de ser atendido, y prometo que me retiraré, muy agradecido, en seguida."

"Diga cuál es ese favor y sea breve." La voz de la madre superiora era firme y ronca.

"Sabemos que las alumnas, desobedeciendo las órdenes, salían de los terrenos del colegio y obtenían las flores en un orquidario que está en lo alto del cerro. El orquidario es de un guardabosques de nombre Gumercindo. Nosotros fuimos allá y encontramos un cordón con una medallita, como los que usan las alumnas del colegio. Sospecho que esa medallita no pertenecía a ninguna de las niñas asesinadas, al contrario de lo que piensa mi colega. Creo que esa medalla era de la alumna Alice, y que ella se la dio voluntariamente al guardabosques. Es muy importante para nosotros averiguar eso", dijo Guedes apresuradamente, al percibir un gesto de impaciencia en la hermana Celestina, "no queremos acusar a un inocente."

Las monjas confabularon en voz baja. La hermana Celestina se retiró. Las monjas que se quedaron, ahora tomadas de las manos, formaron una barrera más compacta frente a Guedes.

No tardó mucho en volver la hermana Celestina. Susurró al oído de la madre.

"Cuente eso al policía", ordenó la madre superiora.

Con voz titubeante, la hermana Celestina dijo que la alumna Alice había confesado que realmente había entregado el cordón y la medalla al guardabosques. Gumercindo había dado a Alice otra orquídea, pero Alice quería una más bonita y había ofrecido el cordón y la medalla a cambio.

Guedes dio las gracias y se retiró. Subió al cerro lo más rápido que sus fuerzas le permitían.

Leitão estaba en la puerta de la casa de Gumercindo.

"¿Vino el sujeto?"

"Está ahí dentro", dijo Leitão.

Gumercindo estaba tirado en la sala, su camisa empapada de sangre. A un lado la imagen de Exu en pedazos.

"¡Mierda, lo mataste!"

"Se resistió."

"La medallita se la dio la niña."

"Se resistió."

"¡No me jodas con que se resistió!"

"Bienaventurados los que tienen sed y hambre de justicia."

"Eres un fanático, Leitão."

"Yo estoy en paz con mi conciencia. Estoy en paz con Dios. Llevo el amor de Jesús en el corazón."

*Los mejores relatos* terminó de imprimirse en octubre de 1998, en Litográfica Ingramex, S.A. de C.V. Centeno 162, Col. Granjas Esmeralda, C. P. 09810, México, D. F. Cuidado de la edición: Gonzalo Vélez y Freja I. Cervantes.